Der Zauber dieser Sommernacht

Nora Roberts
Megans Hoffnung
Seite 7

Barbara Delinsky
Ein nie gekanntes Gefühl
Seite 219

Carla Cassidy
Ich weiß nur eins, ich liebe dich
Seite 355

Margaret Way
Abschied von der Liebe
Seite 473

MIRA® TASCHENBUCH
Band 20062
3. Auflage: Januar 2017

MIRA® TASCHENBÜCHER
erscheinen in der HarperCollins Germany GmbH,
Valentinskamp 24, 20354 Hamburg
Geschäftsführer: Thomas Beckmann

Konzeption/Reihengestaltung: fredebold&partner GmbH, Köln
Umschlaggestaltung: pecher und soiron, Köln
Redaktion: Maya Gause
Titelabbildung: Trevillion
Satz: GGP Media GmbH, Pößneck
Druck und Bindearbeiten: GGP Media GmbH, Pößneck
Printed in Germany
Dieses Buch wurde auf FSC®-zertifiziertem Papier gedruckt.
ISBN 978-3-95649-577-9

www.harpercollins.de

Werden Sie Fan von MIRA Taschenbuch auf Facebook!

Nora Roberts

Megans Hoffnung

Roman

Aus dem Amerikanischen von
Sonja Sajlo-Lucich

1. KAPITEL

*V*on Risiken hielt sie grundsätzlich nichts. Bevor sie den nächsten Schritt unternahm, stellte sie sicher, dass der vorherige komplett zu Ende gebracht war. Das war Teil ihrer Persönlichkeit. Zumindest war es während der letzten zehn Jahre Teil ihrer Persönlichkeit geworden. Sie hatte sich angewöhnt, ausnahmslos praktisch zu denken und umsichtig zu handeln. Megan O'Riley war eine Frau, die abends lieber zweimal nachsah, ob sie auch wirklich die Haustür verschlossen hatte.

Für den Flug von Oklahoma nach Maine hatte sie sehr methodisch das Handgepäck für ihren Sohn und sich zusammengestellt. Ihre restliche Habe würde per Fracht nachgeschickt werden. Zeit mit Gepäck zu verschwenden war ihrer Meinung nach unsinnig.

So war der Umzug auch keineswegs eine impulsive Entscheidung. Während der letzten sechs Monate hatte Megan alles genau durchdacht. Der Ortswechsel war ein praktischer und vorteilhafter Schritt zugleich, nicht nur für sie, sondern auch für Kevin. Es wird ihm sicherlich nicht schwerfallen, sich einzugewöhnen, dachte sie, als sie auf ihren Sohn blickte, der auf dem Fenstersitz neben ihr eingeschlafen war. Schließlich hatten sie Familie in Bar Harbor. Seit Kevin wusste, dass seine Mutter ernsthaft in Erwägung zog, zu seinem Onkel, seinem Halbbruder und seiner Halbschwester zu ziehen, konnte er vor freudiger Erwartung kaum an sich halten. Und da waren ja auch noch die Cousins und Cousinen. Vier neue Babys waren hinzugekommen, seit Megan und Kevin damals zur Hochzeit ihres Bruders mit Amanda Calhoun nach Maine geflogen waren.

Mit zärtlichem Blick betrachtete sie den schlafenden Kevin. Ihr kleiner Junge. So klein war er gar nicht mehr. Fast neun. Es würde ihm guttun, in einer großen Familie aufzuwachsen. Die Calhouns gingen weiß Gott verschwenderisch mit ihrer Zuneigung um.

Nie würde Megan vergessen, wie Suzanna Calhoun Dumont – jetzt hieß sie Bradford –, sie im vorangegangenen Jahr willkommen geheißen hatte. Obwohl Suzanna wusste, dass Megan die Geliebte von Baxter Dumont, Suzannas Exmann, gewesen war und sein Kind geboren hatte, war sie ihr mit offener Herzlichkeit entgegengekommen.

Allerdings stellte Megan auch ein geradezu erbarmungswürdiges Beispiel der „anderen Frau", der Geliebten, dar. Sie hatte nichts von Suzanna gewusst, als sie sich vor vielen Jahren Hals über Kopf in Baxter verliebte. Siebzehn Jahre alt und unendlich naiv, hatte sie all die leeren Versprechen und Schwüre von der ewig währenden und einzig wahren Liebe geglaubt. Nein, sie hatte nicht einmal geahnt, dass Baxter Dumont mit Suzanna Calhoun verlobt war.

Bei Kevins Geburt war Baxter in den Flitterwochen gewesen. Den Sohn, den Megan O'Riley ihm gebar, hatte er bis heute nicht gesehen, geschweige denn die Vaterschaft anerkannt.

Jahre später, als das Schicksal beschloss, Megans Bruder Sloan und Suzannas Schwester Amanda zusammenzuführen, war die ganze Geschichte ans Licht gekommen. Und jetzt, mit den unvorhersehbaren Wendungen und Biegungen des Schicksals, würden Megan und ihr Sohn in dem Haus leben, in dem Suzanna und ihre Schwestern aufgewachsen waren. Kevin würde eine Familie haben, einen Halbbruder und eine Halbschwester – und ein Haus voller Cousins, Cousinen, Tanten und Onkel.

Das Haus … *The Towers*, dachte Megan mit einem stillen Lächeln. Ein beeindruckendes, wunderbares altes Gemäuer, das Kevin nur „das Schloss" nannte. Wie es wohl sein mochte, dort zu leben und zu arbeiten? Jetzt, nachdem die Renovierungen abgeschlossen waren, wurde ein großer Teil des Hauses als Hotel genutzt. „*The Towers* Retreat" gehörte nun zur St.-James-Hotelkette. Ein Projekt, realisiert von Trenton St. James III, der die jüngste Calhoun-Schwester, Catherine, geheiratet hatte.

Die St.-James-Hotels waren weltweit als Häuser von gehobenem Stil und Klasse bekannt. Das Angebot, die Leitung der Firmenbuchhaltung zu übernehmen, war – auch nach reiflicher Überlegung – einfach zu gut gewesen, um es auszuschlagen.

Außerdem freute Megan sich unendlich darauf, ihren Bruder wiederzusehen. Genauso, wie sie sich auf den Rest der Familie freute. Und auf *The Towers*.

Falls sie ein kleines bisschen Nervosität verspürte, so ermahnte sie sich, dass das schlichtweg töricht war. Der Umzug war ein praktischer und nur logischer Schritt. Der neue Titel als „Leiterin der

Unternehmensbuchhaltung" versöhnte sie mit enttäuschten Ambitionen. Und auch wenn Geld eigentlich nie das Problem gewesen war, so versetzte das vereinbarte Gehalt ihrem Selbstwertgefühl doch erheblichen Auftrieb.

Endgültig ausschlaggebend jedoch war, dass ihr viel mehr Zeit für Kevin bleiben würde. Als die Durchsage für den Landeanflug über die Bordlautsprecher erfolgte, strich Megan ihrem Sohn sanft durchs Haar. Er öffnete die dunklen Augen und blinzelte verschlafen.

„Sind wir schon da?"

„Fast. Stell deinen Sitz wieder auf. Sieh nur, da unten liegt schon die Bucht."

„Wir fahren doch bestimmt mal mit dem Schiff raus, oder?" Wäre er richtig wach, hätte er sich daran erinnert, dass er viel zu alt war, um vor Aufregung auf dem Sitz herumzurutschen. Doch jetzt hopste er auf und ab und presste die Nase an die Fensterscheibe. „Dann können wir die Wale sehen. Mit dem Boot von Alex' neuem Dad."

Allein bei dem Gedanken an Seegang drehte sich Megans Magen, dennoch lächelte sie, wenn auch etwas kläglich. „Ganz bestimmt."

„Und wir werden wirklich im Schloss leben?" Begeisterte Erwartung strahlte ihr aus dem Gesicht ihres Jungen entgegen. Ihr wunderschöner Junge mit der goldenen Haut und dem wirren schwarzen Haar.

„Alex' früheres Zimmer wird jetzt dein Zimmer."

„Da gibt es Gespenster." Er schenkte ihr ein spitzbübisches Lächeln und zeigte dabei seine Zahnlücken.

„So wird es behauptet. Aber es sollen freundliche Gespenster sein."

„Nicht alle." Das hoffte Kevin zumindest. „Alex sagt, es gibt ganz viele, und sie stöhnen und kreischen. Letztes Jahr ist sogar ein Mann aus dem Turmfenster gefallen und auf die Felsen aufgeschlagen."

Megan schauderte leicht, denn dieser Teil der Geschichte entsprach der Wahrheit. Die sagenumwobenen Calhoun-Smaragde hatten mehr als nur eine alte romantische Legende aufleben lassen. Sie hatten auch das Interesse eines Diebes und Mörders geweckt.

„Die Gefahr ist jetzt vorbei, Kevin. *The Towers* ist sicher."

„Klar." Doch schließlich war er ein Junge. Und Jungen hofften nun mal auf wenigstens ein bisschen Gefahr und Abenteuer.

Es gab noch einen weiteren Jungen, der sich in der Zwischenzeit die schönsten Abenteuer ausmalte. Ihm schien es, als warte er seit Ewigkeiten hier am Flughafen auf seinen Bruder. Eine Hand in der seiner Mutter, hielt er mit der anderen Jenny. Denn seine Mutter hatte ihm gesagt, er müsse auf seine Schwester aufpassen. Schließlich war er der Älteste. Seine Mutter hielt das Baby auf dem Arm – seinen brandneuen Bruder. Alex konnte es gar nicht erwarten, mit ihm anzugeben.

„Warum sind sie denn noch nicht da?"

„Weil es immer etwas Zeit braucht, bis alle Leute ausgestiegen sind und durch das Gate kommen."

„Warum sagt man eigentlich ‚Gate'?", wollte Jenny wissen. „Das sieht doch gar nicht wie ein Tor aus."

„Vielleicht hatten sie früher einmal Tore an den Flughäfen und nennen es deshalb heute einfach noch immer so." Es war die beste Erklärung, mit der Suzanna nach einer nervenzermürbenden halben Stunde des Wartens mit drei kleinen Kindern aufwarten konnte. Dann gluckste das Baby fröhlich, und sie musste unwillkürlich lächeln.

„Sieh nur, Mom, da sind sie!"

Bevor Suzanna etwas erwidern konnte, hatte Alex sich von ihrer Hand losgerissen und rannte auf Kevin zu, Jenny im Schlepptau. Suzanna zuckte leicht zusammen, als die beiden fast mit einer wartenden Gruppe zusammengestoßen wären, und hob nur resignierend die Hand, um Megan zuzuwinken.

„Hi!" Alex, bestens instruiert von seiner Mutter, nahm Kevin die Reisetasche ab. „Ich soll das tragen, hat meine Mom gesagt. Weil wir euch abholen." Dabei stellte er ein wenig verdrießlich fest, dass, obwohl Mom immer behauptete, er wachse wie Unkraut, Kevin größer war als er.

„Hast du das Fort noch?"

„Sogar zwei. Eins beim großen Haus und ein neues beim Cottage. Da wohnen wir nämlich jetzt."

„Mit unserem Dad", mischte Jenny sich ein. „Wir haben auch neue Namen. Unser Dad kann alles reparieren. Er hat mein neues Zimmer gebaut."

„Die Vorhänge sind pink." Alex grinste abfällig.

Vorausschauend stellte sich Suzanna zwischen die Geschwister, um den sich offensichtlich anbahnenden Streit von vornherein zu verhindern. „Wie war euer Flug?" Sie beugte sich vor, drückte Kevin einen Kuss auf die Wange und umarmte Megan.

„Gut, danke." Megan wusste noch immer nicht, wie sie mit Suzannas natürlicher Herzlichkeit umgehen sollte. Am liebsten hätte sie laut herausgeschrien: „So versteh doch, ich habe mit deinem Mann geschlafen, auch wenn ich damals noch nicht wusste, dass er dein Mann war. Aber die Fakten lassen sich nicht ändern." Doch stattdessen antwortete sie nur: „Eine kleine Verspätung, mehr nicht. Ich hoffe, ihr habt nicht zu lange warten müssen."

„Stunden!", behauptete Alex.

„Eine halbe", korrigierte Suzanna lachend. „Wo sind eure restlichen Sachen?"

„Die kommen per Fracht nach." Megan klopfte leicht auf ihre Reisetasche. „Das muss für den Moment reichen." Sie konnte nicht widerstehen und lugte auf das Baby in Suzannas Arm. Ein rosiges Gesichtchen, die typischen dunkelblauen Augen eines Neugeborenen und ein seidiger schwarzer Haarschopf. Über Megans Miene zog das entrückte Lächeln, das jeden Erwachsenen befiel, sobald er ein Baby sah.

„Oh, er ist so hübsch. Und so winzig."

„Er ist schon drei Wochen alt", wusste Alex gewichtig zu berichten. „Er heißt Christian."

„Weil unser Urgroßvater auch so hieß", ergänzte Jenny. „Wir haben auch zwei neue Cousinen und einen neuen Cousin. Bianca und Cordelia, aber wir nennen sie Delia. Und Ethan."

Alex schlug die Augen zur Decke auf. „Jeder kriegt hier Babys."

„Er ist gar nicht übel", entschied Kevin nach einer genauen Musterung. „Ist er jetzt auch mein Bruder?"

„Natürlich!", bestätigte Suzanna, bevor Megan überhaupt die

Möglichkeit zu einer Antwort hatte. „Ich fürchte, du wirst von nun an ständig eine riesige Familie um dich herum haben."

Kevin sah schüchtern zu Suzanna auf und berührte vorsichtig mit der Fingerspitze Klein-Christians wedelnde Faust. „Das macht mir nichts."

Suzanna lächelte Megan an. „Sollen wir tauschen?"

Megan zögerte nur kurz, bevor sie der Versuchung nachgab. „Gern." Sie nahm das Baby auf den Arm, während Suzanna die Reisetasche hochhob. „Man vergisst so schnell, wie winzig sie sind." Sie vergrub die Nase in dem feinen Haar und atmete tief ein. „Und wie gut sie riechen. Und du ..." Auf dem Weg zum Ausgang betrachtete sie Suzanna von Kopf bis Fuß. „Wie kannst du schon wieder eine so umwerfende Figur haben, wenn du erst vor drei Wochen ein Baby zur Welt gebracht hast?"

„Danke für das Kompliment. Dabei fühle ich mich noch wie ein unförmiger Trampel. Alex, hier wird nicht gerannt!"

„Das Gleiche gilt für dich, Kevin. Wie macht Sloan sich als Vater?", wollte sie von Suzanna wissen. „Ich wäre wirklich gern zur Geburt von Mandys Baby gekommen, aber mit dem Hausverkauf und der Organisation für den Umzug ... Ich hab's einfach nicht geschafft."

„Dafür hat jeder Verständnis. Und Sloan ist ein ganz prächtiger Daddy. Wenn Amanda ihn ließe, würde er Delia vierundzwanzig Stunden am Tag mit sich herumtragen. Er hat ein großartiges Spielzimmer für die Babys entworfen – Fenstersitze, Kuschelhöhlen, Einbauschränke für Spielzeug. Delia und Bianca teilen sich den Raum, und wenn C. C. und Trent auch hier sind – was immer häufiger der Fall ist, seit The Retreat offiziell eröffnet wurde –, dann ist Ethan auch dort zu finden."

„Es ist schön, dass sie alle zusammen aufwachsen." Megan warf einen Blick zu Kevin, Alex und Jenny. An die drei dachte sie ebenso wie an die Babys.

Suzanna folgte dem Blick und verstand. „Ja, das ist es. Ach Megan, ich freue mich so, dass du hier bist. Fast ist es, als hätte ich noch eine Schwester dazubekommen." Sie sah, wie Megan die Lider senkte. Sie ist noch nicht so weit, dachte sie und wechselte das Thema. „Und es wird eine riesige Erleichterung sein, wenn du endlich die Bücher übernimmst. Nicht nur für The Retreat, sondern auch für den Bootsladen.“

„Ich freue mich auch schon darauf.“

Bei einem neuen Mini-Van blieb Suzanna stehen und entriegelte die Türen. „Hinein mit euch“, ordnete sie an und nahm Megan das Baby aus dem Arm, um es geschickt in den Kindersitz zu schnallen. „Ich kann nur hoffen, dass du das auch noch sagst, nachdem du den ersten Aktenordner durchgearbeitet hast. Ich muss leider sagen, dass Holt nahezu schlampig mit seinen Belegen umgeht. Und Nathaniel ...“

„Ach ja, richtig, Holt hat ja jetzt einen Partner. Ein alter Freund, wie Sloan mir erzählte.“

„Holt und Nathaniel sind mehr oder weniger zusammen auf der Insel groß geworden. Nathaniel ging dann zur Handelsmarine und ist vor ein paar Monaten wieder zurückgekommen. Na siehst du, jetzt sitzt du sicher, mein süßer Fratz.“ Suzanna küsste das Baby auf die Wange und kontrollierte noch einmal, ob die anderen auch alle die Gurte angelegt hatten. Dann kam sie um die Motorhaube herum, während Megan sich auf den Beifahrersitz gleiten ließ. „Nathaniel ist ein echtes Original“, sagte sie leichthin. „Er wird dir bestimmt gefallen.“

Das „Original“ hatte soeben eine enorme Portion gebratenes Hühnchen und Kartoffelsalat vertilgt, im Anschluss noch eine dicke Scheibe Zitronenrolle zum Dessert nachgeschoben und lehnte sich jetzt mit einem zufriedenen Seufzer in den Stuhl zurück.

„Darling, was muss ich tun, damit du mich endlich heiratest?“

Seine Gastgeberin errötete kichernd und winkte ab. „Du bist ein unverbesserlicher Schelm, Nate. Mach dich nicht über mich lustig.“

„Wer sagt, dass ich mich lustig mache?“ Er griff nach der durch die Luft wedelnden Hand und drückte einen herzhaften Kuss darauf. Ihre Haut duftete immer so weiblich – sanft, üppig, überwältigend. Er blinzelte und knabberte leicht an ihrem Handgelenk. „Du weißt doch ... ich bin verrückt nach dir, Coco.“

Cordelia Calhoun McPike ließ ein geschmeicheltes Lachen hören und tätschelte seine Wange. „Verrückt nach meinen Kochkünsten."

„Danach auch." Er grinste jungenhaft, als sie ihm ihre Hand entzog und Kaffee einschenkte. Ein ganz formidables Frauenzimmer, dachte er bei sich. Groß, fantastisches Aussehen, natürliche Grazie. Es wunderte ihn immer wieder, dass die Witwe McPike nicht längst vom nächsten Mann weggeschnappt worden war. „Wen muss ich diese Woche verscheuchen?"

„Jetzt, da The Retreat eröffnet ist, habe ich keine Zeit mehr für ein romantisches Intermezzo." Sie hätte enttäuscht seufzen können, wenn sie nicht so zufrieden mit ihrem Leben wäre. Alle ihre geliebten Mädchen waren glücklich verheiratet und hatten eigene Babys. Und sie ... sie hatte Großnichten und -neffen zum Verwöhnen und angeheiratete Neffen zum Schmusen und – die größte Überraschung – eine glänzende neue Karriere als Chefköchin für das St. James Towers Retreat. Sie stellte Nathaniel die Kaffeetasse hin und schnitt eine zweite Scheibe von der Zitronenrolle, denn sie war seinem sehnsüchtigen Blick gefolgt.

„Du liest mir jeden Wunsch von den Augen ab."

Jetzt seufzte sie tatsächlich leise. Für Coco gab es nichts Erfrischenderes, als einem Mann dabei zuzuschauen, wie er ihr Essen genoss. Und dieser hier war geradezu ein Paradebeispiel von einem Mann. Die Nachricht von Nathaniel Furys Rückkehr hatte sich wie ein Lauffeuer in der Stadt verbreitet. Groß, dunkel und gut aussehend ... wer hatte das übersehen können? Vor allem, wenn noch weitere Attribute wie rauchgraue Augen, ein Grübchen im Kinn, markante Wangenknochen und goldgetönte Haut hinzukamen. Ganz zu schweigen von dem beträchtlichen Charme.

Das schwarze T-Shirt und die Jeans, die er heute trug, betonten seine athletische Statur und den durchtrainierten Körper – breite Schultern, muskulöse Arme, schmale Hüften. Und dann war da noch diese geheimnisvolle Aura, die ihn umgab. Ein Hauch von Exotik, die tiefer ging als sein Aussehen, auch wenn die wallende mahagonifarbene Mähne an sich schon exotisch wirkte. Es war seine Ausstrahlung, entstanden durch die Erfahrungen, die er in all den Jahren gesammelt hatte, während er um die ganze Welt und von Hafen zu Hafen geschippert war.

Wäre sie zwanzig Jahre jünger … Na, dachte sie und fuhr sich über das volle kastanienbraune Haar, vielleicht sogar nur zehn …

Doch das war sie nun mal nicht, und so hatte sie Nathaniel den Platz in ihrem Herzen vermacht, der dem Sohn zustand, den sie nie geboren hatte. Sie war fest entschlossen, die richtige Frau für Nathaniel zu finden und ihm zu seinem Glück zu verhelfen. So wie sie es schon bei ihren wunderbaren Mädchen getan hatte.

Denn in der festen Überzeugung, persönlich die Beziehungen ihrer Nichten arrangiert zu haben und somit für deren Glück verantwortlich zu sein, war sie zuversichtlich, dass es ihr bei Nathaniel ebenso gelingen würde.

„Ich habe übrigens gestern Abend dein Horoskop erstellt", erwähnte sie wie nebenbei und schmeckte den Fischeintopf für das Abendmenü ab.

„So?" Nathaniel führte den nächsten Kuchenbissen zum Mund. Himmel, diese Frau konnte kochen!

„Du wirst in eine neue Lebensphase eintreten, Nate."

Er hatte zu viel gesehen und erlebt, um Astrologie – oder irgendetwas anderes – als schlichten Humbug abzutun. Also lächelte er. „Da kann ich dir nur voll und ganz zustimmen, Coco. Ich besitze jetzt ein Haus an Land, bin Partner in einem Geschäft und habe meinen Seesack im Schrank verstaut."

„Nein, das hier ist mehr persönlicher Natur." Sie hob eine sorgsam gezupfte Augenbraue. „Venus kommt ins Spiel."

Er grinste breit. „Also heiratest du mich endlich?"

Sie wedelte mahnend mit dem Zeigefinger. „Genau diese Worte wirst du zu einer Frau sagen, und zwar noch bevor der Sommer vorüber ist. Um genau zu sein, ich habe gesehen, dass du dich zweimal verliebst. Ich bin mir nicht ganz sicher, was das bedeutet." Sie runzelte die Stirn. „Dabei sah es mir nicht so aus, als würdest du vor eine Wahl gestellt, auch wenn es da reichlich Widerstände und Schwierigkeiten zu überwinden gab. Vielleicht sogar Gefahr."

„Wenn ein Mann sich mit zwei Frauen einlässt, dann bettelt er geradezu um Schwierigkeiten." Nathaniel war es im Moment durchaus recht, sein Leben nicht durch Frauen zu verkomplizieren. Frauen erwarteten grundsätzlich bestimmte Dinge von einem Mann, und für die nächste Zeit stand auf seinem Plan nur die Erfüllung der eigenen Erwartungen. „Und da mein Herz allein dir gehört ...“ Er stand auf und ging zum Herd, um ihr einen Kuss auf die Wange zu geben.

Der Tornado traf die Küche ohne Vorwarnung. Die Tür flog auf, und drei kleine Wirbelwinde stürmten herein.

„Tante Coco! Sie sind da!“

„Ach du meine Güte!“ Coco presste eine Hand auf das erschreckt in ihrer Brust klopfende Herz. „Alex, du hast mich gerade mindestens ein Jahr meines Lebens gekostet!“ Doch sie lächelte und blickte auf den dunkeläugigen Jungen neben Alex. „Bist das wirklich du, Kevin? Du bist ja mindestens einen Kopf größer geworden. Gibst du deiner Tante Coco keinen Kuss zur Begrüßung?“

„Doch, Ma'am.“ Gehorsam trat Kevin vor, auch wenn er sich alles andere als sicher fühlte. Er wurde von weichen Armen umfangen und an eine wohlriechende Brust gedrückt. Es beruhigte die aufgeregt hüpfenden Frösche in seinem Magen etwas.

„Es ist so schön, dass ihr endlich da seid.“ Ein feuchter Schimmer trat in Cocos Augen. „Jetzt lebt die ganze Familie unter einem Dach. Kevin, das ist Mr Fury. Nate, mein Großneffe.“

Nathaniel wusste Bescheid darüber, wie dieser Widerling Baxter Dumont ein naives Mädchen schwanger hatte sitzen lassen, kurz vor der Hochzeit mit Suzanna. Und so, wie der Junge ihn beäugte, kannte der Kleine die Geschichte auch – oder zumindest einen Teil davon.

„Willkommen in Bar Harbor.“ Er bot dem Jungen die Hand.

„Nate und meinem Dad gehört gemeinsam der Bootsladen.“ Die aufregende Neuigkeit, bei jeder Gelegenheit „mein Dad“ sagen zu können, würde sich bei Alex vorerst wohl nicht so schnell abnutzen. „Kevin will Wale sehen“, sagte er zu Nathaniel. „Er kommt aus Oklahoma, da gibt es nämlich keine. Die haben da kaum Wasser.“

„Natürlich haben wir Wasser“, verteidigte Kevin seine Heimat sofort. „Und Cowboys.“ Damit konnte Alex bestimmt nicht mithalten! „Die habt ihr hier nicht.“

„Doch!" Das kam von Jenny. „Ich habe ein richtiges Cowboy-Kostüm."

„Cowgirl-Kostüm", verbesserte Alex altklug. „Weil du ein Mädchen bist."

„Nein, es ist ein Cowboy-Kostüm."

„Ist es nicht!"

Jenny kniff drohend die Augen zusammen. „Ist es wohl!"

„Na, wie ich sehe, ist alles beim Alten geblieben." Suzanna trat ein und warf ihren beiden Kindern einen warnenden Blick zu. „Hallo, Nate. Dich hätte ich nicht hier erwartet."

„Das Glück meinte es gut mit mir." Nathaniel legte Coco den Arm um die Schultern. „Mein Liebling hat mir eine ganze Stunde ihrer Zeit gewährt."

„Flirtest du schon wieder mit Tante Coco?" Doch da sah sie, wie sein Blick schon weiter zu Megan glitt. Sie erinnerte sich noch gut an seinen durchdringenden Blick bei ihrer eigenen ersten Begegnung. Die grauen Augen musterten, wägten ab, schätzten ein. Unwillkürlich legte sie Megan die Hand auf den Arm. „Megan O'Riley", stellte sie vor. „Nathaniel Fury, Holts Partner – und Tante Cocos neueste Eroberung."

„Angenehm." Megan musste wohl doch müder sein als angenommen. Denn warum sonst sollte dieser klare, ruhige Blick aus den grauen Augen ihr einen Schauer über den Rücken jagen? Hastiger, als es die Höflichkeit erlaubte, wandte sie sich Coco zu. „Du siehst großartig aus, Coco."

„Oh, und dabei stehe ich hier in meiner Schürze. Ich hatte nicht einmal Gelegenheit, mich etwas frisch zu machen." Coco umarmte Megan zur Begrüßung. „Komm, ich bereite schnell etwas für euch zu. Ihr müsst nach dem Flug hungrig sein."

„Ein wenig, ja."

„Die Koffer haben wir bereits nach oben gebracht, und Christian liegt schon in seinem Bettchen."

Während Suzanna die Kinder an den Tisch setzte und munter plauderte, nutzte Nathaniel den Moment, um sich Megan O'Riley genauer anzusehen.

Kühl wie eine atlantische Brise, entschied er. Ein wenig gereizt und mitgenommen von der Reise, aber nicht willens, es sich anmerken zu lassen. Dieser Pfirsichteint und das rotblonde lange Haar waren eine wirklich augenfällige Kombination.

Normalerweise bevorzugte Nathaniel bei Frauen den dunklen, lasziven Typ, doch all dieses Rosé und Gold hatte durchaus seine Reize, wie er zugeben musste. Sie hatte blaue Augen, blau wie das Meer bei Morgengrauen. Und einen sturen Zug um den Mund, wie er bemerkte. Aber die Lippen verzogen sich weich, wurden sanft, wenn sie ihren Sohn anlächelte. Etwas zu dünn vielleicht, dachte er, als er den letzten Schluck aus der Tasse trank. Sie konnte gut ein paar von Cocos Mahlzeiten vertragen, dann würde sie schon Fleisch auf die Rippen bekommen.

Megan zwang sich, die Unterhaltung mit Coco und den anderen aufrechtzuerhalten, auch wenn sie sich der genauen Musterung bewusst war. Schon vor Jahren hatte sie sich an diese Blicke gewöhnen müssen, als sie noch sehr viel jünger, ledig und schwanger von einem verheirateten Mann gewesen war. Als ledige Mutter war sie in den Augen mancher Männer Freiwild, eine leichte Beute. Eine, die leicht herumzukriegen war. Und sie wusste, wie sie diese irrige Annahme im Keim ersticken konnte.

Megan hob den Blick und sah Nathaniel direkt in die Augen. Eisig, herausfordernd. Die meisten Männer wandten dann ertappt sofort das Gesicht ab. Nathaniel nicht. Er hielt ihrem Blick stand, bis sie still die Zähne zusammenbiss.

Nicht schlecht, dachte er. Sie mochte mager sein, aber sie hatte Mumm. Grinsend hob er seine Tasse zu einem stillen Toast, dann sagte er zu Coco: „Ich muss los. Da wartet eine Tour auf mich. Danke für den Lunch, Coco."

„Vergiss das Abendessen nicht. Die ganze Familie kommt zusammen. Um acht."

Er sah zu Megan. „Das werde ich um nichts auf der Welt verpassen."

Coco sah auf ihre Armbanduhr und schloss entnervt die Augen. „Wo bleibt dieser Mann nur wieder?"

„Der Holländer?"

„Natürlich, wer sonst. Vor zwei Stunden habe ich ihn zum Metzger geschickt."

Nathaniel zuckte die Schultern. Sein früherer Schiffskamerad und jetziger Zweiter Koch des Hotels hatte schon immer nach seinem eigenen Zeitplan gelebt. „Wenn ich ihn unten bei den Docks sehe, schicke ich ihn zurück."

„Ich will einen Abschiedskuss", verlangte Jenny und jubelte auf, als Nathaniel sie schwungvoll auf den Arm hob.

„Du bist der hübscheste Cowboy auf der ganzen Insel", flüsterte er an ihrem Ohr. Was Jenny dazu veranlasste, ihrem Bruder einen triumphierenden Blick zuzuwerfen, sobald sie wieder auf dem Boden stand. „Lass mich wissen, wann du in See stechen willst", sagte Nathaniel zu Kevin, und in Megans Richtung: „War nett, Sie kennenzulernen, Miss O'Riley."

Kaum dass er zur Tür hinaus war, ließ Jenny sich vernehmen: „Nate ist ein Seemann. Er hat schon alles gesehen und alles erlebt."

Daran zweifelte Megan keine Sekunde.

Vieles hatte sich auf *The Towers* verändert, aber die Räumlichkeiten für die Familie in den ersten beiden Etagen im Ostflügel waren die gleichen geblieben. Trent St. James und Megans Bruder Sloan als Architekt hatten sich mit den Plänen für das Hotel auf die zehn Suiten im Westflügel, den neuen Speisesaal für die Gäste und den Westturm konzentriert.

Die Anstrengungen und Investitionen waren nicht umsonst gewesen, wie die schnelle Besichtigungstour, die Megan bekam, ihr bewies. Sloan war es gelungen, bei der Modernisierung den burgähnlichen Charakter des Hauses mit den gewundenen Treppen und hohen Räumen zu erhalten. Die alten Kamine funktionierten wieder, Bleiglasfenster waren originalgetreu ersetzt worden, hohe Flügeltüren führten auf Terrassen, Balkone und Brüstungen hinaus.

Die Lobby war mit erlesenen Antiquitäten möbliert und verfügte über gemütliche Sitzecken, die die Gäste einluden, an einem kalten Wintertag von hier aus den überwältigenden Blick auf die See und die Klippen zu genießen. Oder sie lockten zu einem kleinen Spaziergang durch die üppigen Gärten, die Suzanna mit viel Arbeit und noch mehr Liebe zum Detail angelegt hatte.

Amanda als Hotelmanagerin führte Megan herum und erklärte ihr, dass jede Suite individuell gestaltet war. In den Abstellräumen von *The Towers* hatten sich wahre Schätze gefunden, von Möbeln über Antiquitäten bis hin zu Gemälden. Was nicht verkauft worden war, bevor die Investition der St.-James-Kette die Renovierung ermöglicht hatte, zierte nun die Gästezimmer.

Und in allen Räumen ließ sich natürlich die Legende der Calhoun-Smaragde und der Frau, der sie einst gehört hatten, nachempfinden.

Das Smaragdcollier selbst, das nach einer langen und gefährlichen Suche endlich gefunden worden war – manche behaupteten, mit der Hilfe der Geister von Bianca Calhoun und Christian Bradford, des Künstlers, der sie geliebt hatte –, war nun in einer Glasvitrine in der Lobby ausgestellt. Über der Vitrine hing ein Gemälde von Bianca, von Christian vor über achtzig Jahren gemalt.

„Es ist unglaublich schön", flüsterte Megan ehrfurchtsvoll, als sie das Collier bewunderte. Die grünen Steine, eingefasst von wertvollen Diamanten, pulsierten voller Leben hinter dem Sicherheitsglas.

„Manchmal nehme ich mir eine Minute, bleibe stehen und betrachte es. Und dann muss ich daran denken, was wir alle durchgemacht haben, um die Kette zu finden. Und wie Bianca sie damals benutzen wollte, um mit ihren Kindern zu Christian zu fliehen. Eigentlich sollte es mich traurig stimmen, doch die Kette hier unter ihrem Porträt liegen zu haben, scheint mir irgendwie richtig."

„Ja, das ist es." Selbst durch das dicke Glas übten die Steine eine magische Faszination aus. „Aber ist es nicht zu riskant, sie so öffentlich zugänglich zu zeigen?"

„Holt hat sich um die Sicherheitsvorkehrungen gekümmert. Wenn man einen ehemaligen Cop in der Familie hat, bleibt nichts dem Zufall überlassen. Kugelsicheres Panzerglas." Amanda tippte mit dem Finger dagegen. „Und die modernsten Sensoren." Sie sah auf ihre Armbanduhr. Eine Viertelstunde blieb ihr noch, bevor sie ihren Pflichten als Hotelmanagerin nachgehen musste. „Ich hoffe, eure Zimmer gefallen euch. Mit der Renovierung des Familienflügels sind wir noch nicht sehr weit gekommen."

„Oh nein, alles bestens." Ehrlich gesagt, die Risse im Putz und die zerschrammten Holzbohlen beruhigten Megan sogar. Das war nicht so einschüchternd. „Kevin ist im siebten Himmel. Er ist draußen mit Alex und Jenny. Sie spielen mit dem Welpen."

Lachend warf Amanda das lange Haar zurück. „Unser Fred und Holts Sadie sind die stolzen Eltern. Acht Junge in einem Wurf."

„Ganz, wie Alex gesagt hat – jeder kriegt Babys. Und eure Delia ist wundervoll."

„Ja, das ist sie, nicht wahr?" Amandas Augen leuchteten vor Stolz auf. „Kaum zu glauben, wie sehr sie schon gewachsen ist. Du hättest uns vor sechs Monaten sehen müssen. Alle vier Schwestern die dicken Bäuche vor sich herschiebend und die Männer stolzierend wie die Gockel. Die haben doch tatsächlich Wetten abgeschlossen, wer zuerst niederkommt, Lilah oder ich. Lilah hat mich um zwei Tage geschlagen." Und da sie zwanzig Dollar auf sich selbst gesetzt hatte, war Amanda immer noch ein wenig verstimmt darüber. „Es ist das erste Mal, dass sie bei etwas Eile hatte."

„Ihre Bianca ist auch wunderschön. Sie war wach und verlangte lautstark nach Aufmerksamkeit, als ich im Kinderzimmer war. Euer Kindermädchen hat bestimmt alle Hände voll zu tun."

„Mrs. Billows schafft das schon."

„Ich dachte eigentlich weniger an Bianca, sondern an Max." Megan lächelte vielsagend, als sie sich daran erinnerte, wie hektisch Biancas Dad in das Zimmer gestürmt war, um seine Tochter auf den Arm zu nehmen.

„Sie hat ihn schon jetzt völlig um den kleinen Finger gewickelt."

„Wer hat wen um den kleinen Finger gewickelt?" Sloan kam hinzu und hob seine Schwester mit Schwung in die Luft.

„Dich bestimmt nicht, O'Riley", murmelte Amanda und sah lächelnd zu, wie er strahlend seine Wange an die seiner Schwester drückte.

„Du bist hier!" Er wirbelte mit Megan im Kreis. „Ich bin so froh, dass ihr endlich da seid!"

„Ich auch." Sie spürte Tränen in den Augen brennen und drückte ihren Bruder fest. „Daddy!"

Lachend setzte er sie ab und schlang seiner Frau den Arm um die Taille. „Hast du sie schon gesehen?"

„Wen?", fragte Megan gespielt ahnungslos.

„Mein Mädchen, meine Delia."

„Oh, sie." Megan zuckte scheinbar desinteressiert mit den Schultern. Doch dann musste sie über Sloans entsetztes Gesicht lachen und drückte ihm einen Kuss auf die Wange. „Ich habe sie nicht nur gesehen, ich habe sie gehalten und mit ihr geschmust. Und ich gedenke, sie bei jeder sich bietenden Gelegenheit ganz schrecklich zu verwöhnen. Sie ist einfach wunderbar, Sloan. Sie sieht aus wie Amanda."

„Ja, nicht wahr?" Er küsste seine Frau zärtlich. „Aber das Kinn, das hat sie von mir."

„Das ist definitiv ein Calhoun-Kinn", protestierte Amanda.

„Nein, auf keinen Fall. Zweifelsfrei ein O'Riley-Kinn. Da wir gerade von den O'Rileys sprechen … wo ist denn Kevin?"

„Draußen. Ich sollte ihn hereinrufen. Wir haben noch nicht einmal ausgepackt."

„Lass uns zusammen gehen", schlug Sloan vor.

„Geht ihr nur. Ich habe gleich Dienst." Amanda hatte den Satz noch nicht zu Ende gebracht, als das Telefon an der Rezeption zu klingeln begann. „Meine Pause ist vorbei. Wir sehen uns dann beim Dinner, Megan." Sie hob das Gesicht und küsste ihren Mann zärtlich. „Dich sehe ich hoffentlich früher, O'Riley."

„Mmh …" Mit einem zufriedenen Seufzer sah Sloan seiner Frau nach. „Ich liebe den Gang dieser Frau."

„Du siehst sie immer noch mit dem gleichen Blick an wie vor einem Jahr bei eurer Hochzeit." Megan hängte sich bei ihm ein, als sie Seite an Seite auf die Terrasse hinausgingen. „Das ist schön."

„Sie ist …" Er suchte nach dem passenden Wort und entschied sich für die schlichte Wahrheit. „… alles für mich. Ich wünsche mir, dass du genauso glücklich wirst."

„Ich bin glücklich." Eine leichte Brise spielte mit ihrem Haar und trug Kinderlachen heran. „Dieser Laut macht mich glücklich. Hier zu sein macht mich glücklich." Sie traten von der Terrasse herunter und wandten sich in die Richtung, aus der das Lachen gekommen war. „Ich muss zugeben, ein bisschen nervös bin ich schon. Es ist ein so großer Schritt." Sie blickte zu ihrem Sohn, der hoch oben auf dem Fort stand und die Arme in Siegerpose in die Luft reckte. „Aber für ihn ist es gut."

„Und für dich?"

„Für mich auch." Sie schmiegte sich an ihren Bruder. „Natürlich werde ich Mom und Dad vermissen, aber die beiden haben schon gesagt, dass sie jetzt zwei Gründe haben, zu Besuch zu kommen." Sie strich sich eine Haarsträhne hinters Ohr. „Kevin soll die Familie kennenlernen. Und ich … ich brauchte eine Veränderung, eine neue Herausforderung." Sie sah zu Sloan hoch. „Ich hatte Amanda gebeten, mich einzuweisen."

„Und sie hat dir sicher gesagt, dass du deine Bleistifte eine Woche lang nicht anrühren sollst, oder?"

„So etwas Ähnliches, ja."

„Wir haben nämlich auf der letzten Familiensitzung beschlossen, dass du dir erst einmal Zeit lassen sollst, um dich einzugewöhnen. Eine Woche, bevor du anfängst, Zahlen in die Rechenmaschine einzutippen."

„Ich brauche keine Woche, ich …"

„Ja, ich weiß, ich weiß. Was Effizienz angeht, könntest du Amanda glatt den Rang ablaufen. Aber die Anweisung lautet nun mal, dass du dir eine Woche Urlaub nimmst."

Sie hob skeptisch eine Augenbraue. „Und wer gibt hier die Anweisungen?"

„Alle." Sloan grinste. „Das macht es ja so außerordentlich interessant."

Gedankenversunken ließ sie den Blick auf das Meer hinauswandern. Der Himmel war klar und wolkenlos, der leichte Wind kündete vom herannahenden Sommer. Von der Stelle, an der sie jetzt standen, konnte Megan im kristallklaren Wasser eine Inselgruppe am Horizont ausmachen.

Eine völlig andere Welt als die endlos weite Prärie zu Hause, dachte sie. Und vielleicht auch ein anderes Leben, für sie und ihren Sohn.

Eine Woche. Um zu entspannen, um sich in Ruhe einzugewöhnen, um Zeit mit Kevin zu verbringen und mit ihm auf Entdeckungsreise zu gehen. Verlockend, oh ja. Aber alles andere als verantwortungsbewusst. „Ich will nicht untätig hier herumsitzen, sondern etwas beisteuern."

„Das wirst du noch früh genug, glaub mir." Als ein Schiffshorn ertönte, wandte Sloan das Gesicht zum Meer. „Das ist eines von Holts und Nates Booten." Er zeigte auf die große Jacht, die majestätisch durchs Wasser pflügte. „Die ‚Mariner'. Sie bringen die Touristen hinaus, um Wale zu sichten."

Die Kinder standen jetzt alle oben auf dem Fort und winkten rufend dem Boot zu.

„Nate wirst du beim Dinner kennenlernen", meinte Sloan.

„Ich habe ihn schon getroffen."

„Hat er sich wieder eine Mahlzeit von Coco erschmeichelt?"

„Sah ganz danach aus."

Sloan schüttelte den Kopf. „Ich sage dir, was der Mann verdrücken kann … Und, welchen Eindruck hast du von ihm?"

„Ich habe ihn ja kaum gesehen. Er schien mir auf den ersten Blick ein wenig rau und dreist."

„Du gewöhnst dich schon an ihn. Er gehört jetzt zur Familie."

Megan gab nur einen unverständlichen Laut von sich. Nathaniel Fury mochte zur Familie gehören, aber das bedeutete nicht automatisch, dass sie ihn sympathisch finden musste.

2. KAPITEL

*C*ocos fester Überzeugung nach war Niels van Horne ein höchst unerfreulicher Zeitgenosse. Er scherte sich keinen Deut um das, was sie ihm sagte – weder um konstruktive Kritik noch um vorsichtig an ihn herangetragene Ratschläge. Und Coco gab sich wirklich alle Mühe, höflich zu bleiben, der Himmel war ihr Zeuge! Denn erstens war der Mann ein Mitglied des Teams im *The Towers* und zweitens ein guter Freund von Nathaniel.

Doch er saß ihr wie ein stechender Dorn in der Seite, er war das lästige Sandkorn im ansonsten makellos funktionierenden Getriebe ihrer Zufriedenheit.

Es fing schon damit an, dass er schlicht und ergreifend zu groß war. Die Küche des Hotels war perfekt organisiert, um den reibungslosen Ablauf aller Handgriffe zu garantieren. Sloan und Coco hatten bei der Planung eng zusammengearbeitet, hatten die Kücheneinrichtung auf Cocos Wünsche zugeschnitten. Coco war begeistert von den professionellen Herden aus blinkendem rostfreiem Stahl, den weißen Arbeitsplatten und der kaum hörbaren großen Spülmaschine. Sie liebte es, wenn die Küche sich mit den köstlichen Kochdüften füllte, wenn die Abzugshauben summten und der Fliesenboden blitzblank schimmerte.

Und dann kam van Horne – Dutch, wie er sich nannte. Der sprichwörtliche Elefant im Porzellanladen, mit Schultern wie ein Schrank und tätowierten Armen wie Baumstämmen. Er weigerte sich strikt, eine von den weißen Schürzen mit dem eingestickten blauen Namenszug des Hotels zu tragen, bestand auf aufgerollten Hemdsärmeln und seiner verblichenen Jeans, die weiß Gott bessere Tage gesehen hatte.

Das graue Haar hielt er im Nacken zu einem kurzen Pferdeschwanz zusammen, und sein Gesicht – meist in grimmige Falten gelegt – war genauso groß wie der Rest von ihm. Hellgrüne Augen blitzten über der krummen Nase, krumm, weil sie in früheren Schlägereien, mit denen er so gern prahlte, immer wieder gebrochen worden war. Seine Haut war wettergegerbt und braun wie Leder. Und was seine Ausdrucksweise anging ... Coco hielt sich keineswegs für prüde, aber sie war eine Lady – was den Mann scheinbar nicht interessierte.

Doch kochen konnte er wie ein junger Gott. Nur das ließ sie ihn überhaupt ertragen.

Während Dutch jetzt am Herd stand, beaufsichtigte sie die beiden Unterköche. Als Spezialität des Tages stand heute ihr Fischeintopf und gefüllte Forelle à la française auf der Karte. Bisher lief alles wie am Schnürchen.

„Mr. van Horne", setzte sie mit diesem Tonfall an, bei dem sich unweigerlich seine Nackenhärchen aufrichteten. „Sie übernehmen, solange ich unten bin. Ich erwarte keine Probleme. Sollten jedoch welche auftauchen, so finden Sie mich im Familienesszimmer."

Er warf ihr einen verächtlichen Blick über die Schulter zurück zu. Die Frau hatte sich herausgeputzt wie ein Pfau, so als würde sie in die Oper wollen. Ganz in roter Seide und mit Perlen. Er hätte ja gern verächtlich geschnaubt, aber dann wäre ihm nur ihr Parfüm in die Nase gestiegen, und das würde ihm die Freude am Duft seines Curry-Reises nehmen.

„Ich hab für dreihundert Männer gekocht", brummte er. „Da werde ich sicher mit einem Dutzend milchgesichtiger Touristen fertig."

„Mit Sicherheit verfügen unsere Gäste über einen ausgewählteren Geschmack als dreihundert auf einem halb verrosteten Kahn eingepferchte Matrosen", presste sie zwischen den Zähnen hervor.

Einer der Kellner kam durch die Schwingtür, die Arme voll abgeräumter Teller. Dutchs Blick blieb auf einer nur halb gegessenen Vorspeise haften. Auf seinem Schiff war niemals etwas auf den Tellern liegen geblieben. „Diese Gäste sind wohl nicht besonders hungrig, was?"

„Mr. van Horne, Sie werden sich unter keinen Umständen außerhalb dieser Küche sehen lassen. Ich erlaube nicht, dass Sie noch einmal in den Speisesaal marschieren und unseren Gästen eine Standpauke über deren Essgewohnheiten halten. Und etwas mehr Garnierung auf die Salate, bitte", instruierte sie einen der Unterköche noch, bevor sie zur Tür hinausschwebte.

„Ich kann dieses eingebildete Frauenzimmer nicht ausstehen", knurrte Dutch unter angehaltenem Atem. Wenn Nate nicht wäre … Dutch van Horne würde sich niemals etwas von einer Frau sagen lassen!

Nathaniel hatte keine solchen Probleme mit der holden Weiblichkeit. Im Gegenteil, er liebte die Frauen, ausnahmslos. Er erfreute sich an ihrem Aussehen, ihrem Duft, ihrem Lachen. Äußerst zufrieden darüber, seine Zeit in der Gesellschaft von sechs der bestaussehenden Frauen verbringen zu können, die er je getroffen hatte, saß er im Familienesszimmer am Tisch.

Die Calhoun-Frauen entzückten ihn immer wieder aufs Neue – Suzanna mit ihren sanften Augen, Lilahs träge Sinnlichkeit, Amandas patente Art, C. C.s kesses Lächeln, ganz zu schweigen schließlich von Cocos femininer Eleganz.

Für ihn war *The Towers* sein ganz eigenes Paradies auf Erden.

Und die sechste, die hinzugekommen war … Nathaniel nippte an seinem Whiskey-Soda und betrachtete Megan O'Riley nachdenklich. Sie war bestimmt für so einige Überraschungen gut. Was das Aussehen betraf, so hatte sie es nicht nötig, sich hinter den umwerfenden Calhoun-Frauen zu verstecken. Ihre Stimme mit dem leicht schleppenden Oklahoma-Akzent hatte auch durchaus ihren Reiz. Was ihr allerdings fehlte, war die unbekümmerte Offenheit, die die anderen Frauen ausstrahlten.

Bis jetzt hatte er noch nicht entschieden, woran das lag. War sie wirklich kühl oder einfach nur scheu? Dabei war es praktisch unmöglich, in einem Raum voll lachender Menschen, gurgelnder Babys und tobender Kinder kühl oder scheu zu bleiben.

Im Moment hielt er seine Lieblingsfrau im Arm. Jenny hüpfte auf seinem Schoß auf und ab und bombardierte ihn mit Fragen.

„Heiratest du Tante Coco jetzt?"

„Sie will mich ja nicht."

„Dann heirate ich dich." Jenny strahlte ihn an, ein Mädchen mit fehlenden Schneidezähnen und auf dem besten Weg zur Herzensbrecherin. „Wir feiern Hochzeit im Garten, so wie Mom und Dad. Dann kannst du bei uns wohnen."

„Das ist das beste Angebot, das man mir seit Langem gemacht hat." Sanft strich er ihr über die Wange.

„Aber du musst warten, bis ich groß bin."

„Es ist immer gut, einen Mann warten zu lassen." Der Kommentar kam von Lilah, die mit Mann und Kind auf dem Sofa saß. „Lass dich nie von einem Mann drängen, Jenny. Alles immer schön langsam angehen. Das ist das Beste."

„Sie muss es ja wissen", mischte Amanda sich lachend ein. „Lilah hat ihr ganzes Leben damit zugebracht, Bequemlichkeit zu perfektionieren."

„Ich werde mein Mädchen nicht einem ausgemusterten Seemann überlassen." Holt hob Jenny schwungvoll auf den Arm.

„Dich navigiere ich noch mit verbundenen Augen über die Weltmeere, Bradford."

„Glaub ich nicht." Alex kam zur Rettung der Familienehre herbeigeeilt. „Dad ist der beste Segler auf der ganzen Welt. Selbst wenn Gauner auf ihn schießen." Alex schlang die Arme um Holts Bein. „Er ist nämlich angeschossen worden. Und er hat eine Narbe davon."

Holt grinste seinen Freund an. „Siehst du, du musst deine eigene Fangemeinde gründen, Nate."

„Bist du schon mal angeschossen worden?", wollte Alex von Nate wissen.

„Nein, das nicht." Er schwenkte den goldbraunen Whiskey im Glas. „Aber da gab es diesen Griechen. Auf Korfu. Der wollte mir die Kehle durchschneiden."

Alex riss die Augen auf, und Kevin rutschte näher heran. „Wirklich?" Alex suchte nach sichtbaren Stichwunden. Er wusste, dass Nathaniel einen Feuer speienden Drachen auf die Schulter tätowiert hatte, aber das hier war viel spannender. „Hast du ihn mit deinem Messer niedergestochen?"

„Nein." Megans missbilligender Blick entging Nathaniel nicht. „Er hat mich verfehlt und traf meine Schulter. Der Holländer hat ihn dann mit einer Flasche Ouzo bewusstlos geschlagen."

Kevin war restlos fasziniert. „Hast du auch eine Narbe?"

„Klar."

Amanda schlug Nathaniel auf die Finger, bevor der sich das Hemd von der Schulter zerren konnte. „Lass das! Sonst wird jeder Mann hier im Raum sich ausziehen, um mit seinen Verletzungen anzugeben. Sloan ist auch sehr stolz auf seinen Kratzer von einem Stacheldraht."

„Ein Prachtexemplar, wirklich", stimmte Sloan inbrünstig zu. „Aber Megans ist besser."

„Halt den Mund, Sloan."

„He, man wird doch wohl noch mit seiner einzigen Schwester angeben dürfen." Mit einem breiten Grinsen schlang Sloan Megan den Arm um die Schulter. „Sie war zwölf, eine sture kleine Göre. Und bei uns stand ein neuer Hengst, der hatte fast so große Schwierigkeiten mit seinem Temperament wie sie. Eines Tages schlich sie zu ihm auf die Koppel, fest davon überzeugt, dass sie ihn würde einreiten können. Na, viel weiter als eine halbe Meile kam sie nicht, bevor er sie abwarf."

„Er hat mich nicht abgeworfen", bestritt Megan spitz. „Der Sattelgurt ist gerissen."

„Das behauptet sie." Sloan drückte sie an sich. „Tatsache ist, sie flog durch die Luft und landete mit ihrem Hintern mitten im Stacheldrahtzaun. Hat sechs Wochen nicht sitzen können."

„Zwei", protestierte sie, dabei zuckte es allerdings verdächtig um ihre Mundwinkel.

„Hat eine riesige Narbe zurückbehalten." Er versetzte ihr einen brüderlichen Klaps auf den Po. „Genau hier."

„Die würde ich mir gern mal anschauen", murmelte Nathaniel kaum hörbar, was ihm einen argwöhnischen Blick von Suzanna eintrug.

„Ich denke, ich bringe Christian vor dem Dinner noch schnell zu Bett."

„Guter Vorschlag." C. C. nahm Trent Baby Ethan ab, der schon seit geraumer Zeit leise vor sich hinquengelte. „Da hat jemand Hunger."

„Ich auf jeden Fall auch." Lilah stand auf.

Megan sah den Müttern mit ihren Babys nach und stellte überrascht fest, dass sie so etwas wie Neid empfand. Seltsam, bevor sie hier im Haus die vielen Babys gesehen hatte, war ihr nie der Wunsch nach mehr Kindern in den Sinn gekommen.

„Entschuldigt, dass ich so spät dran bin." Coco rauschte ins Zimmer und richtete sich noch schnell die Frisur. „Es gab ein paar Probleme in der Küche."

Bei Cocos frustrierter Miene musste Nathaniel sich das Grinsen verkneifen. „Trägt Dutch etwa dafür die Verantwortung, Darling?"

„Nun …" Sie jammerte nicht gern. „Wir sind eben verschiedener Meinung, wie manche Dinge gehandhabt werden sollten. Oh danke, Trent." Mit einem Lächeln nahm sie das Glas an, das er ihr hinhielt. „Ach du meine Güte, wo bin ich nur mit meinen Gedanken! Jetzt habe ich die Kanapees vergessen!"

„Ich hole sie." Max erhob sich vom Sofa.

„Danke, du bist ein Schatz. Und jetzt …" Coco nahm Megans Hand. „Wir hatten ja noch gar keine Möglichkeit zu plaudern. Also, was sagst du zu The Retreat?"

„Es ist großartig. Genau, wie Sloan es beschrieben hat. Und Amanda sagte mir, ihr seid ausgebucht."

„Ja, unsere erste Saison läuft hervorragend." Coco schenkte Trent ein Lächeln. „Noch vor einem Jahr war ich völlig verzweifelt, weil es aussah, als würden meine Mädchen ihr Heim verlieren. Obwohl die Karten mir etwas anderes sagten. Habe ich dir eigentlich schon erzählt, dass ich Trent in den Tarotkarten gesehen habe? Ich muss dir auch mal die Karten legen, um zu sehen, was die Zukunft für dich bereithält, Liebes."

„Nun …"

„Oder soll ich dir lieber aus der Hand lesen?"

Megan stieß einen leisen Seufzer der Erleichterung aus, als Max mit den Kanapees zurückkam und Coco ablenkte.

„Nicht an der Zukunft interessiert?"

Überrascht schaute Megan auf. Sie hatte gar nicht bemerkt, dass Nathaniel neben sie getreten war. „Mich interessiert mehr die Gegenwart. Immer einen Schritt nach dem anderen."

„Eine Zynikerin." Er nahm ihre Hand in seine und drehte sie um. „In Irland habe ich eine alte Frau kennengelernt, Molly Duggin hieß sie. Sie behauptete, ich hätte das Zweite Gesicht." Lange hielt er ihren Blick gefangen, bevor er die grauen Augen auf ihre Handfläche senkte. Ein leichter Schauer rann Megan über den Rücken. „Eine höchst eigenwillige Hand. Unabhängig und stark, gleichzeitig elegant." Mit einem Finger strich er über die Innenfläche.

Jetzt war es mehr als nur ein Schauer, eher ein Stromschlag.

„Ich glaube nicht an solchen Unfug wie Handlesen."

„Das ist auch nicht unbedingt nötig. Zurückhaltend", fuhr er fort. „Das ist mir schon aufgefallen. Die Leidenschaft ist da, aber sie wird eingepfercht." Jetzt fuhr er mit dem Daumen über ihre Handballen. „Oder besser: zielgerichtet eingesetzt. Sie bevorzugen die Bezeichnung ‚zielgerichtet'. Praktisch, zweckmäßig. Sie verlassen sich immer auf Ihren Kopf, nicht auf Ihr Gefühl, ganz gleich, was Ihr Herz Ihnen auch zuflüstern mag." Er hob den Blick und traf auf ihre Augen. „Nun, liege ich falsch?"

Nein, er war sogar viel zu nahe an die Wahrheit herangekommen. Und genau deshalb entzog sie ihm auch ihre Hand. „Ein interessantes Gesellschaftsspiel, Mr. Fury", meinte sie kühl.

Seine Augen lachten sie an, als er lässig die Daumen in die Jeansschlaufen seiner Hose hakte. „Ja, nicht wahr?"

Gegen Mittag am nächsten Tag gab es nichts mehr, womit Megan sich noch beschäftigen konnte. Kevin hatte sie die begeisterte Bitte nicht abschlagen können, den Tag bei den Bradfords zu verbringen, sodass sie nun nicht wusste, was sie mit sich anstellen sollte.

An Freizeit war sie einfach nicht gewöhnt.

Der Plan, Amanda zu bitten, sie einen ersten Blick in das Büro und auf die Bücher werfen zu lassen, zerschlug sich. An der Rezeption teilte man ihr nur mit, Amanda sei im Westflügel und kümmere sich dort um ein „kleines Problem".

Einen Besuch bei Coco hatte Megan ebenfalls verworfen, nachdem sie vor der Tür zur Küche gestanden hatte und gerade hatte anklopfen wollen, als von drinnen polterndes Scheppern erklang und gleich darauf erregtes Stimmengewirr.

Da Lilah wieder als Führerin im Park arbeitete und C. C. in ihrer Werkstatt Autos reparierte, war Megan sich selbst überlassen. In dem riesigen Haus kam sie sich vor wie der letzte lebende Mensch auf der ganzen Insel.

Sie könnte natürlich lesen oder in der Sonne sitzen und die Aussicht genießen. Oder in den ersten Stock hinuntergehen und nachsehen, wie weit die Renovierungen gediehen waren. Und Trent und Sloan im Weg stehen, dachte sie mit einem Seufzer und verzichtete lieber.

Daran, Max in seinem Arbeitszimmer zu stören, wagte sie nicht einmal zu denken. Sie wusste, er arbeitete an seinem neuen Buch. Und da sie bereits eine gute Stunde im Kinderzimmer verbracht und mit den Babys gespielt hatte, stand das wohl auch nicht mehr zur Wahl.

In ihrem Zimmer lief sie auf und ab. Sie strich noch einmal die Tagesdecke des wunderschönen Vierpfostenbetts glatt, auch wenn sich kein einziges Fältchen zeigte. Ihre Sachen waren heute Morgen geliefert worden, und mit ihrer effizienten Art – vielleicht zu effizient – war bereits alles ordentlich verstaut und eingeräumt. Ihre Kleider hingen auf Bügeln im Schrank, die Wäsche lag säuberlich gestapelt in den Schubladen der Kommode, die gerahmten Familienfotos hatten einen Platz auf dem Tischchen neben dem Fenster gefunden. Die Schuhe standen paarweise aufgereiht, der Schmuck war in die Schatulle einsortiert und ihre Bücher akkurat nebeneinander im Regal aufgestellt.

Wenn sie nicht bald etwas zu tun fand, würde sie noch wahnsinnig werden!

Sie griff nach ihrem Aktenkoffer, überprüfte ein letztes Mal den Inhalt und ging zu dem Wagen hinaus, den Sloan ihr zur Verfügung gestellt hatte.

Der Motor schnurrte wie ein Kätzchen, dank C. C.s Können. Megan fuhr die kurvenreiche Straße zur Stadt hinunter.

Sie erfreute sich an dem Blick auf das blaue Wasser der Bucht und dem bunten Treiben der Touristen, die durch die Gässchen und Straßen schlenderten und vor den dekorativen Auslagen der Geschäfte stehen blieben. Sie selbst verspürte keine Lust, einen Einkaufsbummel zu machen. Megan betrachtete Einkaufen als Pflicht, nicht als Vergnügen.

Früher einmal war sie gerne bummeln gegangen. Es hatte ihr Spaß gemacht, die Waren durch die großen Fenster zu betrachten und etwas zu kaufen, das ihr gefiel. Sie hatte die langen Sommertage genossen, an denen es nichts anderes zu tun gab, als den Wolken am blauen Himmel nachzusehen und auf den Wind zu lauschen.

Doch das war damals gewesen. Bevor ihre Unschuld verloren gegangen und an deren Stelle die Verantwortung gerückt war.

Die Schilder am Pier wiesen ihr den Weg – „Shipshape Tours". Einige kleinere Boote lagen auf dem Trockendock, doch die „Mariner" und ihr Schwesterschiff, die „Island Queen", waren scheinbar ausgelaufen.

Megan runzelte enttäuscht die Stirn. Sie hatte gehofft, Holt noch zu erwischen, bevor er mit der nächsten Tour hinausfuhr. Allerdings … es wäre bestimmt nichts dagegen einzuwenden, wenn sie sich ein wenig in dem flachen Gebäude mit dem Wellblechdach umsah. Schließlich gehörte „Shipshape" jetzt zu ihren Klienten.

Sie parkte ihren Wagen hinter einem schwarzen T-Bird mit offenem Verdeck. Ein herrliches Auto. Sie konnte nicht anders und blieb einen Moment stehen, um die elegante Linie zu bewundern. Der glänzende schwarze Lack und die weiße Innenausstattung bildeten einen faszinierenden Kontrast.

Die Augen mit einer Hand beschattet, sah sie aufs Wasser hinaus. Zwei schlanke Jachten mit voll geblähten Segeln glitten am Horizont dahin. Unbestreitbar ein schönes Bild, auch wenn hier eine so ganz andere Atmosphäre herrschte als die, in der sie aufgewachsen war. Eine frische Brise wehte vom Meer herein, brachte den Duft von Salzwasser mit und trug die Wohlgerüche eines nahe gelegenen Restaurants heran.

Sie könnte sich hier wohlfühlen. Nein, korrigierte sie in Gedanken, sie würde sich wohlfühlen. Mit resoluten Schritten ging sie auf das Gebäude zu und klopfte an.

„Es ist offen."

Die Füße auf eine unglaublich unordentliche Schreibtischplatte gelegt, lümmelte Nathaniel sich in seinem Stuhl und telefonierte. Seine Jeans war am Knie zerrissen und mit etwas beschmiert, das wie Motorenöl aussah. Die mahagonifarbene Mähne stand wirr in alle

Richtungen, entweder war der Wind dafür verantwortlich oder Nathaniels Finger. Jetzt winkte er Megan heran, während er weiter in die Muschel sprach.

„Ich würde Teak empfehlen, das eignet sich am besten. Wir haben noch genug auf Lager, Ihr Deck kann in zwei Tagen repariert sein. – Nein, den Motor haben wir nur gewartet. Der hält noch eine ganze Weile. – Sicher, kein Problem. Ich melde mich bei Ihnen, sobald die Arbeiten fertig sind."

Er hängte den Hörer ein, klemmte sich eine Zigarre zwischen die Zähne und sah zu Megan. Ein seltsamer Zufall. Den ganzen Vormittag schon hatte er an sie denken müssen. Und jetzt stand sie vor ihm und sah genau so aus, wie er sie sich vorgestellt hatte. Adrett und proper, das hübsche rotgoldene Haar aufgesteckt, mit reservierter Miene und einen höchst offiziell aussehenden Aktenkoffer in der Hand.

„Waren Sie gerade in der Gegend?"

„Ich wollte zu Holt."

„Er ist mit der ‚Queen' draußen." Nathaniel sah auf die Taucheruhr an seinem Handgelenk. „Und kommt erst in anderthalb Stunden zurück." Er lächelte keck. „Sieht aus, als müssten Sie mit mir vorliebnehmen."

Megan unterdrückte den Drang, auf dem Absatz kehrtzumachen. „Ich möchte mir die Bücher ansehen."

Nathaniel sog an seiner Zigarre. „Ich dachte, Sie haben Urlaub."

Megan berief sich auf ihre wirkungsvollste Verteidigungsstrategie – Überheblichkeit. „Stimmt etwas nicht mit den Büchern?", fragte sie eisig.

„Woher sollte ich das wissen?" Geschmeidig beugte er sich vor und holte eine schwarze Kladde aus der Schublade hervor. „Sie sind doch der Fachmann. Hier." Er hielt ihr die Kladde hin. „Ziehen Sie sich einen Stuhl heran, Megan."

„Danke." Sie stellte sich einen der Klappstühle an die Schreibtischseite und setzte ihre Lesebrille auf. Ihr korrektes Buchhalterherz setzte aus, kaum dass sie die erste Seite des dicken Ordners aufgeschlagen hatte und die chaotischen Zahlenreihen sah. „Das ist Ihre Buchführung?"

„Klar." Sie sah so überaus korrekt und tüchtig aus mit der Brille und dem Knoten im Nacken. Richtig appetitlich. „Holt und ich haben uns damit abgewechselt … das heißt, nachdem Suzanna die Hände in die Luft geworfen hat und uns beide als Trottel beschimpfte." Er lächelte charmant. „Wir beide hatten vollstes Verständnis dafür, dass sie während der Schwangerschaft nicht noch mehr Stress brauchte."

„Hmm …" Megan war bereits in die nächsten Seiten vertieft. Für sie bedeutete es eher eine Herausforderung, Ordnung in dieses Chaos zu bringen. „Haben Sie Belege?"

„Müssten alle da drinnen sein." Er zeigte mit dem Daumen hinter sich auf einen Aktenschrank aus Metall. Ein ölverschmierter Schiffsmotor krönte das zerbeulte Möbelstück.

„Rechnungen?"

„Auf jeden Fall."

„Quittungen?"

„Sicher." Er griff in eine andere Schublade und holte eine alte Zigarrenkiste heraus. „Quittungen haben wir reichlich."

Megan öffnete den Deckel, warf einen Blick in die Kiste und seufzte. „So führen Sie also Ihr Geschäft?"

„Nein. Wir führen unser Geschäft, indem wir Leute aufs Meer rausfahren und Boote reparieren, manchmal sogar bauen." Er lehnte sich vor, hauptsächlich, um den feinen Duft erhaschen zu können, der Megans Haut anhaftete. „Ich hab noch nie viel von Papierkram gehalten, und Holt hat in seinem Leben wohl genug Berichte geschrieben." Sein Lächeln wurde breiter. Er glaubte wirklich nicht, dass sie diese überseriöse Brille, den Knoten und die adrette Bluse bewusst trug, um beim anderen Geschlecht den Wunsch zu wecken, ihr die Brille abzunehmen, die Haarnadeln zu lösen und sich an den Knöpfen zu schaffen zu machen. Dennoch … genau diesen Effekt hatte es.

Er deutete auf die Zigarrenkiste und legte sich dann den Zeigefinger an einen Augenwinkel. „Vielleicht hat der Steuerberater, der dieses Jahr unsere Steuern machen sollte, ja deshalb diesen nervösen Tick bekommen. Angeblich soll er jetzt in Jamaika Körbe flechten."

Megan lachte leise auf. „Glauben Sie mir, so leicht gebe ich mich nicht geschlagen."

„Daran habe ich nie gezweifelt." Nathaniel lehnte sich in den knarzenden Stuhl zurück. „Ihr Lächeln ist hübsch, Megan. Sie sollten es öfter benutzen."

Sie kannte diesen Ton. Charmant, ein wenig flirtend, ganz männliche Selbstsicherheit ... Ihre Alarmglocken schrillten. „Sie bezahlen mich nicht für mein Lächeln."

„Mir wäre es auch lieber, wenn es das gratis gäbe. Was hat Sie dazu gebracht, Buchhalterin zu werden?"

„Ich kann gut mit Zahlen umgehen." Sie legte das Hauptbuch vor sich auf den Schreibtisch und kramte einen Taschenrechner aus dem Aktenkoffer.

„Das kann ein Wettbuchmacher auch. Ich meine, wieso haben Sie sich für diesen Beruf entschieden?"

„Weil es ein solider und anständiger Beruf ist." Sie konzentrierte sich auf die Zahlen und hoffte, Nathaniel so ausblenden zu können.

„Auch weil am Ende immer nur ein richtiges Ergebnis herauskommt?"

Den Anflug von Spott gedachte sie allerdings nicht zu ignorieren. Sie sah auf und schob die Brille höher auf die Nase. „Addieren und Subtrahieren folgt ausschließlich den Gesetzen der Logik, Mr. Fury, was jedoch Überraschungen nicht ausschließt."

„Wenn Sie es sagen. Hören Sie, wir beide sind vielleicht als Seiteneinsteiger zu den Calhouns gestoßen, aber jetzt gehören wir zur Familie. Finden Sie es da nicht albern, mich Mr. Fury zu nennen?"

Ihr Lächeln strahlte so viel Wärme aus wie ein Eisberg. „Nein, durchaus nicht."

„Liegt es an mir, oder versuchen Sie grundsätzlich alle Männer einzufrieren?"

Ihre Geduld, von der sie bisher immer angenommen hatte, sie sei unerschöpflich, schwand rapide. „Ich bin hier, um die Bücher zu führen, mehr nicht."

„Ein Klient kann also unmöglich auch ein Freund sein?" Er paffte ein letztes Mal an der Zigarre und drückte sie dann im Aschenbecher aus. „Sehen Sie, ich besitze eine bemerkenswerte Eigenschaft. Wissen Sie, welche?"

„Nein. Aber ich bin sicher, Sie werden es mir gleich sagen.“

„Stimmt. Ich kann mich nett mit einer Frau unterhalten, ohne der Versuchung zu erliegen, über sie herzufallen und ihr die Kleider vom Leib zu reißen. Ich meine, Sie sind wirklich hübsch anzusehen, aber ich kann meine primitiven Triebe beherrschen, vor allem, wenn alle Zeichen auf Stopp stehen.“

Jetzt kam sie sich doch albern vor. Sie war unhöflich gewesen, eigentlich von der ersten Minute an. Weil, so gestand sie sich still ein, ihre Reaktion auf ihn sie verwirrte. Aber schließlich war er es doch, der sie anstarrte, als würde er liebend gern jeden Moment an ihr zu knabbern anfangen!

„Entschuldigen Sie.“ Das war ernst gemeint, auch wenn es etwas steif klang. „Im Moment muss ich mit vielen Veränderungen klarkommen, deshalb bin ich wohl etwas angespannt. Und die Art, wie Sie mich ansehen, macht mich einfach gereizt.“

„Akzeptiert. Allerdings muss ich Ihnen sagen, dass es das Recht eines Mannes ist, genauer hinzusehen. Für mehr wäre erst eine Einladung notwendig.“

„Nun gut, dann lassen Sie uns noch einmal von vorn anfangen. Doch ich kann Ihnen schon jetzt versichern, dass ich keinen roten Teppich für Sie ausrollen werde. Also, Nathaniel“, der Vorname, mit einem Lächeln ausgesprochen, war ein bewusstes Einlenken, „meinen Sie, Sie könnten irgendwo die letzten Steuerbescheide auftreiben?“

„Müsste machbar sein.“ Er stieß sich mit dem Stuhl zurück. Das Quietschen der Räder ging in ein jämmerliches Winseln über, so durchdringend, dass Megan zusammenzuckte und Quittungen durch die Luft flogen.

„Mist, dich hatte ich völlig vergessen!“ Nathaniel hob ein zappelndes schwarzes Fellknäuel hoch. „Er schläft noch viel und vor allem überall, deshalb stolpere ich ständig über ihn oder trete ihm auf den Schwanz“, sagte er zu Megan, während der Welpe ihm aufgeregt das Gesicht leckte. „Wenn ich ihn zu Hause lassen will, jault er so lange, bis ich nachgebe und ihn dann doch mitnehme.“

„Ist der niedlich!“ Es juckte ihr in den Fingern, das Hündchen zu streicheln. „Er sieht genauso aus wie der von Coco.“

„Sie sind aus demselben Wurf." Weil er ihren Wunsch in ihren Augen lesen konnte, reichte er ihr das Fellknäuel über die Schreibtischplatte.

„Du bist ja ein Süßer!"

Wie sie da so mit dem Welpen schmuste, waren alle ihre Verteidigungsmauern gefallen, wie Nathaniel bemerkte. Sachliches Geschäftsgebaren und kühle Effizienz hatte sie vergessen. Jetzt war sie nur noch ganz weibliche Wärme und Herzlichkeit. Ihre schlanken Hände kraulten verzückt das weiche Fell, ihr Lächeln strahlte, und ihre Augen schimmerten begeistert.

Nathaniel ermahnte sich, dass die Einladung dem Hund galt, nicht ihm.

„Wie heißt er denn?"

„Hund."

Megan sah auf. „Hund?", wiederholte sie. „Und das war's?"

„Ihm gefällt's. He, Hund!" Als der Welpe die Stimme seines Herrn hörte, drehte er sofort den Kopf zu Nathaniel und bellte einmal. „Sehen Sie?"

Lachend barg Megan die Wange an dem weichen Fell. „Ja. Aber ist das nicht ein wenig einfallslos?"

„Ganz im Gegenteil. Wie viele Hunde kennen Sie, die Hund heißen?"

„Das stimmt auch wiederum." Sie stellte das schwarze Fellknäuel auf den Boden und versetzte ihm einen kleinen Klaps. „Nun lauf. Aber komm nicht auf dumme Gedanken und zerkau die Papiere."

Nathaniel warf einen bunten Gummiball in den Raum hinein. „Das wird ihn vorerst beschäftigt halten", sagte er und kam um den Tisch herum, um Megan beim Aufheben der Quittungen zu helfen.

„Irgendwie scheinen Sie mir nicht der Typ für einen tapsigen Welpen zu sein."

„Wieso nicht? Ich wollte immer einen Hund haben." Er ging in die Hocke und begann Quittungen aufzuklauben. „Als Kind habe ich mit einem von Hunds Vorfahren gespielt, drüben bei den Bradfords. Auf einem Schiff kann man jedoch keinen Hund halten. Dafür habe ich mir einen Vogel angeschafft."

„Einen Vogel?"

„Einen Papagei. Den habe ich vor ungefähr fünf Jahren aus der Karibik mitgebracht. Noch ein Grund, weshalb ich Hund lieber mitnehme. Vogel würde ihn wahrscheinlich auffressen."

„Vogel?" Sie blickte auf, doch das Lachen erstarb ihr in der Kehle. Wieso war dieser Mann immer näher, als sie annahm? Und warum brachten seine ruhigen, forschenden Blicke ihre Nervenenden jedes Mal zum Vibrieren, so als würde er sie berühren?

Nathaniel ließ seinen Blick auf ihren Lippen haften. Das zögerliche Lächeln umspielte noch immer ihre Mundwinkel. In dieser Scheu, kaschiert von hochmütiger Selbstsicherheit, lag etwas sehr Reizvolles. Doch ihre Augen blickten jetzt nicht kühl, sondern vielmehr wachsam, neugierig. Keine Einladung, befand er. Aber fast. Und sehr, sehr verlockend.

Um zu sehen, wie weit er gehen konnte, steckte er ihr eine lose Strähne hinters Ohr. Sie schoss von dem Stuhl hoch wie eine Rakete.

„Sie sind ganz schön schreckhaft, Megan." Erst klappte er den Deckel der Zigarrenkiste zu, dann richtete er sich auf. „Allerdings ist es schmeichelhaft zu wissen, dass ich Sie nervös machen kann."

„Das tun Sie nicht." Sie mied seinen Blick, während sie das behauptete. Sie war noch nie eine gute Lügnerin gewesen. „Ich würde diese Unterlagen gern mitnehmen, wenn Sie nichts dagegen haben. Sobald ich alles sortiert habe, melde ich mich bei Ihnen. Oder bei Holt."

„Einverstanden." Das Telefon begann zu klingeln. Er ignorierte es. „Sie wissen ja, wo Sie uns finden."

„Wenn ich die Bücher in Ordnung gebracht habe, entwerfen wir ein auf Ihre Bedürfnisse zugeschnittenes Ablagesystem."

Was für eine Frau! Grinsend setzte er sich auf die Schreibtischkante. „Ganz, wie Sie wollen. Sie sind der Boss, Engelchen."

Viel zu heftig ließ sie den Deckel des Aktenkoffers zuschnappen. „Nein, Sie sind der Boss. Und das ‚Engelchen' können Sie sich sparen." Damit marschierte sie hinaus und stieg in ihren Wagen.

Geschickt steuerte sie durch den Stadtverkehr. Doch als sie am Fuße der kurvigen Straße ankam, die zu *The Towers* hinaufführte, bremste sie den Wagen am Straßenrand ab.

Sie brauchte einen Moment Ruhe, um sich zu sammeln, bevor sie irgendjemandem gegenübertreten konnte. Mit geschlossenen Augen lehnte sie den Kopf an die Nackenstütze zurück. In ihrem Bauch flatterten aufgeregte Schmetterlinge, die sich weder mit Vernunft noch mit Willenskraft beruhigen ließen.

Diese Schwäche ärgerte sie maßlos. Nathaniel Fury ärgerte sie maßlos. Trotz aller Anstrengung, trotz der langen Zeit reichten ein paar forschende Blicke, um sie mit Wucht daran zu erinnern, dass sie noch immer eine Frau war. Und das Schlimmste … Sie war sich sicher, dass er genau wusste, was er mit ihr anstellte.

Sie war schon einmal auf ein attraktives Gesicht und schöne Worte hereingefallen. Anders als ihre Familie ließ Megan selbst ihre Jugend und Unerfahrenheit nicht als Entschuldigung gelten. Nein, damals hatte sie auf ihr Herz gehört, hatte fest an das „Glücklich-bis-ans-Lebensende" geglaubt. Aber heute nicht mehr. Märchen wurden nicht wahr, es gab keine edlen Prinzen, keine Schlösser in den Wolken. Heute wusste sie, dass nur die Realität existierte, die eine Frau für sich selbst und ihr Kind schuf.

Sie hatte keine Zeit für solchen Unsinn wie einen rasenden Pulsschlag und Schmetterlinge im Bauch. Sie wollte diese Sehnsucht nicht spüren, die darum flehte, erfüllt zu werden. Nicht heute, nicht morgen. Nie wieder.

Megan wollte nicht mehr, als Kevin eine gute Mutter sein und ihm ein glückliches, liebevolles Heim bieten. Sie wollte es aus eigener Kraft schaffen, wollte stark und unabhängig und erfolgreich sein.

Und hart, sodass nichts mehr sie verletzen konnte.

Sie musste über sich selbst lächeln. Nun, das würde ihr sicherlich nicht gelingen, aber sie würde vernünftig bleiben. Niemals wieder würde sie einem Mann die Macht überlassen, ihr Leben zu verändern, und ganz sicher nicht, nur weil er ihre Hormone ein wenig durcheinanderbrachte.

Jetzt ruhiger, ließ Megan den Wagenmotor wieder an. Es wartete eine Menge Arbeit auf sie.

3. KAPITEL

„Hab Erbarmen mit mir, Mandy!" Kaum dass Megan auf *The Towers* angekommen war, suchte sie ihre Schwägerin auf. „Ich will doch nur ein Gefühl für meinen Arbeitsplatz und das, was mich erwartet, bekommen."

Amanda sah von der eigenen Arbeit auf und betrachtete Megan abschätzend. „Es ist schrecklich, wenn alle etwas zu tun haben und man selbst nicht, oder?"

Megan stieß einen inbrünstigen Seufzer aus. Endlich eine verwandte Seele, die sie verstand! „Fürchterlich."

„Sloan möchte, dass du dich entspannst." Amanda lachte auf, als sie Megans Miene sah. „Aber was versteht der schon! Komm." Sie schob den Stuhl von ihrem Schreibtisch zurück und stand auf. „Dein Büro ist direkt nebenan." Sie führte Megan ein Stückchen den Gang hinunter und öffnete die nächste geschnitzte Tür. „Eigentlich müsstest du alles finden, was du brauchst. Falls noch etwas fehlt, sag mir Bescheid."

Manche Frauen verspürten freudige Erwartung, wenn sie ein großes Kaufhaus betraten. Andere erfüllte ein wohliges Gefühl bei dem Schimmer von Kerzenlicht oder dem Knallen eines Champagnerkorkens. Bei Megan löste der Anblick eines gut organisierten Arbeitsplatzes diese Reaktion aus.

Und in diesem Büro gab es wirklich alles, was sie sich nur wünschen konnte. Auf dem auf Hochglanz polierten Queen-Anne-Schreibtisch standen Telefon und Sprechanlage, Locher, Hefter und Stifte, und ein neuer Computer wartete nur darauf, eingeschaltet zu werden. Vor Begeisterung hätte Megan am liebsten in die Hände geklatscht.

Die Ablageschränke aus Holz dufteten noch nach Bienenwachs, die Messinggriffe blinkten im Sonnenlicht, das durch die Bleiglasfenster hereinfiel. Regale standen bereit, um Ordner und Fachliteratur aufzunehmen. Der auf dem Boden ausgelegte Orientteppich passte farblich zu der einladenden Sitzecke in frostigem Rosa und Schiefergrau. In einer Zimmerecke stand ein Kopierer, daneben auf einem Tisch Faxgerät und Kaffeemaschine.

Der elegante Charme der Alten Welt und modernste Technologie waren in diesem Raum die perfekte Symbiose eingegangen.

„Oh Mandy, es ist großartig."

„Ich hatte gehofft, dass es dir gefallen wird." Amanda wischte ein Staubkörnchen vom Schreibtisch und rückte den Locher zurecht. „Ich kann nicht behaupten, dass es mir leidtäte, dir die Buchhaltung zu überlassen. Das ist ein Vollzeitjob, inklusive Überstunden. Vor deiner Ankunft hab ich noch alles abgeheftet – Rechnungen, Ausgabenbelege, Quittungen und so weiter, alle nach Sachgebieten sortiert." Sie zog eine Schublade auf, und Megans ordnungsliebendes Herz floss über beim Anblick der säuberlich beschrifteten und alphabetisch geordneten Hängemappen.

„Wunderbar. Keine Zigarrenkiste weit und breit."

Zuerst stutzte Amanda verständnislos, doch dann warf sie lachend den Kopf zurück. „Du hast also Holts und Nates Ablagesystem schon gesehen."

Megan klopfte auf ihren Aktenkoffer. „Ich habe es nicht nur gesehen, ich habe es dabei." Zufrieden lächelnd ließ sie sich in den Schreibtischsessel mit hoher Rückenlehne sinken. „So lasse ich mir das gefallen!", meinte sie begeistert. Dann nahm sie einen Bleistift zur Hand, betrachtete ihn versonnen, legte ihn wieder ab. „Danke, dass ihr mich in euer Team aufnehmt."

„So ein Unsinn, du gehörst zur Familie. Außerdem ... lass uns nach zwei Wochen in diesem Chaos noch mal darüber reden. Wer weiß, ob du dann noch immer Dankbarkeit verspürst. Du ahnst gar nicht, wie oft man hier bei der Arbeit unterbrochen ..." Wie zur Bestätigung brüllte jemand laut ihren Namen. „Da siehst du, was ich meine." Sie drehte sich zur Tür. „Wir sind hier, O'Riley!", gab sie ihrem Mann Antwort und schüttelte missbilligend den Kopf, als Sloan und Trent, über und über mit Staub bedeckt, herangetrabt kamen. „Ich dachte, ihr wolltet eine Wand herausbrechen oder so was."

„Sind wir ja dabei. Aber zuerst mussten wir ein paar alte Schränke aus dem Weg räumen. Sieh nur, was wir gefunden haben."

Sie sah leicht angewidert auf das Teil, das er in der Hand hielt. „Ein verschimmeltes altes Buch. Das ist wirklich hübsch, Liebling. Aber jetzt geh wieder mit Trent im Baukasten spielen."

„Das ist nicht einfach nur ein Buch", verkündete Trent aufgeregt, „sondern Fergus' Haushaltskladde. Aus dem Jahr 1913."

„Oh!" Mit plötzlich hämmerndem Herzen riss Amanda Sloan das Buch aus der Hand.

Megans Neugier war geweckt. Sie schaute Amanda über die Schulter. „Ist das wichtig?"

„In dem Jahr starb Bianca." Sloan schlang Amanda den Arm um die Taille. „Die Geschichte kennst du doch, Meg. Dass Bianca in einer lieblosen Ehe gefangen war. Sie traf Christian Bradford, verliebte sich in ihn und beschloss, Fergus zu verlassen und die Kinder mitzunehmen. Aber Fergus deckte ihren Fluchtplan auf. Sie stritten sich oben im Turm, und Bianca stürzte aus dem Fenster."

„Und er zerstörte alles, was an sie erinnerte." Amandas Stimme klang brüchig. „All ihre Kleider, ihre kleinen Schätze, Bilder von ihr. Alles, bis auf die Smaragdkette. Weil Bianca sie versteckt hatte. Jetzt haben wir das Collier. Und das Porträt, das Christian von ihr malte." Sie holte tief Luft. „Eigentlich passt es, dass wir jetzt das hier von Fergus haben. Eine Auflistung von Profit und Verlust."

Trent streckte den Arm aus und blätterte eine Seite um. „Er scheint auch knappe Notizen am Rand angefügt zu haben. Seht nur, hier zum Beispiel. Eine Art Tagebuch."

Mit gerunzelter Stirn las Amanda ihnen eine kurze Passage laut vor.

„ Unwirtschaftliches Haushalten in der Küche. Habe die Köchin entlassen. B. geht zu nachgiebig mit der Dienerschaft um. Heute neue Manschettenknöpfe erstanden. Diamanten, größer als die von J.P. Getty. Eine gute Wahl für die Oper am Abend."

Amanda schnaubte abfällig. „Das zeigt, was für ein Mann er war."

„Liebling, hätte ich geahnt, dass du dich so aufregst, hätte ich es gar nicht erst hervorgeholt."

Sie schüttelte den Kopf. „Nein, die Familie wird es aufbewahren wollen." Trotzdem legte sie das Buch ab. An ihren Fingern klebte plötzlich mehr als nur Staub und Schimmel. „Ich zeige Megan gerade ihr neues Reich."

„Das sehe ich." Mit zusammengekniffenen Augen musterte Sloan seine Schwester. „Was ist aus dem Entspannen geworden?"

„So entspanne ich mich am besten. Also warum lässt du mich nicht in Ruhe, damit ich mich endlich entspannen kann?"

„Sehr gute Idee." Amanda küsste ihren Mann und schob ihn gleichzeitig zur Tür hinaus. „Husch, hinweg mit euch." Noch während sie die Männer zur Tür hinausscheuchte, begann das Telefon nebenan in ihrem Zimmer zu klingeln. „Lass mich wissen, wenn du etwas brauchst", rief sie Megan über die Schulter zurück zu und eilte in ihr Büro.

Mit sich und der Welt zufrieden, schloss Megan die Tür und rieb sich die Hände. Dann steuerte sie auf ihren Aktenkoffer zu. Sie würde Nathaniel Fury den wahren Sinn des Wortes „Ordnung" beweisen.

Drei Stunden später ließ das Getrappel von jungen Füßen Megan aufblicken. Offenbar hatte jemand Kevin den Weg zu ihrem neuen Büro gezeigt, und da kam er auch schon zur Tür hereingestürmt.

„Hi, Mom!" Er warf sich in ihre Arme, und jeder Gedanke an Zahlen schwand sofort aus ihrem Kopf. „Wir haben mit Sadie und Fred getobt, und dann haben wir Krieg in dem neuen Fort gespielt. Und wir durften alle Blumen in Suzannas Gewächshaus gießen."

Megan schaute auf die pitschnassen Turnschuhe ihres Sohnes. „Euch selbst habt ihr gleich mitgegossen, wie ich sehe."

Der Junge grinste. „Wir haben eine Wasserschlacht gemacht. Ich hab gewonnen."

„Ach, mein Held."

„Zum Mittagessen gab es Pizza. Carolanne – sie arbeitet für Suzanna – hat gesagt, ich sei ein Fass ohne Boden. Und morgen muss Suzanna einen Garten anlegen, da können wir dann nicht mitkommen, aber vielleicht können wir mit dem Boot rausfahren und uns die Wale ansehen. Wenn du willst. Du willst doch, oder, Mom? Ich hab Alex und Jenny nämlich schon gesagt, dass du mitkommst."

Lächelnd betrachtete sie sein leuchtendes Gesicht. So glücklich hatte sie ihren Jungen noch nie gesehen. Hätte er sie gefragt, ob sie morgen nicht mit ihm in Kenia auf Löwenjagd gehen wolle, sie hätte prompt zugestimmt.

„Natürlich will ich." Sie lachte glücklich auf, als er die Arme um sie schlang und sich fest an sie drückte. „Wann also stechen wir in See?"

Um Punkt zehn am nächsten Morgen war Megan mit ihren drei Schützlingen beim Hafen. Suzannas Rat befolgend hatte sie warme Kapuzenjacken für alle mitgenommen, denn trotz des sommerlichen Wetters konnte es draußen auf dem Atlantik recht kühl werden. Des Weiteren war sie ausgerüstet mit Fernglas, Kamera und zusätzlichen Filmrollen.

Auch Tabletten gegen Reiseübelkeit hatte Megan heute Morgen schon eingenommen, doch als sie jetzt am Pier stand und das Boot betrachtete, schien ihr Landrattenmagen die leicht schaukelnden Bewegungen bereits mitzumachen.

Nun, das Schiff sah solide aus, damit konnte sie sich ein wenig beruhigen. Der weiße Lack glänzte in der Sonne, die polierte Reling blitzte und blinkte. Als sie an Bord gingen, erhaschte Megan einen Blick in die große Kabine mit den Aussichtsfenstern. Wohl für die weniger Mutigen, dachte sie bei sich und wusste doch bereits, dass die Kinder sich niemals darauf einlassen würden, hier trocken und warm unter Deck zu sitzen.

„Wir dürfen auf die Brücke." Alex marschierte stolz voran. „Uns gehört die ‚Mariner‘ nämlich. Zusammen mit Nate."

„Daddy sagt, das Schiff gehört der Bank." Die Haare mit einem roten Band zusammengebunden, kletterte Jenny eifrig die Stiege zur Kommandobrücke hoch. „Das soll aber nur ein Witz sein. Und Dutch schimpft immer, was für eine Schande es ist, dass ein gestandener Seemann Landratten ohne Seebeine herumschippern muss. Nate lacht dann nur."

Megan hob leicht eine Augenbraue. Den berüchtigten Holländer hatte sie bisher noch nicht kennengelernt. Jenny allerdings liebte es, seine Bemerkungen Wort für Wort zu zitieren, vor allem, da sie dann Ausdrücke benutzen konnte, die oft alles andere als salonfähig und erst recht nicht jugendfrei waren.

„Wir sind da!" Alex stieß die Tür zum Kommandostand auf. Er platzte schier vor Aufregung. „Kevin auch!"

„Willkommen an Bord." Nathaniel sah von der Karte auf. Sein Blick blieb auf Megan haften.

„Ich hatte eigentlich gedacht, Holt würde …"

„Er steuert die ‚Queen'." Grinsend steckte er sich seine Zigarre zwischen die Zähne. „Keine Angst, Meg, mit mir werden Sie schon nicht auf Grund laufen."

Im Moment war das ihre geringste Sorge. In schwarzem Pullover und Jeans, mit einer schwarzen Fischermütze auf dem Kopf und dem selbstsicheren Funkeln in den Augen sah Nathaniel eigentlich sehr kompetent aus. Wie ein Pirat nach dem Entern eines Handelsschiffes, dachte sie. „Ich habe mit der Arbeit an Ihren Büchern angefangen." Da, das war für Megan sicherer Boden.

„Dachte ich mir schon."

„Sie sind ein einziges Chaos."

„Gut möglich. Kevin, komm her, ich zeig dir auf der Karte, wo unser Ziel liegt."

Der Junge zögerte nur kurz, die Verlockung war einfach zu groß. Und Dutzende von Fragen sprudelten ihm über die Lippen.

„Sehen wir viele Wale? Was passiert, wenn sie gegen das Schiff stoßen? Kentern wir dann? Schießen die eigentlich wirklich das Wasser aus dem Loch auf ihrem Rücken? Wie können Sie denn das Schiff von hier oben aus steuern?"

Megan ermahnte ihren Sohn, Mr. Fury nicht mit so vielen Fragen lästig zu fallen, doch da hatte Nathaniel sich Jenny schon auf die Hüfte gehoben, beantwortete geduldig eine Frage nach der anderen und führte zu seinen Erklärungen Alex' Zeigefinger über die Karte.

Ob nun Pirat oder nicht, er kann wunderbar mit Kindern umgehen, dachte sie mit einem leichten Stirnrunzeln.

„Fertig zum Ablegen, Captain."

Nathaniel nickte dem Maat zu. „Viertel Kraft voraus." Dann ging er mit Jenny auf dem Arm zum Steuer. „Ahoi, Seemann, bring uns aus dem Hafen", sagte er und führte ihre Hände sicher am Ruder.

Die Neugier ließ sich nicht mehr eindämmen, und Megan trat näher heran. Echolot, Radar, Funkgerät, das und all die anderen Instrumente waren ihr völlig fremd. Genauso gut hätte sie in einem

Raumschiff sitzen können. Sie war nun mal ein Mädchen vom platten Land.

Ihr Magen bekräftigte diese Feststellung, kaum dass das Schiff sich in Bewegung setzte.

Verärgert versuchte sie die Übelkeit zu unterdrücken. Das spielte sich alles nur in ihrem Kopf ab, ganz sicher. Und deshalb würde sie auch mit dem Kopf, sprich Willenskraft, darüber hinwegkommen. Außerdem hatte sie diese Pillen genommen. Sie konnte also gar nicht seekrank werden.

Die Kinder jubelten, als das Boot in einem weiten Bogen Kurs in die Bucht hinaus nahm. Megans Magen machte den Bogen mit.

Alex erlaubte Kevin großmütig, das Schiffshorn zu betätigen. Megan hielt den Blick starr auf das ruhige Wasser der Frenchman Bay gerichtet.

Das Wasser war azurblau und glatt wie ein Spiegel. Wunderschön, nicht wahr, sagte sie sich immer wieder vor. Und kaum eine Welle.

„Von steuerbord aus kann man gleich *The Towers* sehen", drang Nathaniels Stimme an ihr Ohr.

„Das heißt rechts. Und backbord heißt links", erklärte Jenny stolz.

So konnte Alex sich natürlich unmöglich abhängen lassen. „Und achtern heißt hinten. Wir wissen nämlich alles über Schiffe."

Megan richtete die Augen auf die Klippen, vorsichtig darauf bedacht, ihrem Magen keine zu schnelle Bewegung zuzumuten. „Schau nur, da ist es, Kevin. Es sieht aus, als würde es aus den Felsen herauswachsen."

Es wirkt tatsächlich wie ein Schloss, dachte sie. Die Türmchen und Zinnen erhoben sich gegen den blauen Sommerhimmel, der graue Stein schimmerte im Sonnenlicht. Selbst die Baugerüste und die Handwerker, von hier aus klein wie Ameisen, konnten dem märchenhaften Bild nichts anhaben. Ein Märchen mit einer finsteren Seite, setzte sie in Gedanken hinzu. Was die Atmosphäre nur noch faszinierender machte. Kein Wunder, dass Sloan dieses alte Gemäuer so liebte.

„Einen solchen Anblick würde man wohl eher an einer verlassenen Küste irgendwo in Irland erwarten, nicht wahr?", sagte Nathaniel hinter ihr. „Oder in den schottischen Highlands."

„Ja", stimmte sie zu. „Es ist wirklich beeindruckend." Sie sah zu Biancas Turm hoch und schauderte leicht.

„Ziehen Sie sich besser die Jacke über", riet Nathaniel. „Je weiter wir rauskommen, desto kühler wird es."

„Nein, mir ist nicht kalt. Ich musste nur gerade an Biancas Geschichte denken. Wenn man das Haus von hier aus sieht, kann man sich gut vorstellen, wie es gewesen sein muss."

„Wahrscheinlich saß sie da oben in ihrem Turm und hielt Ausschau nach Christian. Und dann würde sie zu träumen anfangen – mit Gewissensbissen natürlich, schließlich war sie eine anständige Frau. Aber gegen die Liebe hat Anstand so viel Chancen wie ein Schneeball in der Hölle."

Wieder lief Megan ein Schauer über den Rücken. Auch sie hatte geliebt und allen Anstand in den Wind schießen lassen, zusammen mit ihrer Unschuld.

„Sie hat dafür bezahlt", sagte sie tonlos. Um sich abzulenken, ging sie zu dem Instrumententisch und studierte die Karte. Nicht, dass sie auch nur einen Deut darauf ausmachen konnte.

„Wir fahren in nord-nordwestlicher Richtung." Wie bei Alex nahm er ihre Hand und führte sie über die Karte. „Wir haben klare Sicht und ruhigen Seegang. Weiter draußen allerdings wird der Wind auffrischen. Dann wird's wohl ein wenig mehr schaukeln."

Na wunderbar, dachte sie zerknirscht und schluckte. „Wenn Sie keine Wale auftreiben, werden Sie sich mit fürchterlich enttäuschten Kindern auseinandersetzen müssen."

„Oh, ich bin sicher, ich finde welche." Megan stieß gegen ihn, als eine Welle an das Boot schlug. Nathaniel legte ihr die Hände auf die Schultern. „Sie müssen die Füße spreizen, das Gewicht gleichmäßig verlagern. Keine Sorge, Sie bekommen schon noch Ihre Seemannsbeine."

Sie bezweifelte das ernsthaft. Schon jetzt konnte sie den feinen Film kalten Schweißes auf ihrer Stirn spüren. Ihr Magen drehte sich unangenehm, doch sie schwor sich, Kevin nicht den Tag zu verderben.

„Die Fahrt zum Aussichtspunkt dauert ungefähr eine Stunde, nicht wahr?" Ihre Stimme klang lange nicht so fest, wie sie sich gewünscht hätte.

„Richtig."

Sie wollte sich umdrehen und zurückgehen, stattdessen sackte sie schwindlig an seine Brust.

„Na, was ist denn?" Doch ein Blick in ihr Gesicht reichte aus, und er zog besorgt die Brauen zusammen. Sie war bleich wie ein Laken, mit einem Anflug von grünlichem Grau unter der Haut. Seekrank, dachte er mit einem Kopfschütteln. Dabei waren sie kaum unterwegs. „Haben Sie etwas dagegen eingenommen?"

Unsinnig, ihm etwas vormachen zu wollen, für Tapferkeit hatte sie keine Kraft mehr. „Ja, aber es scheint nichts zu nützen. Mir wird schon in einem Ruderboot schlecht."

„Und dann melden Sie sich mal eben für einen Drei-Stunden-Törn auf dem Atlantik."

„Kevin freute sich doch so darauf ..."

Einen Arm um ihre Hüfte gelegt, führte Nathaniel sie zu einer Bank an Deck. „Setzen Sie sich", ordnete er an.

Megan gehorchte widerspruchslos. Da sie sah, dass die Kinder sich aufgeregt die Nasen an den Fensterscheiben platt drückten, erlaubte sie es sich, die Schultern sacken zu lassen und den Kopf zwischen die Knie zu nehmen.

Drei Stunden. In drei Stunden könnte man sie in einem Leichensack von Bord tragen! Oder direkt auf See bestatten. Himmel, wie hatte sie sich nur einbilden können, zwei kleine Pillen könnten tatsächlich etwas bewirken?!

Sie spürte, wie jemand ihre Hände nahm. „Ist der Notarzt schon da?"

„So könnte man es sagen." Nathaniel hockte vor ihr und streifte ihr schmale Bänder über die Handgelenke.

„Was ist das?"

„Akupressur." Er drehte die Bänder, bis ein kleiner Metallknopf auf einen bestimmten Punkt an ihrem Gelenk drückte.

Wenn ihr nicht so elend wäre, hätte sie gelacht. „Großartig. Ich brauche eine Trage, und er kommt mit Voodoo."

„Akupressur ist eine anerkannte Heilmethode. Und Voodoo würde ich auch nicht unbedingt abtun. Ich habe da schon ein paar sehr beeindruckende Dinge miterlebt. Bleiben Sie hier sitzen und atmen Sie langsam und tief durch. Ich muss zurück ans Ruder."

Megan lehnte sich an die Wand und ließ sich den Wind ins Gesicht wehen. Die frische Luft tat gut. Sie konnte die Kinder sehen, die aufgeregt darauf warteten, dass sich unter den vorbeiziehenden Schaumkronen endlich Moby Dick zeigen würde. Als sie auf die Klippen schaute, schaukelten diese geradezu gemeingefährlich. Ihr blieb nichts anderes, als die Augen zu schließen.

In Gedanken erstellte sie eine komplizierte trigonometrische Aufgabe, und als sie endlich die Lösung gefunden hatte, schien sich auch ihr Magen beruhigt zu haben.

Wahrscheinlich lag das daran, dass sie die Augen geschlossen gehalten hatte. Nur ... mit geschlossenen Augen ließ sich ein Trio ausgesprochen aktiver Kinder schlecht beaufsichtigen.

Vorsichtig hob sie ein Lid. Das Boot schaukelte, aber ihr Magen rührte sich nicht. Also hob sie auch das andere. Jähe Panik ergriff sie, als sie die Kinder nicht mehr am Fenster stehen sah. Sie sprang auf, die Übelkeit war vergessen, doch dann erblickte sie die drei, wie sie sich um Nathaniel am Steuer geschart hatten.

Ich bin ja das Paradebeispiel der verantwortungsbewussten Mutter, dachte sie angewidert von sich selbst. Sie saß da wie ein zusammengesunkenes Häufchen Elend, während Nathaniel das Boot steuerte und drei Kinder unterhielt.

Sie wappnete sich gegen die Übelkeit, als sie den ersten Schritt machte. Nichts geschah. Mit gerunzelter Stirn setzte sie den anderen Fuß vor. Schön, ihre Knie waren ein wenig weich, aber ansonsten fühlte sie nichts. Um ganz sicherzugehen, schaute sie hinaus auf die wogende See.

Es zog ein bisschen in ihrem Magen, mehr nicht. Eigentlich war es fast ein angenehmes Gefühl, so als würde man auf einem Pferd ohne Sattel über die Prärie dahinpreschen. Verwundert starrte sie auf die Bänder an ihren Handgelenken.

Nathaniel schaute über die Schulter zurück zu ihr. Ihr Gesicht hatte wieder Farbe. Der Pfirsichteint war auch sehr viel vorteilhafter für sie als dieses Grün-Grau. „Besser?", fragte er.

„Ja, danke." Sie wünschte, seine magischen Bänder wären gegen ihre Verlegenheit ebenso wirkungsvoll wie gegen die Seekrankheit.

„Als ich das erste Mal auf einem Schiff gefahren bin, habe ich die zwei schlimmsten Stunden meines Lebens verbracht und über der Reling gehangen. Kommen Sie, übernehmen Sie das Ruder."

„Das Ruder? Das kann ich doch nicht."

„Natürlich können Sie."

„Versuch's doch, Mom. Es macht unheimlich Spaß!"

Von drei Kindern vorgeschoben, fand Megan sich am Ruder wieder. Nathaniel stellte sich hinter sie und legte seine Hände auf ihre.

Jeder Nerv in ihr ging in Alarmbereitschaft. Seine Brust an ihrem Rücken war hart wie Stahl, und seine Finger umfassten ihre warm und fest. Megan konnte Meerluft riechen, sie wehte durch die offene Tür herein und strahlte von Nathaniel aus. Ganz gleich, wie sehr sie sich auf das Wasser vor sich zu konzentrieren versuchte, ihr Bewusstsein war erfüllt von seiner Nähe. Sein Kinn strich über ihr Haar, sie spürte seinen Herzschlag, ruhig und rhythmisch.

„Es hilft, den Magen zu beruhigen, wenn man die Kontrolle über das Schiff hat."

Sie gab einen hilflosen Laut von sich. Mit Kontrolle hatte das, was sie fühlte, absolut nichts zu tun. Ihre Fantasie spielte ihr einen Streich und malte sich aus, wie es wohl sein mochte, diese warmen schlanken Finger an anderen Stellen auf ihrem Körper zu spüren als nur auf ihren Handrücken. Was wohl geschehen mochte, wenn sie sich jetzt umdrehte, das Gesicht ein wenig anhob und …

Entsetzt darüber, welche Richtung ihre Gedanken einschlugen, stellte sie sich hastig eine knifflige Mathematikaufgabe.

„Viertel Kraft voraus", wies Nathaniel an und schlug das Ruder ein paar Grad nach backbord.

Die Richtungsänderung ließ Megan leicht schwanken. Als sie ihr Gleichgewicht wiedergefunden hatte, drehte Nathaniel sie zu sich um, sodass sie ihn jetzt ansah. Sein forsches Grinsen ließ sie sich fragen, ob er wusste, welche Bilder ihre Fantasie ihr vorgegaukelt hatte.

„Siehst du die Punkte da auf dem Bildschirm aufleuchten, Kevin?", fragte er, ohne die grauen Augen von Megans Gesicht zu wenden. Hypnotische Augen, dachte sie benommen. „Weißt du, was sie bedeuten?" Und seine Lippen waren ihren auch viel zu nah … „Das sind Wale."

„Wo? Wo sind sie, Nate?" Aufgeregt rannten die Kinder zum Fenster.

„Haltet weiter Ausschau. Wir stellen die Motoren gleich ab. Sehen Sie nach backbord", sagte er zu Megan. „Es lohnt sich."

Noch immer wie betäubt, trat sie von ihm weg. Jetzt, da die Schiffsmotoren abgestellt waren, war der Wellengang viel deutlicher zu spüren. Oder war sie einfach nur zu durcheinander? Mit fahrigen Fingern kramte sie in ihrer Tasche nach Fernglas und Kamera.

„Sieh nur, Mom!" Kevin hüpfte auf und ab. „Da hinten sind sie!"

Mit ehrfurchtsvollem Staunen beobachteten sie, wie der massige Körper sich aus dem Wasser hob, höher und höher, schimmernd und stark, ein Wesen aus einer anderen Welt. Megan hörte die begeisterten Ausrufe der Fahrgäste aus dem unteren Deck, und auch ihr stockte der Atem in der Kehle.

Ja, es war wie ein Wunder, dass ein so großes und faszinierendes Geschöpf unter den Schaumkronen der See lebte. Megan legte die Hand über den Mund, als der Wal sich wieder ins Wasser zurückfallen ließ und das Krachen des aufspritzenden Wassers laut wie Donner rollte. Sie war so ergriffen von dem Naturschauspiel, dass sie ihre Kamera völlig vergaß.

„Da, jetzt steigt seine Partnerin auf."

Nathaniels Stimme holte sie aus ihrer Verzückung. Hastig hob sie den Fotoapparat und drückte immer wieder den Auslöser.

Die Kinder jubelten begeistert, als die Wale Wasserfontänen aus ihren Atemlöchern stießen. Lachend hob Megan Jenny auf den Arm, damit die Kleine mehr sehen konnte. Jeder wartete ungeduldig darauf, endlich mit dem Fernglas an die Reihe zu kommen. Genau wie die Kinder presste auch Megan das Gesicht an die Scheibe, um dem Zug der Wale folgen zu können. Dann ließen die Wale ihren Gesang hören und tauchten mit einem kräftigen Schlag der gewaltigen Schwanzflosse ab.

Noch zweimal suchte und fand die „Mariner" eine Walherde. Die Ausflügler würden von einem außergewöhnlichen Erlebnis berichten können, das nicht vielen Menschen zuteilwurde. Noch lange, nachdem das Boot längst wieder den Hafen ansteuerte, sah Megan weiterhin auf das Wasser hinaus, in der Hoffnung, vielleicht doch noch einen dieser wunderbaren Meeresbewohner zu sichten.

„Sie sind bewegend schön, nicht wahr?"

Mit leuchtenden Augen drehte sie sich zu Nathaniel um. „Unglaublich. Ich ahnte ja nicht … Kein Foto, kein Film wird ihnen gerecht."

„Stimmt, es gibt nichts Besseres als die eigene Erfahrung." Er hob fragend eine Augenbraue. „Wie geht's dem Magen?"

„Gut." Lachend streckte sie ihm die Handgelenke hin. „Noch ein kleines Wunder. Ich hätte keinen Penny darauf verwettet."

„Es gibt Dinge zwischen Himmel und Erde, Horatio …"

Zum Beispiel einen Piraten ganz in Schwarz, der Shakespeare zitiert, dachte sie. „Ja, scheint so. Da vorn liegt schon *The Towers*." Sie lächelte. „Backbord."

„Sie lernen schnell", meinte er anerkennend und machte sich daran, die „Mariner" in die ruhigen Wasser der Bucht zu steuern.

„Wie lange fahren Sie eigentlich schon zur See?"

„Praktisch mein ganzes Leben. Mit achtzehn bin ich durchgebrannt und zur Handelsmarine gegangen."

„Durchgebrannt?" Sie lächelte. „Auf der Suche nach dem großen Abenteuer?"

„Auf der Suche nach Freiheit", verbesserte er sie und ließ das Schiff sanft an den Pier anschlagen.

Megan fragte sich, was einen achtzehnjährigen Jungen dazu bewegte, nach Freiheit zu suchen. Sie erinnerte sich zurück an sich selbst in diesem Alter, ein Kind mit einem Kind. Sie hatte damals ihre Freiheit achtlos fortgeworfen. Heute, neun Jahre später, bereute sie es nicht. Ihren Sohn würde sie niemals für ihre Freiheit eintauschen.

„Können wir nach unten gehen und uns etwas zu trinken holen?" Kevin zupfte seine Mutter am Arm. „Wir alle haben Durst."

„Ja natürlich, ich komme mit."

„Wir können allein gehen." Alex war der festen Ansicht, sie seien schon viel zu alt, um noch einen Aufpasser zu brauchen. „Ich habe Geld mit. Wir wollen uns hinsetzen und zusehen, wie die anderen von Bord gehen."

„Na gut, einverstanden." Megan sah den dreien nach, wie sie davonstürmten. „Sie werden so schnell flügge", murmelte sie mit einem Seufzer.

„Ihr Junge wird immer wieder zu Ihnen zurückgeflogen kommen", versicherte Nathaniel überzeugt.

„Das hoffe ich." Sie hielt sich zurück, bevor ihr der restliche Teil des Satzes entschlüpfen konnte: „Denn er ist alles, was ich habe." Aber bedanken wollte sie sich. „Für Kevin war es ein ganz besonderer Tag. Und für mich auch. Vielen Dank."

„Keine Ursache." Sie waren allein auf der Brücke, die Leinen vertäut, die Gangway ausgefahren. Die Passagiere gingen von Bord. „Das können wir gerne wiederholen, wenn Sie möchten."

„Ich glaube auch nicht, dass ich Kevin zurückhalten könnte. Ich sollte jetzt wohl besser zu den Kindern nach unten gehen."

„Denen geht's gut." Er trat auf sie zu, bevor sie ausweichen konnte. „Wissen Sie, Meg, wenn Sie mit den Kindern zusammen sind, vergessen Sie ganz, nervös zu sein."

„Ich bin nicht nervös."

„Doch, Sie zappeln wie ein Fisch an der Angel. Es war das reine Vergnügen, Sie zu betrachten, als die Wale in Sicht kamen. Es ist immer das reine Vergnügen, aber wenn Sie lachen und der Wind mit Ihrem Haar spielt, könnte einem Mann glatt das Herz stehen bleiben."

Er machte noch einen Schritt vor und drängte sie gegen das Steuer zurück. Vielleicht war das nicht unbedingt fair, doch darüber würde er sich später Gedanken machen. Es würde eine Zeit dauern, bevor er das Gefühl ihres Rückens an seiner Brust vergessen könnte. Bevor er vergaß, wie weich und schmal sich ihre Hände unter seinen Fingern angefühlt hatten.

„Und wenn ich da erst an Ihr wunderschönes Gesicht denke … Im Moment besteht es praktisch nur aus Augen. Sie haben wirklich hübsche Augen, die hübschesten blauen Augen, die mir je untergekommen sind. Und dann diese Pfirsichwangen und der Rosenmund …" Mit einem Finger strich er an ihrem Kinn entlang. Sie kam sich vor, als hätte sie soeben eine Hochspannungsleitung angefasst. „Da kommt in einem Mann der Wunsch auf, zu probieren und den Geschmack herauszufinden."

„Ich bin unempfänglich für solche Schmeicheleien." Sie hatte bestimmt und frostig klingen wollen, stattdessen klang sie nur atemlos.

„Ich zähle lediglich Tatsachen auf." Er beugte sich vor, bis sein Mund nur noch Millimeter von ihren Lippen entfernt war. „Wenn Sie nicht wollen, dass ich Sie küsse, dann sollten Sie es jetzt besser sagen." Sollte sie. Zweifelsfrei. Wenn sie in der Lage gewesen wäre, einen Ton herauszubringen, hätte sie es auch bestimmt getan. Und dann lag sein Mund auch schon auf ihrem, warm und fest. Hinterher würde sie sich davon zu überzeugen versuchen, dass sie die Lippen nur geöffnet hatte, um schockiert zu protestieren. Doch das war eine Lüge.

Ihre Lippen öffneten sich nicht nur willig, sondern gierig, in einem Verlangen, das aus den Tiefen ihres Seins emporstieg, ebenso wie das leise Stöhnen, das sich ihrer Kehle entrang. Ihr Körper verharrte keineswegs in steifer Verweigerung, sondern summte wie eine angeschlagene Harfensaite. Megan schob die Hände in sein Haar und vertiefte den Kuss.

Nathaniel hatte eine abweisende Reaktion erwartet, zumindest eine kühle. In ihren Augen hatte er schon vorher die Leidenschaft erkannt, die tief unter der Oberfläche brodelte, und damals hatte er unwillkürlich an einen schlafenden Vulkan denken müssen.

Doch auf eine solche Flammenbrunst war er nicht vorbereitet. Er vergaß alles andere, konnte nur an diese Frau denken, an ihren Duft, ihren Geschmack. Seine Hände wanderten ruhelos über ihre schlanke Figur. Er zog sie näher an sich heran, und ihre zarten Rundungen so an sich gepresst zu fühlen ließ ihn taumeln.

Der Geruch nach Meer, den die Brise hereinwehte, ließ das Bild in ihm aufsteigen, wie sie sich im warmen Sand liebten, während die Wellen sich am Strand brachen und die Möwen hoch oben über ihnen ihre Schreie ausstießen.

Megan meinte zu ertrinken und klammerte sich an Nathaniel fest. Das war zu viel, viel zu viel, der Gefühlstumult zu heftig. Es würde mehr als ein paar Akupressurbänder benötigen, um ihre Welt wieder in die Waagerechte zu bringen.

Sie würde übermenschliche Selbstbeherrschung und Willenskraft brauchen, und vor allem würde sie sich an die Vergangenheit erinnern müssen.

Sie löste sich von ihm, wäre gestolpert, wenn er sie nicht gehalten hätte. „Nein."

Er konnte nicht atmen. Später würde er zu ergründen versuchen, wieso ein Kuss eine mächtigere Wirkung besaß als ein Faustschlag in den Magen. „Du musst dich schon genauer ausdrücken. Nein – wozu?"

„Hierzu. Zu allem." Panik setzte ein, sie machte sich aus seinem Griff frei. „Ich habe nicht überlegt."

„Ich auch nicht. Es ist ein gutes Zeichen, wenn man beim Küssen mit dem Denken aufhört."

„Ich will nicht, dass du mich küsst."

Er steckte die Hände in die Hosentaschen. Das war sicherer, entschied er, da bei der Lady jetzt wieder der Verstand eingesetzt hatte. „Na, gezwungen habe ich dich ganz sicher nicht."

Es wäre albern, die offensichtliche Wahrheit abzustreiten. Also fand sie ihre Zuflucht in der Logik. „Du bist ein attraktiver Mann, meine Reaktion ist also nur natürlich."

Er konnte nicht anders, er musste grinsen. „Engelchen, wenn diese Art zu küssen in deiner Natur liegt, dann werde ich als glücklicher Mann sterben."

„Ich habe nicht die Absicht, zuzulassen, dass sich das wiederholt."

„Du weißt doch, was man über gute Absichten sagt, oder?" Sie war völlig verspannt. Er erkannte es an ihrer starren Haltung. Ihre Erfahrung mit Dumont musste reichlich Narben hinterlassen haben. „Entspann dich, Meg", sagte er sanfter. „Ich werde nicht über dich herfallen. Wenn du es langsam angehen willst, dann gehen wir es eben langsam an."

Dass er so gelassen darüber sprach, machte sie nur wütend. „Wir werden überhaupt nichts angehen!"

Der Ton gefiel ihm schon besser. Es machte ihm Spaß, sie zu reizen. Und er gedachte, das häufiger zu machen. Freute sich schon regelrecht darauf. „Leider muss ich dir mitteilen, dass du da gewaltig irrst. Wenn ein Mann und eine Frau ein solches Feuer zusammen entfachen, kehren sie immer wieder an die Wärmequelle zurück."

Sie befürchtete, dass er recht hatte. Selbst jetzt regte sich die Sehnsucht in ihr, die Glut erneut anzufachen. „Ich bin weder an Feuer noch an Wärmequellen interessiert und erst recht nicht an einer Affäre mit einem Mann, den ich kaum kenne."

„Dann müssen wir uns eben besser kennenlernen."

Megan knirschte mit den Zähnen. „Kein Interesse, danke. Es mag ein Schlag für dein Ego sein, aber ich bin sicher, du wirst es überleben. Und jetzt entschuldige mich bitte, ich gehe die Kinder holen."

Er gab den Weg für sie frei und wartete, bis sie bei der Glastür war. „Meg?" Es war nicht nur sein Ego, das ihn zum Sprechen drängte, sondern auch eiserne Entschlossenheit. „Wenn wir uns das erste Mal lieben, wirst du keinen Gedanken an ihn verschwenden. Du wirst dich nicht einmal an seinen Namen erinnern können."

Ihre Augen schleuderten eisige Dolche auf ihn ab. Sie vergaß alle Selbstbeherrschung und Würde und knallte die Tür hinter sich zu.

4. KAPITEL

*I*ch sag's dir, Junge ..." Dutch holte die Rumflasche aus seinem Versteck in der Vorratskammer. „Diese Frau bringt mich noch ins Grab!"

Nathaniel saß lässig am Tisch in der Küche, zufrieden mit sich und der Welt nach einem köstlichen Abendessen mit den Calhouns. Jetzt, da der Dinneransturm der Hotelgäste vorüber war, blitzte und blinkte wieder alles in der Restaurantküche. Und Coco war mit ihrer Familie beschäftigt, sonst hätte Dutch sich niemals getraut, den Rum hervorzuholen.

„Du denkst doch nicht etwa daran, abzuheuern, oder?"

Dutch schnaubte nur. Als ob er wegen eines besserwisserischen, neugierigen Weibsbilds den Seesack schultern würde! Allerdings schaute er vorsichtshalber noch einmal zur Tür, bevor er ihnen beiden einen anständigen Schluck in die Gläser füllte. „Ich bleibe. Aber glaub mir, nicht mehr lange und die Frau wird ihr blaues Wunder erleben. Das beschere ich ihr höchstpersönlich." Er stieß sich mit dem Daumen in die breite Brust.

Nathaniel presste zischend die Luft durch die Zähne, als er von dem Rum trank. Weich konnte man diesen Fusel nicht nennen. „Wo ist der Cruzan, den ich dir mitgebracht habe?"

„Hab ihn beim Backen verbraucht. Zum Trinken reicht der hier."

„Wenn man keine Magengeschwüre hat", murmelte Nathaniel. „Also, was ist jetzt schon wieder das Problem mit Coco?"

„Nicht eines, sondern zwei." Dutch verzog finster das Gesicht, als das Telefon an der Wand zu klingeln begann. Zimmerservice, ha! Auf seinem Schiff hatte es so was nicht gegeben! „Was ist?", knurrte er grimmig in die Muschel.

Nathaniel grinste in sein Glas. Takt und Fingerspitzengefühl waren sicherlich nicht Dutchs Stärken. Wenn Coco hörte, wie Dutch mit den Gästen redete, würde sie in Ohnmacht fallen. Oder ihm eins mit dem Nudelholz überziehen.

„Glauben Sie, wir können hexen? Sie kriegen es, wenn es fertig ist." Damit knallte Dutch den Hörer auf und nahm zwei Teller aus dem Regal. „Kuchen und Champagner, zu dieser nachtschlafenen

Zeit! Flitterwöchner, pah! Die ganze Woche sind die beiden nicht aus der Suite herausgekommen!"

„Wo bleibt dein Sinn für Romantik, Dutch?"

„Den überlasse ich lieber dir, Loverboy." Mit seinen riesigen Pranken schnitt Dutch behutsam zwei Stücke von der Schokoladentorte ab. „Hab schon gesehen, wie du den Rotschopf beäugst."

„Sie ist rotblond", korrigierte Nathaniel. „Eigentlich viel mehr Gold als Rot." Tapfer nahm er noch einen Schluck Rum. „Und hübsch, nicht wahr?"

„Sonst wärst du ja nicht an ihr interessiert." Mit Geschick ließ Dutch Vanillesoße neben die Kuchenstücke fließen und garnierte alles mit frischen Himbeeren. „Sie hat einen kleinen Jungen?"

„Ja, Kevin. Dunkle Haare, ziemlich groß für sein Alter." Ein Lächeln zog auf seine Lippen. Der Junge war ihm doch tatsächlich schon ans Herz gewachsen. „Große, wissbegierige Augen."

„Kenn ihn." Dutch hatte eine Schwäche für Kinder, auch wenn er das hinter einer düsteren Miene und mit einem brummigen Ton zu verbergen suchte. „Hübscher Kerl. Kommt ständig mit den anderen beiden Gören, ob nicht etwas für ihn abfällt." Und bei Dutch fiel immer etwas für die Kinder ab, das wusste Nathaniel. „Das Mädchen hat sich wohl ziemlich jung in Schwierigkeiten gebracht."

Nathaniel runzelte die Stirn. Diese viel zu oft gebrauchte Formulierung beinhaltete immer, dass der Frau die alleinige Verantwortung zugeschoben wurde. „Um ein Kind zu zeugen, braucht es immer zwei, Dutch. Der Mistkerl hat sie verführt."

„Ich kenn die Geschichte. Ich weiß über alles hier Bescheid." Es war ja auch nicht schwer, Informationen aus Coco herauszulocken. Er wusste, welche Knöpfe er bei ihr drücken musste, um zu erfahren, was er hören wollte. Und in Wirklichkeit freute er sich immer auf den täglichen Schwatz mit Coco, nur zugeben würde er das natürlich nie.

Er klingelte nach einem Kellner und hatte diebische Freude hierbei, den Daumen auf den Rufknopf zu halten, bis der junge Mann durch die Schwingtür gehastet kam. „Hier, das Tablett ist für Zimmer drei. Und eine Flasche Hauschampagner und zwei Sektflöten. Und vergiss die verdammten Servietten nicht!"

Da das nun erledigt war, stürzte er seinen Rum mit einem Schluck herunter. „Ich nehme an, du willst auch ein Stück von dem Kuchen."

„Da sage ich nicht Nein."

„Zu Essen hast du noch nie Nein gesagt. Genauso wenig wie zu hübschen Frauen." Dutch schnitt noch ein Stück Torte ab – ein sehr viel großzügigeres Stück – und stellte den Teller vor Nathaniel hin.

„Keine Himbeeren für mich?"

„Iss und beschwer dich nicht. Wieso sitzt du eigentlich hier und flirtest nicht mit dem mageren Mädchen?"

„Familiensitzung im Esszimmer", erklärte Nathaniel knapp mit vollem Mund. Er stand auf, schenkte sich einen Kaffee ein und kippte den Rest Rum aus dem Glas hinein. „Sie haben irgendein altes Buch gefunden. Und sie ist nicht mager." Das konnte er mit Gewissheit behaupten, schließlich hatte er sie in den Armen gehalten. „Megan ist zart gebaut."

„Ja, sicher." Dutch musste an Coco denken, groß und prächtig und mit feinen Zügen. „Alle Frauen sind zart. Bis sie dir den Ring durch die Nase gezogen haben."

Niemand, der die Calhoun-Frauen jetzt im Esszimmer gesehen hätte, wäre auf die Idee verfallen, auch nur eine davon „zart" zu nennen. Nicht, wenn eine typische Calhoun-Familiendebatte in vollem Gange war.

„Ich bin dafür, wir verbrennen es." C. C. verschränkte die Arme vor der Brust und schaute mit blitzenden Augen in die Runde. „Nach allem, was wir aus Biancas Tagebuch erfahren haben, verstehe ich nicht, warum wir überhaupt daran denken, irgendetwas von Fergus zu behalten."

„Wir können es nicht verbrennen", schoss Amanda zurück. „Das gehört zu unserer Familiengeschichte."

„Ungute Schwingungen." Mit zusammengekniffenen Augen schaute Lilah auf das Buch, das in der Mitte des Esstisches lag. „Höchst ungute Schwingungen."

„Mag ja sein." Max schüttelte den Kopf. „Aber ich kann mich nicht damit einverstanden erklären, ein Buch zu verbrennen."

„Ist ja nicht gerade Weltliteratur", murmelte C. C.

Trent massierte seiner Frau die steifen Schultern. „Wir könnten es dahin zurücklegen, wo wir es gefunden haben. Oder Sloans Vorschlag genauer überdenken."

„Ich glaube wirklich, dass eine Art Ausstellungsraum mit Stücken aus jener Zeit, Andenken, Artefakten und Gemälden, nur ein Gewinn sein kann. Nicht nur für das Hotel, sondern auch für die Familie."

„Ich weiß nicht recht." Suzanna presste die Lippen zusammen. „Wenn ich mir vorstelle, Fergus' Sachen sollen neben Biancas liegen. Oder neben denen von Tante Colleen und Onkel Sean ..."

„Er mag ein Ekel gewesen sein, aber er gehört nun mal zum Gesamtbild." Holt sah nachdenklich in seine Kaffeetasse. „Ich schließe mich Sloans Meinung an."

Ein Kommentar, der prompt einen kleinen Aufruhr auslöste. Zustimmung, Ablehnung und Gegenvorschläge flogen hin und her. Megan verfolgte die hitzige Debatte mit verwundert aufgerissenen Augen.

Sie hatte gar nicht an der Familiensitzung teilnehmen wollen. Doch ihr Protest war von allen Calhouns überstimmt worden.

Sie warf einen Blick auf den Stein des Anstoßes. Als Amanda ihr die Kladde in ihr Büro brachte, war sie irgendwann schließlich der Versuchung erlegen. Megan hatte das Leder abgewischt und angefangen, durch die Seiten zu blättern und die Summen nachzurechnen. War sie über den einen oder anderen Fehler in der Addition gestolpert, so hatte ihr das ein missbilligendes Schnalzen mit der Zunge entlockt. Natürlich hatte sie sich auch die Anmerkungen am Rand angeschaut. Diese Notizen hatten bei ihr den Eindruck hinterlassen, dass Fergus Calhoun ein ehrgeiziger, kaltherziger und egoistischer Mann gewesen sein musste.

Andererseits – so viel Aufhebens um ein schlichtes Haushaltsbuch schien ihr doch eher unverständlich. Vor allem, wenn die letzten Seiten hauptsächlich Zahlenreihen aufwiesen, aus denen Megan absolut nicht schlau werden konnte.

Aber sie würde sich hüten, hier ihre Meinung kundzutun. Es stand ihr nicht zu.

Bis sie direkt angesprochen wurde. „Was sagst du dazu, Megan?"

Cocos Frage kam völlig unerwartet. Megan blinzelte. „Wie bitte?"
„Wie denkst du darüber? Bisher hast du kein Wort gesagt. Dabei
bist du diejenige, die am qualifiziertesten von uns allen ist."
„Qualifiziert?"
„Ja, es ist ein Haushaltsbuch, und du bist Buchhalterin."
Diese Logik überrumpelte Megan. „Das geht mich doch eigentlich
nichts an …" Der Rest ihrer Worte ging in einem empörten Protest-
geraune der Anwesenden unter, warum es sie sehr wohl etwas an-
gehe. „Nun, ich …" Sie schaute in die Runde. Alle Augen lagen er-
wartungsvoll auf ihr. „Ich meine, es wäre schon faszinierend, die
Buchführung für ein Jahr nachzuvollziehen, das so lange zurückliegt.
Einnahmen und Ausgaben, Haushaltsaufwand, Kosten für die Die-
nerschaft, Reparaturen … Ihr hättet dann ein ungefähres Bild, wie
der Alltag eurer Familie im Jahr 1913 verlief."
„Ist doch mein Reden!" Coco klatschte vor Begeisterung in die
Hände. „Natürlich! Weißt du übrigens, Meg, dass ich gestern die
Karten für dich gelegt habe? Es war ganz deutlich zu sehen, dass du
ein neues Projekt übernimmst. Eines mit Zahlen."
„Tante Coco." C. C. lächelte geduldig. „Megan ist unsere Buchhalterin."
„Das weiß ich doch, Darling." Coco tastete nach ihrer Frisur.
„Aber es tauchte immer wieder auf, deshalb drängte es sich mir ge-
radezu auf, dass da noch mehr sein muss. Ich bin mir ganz sicher,
dass etwas Wunderbares dabei entdeckt wird. Etwas, über das wir
alle froh und glücklich sein werden. Ich freue mich ja so, dass du es
machen willst, Meg."
„Machen?" Hilfe suchend sah Megan zu ihrem Bruder und erhielt
nur ein breites Grinsen als Antwort.
„Ja, Fergus' Buch durcharbeiten. Du kannst es doch sicher in den
Computer eingeben, oder? Sloan hat uns erzählt, wie pfiffig du bist."
„Natürlich könnte ich, aber …"
Aus dem Babyfon auf dem Sideboard ertönte lautes Quengeln.
„Bianca?" Max horchte sofort auf.
„Nein, Ethan", kam es wie aus einem Munde von C. C. und Lilah.
Und damit war die Sitzung erst einmal vertagt.

In ihrem Zimmer fragte Megan sich, zu was genau sie da eigentlich ihre Zustimmung gegeben hatte. Dabei hatte sie kaum ein Wort gesagt, und nun war sie mit der Revision von Fergus Calhouns Haushaltskladde betraut worden. Das war doch eigentlich eine reine Familienangelegenheit.

Sollte sie diese Bedenken jedoch äußern, so würde jeder ihr die Hand tätscheln und sie leicht in die Wange kneifen und behaupten, dass sie zur Familie gehöre. Punkt, aus, Schluss. Keine Diskussion.

Mit einem Seufzer öffnete sie die Balkontüren und trat hinaus auf die Terrasse. Die laue Nachtluft umfing sie. Fast konnte sie den Duft von Suzannas Rosen und Freesien auf der Zunge schmecken. Die Brise trug das Meeresrauschen zu ihr heran, und über ihr funkelten die Sterne an einem samtschwarzen Himmel. Ein silbriger Halbmond stand hell wie eine Laterne am Firmament.

Ihr Sohn schlief sicher und glücklich in seinem Zimmer, umgeben von Menschen, die ihn liebten.

Da war das Durcharbeiten von Fergus' Buch nur ein kleines Dankeschön für das, was man ihr hier gegeben hatte.

Ihren Seelenfrieden. Ja, die Calhouns hatten die Tür zu diesem ganz besonderen Paradies für sie geöffnet, und sie wusste nicht, wie sie es ihnen je vergelten sollte.

Die Nacht war zu schön, um zu schlafen. Megan stieg die steinernen Stufen hinunter und wanderte durch im Mondlicht daliegende Rosenbeete und unter einem Bogen rankender Wildblumen hindurch, deren duftende Blüten auf den Weg regneten.

„Phantom der Freude sie mir war, berührend, ganz liebliche Erscheinung und entzückend."

Erschreckt schlug Megan sich die Hand auf die Brust und schnappte nach Luft, als eine Gestalt aus dem Schatten trat.

„Habe ich dich erschreckt?" Nathaniel kam näher, das glühende Ende seiner Zigarre leuchtete im Dunkeln auf. „Normalerweise erzielt Wordsworth eine andere Wirkung."

„Ich hatte dich nicht gesehen." Sonst wäre sie gar nicht in den Garten gekommen. „Ich dachte, du bist nach Hause gegangen."

„Ich saß noch ein wenig mit Dutch bei einer Buddel Rum zusammen. Er liebt es, sich über Coco zu beklagen, nur braucht er dafür eben Zuhörerschaft." Er zog an seiner Zigarre. Die Glut warf einen roten Schein auf seine Züge und ließ ihn geheimnisvoll und schön aussehen. Ein gefallener Engel. „Eine wunderbare Nacht, nicht wahr?"

„Ja. Nun, dann werde ich …"

„Kein Grund, wegzurennen. Du wolltest doch einen Spaziergang im Garten machen." Er brach eine Pfingstrose ab und hielt sie Megan hin. „Es ist fast Mitternacht. Es gibt keine bessere Zeit für einen Spaziergang."

Sie nahm sich fest vor, sich nicht einlullen zu lassen. „Ich habe die vielen Blumen bewundert. Mit Pflanzen habe ich wenig Glück."

„Man muss mit dem ganzen Herzen dabei sein. Und natürlich braucht man guten Dünger und muss regelmäßig gießen."

Das offene Haar floss ihr weich über die Schultern. Sie trug noch den eleganten Hosenanzug, den sie beim Dinner angehabt hatte. Zu schade, dachte er bei sich. Es hätte zu der Nacht und seiner Stimmung gepasst, wenn Megan in wallenden Seidengewändern durch die Nacht geschwebt wäre. Doch Megan O'Riley war nicht die Frau, die sich so etwas erlaubte.

Die einzige Alternative, diesem forschenden Blick auszuweichen, war, Konversation zu machen. „So, du fährst also nicht nur zur See, sondern kennst dich auch mit Gartenarbeit und klassischen Dichtern aus."

„Ich mag Blumen, unter anderem." Er zog ihre Hand, in der sie die Pfingstrose hielt, heran und schnupperte, genoss den Duft der Blume und von Megans Haut. Über die Blütenblätter hinweg lächelte er Megan an.

Es war, als wäre sie in einem Traum gefangen, zusammen mit dem Mann im Mondlicht. Die Aromen des Gartens schienen ihr plötzlich intensiver, der laue Wind sanfter. Das alles betörte ihre Sinne. Schatten lagen auf Nathaniels Gesicht, faszinierend und verlockend, und zogen ihren Blick magisch zu seinem Mund.

In dieser Traumwelt waren sie ganz allein, Alltag und Realität schrumpften zu trivialen Nichtigkeiten. Nur ein Mann und eine Frau, inmitten von üppigen Blüten. Eingehüllt von silbernem Mondlicht, im Hintergrund die Musik der rauschenden Wellen.

Um den Zauber zu brechen, senkte Megan die Lider. „Erstaunlich, dass du bei all deinen Reisen Zeit für Blumen und Poesie gefunden hast."

„Für das Wichtige im Leben ist immer Zeit."

Er hatte bereits gespürt, dass ein gewisser Zauber in der Luft lag. Für solche Dinge war er empfänglich. Er glaubte an Magie, glaubte an den Sirenengesang der Nixen, hatte ihn selbst im dichten Nebel auf See gehört. Warum sonst hätte er hier im Garten gewartet, wissend, dass sie kommen würde?

Er nahm ihre Hand und verschränkte ihrer beider Finger miteinander, bevor Megan protestieren konnte. „Gehen wir ein Stück zusammen. Eine solche Nacht darf man nicht ungenutzt verstreichen lassen."

„Ich sollte besser zurück. Kevin …" Sie sah über die Schulter zurück. Wildblumenblüten rieselten zu Boden, als der Wind sich in den Zweigen fing.

„Schläft der Junge unruhig?"

„Nein, aber …"

„Hat er öfter Albträume?"

„Nein."

„Na dann." Das war Antwort genug für ihn. Er zog sie leicht mit sich und schlenderte den Pfad entlang. „Ist Flucht immer dein erster Impuls, wenn ein Mann ein wenig mit dir flirtet?"

„Ich wollte nicht fliehen. Und flirtende Männer interessieren mich nicht."

„Komisch. Als du da auf der Terrasse standest, hatte ich den Eindruck, du wärst ein wenig Romantik nicht abgeneigt."

Sie hielt mitten im Schritt inne. „Du hast mich beobachtet."

„Mhm." Nathaniel drückte seine Zigarre im Sand einer Amphore aus. „Ich musste daran denken, was für eine Schande es ist, dass ich keine Laute habe."

Neugier mischte sich in ihren Ärger. „Wozu?"

„Eine hübsche Frau, die in der Nacht auf dem Balkon steht, verdient eine Serenade."

Das Lachen ließ sich nicht zurückhalten. „Du spielst also auch Laute?"

„Nein. Obwohl ich wünschte, ich könnte es, als ich dich dort sah. Als Kind bin ich oft an *The Towers* vorbeigesegelt. Dann stellte ich mir vor, dass ein Drachen hier hauste und ich die Klippen erklimmen und ihn töten würde."

„Kevin spricht von dem Haus immer als nur als von dem ‚Schloss'", murmelte Megan.

„Als ich älter wurde und mir die Calhoun-Mädchen langsam auffielen, malte ich mir aus, wie sie mich belohnen würden, wenn ich den Drachen erst getötet hätte. Die Bilder entsprachen natürlich einem hormongeplagten sechzehnjährigen Teenager."

Megan schmunzelte. „Welche von den Schwestern war denn die Auserwählte?"

„Oh, alle." Mit einem Grinsen setzte er sich auf eine niedrige Steinmauer und zog Megan neben sich. „Holt hatte schon immer eine Schwäche für Suzanna, also strich ich sie anständigerweise von meiner Liste, schließlich war er mein Freund. Immerhin blieben mir dann noch drei der Schwestern, wenn ich den Drachen niedergestreckt hätte."

„Aber du hast dich dem Untier nie gestellt?"

Ein Schatten zog über sein Gesicht. „Es gab einen anderen Dämon, mit dem ich fertigwerden musste. Ich denke, man könnte es ein Patt nennen. Und dann ging ich zur See." Er schüttelte den Kopf, um die triste Vergangenheit loszuwerden. „Aber ich hatte ein denkwürdiges Zwischenspiel mit der schönen Lilah."

Megan riss die Augen auf. „Du und Lilah?"

„Vor meiner Abreise. Sie hatte es darauf angelegt, mir den Kopf zu verdrehen. Ich glaube, sie wollte ein wenig üben." Bei der Erinnerung seufzte er. „Sie war gut."

Wie war es dann möglich, dass die beiden so locker und ungezwungen miteinander umgingen?

„Ich weiß genau, was du jetzt denkst, Megan." Er schmunzelte und legte ihr einen Arm um die Schultern. „Nun, Lilah und ich waren nicht gerade Romeo und Julia. Ich habe sie paarmal geküsst und mit dem sprichwörtlichen Zaunpfahl gewinkt, dass es da noch mehr gibt … Aber sie wollte nicht. Das Herz hat sie mir nicht gebrochen. Vielleicht ein wenig angekratzt."

„Und Max stört sich nicht daran?"

„Warum sollte er? Er hat sie doch erobert. Es ist ja auch nicht so, als ob wir eine heiße Affäre gehabt hätten. Und selbst wenn … verglichen mit dem, was die beiden haben, wäre es wie ein glimmendes Streichholz gegen einen Waldbrand."

Damit hatte er recht. Jede der Calhoun-Frauen hatte den Partner fürs Leben gefunden. „Trotzdem ist es interessant. All diese Beziehungen und Verflechtungen miteinander und untereinander."

„Beziehst du dich damit auch auf dich selbst?"

Sie versteifte sich augenblicklich. „Das ist ein Thema, über das ich nicht sprechen möchte."

„Noch immer empfindlich?" Tröstend drückte er sie an sich. „Bei dem, was ich über Dumont gehört habe, ist er es nicht wert. He, entspann dich", sagte er, als sie abrupt von ihm abrücken wollte. „Kein Problem, lassen wir das Thema fallen. Die Nacht ist viel zu schön, um an alte Wunden zu rühren. Erzähl mir lieber, wie sie dich dazu überredet haben, das alte Rechnungsbuch zu bearbeiten."

„Woher weißt du davon?"

„Holt und Suzanna haben mir davon erzählt." Sie saß immer noch steif neben ihm, wie er bemerkte. Aber zumindest rannte sie nicht auf und davon. „Wir haben uns noch gesehen, bevor sie nach Hause fuhren."

Megan entspannte sich tatsächlich. Es tat gut, mit jemandem über die Sache zu reden, der wie sie ein wenig außerhalb der Familie stand. „Ich habe wirklich nicht die geringste Ahnung, wie genau das abgelaufen ist. Ich habe kaum den Mund aufgemacht."

„Großer Fehler", murmelte er.

Sie schnaubte leise. „Ich hätte brüllen müssen, um überhaupt gehört zu werden. Ich weiß nicht, wieso sie das eine Sitzung nennen. Es war ein ausgewachsener Streit! Und dann hören sie jäh auf zu streiten, und dir wird klar, dass du dich hast überrumpeln lassen. Wenn du dann ablehnen willst, steht plötzlich eine geschlossene Wand von Calhouns vor dir, gegen die du nicht ankommst."

„Ich weiß genau, was du meinst. Bis heute kann ich dir nicht sagen, ob es meine eigene Idee war, mit Holt zusammen das Geschäft aufzuziehen. Irgendwie kam der Vorschlag auf, wurde diskutiert, einstimmig angenommen, und schon saß ich beim Notar und unterzeichnete Papiere."

Bemerkenswert, dachte Megan. „Du siehst mir nicht nach jemandem aus, der sich etwas aufschwatzen lässt."

„Das Gleiche könnte ich von dir sagen."

Sie dachte über seine Bemerkung nach und nickte schließlich. „Du hast recht. Das Buch fasziniert mich. Ich kann es kaum erwarten, es in die Finger zu bekommen."

„Ich hoffe doch, es wird nicht deine ganze Freizeit verschlingen. Davon hätte ich nämlich auch gern einen Teil." Er wickelte sich eine Strähne ihres Haars um den Finger. Nein, rot war es nicht, sondern golden, mit einem stillen Feuerschein.

Vorsichtshalber rutschte Megan ein Stückchen von ihm ab. „Ich sagte doch schon, ich bin nicht interessiert."

„Falsch. Du fürchtest dich, weil du interessiert bist." Er legte eine Hand unter ihr Kinn und zog ihren Kopf sanft herum, sodass sie ihn ansehen musste. „Du musst eine schlimme Zeit durchgemacht haben. Und daher war es wohl einfacher, alle Männer mit diesem Schuft, der dich verletzt hat, in einen Topf zu werfen. Deshalb bin ich ja auch bereit, es langsam angehen zu lassen."

Wut flammte in ihren Augen auf. „Erzähl du mir nicht, was ich durchgemacht habe! Ich will weder Verständnis noch Geduld von dir!"

„Umso besser."

Damit presste er seinen Mund auf ihre Lippen. Ungeduldig, fordernd und unwiderstehlich eroberte er ihren Mund, bevor sie Zeit zu widersprechen fand.

Die Glut, die seit dem ersten Kuss in ihr schwelte, loderte zu haushohen Flammen auf. Sie sehnte, verzehrte sich nach diesem mitreißenden Gefühl. Und hasste sich für ihre Schwäche.

Er hatte es ihr bewiesen. Hatte ihr gezeigt, dass er mit seiner Vermutung richtig lag. Erkennen konnte er es an dem hämmernden Puls an ihrem Hals, als er endlich den Kopf hob. Er hatte es ihr bewiesen und sich selbst einer Feuersbrunst von Verlangen ausgesetzt.

Das Verlangen jedoch würde warten müssen, denn Megan war meilenweit davon entfernt, bereit für ihn zu sein. Und das war ihm wichtig. Wichtiger, als er erwartet hätte.

„Jetzt sag mir noch einmal, dass du nicht interessiert bist", murmelte er an ihren Lippen, von einer seltsamen Wut erfüllt, weil er sich nicht nehmen durfte, was so offensichtlich ihm gehörte. „Sage mir, dass ich dich nicht berühren soll."

„Das kann ich nicht." Ihre Stimme brach vor Verzweiflung. Sie wollte, dass er sie berührte, wollte, dass er sie in Besitz nahm und sie wild und voll heißer Leidenschaft liebte. Und sie wollte, dass er ihr die Entscheidung und damit auch die Verantwortung abnahm. Sie wusste, es war feige, und sie schämte sich für diese Feigheit. Erschüttert erhob sie sich. „Doch Verlangen reicht nicht. Schon einmal habe ich Verlangen verspürt." Zitternd am ganzen Leib stand sie, eingehüllt vom Mondlicht, mit wehenden Haaren und furchtvollen Augen da.

Nathaniel verfluchte erst sich selbst still, dann sie. „Ich bin nicht Dumont. Und du bist kein siebzehnjähriges Mädchen mehr."

„Ich weiß, wer ich bin. Doch weiß ich, wer du bist?"

„Du weichst aus, Megan. Wir haben einander vom ersten Augenblick an erkannt."

Sie trat zurück, weil er recht hatte. Weil es sie halb zu Tode ängstigte. „Du redest von der Chemie zwischen uns beiden."

„Von Schicksal", berichtete er leise und richtete sich auf. Er hatte sie verängstigt, und er verabscheute sich dafür. Eine Frau nervös zu machen war eine Sache, sie zu drängen eine ganz andere. „Du brauchst Zeit zum Nachdenken. Ich auch. Komm, ich begleite dich zum Haus zurück."

Sie hob abwehrend die Hand. „Ich finde den Weg auch allein." Damit drehte sie sich auf dem Absatz um und rannte den vom Mond beschienenen Pfad entlang.

Nathaniel fluchte unter angehaltenem Atem, setzte sich wieder und zog eine frische Zigarre hervor. Es wäre unsinnig, nach Hause zu gehen. An Schlaf war jetzt nicht zu denken.

Am Nachmittag des folgenden Tages hob Megan den Kopf von den Büchern, als es an der Tür ihres Büros klopfte.

„Herein."

„Entschuldige, dass ich störe." Coco steckte den Kopf zur Tür herein – einen Kopf mit ebenholzschwarzem Haar, wie Megan erstaunt erkannte. Scheinbar wechselte die Haarfarbe bei Coco ebenso häufig wie die Stimmung. „Du hast gar keine Mittagspause gemacht." Mit einem beladenen Tablett auf dem Arm trat Coco ins Zimmer.

„Du solltest dir nicht so viele Umstände wegen mir machen." Megan sah verdutzt auf die Uhr. Schon nach drei! Sie hatte nicht gemerkt, wie schnell die Zeit vergangen war.

„Wir können nicht zulassen, dass du Mahlzeiten auslässt." Coco stellte das Tablett auf den Tisch und blickte auf den Computerbildschirm. „Du meine Güte, so viele Zahlen. Zahlen machen mich immer nervös. Sie sind so … so unnachgiebig."

„Man darf sich nur nicht von ihnen herumkommandieren lassen", sagte Megan lachend. „Wenn man in Erinnerung behält, dass eins und eins immer zwei ergibt, kann man alles mit ihnen machen."

Zweifelnd sah Coco auf die Tabellen. „Wenn du es sagst, Liebes …"

„Ich habe gerade das erste Quartal für ‚Shipshape' fertig. Es war … eine Herausforderung."

„Wie schön, dass du so denkst." Coco wandte diesen Zahlenreihen lieber den Rücken zu, bevor sie noch Kopfschmerzen bekam. „Keiner von uns möchte dich überarbeitet sehen. Hier, ich habe dir Eistee gebracht und ein Clubsandwich."

Es sah wirklich appetitlich aus, vor allem, da Megan heute Morgen das Frühstück hatte ausfallen lassen. Sie hatte schlicht nichts herunterbringen können. Wohl eine Nachwirkung der nächtlichen Begegnung mit Nathaniel.

„Danke, Coco. Das ist lieb von dir. Aber ich wollte dich nicht von deiner Arbeit wegholen."

„Oh." Coco winkte ab. „Darüber mach dir nur keine Sorgen. Um ehrlich zu sein, Liebes, ich musste unbedingt mal aus der Küche heraus – wegen dieses schrecklichen Mannes."

„Der Holländer?" Megan biss lächelnd in das Sandwich. „Ich bin ihm heute Morgen begegnet. Irgendwo muss ich die falsche Abbiegung genommen haben und landete plötzlich im Hotelflügel in der Küche."

Mit fahrigen Fingern nestelte Coco an ihrer schweren Goldkette. „Ich hoffe, er ist nicht ausfallend geworden. Er ist ein wenig … nun, ungeschliffen."

„Nein." Megan schenkte Eistee in zwei Gläser und reichte Coco eines. „Er hat mich nur von Kopf bis Fuß gemustert und brummte dann, dass ich mehr Fleisch auf den Rippen brauche. Ich fürchtete schon, er würde mir das Omelette aufdrängen, das er gerade zubereitete, aber einer der Küchenjungen ließ einen Teller fallen. Ich konnte mich davonschleichen, während er den armen Jungen herunterputzte."

„Seine Ausdrucksweise!" Coco setzte sich und strich sich über die Seidenhose. „Widerwärtig! Und ständig hat er etwas an meinen Rezepten auszusetzen." Schaudernd schloss sie die Augen. „Ich habe mich immer für einen geduldigen Menschen gehalten und – ohne eingebildet klingen zu wollen – auch nicht für ganz dumm. Diese Eigenschaften braucht man, wenn man vier quicklebendige Mädchen großzieht." Mit einem Seufzer warf sie die Hände in die Luft. „Aber bei diesem Mann bin ich mit meinem Latein am Ende."

„Du könntest ihm kündigen", schlug Megan vorsichtig vor.

„Das ist unmöglich. Der Mann ist wie ein Vater für Nathaniel, und die Kinder vergöttern ihn geradezu, auch wenn mir das völlig unbegreiflich ist." Sie hob die Lider und lächelte tapfer. „Ich schaffe das schon, Liebes. Außerdem muss man sagen, dass der Mann bestimmte Gerichte, einfache natürlich nur, recht gut hinbekommt." Sie betastete ihre neue Frisur. „Und ich finde ja auch auf die eine oder andere Art meinen Ausgleich."

Cocos erste Bemerkung hatte Megans Neugier geweckt. „Dann kennen Mr. van Horne und Nathaniel sich also schon lange?"

„Über fünfzehn Jahre. Sie haben zusammen gedient, sind unter gleicher Flagge gesegelt, wie immer man das nennt. Wie ich gehört habe, muss Mr. van Horne Nathaniel wohl unter seine Fittiche genommen haben. Ich meine, das spricht ja für ihn, nicht wahr? Der Himmel weiß, wie nötig der Junge jemanden brauchte, der sich um ihn kümmerte, bei dieser schrecklichen Kindheit."

„Wirklich?" Megan drängte normalerweise nicht gern, aber Coco brauchte einen kleinen Anreiz.

„Seine Mutter starb, als Nathaniel noch klein war. Der arme Junge. Und sein Vater …" Cocos Lippen wurden dünn. „Der Mann war ein Tier. Persönlich habe ich ihn nie kennengelernt, aber die Gerüchte, die über ihn in der Stadt kursierten … abscheulich! Und ich habe die Blutergüsse bei Nathaniel gesehen, wenn Holt und er uns frischen Fisch brachten."

„Blutergüsse?" Megan war entsetzt. „Sein Vater hat ihn geschlagen?"

Cocos Augen schimmerten nun verdächtig. „Ich fürchte, ja."

„Aber hat denn niemand etwas dagegen unternommen?"

„Der Mann hat die üblichen Ausreden benutzt – der Junge wäre angeblich gefallen oder hätte sich mit seinen Kumpanen geprügelt. Und Nathaniel hat nie widersprochen. Bei Kindesmisshandlung hat man damals oft beide Augen zugedrückt. Das ist leider heute noch oft so." Die Tränen drohten ihre sorgfältig aufgetragene Wimperntusche zu verschmieren. Sacht tupfte Coco sich die Augenwinkel mit Megans Serviette. „Sobald Nathaniel volljährig wurde, ging er zur See. Sein Vater starb vor ein paar Jahren. Nate schickte Geld für die Beerdigung, aber selbst gekommen ist er nicht. Wer sollte ihm das auch verdenken?" Coco seufzte und schüttelte sich leicht. „Eine so traurige Geschichte wollte ich gar nicht erzählen. Aber sie hat ja ein gutes Ende, nicht wahr? Aus Nate ist ein wunderbarer Mann geworden." Ein lauerndes Funkeln trat in ihre Augen, nur schlecht kaschiert von den Tränen. „Ihm fehlt jetzt nur noch die richtige Frau. Er ist wirklich attraktiv, findest du nicht auch?"

„Ja." Megan versuchte noch immer, das misshandelte Kind und den selbstsicheren Mann in Einklang zu bringen.

„Und absolut verlässlich. Zudem ein echter Romantiker. Die Jahre auf See haben ihm etwas Geheimnisvolles verliehen, meinst du nicht? Die Frau, die ihn bekommt, kann sich glücklich schätzen."

Megan blinzelte, als ihr klar wurde, was Coco beabsichtigte. „Das kann ich nicht beurteilen, ich kenne ihn ja kaum. Und eigentlich denke ich auch nicht so intensiv über Männer nach."

„Humbug!" Überzeugt von ihren kupplerischen Talenten, tätschelte Coco Megans Knie. „Du bist jung, hübsch und intelligent. Ein Mann in deinem Leben wird weder daran noch an deiner Unabhängigkeit etwas ändern, im Gegenteil. Mit dem Richtigen wird alles nur noch besser. Ich bin sicher, du wirst das auch noch herausfinden. Sehr bald sogar schon, wenn ich mich nicht täusche. Aber jetzt ...", sie beugte sich vor und küsste Megan auf die Wange, „... kehre ich besser in die Küche zurück, bevor dieser ungehobelte Klotz mir noch meine Lachspastetchen ruiniert."

Sie ging Richtung Tür und stoppte dann doch mitten im Zimmer noch einmal. Sehr geschickt, da war sie sich sicher. „Ach, wo bin ich nur wieder mit meinen Gedanken!", rief sie aus. „Ich sollte dir doch etwas von Kevin ausrichten."

„Kevin?" Unwillkürlich blickte Megan sofort zum Fenster hinaus. „Ist er denn nicht mit Alex und Jenny zusammen?"

„Nun, ja, und auch wieder nein." Coco lächelte zerstreut. Ein Gesichtsausdruck, den sie über die Jahre perfektioniert hatte. „Er ist schon mit Alex und Jenny zusammen, aber nicht hier. Nate hat heute seinen freien Tag. Er kam zum Lunch her. Ach, dieser Mann weiß ein anständiges Essen noch zu schätzen! Und dabei setzt er kein Gramm Fett an. Natürlich ist er auch ständig in Bewegung. Deshalb hat er ja auch diese himmlischen Muskeln überall, die man bei jeder Bewegung spielen sieht ..."

„Coco, wo ist Kevin?", unterbrach Megan den Lobgesang.

„Ach ja, Kevin. Kevin ist bei Nate. Alle sind bei ihm, er hat sie mitgenommen."

Megan sprang auf. „Mitgenommen? Wohin? Etwa auf das Boot?" Sie sah das Schiff bereits kieloben im Wasser treiben, von haushohen Wellen umspült.

„Nein, mit zu sich nach Hause. Er will wohl eine Veranda an sein Haus anbauen, und die Kinder wollten ihm unbedingt dabei helfen. Könntest du mir den Gefallen tun und sie abholen?" Dann würde Megan auch Nathaniels hübsches kleines Haus sehen und wie wunderbar er mit Kindern umgehen konnte. „Nicht sofort natürlich, das hat noch Zeit, Suzanna kommt erst gegen fünf zurück. Aber sie erwartet, dass die Kinder hier sind. Ich hatte nur nicht das Herz, es ihnen zu verbieten, mit Nate mitzugehen."

„Aber ich ..."

„Du weißt doch, wo Suzanna und Holt wohnen, nicht wahr? Nathaniel wohnt nur ein paar Hundert Meter weiter die Straße hinunter. Ein wirklich nettes Häuschen. Du kannst es gar nicht verfehlen."

Bevor Megan auch nur ein Wort erwidern konnte, schwebte Coco zur Tür hinaus, höchst zufrieden mit sich.

Das ist ja bestens gelaufen, dachte sie und machte sich auf den Weg zur Küche.

5. KAPITEL

Kevin konnte sich einfach nicht entscheiden, was cooler war – der Feuer speiende Drache auf Nathaniels Schulter oder die gezackte Narbe vorn. Eigentlich müsste ja die Narbe das Rennen machen, schließlich stammte sie von einem echten Kampf mit echten Messern. Aber ein tätowierter Drache, noch dazu einer, der Flammen spuckte … das war wirklich schwer zu übertreffen.

Nathaniel hatte noch eine andere Narbe. An der Hüfte. Als Alex danach gefragt hatte, erzählte Nathaniel ihnen die Geschichte, wie er im Südpazifik mit einer Muräne gerungen hatte. Kevin konnte sich genau vorstellen, wie Nathaniel, ein Messer zwischen die Zähne geklemmt, in die Tiefen des Meeres hinabtauchte, um sich dem Kampf mit einem Untier von der Größe des Monsters von Loch Ness zu stellen.

Nathaniel hatte auch einen Papagei. Ein riesiger bunter Vogel, der auf einer Stange im Haus saß und sprechen konnte. Am liebsten hörte Kevin, wenn der Vogel lautstark „Ab mit der Rübe!" krächzte.

Für Kevin war Nathaniel Fury eindeutig der tollste Mann, den er je getroffen hatte. Nate war auf den sieben Weltmeeren gesegelt wie Sindbad und wusste die spannendsten Geschichten zu erzählen. Und Nate liebte junge Hunde und sprechende Vögel.

Er schien auch nichts dagegen zu haben, dass Kevin in seiner Nähe blieb, während Alex und Jenny auf dem Rasen herumrannten und sich mit imaginären Laserpistolen beschossen. Es machte Kevin einfach mehr Spaß, zuzusehen, wie Nathaniel Bretter annagelte.

Immerhin lagen schon sechs Bretter fest, bevor Kevin sich zu fragen traute: „Warum willst du hier eine Veranda bauen?"

„Damit ich draußen sitzen kann."

„Aber da ist doch schon eine hinterm Haus."

„Die bleibt ja auch." Drei Hammerschläge und der Nagel war ins Holz getrieben. Nathaniel setzte sich auf die Fersen zurück. Außer abgeschnittenen Jeans und einem Stirnband trug er nichts weiter. Seine Haut war von der Sonne gebräunt und schimmerte feucht vom Schweiß. „Siehst du den Rahmen?"

Kevin folgte den soliden Holzbalken mit dem Blick, bis sie um die Hausecke verschwanden. „Mhm."

„Wir nageln so viele Bretter fest, bis wir auf die Veranda auf der anderen Seite treffen."

Kevin strahlte. „Dann geht es ums ganze Haus herum, wie ein Kreis."

„Richtig." Nathaniel trieb drei Nägel ein, bevor er weiterrückte. „Wie gefällt es dir auf unserer Insel?"

Die Frage klang so ernsthaft, wie man sie nur einem Erwachsenen stellen würde. Kevin sah sich erst suchend um, bevor er Nathaniel antwortete. „Ich finde es toll hier. Wir leben in einem Schloss, und ich kann mit Alex und Jenny spielen, wann immer ich will."

„In Oklahoma hast du doch sicher auch Freunde gehabt, oder?"

„Klar. John Curtis Silverhorn ist mein bester Freund. Er ist zur Hälfte Komantsche. Mom hat gesagt, er kann uns besuchen kommen und dass wir uns Briefe schreiben können. Ich habe ihm schon geschrieben und ihm von den Walen erzählt." Kevin lächelte schüchtern. „Das hat mir am besten gefallen."

„Dann müssen wir wohl noch mal zusammen rausfahren, was?"

„Ehrlich? Wann?"

Nathaniel hörte auf zu hämmern und sah zu dem Jungen hoch. Er hätte sich daran erinnern müssen, dass Kinder, die in einer Atmosphäre von Liebe und Vertrauen aufwuchsen, so wie Alex und Jenny, eigentlich so ziemlich alles für bare Münze nahmen. „Wenn deine Mutter es erlaubt, kannst du mit mir rauskommen, wann du willst."

Die Antwort auf sein nachlässig dahingeworfenes Angebot war ein strahlendes Lächeln. „Darf ich dann noch mal das Ruder halten?"

„Sicher." Grinsend setzte Nathaniel Kevin die Baseballkappe rückwärts auf den Kopf. „Was ist? Hast du Lust, ein paar Planken anzunageln?"

Kevin riss begeistert die Augen auf. „Klar!"

„Pass auf." Nathaniel hockte sich so hin, dass er Kevins Hände führen konnte. „Den Nagel musst du so halten, und dann schlägst du zu."

„He!" Alex erhob sich von den Toten des Massakers auf dem Planeten Zero. „Kann ich mitmachen?"

„Ich auch! Ich auch!" Jenny kletterte Nathaniel auf den Rücken, in der unverbrüchlichen Überzeugung, jederzeit willkommen zu sein.

„Sieht aus, als hätte ich jetzt eine vollzählige Crew." Nathaniel mutmaßte, dass die Arbeitszeit sich mit den zusätzlichen Helfern soeben verdoppelt hatte.

Eine Stunde später stoppte Megan ihren Wagen neben dem klassischen T-Bird und starrte überrascht auf das Haus. Das zweistöckige Cottage mit den blauen Fensterläden und den Blumenkästen voll üppig blühender Stiefmütterchen bot ein entzückendes Bild. Dennoch hätte sie einen solchen Anblick nicht einmal im Traum mit Nathaniel Fury in Verbindung gebracht. Auch nicht den gepflegten grünen Rasen, die sorgfältig gestutzte Hecke oder den fröhlich bellenden Hund.

Nathaniel jedoch war es, der sie am meisten überraschte. Um ehrlich zu sein, so viel goldene Haut und freie Sicht auf spielende Muskeln war schwer zu verkraften. Schließlich war sie auch nur ein Mensch! Noch mehr allerdings fesselte sie, was er gerade tat.

Kopf an Kopf beugte er sich über ihren Sohn und führte mit seinen großen Händen Kevins kleine. Jenny saß daneben und schaute konzentriert zu, während Alex auf einem Balken balancierte.

„Hi, Megan. Sieh her, ich bin der todesmutige Alex und arbeite ohne Netz!" Vor lauter Aufregung hätte er fast das Gleichgewicht verloren und begann mit den Armen zu rudern, um den Sturz in die unendliche Tiefe von beängstigenden dreißig Zentimetern zu verhindern.

„Das war knapp", meinte sie lachend.

„Wir bauen eine Veranda, Mom." Die Zunge zwischen die Lippen geklemmt, hämmerte Kevin auf den Nagel ein.

„Ich sehe es." Megan nahm den Aktenkoffer in die andere Hand und streichelte den Welpen, der sich begeistert auf den Rücken fallen ließ.

„Ich bin als Nächste dran." Jenny sah Nathaniel unnachgiebig an. „Das bin ich doch, oder?"

„Stimmt, Herzchen. Also dann, Captain, bringen wir ihn sicher in den Hafen."

Mit einem angestrengten Ächzen trieb Kevin den Nagel ins Holz.

„Geschafft! Ich hab das ganze Brett angenagelt!" Stolz sah er zu seiner Mutter. „Wir wechseln uns ab. Jeder darf mal ein Brett annageln. Ich habe schon drei!"

„Das sieht doch recht gut aus." Sie lächelte Nathaniel an. „Nicht jeder kann so etwas."

„Dazu braucht man nur einen sicheren Blick und eine ruhige Hand. He, Matrosen, wo bleibt mein Holz?"

„Holen wir!" Alex und Kevin rappelten sich auf, um die nächste Planke heranzuschleppen.

Megan sah zu, wie Nathaniel das Brett nahm, es auf seinen Platz legte, mit einem Stück Holz den Abstand richtete und, nachdem er zufrieden war, Jenny auf seinen Schoß zog.

Mit beiden kleinen Händen umklammerte sie den Hammer und hob ihn hoch in die Luft, während Nathaniel den Nagel in Position hielt. Ein wahrhaft tapferer Mann – war alles, was Megan denken konnte.

„Aber genau zielen", warnte er Jenny und wartete geduldig, bis der Nagel gerade im Holz stand, bevor er ihre Hand fasste und führte, um den Metallstift zu versenken.

„Die Arbeit macht durstig, was, Leute?", bemerkte er lässig.

„Aye, aye." Alex fasst sich ächzend an die Gurgel.

Nathaniel nahm den nächsten Nagel. „In der Küche ist Limonade. Wenn jemand die Karaffe und Gläser holt …"

Vier Augenpaare richteten sich gleichzeitig auf Megan. Wenn sie sich schon nicht an den Schreinerarbeiten beteiligte, konnte sie wenigstens den Handlanger spielen.

„Na schön." Sie stellte den Aktenkoffer ab und ging über den fertigen Verandateil zur Haustür.

Sekunden später ertönte ein schrilles Pfeifen aus dem Haus, gefolgt von einem erstickten Schrei. Draußen auf der Veranda begann Nathaniel breit zu grinsen, und drinnen im Haus ertönte auch schon Vogels großspurige Einladung.

„Komm, Süße, ich spendier dir einen Drink. Schau mir in die Augen, Kleines." Als Vogel dann auch noch krächzend „There is nothing like a Dame" aus „South Pacific" anstimmte, brachen die vier draußen in schallendes Gelächter aus.

Wenig später trat Megan mit einem Tablett mit Gläsern und Karaffe aus dem Haus. „Bogart und Musicals. Das ist schon ein besonderer Vogel."

„Er hat nun mal eine Schwäche für schöne Frauen." Nathaniel nahm ein Glas Limonade und leerte es in einem Zug. „Kann ich ihm nicht verübeln."

„Tante Coco sagt immer, Nate braucht eine Frau." Alex setzte sein Glas ab. „Ich weiß auch nicht, warum."

„Damit sie zusammen schlafen können", kam es wissend von Jenny. Nathaniel und Megan blieb der Mund offen stehen. „In der Nacht sind Erwachsene einsam, und dann wünschen sie sich jemanden, mit dem sie schlafen können. Wie Mom und Daddy. Ich habe meinen Teddybären, damit ich nicht allein schlafen muss", führte sie aus.

„Zeit für eine Pause." Nathaniel hatte Mühe, sich das Lachen zu verbeißen. „Warum führt ihr Hund nicht unten am Wasser Gassi?"

Die Idee stieß auf lärmende Zustimmung, und schon stürmten drei Kinder und ein Welpe davon.

„Die Kleine hat gar nicht so unrecht." Nathaniel hielt sich das eisgekühlte Glas an die Stirn. „Nächte können wirklich sehr einsam sein."

„Jenny leiht dir bestimmt ihren Teddy." Megan trat lieber einen Schritt von ihm weg und gab sich den Anschein, das Cottage zu begutachten. „Ein hübsches Haus, Nathaniel." Sie strich über ein Stiefmütterchen, das sich vorwitzig aus dem Blumenkasten herauslehnte. „Sehr anheimelnd."

„Du hattest wohl eher eine düstere Höhle erwartet, was? Ein schwarzes Loch?"

Sie musste lächeln. „Ehrlich gesagt, so etwas in der Art, ja. Danke, dass du auf Kevin aufgepasst hast."

„Nun, wohl eher auf ein unzertrennliches Trio."

Ihr Lächeln wurde weich, als sie auf das Kinderlachen hinter dem Haus lauschte. „Ja, das sind sie wirklich."

„Ich hab die drei gern um mich. Sie sind großartig." Er saß im Schneidersitz auf den Bohlen und sah zu ihr auf. „Der Junge hat deine Augen."

Ihr Lächeln erstarb. „Kevin hat braune Augen." Wie sein Vater.

„Ich meinte nicht die Farbe, sondern den Ausdruck in ihnen. Das sagt viel mehr aus als ‚blau' oder ‚braun'. Wie viel hast du dem Jungen erzählt?"

„Ich ..." Sie riss sich zusammen, schob das Kinn leicht vor. „Ich bin nicht gekommen, um mein Privatleben vor dir auszubreiten."

„Sondern?"

„Um die Kinder abzuholen und die Buchhaltung mit dir durchzugehen."

Nathaniel deutete mit dem Kopf auf den Aktenkoffer. „Hast du die Bücher da drin?"

„Ja." Sie holte den Koffer, und da sie keine andere Möglichkeit sah, setzte sie sich zu ihm auf den Verandaboden. „Das erste Quartal ist fertig, Januar, Februar, März. Eure Ausgaben übersteigen die Einnahmen, allerdings steht da noch eine Rechnung vom Februar aus." Sie blätterte in der Akte. „Ein Mr. Jacques LaRue schuldet euch eintausendzweihundertzweiunddreißig Dollar und sechsunddreißig Cent."

„LaRue hatte kein besonders gutes Jahr. Holt und ich waren uns einig, ihm noch etwas Luft zu lassen."

„Natürlich ist das eure Entscheidung, allerdings ist es allgemein üblich, eine Rechnung nach spätestens dreißig Tagen zu begleichen."

„Auf der Insel ist es allgemein üblich, kulanter miteinander umzugehen."

„Wie gesagt, es ist eure Entscheidung." Sie schob die Brille höher auf die Nase. „Wie sich aus den Tabellen ersehen lässt, habe ich sämtliche Posten in entsprechende Bereiche aufgeteilt. Bei den Ausgaben sind es Miete, Material, Bürobedarf, Werbekosten und so weiter. Hinzu kommen Gehälter und ..."

„Ein neues Parfüm."

Verständnislos blickte sie ihn an. „Was?"

„Du hast ein neues Parfüm. Mit einem Hauch Jasmin."

„Coco hat es mir geschenkt."

„Es gefällt mir." Er beugte sich näher zu ihr heran und schnupperte. „Sehr sogar."

„Nun ..." Sie räusperte sich und blätterte weiter. „Und hier sind die Einnahmen. Ich habe die wöchentlichen Ticketverkäufe addiert, so gewinnt ihr einen Überblick über die monatlichen Erlöse. Mir ist aufgefallen, dass ihr eine Pauschale mit dem Retreat für die Gäste vereinbart habt."

„Bot sich an ... und ist kein schlechtes Geschäft."

„Nein, ein sehr gutes sogar. Achtzig Prozent der Gäste nutzen den Vorteil des reduzierten Preises. Ich ... Sag mal, musst du unbedingt so eng an mich heranrücken?"

„Ja. Geh heute Abend mit mir zum Dinner aus, Megan."

„Nein."

„Fürchtest du dich davor, mit mir allein zu sein?"

„Ja. Also, wie du sehen kannst, geht es mit euren Einnahmen im März rapide aufwärts, sodass ..."

„Bring den Jungen mit."

„Wie?"

„Drücke ich mich undeutlich aus?" Mit einem Lächeln zog er ihr die Brille von der Nase. „Ich sagte, bring Kevin mit. Ich kenne da ein kleines Restaurant, das macht die besten Hummerbrötchen weit und breit. An Cocos kommen sie natürlich nicht heran, aber dafür hast du viel Lokalkolorit."

„Wir werden sehen."

„Du weichst schon wieder aus, Megan."

Mit einem Seufzer zuckte sie die Schultern. „Na schön. Kevin wird es bestimmt Spaß machen."

„Das wäre dann abgemacht." Er gab ihr die Brille zurück, stand auf und zog die nächste Planke heran. „Heute Abend also."

„Heute Abend schon?"

„Warum es aufschieben? Sag Suzanna Bescheid, dass wir die Kinder auf dem Weg zu Hause abliefern."

„Sicher, das kann ich machen." Jetzt, da er mit dem Rücken zu ihr stand, konnte sie den Blick nicht von dem Muskelspiel unter der samtenen Haut abwenden, als er das Brett positionierte. Sie ignorierte das Flattern in ihrem Magen und hielt sich daran fest, dass ihr Sohn als „Anstandsdame" fungieren würde. „Ich habe noch nie Hummerbrötchen gegessen."

„Du ahnst nicht, was dir dein Lebtag entgangen ist."

Damit hatte Nathaniel recht gehabt, wie Megan eingestehen musste. Allein die Fahrt in dem schnittigen T-Bird über die gewundenen Straßen war ein Erlebnis. Das kleine Städtchen, durch das sie fuhren, wirkte wie die perfekte Postkartenszenerie. Die Sonne versank langsam am Horizont, und eine leichte Brise trug Wohlgerüche von Blumen und Salzwasser heran.

Das Restaurant selbst war nicht mehr als eine graue Holzbaracke, die auf Pfählen im Wasser stand und nur über eine wackelige Gangway zu betreten war. Die Innendekoration bestand aus zerrissenen Fischernetzen und ausgedienten Hummerreusen. Eine Handvoll Tische, die offensichtlich schon lange in Gebrauch waren und deutliche Benutzungsspuren aufwiesen, standen auf einem ebenso abgenutzten Boden. Romantik sollten wohl die zu Windlichtern umfunktionierten Thunfischdosen schaffen, die in der Mitte eines jeden Tisches prangten. An der Wand hinter der Theke hing eine Tafel, auf der mit Kreide die Tageskarte geschrieben stand.

„Wir haben Hummerbrötchen, Hummersalat und Hummer-Hummer", zählte die Bedienung gerade einer leicht verdattert dreinschauenden vierköpfigen Familie im Stakkato auf. „Dazu Krautsalat und Fritten. Zu trinken gibt's Bier, Milch, Eistee und Limonade. Eiscreme zum Nachtisch können wir heute nicht anbieten, weil die Eismaschine kaputt ist. Also, was soll's sein?"

Als die Frau Nathaniel erblickte, überließ sie die Gäste vorerst ihrem Schicksal und begrüßte Nate mit einem harten Knuff auf die Brust. „Wo hast du dich so lange rumgetrieben, Captain?"

„Oh, überall und nirgends, Julie. Und jetzt hab ich Heißhunger auf Hummerbrötchen."

„Da bist du hier genau richtig." Die Bedienung, eine bleistiftdünne Frau mit stahlgrauem Haar, musterte Megan unverhohlen. „Wer ist das?"

„Darf ich vorstellen? Megan O'Riley und ihr Sohn Kevin. Und das ist Julie Peterson, die Frau mit den besten Hummer-Rezepten auf Mount Desert Island."

„Die neue Buchhalterin auf *The Towers*." Julie nickte knapp. „Dann setzt euch, ich bringe euch gleich was." Damit ging sie zu der Familie zurück. „Was ist nun? Haben Sie sich entschieden, oder wollen Sie nur hier sitzen und Platz wegnehmen?"

„Das Essen ist wesentlich besser als der Service." Nathaniel blinzelte dem eingeschüchterten Kevin zu, als sie sich in eine der Nischen setzten. „Du hast soeben eine der Attraktionen der Insel kennengelernt. Mrs. Petersons Familie fängt seit über hundert Jahren Hummer und bereitet sie zu."

„Wow!" Für einen Neunjährigen sah Julie alt genug aus, um das Geschäft mit dem Hummerfang von Anfang an persönlich mitgemacht zu haben.

„Als Junge hab ich früher hier öfter gejobbt und die Böden geschrubbt." Und Julie war immer gut zu ihm gewesen, wie Nathaniel sich erinnerte. Hatte ihm kommentarlos Eisbeutel auf die Blutergüsse gelegt und die Platzwunden desinfiziert.

„Ich dachte, du hast für die Bradfords gearbeitet ..." Megan hätte sich die Zunge abbeißen mögen, als Nathaniel sie mit einer hochgezogenen Augenbraue fragend anblickte. „Coco erwähnte es."

„Ja, bei denen auch."

„Kanntest du Holts Großvater?", wollte Kevin wissen. „Er ist nämlich einer von den Geistern."

„Klar kannte ich den. Er saß immer auf der Veranda vor dem Haus, in dem Alex und Jenny jetzt leben. Manchmal lief er zu den Klippen von *The Towers* hoch. Um Bianca zu suchen."

„Lilah hat gesagt, dass sie jetzt zusammen dort spazieren gehen. Aber ich hab sie noch nicht gesehen." Und das war eine fürchterliche Enttäuschung. „Hast du schon mal einen Geist gesehen?"

„Mehr als einmal." Nathaniel ignorierte den Tritt, den Megan ihm unter dem Tisch versetzte. „In Cornwall, da sind die Klippen steil und zerklüftet, und der Nebel rollt landeinwärts wie ein lebendiges Wesen ... da habe ich eine Frau auf den Klippen stehen sehen. Sie trug ein Cape mit einer Kapuze, und Tränen liefen ihr über die Wangen."

Gefesselt von der Geschichte, lehnte Kevin sich mit erwartungsvoll aufgerissenen Augen vor.

„Ich ging auf sie zu, durch den dichten Nebel. Sie war sehr schön, und sie war sehr traurig. ‚Verloren‘, sagte sie, als ich näher kam. ‚Er ist verloren. Und ich auch.‘ Und dann verschwand sie, löste sich auf wie Rauch."

„Ehrlich?", flüsterte Kevin ehrfurchtsvoll.

Nathaniel erinnerte sich daran, dass es hier nicht um Ehrlichkeit ging, sondern um eine spannende Geschichte. „Man nannte sie die ‚Lady des Kapitäns‘. Das Schiff ihres Geliebten ging in einer stürmischen Nacht vor der irischen Küste mit Mann und Maus unter. Und sie kam jeden Tag auf die Klippen und weinte um ihn. Auch nach ihrem Tod."

„Vielleicht solltest du Bücher schreiben, wie Max." Megan ärgerte sich, dass auch sie sich der Faszination der Geschichte nicht entziehen konnte.

„Oh, niemand spinnt Seemannsgarn besser als er." Julie stellte zwei Flaschen Bier und eine Limonade auf den Tisch. „Früher hat er mir immer von den Orten vorgeschwärmt, die er sehen wollte. Na, die hast du ja dann auch gesehen, was, Captain?"

„Ja, fast alle." Er setzte sein Bier an die Lippen. „Aber dich habe ich nie vergessen, Darling."

Julie lachte bellend auf und versetzte ihm den nächsten Knuff auf die Schulter. „Immer noch der Charmeur mit der glatten Zunge", sagte sie und marschierte davon.

Megan starrte mit gerunzelter Stirn auf ihre Bierflasche. „Sie hat gar nicht unsere Bestellung aufgenommen."

„Sie wird uns das Beste zurechtmachen." Er nahm noch einen Schluck. „Weil sie mich mag." Er deutete auf Megans Bier. „Wenn du das nicht trinken möchtest, kann ich sie bestimmt überreden, dir etwas anderes zu bringen."

„Nein, ist schon in Ordnung. Du kennst wohl viele Leute hier auf der Insel, oder? Schließlich bist du hier aufgewachsen."

„Schon einige. Aber ich war lange weg."

„Nate ist nämlich um die ganze Welt gesegelt. Sogar zweimal."
Kevin saugte an seinem Strohhalm. „Durch Wind und Wetter und
Stürme und Taifune."

„Das muss aufregend und interessant gewesen sein."

„Es hat sicherlich denkwürdige Momente gegeben."

„Fehlt es dir?"

„Fünfzehn Jahre lang bin ich auf dem Schiff eines anderen Mannes
gesegelt. Jetzt habe ich mein eigenes. Die Dinge ändern sich." Nathaniel legte den Arm auf die Rückenlehne der Bank. „Und ihr seid ja
jetzt auch hier."

„Uns gefällt es hier richtig gut." Kevin stocherte mit dem Strohhalm in seiner Limonade. „Moms Chef in Oklahoma war ein alter
Knicker."

„Kevin!"

„Das hat Grandpa aber gesagt. Und dass der dich gar nicht zu
würdigen weiß. Außerdem stellst du dein Licht unter den Scheffel."
Er wusste zwar nicht so genau, was das hieß, doch das waren die
Worte seiner Großmutter gewesen.

„Grandpa ist parteiisch." Lächelnd wuschelte sie ihm durchs
Haar. „Aber ja, es gefällt uns hier."

„Langt zu!" Zugleich mit dem humorvollen Befehl stellte Julie
drei enorme Portionen auf den Tisch.

Die knusprigen Brötchen waren mit fleischigen Hummerstücken
belegt, daneben türmten sich Krautsalat und Pommes frites.

„Das Mädchen muss zulegen", erklärte Julie entschieden. „Und
der Junge auch. Wusste gar nicht, dass du sie mager magst, Captain."

„Ich mag alle, die ich kriegen kann, Julie", meinte Nathaniel gut
gelaunt und erntete damit wieherndes Gelächter von Julie.

„Das schaffen wir ja nie!" Megan starrte auf ihren Teller.

„Natürlich schaffen wir das." Nathaniel hatte sich bereits an sein
Brötchen gemacht. „Sag, hast du schon mit Fergus' Buch angefangen?"

„Nicht wirklich." Megan biss von dem Brötchen ab. Was beim
Service zu kurz kam, wurde mit dem Essen wieder wettgemacht. Es
schmeckte himmlisch! „Ich wollte erst aufholen, was nötig war. Für

Shipshape war es am dringendsten. Ich muss noch euer zweites Quartal bearbeiten und das für The Retreat auch."

„Deine Mutter ist eine sehr vernünftige Frau, Kevin."

„Ich weiß", meinte der Junge kauend. „Grandpa sagt immer, sie soll lieber öfter mal ausgehen."

„Kevin!"

Doch die Ermahnung kam zu spät. Nathaniel grinste breit vor sich hin.

„So, sagt er das, ja? Was sagt Grandpa denn sonst noch?"

„Dass sie das Leben mehr genießen soll." Kevin machte sich über seine Pommes frites her. „Weil sie zu jung ist, um als Einsiedlerin zu enden."

„Dein Großvater scheint ein kluger Mann zu sein."

„Oh ja, er weiß einfach alles. Ihm fließt Öl durch die Adern, und im Kopf hat er nichts als Pferde."

„Ein Zitat meiner Mutter", erklärte Megan trocken. „Sie weiß nämlich auch alles. Aber wir sprachen von Fergus' Buch."

„Hat es dich nicht neugierig gemacht?"

„Ein wenig schon. Vielleicht nehme ich mir nachher noch eine Stunde, bevor ich zu Bett gehe, und fang schon mal an."

„Ich glaube nicht, dass dein Dad das mit ‚das Leben genießen' meinte, Megan."

Sie blieb lieber bei einem sicheren Thema. „Soweit ich gesehen habe, sind einige der Seiten fast völlig verblasst. Aber abgesehen von ein paar kleinen Rechenfehlern wurden die Konten sehr sorgfältig und genau geführt. Bis auf die letzten beiden Seiten", fügte sie an. „Die Zahlen ergeben keinen Sinn."

„Stimmt das Ergebnis nicht?"

„Der Zusammenhang ist nicht klar. Ich muss mir das einfach genauer ansehen."

„Manchmal ist man zu nahe dran, um deutlich sehen zu können." Er blinzelte Julie zu, die die nächste Runde servierte. Dieses Mal Kaffee für Nathaniel. Sie wusste, dass er nie mehr als ein Bier trank, wenn er Auto fuhr. „Ich würde mir das Buch gern mal ansehen."

Megan runzelte die Stirn. „Wieso?"

„Ich mag Puzzles."

„Mit einem Puzzle hat das nur wenig zu tun, aber wenn die Familie nichts dagegen hat … dann habe ich auch keine Einwände."
Mit einem Seufzer lehnte sie sich zurück. „Sorry, aber ich kriege keinen Bissen mehr hinunter."

„Kein Problem." Nathaniel vertauschte seinen leeren Teller mit ihrem. „Ich erledige das schon."

Zu Megans Erstaunen bereitete ihre restliche Portion Nathaniel keinerlei Schwierigkeiten. Dass Kevin alles von seinem Teller verputzt hatte, verwunderte sie dagegen nicht weiter. Sie wusste ja, welche Massen er verdrücken konnte. Und so wie der Junge wuchs und herumtollte, war es nur verständlich, dass er reichlich Energie brauchte. Doch bei Nathaniel …

„Hast du eigentlich immer solche Mengen gegessen?", fragte sie auf der Rückfahrt.

„Nein. Aber ich wollte es. Als Kind hatte ich ständig Hunger." Wahrscheinlich, weil nie Essen im Haus gewesen war. „Und auf See lernt man, so viel zu essen, wie man kann, weil man nie weiß, wie lange es vielleicht bis zur nächsten Mahlzeit dauern könnte."

„Du müsstest über hundert Kilo wiegen."

„Manche haben eben einen rasanten Stoffwechsel." Er warf ihr einen Seitenblick zu. „Wie du. Deine nervöse Energie verbrennt die Kalorien."

„Ich bin nicht zu dünn", murmelte sie.

„Das sage ich doch gar nicht. Anfangs dachte ich das, zugegeben, bis ich dich in den Armen hielt. Du bist biegsam wie eine Weidengerte, und du fühlst dich wunderbar weich an, wenn du dich an einen Mann schmiegst."

Sie zischelte empört und sah hastig über ihre Schulter zurück.

„Keine Sorge. Er ist schon eingenickt, als wir noch keine zwanzig Meter weit gefahren waren."

Tatsächlich. Kevin lag lang ausgestreckt auf der Rückbank, einen Arm unter dem Kopf, und schlief tief und fest.

„Obwohl ich nicht verstehe, was es dem Jungen schaden könnte, wenn er weiß, dass sich ein Mann für seine Mutter interessiert."

„Er ist noch ein Kind." Als sie sich wieder nach vorn drehte, war der milde Ausdruck auf ihrem Gesicht verschwunden. „Er soll nicht denken, dass ich ..."

„Was? Dass du auch nur ein Mensch bist?"

„Misch du dich da nicht ein. Er ist mein Sohn."

„Das ist er", stimmte Nathaniel anstandslos zu. „Und du hast großartige Arbeit mit ihm geleistet."

Sie sah argwöhnisch zu ihm hin. „Danke."

„Ich stelle lediglich eine Tatsache fest. Du brauchst dich nicht zu bedanken. Es ist schwer, ein Kind allein aufzuziehen. Du hast den richtigen Weg gefunden."

Es war ihr unmöglich, verärgert über ihn zu sein, vor allem, wenn sie daran dachte, was Coco ihr erzählt hatte. „Du hast deine Mutter früh verloren, nicht wahr? Äh ... Coco erwähnte es."

„Coco scheint eine Menge erwähnt zu haben."

„Sie meint es nicht böse. Du weißt doch viel besser als ich, dass das nun einmal ihre Art ist. Sie ist so herzlich und macht sich immer Gedanken um die, die sie gern hat. Sie will doch nichts anderes, als jeden glücklich und zufrieden ..."

„Als Paar vereint zu sehen. Ja, ich kenne sie. Sie hat dich für mich auserkoren."

„Sie ..." Megan brach ab, ihr fehlten die Worte. „Das ist doch lächerlich."

„Nicht für Coco." Er lenkte den Wagen lässig um eine Kurve. „Natürlich weiß sie nicht, dass ich ihre Absichten längst durchschaut habe. Sie geht davon aus, mich demnächst auf einem Knie vor dir niederfallen zu sehen."

„Nur gut, dass du vorgewarnt bist."

Bei ihrem pikierten Ton musste er grinsen. „So sehe ich das auch. Seit Monaten schon singt sie unablässig dein Loblied. Ich muss sagen, du kommst fast an die Vorschusslorbeeren heran."

Empört schnaubend drehte Megan sich im Sitz zu ihm um, doch als sie sein Schmunzeln sah und sich der Absurdität der ganzen Situation bewusst wurde, musste auch sie lachen. Sie lehnte sich zurück und beschloss, die Fahrt zu genießen. „Da bin ich ja froh, dass ich dich nicht allzu sehr enttäuscht habe."

„Oh nein, das hast du nicht."

„Dich hat sie mir als charmant, romantisch und geheimnisvoll angepriesen."

„Und?"

„Du kommst fast an die Vorschusslorbeeren heran."

„Engelchen …" Er griff nach ihrer Hand und zog sie an seine Lippen. „Ich kann mich noch verbessern."

„Das glaube ich dir unbesehen." Sie zog ihre Hand zurück und verdrängte das angenehme Prickeln, das ihr den Arm hinaufkroch. „Wenn ich sie nicht so gern hätte, könnte ich ihr richtig böse sein. Aber sie ist ein absolut liebenswürdiger Mensch."

„Ja, mit einem riesigen Herzen. Früher wünschte ich immer, sie wäre meine Mutter."

Bevor sie dem Drang widerstehen konnte, hatte sie schon ihre Hand auf seinen Arm gelegt. „Es muss schlimm sein, die Mutter so früh zu verlieren."

„Ist schon in Ordnung, schließlich liegt es lange zurück." Zu lange, um noch zu trauern. „Ich erinnere mich noch, wie es war, wenn ich Coco in der Stadt sah oder wenn Holt und ich den frischen Fang zu ihr brachten. Für mich sah sie immer aus wie eine Königin. Und man wusste nie, welche Haarfarbe sie gerade trug."

„Seit heute ist es Ebenholz", wusste Megan zu berichten, und Nathaniel lachte auf.

„Coco war die erste Frau, in die ich mich verliebte. Sie kam sogar ein paarmal zu unserem Haus, um meinem alten Herrn die Leviten zu lesen. Wahrscheinlich glaubte sie, dass, wenn er weniger trank, er mich dann nicht mehr so oft durch die Gegend schleudern würde." Er nahm den Blick von der Straße, um Megan fragend anzuschauen. „Davon hat sie dir doch sicher auch erzählt, oder?"

„Ja." Verlegen wandte sie den Blick ab. „Tut mir leid, Nathaniel. Ich verabscheue es, wenn andere über mich reden, ganz gleich, wie gut ihre Absichten sein mögen. Ich finde es indiskret und respektlos."

„So empfindlich bin ich nicht, Megan. Jeder hier wusste, was für ein Mann mein alter Herr war." Er erinnerte sich noch gut an die mitleidigen Blicke und die verschämt abgewandten Gesichter. „Damals hat es mich gestört. Heute bin ich darüber hinweg."

Sie suchte nach den richtigen Worten. „Hat Coco … hat sie damals etwas erreicht?"

Für einen Moment starrte er in die glutrote Sonne am Horizont. „Sie hat ihm Angst eingejagt. Deshalb hat er noch fester zugeschlagen, als sie weg war."

„Oh Gott!"

„Mir wäre es lieber, wenn sie das nicht erfahren würde."

„Natürlich." Megan schluckte die Tränen hinunter, die ihr in der Kehle saßen. „Ich werde ihr bestimmt nichts davon sagen. Deshalb bist du auch zur See gegangen, nicht wahr? Um von ihm fortzukommen."

„Das war einer der Gründe." Er streckte die Hand aus und fuhr ihr mit einem Finger über die Wange. „Hätte ich gewusst, dass ich dir näherkommen kann, indem ich dir erzähle, dass ich als Kind Prügel von meinem Vater bezogen habe, hätte ich das schon früher erwähnt."

„Über so etwas macht man keine Witze." Wut ließ Megans Stimme erzittern. „Es ist unentschuldbar, ein Kind so zu behandeln."

„He, ich hab's überlebt."

„Wirklich?" Sie sah ihm direkt in die Augen. „Hast du je aufgehört, ihn zu hassen?"

„Nein", antwortete er leise. „Aber ich habe es keine Wichtigkeit gewinnen lassen. Vielleicht ist das gesünder." Er bremste den Wagen vor *The Towers* ab. „Wenn dich jemand so sehr verletzt, vergisst du es nie. Am besten revanchiert man sich, indem man es als unwichtig abtut und mit Gleichgültigkeit straft."

„Du redest von Kevins Vater. Aber das ist nicht dasselbe. Ich war kein hilfloses Kind."

„Kommt darauf an, ob du eine Unterscheidung zwischen hilflos und unschuldig machst." Nathaniel stieß die Tür auf. „Ich trage Kevin ins Haus."

„Das ist nicht nötig …" Doch Nathaniel hatte den Jungen bereits auf den Arm gehoben.

So standen sie da, im schwindenden Tageslicht, den Jungen zwischen sich, und sahen einander an. Kevin hatte verschlafen murmelnd den Kopf an Nathaniels Schulter gelegt. Vertrauensvoll und völlig natürlich.

Etwas tief in Megan brodelte auf, wollte sich einen Weg an die Oberfläche bahnen. Was immer es war, sie vertrieb es mit einem Seufzer und strich ihrem Sohn in Nathaniels Armen über den Rücken.

„Es war ein langer Tag für ihn.“

„Für dich auch, Meg. Da liegen Schatten unter deinen Augen. Scheinbar hast du letzte Nacht auch nicht besser geschlafen als ich. Das beruhigt mich.“

Es war so schwer, sich dem Strom zu widersetzen, wenn alles in ihr sie auf ihn zutreiben wollte. „Ich bin nicht bereit dazu, Nathaniel.“

„Manchmal kommt ein Sturm auf und bringt dich vom Kurs ab. Vielleicht bist du nicht vorbereitet darauf, aber wenn du Glück hast, landest du an einem interessanten Ort, den du sonst nie gefunden hättest.“

„Ich verlasse mich niemals auf Glück.“

„Auch in Ordnung. Ich schon.“

Dann trug er Kevin ins Haus.

6. KAPITEL

*J*st mir unbegreiflich, was dieses ganze Tamtam soll", brummte Dutch vor sich hin, während er Eischnee für seine Torte schlug. „Trenton St. James II gehört nicht nur zur Familie." Nervös überprüfte Coco den Rinderbraten im Backofen. Die Gurkenmaske, mit der sie sich verwöhnt hatte, hatte ihre ganze Planung durcheinandergebracht. Da gab es mindestens noch ein Dutzend Dinge zu erledigen. „Er ist auch der Vorstand der St.-James-Hotels." Zufrieden, dass der Braten sich so prächtig machte, übergoss sie die Ente mit dem eigenen Sud. „Und da er The Retreat zum ersten Mal besucht, soll doch alles glattlaufen."

„Irgendein reicher Geldsack, der sich durchschnorrt."

„Mr. van Horne!" Coco blieb fast das Herz stehen. Nach sechs Monaten sollte sie so leicht nichts mehr, was von diesem Mann kam, schockieren, aber wirklich … was zu viel war, war zu viel! „Ich kenne Mr. St. James schon seit … nun, seit vielen Jahren. Ich kann Ihnen auf jeden Fall versichern, er ist ein erfolgreicher und integrer Geschäftsmann, der es wahrlich nicht nötig hat zu schnorren!"

Dutch schnaubte nur und musterte Coco von oben bis unten. Richtig aufgedonnert hatte sie sich. Dieser fließende Glitzerfummel, den sie da trug, zeigte reichlich Bein, und ihre Wangen waren gerötet. Garantiert nicht nur von der Backofenhitze!

Er verzog abfällig den Mund. „Was ist der Typ? Ihr Liebhaber?"

Das Rot auf den Wangen wurde dunkler. „Ich muss doch wohl sehr bitten! Eine Frau meiner Klasse hat keine Liebhaber." Sie erhaschte ihr leicht verzerrtes Konterfei in einem der blitzblanken Töpfe. „Höchstens Bewunderer."

Bewunderer, pah! „Wie ich hörte, soll er die vierte Scheidung hinter sich haben. Die Unterhaltszahlungen müssten reichen, um das Staatsdefizit auszugleichen. Haben Sie vor, Ehefrau Nummer fünf zu werden?"

Sprachlos presste Coco die Hand auf die Brust. „Sie sind …" Sie stockte und stotterte und stolperte über die Worte. „… absolut unkultiviert und unfassbar plump."

„He, wenn Sie sich einen reichen Kerl angeln wollen, dann geht mich das nicht das Geringste an."

Sie schrie entrüstet auf. Zwar verabscheute sie die roten Sternchen, die ihr als Resultat ihrer Wut vor den Augen tanzten – schließlich war sie eine zivilisierte Frau –, dennoch stürzte sie auf Dutch zu und bohrte ihm ihren Zeigefinger mit dem lila lackierten Nagel in die Brust. „Ich werde mir Ihre Beleidigungen nicht länger anhören!"

„Nein?" Er vergalt Gleiches mit Gleichem und hieb ebenfalls mit dem Finger auf sie ein. „Und was genau wollen Sie dagegen tun?"

Coco lehnte sich vor, bis sie fast Nasenspitze an Nasenspitze mit Dutch stand. „Ich werde Sie feuern!"

„Na, das würde mir doch das Herz brechen, was? Machen Sie schon, Sie Paradiesvogel, werfen Sie mich hinaus! Sie werden schon sehen, wie Sie ohne mich heute Abend mit dem Dinneransturm fertigwerden!"

„Ganz großartig werde ich zurechtkommen!" Ihr Herz klopfte so hart, dass Coco sich wunderte, warum es ihr nicht aus der Brust sprang.

„Schwachsinn!" Er hasste ihr Parfüm. Hasste es, wie es ihm in die Nase stieg und ihm den Mund wässrig machte. „Bevor ich an Bord kam, haben Sie gerade mal Wasser getreten."

Sie konnte kaum noch atmen. Warum nur fiel ihr das Atmen so schwer? „Diese Küche kommt ohne Sie aus, Mr. van Horne. Und ich komme ebenso ohne Sie aus."

„Oh nein, Sie brauchen mich." Wie waren seine Hände auf ihre Schultern gekommen? Wieso lagen ihre Hände flach auf seiner Brust? Ach, zum Teufel mit dem Wieso und Warum. Er würde ihr zeigen, wo es langging!

Coco riss die Augen auf, als dieser unmögliche Mann seine Lippen hart auf ihren Mund presste. Nur … sehen konnte sie nichts. Nicht, wenn ihre fein säuberlich geordnete Welt plötzlich zu schwanken begann. Warum sonst wohl sollte sie sich so an ihn klammern?

Sie würde ihm eine saftige Ohrfeige versetzen. Ganz bestimmt. Jede Sekunde würde es passieren. Da war er sicher.

In Gedanken verfluchte Dutch die Frauen. Alle Frauen, ausnahmslos. Und vor allem große, verführerisch riechende Frauen mit verlockenden Rundungen und einem dunkelroten Kirschenmund. Für die Reize einer Frau war er immer empfänglich gewesen.

Er schob sie abrupt von sich ab, ohne jedoch den Griff von ihren Schultern zu lockern. „Eines sollten wir klarstellen …"

„Jetzt passen Sie mal auf …", setzte Coco im gleichen Moment an.

Und dann sprangen sie beide auseinander wie ertappte Kinder, als die Küchentür aufschwang.

Megan blieb wie angewurzelt auf der Schwelle stehen. Es war absolut unmöglich, dass sie gesehen hatte, was sie gesehen hatte! Nein, sie musste sich getäuscht haben. Denn Coco prüfte ja auch gerade ihren Braten im Ofen, und Dutch stand am Tisch und siebte Mehl in eine Schüssel. Nein, die beiden hatten sich ganz sicher nicht geküsst. Oder?

Allerdings schienen beide recht erhitzte Gesichter zu haben, wie Megan feststellte. „Entschuldigt, ich wollte nicht stören …"

„Oh, Megan." Coco fuhr sich mit fahrigen Fingern über die Frisur. Ihre Haut prickelte am ganzen Leib. Aus Verlegenheit und Ärger, wie sie sich versicherte. „Was kann ich für dich tun, Liebes?"

„Ich habe da ein paar Fragen zum Küchenbudget." Sie konnte es nicht verhindern, ihr Blick wanderte wie von allein zwischen Dutch und Coco hin und her. Und die Luft in der Küche war dicker als Cocos Hausmacher-Erbseneintopf. „Ich kann auch später wiederkommen …"

„Aber nein." Coco wischte die feuchten Handflächen an ihrer Schürze ab. „Wir sind nur ein bisschen in Hektik, wegen Trentons Ankunft."

„Trenton? Oh, Trents Vater kommt ja. Das hatte ich ganz vergessen." Unauffällig wich sie zurück. „Das mit dem Budget hat auch noch Zeit bis später …"

„Nein, nein." Lass mich nicht allein, Megan! „Jetzt ist so gut wie später. Hier ist alles unter Kontrolle. Gehen wir doch in dein Büro, Liebes." Sie hängte sich bei Megan ein. „Mr. van Horne macht es sicher nichts aus, für ein paar Minuten zu übernehmen." Ohne auf seine Zustimmung zu warten, schob sie Megan zur Tür hinaus. „Immer diese Details, nicht wahr?", flötete sie übertrieben unbeschwert, während sie sich an Megans Arm wie an den rettenden Strohhalm klammerte. „Je mehr man von ihnen bearbeitet, desto mehr tauchen auf."

„Coco, ist alles in Ordnung mit dir?"

„Aber ja doch." Dennoch presste sie eine Hand auf ihr Herz. „Ein kleiner Zusammenstoß mit Mr. van Horne. Nichts, womit ich nicht fertigwerde." Hoffte sie. Inbrünstig. „Nun, wie weit bist du mit den Büchern gediehen? Ich hatte ja gehofft, du hättest schon Zeit für Fergus' Buch gefunden."

„Um genau zu sein, ich …"

„Natürlich sollst du dich nicht überarbeiten." Aufgelöst, wie Coco war, hatte sie nicht ein Wort von dem, was Megan gesagt hatte, gehört. „Du sollst dich hier wie zu Hause fühlen und dich entspannen, etwas Spaß haben und dich amüsieren. Wir alle müssen uns entspannen, nach den Aufregungen im letzten Jahr. Niemand von uns würde jetzt noch eine Krise durchstehen können."

„Weder habe noch brauche ich eine Reservierung!"

Die herrische Stimme ließ Coco mitten in der Bewegung erstarren. Das hektische Rot auf ihren Wangen machte jäh einer Leichenblässe Platz.

„Grundgütiger, das darf einfach nicht sein!"

„Coco?" Megan fühlte das Zittern, das Coco durchlief, und fasste ihren Arm fester. Ob sie die große Frau auffangen konnte, falls sie ohnmächtig wurde?

„Junger Mann." Die resolute Stimme hallte an den Wänden wider. „Wissen Sie eigentlich, wer ich bin?"

„Tante Colleen", flüsterte Coco mit bebenden Lippen. Ein ersticktes Stöhnen entschlüpfte ihr, dann riss sie sich zusammen und ging tapfer in die Lobby. „Tante Colleen." Jetzt klang ihre Stimme ganz anders. „Was für eine nette Überraschung."

„Was für ein Schock, meinst du wohl eher." Colleen hielt ihrer Nichte die Wange für den Begrüßungskuss hin, dann pochte sie mit ihrem Gehstock auf den Boden. Colleen war groß, hager und wirkte nachgiebig wie Stahl in ihrem dunklen Seidenkostüm und den Perlen, so weiß wie ihr Haar. „Wie ich sehe, habt ihr euch alle möglichen

Fremden ins Haus geholt. Da hättet ihr es besser abbrennen sollen. Sage diesem jungen Schnösel, er soll mein Gepäck nach oben bringen lassen."

„Natürlich, sofort." Coco rief persönlich den Pagen herbei. „In den Familienflügel, zweiter Stock, erstes Zimmer auf der rechten Seite."

„Und die Koffer sind pfleglich zu behandeln und werden nicht geworfen, verstanden, Junge?" Colleen stützte sich auf ihren vergoldeten Stock und taxierte Megan. „Wer ist das?"

„Du erinnerst dich doch an Megan, Tante Colleen. Sloans Schwester. Du hast sie auf Amandas Hochzeit kennengelernt."

„Richtig." Colleen kniff abschätzend die Augen zusammen. „Du bist die mit dem kleinen Jungen, stimmt's?" Colleen wusste inzwischen alles, was es über Kevin zu wissen gab. Dafür hatte sie schon gesorgt.

„Ja. Es freut mich sehr, Sie wiederzusehen, Miss Calhoun."

„Ha! Da musst du die Einzige in diesem chaotischen Haufen sein, die so denkt." Sie ließ die beiden stehen und ging zu Biancas Porträt an der Wand hinüber, studierte es ebenso ausführlich wie das ausgestellte Smaragdcollier. Ein Seufzer entfuhr ihr, jedoch so leise, dass niemand es hörte. „Ich brauche jetzt einen Brandy, Cordelia. Ich muss mich erst stärken, bevor ich mir ansehe, wie du dieses Haus verschandelt hast."

„Natürlich, ganz wie du wünschst. Lass uns doch in den Familienflügel hinübergehen. Megan, begleite uns. Bitte."

Es war unmöglich, das Flehen in Cocos Augen unerhört zu lassen.

Wenig später saßen sie zusammen im Familiensalon. Hier hing noch die verblasste Tapete an den Wänden, die an einigen Stellen Risse aufwies. Das Parkett war verkratzt, und vor dem Kamin hatten spritzende Glutstückchen Löcher in das Holz gesengt.

„Es hat sich also nichts verändert, wie ich sehe." Colleen saß im Sessel wie eine Königin auf dem Thron, die Hof hielt.

„Wir haben die Arbeiten zuerst auf den Hotelflügel konzentriert." Nervös schenkte Coco Brandy ein. „Jetzt, da das Hotel fertig ist, fangen wir hier mit der Renovierung an. Zwei Räume sind schon komplett, und das Kinderzimmer ist ganz reizend geworden."

Colleen schnaubte. Sie war dieses Mal vor allem wegen der Babys gekommen und nur in zweiter Linie, um Coco das Leben zur Hölle zu machen. „Wo sind denn alle? Ich besuche meine Familie und sehe nur wildfremde Gesichter."

„Sie kommen bald. Heute Abend findet eine Dinnerparty statt, Tante Colleen." Coco hielt das strahlende Lächeln fest an seinem Platz. „Trents Vater besucht uns für ein paar Tage."

„Ein alternder Playboy", brummelte Colleen in ihren Brandy. „Du." Sie richtete den dürren Zeigefinger auf Megan. „Du bist Buchhalterin, richtig?"

„Ja, Ma'am."

„Megan ist ein wahrer Zahlenjongleur." Das Lächeln beizubehalten wurde immer anstrengender für Coco. „Wir sind alle so dankbar, dass sie hier ist. Und wegen Kevin natürlich auch. Er ist ein ganz wunderbarer Junge."

„Ich rede mit dem Mädchen, Cordelia, nicht mit dir. Musst du dich jetzt nicht um das Essen in der Küche kümmern?"

„Aber …"

„Geh nur, geh!", scheuchte Colleen sie davon, und mit einem um Entschuldigung heischenden Blick auf Megan ergriff Coco die Flucht.

„Der Junge wird bald neun?"

„Ja, in zwei Monaten." Megan wappnete sich für einen abfälligen Kommentar über Kevins Herkunft.

Colleen trommelte mit den Fingern auf die Sessellehne. „Und mit Suzannas Gören kommt er zurecht?"

„Sehr gut sogar. Seit unserer Ankunft sieht man die drei ständig zusammen." Megan musste sich zusammennehmen, um unter dem prüfenden Blick nicht unruhig auf dem Stuhl herumzurutschen.

„Hat Dumont dich belästigt?"

Megan blinzelte. „Wie bitte?"

„Stell dich nicht dumm, Mädchen. Ich habe gefragt, ob dieser Schandfleck für die menschliche Rasse dich belästigt hat."

Megan streckte den Rücken durch und straffte die Schultern. „Nein. Noch vor Kevins Geburt ist jeder Kontakt zu Baxter abgebrochen."

„Das wird sich bald ändern." Mit finster gerunzelter Stirn lehnte Colleen sich vor. Irgendwo musste diese Megan O'Riley doch zu packen sein. „Er zieht Erkundigungen ein."

Megans Finger fassten den Cognacschwenker fester. „Ich verstehe nicht."

„Er schnüffelt herum, stellt alle möglichen Fragen." Colleen stieß polternd mit dem Stock auf.

„Woher wollen Sie das wissen?"

„Wenn es um die Familie geht, weiß ich alles." Colleen wartete auf eine Reaktion, doch es kam keine. „Du bist hergezogen, oder? Dein Sohn ist als Bruder von Alex und Jenny – und Christian akzeptiert worden, oder?"

Ein Eisklumpen bildete sich in Megans Magen. „Das hat nichts mit Baxter zu tun."

„Mach dir nichts vor, Mädchen. Ein Mann wie Dumont lebt in der festen Überzeugung, dass die Welt sich nur um ihn dreht. Er will in die Politik einsteigen, und so, wie dieser Zirkus in Washington abläuft, würde ein einziges wohl platziertes Wort von dir an die Presse …" Die Vorstellung entlockte Colleen ein dünnes Lächeln. Es wäre einfach zu schön! „Nun, sein Aufstieg in die hohe Politik würde sehr viel unwegsamer werden."

„Ich habe nicht die Absicht, an die Presse zu gehen. Diesen Wirbel möchte ich Kevin ersparen."

„Kluges Kind." Colleen nippte an ihrem Brandy. „Trotzdem ein Jammer. Du lässt mich wissen, wenn er irgendetwas versucht, hörst du? Ich freue mich schon darauf, wieder mit ihm die Klingen zu kreuzen."

„Wenn, dann werde ich selbst mit ihm fertig."

Mit einer schlohweißen, hochgezogenen Augenbraue musterte Colleen Megan eindringlich. „Das könnte sogar stimmen."

„Warum muss ich diesen blöden Schlips tragen?", maulte Kevin, während Megan mit steifen Fingern versuchte, ihrem Sohn die Krawatte zu binden. Seit dem Gespräch mit Colleen hatte sie eiskalte Hände.

„Weil es ein besonderer Anlass ist und du dich von deiner besten Seite zeigen wirst."

„Ich wette, Alex muss keine doofe Krawatte anziehen."

„Was Alex anzieht, weiß ich nicht." Megan stand kurz davor, die Geduld zu verlieren. „Aber du tust, was ich dir sage."

Diesen scharfen Ton hörte Kevin nicht oft von seiner Mutter. Schmollend schob er die Unterlippe vor. „Ich hätte viel lieber eine Pizza."

„Heute wirst du keine Pizza bekommen. Herrgott, Kevin, halt endlich still!"

„Das Ding erwürgt mich."

„Wenn du nicht sofort stillhältst, erwürge ich dich." Sie blies sich eine Strähne aus dem Gesicht und richtete den Krawattenknoten. „Da, geschafft. Du siehst sehr fesch aus."

„Ich sehe wie ein Blödmann aus."

„Auch gut, dann eben wie ein Blödmann. Zieh die Schuhe an."

Kevin beäugte die schwarzen Lackschuhe abfällig. „Die sind hässlich. Ich will meine Turnschuhe anziehen."

Entnervt beugte Megan sich vor, bis ihr Gesicht auf Augenhöhe mit Kevins war. „Junger Mann, du wirst diese Schuhe anziehen, und du wirst dir sofort einen anderen Ton angewöhnen. Sonst steht dir eine Katastrophe bevor."

Megan marschierte zu seinem Zimmer hinaus und in ihr eigenes auf der gegenüberliegenden Gangseite. Unwirsch nahm sie ihren Kamm von der Kommode und begann sich das Haar zu bürsten. Sie hatte ebenso wenig Lust auf diese Dinnerparty wie Kevin. Die beiden Aspirintabletten, die sie vor einer Stunde gegen die rasenden Kopfschmerzen eingenommen hatte, zeigten keinerlei Wirkung. Und doch musste sie ihr charmantestes Lächeln aufsetzen, gute Miene zum bösen Spiel machen und so tun, als ob sie nicht aus Angst vor Baxter Dumont halb umkam.

Vielleicht irrte Colleen sich ja. Es war schließlich fast eine Dekade vergangen. Weshalb sollte Baxter jetzt plötzlich wieder bei ihr und Kevin auftauchen?

Weil er Senator werden wollte, deshalb. Megan schloss die Augen. Sie las doch Zeitung, oder? Sie hatte die Berichte gesehen. Dumonts Kampagne lief bereits auf Hochtouren. Und einen außerehelichen, niemals anerkannten Sohn konnte sich ein Mann, der einen Sitz im Senat der Vereinigten Staaten von Amerika anstrebte, nun mal nicht leisten.

„Mom."

Im Spiegel sah sie Kevin an ihrer Tür stehen, mit langem Gesicht, das Kinn fast bis auf die Brust. Sofort schnürte das Schuldgefühl ihr das Herz zusammen. „Ja, was ist?"

„Wieso bist du so wütend?"

„Das bin ich gar nicht. Ich habe nur schlimme Kopfschmerzen." Sie ließ sich auf die Bettkante sinken und streckte die Arme nach ihrem Sohn aus. „Tut mir leid, dass ich dich so angefahren habe. Und du bist ein richtig schnieker Blödmann." Als er lachte und sich an sie schmiegte, küsste sie ihn aufs Haar. „Komm, lass uns hinuntergehen und sehen, ob Alex und Jenny schon da sind."

Natürlich waren sie schon da, und Alex war ebenso angewidert von Krawatte und schicken Schuhen wie Kevin. Doch es gab zu viel zu tun, um lange Trübsal zu blasen. Da waren Kanapees zu verschlingen, Babys herumzutragen und die nächsten Abenteuer zu planen.

Und selbstverständlich redeten alle im Raum durcheinander. Der Lärmpegel stach wie ein rostiges Messer in Megans Kopf zu. Dennoch akzeptierte sie lächelnd die Champagnerflöte, die Trenton II ihr reichte, und tat ihr Bestes, um Interesse an seinem kleinen Flirt vorzutäuschen. Er war groß, schlank und offensichtlich in Topform, attraktiv, geistreich und charmant – und sie war endlos erleichtert, als er seine Aufmerksamkeit Coco zuwandte.

„Die beiden geben ein schönes Paar ab, nicht wahr?", murmelte Nathaniel an ihrem Ohr.

„Beeindruckend." Megan nahm einen Käsewürfel und kaute lustlos.

„Du bist scheinbar nicht in Partystimmung."

„Wieso, mir geht es gut." Um ihn abzulenken, wechselte sie das Thema. „Ich glaube, ich bin da heute Nachmittag in etwas hineingeplatzt, das dich interessieren könnte."

„So?" Er nahm ihren Arm und führte sie hinaus auf die Terrasse.

„Ja, in der Küche. Coco und Dutch."

„Haben sie sich wieder angegiftet? Sind Pfannen und Töpfe durch die Luft geflogen?"

„So würde ich das nicht bezeichnen." Sie atmete tief durch, hoffte, die frische Luft möge das Pochen in ihrem Kopf lindern. „Die beiden haben sich ... ich meine, zumindest sah es so aus, als ob sie ..."

Nathaniel riss die Augenbrauen hoch. Er konnte sich denken, auf was Megan mit diesem Gestammel anspielte. „Du machst Witze!"

„Nein. Sie standen Nasenspitze an Nasenspitze und hatten die Arme umeinandergeschlungen." Bei der Erinnerung stahl sich ein Lächeln auf ihr Gesicht, trotz der Kopfschmerzen. „Und dann tauchte ich unerwartet und mit offensichtlich schlechtem Timing auf, und die beiden stoben auseinander wie zwei Verschwörer. Und liefen rot an."

„Der Holländer ist rot geworden?" Nathaniel lachte herzhaft, doch das Lachen verging ihm, als er genauer über Megans Worte nachdachte. „Du meine Güte!"

„Ich finde es süß."

„Süß?", wiederholte Nathaniel zweifelnd. Er sah zu Coco in den Raum zurück, die gerade perlend – ganz verkörperte Eleganz – über eine Bemerkung von Trenton II lachte. „Sie spielt in einer viel höheren Liga mit. Coco wird Dutch das Herz brechen."

„So ein unsinniger Vergleich. Sportler spielen in einer Liga. Herzensgeschichten laufen anders ab." Konnte ihr der Kopf nicht einfach von den Schultern fallen, damit sie dieses Hämmern nicht mehr ertragen musste?

„Also der Holländer und Coco." Es beunruhigte ihn. Die beiden gehörten zu den wenigen Menschen auf der Welt, von denen er behaupten konnte, dass er sie liebte. „Du bist doch die Expertin im Addieren, Engelchen. Willst du etwa behaupten, bei den beiden kommt unterm Strich das richtige Ergebnis heraus?"

„Die beiden fühlen sich zueinander hingezogen, mehr kann ich dazu auch nicht sagen. Und nenn mich nicht Engelchen", erwiderte sie heftiger als nötig.

„Schon gut, reg dich nicht auf." Er betrachtete sie genauer. „Was ist los mit dir?"

Schuldbewusst ließ sie die Hand sinken, mit der sie sich die Schläfe massiert hatte. „Nichts."

„Kopfschmerzen?"

„Nein ... doch", gestand sie. „Grässliche sogar."

Mit einem unterdrückten Fluch drehte er sie um und begann ihre Schultern zu massieren. „Du bist völlig verspannt, dein Nacken ist hart wie Stein."

„Nicht ..."

„Das ist eine rein therapeutische Maßnahme." Seine Daumen fuhren kreisend über ihren Hals. „Sollte einer von uns ein besonderes Vergnügen bei dieser Massage empfinden, so ist das rein zufällig. Bist du anfällig für Kopfschmerzen?"

Seine Finger waren stark und geschickt und vollbrachten Wunder. Wohlig lockerte sie die Schultern. „Nein, die habe ich nur selten."

„Zu viel Stress." Er war bei ihren Schläfen angekommen, und mit einem Seufzer schloss Megan die Augen. „Du frisst zu vieles in dich hinein, Megan, und dein Körper präsentiert dir die Rechnung dafür."

„Ich ..."

„Entspann dich. Eine schöne Nacht, nicht wahr? Vollmond, Sternenhimmel ... Bist du schon mal in einer Vollmondnacht auf den Klippen spazieren gegangen?"

„Nein."

„Wilde Blumen wachsen aus den Felsen, die Wellen brechen sich tief unten mit donnerndem Getöse. Man kann sich vorstellen, wie die Geister, die Kevin so liebt, Hand in Hand dort wandeln. Manche behaupten, es sei einsam dort oben, doch das stimmt nicht."

Seine Stimme klang so beruhigend, und seine Hände bewirkten einen magischen Zauber. Fast konnte Megan glauben, dass es absolut nichts zu befürchten gab. „Suzanna besitzt ein Gemälde von den Klippen im Mondschein", murmelte sie.

„Ich kenne es. Ein Werk von Christian Bradford. Er hatte ein untrügliches Gespür für diesen Ort. Aber es gibt nichts Besseres, als es sich selbst anzusehen. Wir können nach dem Dinner dort einen kleinen Spaziergang zusammen machen. Ich zeige es dir …"

„Jetzt ist nicht die richtige Zeit für romantische Possen."

Colleens resolute Stimme durchschnitt von der Tür her die laue Abendluft, zur Bekräftigung stieß sie laut mit ihrem Stock auf.

Auch wenn Megan sich sofort wieder verspannte, grinste Nathaniel Colleen an, ohne die Hände von Megans Schultern zu nehmen. „Mir scheint es der perfekte Zeitpunkt zu sein, Miss Colleen."

„Lausejunge!" Ihre Lippen zuckten verdächtig. Nichts mochte sie lieber als einen hübsch anzusehenden Lausejungen. „Warst nie anders. Ich erinnere mich gut an dich. Hast dich immer in der Stadt herumgetrieben. Scheint, als hätte die Seefahrt einen Mann aus dir gemacht. Und du hör endlich auf, dich so verlegen zu winden, Mädchen. Er wird dich nicht loslassen. Wenn du Glück hast."

Nathaniel drückte Megan einen Kuss aufs Haar. „Sie ist sehr schüchtern."

„Dann wird sie ihre Schüchternheit wohl ablegen müssen, was? Cordelia gibt uns endlich etwas zu essen. Ich will, dass du neben mir sitzt. Damit du mir von den Schiffen erzählst."

„Es wird mir ein Vergnügen sein."

„Dann komm und bring das Mädchen mit. Ich habe fast mein ganzes Leben auf Kreuzfahrtschiffen zugebracht", fuhr Colleen fort. „Ich wette, ich war mehr Zeit auf dem Wasser und habe mehr gesehen als du, Junge."

„Das kann ich mir durchaus vorstellen, Ma'am." Eine Hand noch immer auf Megans Schulter, bot er Colleen den Arm. „Und sicher haben Sie eine Heckwelle von gebrochenen Herzen hinter sich zurückgelassen."

Colleen lachte trocken auf. „Und ob!"

Das Speisezimmer war angefüllt mit Gelächter und Gesprächen und dem Duft von Blumen, Kerzenwachs und Köstlichkeiten. Sobald alle ihren Platz eingenommen hatten, stand Trenton II auf und hob sein Glas.

„Ich möchte einen Toast ausbringen. Auf Cordelia, eine Frau, deren außergewöhnliche Talente nur noch von ihrer außergewöhnlichen Schönheit übertroffen werden."

Man stieß an und trank. Auf seinem Aussichtsposten an der Tür stieß Dutch ein abfälliges Schnauben aus und stapfte verärgert in seine Küche zurück.

„Trent." C. C. lehnte sich zu ihrem Mann hinüber. „Du weißt, dass ich dich liebe", flüsterte sie ihm zu.

Trent ahnte bereits, was kommen würde. „Ja, das weiß ich."

„Und du weißt, dass ich deinen Vater anbete."

„Ja, natürlich."

„Aber sollte er sich einfallen lassen, Tante Coco schöne Augen zu machen, werde ich ihn k.o. schlagen müssen."

„Ist mir klar." Mit einem etwas schiefen Lächeln wandte Trent sich dem ersten Gang zu.

Am anderen Ende des Tisches neigte Trenton II sich in seliger Unwissenheit ob dieser Drohung lächelnd zu Colleen. „Nun, was denken Sie über The Retreat, Miss Calhoun?"

„Hotels habe ich noch nie gemocht. Mich werden Sie nie in einem antreffen."

„Tante Colleen", hektisch fächerte Coco sich Luft mit einer Hand zu, „die St.-James-Hotels sind weltberühmt für ihren Standard."

„Möglich. Ich kann Hotels trotzdem nicht ausstehen", sagte sie selbstgefällig und tunkte den Löffel in die Suppe. „Was ist das für ein Zeug?"

„Eine Hummerbisque, Tante Colleen."

„Da fehlt Salz", sagte sie, nur um zu provozieren. Mit einem Finger zeigte sie auf Kevin. „Du, junger Mann, sitz gerade! Willst du einen Buckel bekommen?"

„Nein, Ma'am."

„Weißt du schon, was aus dir mal werden soll?"

Der arme Kevin wusste vor lauter Verlegenheit gar nicht, wie ihm geschah, und sah Hilfe suchend zu seiner Mutter. Erleichtert fühlte er den Druck ihrer Hand auf seinen Fingern. „Matrose", sprudelte es aus ihm heraus. „Ich hab schon die ‚Mariner' gesteuert."

„Sehr gut!" Colleen nahm ihr Weinglas auf. „Faulpelze dulde ich nicht in meiner Familie. Und jetzt iss, du bist viel zu dünn. Auch wenn Salz fehlt", wiederholte sie mit diebischer Freude.

Und Coco stöhnte still auf und klingelte nach dem zweiten Gang.

„Sie wird sich nie ändern."

Zufrieden wiegte Lilah Bianca auf dem Arm, während sie das Baby stillte. Im Kinderzimmer war es still, die Lichter heruntergedreht. Megan hatte sich ebenfalls hierher zurückgezogen. Es schien ihr der perfekte Zufluchtsort.

„Sie ist …", Megan wollte diplomatisch bleiben, „… eine bemerkenswerte Lady."

„Sie ist eine herrische Xanthippe." Lilah lachte leise. „Und wir alle lieben sie."

Aus dem zweiten Schaukelstuhl kam ein Seufzer von Amanda. „Wenn sie erst von Fergus' Buch erfährt, wirst du sie ständig auf dem Hals haben."

„Sie wird dich konstant nerven", versicherte C. C. und legte Ethan an.

„Und mit Fragen löchern." Suzanna verschloss Christians frische Windel.

„Na, da habe ich ja etwas, auf das ich mich freuen kann."

„Nur keine Angst." Lachend zog Suzanna dem Baby den Strampler an. „Wir stehen geschlossen hinter dir."

Lilah nickte zustimmend. „Die Betonung liegt dabei allerdings auf dem ‚hinter'."

„Apropos Fergus' Buch …" Megan tippte eine Mobile-Giraffe an. „Ich habe ein paar Seiten daraus kopiert, weil ich dachte, es könnte euch interessieren. Er hat viele Notizen eingetragen, über Geschäftsabschlüsse, persönliche Dinge, größere Käufe. Er hat auch eine Liste von Schmuckstücken, ich nehme an, Biancas, für Versicherungszwecke erstellt."

„Die Smaragde?" Als Megan nickte, runzelte Amanda die Stirn. „Wenn man bedenkt, wie viel Zeit wir mit der Suche nach einem Beweis verbracht haben, dass sie überhaupt existieren …"

„Da gibt es noch mehr Stücke. Ihr Wert beläuft sich zusammen auf mehrere Hunderttausend Dollar."

„Er hat alles verkauft", murmelte C. C. „Die Belege für die Verkäufe haben wir gefunden. Alles, was an Bianca erinnerte, hat er abgestoßen."

„Es tut noch immer weh", gestand Lilah. „Nicht wegen des Geldes – auch wenn wir das gut hätten gebrauchen können. Aber es ist so schade, dass nichts von ihr übrig geblieben ist, was wir unseren Kindern weitergeben können."

„Das tut mir leid."

„Es braucht dir nicht leidzutun." Amanda stand mit der in ihrem Arm eingeschlafenen Delia auf, um sie in ihr Bettchen zu legen. „Wahrscheinlich sind wir einfach nur sentimental. Weil wir alle diese enge Verbindung zu Bianca fühlen."

„Ich weiß, was du meinst." Irgendwie war es seltsam, aber es war die Wahrheit. „Ich fühle es auch", gab Megan zu. „Wahrscheinlich, weil ständig in dem Buch von ihr die Rede ist und weil ihr Porträt in der Halle hängt." Sie lachte verlegen. „Manchmal, wenn man durchs Haus geht, könnte man glatt meinen, sie sei auch da."

„Oh, das ist sie", bekräftigte Lilah sofort. „Ganz sicher ist sie hier."

„Entschuldigt, meine Damen." Nathaniel steckte den Kopf zur Tür herein. Es schien ihm nichts auszumachen, ein Zimmer voll stillender Mütter und schlafender Babys zu betreten.

„Hallo, Hübscher", begrüßte Lilah ihn mit einem trägen Lächeln. „Was hat dich auf die Kinderstation verschlagen?"

„Ich wollte meine Verabredung abholen."

Als er nach Megans Hand fasste, zog sie den Arm zurück. „Wir haben keine Verabredung."

„Unser Spaziergang, erinnerst du dich nicht?"

„Ich habe nie gesagt, dass …"

„Es ist doch eine wunderbare Nacht dafür." Suzanna hob Christian auf den Arm und küsste seine weiche Wange.

„Ich muss Kevin zu Bett bringen." Megan sperrte sich vergeblich.

„Ist schon geschehen." Nathaniel erwischte ihre Hand und zog sie zur Tür.

„Du hast Kevin zu Bett gebracht?"

„Da er auf meinem Schoß eingeschlafen ist, schien es mir das Logischste. Ach, Suzanna, ich soll dir von Holt ausrichten, dass ihr nach Hause fahren könnt, sobald du hier fertig bist."

„Bin gleich so weit." Sie wartete, bis Nathaniel und Megan außer Hörweite waren, bevor sie sich zu ihren Schwestern umdrehte. „Na, was denkt ihr?"

Amanda lächelte verschmitzt. „Also, ich glaube, es passt perfekt."

„Dem kann ich mich nur anschließen." C. C. legte Ethan in sein Bettchen. „Erst hielt ich Lilah ja für verrückt, als sie die beiden zusammenbringen wollte."

„Ich täusche mich nie." Lilah gähnte ausgiebig. Dann leuchteten ihre Augen plötzlich auf. „Ich wette, von hier aus können wir sie sehen."

„Wir sollen ihnen nachspionieren?" Amanda hob empört eine Augenbraue. „Hervorragende Idee", sagte sie dann und spurtete als Erste zum Fenster.

Auf dem Rasen zeichneten sich die beiden Gestalten dunkel gegen das Mondlicht ab.

„Du verkomplizierst die Dinge nur, Nathaniel."

„Im Gegenteil, ich vereinfache sie. Es gibt kaum etwas Einfacheres als einen Spaziergang im Mondschein."

„Aber dabei soll es ja nicht bleiben, wenn es nach dir geht, oder?"

„Nein. Trotzdem richten wir uns nach dem Tempo, das du vorgibst, Megan." Er zog ihre Hand an seine Lippen und küsste die Fingerspitzen, während sie zu den Klippen hinaufstiegen. „Ich scheine das ständige Bedürfnis zu haben, mit dir zusammen zu sein. Komische Sache. Hab schon versucht, es abzuschütteln, scheint aber nicht zu funktionieren. Also habe ich mir gesagt, warum soll ich dann überhaupt dagegen angehen und nicht lieber sehen, wohin das führt?"

„Ich bin keine unkomplizierte Frau, Nathaniel. Ich habe einen Sohn und bringe Altlasten und Unsicherheiten aus meiner Vergangenheit mit, von denen ich nicht einmal wusste, dass sie existieren, bis ich dir begegnet bin. Unter keinen Umständen will ich noch einmal so verletzt werden."

„Niemand wird dich verletzen." Beschützend legte er den Arm um ihre Schultern und schaute in den Himmel hinauf. „Sieh dir nur diesen Mond an. Als hätte ihn jemand dort oben hingehängt. Da ist die Venus und da drüben der Große Wagen." Er nahm ihre Hand und deutete mit ihren Fingern auf die Sterne, so wie er auch ihre

Hand über die Seekarte geführt hatte. „Da, das Sternbild der Zwillinge, siehst du?"

„Ja." Sie sah auf ihre verschränkten Hände, wie sie Linien am Firmament zogen, während der laue Wind den Duft der Wildblumen zu ihnen herüberwehte.

Romantisch und geheimnisvoll, so hatte Coco Nathaniel beschrieben. Ja, das war er wirklich, und Megan wurde plötzlich klar, wie empfänglich sie dafür war, mehr, als sie je hätte ahnen können.

Denn sie stand hier, auf den Klippen, mit einem weit gereisten Seemann, der mit seinen rauen Händen ihre Finger hielt und dessen tiefe Stimme ihr half, die Bilder zu erkennen, die die Sterne malten. Sie spürte seine Wärme, nahm seine Nähe in sich auf, und ihr Blut rauschte frei und ungestüm durch ihre Adern.

Lebendig. Der Wind und die See und der Mann ließen sie sich lebendig fühlen wie nie zuvor.

Und vielleicht war da noch mehr … jene Geister, die zu den Calhouns gehörten. Die Klippen schienen dazu einzuladen, ein wenig zu lustwandeln, so viel Zufriedenheit lag in der Luft. Eine Liebe, die alle Zeiten überdauerte.

„Ich sollte nicht hier sein …" Doch Megan rührte sich nicht, auch nicht, als Nathaniel leicht mit den Lippen über ihr Haar strich.

„Horch", murmelte er. „Schließ die Augen und lausche, und du wirst das Flüstern der Sterne hören."

Und sie tat wie ihr geheißen und lauschte auf den Wind, die Sterne und ihren eigenen Herzschlag. „Wieso fühle ich bei dir diese Dinge?"

„Darauf weiß ich keine Antwort. Nicht alles lässt sich zu einem klaren Ergebnis addieren, Megan." Sanft drehte er sie zu sich um, weil er ihr Gesicht sehen wollte. „Das ist auch nicht immer nötig", sagte er, und dann küsste er sie. Sanft, zärtlich, voller Gefühl. Er ließ die Lippen über ihre Wange zu ihrer Schläfe gleiten. „Was machen die Kopfschmerzen?"

„Fast weg."

„Nicht, lass die Augen geschlossen." Er küsste ihre Lider, weich liebkosend wie der Wind, bevor er wieder zu ihrem Mund wanderte. „Wirst du meinen Kuss erwidern, wenn ich es jetzt noch einmal probiere?"

Wie sollte sie es nicht tun, wenn seine Lippen so verführerisch auf ihren lagen? Mit einem leisen Laut ergab sie sich und ließ ihr Herz die Führung übernehmen. Nur heute Abend, versprach sie sich still. *Nur diesen einen wunderbaren Moment.*

Als sie in seinen Armen nachgiebig wurde, als diese wunderbar weichen Lippen sich für ihn öffneten, kostete es ihn seine ganze Selbstbeherrschung, um ihren Mund nicht wild und plündernd in Besitz zu nehmen. Sie würde es ihm nicht verwehren, das wusste er. Vielleicht hatte er auch geahnt, dass der Zauber der Klippen sie beide erfassen würde, dass er Megan dazu bringen würde, ihre Zurückhaltung aufzugeben ... und ihn damit ermahnte, sich zu beherrschen.

„Ich begehre dich, Megan", murmelte er an der samtenen Haut ihres Halses. „Ich begehre dich so sehr, dass es mich fast umbringt."

„Ich weiß. Ich wünschte ..." Sie barg ihr Gesicht an seiner Schulter. „Ich spiele nicht mit dir."

„Ich weiß." Sanft strich er ihr übers Haar. „Es wäre einfacher, wenn du ein Spiel spielen würdest. Denn diese Regeln kenne ich, und ich weiß auch, wie man sie bricht." Eine Hand unter ihrem Kinn, hob er ihr Gesicht an und küsste sie erneut. „Deine Augen ... sie machen es einem so verdammt schwer." Mit einem Seufzer trat er von ihr ab. „Ich bringe dich besser zurück."

„Nathaniel." Sie legte eine Hand auf seine Brust. „Seit Kevins Geburt ... bist du der erste Mann, mit dem ich ... zusammen sein will."

Etwas flackerte in seinen Augen auf, etwas Wildes, Ungezähmtes, bevor er es unterdrücken konnte. „Meinst du, das macht es mir jetzt einfacher?" Wäre er nicht so angespannt, hätte er lachen mögen. Dennoch legte er ihr den Arm um die Schultern und führte sie auf den Pfad zurück.

„Ich weiß nicht, wie ich damit umgehen soll", sagte sie leise. „So etwas habe ich noch nie erlebt."

„Mach nur weiter so", warnte er, „und ich werfe dich mir über die Schulter und trage dich direkt in mein Schlafzimmer, Meg."

Das Bild erregte sie und verursachte Gewissensbisse. „Ich möchte nur ehrlich sein."

„Versuch's besser mit Lügen, bevor meine Selbstbeherrschung nachgibt." Er zog eine Grimasse. „Wenn du es leichter für mich machen willst, meine ich."

„Ich bin eine lausige Lügnerin." Aus den Augenwinkeln betrachtete sie ihn. Seltsam, dachte sie, in diesem Augenblick ist er der Schwächere. „Es erscheint mir unlogisch, dass es dich aufregen sollte, wenn du weißt, was ich fühle."

„Im Moment habe ich genug Probleme mit dem, was ich fühle." Er holte tief Atem, hoffte, sich damit zu beruhigen. „Und mit Logik hat das nun absolut nichts zu tun." Genauso wenig, wie er heute Nacht schlafen würde.

Sie gingen auf die erleuchteten Fenster von *The Towers* zu. Noch bevor sie beim Rasen ankamen, hörten sie schon das laute Gezeter.

„Coco", entfuhr es Megan.

„Und Dutch." Nathaniel fasste sie bei der Hand und beschleunigte seinen Schritt.

„Sie sind beleidigend und unverschämt", fauchte Coco Dutch mit in die Hüften gestemmten Fäusten und vorgeschobenem Kinn an.

Dutch hielt die Arme vor der breiten Brust verschränkt. „Ich hab gesehen, was ich gesehen hab, und gesagt, was ich zu sagen hatte."

„Ich habe nicht an Trenton geklebt wie ... wie ..." Vor Empörung brachte sie kein Wort mehr heraus.

„Wie eine Muschel", stieß Dutch mit Inbrunst aus. „Eine Muschel am Kiel einer Luxusjacht, jawohl!"

„Wir haben lediglich zusammen getanzt."

„Ha! Wo ich herkomme, da nennt man so was ..."

„Dutch!" Mit seinem Ruf verhinderte Nathaniel eine zweifellos unsittliche Beschreibung.

„Sind Sie endlich zufrieden?!" Vor Scham wäre Coco am liebsten im Boden versunken. „Sie haben eine Szene gemacht!"

„Die Einzige, die sich in Szene gesetzt hat, sind Sie. Sich diesem reichen Lackaffen anzubieten ..."

„Anbieten ..." Coco zitterte vor Rage und richtete sich zu ihrer vollen imposanten Größe auf. „In meinem ganzen Leben habe ich mich noch keinem Mann angeboten. Sie, Sir, sind absolut verabscheuungswürdig."

„Ich werd Ihnen zeigen, was verabscheuungswürdig ist, Lady!"

„Hör auf, Dutch." Damit rechnend, dass er sich durchaus einen Kinnhaken einfangen könnte, trat Nathaniel zwischen die beiden Streithähne. „Was ist los mit dir? Bist du betrunken?"

„Von zwei Gläsern Rum werde ich nicht betrunken." Über Nathaniels Schulter funkelte er Coco aufgebracht an. „Sie benimmt sich doch, als sei sie benebelt. Geh mir aus dem Weg, Junge, ich hab ihr nämlich noch ein paar Dinge zu sagen!"

„Für heute hast du genug gesagt."

„Nein, aus dem Weg." Alle Augen richteten sich auf Coco. Mit hochroten Wangen und blitzenden Augen stand sie majestätisch da. „Ich ziehe es vor, mich selbst um diese Angelegenheit zu kümmern."

Megan legte ihr vorsichtig die Hand auf den Arm. „Coco, meinst du nicht, du solltest besser hineingehen?"

„Nein, das meine ich nicht!" Sie fing sich und tätschelte Megans Hand. „Nun, Liebes, du und Nate, ihr könnt ruhig wieder zu den anderen stoßen. Mr. van Horne und ich klären das unter uns."

„Aber ..."

„Nathaniel, begleite Megan bitte ins Haus."

„Jawohl, Ma'am."

„Glaubst du wirklich, wir sollten sie allein lassen?"

Nathaniel steuerte Megan unerbittlich auf die Terrassentüren zu. „Willst du dich etwa dazwischenstellen?"

Megan schaute über die Schulter zurück und kicherte plötzlich. „Nein. Nein, das denke ich nicht."

„Nun, Mr. van Horne", begann Coco, nachdem sie sicher sein konnte, dass sie wieder allein mit Dutch war. „Sie hatten mir noch ein paar Dinge zu sagen?"

„Und ob." Auf einen anständigen Streit eingestellt, machte Dutch zwei Schritte vor. „Sie werden diesem aalglatten Charmeur sagen, dass er seine Hände gefälligst bei sich zu halten hat."

Sie warf den Kopf zurück und genoss das Flattern in ihrem Magen, als sie auf Dutchs Blick traf. „Und wenn ich das nicht tue?"

Dutch knurrte wie ein Wolf – ein Wolf, der um seine Partnerin kämpft, dachte Coco. „Dann werde ich ihm seine mickrigen Ärmchen wie Streichhölzer brechen."

Ach du meine Güte! Ihr Herz begann wild zu schlagen. „Das würden Sie tun?"

„Lassen Sie es drauf ankommen." Er packte sie bei den Armen und riss sie an sich heran. Willig ließ Coco sich gegen ihn fallen.

Dieses Mal war sie nicht nur bereit für den Kuss, sie erwiderte ihn sogar mit Begeisterung. Als sie sich endlich voneinander lösten, waren beide atemlos.

Manchmal muss die Frau den ersten Schritt machen, dachte Coco, leckte sich über die Lippen und schluckte.

„Mein Zimmer liegt im zweiten Stock."

„Ich weiß, wo es liegt." Ein Lächeln zuckte um Dutchs Mund. „Meines ist näher." Er zog sie wieder in seine Arme – wie ein Pirat seine schöne Beute, dachte Coco verklärt. „Du bist ein wahres Prachtweib, Coco."

Sie presste eine Hand auf ihr hämmerndes Herz. „Ach, Niels", entschlüpfte es ihr verträumt.

7. KAPITEL

Tagträume waren völlig untypisch für Megan. Jahre der Disziplin hatten sie gelehrt, dass Träume zum Schlaf während der Nacht gehörten und nicht zu einem verregneten Morgen, wenn der Nebel ums Haus schlich und dicke Tropfen an den Scheiben herunterrannen wie Tränen. Dennoch saß sie da, wie schon so oft in den letzten Tagen, das Kinn auf die Hand gestützt, während der Computer unbenutzt vor sich hin summte, und dachte an den wundervollen Moment mit Nathaniel im Mondlicht und dem Rauschen der Wellen als Begleitmusik zurück.

Wenn sie sich dann ertappte, riss sie sich zusammen und berief sich streng auf die Logik. Zu vergessen, dass die einzige Romanze in ihrem Leben nichts als eine Illusion gewesen war, würde ihr nichts einbringen. Dabei hatte sie sich bis jetzt für immun gegen Romantik gehalten und war damit zufrieden gewesen.

Bis Nathaniel gekommen war.

Was sollte sie jetzt tun, da ihr Leben eine so unerwartete Wendung genommen hatte? Sie war schließlich kein Kind mehr, blauäugig und vertrauensvoll, das sich von schönen Worten einwickeln ließ. Doch jetzt, da ihre Sehnsucht wachgerüttelt worden war … konnte sie sie erfüllen, ohne verletzt zu werden?

Oh, sie wünschte, ihr Herz wäre nicht berührt worden! Wie sehr wünschte sie sich, sie könnte sich lässig und nonchalant auf eine rein körperliche Affäre einlassen, ohne dass direkt tiefe Gefühle ins Spiel kamen.

Warum war Anziehungskraft und gegenseitige Sympathie denn nicht genug für sie? Es war doch eine so einfache Formel: zwei erwachsene Menschen plus Verlangen mal wechselseitiges Verstehen gleich Vergnügen für beide.

Doch irgendwo war immer eine Fehlerquelle, die die ganze Formel zunichtemachte.

„Megan?"

„Hm?" Ihre entrückten Gedanken zerstoben schlagartig, als sie Suzanna in der Tür zu ihrem Büro stehen sah. „Entschuldige, ich habe dich nicht gehört."

„Du warst meilenweit weg."

Da man sie ertappt hatte, kramte Megan verlegen in ihren Unterlagen. „Ja, wahrscheinlich. Irgendwie hat der Regen diese Wirkung auf mich."

„Ich finde es wunderschön. Dann träume ich auch immer vor mich hin." Suzanna konnte sich denken, wovon – oder besser, von wem Megan geträumt hatte. „Allerdings bezweifle ich, dass unsere Gäste oder die Kinder ebenso denken."

„Den Nebel fand Kevin ganz toll. Bis ich ihm verbot, dann auf den Klippen zu spielen."

„Und Alex und Jenny mussten die Attacke auf Fort O'Riley verschieben. Sie sitzen alle in Kevins Zimmer und verteidigen unseren Planeten gerade gegen eine außerirdische Invasion. Sie haben Riesenspaß dabei."

„Ich freue mich ehrlich, dass die drei so zusammenhalten."

„Ja, wie Pech und Schwefel." Lachend setzte Suzanna sich auf die Schreibtischkante. „Wie läuft's denn mit der Arbeit?"

„Ich komme gut voran. Amanda hat ausgezeichnete Organisationsarbeit geleistet. Ich brauche eigentlich nur ihre Ablage in mein Computersystem zu übertragen und bin schon auf dem aktuellen Stand."

„Für sie ist es eine unendliche Erleichterung, dass du übernommen hast. An manchen Tagen würde sie sonst an ihrem Schreibtisch sitzen und gleichzeitig telefonieren, Papiere sortieren und Delia stillen."

Bei dem Bild musste Megan grinsen. „Das kann ich mir gut vorstellen. Sie ist ein echtes Organisationstalent."

„So wie du. Ein Meisterjongleur. Sie hasst es, einen Ball fallen zu lassen."

„Das kann ich nachvollziehen." Megan spielte gedankenverloren mit einem Bleistift. „Bevor ich herkam, war ich schrecklich nervös. Auch wegen Kevin. Ich hatte Angst, nicht nur einen Ball, sondern gleich alle zu verlieren. Ich wollte nichts sagen oder tun, was dich irgendwie verärgern würde oder dir unangenehm sein könnte."

„Haben wir das nicht längst hinter uns gelassen, Megan?"

„Du sicher früher als ich." Seufzend legte Megan den Bleistift fort. „Vielleicht ist es schwerer, die andere Frau zu sein."

„Warst du das?", hakte Suzanna leise nach. „Oder war ich das?"

Megan schüttelte den Kopf. „Ich kann nicht sagen, dass ich die Zeit zurückdrehen und alles anders machen möchte, denn dann hätte ich Kevin nicht." Ruhig begegnete sie Suzannas Blick. „Ich weiß, du betrachtest Kevin als Bruder deiner Kinder und liebst ihn."

„Ja, das tue ich."

„Und du sollst wissen, dass ich deine Kinder als meine Familie betrachte und sie ebenso liebe."

Suzanna legte ihre Hand auf Megans. „Das weiß ich doch. Eigentlich bin ich hergekommen, weil ich dich fragen wollte, ob Kevin mit zu uns kommen kann. Ich arbeite heute im Gewächshaus, und es macht den dreien immer unheimlichen Spaß, dabei zu sein – vor allem, weil es Pizza zum Lunch gibt."

„Natürlich darf er. Das gleicht dann auch aus, dass er letztens die Krawatte tragen musste."

Suzanna schmunzelte vergnügt. „Ich musste Alex nahezu fesseln, um ihm seine zu binden. Ich kann nur hoffen, dass Tante Coco so schnell keine formelle Dinnerparty mehr plant." Sie neigte fragend den Kopf. „Da wir gerade von Tante Coco reden … hast du sie heute schon gesehen?"

„Nur kurz, nach dem Frühstück. Warum?"

„Hat sie vor sich hin gesummt?"

„Ich glaube schon." Megan legte nachdenklich die Zungenspitze an die Oberlippe. „Wenn ich es recht bedenke, summt sie schon seit Tagen vor sich hin."

„Gerade eben hat sie auch gesummt. Und ihr teuerstes Parfüm hatte sie aufgetragen." Suzanna runzelte leicht die Stirn. „Ich frage mich, ob Trents Vater … Aber er ist ja wieder nach Boston zurückgefahren, deshalb dachte ich, dass kein Grund zur Sorge besteht. Er ist ein netter Mann, und wir alle mögen ihn, aber … Nun, er war immerhin viermal verheiratet, und er scheint sich noch immer umzusehen."

„Ist mir auch aufgefallen." Sie debattierte nur kurz mit sich, dann räusperte sie sich. „Ehrlich gesagt, ich glaube nicht, dass Cocos Interesse in diese Richtung geht."

„Nicht?"

„Dutch", sagte Megan nur.

Suzanna blickte sie verständnislos an. „Wie?"

„Ich glaube, sie und Dutch sind ... ineinander verliebt."

„Dutch? Unser Dutch? Aber sie beklagt sich doch bitterlich über ihn, und er nimmt jede Gelegenheit wahr, um sie anzublaffen. Sie streiten sich ständig und ..." Suzannas Stimme erstarb. Sie presste die Hand vor den Mund und starrte Megan an. „Oh oh ..."

Volle drei Sekunden schafften es die beiden Frauen, sich pflichtschuldig zusammenzunehmen, bevor sie in schallendes Gelächter ausbrachen. Megan bereitete es keine Mühe, in einen schwesterlichen Schwatz über ein anderes Familienmitglied zu verfallen. Erst berichtete sie Suzanna von der Episode in der Küche, dann beschrieb sie die Szene auf der Terrasse.

„Das hättest du sehen müssen, da flogen die Funken. Zuerst befürchtete ich, sie würden einander jeden Moment an die Kehle gehen, dann wurde mir klar, dass es sich dabei eher um ein Balzritual handelte."

„Ein Balzritual", wiederholte Suzanna perplex. „Glaubst du wirklich, die beiden ...?"

Megan hob die Augenbrauen. „Na, sie summt recht häufig in letzter Zeit."

„Unbestreitbar." Suzanna bedachte die Kombination genauer und musste feststellen, dass sie ihr durchaus gefiel. „Ich denke, ich werde einen kurzen Abstecher in die Küche machen, bevor ich nach Hause gehe. Mal sehen, wie die Atmosphäre so ist."

„Ich erwarte einen vollständigen Bericht, das ist dir hoffentlich klar."

„Sollst du bekommen." Kichernd richtete Suzanna sich auf. „Der Mond in jener Nacht war wohl nicht zu verachten."

„Das denke ich auch", murmelte Megan.

Die Hand an der Türklinke, drehte Suzanna sich noch einmal um. „Nathaniel ist auch nicht zu verachten."

„Ich dachte, wir reden hier über Dutch."

„Wir reden über Romantik", berichtigte Suzanna. „Bis später dann."

Mit gerunzelter Stirn starrte Megan auf die Tür, die hinter Suzanna ins Schloss fiel. Himmel, war sie wirklich so leicht zu durchschauen?

Nachdem Megan den ganzen Morgen über den Büchern von The Retreat gesessen hatte, gönnte sie sich eine kleine Belohnung und nahm sich Fergus' Kladde vor. Es machte ihr Spaß, die Kosten für Kutschpferde und Wagenräder zu addieren. So bekam sie unter anderem einen genauen Einblick, welche Aufwendungen für einen Ball auf *The Towers* im Jahre 1913 nötig gewesen waren. Aus den Randnotizen konnte sie auch Fergus' Motive nachvollziehen.

Alle Einladungen wurden angenommen. Niemand hat es gewagt, abzulehnen. B. hat Blumen bestellt. Habe mit ihr gestritten wegen angeblicher Prunksucht. Musste ihr klarmachen, dass Erfolg gezeigt werden muss und eine Ehefrau die Entscheidungen ihres Mannes niemals infrage stellt. Sie wird die Smaragde tragen, nicht die Perlenkette, wie sie vorschlug. Sie wird der Gesellschaft den Beweis für meinen auserlesenen Geschmack und mein Vermögen liefern und sich daran zu erinnern haben, wo ihr Platz ist.

Ihr Platz war an Christians Seite, dachte Megan voller Mitleid für Bianca. Wie traurig, dass erst der Tod die beiden vereint hatte.

Um das düstere Gefühl zu vertreiben, blätterte Megan zu den letzten Seiten. Was mochten diese Zahlen bedeuten? Ausgaben waren es nicht, vielleicht Kontonummern. Aktienkurse? Grundbuchnummern?

Vielleicht würde ein Besuch im Stadtarchiv sich lohnen. Möglicherweise fand sie in den Archivunterlagen des Jahres 1913 irgendeinen Hinweis oder eine Verbindung zu diesen Zahlen. Dann konnte sie auch bei Shipshape vorbeifahren, die Buchführung für April abliefern und die nächsten Belege mitnehmen.

Und wenn sie dabei Nathaniel über den Weg lief … nun, das wäre natürlich rein zufällig und keinesfalls beabsichtigt.

Es war durchaus romantisch, durch den Regen zu fahren. Nur wenige Fußgänger waren auf den Straßen. Versteckt unter breiten Schirmen, betrachteten sie die Auslagen der Souvenirläden. Die Wasser der Frenchman Bay lagen grau und nebelverhangen da. Die Masten der verlassenen Jachten im Hafen reckten sich in den trüben Himmel.

Das Tuten eines Nebelhorns drang gedämpft an Megans Ohr. Es war, als ob die ganze Insel in eine Decke gehüllt sei und für eine Weile sicher und geschützt ruhe. Megan dachte daran, einfach auf der Küstenstraße weiterzufahren oder die gewundene Straße zum Acadia Nationalpark zu nehmen.

Vielleicht würde sie das auch tun. Später, wenn die Pflichten des Tages erledigt waren. Sie hatte Lust, ihre neue Heimat zu erkunden. Und vielleicht würde sie Nathaniel fragen, ob er nicht mitkommen wollte.

Doch sein Wagen stand nicht vor dem Geschäft, als sie bei Shipshape ankam. Da nützte es auch nichts, dass sie sich einzureden versuchte, es sei unwichtig, ob Nathaniel da war oder nicht. Es war wichtig. Sie wollte ihn sehen. Wollte sehen, wie seine grauen Augen sich verdunkelten, wenn er sie ansah. Wollte das Lächeln auf seine Lippen ziehen sehen.

Vielleicht hatte er ja hinter dem Haus geparkt. Den Aktenkoffer fest in der Hand, hastete Megan vom Auto ins Büro. Es war leer.

Die Enttäuschung war erschreckend groß. Ihr war gar nicht bewusst gewesen, wie sehr sie sich darauf verlassen hatte, ihn hier anzutreffen. Dann vernahm sie aus der Werkstatt hinter dem Haus schwach Musik.

Nein, sie würde nicht nachsehen, wer da den verregneten Tag für Bootsreparaturen nutzte. Sie war aus rein beruflichen Gründen hier. Also holte sie die Buchführungsmappe für den letzten Monat aus dem Aktenkoffer und legte sie auf den überfüllten Schreibtisch. Sie würde nie verstehen, wie jemand in einem solchen Chaos konzentriert arbeiten konnte!

Sie war versucht, Ordnung zu schaffen, zu sortieren und abzuheften. Doch das verbot sie sich. Stattdessen wollte sie nur im Aktenschrank nachsehen, ob sie dort neue Belege finden würde, die sie mitnehmen konnte.

Als sie die Tür gehen hörte, drehte sie sich mit einem Lächeln um, das jedoch ein wenig nachließ, als sie erkannte, dass es sich um einen fremden Mann handelte. „Kann ich Ihnen helfen?", fragte sie höflich.

Der Mann trat ein und schloss die Tür hinter sich. Als er sie anlächelte, stutzte sie. „Hallo, Megan."

Die Zeit schien stehen zu bleiben. Dann drehte der Zeiger der Uhr sich wie in Zeitlupe zurück. Fünf Jahre, sechs, zehn. Zurück zu einer Zeit, als sie jung und unbedarft und willig gewesen war, an die große Liebe auf den ersten Blick zu glauben.

„Baxter." Der Name war nur ein Flüstern. Wie seltsam, dachte sie, dass ich ihn nicht erkannt habe. Er hatte sich eigentlich kaum verändert. Attraktiv und gepflegt, sah er noch genauso aus wie vor zehn Jahren, als sie ihm zum ersten Mal begegnet war. Ein sportlicher Traumprinz im Nadelstreifenanzug, dem die Lügen charmant und ohne jeden Skrupel über die Lippen kamen.

Baxter lächelte Megan an. Seit Tagen schon versuchte er, sie allein anzutreffen. Vor lauter Frustration war er ihr gefolgt, um sie hier zu stellen. Denn er war ein Mann, der großen Wert auf sein Image legte. Natürlich hatte er vorher sichergestellt, dass niemand außer Megan in dem kleinen Büro war. Es gab da Dinge, die er ein für alle Mal mit ihr klären musste. In aller Ruhe und vernünftig, natürlich. Vor allem jedoch unter vier Augen.

„Hübsch wie eh und je." Befriedigt stellte er fest, wie schockiert sie ihn anstarrte. Gut. Durch das Überraschungsmoment war er also im Vorteil. Ganz so, wie er es bevorzugte. „Du siehst sogar noch besser aus. Die Jahre haben den reizenden Babyspeck schmelzen lassen. Du wirkst nahezu elegant. Mein Kompliment, Megan."

Er kam näher, doch Megan konnte sich nicht regen. Weder ihre Beine noch ihr Verstand wollten ihr gehorchen. Nicht einmal, als er ihr mit einem Finger über die Wange strich und dann leicht ihr Kinn anhob, eine vertraute Geste, die sie sich bemüht hatte zu vergessen.

„Du warst schon immer eine Schönheit, Megan, mit den großen, unschuldigen Augen, die einen Mann korrumpieren können."

Ein Schauder rann ihr über den Rücken. „Was tust du hier?" Kevin – war das Einzige, was sie denken konnte. Gott sei Dank war Kevin nicht bei ihr.

„Komisch, ich wollte dich gerade dasselbe fragen. Was tust du hier, Megan?"

„Ich lebe und arbeite hier." Sie verabscheute die Unsicherheit in ihrer Stimme.

„Ist Oklahoma dir zu langweilig geworden? Wolltest du etwas Neues ausprobieren?" Er lehnte sich vor, und sie wich unwillkürlich vor ihm zurück. Bestechung würde bei ihr nicht funktionieren, das wusste Baxter, nicht beim Vermögen der O'Riley-Familie. Also war Einschüchterung die nächstliegende logische Wahl. „Unterschätze mich nicht, Megan. Das wäre ein kapitaler Fehler, für den du teuer bezahlen würdest."

Als sie an den Aktenschrank stieß, wich die lähmende Erstarrung von ihr. Sie war kein Kind mehr, sondern eine erwachsene Frau. Reif und verantwortungsbewusst.

Sie reckte die Schultern. „Ich wüsste nicht, was es dich anginge, wo ich lebe und arbeite."

„Ganz im Gegenteil." Seine Stimme klang höflich, freundlich. „Ich würde dich viel lieber in Oklahoma wissen. In deinem netten kleinen Job, im Schoße deiner liebenden Familie. Doch, das wäre mir sehr viel lieber."

Seine Augen sind eiskalt, dachte sie verwundert. Das war ihr vorher nie aufgefallen. „Es interessiert mich nicht im Geringsten, was dir lieber wäre, Baxter."

„Hast du geglaubt, ich finde nicht heraus, dass du dich mit meiner Exfrau und ihrer Sippe zusammengetan hast? Dass ich während all der Jahre nicht über jeden deiner Schritte informiert gewesen wäre?"

Nur mit Mühe zwang sie sich, ruhig zu bleiben. Als sie von ihm wegtreten wollte, versperrte er ihr den Weg. Das Temperament, das sie jahrelang unter Verschluss gehalten hatte, brodelte gefährlich nahe unter der Oberfläche.

„Mir ist völlig egal, was du über mich herausgefunden haben könntest. Und nein, ich habe nicht gewusst, dass du mich beobachten lässt. Warum solltest du? Weder Kevin noch ich haben dir je etwas bedeutet."

„Du hast dir lange Zeit gelassen, bevor du deinen Zug machst, Megan." Baxter hielt inne. Er musste erst die Wut bezähmen, die ihm die Kehle zuschnüren wollte. Er hatte zu viel investiert, um sich von einem längst vergessenen Fehltritt aufhalten zu lassen. „Sehr clever, Megan. Sehr viel cleverer, als ich dir zugestanden hätte."

„Ich weiß überhaupt nicht, wovon du redest."

„Du willst mir doch nicht im Ernst erzählen, du wüsstest nichts von meiner Kampagne. Ich werde deinen krankhaften Rachefeldzug zu verhindern wissen."

Ihre Stimme klang frostig, auch wenn ihre Haut ungut zu prickeln begann. „Selbst auf die Gefahr hin, dass ich mich wiederhole … Ich habe nicht die geringste Ahnung, wovon du sprichst. Mein Leben geht dich nichts an, Baxter, so wie mich deines nichts angeht. Das hast du schon damals sehr deutlich gemacht, als du von mir und Kevin nichts wissen wolltest."

„Ach, die Tour willst du also fahren?" Er hatte sich geschworen, vernünftig und ruhig zu bleiben, doch die Wut brodelte immer höher in ihm. Einschüchterung würde nicht ausreichen, wie ihm klar wurde. „Das junge, unschuldige Mädchen, verführt, betrogen und schwanger sitzen gelassen mit gebrochenem Herzen. Bitte, erspar mir diese Schmierenkomödie."

„Das ist keine Tour, sondern die Wahrheit."

„Du warst jung, stimmt, aber unschuldig?" Er lächelte abfällig. „Du warst damals nicht nur willig, sondern geradezu übereifrig."

„Weil ich dir glaubte!" Sie schrie die Worte hinaus – ein Fehler, denn damit zerbarst auch ihre mühsam gewahrte Fassung. „Ich glaubte dir, dass du mich liebst, dass du mich heiraten willst. Und du hast das schamlos ausgenutzt. Du hattest nie vor, eine Zukunft mit mir aufzubauen. Denn du warst ja schon verlobt. Ich war nur ein kleines Zwischenspiel, ein wertloses Spielzeug, eine leichte Beute."

„Leicht rumzukriegen warst du." Eine Hand an ihrer Schulter, stieß er sie grob gegen den Schrank zurück. „Und so verführerisch, Megan, so süß."

„Nimm deine Hände von mir."

„Erst wirst du mir zuhören. Ich weiß genau, warum du hergekommen bist und dich mit den Calhouns zusammengetan hast. Erst werden ein paar Andeutungen gestreut, ein paar Gerüchte in Umlauf gebracht, und dann wird die ganze tragische Geschichte exklusiv einer Zeitung erzählt. Der alte Drachen hat mir schon bei Suzanna genug Schwierigkeiten gemacht." Voller Hass dachte er an Colleen. „Glücklicherweise konnte ich es zu meinem Vorteil wenden. Im Interesse der Kinder habe ich selbstlos meine Rechte als Vater aufgegeben, damit Bradford Alex und Jenny adoptieren kann und sie in einer traditionellen Familie aufwachsen."

„Die beiden haben dich auch nie interessiert, oder?", fragte sie rau. „Genauso wenig wie Kevin."

„In deinem Falle jedoch", fuhr Baxter ungerührt fort, „hat die alte Schachtel keinen Grund, auf die Barrikaden zu gehen. Also solltest du dir meinen Rat zu Herzen nehmen, Megan. Du hast hier eben nicht Fuß fassen können und bist deshalb zurück nach Oklahoma gegangen."

„Ich gehe nirgendwohin", setzte sie an und schnappte nach Luft, als er seine Finger schmerzhaft in ihre Schulter drückte.

„Du kehrst zu deinem unauffälligen und beschaulichen Leben zurück, Megan. Es wird keine Gerüchte und kein tränenreiches Exklusivinterview geben. Solltest du versuchen, mir einen Knüppel zwischen die Beine zu werfen, solltest du auch nur ein kompromittierendes Wort über mich verlauten lassen, werde ich dich zugrunde richten. Wenn ich fertig mit dir bin – und ich versichere dir, mit meinem Geld wird es plötzlich Unmassen von Männern geben, die alle schwören, dass sie mit dir im Bett waren –, wirst du nichts anderes sein als eine verlogene Schlampe mit einem unehelichen Balg."

Vor ihren Augen verschwamm plötzlich alles. Die Rage, die jäh in ihr aufschoss, war nicht auf die Drohung zurückzuführen, sondern auf den Ausdruck, den er für ihren kleinen Jungen benutzt hatte.

Bevor sie noch wusste, was sie tat, holte sie aus und versetzte Baxter eine schallende Ohrfeige. „Sprich niemals, hörst du, niemals wieder so von meinem Sohn!"

Und als er sie ohrfeigte, fühlte sie weder Schmerz noch Schock, sondern nur maßlose, gleißende Wut.

„Treib's nicht zu weit, Megan", warnte er sie schwer atmend. „Denn du wirst diejenige sein, die die Konsequenzen zu tragen hat. Du und der Junge."

Wie eine Löwenmutter, die ihr Junges verteidigt, stürzte Megan sich auf Baxter. Die Wucht ihres Angriffs schleuderte sie beide zu

Boden. Megan konnte zwei Fausthiebe landen, bevor Dumont sie abwehrte.

„Du besitzt immer noch diese Leidenschaft." Er riss sie an sich, wütend und erregt. „Ich weiß noch gut, wie man diese Leidenschaft umleitet."

Sie schlug noch einmal zu, bevor er ihre Handgelenke zu fassen bekam und ihr die Arme an die Seiten drückte. Also setzte sie ihre Zähne ein. Noch während Dumont vor Schmerz aufheulte, wurde die Tür krachend aufgestoßen.

Nathaniel zog Dumont am Kragen mit einem Ruck hoch. Gleichwohl ihre Sicht vor Wut getrübt war, erkannte Megan, dass Nathaniel die Mordlust ins Gesicht geschrieben stand.

„Nathaniel."

Er nahm keinerlei Notiz von ihr, sondern schleuderte Baxter mit dem Rücken gegen die Wand. „Dumont, nicht wahr?" Er sprach leise, geradezu liebenswürdig. „Ich hörte schon, dass Sie sich gern an unschuldigen Frauen vergreifen."

Baxter kämpfte um Würde, auch wenn nur noch seine Zehenspitzen den Boden berührten. „Wer, zum Teufel, sind Sie?"

„Nun, es scheint mir nur fair, dass Sie den Namen des Mannes kennen, der Ihnen gleich das Genick brechen wird." Es befriedigte ihn, zu sehen, wie Baxter blass wurde. „Ich heiße Fury, Nathaniel Fury. Ich verspreche Ihnen, den Namen werden Sie nie vergessen." Damit rammte er Baxter hart die Faust in die Seite.

Baxter rang nach Luft. „Noch bevor der Tag zu Ende ist", stieß er rasselnd hervor, „sitzen Sie hinter Gittern."

„Das glaube ich weniger." Aus den Augenwinkeln nahm er wahr, dass Megan auf ihn zukam, und wandte ihr mit einem Ruck das Gesicht zu. „Bleib, wo du bist!"

Die lodernden Flammen in seinem Blick ließen sie stehen bleiben. „Tu ihm nichts an, Nathaniel." Sie schluckte hart.

„Gibt es einen besonderen Grund, warum du ihn am Leben halten willst?"

Sie öffnete den Mund, schloss ihn wieder. Ihre Antwort schien extrem wichtig zu sein, also entschied sie sich für die Wahrheit. „Nein."

Baxter holte Atem, wollte um Hilfe rufen, doch er kam nicht dazu, weil Nathaniel ihm die Kehle zudrückte. „Sie haben Glück, Dumont. Die Lady wünscht nicht, dass ich Sie umbringe, und ich möchte sie nicht enttäuschen. Überlassen wir es also dem Schicksal." Damit zog er Baxter wie einen Seesack hinter sich her nach draußen.

Megan rannte zur Tür. „Holt!" Erleichtert erkannte sie Suzannas Mann auf dem Pier stehen. „So unternimm doch etwas!"

Holt zuckte nur mit einer Schulter. „Fury ist mir zuvorgekommen. Geh besser wieder hinein, du wirst ganz nass."

„Aber ... er wird ihn doch nicht wirklich umbringen, oder?"

Mit zusammengekniffenen Augen sah Holt Nathaniel nach, wie er Baxter durch den dichten Regen zum Ende des Piers schleifte. „Wahrscheinlich nicht."

„Ich bete zu Gott, dass du nicht schwimmen kannst", murmelte Nathaniel und schleuderte Baxter vom Steg. Noch bevor der Laut des aufspritzenden Wassers zu hören war, stand Nathaniel schon wieder bei Megan. „Komm."

„Aber ..."

Wortlos hob er sie auf seine Arme. „Ich nehme mir den restlichen Tag frei."

„Kein Problem." Die Daumen in die Jeansschlaufen gehakt, sah Holt mit einem unguten Grinsen zu Nathaniel. „Bis morgen."

„Nathaniel, du kannst doch nicht ..."

„Halt den Mund, Meg." Er trug sie zu seinem Wagen und ließ sie unsanft auf den Beifahrersitz fallen.

Als er den Motor startete und Gas gab, sah Megan sich um. Sie wusste nicht, ob sie erleichtert oder enttäuscht sein sollte, als sie sah, wie Baxter sich aus dem Wasser auf den Steg stemmte.

Er brauchte jetzt absolute Stille, um sich von dieser Gewaltbereitschaft frei zu machen und sich wieder unter Kontrolle zu bekommen. Er verabscheute den Zorn, der unterschwellig ständig in ihm schwelte, darauf lauerte, ausbrechen zu können. Natürlich hatte er in diesem Falle einen guten Grund gehabt, dennoch ... Immer blieb ein bitterer Geschmack im Mund zurück, wenn ihm wieder einmal vor Augen geführt wurde, wozu er fähig war.

Er zweifelte nicht daran, dass Dumont wesentlich schlechter davongekommen wäre, hätte Megan ihn, Nathaniel, nicht aufgehalten.

Er hatte an seiner Selbstbeherrschung gearbeitet und sich darauf trainiert, den Verstand statt der Fäuste einzusetzen. Normalerweise funktionierte das auch. Und wenn nicht … nun, dann eben nicht. Doch noch Jahre, nachdem er die letzte Tracht Prügel von seinem Vater eingesteckt hatte, blieb die Erinnerung frisch. Und danach kam jedes Mal die Reue.

Megan zitterte wie Espenlaub, als er den Wagen vor seinem Cottage vorfuhr. Erst jetzt fiel ihm siedend heiß ein, dass er Hund vergessen hatte. Holt wird ihn finden und sich um ihn kümmern, beruhigte Nathaniel sich und hob Megan aus dem Sitz.

„Ich kann …“

„Sei einfach still.“ Er trug sie ins Haus, an Vogel vorbei, der zur Begrüßung krächzte, und die Treppen hinauf. Megan wollte empört losstottern, als er sie in seinem Schlafzimmer absetzte, doch da begann er auch schon wortlos in den Schubladen der Kommode zu kramen.

„Zieh die nassen Sachen aus.“ Er warf ihr ein Sweatshirt und eine Jogginghose zu. „Ich gehe nach unten und brühe einen Tee für dich auf.“

„Nathaniel …“

„Tu's einfach!“, brüllte er sie an und biss die Zähne zusammen. „Tu's einfach“, wiederholte er leise und verließ den Raum.

Weder knallte er die Tür hinter sich zu, noch schlug er in der Küche mit der Faust gegen die Wand. Auch wenn er das Bedürfnis hatte. Stattdessen stellte er einen Kessel mit Wasser auf und holte die Cognacflasche hervor. Nachdenklich sah er auf die Flasche, dann setzte er sie an die Lippen und nahm einen kräftigen Schluck. Der Alkohol rann ihm brennend durch die Kehle und brannte damit auch etwas von der Selbstverachtung weg.

Als er Vogel durchdringend pfeifen und Megan auf einen Kneipenbummel einladen hörte, goss er einen Schuss Cognac in den Tee und stellte den Becher auf den Tisch.

Sie war blass und ihre Augen viel zu groß. Die Kleidung, die er ihr gegeben hatte, auch. Fast hätte er gelächelt, als er sie so verloren in der Tür stehen sah.

„Setz dich und trink etwas Warmes. Das wird dir guttun."

„Es ist alles in Ordnung, wirklich." Doch sie setzte sich und hielt den Becher mit beiden Händen, damit das Zittern ihrer Finger nicht auffiel. Sie nippte an der Tasse und schnappte nach Luft. „Das soll Tee sein?"

„Ist es. Mit einem kleinen Extra zur Stärkung." Er nahm ihr gegenüber Platz und wartete, bis sie noch einen Schluck nahm. „Hat er dir wehgetan?"

Sie starrte auf die Tischplatte. In dem lackierten Holz spiegelte sich ihr Gesicht. „Ja", antwortete sie sehr ruhig. Sie glaubte auch fest, ruhig zu sein. Bis Nathaniel ihre Hand in seine nahm. Sie hielt den Atem an, schnappte leise nach Luft, stockte erneut … und dann lehnte sie die Stirn auf den Tisch und begann zu weinen.

Es waren reinigende Tränen, Tränen, die alles mit sich fortspülten – enttäuschte Hoffnungen und zerbrochene Träume, Verbitterung und Angst. Nathaniel wartete stumm, bis sie sich ausgeweint hatte.

„Tut mir leid." Sie blieb mit der Wange auf der Tischplatte liegen, genoss das kühle Holz an der Haut und Nathaniels tröstende Hand auf ihrem Haar. „Es ist alles so schnell passiert, ich war überhaupt nicht darauf vorbereitet …" Sie richtete sich auf und wischte sich die Tränen fort. Plötzlich erfasste sie Panik. „Kevin! Oh Gott, wenn Baxter …"

„Beruhige dich. Holt wird auf Kevin achtgeben. Dumont wird nicht einmal in seine Nähe kommen."

„Natürlich, du hast recht." Sie atmete tief aus. Holt war sicherlich sofort zu Suzanna und den Kindern gefahren. „Baxter wollte mir nur Angst einjagen."

„Ist es ihm gelungen?"

Ihre Augen schimmerten noch feucht, aber ihr Blick war fest. „Nein. Er hat mir wehgetan und mich wütend gemacht. Und mir wird übel bei dem Gedanken, dass ich mich je von ihm habe anrühren lassen. Aber Angst hat er mir nicht gemacht. Das kann er nicht."

„Tapferes Mädchen."

Sie schniefte und lächelte schwach. „Aber er hat Angst vor mir. Deshalb war er heute hier, nach all der Zeit. Weil er Angst hat."

„Wovor?"

„Vor der Vergangenheit. Davor, was daraus folgen könnte." Sie atmete tief durch und konnte Nathaniel riechen – sein typischer Duft nach Tabak und Meer. Dieser Duft hatte eine seltsam beruhigende Wirkung auf sie. „Er glaubt irgendeiner Verschwörung auf der Spur zu sein, weil ich hergezogen bin. Er hat mich all die Jahre über beobachten lassen. Ich wusste es nicht."

„Sonst hat er sich nie bei dir blicken lassen?"

„Nein, nie. Vermutlich fühlte er sich sicher, solange ich in Oklahoma war und keinerlei Kontakt zu Suzanna hatte. Doch jetzt gibt es nicht nur Kontakt, jetzt lebe ich hier. Und Kevin und Alex und Jenny … Er begreift nicht, dass es überhaupt nichts mit ihm zu tun hat."

Sie nahm den Becher auf und trank noch einen Schluck. Vielleicht lag es daran, dass Nathaniel nichts sagte, sie weder drängte noch fragte und nur ihre Hand hielt, dass sie zu erzählen begann.

„Ich traf ihn in New York. Ich war stolze siebzehn und zum ersten Mal von zu Hause weg. Ein paar Freundinnen fuhren mit mir zusammen während der Winterferien zu der Tante von einer von uns. Es war so aufregend und wunderbar, alles war neu. Die Stadt mit ihrem Trubel, die Wolkenkratzer, die vielen Menschen … alles war so ganz anders als zu Hause. Schaufensterbummel auf der Fifth Avenue, Kaffeetrinken in einem Künstlercafé in Greenwich Village … Wir liefen nur mit aufgesperrtem Mund durch die Straßen. Es ist so albern."

„Nein, das ist normal."

„Ja, wahrscheinlich ist es das für Teenager." Sie seufzte schwer. „Und dann kam diese Party … Er sah umwerfend aus, wie ein Filmstar, und er war charmant und erfahren und schon etwas älter. Er hatte Europa bereist …" Sie schloss die Augen. „Himmel, das ist krank!"

„Du musst mir das nicht erzählen, wenn du nicht willst, Meg."

„Doch, ich will." Sie hob die Lider. „Das heißt, wenn du dir das anhören kannst."

„Ich bin hier und gehe auch nirgendwohin." Er drückte tröstend ihre Finger. „Red es dir von der Seele", forderte er sie auf.

„Er benutzte all die richtigen Floskeln, sagte all die richtigen Dinge. Am Morgen nach der Party schickte er mir ein Dutzend rote Rosen, zusammen mit einer Einladung zum Dinner." Sie hielt inne, suchte nach den passenden Formulierungen. Abwesend nestelte sie an einer Haarnadel und stellte fest, dass es gar nicht so schlimm war, sich an die Vergangenheit zurückzuerinnern. Als wäre es ein Theaterstück, bei dem sie gleichzeitig die Hauptrolle spielte und als Zuschauer im Publikum saß. Selbst betroffen und doch distanziert.

„Also ging ich mit ihm zum Dinner aus. Ganz klassisch gab es dort Kerzenlicht und romantische Musik. Wir tanzten zusammen. Gott, ich fühlte mich so erwachsen. Ich glaube, dieses Gefühl kennt man nur mit siebzehn. Wir besuchten Museen, gingen ins Theater und machten ausgedehnte Einkaufsbummel. Er schwor mir seine Liebe und kaufte einen Ring für mich. Zwei verschlungene kleine Diamantherzen, schrecklich romantisch. Er steckte mir den Ring an den Finger, und ich landete in seinem Bett."

Sie hielt inne und wartete auf einen Kommentar von Nathaniel. Als der nicht kam, fasste sie Mut und fuhr fort: „Er versprach, nach Oklahoma zu kommen, damit wir unsere Zukunft planen könnten. Natürlich kam er nicht. Als ich ihn anrief, behauptete er, ihm sei etwas Geschäftliches dazwischengekommen. Danach meldete er sich nicht mehr bei mir. Als ich herausfand, dass ich schwanger war, versuchte ich, ihn zu erreichen. Ich rief an, schrieb ihm. Dann hörte ich, dass er verlobt sei. Dass er schon verlobt gewesen war, als ich ihn traf. Zuerst weigerte ich mich, das zu glauben. Es dauerte, bis ich mir die Wahrheit eingestand und erkannte, dass ich damit fertigwerden musste. Meine Familie war wunderbar, ohne ihre Hilfe hätte ich das nie durchgestanden. Als Kevin auf die Welt kam, wurde mir schlagartig klar, dass ich jetzt nicht mehr nur Erwachsensein spielen konnte, sondern wirklich erwachsen sein musste. Ich versuchte, Baxter ein letztes Mal zu erreichen, weil ich glaubte, er sollte von Kevin erfahren. Damit Kevin eine Beziehung mit seinem Vater aufbauen konnte. Doch …" Ihre Stimme erstarb. „Baxter reagierte wütend und feindselig, und da verstand ich, dass es besser war, wenn diese Beziehung nicht zustande kam. Heute, vielleicht zum ersten Mal, habe ich absolut keine Zweifel mehr an dieser Entscheidung."

„Er hat euch beide nicht verdient."

„Nein, das hat er nicht." Sie lächelte matt. Zum ersten Mal seit Langem hatte sie sich alles von der Seele geredet. Jetzt fühlte sie sich leer. Doch nicht ausgelaugt, sondern frei von Last. „Ich möchte dir danken, dass du zu meiner Rettung gekommen bist."

„Es war mir ein wahres Vergnügen. Er wird dich nicht mehr anrühren, Megan." Nathaniel zog ihre Hand an seine Lippen. „Weder dich noch Kevin. Vertrau mir."

„Ich vertraue dir." Sie drehte ihre Hand in seiner und hielt seine Finger fest. Ihr Puls begann schneller zu schlagen, als sie ihm in die Augen schaute. „Als du mich die Treppe hinauftrugst, dachte ich … Nun, ich hatte nicht damit gerechnet, dass du mir Tee aufbrühst."

„Ich auch nicht. Aber du hast am ganzen Leib gezittert. Und ich wäre grob zu dir gewesen, wenn ich mich nicht abgekühlt hätte. Das wäre nicht richtig gewesen, für uns beide nicht."

Ihr Herz setzte einen Schlag lang aus. „Hast du dich jetzt wieder beruhigt?"

„Zum größten Teil." Seine Augen wurden dunkler. Er stand auf und zog sie mit sich hoch. „War das soeben eine Einladung, Megan?"

„Ich …" Er wartete auf ihre Antwort. Ein klares Ja oder Nein. Keine Verführungskünste, keine geschönten Versprechen, keine Luftschlösser, die wie Seifenblasen zerplatzten. „Ja", sagte sie und hieß seinen Kuss willkommen.

Als er sie dieses Mal auf seine Arme hob, entschlüpfte ihr ein nervöses Lachen. Ein Kloß bildete sich in ihrer Kehle, als sie in seine Augen sah.

„Du wirst nicht an ihn denken, Megan", sagte Nathaniel leise. „Du wirst an nichts anderes denken als an uns beide."

8. KAPITEL

*J*hr Herzschlag pochte im Einklang mit dem Regen, der gegen die Fenster trommelte. Megan fragte sich, ob Nathaniel es auch hören konnte, so, wie sie es wahrnahm. Und falls er es hörte, ob er dann ahnte, welche Angst sie ausstand. Er war so stark, sein Mund war so selbstsicher, bei jedem Mal, wenn er ihre Lippen in Besitz nahm. Er trug sie die Stufen hinauf, als wöge sie nicht mehr als die Nebelschwaden, die ums Haus wogten.

Sie würde alles falsch machen. Komplett versagen. Unmöglich, den Vorstellungen zu entsprechen, die sie beide hatten. Zweifel griffen nach ihr mit spitzen Krallen, als Nathaniel sie ins Schlafzimmer trug, den Raum, der erfüllt war mit dem süßen Duft von Glyzinen und dem goldenen Licht einer Nachttischlampe.

Ein Zweig mit den violetten Blüten stand in einer Weinflasche auf der Kommode. Die vorhanglosen Fenster standen weit offen und ließen die feuchte Luft herein. Megan sah wie hypnotisiert auf das große Bett mit dem hohen Kopfende.

Neben diesem Bett stellte Nathaniel sie auf die Füße, und sie merkte, wie weich ihre Knie waren. Dennoch hielt sie den Blick auf sein Gesicht gerichtet und wartete, voller Unsicherheit und Sehnsucht zugleich, dass er den ersten Schritt machen würde.

„Du zitterst schon wieder." Er hob die Hand und streichelte sanft ihre Wange. Glaubte sie wirklich, er könnte nicht all ihre Ängste in ihren Augen lesen? Sie wusste ja nicht, welche Ängste sie damit in ihm schürte.

„Ich weiß nicht, was ich tun muss."

Im gleichen Moment, in dem die Worte über ihre Lippen kamen, wurde ihr bewusst, dass es schon passiert war: Sie hatte den ersten Fehler gemacht. Fest entschlossen zog sie deshalb nun seinen Kopf zu sich heran und presste ihre Lippen auf seinen Mund.

Ein Feuer begann in ihm aufzulodern, leckte höher und höher und forderte gebieterisch Nahrung für sein Verlangen. Er kämpfte den Drang nieder, Megan einfach auf das Bett zu drücken und sich zu nehmen, wonach ihn so unkontrolliert gelüstete. Stattdessen streichelte er sie leicht, ihr Gesicht, ihre Schultern, ihren Rücken, bis sie ruhiger wurde und sich entspannte.

„Weißt du, was ich möchte, Meg?"

„Ja … nein." Sie wollte wieder nach ihm greifen, doch er hielt ihre Hände fest und küsste ihre Fingerspitzen.

„Ich möchte zusehen, wie du dich entspannst. Ich möchte deine Freude beobachten dürfen. Ich möchte spüren, wie du ganz von mir erfüllt bist." Unendlich langsam zog er ihr eine Haarnadel nach der anderen aus dem Knoten und legte sie sorgsam auf das Nachttischchen neben dem Bett. „Ich möchte hören, wie du im höchsten Moment meinen Namen rufst." Er schob die Finger in ihr Haar und lockerte es zu einer duftigen Mähne auf. „Ich möchte, dass du all die Dinge mit mir tust, von denen ich seit dem ersten Moment an träumte, als wir uns begegneten."

Dann küsste er sie, sanft, zärtlich, verführerisch. Grad um Grad steigerte er die süße Folter, zog mit der Zunge die Konturen ihrer Lippen nach, knabberte, sog, spielte, bis Megan die Hände an seine Seiten legte und Nervosität durch Nachgiebigkeit ersetzt wurde.

Der letzte verbliebene Geschmack von Cognac, raue Bartstoppeln, die über ihre Wange strichen, das Tropfen des Regens und der schwere Duft feuchter Blumen mischten sich zu einer mächtigen, mitreißenden Droge, der Megan nichts entgegenzusetzen hatte.

Seine Lippen verließen ihren Mund und machten sich auf eine Wanderung zu ihrem Hals, ihrem Kinn, ihren Ohren. Er liebkoste und knabberte, bis er spürte, dass Megan sich noch ein Stückchen mehr gehen ließ, sich noch ein wenig mehr entspannte.

Er trat nur Zentimeter von ihr zurück und schob ihr das Sweatshirt hoch, zog es ihr über den Kopf, ließ es zu Boden fallen. Sie meinte zu sehen, wie seine Augen sich vor Verlangen jäh verdunkelten, doch er fuhr nur mit einem Finger über ihren Hals, hinunter zu der erblühten Knospe ihrer Brust. Sie hielt den Atem an, ließ den Kopf in den Nacken fallen.

„Du bist so schön, Megan." Er küsste ihre Schulter. „So weich."

Er hatte Angst, seine Hände könnten zu groß, zu rau, zu grob sein, und diese Angst ließ ihn unendlich zärtlich über ihre glühende

Haut fahren, hinunter an ihren Seiten, hin zum Bund der locker auf ihren Hüften sitzenden Hose.

Er zog sie aus, und ihr unregelmäßiger Atem wurde zu einem leisen Stöhnen, als er ihre Kurven sanft nachzuzeichnen begann.

Ihre geschlossenen Lider hoben sich flatternd, mit verhangenen Augen sah sie ihn an. Jetzt, dachte sie. *Jetzt wird er mich in Besitz nehmen und das sehnsüchtige Verlangen stillen, das er erweckt hat.* Sie bot ihm ihre Lippen, und im Kuss vereint drückte er sie auf das Bett, so sanft und zärtlich, als würde er sie in ein Bassin aus Rosenblättern niederlegen.

Nichts hätte sie auf das vorbereiten können, was er ihr schenkte, was er von ihr entgegennahm. Sie war verloren in einem sanft wogenden Meer der Empfindungen, von Sinnlichkeit überwältigt, von Zärtlichkeit besiegt. Sie spürte sein weiches Haar auf ihrer Brust, hörte seinen zufriedenen Seufzer, während er mit der Zunge die harte Knospe reizte, fühlte seine Hand an ihren Schenkeln.

Und Megan versank in warmen, ruhigen Wassern. Sie hätte nicht sagen können, wann diese Wasser zu strudeln begannen. Der Sturm braute sich langsam zusammen, fast unbemerkt. Im einen Moment noch trieb sie sacht dahin, und im nächsten wurde sie mitgerissen von einem immer stärker werdenden Sog. Sie konnte nicht mehr atmen, ganz gleich, wie begierig sie auch nach Luft schnappte. In ihrem Kopf begann sich alles zu drehen, verzweifelt bemühte sie sich um Klarheit, auch als ihr Körper sich anspannte und von Zuckungen geschüttelt wurde.

„Nathaniel." Sie krallte die Finger in seine Schultern. „Ich kann nicht …"

Doch er verstummte ihren Protest mit einem Kuss, schluckte ihr Stöhnen, als der erste schwindelerregende Höhepunkt sie mitriss und sie danach weich in seinen Armen lag.

„Megan." Er presste die Lippen an ihren Hals und bemühte sich, ruhiger zu atmen. Einer Frau Vergnügen zu schenken war auch ihm immer Vergnügen. Aber noch nie so. Niemals wie das hier. Sie war so leidenschaftlich und hingebungsvoll. Er fühlte sich wie ein Bettler und ein König zugleich.

Ihre ungestüme Reaktion hatte ihn über alle Maßen erregt. Und doch wollte er ihr mehr geben, sie hatte es verdient. So hielt er die eigene Lust eisern im Zaum, als er in sie eindrang und still verharrend den Schauer genoss, der sie durchlief.

Sie war so zierlich gebaut. Das durfte er nie vergessen. Und dass sie nahezu unschuldig war, fast noch Jungfrau. Und obwohl das Blut in seinen Adern rauschte, in seinen Ohren, in seinen Lenden, stützte er sich mit geballten Fäusten auf die Matratze und bewegte sich vorsichtig in ihr, aus Angst, Megan sonst zu verletzen.

Er spürte, wie sich ihr Körper anspannte, und als sie, von Wellen der Lust geschüttelt, laut seinen Namen rief, presste er den Mund auf ihre Lippen und folgte ihr über den Klippenrand hinaus.

Es regnete noch immer in Strömen. Als Megan langsam wieder in die Realität zurückkehrte, hörte sie das Trommeln der Tropfen auf dem Dach. Sie lag still, die Finger in Nathaniels Haar. Sie spürte, wie ihr Körper immer noch glühte, und wusste, dass ihr ein Lächeln auf dem Gesicht stand.

Sie begann zu summen.

Nathaniel rührte sich und stützte sich auf einen Ellbogen, um sie ansehen zu können. „Was machst du da?"

„Ich summe vor mich hin."

Grinsend betrachtete er sie. „Es gefällt mir, wie du aussiehst."

„An dich gewöhne ich mich auch langsam." Sie fuhr mit dem Finger über das Grübchen an seinem Kinn. „Es war doch in Ordnung, oder?"

„Was?" Er verkniff sich das Lachen und schaute sie abwartend an. „Oh, das. Ja, klar, nicht schlecht für den Anfang."

Sie öffnete den Mund, schloss ihn wieder, schnaubte leicht. „Du könntest es schon etwas netter ausdrücken."

„Und du könntest etwas weniger albern sein." Er küsste sie auf den Schmollmund. „Miteinander zu schlafen ist kein Test. Man bekommt keine Noten dafür."

„Ich meinte nur … Ach, egal."

„Du meintest …", er rollte sich auf den Rücken und zog sie mit sich, „… auf einer Skala von eins bis zehn …"

„Lass es, Nathaniel." Sie legte die Wange auf seine Brust. „Ich mag es nicht, wenn du dich lustig über mich machst."

„Ich schon." Zärtlich strich er ihr über den Rücken. „Ich liebe es sogar, dich auf den Arm zu nehmen. In den Arm zu nehmen. Dich fühlen zu lassen." Fast hätte er ein simples „Ich liebe dich" folgen lassen. Doch das würde sie nicht akzeptieren. Er hatte ja selbst Schwierigkeiten, es zu akzeptieren.

„Bei dir habe ich Dinge gefühlt, wie ich sie noch nie gefühlt habe." Ohne den Kopf von seinem Herzen zu nehmen, fuhr sie fort: „Es macht mir Angst."

Ein Schatten legte sich über seine Augen. „Ich will nicht, dass du Angst vor mir hast."

„Nicht vor dir, vor mir", berichtigte sie. „Vor uns. Davor, das hier geschehen zu lassen. Ich bin froh, dass es geschehen ist." Es war viel einfacher, als sie sich vorgestellt hatte, zu lächeln und ihre Lippen auf seinen Mund zu pressen. Für einen Moment fühlte sie, wie er sich anspannte, doch sie tat es als unwichtig ab und küsste ihn noch einmal.

Sein Körper reagierte sofort. Wie konnte er schon wieder so schnell und so heftig nach ihr verlangen? Doch was sollte er diesen verführerischen weichen Lippen entgegensetzen? „Mach so weiter und du wirst sehen, was du davon hast."

Ein prickelnder Schauer durchlief sie. „Okay." Sie neckte, lockte, reizte und ließ einen entzückten kleinen Laut hören, verwundert und bezaubert, dass da noch so viel mehr sein sollte, als er sich mit ihr herumrollte und ihren Mund fordernd und gierig in Besitz nahm.

Sie stöhnte unter ihm auf, wand sich …

Sofort ließ er von ihr ab und drehte sich auf den Rücken, verfluchte sich in Gedanken, während sein Herz wild hämmerte.

Verwirrt legte Megan ihm eine Hand auf den Arm.

Er zuckte zurück. „Nicht." Das Wort klang barsch und rasselnd. „Ich brauche eine Minute."

Das Leuchten in ihren Augen erstarb. „Entschuldige. Ich wollte nichts falsch machen."

„Das hast du nicht." Er rieb sich mit einer Hand über das Gesicht und setzte sich auf. „Ich bin nur noch nicht so weit. Hör zu … ich schlage vor, ich schaue mal kurz nach unten und sehe nach, ob ich etwas zu essen für uns finden kann."

Er lag nur Zentimeter von ihr entfernt. Es hätten genauso gut Welten sein können. Die Zurückweisung tat weh. „Nein, ist nicht nötig." Ihre Stimme klang wieder kühl und gefasst. „Ich muss sowieso zurück und Kevin abholen."

„Um Kevin brauchst du dir keine Sorgen zu machen."

„Dennoch …" Mit den Fingern versuchte sie ihr Haar zu richten und wünschte verzweifelt, sie hätte etwas, um ihre Nacktheit zu bedecken.

„Schlag mir nicht wieder diese verdammte Tür vor der Nase zu, Megan." Er zwang die Wut nieder und eine noch viel gefährlichere Leidenschaft.

„Ich habe überhaupt keine Tür zugeschlagen. Ich nahm nur an, du würdest wollen, dass ich über Nacht bleibe. Mein Fehler. Daher werde ich jetzt …"

„Natürlich will ich, dass du bleibst. Verflucht, Megan." Mit einem Ruck drehte er sich zu ihr um. Es überraschte ihn nicht, dass sie zusammenzuckte. „Ich brauche nur eine Minute. Ich begehre dich so sehr, dass ich dich verschlingen könnte."

Nahezu trotzig verschränkte sie die Arme vor der Brust. „Ich verstehe dich nicht."

„Das kann man wohl sagen. Denn wenn du auch nur eine Ahnung hättest, würdest du die Beine in die Hand nehmen und rennen, so schnell und so weit du kannst."

„Wovon redest du überhaupt?"

Frustriert nahm er ihre Hand, presste ihre Handfläche gegen seine. „Ich habe große Hände, Megan. Die habe ich von meinem Vater geerbt. Und ich weiß sie zu benutzen … auf die richtige und die falsche Art."

Etwas glitzerte in seinen Augen auf, wie die blitzende Klinge eines Schwertes. Es hätte sie einschüchtern müssen, stattdessen erregte es sie. „Du hast Angst vor mir. Angst, dass du mir wehtun könntest."

„Ich werde dir nicht wehtun." Er ließ die Hand sinken.

„Nein, das wirst du nicht, ich weiß." Sie legte die Hand an seine Wange. Unter ihren Fingern konnte sie fühlen, wie er die Zähne zusammenbiss. Und sie benutzte diese Finger, um die Anspannung aus ihm fortzustreichen und zu besänftigen. Sie hatte die Macht dazu, eine Macht, über die sie sich bisher nie bewusst gewesen war. Sie fragte sich, was zwischen ihnen alles geschehen könnte, wenn sie dieser Macht freien Lauf ließ.

„Du willst mich." Sie rutschte näher an ihn heran, strich mit den Lippen über seinen Mund. „Du willst mich berühren." Sie zog seine verkrampfte Hand zu ihrer Brust. Die Finger öffneten sich, umfassten die Rundung. „Und du willst von mir berührt werden." Mit ihrer Hand glitt sie über seine Brust, hinunter zu seinem flachen Bauch, fühlte die zuckenden Muskeln. So viel Kraft, dachte sie, so eisern im Zaum gehalten. Was würde wohl geschehen, wenn diese Kraft freigesetzt wurde?

Sie wollte es wissen.

„Liebe mich, Nathaniel." Mit halb geschlossenen Lidern schlang sie die Arme um seinen Nacken. „Zeige mir, wie sehr du mich willst."

Noch immer hielt er sich zurück, küsste sie nur und sagte sich, dass das genug sein musste.

Doch sie hatte schnell gelernt. Wo er versuchte, zu beruhigen, provozierte sie. Wo er versuchte, zärtlich zu sein, peitschte sie ihn an.

Mit einem gemurmelten Fluch zog er sie auf sich. Seine Hände waren überall, sein Mund forderte gierig, und sie antwortete auf jede seiner Forderungen mit der gleichen ungestümen Leidenschaft. Dieses Mal gab es keine ruhigen Wasser, um sich darin treiben zu lassen. Nun riss eine gewaltige Flutwelle sie beide mit.

Jetzt kümmerte er sich keinen Deut um Selbstbeherrschung und Kontrolle. Sie gehörte ihm – und beim Allmächtigen, er würde sie haben. Alles von ihr.

Mit einem heiseren Stöhnen zog er ihr die Arme über den Kopf und verlor sich in ihr. Sie bog sich ihm entgegen, wollte ihn tiefer in sich spüren, wollte mehr, wollte alles von ihm erfahren.

Lange noch würde sie sich an die fiebrige Leidenschaft und das rastlose Tempo ihres Liebesspiels erinnern. Und noch lange würde sie den Geschmack von Macht auf den Lippen schmecken, nachdem sie sich zusammen kopflos über die Klippen gestürzt und in der Sinnlichkeit verloren hatten.

Sie musste eingeschlafen sein. Als Megan die Augen aufschlug, lag sie bäuchlings quer über dem Bett. Der Regen hatte aufgehört, der Abend war längst hereingebrochen. Sobald die Schlaftrunkenheit schwand, wurde sie sich bewusst, dass ihr ganzer Körper schmerzte, und ein äußerst zufriedenes Lächeln stahl sich auf ihr Gesicht.

Sie überlegte, ob sie sich auf den Rücken drehen sollte, doch das war ihr zu umständlich. So streckte sie nur den Arm nach hinten und wusste doch schon, dass sie allein im Bett lag.

Unten hörte sie den Papageien krächzen: „Du weißt doch, wie man pfeift, Steve, oder?", und aus ihrem entrückten Lächeln wurde ein amüsiertes Grinsen.

Sie grinste noch immer vor sich hin, als Nathaniel ins Zimmer kam.

„Zeigst du ihm den ganzen Tag alte Filme?"

„Er ist nun mal ein Bogart-Fan, da kann man nichts machen." Er wunderte sich über sich selbst, warum er sich so unbeholfen mit dem Tablett vorkam, nur weil eine nackte Frau sich in seinem Bett rekelte. „Die Narbe, die du da hast, ist wirklich nicht schlecht."

Sie fühlte sich viel zu träge, um verlegen zu sein. „Geschah mir recht. Dein Drache ist auch nicht übel."

„Ich war achtzehn, ziemlich übermütig und wohl auch nicht mehr ganz nüchtern, wenn ich mich richtig entsinne. Vermutlich geschah es mir auch recht."

„Er passt zu dir." Sie lugte auf das Tablett. „Was hast du denn da?"

„Ich dachte, du könntest vielleicht etwas zu essen vertragen."

„Ich komme halb um vor Hunger." Sie stützte sich auf die Ellbogen und schnupperte. „Das riecht köstlich. Ich wusste gar nicht, dass du kochen kannst."

„Ich nicht, aber Dutch. Er versorgt mich mit Portionen zum Mitnehmen. Ich brauche sie dann nur noch aufzuwärmen." Er stellte das Tablett auf die Truhe am Fußende des Betts. „Hühnchen nach Cajun-Art und Wein."

„Mmmh ..." Sie richtete sich gerade so weit auf, dass sie auf die Teller blicken konnte. „Sieht großartig aus. Aber ich sollte jetzt doch besser zu Kevin."

„Oh, ich habe Suzanna angerufen." Er überlegte, ob er sie wohl dazu bekommen konnte, dass sie so aß, wie sie jetzt war. „Wenn du nichts dagegen hast, soll Kevin über Nacht bei ihnen bleiben. Sie sagte, dass er, Alex und Jenny ins Land der Computerspiele abgetaucht seien."

„Und wenn ich mich jetzt melde, dann bin ich der Spielverderber, oder?"

„Ja, so ähnlich." Er setzte sich neben sie und fuhr ihr mit einem Finger über den Rücken. „Also, was ist? Schläfst du heute bei mir?"

„Ich hab nicht mal meine Zahnbürste dabei."

„Irgendwo werde ich schon eine auftreiben." Er steckte ihr ein Stück Hühnchen in den Mund.

„Hoppla!" Sie schluckte und blähte die Backen. „Scharf!"

„Und ob." Er beugte sich vor und küsste sie, dann hielt er ihr das Glas Wein an die Lippen. „Besser?"

„Wundervoll."

Absichtlich hielt er das Glas schräg, sodass einige Tropfen Wein auf ihre bloße Schulter fielen. „Ups! Das wische ich besser gleich weg." Was er auch prompt tat – mit der Zunge. „Was muss ich noch tun, um dich zum Bleiben zu bewegen?"

„Nichts mehr. Das hast du schon." Damit schmiegte sie sich in seine Arme.

Am nächsten Morgen hatte der Nebel sich verzogen. Im hellen Sonnenschein sah Nathaniel zu, wie Megan sich das Haar aufsteckte. Es schien ihm das Natürlichste der Welt, hinter sie zu treten und ihr seine Lippen auf den Nacken zu pressen. Eine sehr schlichte und sehr befriedigende Geste, an die er sich leicht gewöhnen könnte.

„Ich liebe es, wie du dich zurechtmachst und auf Hochglanz bringst."

„Auf Hochglanz?" Verdutzt sah sie ihn im Spiegel an. Sie trug die gleichen Sachen wie gestern, ihr Make-up war minimal und überhaupt nur dank der Notfallausrüstung in ihrer Handtasche möglich geworden. Und ihr Haar wollte sich nicht bändigen lassen, weil gut die Hälfte der Haarnadeln nicht mehr aufzufinden war.

„Ja, so wie jetzt. Wie ein verlockendes süßes Petit Four im Schaufenster einer Konditorei."

Fast verschluckte sie sich. „Ein Petit Four bin ich ganz bestimmt nicht."

„Ich habe eine Schwäche für Süßes." Um seine Worte zu bekräftigen, knabberte er an ihrem Hals.

„Ist mir schon aufgefallen." Sie drehte sich in seinen Armen, legte die Hände an seine Brust, um ihn aufzuhalten. „Ich muss jetzt wirklich gehen."

„Ich auch. Vermutlich lässt du dich nicht überreden, mit mir rauszukommen?"

„Mit dem Schiff, um Wale zu suchen?" Sie legte den Kopf leicht schief. „Wenn du mit in mein Büro kommst, um Belege zu sortieren."

Er krümmte sich leicht. „Also wohl nicht. Was ist mit heute Abend?"

Sehnsucht, heiß und drängend, erfasste sie. „Ich muss an Kevin denken. Ich kann meine Nächte nicht hier bei dir verbringen, während er woanders schläft."

„Kann ich verstehen. Aber du könntest deine Terrassentüren ja vielleicht unverschlossen lassen ..."

„Damit du dich hineinschleichen kannst?", fragte sie streng.

„So ungefähr."

„Gute Idee." Lachend machte sie sich aus seinen Armen frei. „Fährst du mich jetzt endlich zu meinem Wagen zurück?"

„Muss ich wohl." Hand in Hand stiegen sie die Treppe hinunter. „Megan ..." Er hasste es, dieses Thema anzusprechen, wenn die Sonne strahlend schien und seine Stimmung so unbeschwert war. „Solltest du etwas von Dumont hören... Wenn er sich irgendwie an dich oder Kevin heranmacht, will ich das wissen. Schrei, trommle, schicke Rauchzeichen, aber gib mir Bescheid."

Sie drückte aufmunternd seine Finger. „Ich bezweifle, dass er sich noch einmal blicken lässt, nach dem unfreiwilligen Bad, das du ihm verabreicht hast. Mach dir keine Sorgen, Nathaniel, ich werde schon allein mit ihm fertig."

„Ab mit der Rübe!", lautete Vogels Vorschlag, doch Nathaniel lächelte nicht einmal.

„Es geht nicht darum, mit wem oder was du allein fertigwirst." Er hielt die Haustür für sie auf. „Vielleicht hat die letzte Nacht deiner Ansicht nach mir nicht das Recht gegeben, auf dich und deinen Jungen aufzupassen … nun, meiner Meinung nach schon. Und ich werde auf euch aufpassen." Auch die Wagentür hielt er für sie auf. „Ich will es ganz einfach ausdrücken: Entweder du versprichst mir, dass du es mir sagst, oder ich erledige das mit ihm jetzt sofort."

Der Protest lag ihr schon auf der Zunge, doch dann erinnerte sie sich an Nathaniels Miene, als er Baxter gegen die Wand gerammt hatte. „Das traue ich dir sogar zu."

„Darauf kannst du jede Wette eingehen."

Sie bemühte sich, den Ärger von der simplen Freude, sich beschützt zu fühlen, zu trennen. Es gelang ihr nicht. „Ich würde dir ja gerne danken für deine Fürsorglichkeit, aber ich bin nicht sicher, ob ich das so bedenkenlos kann. Ich passe schon sehr lange auf Kevin und mich auf."

„Die Dinge ändern sich."

„Stimmt." Sie fragte sich, was hinter diesen ruhigen grauen Augen wohl vorgehen mochte. „Ich ziehe es vor, wenn sie sich Schritt für Schritt verändern."

„Ich tue mein Bestes, Meg, um mich auf dein Tempo einzustellen." Und wenn ihn das frustrierte, so würde er damit fertigwerden müssen. „Ein schlichtes Ja oder Nein reicht."

Hier ging es nicht nur um sie selbst, sondern auch um Kevin. Nathaniel bot an, sie beide zu beschützen. Stolz war unangebracht, wenn es um das Wohlergehen ihres Sohnes ging. Im Wagen drehte sie sich im Sitz zu ihm um.

„Du hast wirklich eine ganz besondere Art, deinen Kopf durchzusetzen. Und dann tust du so, als sei es unvermeidlich gewesen."

„Das ist es meist auch." Er setzte rückwärts und lenkte den Wagen Richtung Shipshape.

Bei ihrer Ankunft wartete bereits ein Begrüßungskomitee auf sie – Holt und, zu Megans Überraschung, ihr Bruder Sloan.

„Die Kinder habe ich im *The Towers* abgesetzt", sagte Holt, bevor Megan fragen konnte. „Dein Hund ist auch dabei, Nate."

„Danke." Megan war kaum aus dem Auto ausgestiegen, als Sloan sie bei den Schultern packte und ihr eindringlich in die Augen blickte.

„Ist alles in Ordnung mit dir? Warum, zum Teufel, hast du mich nicht angerufen? Hat dieser Mistkerl dich angerührt?"

„Mir geht es gut, Sloan." Sie umfasste sein Gesicht und küsste ihn beruhigend auf die Wange. „Und angerufen habe ich dich nicht, weil bereits zwei Ritter in voller Rüstung für mich in den Kampf gezogen waren. Er mag mich angerührt haben, aber ich habe ihm die Fäuste in die Rippen gerammt. Ich glaube sogar, ich habe ihm die Lippe aufgeschlagen."

Sloan stieß einen unflätigen Fluch aus und zog Megan in seine Arme. „Ich hätte ihn schon umbringen sollen, als du mir zum ersten Mal von ihm erzähltest."

„Lass", bat sie, „es ist vorbei. Ich will nicht, dass Kevin etwas davon erfährt. Komm, ich nehme dich mit zurück zum Haus."

„Ich hab hier noch was zu erledigen." Über Megans Schulter sah er zu Nathaniel. „Fahr nur vor, Meg, ich komme nach."

„Na gut." Sie gab ihm noch einen Kuss. Zu Holt gewandt sagte sie: „Nochmals danke, dass ihr auf Kevin aufgepasst habt."

„Keine Ursache." Holt stach sich die Zungenspitze in die Wange, als Nathaniel Megan in seine Arme zog und herzhaft zum Abschied küsste. Und dann biss er sich auf besagte Zunge, um nicht lauthals loszulachen, als er Sloans Blick sah.

„Wir sehen uns später, Engelchen."

Megan lief rot an und musste sich räuspern. „Nun, äh … ja. Also dann …"

Die Daumen in die Jeansschlaufen gehakt, wartete Nathaniel, bis Megan mit ihrem Wagen losfuhr, bevor er sich zu Sloan umdrehte. „Ich kann mir vorstellen, dass du mit mir reden willst."

„Da hast du verdammt recht. Und ob ich mit dir reden will."

„Du wirst mit auf die Brücke kommen müssen. Ich fahre gleich mit einer Tour raus."

„Braucht ihr einen Schiedsrichter?", bot Holt selbstlos an und erntete vernichtende Blicke aus zwei Augenpaaren. „Zu schade aber auch. Das hätte ich zu gern miterlebt."

Innerlich schäumend folgte Sloan Nathaniel an Bord der Jacht und wartete ungeduldig darauf, dass er die Kommandos zum Ablegen gab. Auf der Kommandobrücke prüfte Nathaniel noch einmal die Instrumente und entließ dann den Maat.

„Sollte das länger als zehn Minuten dauern, wirst du wohl mit auf Fahrt gehen müssen."

„Ich hab Zeit." Sloan trat näher, die Beine gespreizt wie ein Revolverheld beim Duell. „Was, zum Teufel, hattest du mit meiner Schwester zu schaffen?"

„Ich bin sicher, das kannst du dir denken", erwiderte Nathaniel kühl.

Sloan bleckte die Zähne. „Wenn du dir einbildest, ich sehe ruhig zu, wie du dich an sie heranmachst, hast du dich getäuscht. Ich war vielleicht nicht dabei, als sie sich mit Dumont eingelassen hat, doch jetzt bin ich hier."

„Ich bin nicht Dumont." Nathaniels Selbstbeherrschung hing an einem seidenen Faden. „Wenn du unbedingt deine Wut über ihn an mir auslassen willst … gerne. Seit dieser Mistkerl sie herumgeschleudert hat, suche ich jemanden, der sich eine anständige Prügelei mit mir liefert. Also bitte, wenn du bereit bist …"

Die Herausforderung sprach etwas elementar Männliches in Sloan an, doch da war etwas, das wichtiger war. „Was meinst du damit, er hat sie herumgeschleudert?"

„Genau das. Er hat sie an die Wand gequetscht." Die Wut flammte wieder auf, erstickte ihn fast. „Ich hatte ernsthaft mit dem Gedanken gespielt, ihn umzubringen, aber den Anblick hätte sie wohl nicht ertragen."

Sloan atmete tief durch, um sich zu beruhigen. „Also hast du ihn vom Pier geworfen."

„Zuerst habe ich ihm ein paar Schwinger verpasst, dann darauf gehofft, dass er nicht schwimmen kann."

Ruhiger – und dankbar – nickte Sloan. „Holt muss ihm wohl auch einiges zu sagen gehabt haben, nachdem er seinen erbärmlichen Hintern wieder aus dem Wasser gehievt hatte. Schließlich sind sie schon einmal aneinandergeraten." Es wurmte Sloan, dass er diese Chance verpasst hatte. „Ich glaube nicht, dass Dumont noch mal hier auftaucht, nachdem er nun weiß, dass er es mit uns zu tun bekommt. Danke, dass du meiner Schwester zu Hilfe gekommen bist", sagte er steif. „Aber das heißt nicht, dass das andere vergessen ist. Sie war aufgeregt und verletzlich. Ich mag keine Männer, die eine solche Situation ausnutzen."

„Ich habe ihr heißen Tee und trockene Klamotten gegeben", presste Nathaniel zwischen den Zähnen hervor. „Und da hätte es von meiner Seite her auch aufgehört. Dass sie bei mir blieb, war allein ihre Entscheidung."

„Ich sehe nicht tatenlos zu, wie sie wieder verletzt wird. Für dich ist sie vielleicht nur eine attraktive Frau, aber sie ist meine Schwester."

„Ich liebe deine Schwester." Ruckartig wandte Nathaniel den Kopf, als die Tür der Kommandobrücke aufging.

„Fertig zum Ablegen, Captain."

Sloan trat abwartend zurück, während Nathaniel mit grimmiger Miene das Ablegemanöver kommandierte und das Schiff in die Bucht hinaussteuerte.

„Willst du mir das genauer erklären?"

„Was ist, verstehst du keinen einfachen Satz?", knurrte Nathaniel. „Ich liebe Megan. Verflucht!"

„Tja ..." Fassungslos ließ Sloan sich auf die Bank beim Ruder sinken. Das musste er erst einmal verdauen. Megan hatte den Mann doch gerade erst kennengelernt! Andererseits ... er erinnerte sich noch gut daran, dass Amanda ihm von einer Sekunde auf die andere den Kopf verdreht hatte. Und wenn er einen Mann für seine Schwester auswählen dürfte ... Nathaniel Fury kam seinen Vorstellungen ziemlich nahe.

„Hast du ihr das gesagt?" Sloan klang schon sehr viel weniger angriffslustig.

„Fahr zur Hölle."

„Also nicht." Sloan legte sich den linken Fuß auf das rechte Knie. „Fühlt sie das Gleiche für dich?"

„Das wird sie." Nathaniels Wangenmuskeln arbeiteten. „Sie braucht nur Zeit, um sich darüber klar zu werden."

„Hat sie das gesagt?"

„Ich sage das." Frustriert fuhr Nate sich mit den Fingern durchs Haar. „Hör zu, O'Riley, entweder prügeln wir uns jetzt, oder du kümmerst dich um deine eigenen Angelegenheiten. Mir reicht's."

Langsam begann sich ein breites Grinsen auf Sloans Gesicht auszubreiten. „Du bist verrückt nach ihr."

Nathaniel stieß nur ein unverständliches Schnauben aus.

„Was ist mit Kevin?" Forschend betrachtete Sloan Nates Profil. „Manche hätten Schwierigkeiten damit, den Sohn eines anderen Mannes zu akzeptieren."

„Kevin ist Megans Sohn." Mit glühenden Augen sah er zu Sloan. „Und er wird mein Sohn sein."

Sloan wartete einen Moment, bis er sich ganz sicher war. „Du nimmst also das komplette Set?"

„Richtig." Nate zog eine Zigarre hervor, zündete sie an, paffte. „Hast du ein Problem damit?"

„Könnte ich nicht behaupten, nein." Grinsend griff Sloan nach der Zigarre, die Nathaniel ihm anbot. „Aber du könntest Probleme kriegen. Meine Schwester ist ein ziemlicher Dickschädel. Und da du ja nun fast zur Familie gehörst … solltest du Hilfe benötigen, kannst du dich jederzeit vertrauensvoll an mich wenden."

Endlich zuckte es auch um Nathaniels Lippen. „Danke, aber das erledige ich schon allein."

„Wie du meinst", erwiderte Sloan und lehnte sich zurück, um die Tour zu genießen.

„Megan, wie geht es dir? Ist auch wirklich alles in Ordnung?"

Kaum dass Megan den Fuß über die Schwelle von *The Towers* setzte, fand sie sich umringt von aufgeregter Fürsorge.

„Ja, ganz sicher. Mir geht es gut." Ihre Versicherungen hielten die Calhoun-Sippe nicht davon ab, sie in die Familienküche zu führen und sie mit heißem Tee und überfließender Anteilnahme zu versorgen. „Das nimmt überproportionale Auswüchse an", murmelte sie.

„Wenn sich jemand mit einem von uns anlegt", widersprach C. C., „dann legt er sich mit uns allen an."

Megan sah zum Fenster hinaus. Draußen auf dem Rasen spielten die Kinder fröhlich und unbeschwert. „Danke. Ehrlich. Doch ich halte es für unwahrscheinlich, dass da noch etwas nachkommt."

„Nichts wird mehr passieren." Colleen kam in die Küche und ließ den Blick streng über die Runde schweifen. „Was tut ihr alle hier? Ihr erdrückt das Mädchen ja. Hinaus mit euch!"

„Tante Colleen ...", setzte Coco an und kam nicht weiter.

„Hinaus, sagte ich! Scher du dich zurück in deine Küche und mach diesem Hünen schöne Augen, der sich ständig nachts in dein Zimmer schleicht."

„Also wirklich, ich ...!"

„Geh! Und du!" Der Stock richtete sich drohend auf Amanda. „Hast du nicht ein Hotel zu leiten? Du", jetzt war Suzanna an der Reihe, „geh Unkraut jäten. Und du", das galt C. C., „lass deine Kunden nicht warten und repariere deine Autos." Colleens Blick kam auf Lilah zu liegen.

„Bei mir ist das schon schwieriger, was, Tantchen?", meinte Lilah lakonisch.

„Leg dich hin und mach ein Nickerchen", zischelte die alte Dame.

„Touché", meinte Lilah seufzend. „Kommt, Ladies, wir sind entlassen."

Sobald die Tür hinter der abziehenden Truppe zufiel, ließ Colleen sich schwer auf einen Stuhl sinken. „Bring mir eine Tasse Tee", wies sie Megan an. „Und sieh zu, dass er heiß ist."

Zwar machte Megan sich daran, Tee einzuschenken, doch einschüchtern ließ sie sich nicht. „Sind Sie eigentlich überzeugt, dass Unhöflichkeit grundsätzlich von Vorteil ist, Miss Calhoun?"

„Das, hohes Alter und ein dickes Bankkonto." Sie nippte an der Tasse, die Megan vor sie hinstellte, und nickte befriedigt. „Jetzt setz dich und hör zu, was ich dir zu sagen habe. Und sieh nicht so vorwurfsvoll drein, junge Dame."

„Ich mag Coco sehr gern", sagte Megan. „Sie haben sie unnötig verlegen gemacht."

„Verlegen? Ha! Sie und dieser tätowierte Riese schmachten sich jetzt schon seit Tagen an. Ich habe ihr nur einen kleinen Anstoß gegeben." Sie musterte Megan durchdringend. „Loyal, wenn die Loyalität verdient ist, was?"

„Ja."

„Nun, ich auch. Und deshalb habe ich heute Morgen ein paar Freunde in Boston angerufen. Einflussreiche Freunde. Still!", ordnete sie an, als Megan den Mund öffnete. „Ich selbst halte nichts von Politik, aber manchmal muss man sich auf glattes Parkett begeben. Inzwischen müsste Dumont bereits darüber in Kenntnis gesetzt worden sein, dass jeglicher Kontakt zu dir oder deinem Sohn ihn unweigerlich die Karriere kosten wird. Er wird dich nie wieder belästigen."

Megan presste die Lippen zusammen. Ganz gleich, was sie gesagt hatte, ganz gleich, welchen Anschein sie sich gegeben hatte ... die Angst vor dem, was Baxter unternehmen könnte, hatte wie ein Damoklesschwert über ihr gehangen. Und Colleen hatte diese Angst soeben wie beiläufig weggewischt.

„Warum haben Sie das getan?"

„Skrupellose Grobiane sind mir zuwider. Vor allem solche, die sich an meiner Familie vergreifen."

„Ich gehöre nicht zu Ihrer Familie."

„Pah, mach die Augen auf, Mädchen. Du hast den Fuß auf Calhoun-Gebiet gesetzt. Unsere Familie ist wie Treibsand, wir verschlingen jeden mit Haut und Haaren. Jetzt kommst du nicht mehr von uns weg."

Tränen schossen ihr in die Augen und ließen ihre Sicht verschwimmen. „Miss Calhoun ..." Ein resolutes Poltern mit dem Gehstock unterbrach sie, und sie verstand sofort. „Tante Colleen", verbesserte sie, „ich bin dir wirklich sehr dankbar."

„Das solltest du auch sein." Colleen hustete, um die eigene Ergriffenheit zu kaschieren. Dann rief sie laut: „Ihr könnt jetzt aufhören, an der Tür zu lauschen, und wieder hereinkommen."

Und schon schwang die Tür auf. Coco führte den Trupp an. Sie ging auf Colleen zu und hauchte ihr einen Kuss auf die Wange.

„Hört schon auf mit dem Unsinn." Colleen scheuchte ihre Großnichten von sich. „Ich will von dem Mädchen jetzt hören, wie dieser verwegene junge Mann den Grobian ins Wasser getunkt hat."

Lachend wischte Megan sich eine Träne aus dem Augenwinkel. „Vorher hat er ihn aber noch gut durchgeschüttelt."

„Ha!" Begeistert stieß Colleen mit dem Stock auf. „Und dass mir kein Detail ausgelassen wird!"

9. KAPITEL

B.s Verhalten unerhört. Seit Rückkehr auf Insel ist sie abwesend, verliert sich in Tagträumereien, verspätet sich zum Tee, vergisst Lunchverabredung. Aufstände in Mexiko bedenklich. Habe Diener entlassen. Zu viel Stärke in Wäsche.

*U*nglaublich, dachte Megan und las noch einmal die Notizen, die Fergus am Rand der Haushaltskladde eingetragen hatte. Dieser Mann sprach in einem Atemzug von seiner Frau, einem bevorstehenden Krieg und dem Personal. Und das alles in dem gleichen, immer leicht verärgerten Ton. Biancas Leben mit diesem Despoten musste schrecklich gewesen sein, ohne Hoffnung, ihr Schicksal ändern zu können.

Wie so häufig in der ruhigen Stunde vor dem Zubettgehen blätterte Megan weiter zu den letzten Seiten. Noch immer konnte sie keinen Sinn in den Zahlen erkennen. Sie bedauerte, dass sie noch keine Zeit gefunden hatte, sich im Stadtarchiv umzusehen.

Oder … vielleicht sollte sie bei Amanda anfangen. Möglich, dass sie von eventuellen Auslandskonten oder Bankdepots wusste.

Ob das die Antwort war? Megan betrachtete die Zahlen. Fergus hatte Häuser in Maine und in New York besessen. Vielleicht waren diese Zahlen ja Depotnummern. Oder Safekombinationen.

Die Idee sagte ihr zu. Eine klare Antwort auf ein eigentlich unwesentliches, aber zermürbendes Puzzle. Einem Mann wie Fergus Calhoun, besessen davon, Reichtum anzuhäufen, war es zuzutrauen, dass er mehrere Verstecke hatte, wo er sein Geld aufbewahrte. Ohne dass andere auch nur irgendetwas davon ahnten.

Wäre es nicht fantastisch, wenn irgendwo bei einer alteingesessenen Bank eine verstaubte Kassette in einem längst vergessenen Depot läge? All die Jahre nie geöffnet, der Schlüssel längst verrostet. Und der Inhalt? Oh … vielleicht Rubine von unschätzbarem Wert. Oder ein dicker Packen Staatsanleihen. Oder ein einzelnes vergilbtes Foto. Vielleicht eine Locke, zusammengehalten von einem goldenen Seidenband …

Megan schlug die Augen zur Decke auf und lachte über sich selbst.

„Deine Fantasie macht wieder Überstunden", schalt sie sich. „Zu schade, dass es so weit hergeholt ist."

„Was denn?"

Die Brille rutschte ihr von der Nase, als sie erschreckt zusammenzuckte. „Himmel, Nathaniel!"

Er grinste breit und verriegelte die Terrassentür hinter sich. „Eigentlich hatte ich erwartet, du würdest dich freuen, mich zu sehen."

„Das tue ich auch. Aber musst du dich so anschleichen?"

„Wenn ein Mann nachts durchs Fenster in das Zimmer einer Frau einsteigt, ist es unvermeidlich, dass er schleicht."

Sie schob die Brille auf ihren Platz zurück. „Das ist kein Fenster, das sind Türen."

„Und du nimmst alles zu wörtlich." Von hinten beugte er sich über ihren Stuhl und küsste sie wie ein Verhungernder. „Ich bin froh, dass du mit dir selbst redest."

„Tue ich nicht!"

„Gerade eben hast du es getan. Sonst würde ich immer noch da draußen stehen und dich einfach nur anschauen." Er schlenderte zur Zimmertür und drehte den Schlüssel im Schloss. „Du sahst so unglaublich sexy aus, wie du an deinem kleinen Schreibtisch sitzt, die Brille auf der Nase, das Haar locker aufgesteckt, in diesem tugendhaften Morgenmantel."

Sie wünschte von ganzem Herzen, das biedere Frottee möge sich in Seide und Satin verwandeln. Doch so etwas Frivoles besaß sie gar nicht, und so hatte sie sich für den Bademantel und Cocos Parfüm entschieden.

„Ich hatte nicht mehr mit dir gerechnet. Es ist schon spät."

„Ich dachte mir, dass die Aufregung erst abklingen muss. Und außerdem wolltest du Kevin noch zu Bett bringen. Er hat hoffentlich nichts davon mitbekommen, oder?"

„Nein." Es rührte sie an, dass er sich deshalb Gedanken machte. „Keines von den Kindern. Und alle waren ganz wunderbar. Da denkt man, man hat einen schrecklichen Kampf vor sich, in den man allein ziehen muss, und plötzlich findet man sich inmitten eines Kreises von sicheren Schilden wieder." Mit schief gelegtem Kopf lächelte sie leicht. „Was hältst du da hinter deinem Rücken versteckt?"

Gespielt überrascht zog er die Brauen hoch. „Ich halte etwas hinter meinem Rücken? Tatsächlich." Er zog eine Pfingstrose hervor. Sie glich der ersten, die er ihr damals gegeben hatte. „Eine Rose ohne Dornen."

Er kam auf sie zu, und plötzlich war Megan nur noch von dem Gedanken beherrscht, dass dieser Mann, dieser faszinierende Mann, sie begehrte. Es erstaunte sie. Über alle Maßen.

Nathaniel wollte die welkende Pfingstrose aus der Vase auf dem Schreibtisch nehmen, doch Megan hielt ihn zurück. „Nicht." Sie kam sich albern vor, dennoch hielt sie seine Hand auf. „Wirf sie nicht weg."

„Bist du etwa sentimental, Meg?" Es berührte ihn angenehm, dass sie die welke Blüte als Andenken verwahren wollte, und so stellte nur er die frische Knospe dazu. „Hast du hier gesessen, die Blüte betrachtet und an mich gedacht?"

„Vielleicht", antwortete sie unbestimmt, doch gegen das Lachen in seinen Augen kam sie nicht an. „Ja, habe ich", gestand sie lächelnd. „Allerdings nicht nur Gutes."

„Das macht nichts. Hauptsache, du denkst an mich." Damit hob er sie aus dem Stuhl, setzte sich und zog sie auf seinen Schoß. „So ist es doch viel angenehmer, oder?"

Da es ihr sinnlos schien zu widersprechen, schmiegte sie sich an ihn und legte den Kopf an seine Schulter. „Alle sind ganz aufgeregt wegen der Vorbereitungen für den Unabhängigkeitstag", plauderte sie leichthin. „Coco und Dutch streiten sich über das Rezept für die Barbecue-Sauce, und die Kinder schmollen, weil sie das Feuerwerk nicht anzünden dürfen."

„Also wird es zwei Saucen geben, und Coco und Dutch werden alle befragen, welche besser schmeckt. Und die Kinder werden vergessen zu schmollen, sobald sie sehen, was Trent für das traditionelle Feuerwerk organisiert hat."

„Kevin hat den ganzen Abend von nichts anderem gesprochen", ergänzte sie. „Das muss eine tolle Show werden."

„Darauf kannst du dich verlassen. Diese Familie hält nichts von halben Sachen. Magst du Feuerwerk?"

„Fast so sehr wie die Kinder." Sie lachte leise. „Ich kann kaum glauben, dass es schon Juli ist. Ich muss noch mindestens zwei Dut-

zend Dinge erledigen, bevor ich meinen Anteil zur Grillparty beisteuern kann. Außerdem will ich verhindern, dass die Kinder sich
in Brand setzen, und die Show genießen."

„Die Pflichten immer zuerst", murmelte Nathaniel. „Arbeitest du
an Fergus' Kladde?"

„Mhm." Sie nickte und schmiegte sich an seine Schulter. „Mir war
gar nicht klar, welches Vermögen dieser Mann angehäuft hat und wie
wenig ihm Menschen bedeuteten. Sieh nur, hier." Sie tippte mit dem
Finger auf die Seite. „Wann immer er eine Bemerkung zu Bianca
macht, nennt er sie in einem Zug mit den Dienstboten. Oder noch
schlimmer, er redet von ihr wie von einem Besitz. Er hat jeden Tag
die Haushaltsführung überprüft und jeden Penny nachgerechnet. Es
gibt sogar eine Aufzeichnung, dass er die Köchin entlassen hat, weil
bei der Aufrechnung der Einkäufe dreiunddreißig Cent fehlten."

„Es gibt genügend Leute, für die Geld wichtiger ist als alles andere." Er blätterte zerstreut durch die Seiten. „Bei dir kann ich mir
wenigstens sicher sein, dass du nicht hinter meinem Bankkonto her
bist. Schließlich weißt du genau, wie es darum bestellt ist."

„Du schreibst schwarze Zahlen."

„Ich schramme sozusagen hart an der Grenze vorbei."

„Liquidität ist in den ersten Jahren nach der Geschäftsgründung
immer ein Problem. Wenn du zusammenrechnest, was du erst einmal
an Kapital ausgegeben hast – für Equipment, Räumlichkeiten, die
Anzahlung auf das Haus, Versicherungsprämien …"

„Ich liebe es, wenn du über Gewinne und Verluste dozierst."
Er schlug die Kladde zu und knabberte an Megans Ohrläppchen.
„Flüstre mir was von Salden und Quartalsabrechnungen ins Ohr,
das macht mich völlig verrückt."

„Umso besser. Dann wird es dich ja freuen zu erfahren, dass Shipshape dem Finanzamt noch zweihundertdreißig Dollar Umsatz-
steuer für das Quartal schuldet. Diese Summe kann entweder dem
nächsten Quartal hinzugefügt werden, oder ich kann jetzt schon eine
Stundung mit Hinblick auf die jährliche Gewinnermittlung beantra-
gen … Oh!" Der Frotteebademantel klaffte plötzlich auf, und sie
spürte Nathaniels Hände auf ihrer Haut. Sie schnappte nach Luft,
erschauerte, schmolz dahin. „Wie hast du das gemacht?"

„Komm mit ins Bett." Megan auf dem Arm, stand er auf. „Dann zeig ich es dir."

Der Morgen graute, als Nathaniel, die Hände in den Hosentaschen und ein Pfeifen auf den Lippen, auf die Terrasse hinaustrat und zum Rasen hinunterstieg. Dutch, in ähnlicher Haltung, stieg zur gleichen Zeit am gegenüberliegenden Terrassenende die Stufen hinab.

Die beiden Männer stutzten, sahen sich an, fluchten leise.

„Was hast du hier um diese Zeit verloren?", wollte Dutch wissen.

„Dasselbe könnte ich dich fragen."

„Ich wohne hier, schon vergessen?"

Nathaniel deutete mit dem Kopf zum Restaurantflügel. „Du wohnst da hinten, neben der Küche."

„Wollte nur ein bisschen frische Luft schnappen." Endlich fiel Dutch eine Ausrede ein.

„Ja, ich auch."

Dutch sah zu Megans Terrassentür, Nathaniel zu Cocos. Beide beschlossen sie für sich, das Thema besser fallen zu lassen.

„Ich nehme an, du könntest jetzt Frühstück vertragen."

Nathaniel leckte sich über die Lippen. „Dazu sage ich nie Nein."

„Dann komm mit, ich kann schließlich nicht den ganzen Tag vertrödeln."

Zufrieden mit der Lösung, schlenderten sie Seite an Seite einträchtig Richtung Küche.

Megan hatte verschlafen. Dieser für sie so völlig untypische Schnitzer ließ sie sich in Windeseile anziehen und aus dem Zimmer hasten. Noch im Laufen schloss sie die letzten Knöpfe ihrer Bluse. Ein kurzer Blick in Kevins Zimmer und auf das zwar keineswegs perfekt, aber immerhin gemachte Bett bewiesen ihr, dass jeder im Haus hellwach war – alle, außer ihr.

In Gedanken strich sie das Frühstück mit ihrem Sohn von der Liste der kleinen Freuden des Tages und rannte zu ihrem Büro weiter. Fast wäre sie frontal mit Coco zusammengestoßen.

„Ach du meine Güte." Erschreckt wedelte Coco mit der Hand. „Ist etwas passiert?"

„Nein. Entschuldige. Ich bin spät dran."

„Ein wichtiger Termin?"

„Nein." Megan atmete erst einmal tief durch. „Ich meine, ich komme zu spät zur Arbeit."

„Und ich dachte schon, es sei etwas Schlimmes. Gerade eben habe ich ein Memo auf deinen Schreibtisch gelegt. Geh nur, ich möchte dich nicht aufhalten."

„Aber …" Megan redete nur noch mit Cocos Rücken. Also blieb ihr nichts anderes, als in ihr Büro zu gehen und sich das Memo anzusehen.

Cocos Vorstellung von einem Memorandum hatte allerdings nicht sehr viel mit bürointerner Kommunikation zu tun.

Megan, Liebes,

ich hoffe, du hast gut geschlafen. In der Kanne ist frischer Kaffee, und ich habe dir auch ein Körbchen mit frischen Muffins hingestellt. Wirklich, du solltest das Frühstück nicht ausfallen lassen! Kevin hat gefrühstückt, nein, eher hat er geschlungen wie ein Wolf. Ich sehe es immer gerne, wenn ein Junge kräftig zulangt. Er und Nate sind in ein paar Stunden wieder zurück. Arbeite nicht zu hart.

Alles Liebe, Coco

PS: Die Karten haben mir verraten, dass dir zwei wichtige Fragen gestellt werden, eine an dein Herz, die andere an deinen Verstand. Höchst interessant, nicht wahr?

Megan blies sich eine Strähne aus dem Gesicht und las das Memo noch einmal durch, als Amanda den Kopf zur Tür hereinsteckte.

„Hast du eine Minute für mich?"

„Sicher." Sie reichte Amanda das Blatt Papier. „Wirst du daraus schlau?"

„Ah, eine von Tante Cocos verschlüsselten Nachrichten." Mit geschürzten Lippen überflog Amanda die Seite. „Also das mit dem Kaffee und den Muffins ist einfach."

„Ja, das habe ich auch verstanden." Megan goss sich eine Tasse ein und nahm einen Muffin aus dem Körbchen. „Möchtest du auch etwas?", bot sie Amanda an.

„Nein, danke, mich hat sie auch schon versorgt. Also ... Dass Kevin beim Frühstück kräftig zugelangt hat, kann ich bestätigen. Als ich ihn zuletzt sah, schaufelte er sich gerade Rührei in den Mund und balgte sich mit Nathaniel um den letzten Toast."

Fast hätte Megan ihren Kaffee verschüttet. „Nathaniel war zum Frühstück hier?"

„Hat es sich schmecken lassen und wieder hemmungslos mit Tante Coco geflirtet, während er Kevin die Geschichte von einem Riesenkraken erzählte." Sie tippte mit dem Finger auf das Blatt. „Sie sind in ein paar Stunden zurück, weil Kevin Nate überredet hat, ihn auf die Tour mitzunehmen." Lächelnd fügte sie hinzu: „Harter Überzeugungsarbeit hat es nicht bedurft, und wir waren sicher, du würdest nichts dagegen haben."

„Nein, natürlich nicht."

„Und das mit den Karten ... das entzieht sich jeder Erklärung, wie immer. Typisch Tante Coco." Amanda legte das Blatt ab. „Ein bisschen unheimlich ist es schon, wie oft sie mit ihren Behauptungen richtigliegt. Hat man dir heute schon Fragen gestellt?"

„Nein, nichts Besonderes."

Amanda dachte an das, was Sloan ihr über Nathaniels Gefühle anvertraut hatte. „Bist du sicher?"

„Ja. Ich meine, vielleicht könnte man Fergus' Kladde als eine Frage bezeichnen. Zumindest habe ich eine an dich."

Amanda machte es sich in einem Sessel gemütlich. „Schieß los."

„Es geht um die Zahlen auf den letzten Seiten." Sie klappte einen Ordner auf und reichte Amanda eine Kopie. „Ich frage mich, ob sie vielleicht Bankdepotnummern sein könnten oder auch Parzellennummern aus dem Grundbuch?" Sie lockerte ihre verspannten Schultern. „Ich weiß, es ist albern, sich so daran aufzuhängen, aber ..."

„Nein", widersprach Amanda sofort. „Ich gebe auch nicht eher Ruhe, bis die Dinge ins Bild passen. Wir sind damals auf der Suche nach dem Collier alle vorhandenen Unterlagen durchgegangen, und ich kann mich an nichts erinnern, was mit diesen Zahlen hier zusammenpassen würde. Aber ich kann die Papiere ja noch mal durchsehen …"

„Lass mich das übernehmen", schlug Megan vor. „Irgendwie ist diese Kladde inzwischen zu meinem persönlichen Projekt geworden."

„Mit Vergnügen. Ich habe genug andere Dinge zu erledigen, und mit dem Feiertag morgen bleibt mir sowieso kaum noch Zeit. Alles, was du gebrauchen könntest, liegt in der Abstellkammer unter Biancas Turmzimmer. Die Kartons sind nach Jahr und Inhalt sortiert. Aber ich warne dich, es ist ein schmutziger und zeitraubender Job."

„Schmutzige, zeitraubende Jobs sind meine Spezialität."

„Dann wirst du im siebten Himmel sein. Megan, es ist mir unangenehm, aber … das Kindermädchen hat heute frei, und Sloan steckt bis zum Hals in irgendwelchen Renovierungsarbeiten. Und ich habe heute Nachmittag einen Termin in der Stadt. Ich meine, ich könnte den Termin natürlich verschieben …"

„Du willst, dass ich babysitte?"

„Ich weiß doch, wie beschäftigt du bist, und …"

Megans Augen leuchteten auf. „Mandy, ich dachte schon, du würdest mich nie fragen! Wann kriege ich meine Nichte endlich in die Finger?"

Für Kevin war es der beste Sommer seines jungen Lebens. Sicher, er vermisste seine Großeltern und die Pferde und natürlich seinen besten Freund John Silverhorn, aber hier gab es zu viele tolle Dinge, um Heimweh zu haben.

Jeden Tag konnte er mit Alex und Jenny spielen, er hatte sein eigenes Fort und lebte in einem Schloss. Er konnte auf einem großen Boot segeln oder auf den Klippen herumklettern, und Coco und Mr. Dutch hatten immer etwas zu knabbern für ihn, wenn er in die Küche kam. Max erzählte tolle Geschichten, und Sloan und Trent ließen ihn manchmal bei den Arbeiten am Haus helfen. Holt erlaubte ihm ab und zu sogar, das kleine Sportboot zu steuern. Die neuen Tanten spielten alle mit ihm, und wenn er wirklich ganz, ganz vorsichtig war, durfte er auch mal eines der Babys halten.

Nein, seiner Meinung nach gab es überhaupt nichts an diesem neuen Leben auszusetzen.

Und dann war da noch Nathaniel. Kevin warf hastig einen Blick auf den Mann, der den großen T-Bird mit dem offenen Verdeck zurück nach *The Towers* lenkte. Kevin war zu dem Entschluss gekommen, dass Nathaniel eigentlich über alles Bescheid wusste. Und er hatte Muskeln und eine Tätowierung und roch immer wie das Meer. Wenn Nathaniel auf der Kommandobrücke des Schiffs stand, die großen Hände auf dem Ruder, und mit zusammengekniffenen Augen in die Sonne blickte, dann sah er genau so aus, wie jeder Junge sich einen richtigen Helden vorstellte.

„Ob ich wohl …" Kevin verstummte verlegen.

Nathaniel sah auf den Jungen. „Ob du wohl was, Sportsfreund?"

„Ob ich vielleicht noch mal mit dir rausfahren darf?", sprudelte es aus Kevin heraus. „Ich werde auch bestimmt nicht mehr so viele Fragen stellen und auch nicht im Weg stehen."

Gab es überhaupt einen Menschen auf der Welt, der sich gegen die unschuldige Offenheit eines Kindes wehren konnte? Nathaniel bremste den Wagen vor dem Familienflügel von *The Towers* ab. „Dich heure ich jederzeit wieder an." Er schnippte Kevin die Kapitänsmütze, die er ihm überlassen hatte, über die Augen. „Und du kannst fragen, was immer du willst."

„Ehrlich?" Kevin schob die Mütze zurück, damit er sehen konnte.

„Ehrlich."

„Oh, danke!" Spontan schlang er die Arme um Nathaniel und schickte damit dessen Herz auf eine rasante Schussfahrt Richtung Liebe. „Das muss ich gleich Mom erzählen. Kommst du mit rein?"

„Mach ich." Er hielt den Jungen noch eine Sekunde länger fest, bevor er die Hände sinken ließ.

„Dann komm!" Schier platzend vor freudiger Aufregung, stürmte Kevin ins Haus. „Mom! Mom! Ich bin wieder da!"

„So ein ruhiges und gesittetes Kind." Megan trat soeben aus dem Salon in die Halle. „Das kann nur mein Kevin sein."

Kichernd rannte er auf sie zu und stellte sich auf die Zehenspitzen, um zu sehen, welches Baby seine Mutter im Arm hielt. „Ist das Bianca?"

„Delia."

Kevin studierte das Gesichtchen genauer. „Wie kannst du sie nur auseinanderhalten? Für mich sehen sie alle gleich aus."

„Mütter können das." Sie beugte sich vor und gab ihm einen Kuss. „Wo warst du, Seemann?"

„Wir sind ganz, ganz weit aufs Meer rausgefahren, zweimal sogar. Neun Wale haben wir gesehen und einen Babywal. Wenn sie alle zusammen schwimmen, dann nennt man sie eine Herde. Wie bei Pferden. Und Nate hat mich das Schiff steuern lassen, und ich durfte das Horn blasen. Und da war dieser Mann, der war die ganze Zeit seekrank. Ich aber nicht. Nate sagt, ich habe sichere Seebeine und dass ich wieder mit ihm rausfahren darf. Darf ich, Mom?"

So wie eine Mutter Babys unterscheiden konnte, konnte sie auch diesem nicht abreißen wollenden Redefluss folgen. „Nun, wenn Nate das sagt ... sicher."

„Wusstest du, dass Walpaare ihr ganzes Leben zusammenbleiben? Und sie sind auch gar keine Fische, obwohl sie im Wasser leben, sondern Säugetiere, so wie wir Menschen und Hunde und Elefanten. Deshalb müssen sie auch immer an die Wasseroberfläche kommen, um zu atmen. Das Atmungsloch sitzt oben auf ihrem Kopf."

Nathaniels Dazukommen unterbrach die Unterrichtsstunde. Er blieb stehen und erstarrte. Megan, ein Baby auf der Hüfte, hielt mit der anderen Hand die Hand ihres Sohnes und lächelte liebevoll auf den Jungen herunter.

Ich will. Eine Sehnsucht strömte durch ihn hindurch, warm und hell wie Sonnenlicht. *Die Frau.* Sicher, daran hatte nie ein Zweifel bestanden. Aber er wollte, wie Sloan es ausgedrückt hatte, das komplette Set. Die Frau, den Jungen ... eine Familie.

Jetzt sah Megan lächelnd zu ihm hin. Und in diesem Moment setzte sein Herz fast aus.

Sie wollte etwas sagen, doch der Blick in seinen Augen hielt ihr die Worte in der Kehle fest. Unbewusst trat sie einen Schritt zurück, doch da war Nathaniel schon bei ihr und küsste sie auf den Mund, mit einer Zärtlichkeit, die ihr die Knie weich werden ließ.

Das Baby gurgelte begeistert und griff mit der kleinen Faust in Nathaniels Mähne.

„Hoppla!" Nathaniel nahm Megan Delia ab und hob das Baby schwungvoll in die Luft. Es kreischte begeistert auf und strampelte glücklich. Als er sich die Kleine auf die Hüfte setzte, starrten Megan und Kevin ihn noch immer wortlos an. Er kitzelte das Baby und sah dann zu Kevin. „Stört es dich, wenn ich deine Mom küsse?"

Megan entfuhr ein erstickter Laut. Kevin senkte den Blick hastig zu Boden.

„Weiß nicht", murmelte er.

„Sie ist doch hübsch, nicht wahr?"

Kevins Wangen wurden rot. „Ich denke schon." Er wusste nicht so recht, was er denken sollte. Viele Männer küssten seine Mom. Sein Großvater und Sloan, Holt und Trent und Max auch. Aber das hier war anders, das wusste er. Schließlich war er kein Baby mehr.

Er hob den Blick, senkte ihn sofort wieder. „Heißt das, du bist jetzt ihr Freund?"

„Äh …" Ein Blick in Megans Gesicht sagte ihm, dass er das hier allein regeln musste. „So könnte man sagen, ja. Würde dich das stören?"

In seinem Bauch rumorte es plötzlich, und er zuckte mit den schmalen Schultern. „Weiß nicht."

Da der Junge noch immer nicht aufschaute, sah Nathaniel keine andere Möglichkeit, als vor ihm in die Hocke zu gehen, mit dem Baby auf dem Arm. „Lass dir Zeit und denk in Ruhe darüber nach. Und wenn du es weißt, dann sagst du es mir, einverstanden?"

„Einverstanden." Kevin sah zu seiner Mutter auf, dann zurück zu Nathaniel. Schließlich beugte er sich leicht vor und flüsterte Nathaniel ins Ohr: „Mag sie das denn?"

Nathaniel verschluckte hastig das Lachen und antwortete mit dem gleichen Ernst, mit dem die Frage gestellt worden war: „Ja, es gefällt ihr sogar gut."

Kevin holte tief Luft und nickte. „Na schön, dann kannst du sie küssen, wenn du willst."

„Danke, ich weiß das zu schätzen." Er streckte Kevin die Hand hin, und der männliche Handschlag ließ Kevins Herz vor Stolz anschwellen.

„Danke, dass du mich heute mitgenommen hast." Kevin nahm die Mütze ab. „Und dass ich die tragen durfte."

Nathaniel setzte Kevin die Mütze zurück auf den Kopf. „Behalt sie." Der Junge riss die Augen auf. „Darf ich? Wirklich?"

„Klar darfst du."

„Wow! Danke! Vielen Dank! Sieh nur, Mom, ich darf sie behalten! Die muss ich gleich Tante Coco zeigen!" Damit rannte er auch schon los, und Nathaniel richtete sich langsam auf.

Megan beäugte ihn argwöhnisch. „Was hat er dir zugeflüstert?"

„Gespräch unter Männern", meinte er knapp. „Davon verstehen Frauen nichts."

„So?" Bevor sie ihn vom Gegenteil überzeugen konnte, zog Nathaniel sie mit einem Ruck am Rockbund zu sich heran.

„Ich habe jetzt die Erlaubnis dazu", sagte er noch, und dann küsste er sie herzhaft, während Delia zwischen ihnen vor Begeisterung krähte.

„Die Erlaubnis?", wiederholte Megan, als sie wieder Luft bekam. „Von wem?"

„Von deinen Männern." Er ging in den Salon und legte Delia vorsichtig in den Laufstall. „Außer von deinem Vater, natürlich, weil der nicht hier ist."

„Meine Männer? Du meinst Kevin und Sloan." Verdattert ließ sie sich auf die Armlehne eines Sessels sinken. „Du hast mit Sloan über ... das hier gesprochen?"

„Zuerst wollten wir uns prügeln, aber dazu ist es dann doch nicht gekommen." Offensichtlich ganz zu Hause, schlenderte er zum Barschrank und goss sich einen Schluck Whiskey ein. „Wir haben das geregelt."

„Aha. Geregelt habt ihr das also. Du und mein Bruder. Ich nehme an, euch ist gar nicht in den Sinn gekommen, dass ich vielleicht auch etwas dazu zu sagen hätte."

„Nein, nicht wirklich. Sloan war sauer, weil du die Nacht mit mir verbracht hast."

„Das geht ihn nichts an", presste sie hervor.

„Vielleicht nicht, vielleicht schon. Auf jeden Fall ist alles geklärt. Dir braucht sich also nicht das Fell zu sträuben."

„Mir sträubt sich nicht das Fell, ich bin stinkwütend! Wie kannst du losziehen und meiner Familie von unserer Beziehung erzählen, ohne vorher mit mir zu reden?!" Sie war nicht nur wütend, sondern auch irritiert – durch den bewundernden Blick, mit dem Kevin Nathaniel angesehen hatte.

Frauen, dachte Nathaniel und stürzte den Drink hinunter. „Ich hatte die Wahl, Sloan die Sache zu erklären oder mir einen Kinnhaken einzuhandeln."

„Das ist doch lächerlich!"

„Du warst nicht dabei, Engelchen."

„Genau." Sie warf den Kopf zurück. „Ich mag es nicht, wenn man über mich redet. Davon hatte ich in den letzten Jahren genug."

Sehr, sehr sacht setzte Nathaniel das Glas ab. „Megan, wenn du mich wieder mit Dumont vergleichen willst, machst du mich nur wütend."

„Ich stelle lediglich eine Tatsache fest."

„Genau wie ich. Ich habe deinem Bruder gesagt, dass ich dich liebe, und damit war die Sache geklärt."

„Du hast …" Die Luft schien ihr plötzlich zu dünn zum Atmen. „Du hast ihm gesagt, dass du mich liebst?"

„Ja. Wahrscheinlich hältst du mir jetzt auch vor, dass ich dir das zuerst hätte sagen sollen."

„Ich … ich weiß nicht, was ich sagen soll …" Sie war heilfroh, dass sie bereits saß.

„In einer solchen Situation wäre es eigentlich nett, mit ‚Ich liebe dich auch' zu antworten." Er wartete. Ignorierte das dumpfe Gefühl, das immer stärker wurde, je länger er wartete. „Kriegst du das nicht über die Lippen?"

„Nathaniel." Ruhig und sachlich bleiben, ermahnte sie sich. „Das geht alles viel zu schnell. Vor ein paar Wochen kannten wir uns nicht einmal. Nie hätte ich mir vorgestellt, dass etwas zwischen uns passieren könnte. Und ich bin immer noch verwirrt darüber, dass es passiert ist. Ich habe sehr tiefe, sehr starke Gefühle für dich, sonst wäre ich diese erste Nacht nie bei dir geblieben."

Sie quälte ihn, ohne es zu ahnen. „Aber?"

„Ich habe mir geschworen, mich nie wieder auf eine Beziehung einzulassen, ohne nicht vorher genau darüber nachzudenken. Ich will dich nicht verletzen, Nathaniel, aber ich will auch nicht verletzt werden. Oder einen Schritt wagen, der Kevin verletzen könnte."

„Du glaubst wirklich, Zeit sei die Lösung? Ganz gleich, was in dir vorgeht? Du glaubst, wenn du nur abwartest, Plus und Minus abwägst, die Möglichkeiten auskalkulierst, dass dann das richtige Ergebnis unterm Strich herauskommt?"

Sie reckte steif die Schultern. „Wenn das heißen soll, dass ich mehr Zeit brauche … ja."

„Na schön, dann lass dir deine Zeit. Aber eines solltest du bei deiner Kalkulation beachten." Mit zwei Schritten war er bei ihr, zog sie hoch und presste seine Lippen auf ihren Mund. „Du fühlst das Gleiche wie ich."

Es stimmte. Und genau das machte ihr Angst. „Das ist nicht die Lösung."

„Das ist die einzige Lösung." Sein Blick bohrte sich in ihre Augen. „Nur zu deiner Information, Megan – ich habe auch nicht nach dir gesucht. Der Kurs für mein Leben stand fest, und er gefiel mir. Dann kamst du, und alles hat sich geändert. Also wirst auch du deine akkuraten Zahlenreihen und Tabellen verschieben müssen, um Platz für mich darin zu schaffen. Ich liebe dich, und du gehörst zu mir. Du und Kevin." Er gab sie frei. „Denk darüber nach", sagte er noch, dann drehte er sich auf dem Absatz um und marschierte hinaus.

Idiot.

Während der gesamten Fahrt zu Shipshape hatte Nathaniel sich mit allen erdenklichen Schimpfnamen bedacht. Scheinbar hatte er jetzt eine völlig neue Art erfunden, wie man um eine Frau warb: Man brüllte sie an und setzte ihr ein Ultimatum. Der unfehlbare Weg, ihr Herz zu erobern!

Er hob Hund vom Rücksitz und wurde mit einem freudigen Gesichtsbad belohnt. „Sollen wir uns bis zur Besinnungslosigkeit betrinken?" Der Welpe strampelte und wollte zu Boden gesetzt werden. „Nein, du hast recht, keine gute Idee."

Und die Alternative?

Arbeit, entschied Nathaniel. Es war immer besser, sich mit Arbeit abzulenken als mit der Flasche.

Also tüftelte er an einem Motor herum, bis er das vertraute Tuten eines Schiffshorns hörte. Das war Holt, der mit der letzten Tour zurückkam.

Noch immer in düsterer Stimmung, ging Nathaniel an den Pier, um beim Vertäuen der Leinen zu helfen.

„Die Touristen kommen in Scharen", meinte Holt, als die Jacht sicher vor Anker lag. „Wenn das so weitergeht, wird's ein guter Sommer."

Mit gerunzelter Stirn sah Nathaniel dem Menschenstrom nach, der sich vom Pier drängte. „Ich hasse Volksaufläufe."

Holt zog eine Augenbraue hoch. „Dieses Sonderpaket zum 4. Juli war doch deine Idee."

„Wir brauchen das Geld." Nathaniel stapfte zurück Richtung Werkstatt. „Das heißt nicht, dass es mir gefallen muss."

„Welche Laus ist dir denn über die Leber gelaufen?"

Unwirsch zündete Nathaniel sich eine Zigarre an. „Es passt mir nur nicht, an Land festzusitzen."

Holt bezweifelte zwar, dass das der Grund war, doch er akzeptierte die Erklärung mit einem Schulterzucken, ohne nachzuhaken. „Der Motor wird ja langsam", meinte er nur mit einem Blick auf die Maschine.

„Ich kann jederzeit meinen Seesack schultern und den nächsten Frachter besteigen. Hier hält mich nichts."

Mit einem unterdrückten Seufzer bot Holt sich als Beichtvater an. „Megan, was?"

„Ich hab schließlich nicht darum gebeten, dass sie hier auftaucht."

„Tja …"

„Ich war zuerst hier." Natürlich wusste er, wie lächerlich sich das anhörte, trotzdem konnte er sich nicht zurückhalten. „Die Frau ist eine Rechenmaschine, mehr nicht. Sie ist nicht mal mein Typ, mit diesen überkorrekten Kostümen und dem eckigen Aktenkoffer. Als ob das Ding angewachsen wäre! Wer sagt denn, dass ich mich anketten lassen und mein Leben als Landratte fristen muss? Seit ich achtzehn war, bin ich nirgendwo länger als einen Monat geblieben!"

Holt arbeitete anscheinend konzentriert an dem Schiffsmotor. „Du hast ein Geschäft gegründet, hast eine Hypothek aufgenommen, und wenn ich richtig rechne, bist du seit über sechs Monaten hier."

„Das hat nichts zu sagen."

„Hört Megan etwa schon die Hochzeitsglocken?"

„Nein." Die Falte auf Nathaniels Stirn wurde tiefer. Grimmig biss er auf die Zigarre. „Ich."

Holt rutschte der Schraubenschlüssel aus der Hand. „Moment, bevor ich da was falsch verstehe … Du spielst mit dem Gedanken zu heiraten und beschwerst dich gleichzeitig, dass du dein Leben als angekettete Landratte fristen sollst?"

„Ich hab nicht darum gebeten, angekettet zu werden. Es ist einfach passiert." Er paffte, fluchte unflätig. „Verdammt, Holt, ich hab mich zum Narren gemacht."

„Schon seltsam, dass wir das immer tun, sobald wir in der Nähe von Frauen sind, was? Hast du dich mit ihr gestritten?"

„Ich hab ihr nur gesagt, dass ich sie liebe. Den Streit hat sie angefangen." Er begann auf und ab zu marschieren, musste sich zurückhalten, um nicht gegen die Werkbank zu treten. „Wo sind die Zeiten geblieben, als Frauen noch unbedingt heiraten wollten? Als es das einzige Ziel einer Frau war, sich einen Ehemann zu angeln?"

„In welchem Jahrhundert lebst du?"

Dass er noch lachen konnte, gab ihm Hoffnung. „Sie sagt, es gehe ihr zu schnell."

„Ich würde dir ja raten, es langsamer angehen zu lassen, aber schließlich kenne ich dich."

Etwas ruhiger, nahm Nathaniel einen Schraubenzieher auf und begutachtete ihn ausgiebig. „Suzanna hatte auch an ihrer Erfahrung mit Dumont zu knabbern gehabt. Wie ist es dir gelungen, sie zu überzeugen?"

„Oh, ich habe sie ziemlich oft angebrüllt", erinnerte Holt sich.

„Damit habe ich es schon versucht."

„Und ich habe ihr Blumen geschenkt. Sie liebt Blumen." Was ihn daran denken ließ, dass er auf dem Nachhauseweg einen Strauß für sie besorgen könnte.

„Hab ich auch gemacht."

„Hast du's schon mit Betteln versucht?"

Nathaniel krümmte sich. „Das würde ich lieber vermeiden." Er stutzte, musterte Holt aus zusammengekniffenen Augen. „Hast du?"

Der Motor schien plötzlich Holts ganze Aufmerksamkeit in Anspruch zu nehmen. „Wir reden hier über dich, oder? Mann, Nate, zitiere Gedichte, was weiß ich! Mit Poesie kennst du dich doch aus. Ich bin nicht gut mit diesem romantischen Zeug."

„Du hast Suzanna."

„Richtig." Ein Grinsen breitete sich auf Holts Gesicht aus. „Also besorg dir deine eigene Frau."

Nathaniel nickte und trat die Zigarre aus. „Genau das habe ich vor."

10. KAPITEL

*D*ie Sonne war längst untergegangen, als Nathaniel nach Hause kam. Er hatte einen Motor komplett überholt und einen Schiffsrumpf ausgebessert. Und trotzdem hatte er seine schlechte Laune nicht abgearbeitet.

Ein Zitat aus „Hamlet" fiel ihm ein. Es besagte, dass Wut temporärer Wahnsinn sei. Schaffte man es nicht, diesen temporären Wahnsinn abzuschütteln, landete man irgendwann unabwendbar in einer Gummizelle. Auch keine sehr aufmunternde Vorstellung.

Es blieb nur ein Weg, damit umzugehen: sich dem Problem stellen. Und Megan. Das war genau das, was er tun würde, sobald er sich gewaschen und umgezogen hatte.

„Und sie wird sich mir stellen müssen", versicherte er Hund, der aus dem Wagen sprang. „Wenn du clever bist", redete Nathaniel weiter mit dem Welpen, „dann verliebst du dich nicht in eine Frau, die zu intelligent für ihr eigenes Glück ist."

Hund wedelte seine Zustimmung mit dem Schwanz und trottete davon, um sich an einer Hecke zu erleichtern. Nathaniel schlug die Autotür zu und ging über den Hof.

„Fury?"

Er blieb stehen, versuchte in der Dämmerung zu erkennen, wer da neben dem Cottage auf ihn wartete. „Ja?"

„Nathaniel Fury?"

Ein Mann kam auf ihn zu, ein regelrechter Bär, mit Muskeln bepackt. Wettergegerbtes Gesicht, verwaschene Jeans, speckige Baseballkappe, wiegender Schritt.

Er kannte diesen Typ Mann und auch die Schwierigkeiten, die unweigerlich mit diesem Typus zusammenhingen. Instinktiv ging er in Stellung.

„Richtig. Kann ich etwas für Sie tun?"

„Nein." Der Mann grinste. „Aber ich soll etwas für Sie tun."

Noch ehe Nathaniel etwas unternehmen konnte, fühlte er sich von hinten gepackt, und ihm wurden die Arme auf den Rücken gedreht. Er sah den ersten Schlag kommen, wappnete sich, spürte die Faust im Magen. Der Schmerz ließ seine Sicht verschwimmen. Da landete auch schon der zweite Schlag hart an seinem Kinn.

Er stieß pfeifend die Luft aus und sackte in die Knie.

„Knickt ein wie ein Weichei. Dabei sollte er angeblich doch so tough sein."

Die gehässige Stimme hinter ihm ermöglichte es ihm, Höhe und Abstand einzuschätzen. Nathaniel schlug ruckartig den Kopf nach hinten, spürte den Aufprall von weichem Nasenknorpel an seinem Hinterkopf. Er nutzte es aus, dass der Hintermann ihn noch immer festhielt, zog die Beine an und trat dem vorderen Angreifer mit Wucht gegen die Brust.

Der Mann hinter ihm fluchte und lockerte den Griff, gerade genug, dass Nathaniel sich frei machen konnte. Ihm blieben nur Sekunden, um seine Gegner einzuschätzen.

Beide waren gedrungene Muskelpakete, dem einen tropfte das Blut aus der gebrochenen Nase, der andere rang pfeifend um Atem. Nate stieß dem Nächststehenden den Ellbogen gegen das Kinn und genoss für einen Sekundenbruchteil das knirschende Geräusch von Knochen auf Knochen.

Sie umkreisten ihn wie Hyänen ihre Beute.

Er hatte genug Schlägereien in seinem Leben mitgemacht, um zu wissen, wie man Schläge einsteckte und den Schmerz ignorierte. Er schmeckte das eigene Blut, spürte das Adrenalin durch seine Adern pumpen, fühlte die Kraft in seine Arme strömen, als seine Hände sich zu Fäusten ballten. Sein Kopf dröhnte, als ein Schlag ihn an der Schläfe traf, sein Atem ging rasselnd, als der nächste auf seinen Rippen landete.

Dennoch blieb er ständig in Bewegung. Blut und Schweiß tropften ihm in die Augen. Dem Schlag gegen die Kehle konnte er ausweichen, er revanchierte sich mit einem trockenen, harten Schwinger. Die Haut an seinen Fingerknöcheln platzte auf, der Schmerz spornte ihn nur noch an.

Aus den Augenwinkeln sah er die Bewegung. Er drehte sich abrupt, wurde an der Schulter getroffen und versetzte dem Kerl blitzschnell zwei Handkantenschläge gegen den Hals. Der Mann ging bewusstlos zu Boden.

„Bleiben nur noch du und ich übrig." Nathaniel wischte sich das Blut vom Mund und taxierte sein Gegenüber. „Na komm schon."

Unwillkürlich wich der Schläger einen Schritt zurück. Sein Partner war schachmatt gesetzt, der würde ihm nicht mehr helfen können. Und Nathaniel ins Gesicht zu sehen war, wie einem knurrenden Wolf mit gebleckten Zähnen gegenüberzustehen. Unauffällig sah er sich nach einem Fluchtweg um.

Dann leuchteten seine Augen plötzlich auf.

Er stürzte sich vor, packte eine der bereitgelegten Verandaplanken und holte aus. Nathaniel wich aus, hörte das Zischen von Luft an seinem Ohr, als die Planke ihn haarscharf verfehlte. Beim Rückschwung traf das Brett ihn an der Schulter.

Nathaniel duckte sich und stürzte vor. Die Wucht des Angriffs schleuderte beide Männer durch die berstende Haustür.

„Feuer an Bord! Alle Mann an Deck!", schrie Vogel und schlug aufgeregt mit den Flügeln.

Ein Tischchen hielt dem Gewicht der beiden Männer nicht stand und zersplitterte. Das Haus hallte wieder von zu Bruch gehendem Mobiliar und Krawalllärm.

Etwas Neues mischte sich in den Geruch von Schweiß und Blut: Angst. Als es Nathaniel klar wurde, nutzte er diese neue Waffe sofort für sich.

Seine Hand kam an der Kehle des anderen zu liegen. Erbarmungslos drückte er zu. Der Kampfgeist wich aus seinem Gegner, der nur noch versuchte, Luft zu holen.

„Wer hat euch geschickt?"

„Niemand!"

Abrupt drehte Nathaniel den Kerl um und riss ihm den Arm auf den Rücken. „Ich breche ihn dir wie einen Zahnstocher. Und dann den anderen. Und danach nehme ich mir deine Beine vor. Wer hat euch geschickt?"

„Niemand", wiederholte der Mann und heulte auf, als Nathaniel den Druck verstärkte. „Ich weiß nicht, wie er heißt! Ein Typ aus Boston. Hat uns fünfhundert Dollar bezahlt, damit wir dich aufmischen."

Nathaniel drückte dem Kerl das Knie in den Rücken. „Beschreib ihn mir."

„Groß, dunkelhaarig, schicker Anzug. Sah aus wie ein Filmstar.

Hat uns deine Adresse gegeben. Wir würden das Doppelte kriegen, wenn wir dich krankenhausreif schlagen."

„Tja, aus dem Bonus wird wohl nichts." Nathaniel ließ den Arm des anderen los, packte ihn beim Kragen und schob ihn zur Tür hinaus. „Hör zu, ich sage dir jetzt, was ihr tun werdet: Ihr geht nach Boston zurück und bestellt eurem gelackten Freund, dass ich weiß, wer er ist und wo ich ihn finden kann. Und sosehr er sich auch vorbereitet, das wird zwecklos sein. Denn sollte ich mich entscheiden, dass er überhaupt der Mühe wert ist, wird er mich erst sehen, wenn ich vor ihm stehe. Hast du das kapiert?"

„Ja, ja", stimmte der andere hastig zu.

„Und jetzt klaub deinen Kumpel auf und sieh zu, dass ihr Land gewinnt!"

Das brauchte man den beiden nicht zweimal zu sagen. Der zweite Schläger rappelte sich stöhnend auf. Die Hand an die Seite gedrückt, sah Nathaniel ihnen nach, wie sie sich davonmachten, so schnell sie mit ihren lädierten Gliedmaßen konnten.

Erst jetzt erlaubte er sich ein Stöhnen und humpelte durch die zerbrochene Tür ins Haus zurück.

„Ich hab noch nicht mal richtig angefangen", krächzte Vogel aufgeregt.

„Du warst ja eine große Hilfe", hielt Nathaniel ihm vor. Er brauchte jetzt dringend einen Eisbeutel, ein Röhrchen Aspirin und einen anständigen Schluck Whiskey.

Er machte einen Schritt vor, schwankte, stützte sich fluchend an der Wand ab, als es vor seinen Augen zu flimmern begann. Hund kam winselnd aus einer Ecke hervorgekrochen und auf Nate zu.

„Ich brauche nur eine Minute", murmelte er in den Raum hinein, dann sackte er ohnmächtig zu Boden.

Hund leckte ihm über das Gesicht, setzte sich mit wedelndem Schwanz vor sein Herrchen und wartete. Nach einem Augenblick tappte er zur Tür hinaus.

Nathaniel hob die schmerzenden Lider und hörte Schritte. Nur mit Mühe setzte er sich auf, die kleinste Bewegung verursachte höllische

Schmerzen. Wenn diese beiden Typen zurückkamen, dann würden sie leichtes Spiel mit ihm haben …

„Mann über Bord!", verkündete Vogel.

Ein herzhafter Fluch folgte als Echo. Holt blieb abrupt stehen. „Was, zum Teufel, ist denn hier passiert?" Dann war er auch schon an Nates Seite und half ihm aufzustehen.

„Zwei Schlägertypen." Nathaniel war viel zu schwach, um verlegen zu sein, und lehnte sich an Holt. Der Gedanke kam ihm, dass er vielleicht mehr brauchte als nur einen Eisbeutel und Aspirin.

„Hast du Einbrecher überrascht?"

„Nein. Die kamen nur vorbei, um mich zusammenzuschlagen."

„Und scheinen ganze Arbeit geleistet zu haben." Holt wartete, bis Nathaniel einigermaßen sein Gleichgewicht gefunden hatte. „Haben sie auch gesagt, warum?"

Er bewegte vorsichtig sein Kinn von einer Seite zur anderen. Sterne tanzten vor seinen Augen. „Liebesgrüße von Dumont."

Holt fluchte wieder. Sein Freund war voller blauer Flecke und blutender Platzwunden, und er war zu spät gekommen und konnte jetzt nichts anderes mehr tun, als die Scherben aufsammeln. „Hast du sie wenigstens gesehen?"

„Allerdings. Und ich habe sie demoliert nach Boston zurückgeschickt, mit einer Nachricht für Dumont."

Holt schleifte Nathaniel zur Tür, blieb aber erstaunt stehen. „Du siehst so lädiert aus und hast gewonnen?"

Nathaniel ließ nur ein Knurren hören.

„Hätte ich mir denken sollen." Die Nachricht hellte Holts Stimmung ein wenig auf. „Komm, du gehörst ins Krankenhaus."

„Nein." Die Befriedigung gönnte er Dumont nicht. „Der Mistkerl zahlt ihnen das Doppelte, wenn ich mich in einem Krankenhaus blicken lasse."

„Okay, kein Krankenhaus also." Holt verstand völlig. „Aber zumindest einen Arzt."

„So schlimm ist es nicht. Gebrochen ist nichts." Er befühlte vorsichtig seine Rippen. „Glaube ich. Eis könnte ich allerdings gebrauchen."

„Ja, klar." Doch als Mann konnte Holt die Weigerung, zu einem Arzt gekarrt zu werden, bestens nachempfinden. „Dann also die nächstbeste Wahl." Vorsichtig half er Nate in den Wagen. „Immer schön langsam, Sportsfreund."

„Kann doch gar nicht anders."

Ein Fingerschnippen von Holt und Hund saß im Auto. „Warte eine Sekunde. Ich rufe Suzanna an und sage ihr kurz Bescheid."

„Und fütter Vogel, ja?" Nathaniel hatte Mühe, bei Bewusstsein zu bleiben. „Woher wusstest du denn eigentlich …?"

„Dein Hund." Holt startete den Wagen und setzte so sacht wie möglich aus der Auffahrt. „Er hat Lassie gespielt."

„Ehrlich?" Nathaniel war so beeindruckt, dass er es irgendwie schaffte, den Arm nach hinten zu strecken und dem Welpen den Kopf zu tätscheln. „Toller Hund."

„Das liegt ihm im Blut."

Vorsichtig befühlte Nathaniel sein Gesicht. „Wohin fahren wir?"

„*The Towers*. Wohin sonst."

Coco stieß einen Entsetzensschrei aus und schlug die Hände an die Wangen, als sie Nathaniel, von Holt gestützt, in die Küche humpeln sah.

„Oh, mein armer, armer Liebling! Was ist passiert? Ein Unfall?"

„Bin in was reingerannt." Schwer ließ er sich auf einen Stuhl fallen. „Coco, ich vermache dir alles, was ich besitze, einschließlich meiner Seele, für einen Eisbeutel."

„Grundgütiger!"

Sie schob Holt beiseite und nahm Nathaniels Gesicht vorsichtig zwischen ihre Hände. Außer Blutergüssen und Schürfwunden verlief eine hässliche Platzwunde unter einem Auge. Das andere war blutunterlaufen und schwoll inzwischen zu. Sie brauchte keine Sekunde, um zu wissen, dass das „was", in das er „reingerannt" war, eine Faust gewesen war.

„Keine Sorge, mein Liebling, darum kümmern wir uns schon. Holt, geh nach oben in mein Zimmer. Im Medizinschrank findest du eine Schachtel Schmerztabletten. Die habe ich noch von dieser schrecklichen Wurzelbehandlung."

„Du bist ein Engel", brachte Nathaniel hervor, bevor er erschöpft die Augen schloss und nur auf die Geräusche lauschte, wie Coco geschäftig in der Küche hantierte. Sekunden später zuckte er zurück und stieß zischend die Luft durch die Zähne, als er ein feuchtes Tuch an seinem Auge fühlte.

„Ich weiß, ich weiß", murmelte Coco besänftigend, „es tut weh. Aber wir müssen die Wunde reinigen, damit sie sich nicht entzündet. Ich werde auch Jod darauftupfen, also sei tapfer."

Er wollte lächeln, doch das erlaubte die aufgeplatzte Lippe nicht. „Ich liebe dich, Coco."

„Ich liebe dich auch, mein Herz."

„Lass uns zusammen durchbrennen. Noch heute Nacht."

Als Antwort küsste sie sacht seine Augenbraue. „Du sollst dich nicht prügeln, Nathaniel. Das löst doch keine Probleme."

„Ich weiß."

Megan stürzte atemlos in die Küche. „Holt sagte … Oh mein Gott!" Sofort war sie an Nathaniels Seite und drückte seine Hand so fest, dass er nur mit Mühe einen Schmerzensschrei unterdrücken konnte. „Wie schlimm ist es? Du gehörst in ein Krankenhaus!"

„Ich hab schon schlimmer ausgesehen."

„Holt sagte, dass die beiden Kerle …"

„Zwei?!" Coco hielt abrupt inne. „Du bist von zwei Männern angegriffen worden?" Alle Güte schwand aus ihren Augen, die jetzt wie blauer Stahl blitzten. „Also, das ist unerhört! Man sollte diesen Grobianen beibringen, wie man fair kämpft!"

Trotz seiner Lippe musste Nathaniel grinsen. „Das habe ich schon."

„Ich hoffe, du hast sie anständig verdroschen." Mit einem befriedigten Schnauben wandte sie sich wieder ihrer Arbeit an Nathaniels Gesicht zu. „Megan, Liebes, mach einen Eisbeutel für sein Auge zurecht. Das wird noch weiter zuschwellen."

Megan gehorchte wortlos und fühlte sich in tausend Fetzen zerrissen. Wegen des Zustands seines Gesichts. Wegen der Tatsache, dass er sie keines Blickes würdigte.

„Hier." Sie hielt den Beutel an sein Auge, während Coco seine Knöchel verarztete.

„Danke, das mache ich selbst." Er legte die Hand auf den Beutel und ließ das Eis den Schmerz betäuben.

„Da oben in dem Regal ist Desinfektionsmittel", wies Coco Megan an, und Megan holte es mit brennenden Augen.

Die Tür ging auf. Diesmal drängte sich eine ganze Schar in die Küche. Nathaniels anfängliche Verlegenheit über das Publikum wandelte sich in Belustigung über die maßlose Empörung der Calhoun-Sippe. Rachepläne wurden geschmiedet und verworfen, während das Jod in seinen Wunden brannte.

„Gebt dem Jungen doch Raum!"

Die Gruppe aufgeregter und wütender Großnichten und -neffen wich auseinander, um Colleen Platz zu machen, die majestätisch wie eine Königin durch die Mitte auf Nathaniel zuschritt. Direkt vor ihm blieb sie stehen und begutachtete ihn. „Haben dich wohl ziemlich durchgerüttelt, was?"

„Ja, Ma'am."

Mit wachen Augen musterte sie ihn. „Dumont?", fragte sie so leise, dass nur er es hören konnte.

Nathaniel versuchte sich vorsichtig an einer Grimasse. „Beim ersten Mal richtig geraten, Ma'am."

Sie sah zu Coco. „Du scheinst in fähigen Händen zu sein. Ich muss einen Anruf erledigen." Sie lächelte dünn. Es ist immer gut, Beziehungen zu haben, dachte sie, als sie auf ihren Stock gestützt den Raum verließ. Diese Beziehungen würde sie jetzt nutzen, um Baxter Dumont klarzumachen, dass er sich soeben selbst die Schlinge um den Hals gelegt hatte. Ein falscher Schritt und seine Karriere würde zu einem abrupten und höchst unangenehmen Ende kommen.

Niemand vergriff sich an Colleen Calhouns Familie. Absolut niemand!

Nathaniel sah Colleen nach, dann nahm er die Tablette, die Coco ihm hinhielt, und würgte sie hinunter. Die Bewegung jagte eine neue Schmerzwelle durch seine Seite.

„Werden wir erst mal dieses T-Shirt los." Coco gab sich alle Mühe, unbeschwert zu klingen. Mit der Küchenschere schnitt sie das zerrissene T-Shirt auseinander und legte Nathaniels violett und blau angelaufenen Torso frei.

„Oh, Baby." Tränen schossen ihr in die Augen.

„Hört auf, den Jungen zu verweichlichen!" Dutch kam hinzu, zwei Flaschen in den Händen – Whiskey und Franzbranntwein. Ein Blick auf Nathaniel und er biss die Zähne so hart zusammen, dass sein Kiefer schmerzte. Dennoch hielt er seinen Ton gleichgültig. „Er ist kein Baby. Hier, trink einen Schluck, Captain."

„Er hat Tabletten genommen", setzte Coco an.

„Trink!", wiederholte Dutch.

Der Whiskey brannte ihm auf den Lippen, aber er half. „Danke."

„Sieh dich nur an!" Dutch schnaubte und gab Franzbranntwein auf ein Tuch. „Du hast dich bearbeiten lassen wie ein Schnösel aus der Stadt, der Angst hat, sich die manikürten Finger schmutzig zu machen."

„Es waren zwei", murmelte Nathaniel.

„Na und?" Vorsichtig rieb Dutch die blauen Flecken ein. „Bist du schon so schlapp geworden, dass du es nicht mehr mit zweien aufnehmen kannst?"

„Ich hab ihnen einen anständigen Tritt in den Hintern verpasst." Mit der Zunge befühlte Nathaniel einen Backenzahn. Die Stelle tat weh, aber zumindest schien der Zahn nicht locker zu sein.

„Das kann man von dir ja wohl auch erwarten." Ein Anflug von Stolz war in Dutchs Stimme zu hören. „Wollten sie dich ausrauben?"

Nathaniel warf einen knappen Blick auf Megan. „Nein."

„Die Rippen sind nur geprellt, nicht gebrochen." Ohne auf Nathaniels Fluchen zu achten, tupfte und rieb Dutch weiter, bis er zufrieden war, und sah Nathaniel in die Augen. „Ohnmächtig geworden?"

„Schon möglich." Es zugeben zu müssen war fast wie ein weiterer Schlag.

„Verschwommene Sicht?"

„Nein, Herr Doktor, jetzt nicht mehr."

„Werd nicht frech mit mir. Wie viele?" Dutch hielt zwei Finger vor Nathaniels Augen.

„Siebenundachtzig." Nathaniel sah sich nach dem Whiskey um, doch Coco hatte die Flasche längst verschwinden lassen.

„Es gibt keinen Alkohol mehr auf die Schmerztabletten", sagte sie streng.

„Frauen bilden sich immer ein, sie wüssten alles." Dennoch warf Dutch Coco einen Blick zu, der ihr versichern sollte, dass ihr Schützling wieder in Ordnung kommen würde. „Du brauchst Schlaf. Eine heiße Badewanne und kühle Laken. Soll ich dich tragen?"

„Zum Teufel, nein!" Noch eine Erniedrigung würde er heute nicht mehr ertragen. Er nahm Cocos Hand und setzte einen Handkuss darauf. „Danke, Darling. Solange ich weiß, dass du mich versorgst, würde ich es glatt noch mal machen." Er sah zu Holt. „Ich könnte jemanden gebrauchen, der mich nach Hause fährt."

„Humbug!" Sofort wischte Coco diese Idee mit einem Handstreich beiseite. „Du bleibst hier, sodass wir uns um dich kümmern können. Du könntest eine Gehirnerschütterung haben. Wir werden uns abwechseln und dich heute Nacht immer wieder wecken, damit du nicht ins Koma fällst."

„Alles nur Ammenmärchen", brummte Dutch, doch hinter Nathaniels Rücken nickte er Coco zu.

„Ich mache das Bett im Gästezimmer fertig", verkündete Amanda. „C. C., lass unserem Helden ein heißes Bad ein. Lilah, bring das Eis mit."

Er hatte nicht die Energie, gegen den Aufwand zu protestieren. Also lehnte er sich nur zurück, als Lilah ihn sanft auf die Stirn küsste. „Komm, du Haudegen."

Sloan half ihm aufstehen. „Zwei also, was? Wohl Winzlinge?"

„Größer als du, mein Freund."

Wie auf Watte stieg er die Treppe hinauf, von Sloan und Max zu beiden Seiten gestützt.

„Erst mal ziehen wir diese Hose aus", sagte Lilah, als die beiden Männer Nathaniel auf dem Bett absetzten, und ging in die Hocke.

Er schaffte es sogar, eine Augenbraue leicht in die Höhe zu ziehen. „Als es darauf ankam, hast du das nie gesagt. Sollte nur ein Witz sein", sagte er in Max' Richtung.

„Kein Problem." Lachend zog Max Nathaniel die Schuhe von den Füßen. Er wusste, wie es war, von den Calhoun-Frauen gesund gepflegt zu werden. Sobald Nathaniel das Schlimmste überstanden hatte, würde er sich wie im Paradies vorkommen. „Brauchst du Hilfe, um in die Wanne zu steigen?"

„Danke, das schaffe ich schon."

„Ruf, wenn du irgendwas brauchst." Sloan hielt die Tür offen, damit die anderen das Zimmer verlassen konnten. „Und sobald du wieder einigermaßen fit bist, will ich die ganze Geschichte hören."

Endlich allein, mühte Nathaniel sich in das warme Wasser. Zuerst brannte es höllisch an den offenen Wunden, doch dann fühlte er, wie sich langsam eine wohlige Wärme in ihm ausbreitete und seine Muskeln sich entspannten. Als er aus der Wanne stieg, glaubte er schon fast, das Schlimmste hinter sich zu haben.

Bis er in den Spiegel schaute.

Unter seinem linken Auge klebte ein Verband, das rechte war kaum noch als Auge zu bezeichnen. Blutergüsse überall, eine aufgeplatzte, geschwollene Lippe, eine hässliche Schürfwunde an der Wange … alles in allem sah er hundsmiserabel aus.

Ein Handtuch um die Hüften geschlungen, ging er zurück ins Schlafzimmer. Im gleichen Moment öffnete Megan die Tür.

„Entschuldige." Sie presste die Lippen zusammen, damit ihr nicht alle möglichen albernen Dinge entschlüpften. „Amanda meinte, du brauchst vielleicht noch ein Kissen."

„Danke." Er schaffte es bis zum Bett und legte sich mit einem erleichterten Seufzer zurück.

Dankbar, etwas tun zu können, schüttelte Megan die Kissen auf und zog das Bettlaken gerade. „Kann ich dir etwas holen? Mehr Eis? Oder vielleicht eine Suppe?"

„Nein, danke."

„Bitte, ich möchte helfen. Ich muss helfen." Sie hielt es nicht länger aus, legte eine Hand an seine Wange. „Sie haben dir wehgetan. Es tut mir so leid, dass sie dir wehgetan haben."

„Nur ein paar blaue Flecke."

„Verdammt, sei doch nicht so verbohrt! Ich sehe doch, was sie dir angetan haben!" Sie riss sich zusammen, unterdrückte die Wut und sah ihm hilflos in die Augen. „Ich weiß, du bist wütend auf mich. Aber kannst du mir nicht erlauben, etwas für dich zu tun?"

„Vielleicht solltest du dich besser setzen." Er nahm ihre Hand, sobald sie auf der Bettkante saß. Er brauchte den Körperkontakt ebenso sehr wie sie. „Du hast geweint."

„Schon möglich." Sie starrte auf seine aufgeplatzten Fingerknöchel. „Ich fühlte mich so nutzlos unten in der Küche. Coco durfte dich verarzten, und mich hast du nicht einmal angesehen." Ihre Augen schimmerten feucht, als sie den Blick hob. „Ich will dich nicht verlieren, Nathaniel. Du bedeutest mir zu viel. Bitte, ich möchte mich um dich kümmern, bis es dir besser geht."

„Nun …" Er merkte, wie er nachgiebig wurde, und strich ihr übers Haar. „Vielleicht hat Dumont mir ja sogar einen Gefallen getan."

„Was meinst du?"

Er schüttelte den Kopf. Der Schmerz und die Tabletten mussten seinen Verstand verwirrt haben. Er hatte es ihr nicht sagen wollen, zumindest jetzt noch nicht. Dennoch … sie hatte ein Recht darauf, es zu erfahren.

„Die beiden Schläger, die mich angegriffen haben … Dumont hatte sie angeheuert."

Alle Farbe wich aus ihrem Gesicht. „Baxter hat sie bezahlt, damit sie dich überfallen? Damit sie dich so zurichten?"

„Ich vermute, er wollte sich für das unfreiwillige Bad revanchieren." Nathaniel versuchte sich bequemer hinzulegen und verzog vor Schmerzen das Gesicht. „Er hätte besser Profis schicken sollen. Diese beiden waren blutige Amateure."

„Baxter hat dir das angetan." Megan wurde schwarz vor Augen. Sie schloss die Lider, bis sie sicher sein konnte, dass sie sich wieder gefasst hatte. „Das ist meine Schuld."

„Blödsinn. Überhaupt nichts ist deine Schuld. Dieser Mistkerl hat dich benutzt, hat Suzanna benutzt, die Kinder … Und natürlich würde dieser miese Feigling sich nie selbst die Hände schmutzig machen. He!" Er zupfte leicht an einer ihrer Haarsträhnen. „Ich habe gewonnen. Er hat sein Geld umsonst ausgegeben."

„Und du glaubst, das sei wichtig?"

„Für mich schon. Megan. Wenn du etwas für mich tun willst, wirklich für mich tun willst, dann vergisst du ihn, ein für alle Mal."

„Er ist Kevins Vater", flüsterte sie. „Allein bei dem Gedanken wird mir übel."

„Er ist ein Niemand, ein Nichts. Legst du dich ein wenig zu mir?"

Weil sie sehen konnte, dass er gegen den Schlaf und die Wirkung der Tabletten ankämpfte, tat sie ihm den Gefallen. Vorsichtig bettete sie seinen Kopf auf ihrer Brust. „Schlaf ein Weilchen", murmelte sie. „Wir denken einfach nicht daran. Wir denken an gar nichts mehr."

Seufzend ließ er sich in den Schlaf hinübergleiten. „Ich liebe dich, Megan."

„Ich weiß." Sie streichelte ihm übers Haar, ließ ihn schlafen, während sie wach dalag.

Keiner von ihnen hatte den kleinen Jungen bemerkt, der mit weit aufgerissenen Augen und bleichem Gesicht in der offenen Tür stand.

Nathaniel erwachte zum rhythmischen Pochen seiner Schmerzen. In seinem Kopf dröhnte eine Kesselpauke, auf seinen Rippen schien jemand Waschbrett zu spielen, und seine Schulter summte unablässig im Takt mit.

Vorsichtig setzte er sich auf. Steif wie eine Leiche, dachte er angewidert. Mit schwerfälligen Bewegungen rappelte er sich aus dem Bett und humpelte ins Bad. Abgesehen von seinem hämmernden Schädel war es eigentlich erträglich. Seine einzige Befriedigung war, dass es seinen unerwarteten Besuchern im Moment noch schlechter gehen musste.

Selbst die warmen Wasserstrahlen der Dusche waren an manchen Stellen zu viel. Mit zusammengebissenen Zähnen wartete er darauf, dass der Schmerz nachließ.

Er würde es überleben.

Tropfend nass ging er ins Schlafzimmer zurück, wo frische Kleidung ordentlich gefaltet auf einem Stuhl für ihn bereitgelegt worden war. Mit unterdrückten Flüchen und nur im Zeitlupentempo schaffte er es, sich anzuziehen.

Er dachte gerade an frischen Kaffee, Aspirin und ein ausgiebiges Frühstück, als die Tür sich einen Spalt öffnete.

„Du sollst doch liegen bleiben." Coco, ein beladenes Tablett auf dem Arm, schnalzte missbilligend mit der Zunge. „Zieh dich aus und dann marsch, ins Bett!"

„Darling, mein ganzes Leben warte ich schon darauf, dass du das zu mir sagst."

„Dir scheint es ja schon wieder recht gut zu gehen." Lachend stellte sie das Tablett auf den Tisch und strich sich über die Frisur.

Während er die vertraute Geste verfolgte, fiel ihm auf, dass Coco schon seit über zwei Wochen nicht mehr die Haarfarbe gewechselt hatte. „Es ist auszuhalten."

„Mein armer Liebling." Sanft streichelte sie ihm über die Wange. Er sah noch schlimmer aus als gestern, aber sie brachte es nicht übers Herz, es ihn wissen zu lassen. „Setz dich und iss", meinte sie nur.

„Du hast meine Gedanken erraten." Folgsam setzte er sich an den Tisch. „Ich weiß den Service zu schätzen."

„Das ist das Mindeste, was wir für dich tun können." Sie reichte ihm die Serviette. Wahrscheinlich würde sie sie mir noch in den Kragen stopfen, wenn sie könnte, dachte er. „Megan hat mir erzählt, was passiert ist. Dieser Baxter … er hat die Halunken bezahlt. Uuh, am liebsten würde ich nach Boston fliegen und diesem Mann zeigen, was ich von ihm halte."

Der wilde Blick in ihren Augen wärmte ihm das Herz. Coco sah aus wie eine keltische Rachegöttin. „Gegen dich hätte er nicht die geringste Chance, Darling." Er nahm eine Gabel Rührei und ließ es sich auf der Zunge zergehen. „Vergessen wir es einfach."

„Es vergessen? Das darfst du nicht! Du musst Anzeige erstatten. Mir persönlich wäre es natürlich lieber, wenn ihr Jungs euch zusammentun und in Boston auftauchen würdet, um diesem Mann ein Veilchen zu verpassen, aber …" Sie presste die Hand auf die Brust, weil ihr Herz allein bei der Vorstellung schneller zu schlagen begonnen hatte, „… das Richtige ist natürlich, das von der Polizei erledigen zu lassen."

„Keine Cops." Er biss genüsslich in eine Bratkartoffel. „Dumont wird sich viel unwohler in seiner Haut fühlen, wenn er nicht weiß, was ich unternehme und wann."

Coco dachte darüber nach, und ein Lächeln erschien auf ihrem Gesicht. „Du hast völlig recht. So, als wartet er darauf, wann die Axt fällt."

„Genau. Außerdem würden Megan und der Junge darunter zu leiden haben, wenn die Polizei hier auftaucht."

„Natürlich, daran habe ich gar nicht gedacht." Sie strich ihm übers Haar. „Ich bin so froh, dass sie dich haben."

„Ich wünschte, Megan würde genauso denken."

„Aber das tut sie doch. Sie hat nur Angst. Sie hat so viel in ihrem Leben durchstehen müssen. Und du … nun, du kannst eine Frau schon ein wenig durcheinanderbringen."

„Glaubst du, ja?"

„Ich weiß es." Sie griff in ihre Schürzentasche. „Hast du noch immer so starke Schmerzen? Ich habe dir Aspirin mitgebracht. Die kannst du mit deinem Saft einnehmen."

„Ja, Ma'am." Er schluckte die Tablette und widmete sich wieder dem Rührei. „Hast du Megan heute Morgen schon gesehen?"

„Ich konnte sie erst im Morgengrauen dazu überreden, dich allein zu lassen und selbst etwas zu schlafen."

Diese Neuigkeit schmeckte ihm noch besser als die Eier. „So?"

„Und wie sie dich angesehen hat …" Sie tätschelte seine Hand. „Eine Frau erkennt so etwas, vor allem, wenn sie selbst verliebt ist." Ein Hauch von Röte zog auf ihre Wangen. „Ich nehme an, du weißt längst, dass Niels und ich … nun, dass wir ein Paar sind."

Er gab nur einen unverständlichen Laut von sich. Er wollte sich die beiden nicht allein im Dunkeln vorstellen. Coco und Niels waren die beiden Menschen, die für ihn dem Bild von Eltern am nächsten kamen. Und kein Kind, selbst nicht mit dreiunddreißig, wollte über diese Seite der elterlichen Beziehung nachdenken.

„Diese letzten Wochen waren einfach wunderbar. Ich hatte eine sehr glückliche Ehe, und es gibt Erinnerungen, die vergisst man nie. Ich hatte auch einige sehr erfüllende Beziehungen, aber mit Niels …" Ein verträumter Ausdruck trat in ihre Augen. „Bei ihm fühle ich mich jung und voller Leben. Und fast zierlich. Es ist nicht nur der Sex …"

Nathaniel krümmte sich. „He, Coco. ich glaube nicht, dass ich darüber Bescheid wissen muss." Er trank einen Schluck Kaffee. Sein Appetit schrumpfte rapide.

Sie kicherte wie ein Backfisch und liebte ihn umso mehr. „Ich weiß doch, wie nah Niels und du euch steht."

Er fühlte sich höchst unwohl in seiner Haut. „Ja sicher, wir sind lange zusammen gesegelt, und er ist …"

„Wie ein Vater für dich", sagte sie gütig. „Deshalb sollst du wissen, dass ich ihn liebe. Wir werden heiraten."

„Was?" Die Gabel fiel klappernd auf den Teller. „Heiraten? Du und der Holländer?"

Coco wurde nervös. Sie konnte Nathaniels Miene nicht deuten. War er einfach nur überrascht oder schockiert? Fahrig nestelte sie an ihrer Perlenkette. „Ich hoffe, es macht dir nichts aus."

„Ob es mir etwas ausmacht?" Sein Verstand hatte einen Moment lang ausgesetzt, jetzt begann er wieder zu arbeiten. Nate sah das nervöse Zittern ihrer Finger, hörte das Schwanken in ihrer Stimme, sah den unsicheren Ausdruck in ihren Augen. Er schob das Tablett zurück und stand auf. „Eine elegante Frau wie du und dieser alte Seebär? Bist du sicher, dass er dir nicht irgendwas in die Suppe geschüttet hat?"

Erleichtert lächelte sie. „Falls ja, dann gefällt es mir ausnehmend gut. Haben wir deinen Segen?"

Er nahm ihre Hände und sah auf ihre Finger hinunter. „Weißt du, seit ich denken kann, habe ich mir immer gewünscht, du könntest meine Mutter sein."

„Oh, Nathaniel." Vor Rührung füllten sich ihre Augen mit Tränen.

„Und jetzt sieht es so aus, als würdest du es werden." Er küsste sie auf beide Wangen. „Er wird sich dir gegenüber besser anständig benehmen, sonst bekommt er es mit mir zu tun."

„Oh, ich bin ja so glücklich, Nate." In Nathaniels Umarmung ließ Coco den Tränen freien Lauf. „Dabei habe ich es weder in den Karten noch in den Teeblättern gesehen." Sie bekam Schluckauf und presste die feuchte Wange an seine Brust. „Es ist einfach passiert."

„Die besten Dinge im Leben kommen immer unerwartet."

„Ich wünsche mir, dass du auch so glücklich wirst." Sie machte sich aus seinen Armen los und kramte in der Schürzentasche nach ihrem Spitzentaschentuch. „Ich möchte, dass du an das glaubst, was du mit Megan hast, und es nicht aufgibst. Sie braucht dich, Nathaniel. Und Kevin auch."

„Das habe ich ihr auch schon gesagt." Lächelnd nahm er Coco das Taschentuch ab und tupfte ihr sanft die Wangen trocken. „Sie war wohl noch nicht bereit, mir zuzuhören."

„Dann musst du es ihr immer und immer wieder sagen." Ihre Stimme nahm einen bestimmten Ton an. „So lange, bis sie dir zuhört." Und wenn Megan einen kleinen Schubs brauchte … das würde sie mit Vergnügen übernehmen. „Also dann …" Sie fuhr sich übers Haar und strich sich die Schürze glatt. „Ich habe noch hundert Dinge zu erledigen. Ich will, dass du dich ausruhst, damit du das Picknick und das Feuerwerk genießen kannst."

„Ich fühle mich ganz gut."

„Du fühlst dich, als ob dich ein Zug überrollt hätte." Sie ging zum Bett, schlug die Decke zurück und schüttelte das Kissen auf. „Leg dich noch eine oder zwei Stunden hin. Oder setz dich auf die Terrasse in die Sonne. Es ist ein wunderschöner Tag. Wir können nachher ein kleines Sofa für dich rausstellen. Wenn Megan wach ist, schicke ich sie zu dir, damit sie dich einreiben kann."

Im gleichen Moment vernahmen sie eilige Schritte auf dem Korridor, und schon stürmte Megan zur Tür herein.

„Ich kann Kevin nirgends finden", stieß sie aus. „Schon den ganzen Vormittag hat ihn niemand gesehen."

11. KAPITEL

*M*egan war leichenblass. Die Vorstellung, ihr kleiner Junge könnte weggelaufen sein, war völlig absurd. Immer wieder sagte sie sich, dass es sich nur um einen Streich handeln konnte. Vielleicht träumte sie auch nur.

„Niemand hat ihn gesehen", wiederholte sie und musste sich an der Türklinke festhalten. „Ein paar von seinen Sachen sind weg und sein Rucksack auch."

„Ruf bei Suzanna an", sagte Nathaniel sofort. „Wahrscheinlich ist er mit Alex und Jenny zusammen."

„Nein." Langsam schüttelte sie den Kopf. „Sie sind hier. Sie alle sind hier. Und keiner hat ihn gesehen. Ich habe geschlafen." Sie sprach jedes Wort überdeutlich aus, als habe sie Schwierigkeiten, sich selbst zu verstehen. „Ich habe geschlafen. Nach dem Aufwachen bin ich in sein Zimmer gegangen, wie ich es jeden Morgen tue. Er war nicht da, also dachte ich, er sei bereits unten. Oder draußen. Doch als ich nach unten kam, suchte Alex nach ihm." Krallen der Angst griffen nach ihr, kratzten ihr über den Rücken. „Also suchten wir ihn zusammen. Und als ich zurück in sein Zimmer kam, bemerkte ich, dass sein Rucksack weg war und seine Sachen ..."

„Beruhige dich, Liebes." Coco eilte zu ihr und legte ihr einen Arm um die Schultern. „Das ist sicher nur ein Spiel. Es gibt so viele Verstecke im Haus und auf dem Grundstück."

„Er hat sich so auf heute gefreut. Kevin hat über nichts anderes mehr geredet. Er wollte Revolution mit Alex und Jenny spielen."

„Wir finden ihn." Sanft drängte Coco Megan in den Korridor. „Wir stellen einen Suchtrupp zusammen. Es wird ihn sicher diebisch freuen, wenn alle nach ihm suchen."

Eine Viertelstunde später hatten sich alle im Haus und auf dem Grundstück verteilt und suchten nach Kevin. Megan wahrte mit übermenschlicher Anstrengung Fassung und suchte jeden möglichen Schlupfwinkel ab. Sie fing im Turm an und arbeitete sich langsam nach unten.

Er muss hier irgendwo sein, sagte sie sich immer wieder vor. Natürlich, jeden Moment würde sie ihn finden.

Hysterie wollte in ihr aufsteigen und wurde nur mit Mühe zurückgedrängt.

Er spielte nur ein Spiel, war auf Entdeckungsreise. Er liebte dieses Haus. Dutzende von Bildern hatte er gemalt und nach Oklahoma geschickt, damit jeder sehen konnte, dass er in einem Schloss lebte.

Hinter der nächsten Tür würde sie ihn finden, ganz bestimmt …

In einem der langen Korridore lief sie Suzanna über den Weg. Ihr war kalt, eiskalt, obwohl die Sonne durch die Fenster fiel. „Er antwortet mir nicht", murmelte sie tonlos. „Ich rufe ihn, aber er antwortet nicht."

„Das Haus ist groß." Suzanna nahm Megans Hand und drückte sie zuversichtlich. „Einmal haben wir als Kinder Verstecken gespielt und Lilah drei Stunden lang nicht gefunden. Sie war in einen Schrank geklettert und eingeschlafen."

„Suzanna." Megan presste die Lippen aufeinander. Sie musste sich den Tatsachen stellen, schnellstmöglich. „Seine beiden Lieblingshemden sind fort und zwei Paar Turnschuhe. Seine Baseballkappe auch. Sein Sparschwein ist leer geräumt. Er ist nicht im Haus. Er ist weggelaufen."

„Du musst dich setzen."

„Nein, ich … ich muss etwas unternehmen. Die Polizei anrufen. Oh Gott!" Die eiserne Selbstbeherrschung bröckelte. „Ihm könnte alles Mögliche passiert sein. Er ist doch noch ein kleiner Junge. Ich weiß nicht einmal, wie lange er schon weg ist. Ich weiß es nicht." Tränen schwammen in ihren Augen, als sie Suzanna verzweifelt anblickte. „Haben Alex und Jenny nichts zu dir gesagt? Frag sie, vielleicht wissen sie etwas …"

„Ich habe sie schon gefragt, Megan", erwiderte Suzanna mitfühlend. „Er hat nichts davon gesagt, dass er weggehen will."

„Wohin will er denn gehen? Und warum? Zurück nach Oklahoma", schoss es ihr in den Kopf. „Vielleicht will er nach Oklahoma zurück. Weil er hier unglücklich ist und nur so tut, als würde es ihm hier gefallen."

„Er ist glücklich hier. Aber wir werden es überprüfen. Komm, lass uns nach unten gehen."

„Hier in diesem Teil habe ich überall nachgesehen", versicherte Dutch Nathaniel. „In den Vorratskammern, den Lagerräumen, sogar im Kühlraum. Trent und Sloan durchsuchen jeden Winkel auf der Baustelle, und Max und Holt schauen draußen unter jeden Busch." Sorge lag in seinen Augen, doch seine Hände zitterten nicht, während er frischen Kaffee brühte. „Man sollte meinen, wenn der Junge nur spielt, dass er dann aus seinem Versteck hervorkommt, wenn er den ganzen Trubel hört."

„Wir haben das gesamte Haus zweimal durchgekämmt." Mit grimmiger Miene starrte Nathaniel aus dem Fenster. „Amanda und Lilah haben im Retreat gesucht. Er ist nicht im Haus."

„Für mich ergibt das keinen Sinn. Kevin war hier zufrieden wie eine Perle in der Auster. Jeden Tag kommt er her, steht mir im Weg und bettelt, dass ich ihm Geschichten von der Seefahrt erzähle."

„Irgendetwas hat ihn verschreckt." Eine Gänsehaut lief Nathaniel über den Rücken. Abwesend rieb er sich den Nacken. „Warum rennt ein Junge weg? Weil er Angst hat, oder weil er verletzt wurde, oder weil er unglücklich ist."

„Der Junge ist nichts dergleichen", sagte Dutch überzeugt.

„Hätte ich auch nicht gedacht." In Kevins Alter hatten alle drei Begründungen auf ihn gepasst. Er war sich sicher, er hätte die Anzeichen erkannt.

Das Prickeln in seinem Nacken ließ nicht nach. Automatisch ging sein Blick wieder hinaus auf die Klippen. „Ich hab da so eine Ahnung", sagte er mehr zu sich selbst.

„Was?"

„Nichts Genaues, nur ein Gefühl." Das mulmige Gefühl war in seinen Magen gewandert. „Ich werd besser mal nachsehen."

Die Klippen zogen ihn regelrecht an. Nathaniel wehrte sich nicht gegen den Sog, auch wenn jeder Schritt auf dem unebenen Gebiet den Schmerz zurückbrachte und ihm den Atem raubte. Eine Hand gegen die Rippen gepresst, ließ er den Blick unablässig über die Felsen und das hohe Gras schweifen.

Kinder fühlten sich magisch angezogen von diesem Ort. Er wusste es aus Erfahrung. Als Junge war er oft hergekommen. Und als Mann.

Die Sonne stand hoch am Himmel, das Meer schimmerte saphirblau, gekrönt von weißem Schaum, wo es tief unten stetig gegen die Felsen schlug. Wunderschön – und tödlich. Vor seinem geistigen Auge sah er einen Jungen, der über die Klippen rannte, stolperte, rutschte … Übelkeit schoss in ihm auf, so jäh, dass er stehen blieb und nach Luft schnappte.

Nein, Kevin war nichts passiert. Er würde nicht zulassen, dass Kevin etwas passierte.

Er ging weiter, kletterte höher, rief immer wieder den Namen des Jungen.

Ein Vogel erregte seine Aufmerksamkeit. Eine schneeweiße Möwe, im Flug elegant wie ein Balletttänzer, kreiste über den Felsen und stieß einen Schrei aus, der fast menschlich klang und auf unheimliche Art an eine Frau erinnerte. Nathaniel blieb stehen und sah auf. Er hätte schwören mögen, dass die Möwe grüne Augen hatte. Smaragdgrüne Augen.

Die Möwe sank herab, setzte sich weiter unten auf einen Felsenkamm und sah zu ihm hin, so als warte sie auf ihn.

Die Schmerzen seines malträtierten Körpers ignorierend begann Nathaniel den Abstieg. Er glaubte, den Duft einer Frau wahrzunehmen, süß und zart und beruhigend, doch es war nur der Geruch der See.

Der Vogel flog auf, stieß hoch in die Lüfte und gesellte sich zu einem zweiten, ebenso gleißend weiß. Eine Weile kreisten sie zusammen über den Felsen, Schreie ausstoßend wie Freudenrufe, dann segelten sie hinaus auf die offene See.

Ein wenig kurzatmig erreichte Nathaniel den Felsvorsprung und sah die Mulde, in der ein kleiner Junge zusammengekauert hockte.

Sein erster Impuls war, den Jungen in seine Arme zu ziehen und ihn festzuhalten. Doch er hielt sich zurück. Er konnte nicht sicher sein, ob nicht er der Grund war, weshalb Kevin weggelaufen war.

So setzte er sich nur zu ihm und begann leise zu reden. „Tolle Aussicht."

Kevin hatte den Kopf auf die Knie gelegt und hob ihn auch nicht an. „Ich geh nach Oklahoma zurück." Es sollte wohl trotzig klingen, doch Angst und Kummer übertönten die Worte. „Ich kann den Bus nehmen."

„Sicher. Dann siehst du viel von der Landschaft. Aber ich dachte, es gefällt dir hier?"

Ein Schulterzucken war die Antwort. „Ist ganz okay."

„Macht dir hier jemand das Leben schwer, Sportsfreund?"

„Nein."

„Hast du dich mit Alex gestritten?"

„Nein, das ist es nicht. Ich gehe einfach nur zurück nach Oklahoma. Gestern Nacht fuhr kein Bus mehr, deshalb musste ich warten und kam hierher. Wahrscheinlich bin ich eingeschlafen." Kevin hob den Kopf, sah Nathaniel jedoch nicht an. „Du kannst mich nicht zwingen, zurückzugehen."

„Weißt du, ich bin größer und stärker als du, also würde ich dich wohl zwingen können." Er sagte es ruhig und wollte dem Jungen übers Haar streichen, doch Kevin zuckte zurück. „Aber eigentlich will ich dich zu nichts zwingen, bevor ich nicht verstehe, was du denkst."

Er wartete geduldig ab, lauschte auf die See und den Wind, bis er merkte, dass die Anspannung in Kevin ein wenig nachließ. „Deine Mutter macht sich ziemlich große Sorgen um dich. Die anderen auch. Vielleicht solltest du zurückgehen und wenigstens Auf Wiedersehen sagen."

„Sie wird mich nicht gehen lassen."

„Sie liebt dich sehr."

„Sie hätte mich nie haben sollen." Die Worte waren viel zu bitter und zu scharf für einen kleinen Jungen.

„Also, was du da sagst, ist wirklich dumm. Jeder wird mal wütend und hat auch das Recht dazu, aber das ist kein Grund, blöd zu werden."

Kevins Kopf drehte sich ruckartig herum. Sein Gesicht war schmutzig und tränenverschmiert. Es schnitt Nathaniel ins Herz. „Wenn sie mich nicht gehabt hätte, wäre alles anders für sie. Sie tut immer so, als würde es ihr nichts ausmachen. Aber ich weiß, dass das nicht stimmt."

„Woher weißt du das?"

„Ich bin kein Baby mehr. Ich weiß, was er getan hat. Er ist weggegangen, obwohl sie schwanger von ihm war. Weil es ihn nicht interessierte. Und dann hat er Suzanna geheiratet und ist auch von ihr weggegangen. Und von Alex und Jenny. Deswegen sind wir ja auch Geschwister."

In den Augen des Jungen stand die blanke Wut eines Neunjährigen. Das sind raue Wasser, dachte Nathaniel, auf denen man sehr vorsichtig navigieren muss. „Darüber solltest du mit deiner Mutter reden, Kevin. Sie ist diejenige, die dir das erklären kann."

„Sie hat mir gesagt, dass manche Leute nicht heiraten können, auch wenn sie zusammen ein Baby haben. Aber er wollte mich nie, und ich hasse ihn."

„Dazu kann ich nichts sagen", meinte Nathaniel behutsam. „Aber deine Mutter liebt dich, und das ist viel wichtiger. Wenn du wegläufst, wirst du ihr sehr wehtun."

Kevins Lippen begannen zu zittern. „Wenn ich nicht mehr da bin, kann sie dich haben. Ohne mich bleibst du bei ihr."

„Ich fürchte, ich kann dir nicht ganz folgen, Kevin."

„Er ... er hat dich zusammenschlagen lassen." Kevin bekam Schluckauf vor Aufregung. „Ich hab's gehört, gestern Abend. Ich habe dich und Mom reden hören, und sie hat gesagt, dass es ihre Schuld ist. Aber es ist nicht ihre Schuld, es ist meine. Weil er mein Vater ist. Er hat es getan, und jetzt magst du mich nicht mehr und wirst weggehen."

„Du kleiner Dummkopf!" Emotionen überwältigten ihn, und Nathaniel zog den Jungen mit einem Ruck an sich heran und schüttelte ihn leicht. „Du hast diesen Aufruhr verursacht, weil ich ein paar blaue Flecke abbekommen habe? Sehe ich aus, als könnte ich nicht auf mich aufpassen? Die anderen beiden sind auf allen vieren weggekrochen."

„Ehrlich?" Kevin rieb sich schniefend die Augen. „Trotzdem ..."

„Nichts trotzdem", fuhr Nathaniel auf. „Mit dir hatte das überhaupt nichts zu tun. Ich sollte dich schütteln, bis dir die Zähne klappern, weil du uns allen solche Sorgen gemacht hast."

„Er ist mein Vater." Kevin schob das Kinn vor. „Und das bedeutet ..."

„Es bedeutet gar nichts. Mein Vater war ein alter Trunkenbold, der mich an sechs Tagen der Woche vermöbelt hat. Bin ich deshalb wie er?"

„Nein." Die Tränen flossen jetzt ungehindert. „Ich dachte, dass du mich nicht mehr magst und dass du jetzt bestimmt nicht mehr bleiben wirst, um mein Vater zu werden, so wie Holt Alex' und Jennys neuer Dad ist."

Mit sanftem Griff schloss Nathaniel den weinenden Jungen in seine Arme. „Du hast falsch gedacht." Er rieb die Lippen über das feine Haar und genoss das Gefühl der Liebe, das ihn durchfuhr. „Ich sollte dich von der Rahe baumeln lassen."

„Was ist das?"

„Das erkläre ich dir später." Er hielt den Jungen fester. „Hast du jemals überlegt, dass ich mir dich vielleicht als Sohn wünsche? Dass ich mir wünsche, deine Mom und du gehören zu mir?"

„Stimmt das denn auch?" Kevins Stimme klang gedämpft an der breiten Brust.

„Glaubst du, ich mache mir die Mühe und bilde dich zum Steuermann aus, damit du dann einfach wegläufst?"

„Weiß nicht. Wahrscheinlich nicht."

„Ich habe nach dir gesucht, Kevin. Schon viel länger als nur heute."

Kevin lehnte den Kopf an Nates Schulter. „Ich hatte solche Angst. Aber dann kam die weiße Möwe."

„Die Möwe?" Jetzt fiel es Nathaniel wieder ein. Suchend schaute er sich um, doch weit und breit keine Spur von dem Vogel.

„Solange sie da war, hatte ich nicht so viel Angst. Sie ist die ganze Nacht geblieben. Immer wenn ich aufwachte, habe ich sie gesehen. Und als du kamst, ist sie weggeflogen, mit der anderen Möwe." Er schniefte. „Ist Mom sehr böse auf mich?"

„Ich glaube schon."

Kevin seufzte so schwer, dass Nathaniel grinsen musste. „Vermutlich kriege ich jetzt wohl Ärger."

„Dann solltest du es am besten gleich hinter dich bringen. Sammle deine Sachen ein, und dann lass uns zurückgehen."

Kevin schnallte seinen Rucksack um und legte seine Hand vertrauensvoll in die Nathaniels. „Tut das weh?", fragte er und musterte Nates Gesicht.

„Darauf kannst du wetten."

„Zeigst du mir später deine blauen Flecke?"

„Sicher. Da sind ein paar richtige Prachtexemplare dabei."

Und Nathaniel spürte jeden einzelnen, während er mit dem Jungen zusammen über die Felsen kletterte und den Weg nach Hause einschlug. Die Wiedergutmachung für seine Qualen erhielt er dadurch, dass er Megans Gesicht aufleuchten sah, als er mit dem Jungen auf *The Towers* zulief.

„Kevin!" Mit wehenden Haaren und Tränenspuren auf den Wangen kam sie ihnen entgegengerannt.

„Geh nur", murmelte Nathaniel Kevin zu. „Sie wird dich erst umarmen wollen."

Mit einem Nicken ließ Kevin den Rucksack auf den Rasen fallen und warf sich seiner Mutter in die Arme.

„Oh Kevin …!" Megan konnte ihn gar nicht fest genug an sich drücken. Sie war auf die Knie gefallen, hielt ihren kleinen Jungen und wiegte sich mit ihm hin und her, während ihr Tränen unendlicher Erleichterung über die Wangen strömten.

„Wo hast du ihn gefunden?", fragte Trent Nathaniel leise.

„Auf den Klippen, in einer Felsmulde."

C. C. erschauerte. „Himmel! Hat er etwa die ganze Nacht dort verbracht?"

„Scheint so. Ich hatte diese seltsame Ahnung. Erklären kann ich es nicht. Aber ich bin nachsehen gegangen, und da saß er."

„Eine Ahnung?" Trent sah seine Frau an. „Erinnere mich daran, dass ich ihm erzähle, wie ich Fred gefunden habe."

Max klopfte Nathaniel auf die Schulter. „Ich rufe bei der Polizei an und sage Bescheid, dass wir ihn gefunden haben."

„Der arme Junge muss halb verhungert sein." Coco schluckte die Tränen hinunter und schmiegte sich an Dutch. „Wir werden ihm schnell etwas Gutes zubereiten."

„Bring beide mit in die Küche. Wenn sie aufgehört hat, den armen Kerl vollzusabbern." Dutch kaschierte seine vor Ergriffenheit schwankende Stimme mit einem Hüsteln. „Frauen. Immer machen sie ein solches Theater."

„Kommt, lasst uns hineingehen." Suzanna zog Alex und Jenny an der Hand mit sich.

„Aber ich will ihn doch fragen, ob er Geister gesehen hat", protestierte Alex.

„Später." Holt löste das Problem, indem er sich Alex über die Schulter warf.

Mit einem letzten Schluchzen löste Megan sich von Kevin und nahm sein Gesicht in ihre Hände. „Ist alles in Ordnung mit dir? Dir ist nichts passiert?"

„Nein." Es war ihm unendlich peinlich, dass er vor seinem Bruder und seiner Schwester geweint hatte. Schließlich war er schon fast neun. „Mir geht es gut."

„Dass du mir so etwas nie wieder machst!" Der rasante Umschwung von weinender Mutter zu strengem Elternteil ließ Nathaniel verdutzt die Brauen hochreißen. „Alle hier sind vor Sorge um dich halb krank, junger Mann! Seit Stunden suchen wir nach dir. Wir haben sogar die Polizei verständigt."

„Es tut mir leid." Dennoch war es schon toll, dass sogar die Polizei nach ihm gesucht hatte.

„,Tut mir leid' wird dieses Mal nicht reichen, Kevin Michael O'Riley!"

Betreten starrte Kevin auf seine Fußspitzen. Wenn seine Mom alle seine Namen benutzte, dann steckte er wirklich in Schwierigkeiten, das wusste er. „Ich werde es auch nie wieder tun. Das verspreche ich."

„Du hättest es überhaupt nie tun dürfen. Ich muss dir vertrauen können, und jetzt … Oh." Als er erneut zu schluchzen begann, zog sie seinen Kopf an ihre Brust. „Ich hatte so schreckliche Angst um dich. Ich hab dich doch so lieb. Wohin wolltest du denn überhaupt?"

„Weiß nicht. Zu Grandma, vielleicht."

„Zu Grandma." Seufzend setzte sie sich auf die Fersen. „Gefällt es dir hier denn nicht?"

„Hier ist es am besten."

„Warum bist du dann fortgerannt, Kevin? Bist du böse auf mich?"

Er schüttelte den Kopf. „Ich dachte, du und Nate seid böse auf mich, weil Nate verprügelt wurde. Aber Nate sagt, es ist nicht meine Schuld und dass du gar nicht böse auf mich warst. Er sagt, dass es gar nicht wichtig ist. Bist du wirklich nicht böse auf mich?"

Ihr entsetzter Blick glitt zu Nathaniel, hielt seine Augen fest, während sie den Jungen wieder an sich drückte. „Nein, mein Sohn, ich bin nicht böse auf dich. Niemand ist böse auf dich." Dann nahm sie Kevins Gesicht in ihre Hände und sah ihn ernst an. „Weißt du noch, als ich dir sagte, dass manche Leute nicht zusammen sein können? Ich hätte dir auch erklären müssen, dass es manchmal besser ist, wenn sie nicht zusammen sind. Und so ist es bei mir und …" Sie brachte es nicht über sich, von ihm als Kevins Vater zu reden. „So ist es bei mir und Baxter."

„Aber ich war doch ein Unfall."

„Oh nein." Lächelnd küsste sie ihn auf beide Wangen. „Ein Unfall ist etwas, von dem man wünscht, es wäre nie passiert. Du, mein Sohn, bist ein Geschenk. Das beste, das ich je in meinem Leben erhalten habe. Solltest du je wieder denken, ich würde dich nicht wollen, dann wird mir wohl nichts anderes übrig bleiben, als dich in Geschenkpapier einzuwickeln und dir eine Schleife um den Hals zu binden, damit du verstehst, was ich meine."

Er kicherte. „Tut mir leid."

„Mir auch. Jetzt komm, sehen wir zu, dass wir dich wieder sauber bekommen." Megan richtete sich auf, nahm die Hand ihres Sohnes und sah zu Nathaniel. „Danke", sagte sie.

Mit der Kindern eigenen Unbeschwertheit vergaß Kevin seine Nacht auf den Klippen und stürzte sich mit Begeisterung in die Feiertagsaktivitäten. Als Held des Tages hatte er die ungeteilte Aufmerksamkeit seiner Geschwister, die gebannt seinen Geschichten über die Nacht auf den Klippen und das unheimliche Meer und die weiße Möwe mit den grünen Augen lauschten.

Fehlen durften bei dem Familienfest natürlich auch die Hunde nicht. Sadie und Fred tollten mit ihrem Nachwuchs und den Kindern über den Rasen. Die Babys schliefen in ihren Krippen oder wurden geschaukelt oder glucksten so lange, bis jemand sie auf den Arm nahm und herumtrug. Ein paar neugierige Hotelgäste verließen das vom Retreat organisierte Fest und gesellten sich dazu, angezogen von dem Gelächter und dem fröhlichen Lärm.

Nathaniel verzichtete auf die Teilnahme an dem improvisierten Softball-Spiel, wenn auch nur höchst unwillig. Allerdings hielt er es für besser, keinen Sturz beim Run auf die dritte Base zu riskieren, was ihn in seinem angeschlagenen Zustand vielleicht doch noch ins Krankenhaus befördert hätte. So übernahm er die Rolle des Schiedsrichters und genoss es sichtlich, seine Entscheidungen lautstark und mit der gebührenden Wichtigkeit bekannt zu geben.

„Bist du blind oder hast du keine Ahnung?" Angewidert warf C. C. ihren Schläger zu Boden. „Ein Veilchen ist keine Entschuldigung, so etwas nicht zu sehen. Der Ball war mindestens eine halbe Meile im Aus!"

Nathaniel klemmte sich die Zigarre zwischen die Zähne. „Von da, wo ich stehe, war er drinnen, Engelchen."

Entrüstet stemmte sie die Hände in die Hüften. „Dann stehst du an der falschen Stelle!" Jenny nutzte die Gelegenheit, schlug ein Rad über die Homebase und erntete allgemeinen Applaus.

„C. C., du hast den hübschesten Schlagschwung, den ich je gesehen habe, aber das war dein dritter Schlag. Du bist draußen."

„Wenn du nicht schon grün und blau wärst ..." Sie verschluckte das Lachen und ranzte stattdessen Lilah an. „Du bist dran."

„Schon?" Träge strich Lilah sich das Haar aus dem Gesicht und trat in das Schlagfeld.

Hinter dem Fänger warf Megan ihrer Teamkollegin neben sich einen Blick zu. „Selbst wenn sie trifft, wird sie nicht rennen."

Suzanna schüttelte seufzend den Kopf. „Das braucht sie gar nicht. Wart's ab."

Lilah fuhr sich mit einer Hand über die Hüfte, sah schmollend zu Nathaniel und wandte ihre Aufmerksamkeit dann dem Werfer zu. Sloan holte schwungvoll aus, warf ... und Lilah ließ den Ball gähnend an sich vorbeirauschen, ohne den Schläger auch nur bewegt zu haben.

„Halten wir dich zu lange wach?", kam es frotzelnd von Nathaniel.

„Ich warte auf meinen Wurf."

Der zweite Wurf schien auch nicht der richtige für sie zu sein. Wieder flog der Ball ungehindert an ihr vorbei. Aus dem gegnerischen Team erschollen Spottrufe.

Lächelnd reckte sie sich und ging in Stellung. „Dann los, Großer", rief sie Sloan zu. Mit einem wuchtigen Schlag schickte sie den Ball hoch in die Lüfte. Begleitet von lautem Jubel, schlenderte sie einmal um das Spielfeld und gab Nathaniel ihren Schläger. „Ich warte immer auf meinen Wurf."

Als das Spiel zu Ende war und man sich zum Essen niederließ, setzte Nathaniel sich zu Megan. „Du hast einen ziemlich kräftigen Schlagarm."

„In Oklahoma habe ich Kevins Jugendmannschaft trainiert." Ihr Blick ging zu ihrem Sohn. „Er scheint überhaupt nicht mitgenommen zu sein. Man sieht ihm nichts an von dem Erlebnis, oder?"

„Nein", stimmte Nathaniel ihr zu. „Und wie steht's mit dir?"

„Mein Magen hat sich wieder beruhigt." Sie presste die Hand auf ihren Bauch. „Zum größten Teil zumindest." Sie senkte die Stimme. „Ich ahnte ja nicht, dass er sich Gedanken über Baxter machte. Welche Gedanken er sich überhaupt machte. Ich hätte es wissen müssen."

„Ein Junge braucht seine Geheimnisse, auch vor seiner Mutter."

„Ja, wahrscheinlich." Der Tag war zu schön, um ihn mit Sorgen zu verdüstern. „Nathaniel … was immer du da oben auf den Klippen zu ihm gesagt hast … Wie du es zu ihm gesagt hast, muss genau das Richtige gewesen sein. Und das bedeutet mir sehr viel." Sie sah in seine Augen. „Du bedeutest mir sehr viel."

Über den Rand seines Bierglases erwiderte er ihren Blick. „Du hast doch etwas auf dem Herzen, Megan. Warum sprichst du es nicht offen aus?"

„Also gut … Nachdem du gestern weg warst, habe ich nachgedacht. Darüber, wie ich mich fühlen würde, solltest du nicht mehr zurückkommen. Ich wusste, du würdest ein großes Loch zurücklassen. Das ich vielleicht irgendwann im Laufe der Zeit wieder auffüllen könnte, doch etwas würde immer fehlen. Und als ich mir dann die Frage stellte, was fehlen würde, kam immer die gleiche Antwort heraus, ganz gleich, von welchem Blickwinkel ich es auch betrachtete."

„Also, wie lautet die Antwort, Megan?"

„Du", sagte sie schlicht. „Du würdest mir fehlen." Damit beugte sie sich zu ihm und küsste ihn.

Später, als der Mond am Himmel stand, sahen sie sich das Feuerwerk an. Leuchtende Farben flossen ineinander, glitzernde Funkenschauer regneten über dem Wasser herab und krönten diesen wunderbaren Festtag. Ein guter Moment für einen neuen Anfang voller Hoffnung, dachte Megan.

Es war ein faszinierendes Schauspiel, das vor allem die Kinder mit weit aufgerissenen Augen, offen stehenden Mündern und in den Nacken gelegten Köpfen nach oben blicken ließ. Und das überwältigende Finale mit goldenen und silbern gleißenden Spiralen, Kaskaden von Blau und Rot und wirbelnden Kreisen ließ mit seinem Knallen die Luft erzittern und erleuchtete den Himmel, bis es schließlich verglühte und nur noch die Sterne am dunklen Firmament standen.

Noch lange nachdem die Party längst vorbei war, Geschirr und Gläser abgeräumt waren und die Kinder sicher in ihren Betten schliefen, fühlte Megan die Energie der Feier in sich summen. In ihrem Zimmer kämmte sie sich das Haar, bis es ihr weich wie Seide über die Schultern floss. Von prickelnder Erwartung erfüllt, band sie sich den Gürtel des geliehenen Morgenmantels locker um die Hüften und schlüpfte zur Terrassentür hinaus, um zu Nathaniels Zimmer zu gehen.

Es hatte keiner großen Überredungskunst bedurft, dass Nathaniel noch eine Nacht auf *The Towers* schlief. Er war müde gewesen, und alles tat ihm weh. Selbst der kurzen Fahrt nach Hause hatte er mit Grausen entgegengesehen. Auch das ausgiebige Bad hatte ihn nicht so entspannt, wie er gehofft hatte. Er war erfüllt von einer unbestimmten Unruhe, die immer wieder Megans Gesicht, erhellt vom Feuerwerk, vor seinem geistigen Auge aufblitzen ließ.

Dann trat er aus dem Bad und sah sie.

Sie trug einen Hauch von Nichts aus dunkelblauer Seide, der sich um jede ihrer Kurven schmiegte. Ihr Haar schimmerte wie goldenes Feuer, und ihre Augen waren geheimnisvoll wie dunkle Saphire.

„Ich dachte mir, du könntest vielleicht jemanden zum Einreiben brauchen." Sie lächelte unsicher. „Ich habe jede Menge Erfahrung damit, wie man verspannte Muskeln lockert. Nun, bei Pferden zumindest."

Fast hatte er Angst zu atmen. „Woher hast du das?"

„Was? Oh, das." Verlegen strich sie die Seide glatt. „Lilah hat's mir geliehen. Ich dachte, es würde dir vielleicht besser gefallen als Frottee." Als er nicht antwortete, ließ ihre Courage rapide nach. „Ich meine, wenn es dir lieber ist, kann ich auch wieder gehen. Ich habe Verständnis dafür, ich kann mir denken, dass du dich nicht besonders fühlst und … Wir müssen nicht miteinander schlafen, Nathaniel. Ich wollte nur helfen."

„Ich will nicht, dass du gehst."

Das Lächeln kehrte auf ihr Gesicht zurück. „Nun … warum legst du dich dann nicht hin? Ich fange mit deinem Rücken an. Ich bin wirklich gut." Sie lachte leise. „Die Pferde haben mich alle geliebt."

Er kam zum Bett, berührte Megans Wange, ihr Haar. „Hast du im Stall auch Seide getragen?"

„Immer." Sie drückte ihn leicht auf das Bett. „Leg dich auf den Bauch", wies sie ihn an und gab etwas Massagelotion auf ihre Handflächen. Vorsichtig, damit sie nicht an ihn stieß, kniete sie sich auf die Matratze und begann behutsam seine Schultern zu kneten. „Sag mir, wenn es zu fest ist."

Über die Blutergüsse fuhr sie nur leicht, über die Muskeln rieb sie härter. Er hat den Körper eines Kriegers, dachte sie, hart und fest und mit all den Malen des Kampfes.

„Du hast es heute übertrieben, nicht wahr?"

Er stieß nur ein zufriedenes Knurren aus, hielt die Augen geschlossen und genoss die kreisenden Bewegungen ihrer Hände. Seide streichelte über seine Haut, jedes Mal, wenn Megan sich bewegte. Durch den scharfen Geruch des Einreibemittels konnte er ihr Parfüm wahrnehmen. Es war Balsam für seine Sinne.

Der Schmerz begann nachzulassen, machte einer anderen, einer ursprünglichen Anspannung Platz, die sanft seinen ganzen Körper erfasste. Sein Blut begann zu rauschen, als Megan die Lippen auf seine Schulter presste.

„Besser?"

„Du bringst mich um. Mach weiter."

Mit einem leisen Lachen zog sie ihm das Handtuch von den Hüften. „Ich möchte, dass du dich wohlfühlst, Nathaniel. Wenn die Massage wirken soll, musst du dich entspannen."

„Was immer du da tust, es wirkt." Er stöhnte auf, als sie seine Pobacken knetete und mit den Lippen darüberstrich.

„Du hast einen wunderschönen Körper." Ihr Atem ging immer heftiger, während sie weiter massierte, streichelte, erforschte. „Ich liebe es, ihn zu berühren, ihn zu betrachten." Langsam fuhr sie mit dem Mund an seinem Rückgrat aufwärts, hin zu seinen Schultern, noch höher, knabberte an seinem Ohr. „Dreh dich um", flüsterte sie. „Jetzt kommt die Vorderseite dran."

Ihr Mund ergriff leidenschaftlich Besitz von seinem, sobald er sich umdrehte. Doch als er die Hände nach ihr ausstreckte, entzog sie sich ihm.

„Warte." Auch wenn sie vor Erregung zitterte, gab sie mehr Lotion in ihre Hand und verteilte die ölige Flüssigkeit auf seiner Brust. „Sie haben dich wirklich schrecklich zugerichtet", murmelte sie.

„Die beiden sahen schlimmer aus."

„Nathaniel, der Drachentöter. Lieg still", murmelte sie und küsste die Kratzer und Schürfwunden auf seinem Gesicht. „Wenn ich sie küsse, heilen sie schneller."

Sein Herz klopfte zum Zerspringen, Megan konnte es unter ihrer Handfläche fühlen. Im dämmrigen Schein der Lampe hatten seine Augen die Farbe von dunklem Rauch. Der Morgenmantel bauschte sich um ihre Knie, als sie sich rittlings auf ihn setzte und seinen Schultern, seinen Armen, seiner Brust eine kreisende Massage zukommen ließ.

Die Luft war schwer und angefüllt mit der Duftmischung aus Massagelotion und Parfüm. Nathaniel füllte seine Lungen mit jedem rasselnden Atemzug. Keine andere Frau hatte ihn sich je so hilflos und zugleich von grenzenloser Zufriedenheit erfüllt fühlen lassen.

„Megan, ich muss dich berühren."

Ohne den Blick von seinen Augen zu wenden, öffnete sie den Gürtel des Morgenmantels. Die Seide rutschte ihr von den Schultern.

Darunter trug sie ein Hemdchen aus dem gleichen Material, von der gleichen Farbe. Als Nathaniel nach ihr griff, rutschte einer der dünnen Träger von ihrer Schulter.

Megan schloss die Augen und warf den Kopf in den Nacken. Sie fühlte seine Hand auf der Seide, dann auf ihrer Haut. Die Farben kamen wieder zurück, tanzten hinter ihren geschlossenen Lidern, Kaskaden von Funken, Blitze, die das Dunkel durchzuckten. Sterne drehten sich in einem anmutigen Reigen in ihrem Kopf, nahmen sie mit auf eine Reise ins Universum. Sie verlangte nach mehr, richtete sich leicht auf und nahm Nathaniel tief in sich auf. Von plötzlich auflodernder Gier erfasst, krallten sich ihre Finger in seine malträtierten Muskeln.

Ihre Losgelöstheit überwältigte ihn. Er rief laut ihren Namen, als seine Sicht verschwamm. Die Leidenschaft übernahm die Führung und katapultierte sie beide weit hinaus über die Grenzen, bis Megan atemlos auf ihm zusammensank und den Kopf auf seine Brust legte.

„Habe ich dir wehgetan?", flüsterte sie matt.

Er hatte nicht einmal mehr die Kraft, die Arme um sie zu legen. „Ich fühle nichts außer dir."

„Nathaniel." Sie hob den Kopf und presste ihre Lippen auf die Stelle, wo sein Herz hämmerte. „Da gibt es etwas, das ich gestern vergessen habe dir zu sagen."

„Und das wäre?"

„Ich liebe dich auch." Sie sah, wie er die Augen öffnete, sah die Emotionen, die durch seine dunklen Pupillen huschten.

„Das ist gut." Jetzt fand er die Kraft, schloss sie in seine Arme und hielt sie fest.

„Ich weiß nicht, ob das genug ist, aber …"

Er verstummte sie mit einem Kuss. „Verdirb's nicht, Megan. Für heute ist es genug." Wieder küsste er sie. „Bleib bei mir."

„Ja."

12. KAPITEL

*E*in Feuerwerk zu planen war eine Sache. Für Coco eine Verlobungsparty zu arrangieren eine ganz andere. Die Calhouns steckten die Köpfe zusammen und debattierten, erörterten alles, vom Maskenball bis hin zu einer Mondscheinkreuzfahrt, bis man sich schließlich für ein romantisches Dinner und einen Tanzabend unter dem Sternenhimmel entschied. Eine Woche blieb ihnen, um alles vorzubereiten. Jeder bekam eine Aufgabe zugeteilt.

Jeden Tag zweigte Megan etwas Zeit ab, um Silber zu polieren, Kristall zu spülen und die schönsten Leinentischdecken und Servietten im Haus zusammenzusuchen.

„So ein unnötiger Aufwand!" Colleen stapfte mit ihrem Stock auf den Schrank zu, an dem Megan stand und Servietten zählte. „Wenn eine Frau in ihrem Alter sich an einen Mann bindet, dann sollte sie so viel Anstand besitzen und es still und diskret tun."

Megan verzählte sich prompt und begann von Neuem. „Magst du keine Partys, Tante Colleen?"

„Natürlich mag ich Partys. Wenn es einen vernünftigen Anlass gibt. Sich von einem Mann an die Kette legen zu lassen ist kein Grund zum Feiern."

„Dutch betet Coco an."

„Hmpf! Das wird sich noch zeigen. Wenn ein Mann dir erst seinen Ring an den Finger gesteckt hat, ist es meist vorbei mit dem Liebesgeplänkel." Die scharfen Augen musterten Megan durchdringend. „Ist das nicht auch der Grund, warum du diesen breitschultrigen Seemann auf Abstand hältst? Aus Angst, was nach dem ‚Ich will' kommt?"

„Natürlich nicht." Dieses Mal legte sie den abgezählten Stapel beiseite, bevor sie noch einmal von vorn anfangen musste. „Und wir reden hier doch über Coco und Dutch, nicht über mich. Coco hat es verdient, glücklich zu sein."

„Nicht jeder bekommt, was er verdient", hielt Colleen dagegen. „Das müsstest du aus eigener Erfahrung wissen."

Entnervt schwang Megan herum. „Ich weiß wirklich nicht, warum du es so unbedingt schlechtreden willst. Coco ist glücklich. Ich bin glücklich. Und ich versuche mein Bestes, damit Nathaniel auch glücklich ist."

„Ich sehe dich aber nicht auf der Suche nach einem Schleier durch die Läden stöbern, Mädchen!"

„Eine Ehe ist nicht für jeden die passende Antwort."

„Richtig. Ich war auch zu clever, um in diese Falle zu gehen. Vielleicht sind wir uns da ähnlich. Männer kommen und gehen. Kann sein, dass der Richtige ebenfalls geht. Dennoch überleben wir, nicht wahr? Weil wir wissen, wie Männer wirklich sind." Colleen kam näher und ließ Megan dabei nicht aus den Augen. „Wir haben die schwarze Seite ihrer Seele gesehen. Den Egoismus, die Grausamkeit, den Mangel an Ehrgefühl und Anstand. Vielleicht tritt einer in unser Leben, der anders zu sein scheint. Doch wir sind zu schlau, zu weise, um ihm auf den Leim zu gehen. Wenn wir allein bleiben, können wir wenigstens sicher sein, dass niemand uns verletzt."

„Ich bin nicht allein." Megans Stimme schwankte ein wenig.

„Nein. Du hast deinen Sohn. Eines Tages wird er flügge sein. Und wenn du ihn richtig erzogen hast, wird er das Nest, das du für ihn gebaut hast, irgendwann verlassen, um sein eigenes zu bauen." Colleen sah für einen Moment so unendlich traurig aus, dass Megan ihr tröstend die Hand auf den Arm legte. Doch die alte Dame hielt sich steif und gerade. „Dir bleibt die Befriedigung, dass du der Ehefalle entkommen bist, so wie ich auch. Meinst du, ich hätte nie einen Antrag bekommen? Es gab da einen … einen, der mich fast eingefangen hätte. Doch ich besann mich rechtzeitig, bevor ich die gleiche Hölle durchleben musste, in der meine Mutter lebte." In Erinnerungen versunken, wurden die Lippen der alten Dame dünn. „Er hat alles darangesetzt, um sie zu brechen, mit seinen Regeln, mit seinem Geld, mit seiner krankhaften Besitzgier. Letztendlich hat er sie umgebracht, und dann ist er dem Wahnsinn verfallen. Bestimmt nicht aus Schuldgefühl. Es nagte an ihm, etwas verloren zu haben, das er nie wirklich ganz besitzen konnte. Nur deshalb hat er alles von ihr vernichtet. Er hat sich sein eigenes Fegefeuer geschaffen."

„Es tut mir so leid", murmelte Megan bewegt.

„Etwa um meinetwillen? Ich bin alt, die Zeit der Trauer ist längst vorüber. Ich habe aus meiner Erfahrung gelernt, so wie du aus deiner gelernt hast. Niemals blind vertrauen, niemals ein Risiko eingehen. Soll Coco ruhig ihren Schleier tragen. Wir haben unsere Freiheit."

Damit wandte sie sich um und ging steif davon. Sie ließ Megan in einem Strudel von Gefühlen zurück.

Colleen irrt sich, ich bin nicht wie sie, dachte Megan und hantierte mit fahrigen Fingern weiter mit den Servietten. Nein, sie war nicht kalt und distanziert. Noch vor ein paar Tagen hatte sie ihre Liebe gestanden. Sie ließ Baxters Schatten nicht das verdunkeln, was sie mit Nathaniel hatte.

Oh doch, genau das tat sie! Erschüttert lehnte sie sich gegen die Schranktür. Und sie wusste nicht einmal, ob sie es ändern konnte. Liebe und Sinnlichkeit waren nicht automatisch mit einem lebenslangen Versprechen gleichzusetzen. Sie hatte Baxter damals geliebt. Und genau das war der Schatten. Obwohl sie wusste, dass das, was sie mit Nathaniel verband, viel tiefer, reicher und erfüllender war, konnte sie den Zweifel nicht ersticken.

Sie würde genauer darüber nachdenken müssen. Wenn sie mehr Zeit und Ruhe hatte. Es gab immer eine Antwort, man musste nur lange genug und mit Sorgfalt suchen. Sie musste nur alle Informationen präzise auflisten und verarbeiten.

Angewidert warf sie die sorgfältig gefaltete Serviette von sich. Was für eine Frau war sie eigentlich? Sie versuchte, Gefühle in eine mathematische Gleichung zu zwängen, so als wären Emotionen ein Code, den es zu entziffern galt.

Das musste aufhören. Wenn sie nicht auf ihr eigenes Herz vertraute, dann …

Ihre Gedanken nahmen plötzlich eine abrupte Wendung. Ein einzelnes Wort hallte unablässig in ihrem Kopf wider.

Ein Code!

Sie ließ Tischleinen Tischleinen sein und hastete den Korridor entlang zu ihrem Zimmer. Fergus' Kladde lag auf ihrem Schreibtisch. Sie griff danach und blätterte hastig durch die Seiten.

Warum war es ihr nicht schon vorher aufgefallen? Von der ersten Seite an sorgfältig aufgelistete Spalten mit Ausgaben und Einnahmen. Dann, mit dem Tag von Biancas Tod, war keine Eintragung mehr zu finden, nur noch leere Seiten. Und zum Schluss schließlich wieder zwei Seiten Zahlen, fein säuberlich niedergeschrieben.

Das musste eine Botschaft sein, Megan war sich fast sicher. Fergus hatte sich getrieben gefühlt, es aufzuschreiben, doch nicht jedes neugierige Auge sollte es lesen können. Ein Schuldeingeständnis vielleicht? Oder die Bitte um Vergebung?

Megan setzte sich und atmete erst einmal tief durch. Es waren nur Zahlen. Es gab nichts, was sie mit Zahlen nicht fertigbringen konnte. Sie griff nach Block und Bleistift.

Eine Stunde verging, eine zweite. Der Schreibtisch füllte sich mit unzähligen vollgekritzelten Zetteln. Zerknüllte Papierbälle lagen auf dem Boden. Jedes Mal, wenn Megan sich eine Verschnaufpause gönnte, fragte sie sich ernsthaft, ob sie jetzt auch dem Wahnsinn verfallen sei, weil sie sich einbildete, irgendeinen geheimnisvollen Code in den Zahlen zu sehen.

Doch die Idee ließ sich nicht abschütteln. Ihre vage Ahnung hielt sie an den Schreibtisch gefesselt. Ein Schiffshorn war zu hören, die letzte Tour des Tages lief in den Hafen ein. Die Schatten wurden länger, und noch immer kombinierte Megan, schrieb auf, strich weg, addierte, subtrahierte. Sie würde den Schlüssel finden, eher würde sie nicht aufgeben.

Erschöpft lehnte Megan sich zurück und starrte mit leerem Blick auf ihre Notizen auf dem Blatt vor sich. Und plötzlich klickte etwas in ihrem Kopf. Die Teilchen purzelten wie von allein an ihren Platz, fügten sich zusammen zu einem Bild. Zu einer logischen Formel, bei der Zahlen zu Buchstaben wurden.

Das erste Wort, das die Formel erkenntlich machte, war „Bianca".

„Oh Gott!" Megan schlug die Hand vor den Mund. „Ich hatte recht!"

Schritt für Schritt machte sie weiter, Buchstabe für Buchstabe, Wort für Wort. Die Aufregung wollte die Oberhand gewinnen, doch Megan hielt sie im Zaum. Emotionen trieben sie zur Eile, ließen sie Fehler machen. Nein, sie musste sich strikt an die Formel halten!

Als die Nachricht fertig entschlüsselt vor ihren Augen stand, verschwamm ihre Sicht. Sie lehnte sich zurück und schloss die Augen, entspannte sich bewusst, bis sie wieder einen klaren Kopf hatte. Erst dann hob sie die Lider und las.

Bianca verfolgt mich über ihren Tod hinaus. Ich finde keinen Frieden. Alles, was ihr gehörte, muss fort. Muss verkauft werden, zerstört werden. Gibt es wirklich Geister? Nichts als Humbug, Ammenmärchen. Und doch sehe ich ihre Augen überall, grün wie Smaragde. Sie starren mich an, verfolgen mich. Ich werde ihr ein Opfer darbringen, eine Gabe, damit sie mich in Ruhe lässt. Dann hat dieser Spuk ein Ende. Heute Nacht werde ich endlich schlafen.

Mit angehaltenem Atem las Megan weiter. Die Richtungsangaben waren sehr präzise. Obgleich er wegen der eigenen ungeheuerlichen Taten im Wahnsinn versank, hatte Fergus Calhoun sich seine Genauigkeit erhalten.

Megan stopfte sich das Blatt in die Westentasche und eilte aus ihrem Zimmer. Es kam ihr nie in den Sinn, die Calhouns zu alarmieren. Etwas trieb sie an, dass sie das hier allein zu Ende bringen musste.

Was sie an Werkzeug brauchte, fand sie auf der Baustelle im Familienflügel. Ausgerüstet mit Brechstange, Hammer, Meißel und Zollstock, stieg sie die gewundene Steintreppe zu Biancas Turmzimmer empor.

Sie war früher schon hier gewesen und wusste daher, dass Bianca hier am Fenster gesessen und nach Christian Ausschau gehalten hatte. Dass Bianca hier geweint und geträumt hatte. Und dass sie hier gestorben war.

Die Calhouns hatten das runde Zimmer wunderschön instand gesetzt, mit farbenfrohen Kissen, einem Fenstersitz, zierlichen Tischchen und kostbarem Porzellan. Eine Chaiselongue, mit Samt bezogen, kleine Tischlampen aus Kristall ... Bianca hätte es gefallen.

Megan schloss die schwere Holztür hinter sich und faltete den Zollstock auseinander. Sie hielt sich strikt an Fergus' Instruktionen. Sechs Fuß von der Tür, acht Fuß von der nördlichen Wand.

Ohne auch nur einen Gedanken an den Schaden zu verschwenden, den sie verursachen würde, rollte Megan den Seidenteppich mit dem Blumenmuster zusammen und setzte den Meißel an.

Es war harte, schweißtreibende Arbeit. Das Holz war alt und dick. Megan ruckte und zerrte, hielt nur an, um die überbeanspruchten Muskeln zu lockern und, als die Dämmerung hereinbrach, das Licht anzuschalten.

Die Bohle gab mit einem protestierenden Jammern nach. Würde sie an so etwas glauben, hätte Megan behauptet, es sei der Aufschrei einer Frau. Schweißtropfen liefen ihr an den Seiten hinunter, und sie schalt sich still, dass sie nicht an eine Taschenlampe gedacht hatte. Jeden Gedanken an Spinnen oder ähnliches Kriechgetier verdrängend steckte Megan die Hand in die Öffnung.

Sie meinte etwas zu fühlen, doch sie bekam es nicht zu fassen, ganz gleich, wie sehr sie sich auch streckte. Mit grimmiger Entschlossenheit machte sie sich an die nächste Holzbohle.

Die Splitter und die eigene schwache Kondition verfluchend warf sie das Brett schließlich beiseite, legte sich flach auf den Bauch und tastete in dem Loch.

Als ihre Finger gegen Metall stießen, hätte sie vor Freude fast geweint. Ächzend zog sie eine Metallkiste hervor, setzte sich auf und hielt die Kiste auf ihrem Schoß.

Die kleine Truhe mochte nicht viel mehr als dreißig mal dreißig Zentimeter groß sein und wog nur wenige Pfund. Rost und Schmutz hatten das Metall in den langen Jahren überzogen. Fast zärtlich wischte Megan die dicke Staubschicht fort und griff nach dem Riegel. Dann ließ sie die Hand sinken.

Es stand ihr nicht zu, die Kassette zu öffnen.

„Ich weiß nicht, wo sie sein könnte." Amanda kam in den Salon zurück und warf die Hände in die Höhe. „Sie ist weder in ihrem Zimmer noch in ihrem Büro."

„Das letzte Mal, als ich sie sah, stand sie vor einem Schrank und sortierte Tischwäsche." Colleen trank den letzten Schluck ihres Drinks. „Sie ist eine erwachsene Frau. Vielleicht macht sie einen Spaziergang."

„Ja, aber …" Suzanna warf einen Blick zu Kevin. Sie wollte den Jungen nicht unnötig aufregen. Nur weil Megan sich nie verspätete, musste das nicht gleich heißen, dass etwas passiert war. „Vielleicht ist sie ja im Garten. Ich gehe nachsehen", sagte sie und reichte das Baby an Holt weiter.

„Ich mache das." Nathaniel stand auf. Zwar glaubte er nicht, dass Megan das Familiendinner vergessen hatte und stattdessen im Garten spazieren ging, doch nachsehen war besser, als sich in Spekulationen zu ergehen. „Sollte sie in der Zwischenzeit …" Er brach ab, als er Schritte auf dem Gang hörte, und dann erschien Megan auch schon in der Tür.

Das Haar stand ihr unordentlich in alle Richtungen, ihr Gesicht und ihr Kleid waren voller Schmutz. Und sie lächelte strahlend mit weit aufgerissenen Augen.

„Entschuldigt, dass ich zu spät komme."

„Megan, was, um alles in der Welt …?" Verdattert starrte Sloan sie an. „Du siehst aus, als wärst du im Graben gelandet."

„Nicht ganz." Lachend versuchte sie sich mit der Hand das Haar zu richten. „Ich war so in die Sache vertieft, dass ich völlig die Zeit vergessen habe. Ich musste mir ein paar von deinen Werkzeugen ausleihen, Sloan. Sie liegen noch im Turm."

„Was hast du im Turm gesucht?"

Doch sie ging durch den Raum, den Blick fest auf Colleen gerichtet. Vor der alten Dame ließ sie sich auf die Knie nieder und stellte ihr die Kiste auf den Schoß. „Ich habe etwas gefunden, das dir gehört."

Mit grimmiger Miene schaute Colleen auf die Kiste, ihr Herz pochte wild. „Wie kommst du darauf, es könnte mir gehören?"

Megan nahm die Hand der alten Frau und legte sie sanft auf das verrostete Metall. „Er hat es unter dem Holzboden im Turm versteckt, nach ihrem Tod." Ihre leise gesprochenen Worte schlugen ein wie eine Bombe und brachten den Raum zum Verstummen. „Er glaubte, sie suche ihn aus dem Grab heim." Sie zog das Blatt mit dem entzifferten Code aus ihrer Tasche und legte es auf den Truhendeckel.

„Ohne Brille kann ich das nicht lesen."

„Dann lass mich …" Doch als Megan das Blatt aufnehmen wollte, umklammerte Colleen ihr Handgelenk.

„Warte. Coco soll kommen. Ich will, dass sie dabei ist."

Solange sie warteten, stellte Megan sich zu Nathaniel. „Es war ein Code", erklärte sie. „Die Zahlen auf den letzten Seiten. Ich weiß nicht, warum ich nicht eher darauf gekommen bin." Sie lächelte. „Wahrscheinlich ist man manchmal zu nahe dran, um deutlich sehen zu können. Aber heute, heute habe ich es erkannt. Plötzlich wusste ich es." Sie sah in die Runde und hob die Hände. „Entschuldigt, ich hätte euch Bescheid sagen sollen, dass das Rätsel gelöst ist. Ich habe einfach nicht daran gedacht."

„Du hast getan, was du tun musstest", korrigierte Lilah. „Wäre es einem von uns vorbestimmt gewesen, die Truhe zu finden, dann hätte einer von uns sie gefunden."

„Ist das wie eine Schatzsuche?", wollte Kevin wissen.

„Ja, genau das ist es." Megan zog ihn zu sich heran und wuschelte ihm durchs Haar.

„Ich habe jetzt wirklich keine Zeit, Liebes", wehrte Coco sich, als Amanda sie in den Salon schob. „Im Restaurant sind die Dinnervorbereitungen im vollen Gange …"

„Setz dich hin und sei still", befahl Colleen streng. „Das Mädchen will uns etwas vorlesen. C.C, hol deiner Tante einen Drink, wahrscheinlich wird sie ihn brauchen. Und wenn du schon dabei bist, füll meinen gleich mit auf." Sie richtete den Blick auf Megan. „Also dann los. Lies."

Während sie las, hielt sie Nathaniels Hand. Sie hörte Cocos leisen Aufschrei, und ihre eigene Kehle war eng, als sie die Hand mit dem Blatt sinken ließ.

„Also bin ich in den Turm gegangen, habe zwei Holzbohlen gelöst und die Kiste gefunden", schloss sie.

Selbst von den Kindern kam kein Laut, als Colleen die Hände auf die Kassette legte. Ein kurzes Zittern, dann schob sie den Riegel zurück und hob den Deckel. Ihre Augen füllten sich mit Tränen, als sie einen ovalen Bilderrahmen hervorholte, vom Alter schwarz angelaufen.

„Ein Foto", sagte sie mit belegter Stimme. „Von meiner Mutter zusammen mit mir und Ethan und Sean. Es wurde in dem Jahr vor ihrem Tod aufgenommen, in unserem Garten in New York." Sie strich darüber, dann hielt sie es Coco hin.

„Oh, Tante Colleen. Es ist das einzige Foto, das von euch allen zusammen existiert."

„Sie hatte es auf ihrer Kommode stehen, sodass sie es jeden Tag ansehen konnte. Ein Gedichtband." Colleen holte ein dünnes Buch aus der Truhe. „Sie liebte Gedichte. Yeats. Manchmal hat sie mir daraus vorgelesen und mir von Irland erzählt. Diese Brosche hier", vorsichtig nahm Colleen das kleine Schmuckstück mit den Veilchen aus Emaille zwischen die schmalen Finger. „Sean und ich haben sie ihr zu Weihnachten geschenkt. Natürlich hat Nanny uns geholfen, sie auszusuchen. Wir waren damals noch zu jung. Sie hat sie oft getragen."

Sacht strich sie über die zierliche Damenansteckuhr und den kleinen Hund aus Jade, kaum größer als ihr Daumen.

Noch mehr Kleinode kamen zum Vorschein – ein glatter, reinweißer Kiesel, ein Paar Zinnsoldaten, eine getrocknete Blüte, die zu Staub zerfiel. Dann die Perlenkette, ein elegantes vierreihiges Band, das die Jahrzehnte unbeschadet in einem schwarzen Samtetui überstanden hatte.

„Meine Großeltern gaben sie ihr als Brautgeschenk." Colleen fuhr mit den Fingerspitzen über die schimmernden Perlen. „Sie hat immer gesagt, dass ich sie an meinem Hochzeitstag bekommen werde. Er mochte es nicht, wenn sie sie trug. Perlen waren ihm zu schlicht. Deshalb hat sie sie im Etui verwahrt, in ihrer Schmuckschatulle. Doch sie hat sie oft hervorgeholt, um sie mir zu zeigen. Sie sagte, Perlen, die mit Liebe geschenkt werden, sind wertvoller als Diamanten. Ich solle sie in Ehren halten und oft tragen, denn …" Colleens Stimme brach, bevor sie sich wieder fing. „Denn Perlen brauchen Wärme." Sie schloss die Augen und lehnte sich zurück. „Ich war sicher, er hätte sie verkauft."

„Du bist erschöpft, Tante Colleen." Suzanna trat leise an ihre Seite. „Warum kommst du nicht mit mir nach oben? Ich werde dir das Essen auf deinem Zimmer servieren."

„Ich bin keine Invalide", zischte sie, doch dann nahm sie Suzannas Hand und drückte ihre Finger. „Ich bin alt, aber nicht schwach. Und ich bin im Vollbesitz meiner geistigen Kräfte, sodass ich ein Vermächtnis weitergeben kann. Das hier", sie drückte Suzanna die Veilchenbrosche in die Hand, „ist für dich. Ich will, dass du sie oft trägst."

„Tante Colleen …"

„Steck sie dir an, am besten gleich." Sie schob Suzanna fort und nahm den Gedichtband auf. „Du verbringst doch die Hälfte deines Lebens mit Träumen", sagte sie zu Lilah. „Träum hiermit."

„Danke." Lilah hauchte ihr einen Kuss auf die Wange.

„Du bekommt die Uhr", sagte sie zu Amanda. „Weil du ständig in Hektik bist und nie genug Zeit hast. Und du", sie wehrte Amandas Dank ab und sah zu C. C., „stellst doch überall Staubfänger auf. Deshalb ist der Jadehund für dich." Mit einer hochgezogenen Augenbraue sah sie auf Jenny herunter. „Bist wohl neugierig, was für dich abfällt, hm?"

Jenny lächelte unschuldig. „Nein, Ma'am."

„Das sollst du bekommen." Sie drückte Jenny den weißen Kiesel in die Hand. „Ich war jünger als du, als ich ihn meiner Mutter schenkte. Ich dachte, dem Stein würden Zauberkräfte innewohnen. Vielleicht stimmt das sogar."

„Der Stein ist hübsch." Jenny hielt ihren neuen Schatz an die Wange. „Den lege ich auf meine Fensterbank."

„Sie wäre sehr froh darüber gewesen", sagte Colleen bewegt. „Denn sie hatte ihn auch auf der Fensterbank liegen." Sie räusperte sich und klang resolut wie immer. „Ihr Jungs bekommt die hier. Und verliert sie nicht. Sie gehörten meinem Bruder."

„Toll", flüsterte Alex und betrachtete den detailgetreuen Zinnsoldaten auf seiner Handfläche. „Danke."

„Danke", kam es auch von Kevin. „Das ist wirklich eine richtige Schatzsuche. Und was bekommt Tante Coco?"

„Das Foto."

„Tante Colleen …" Überwältigt von Gefühlen, griff Coco nach ihrem Spitzentaschentuch.

„Sieh es als Hochzeitsgeschenk an. Und jetzt nimm dich endlich zusammen. Versuch den Rahmen wieder sauber zu bekommen." Auf ihren Stock gestützt, richtete Colleen sich auf und wandte sich an Megan. „Du siehst sehr zufrieden mit dir aus, Mädchen."

Megan strahlte. „Das bin ich auch."

Colleens Augen schmunzelten für einen Augenblick. „Das kannst du auch sein. Du bist ein intelligentes Mädchen, Megan, und entschlossen. Du erinnerst mich an eine junge Dame namens Colleen in deinem Alter." Sie nahm die Perlenkette auf und ließ die schimmernden Monde durch ihre Finger gleiten.

Megan trat auf Colleen zu. „Ich helfe dir, sie anzulegen."

Doch Colleen schüttelte den Kopf. „Perlen brauchen Jugend. Du sollst sie haben."

Bestürzt ließ Megan die Hände wieder sinken. „Du kannst sie nicht weggeben. Bianca hatte sie für dich bestimmt."

„Sie wollte, dass die Kette weitergegeben wird."

„In der Familie. Sie sollten … Coco sollte sie haben."

„Ich bestimme, an wen sie weitergegeben werden", sagte Colleen gebieterisch.

„Das ist nicht recht." Hilfe suchend sah Megan sich im Raum um und fand nichts als lächelnde Gesichter.

„Also, mir scheint das vollkommen richtig zu sein", kam es von Suzanna. „Amanda?"

Amanda berührte die Ansteckuhr an ihrem Kragen. „Absolut."

„Wunderbar", schluchzte Coco in ihr Taschentuch, „ganz wunderbar."

„Passt perfekt", stimmte C. C. zu und sah zu Lilah.

„Vorbestimmt", lautete Lilahs Kommentar. Sie hob ihr Gesicht zu Max auf. „Nur ein Narr wehrt sich gegen sein Schicksal."

„Also sind wir uns einig", fasste Suzanna zusammen und erhielt von jedem im Raum ein Nicken.

„Als ob ich eure Zustimmung bräuchte, wegzugeben, was mir gehört!" Obwohl Colleen endlos stolz war, schaute sie mit gerunzelter Stirn in die Runde. „Nimm sie!" Sie drückte Megan die Perlen in die Hand. „Und jetzt geh nach oben und richte dich anständig her. Du siehst ja aus wie ein Schornsteinfeger. Und wenn du wieder herunterkommst, erwarte ich, dass du die Kette trägst."

„Tante Colleen …"

„Ich will nichts mehr hören. Tu, was man dir sagt!"

„Komm!" Suzanna nahm Megans Arm und führte sie aus dem Raum. „Ich helfe dir."

Befriedigt nahm Colleen wieder Platz und stieß mit ihrem Stock auf den Boden. „Also, wo bleibt jetzt mein Drink?"

Später, als der Mond am Horizont das Meer berührte, ging Megan mit Nathaniel zusammen die Klippen entlang. Eine frische Brise strich flüsternd über Gras und wilde Blumen. Die Perlenkette lag schimmernd im blassen Mondlicht um Megans Hals.

„Richtig fassen kann ich es immer noch nicht", sagte sie leise zu Nathaniel. „Sie hat alles fortgegeben. Dabei bedeuten diese Dinge ihr doch so viel."

„Sie ist eine wirklich außergewöhnliche Frau. Man muss schon etwas Besonderes sein, um die Magie zu erkennen."

„Magie?"

„Meine praktische Megan, immer mit beiden Beinen fest auf der Erde." Lächelnd zog er sie zu einem Felsbrocken und setzte sich zusammen mit ihr. „Hast du dich nicht einmal eine Sekunde lang gefragt, warum jedes Geschenk so perfekt passt? Wieso Fergus Calhoun vor achtzig Jahren ausgerechnet diese Sammlung zusammengestellt hat? Eine Blumenbrosche für Suzanna, eine Uhr für Amanda, Gedichte für Lilah, Jade für C. C. und das Foto für Coco."

„Zufall", murmelte Megan, doch Zweifel klang in ihrer Stimme mit.

Nathaniel küsste sie lachend. „Ohne Zufälle gäbe es nicht das, was wir Schicksal nennen."

„Und die Perlen?"

„Die Perlen …" Sanft strich er mit einem Finger über die Kette an ihrem Hals. „Symbol für Familie, für Beständigkeit, für Lauterkeit. Sie passen genau zu dir."

„Ich weiß, ich hätte das Geschenk ablehnen müssen, aber … Als Suzanna sie mir anlegte, hatte ich plötzlich wirklich das Gefühl, als gehörten sie mir."

„Das tun sie auch. Frage dich, warum ausgerechnet du sie gefunden hast. Die Calhouns haben monatelang nach dem Smaragdcollier gesucht und sind nicht einmal über den kleinsten Hinweis gestolpert, dass Fergus diese Truhe versteckt hatte. Die Haushaltskladde wurde erst nach deiner Ankunft gefunden, und auf den letzten Seiten steht ein Zahlencode. Wer könnte einen Zahlencode besser dechiffrieren als eine staatlich geprüfte Buchhalterin?"

Verwundert lachend schüttelte Megan den Kopf. „Dafür gibt es keine Erklärung."

„Dann akzeptiere es einfach."

„Ein Zauberstein für Jenny, Zinnsoldaten für die beiden Jungs." Sie lehnte den Kopf an Nates Schulter. „Gegen diese Art Zufall lässt sich wohl nichts vorbringen." Zufrieden schloss sie die Augen. „Wenn ich mir vorstelle, dass ich vor wenigen Tagen noch halb verrückt vor Sorge war … Du hast Kevin hier ganz in der Nähe gefunden, nicht wahr?"

„Ja." Den steilen Abstieg zu der Felsmulde würde er ihr besser nicht beschreiben, sonst würde sie sich noch im Nachhinein aufregen. „Ich bin der Möwe gefolgt."

„Der Möwe?" Verwundert hob sie den Kopf. „Seltsam, Kevin hat auch von einem Vogel gesprochen, einem schneeweißen mit grünen Augen. Er ist die ganze Nacht bei ihm geblieben. Ich glaubte, Kevin hätte sich diese Geschichte ausgedacht."

„Der Vogel war da. Eine schneeweiße Möwe mit grünen Augen. Biancas Augen."

„Aber …"

„Nimm die Magie an, wenn sie dir begegnet." Er legte ihr den Arm um die Schultern. „Ich habe etwas für dich, Megan."

„Hm?" Sie fühlte sich so wohl und zufrieden, hier mit ihm zu sitzen, dass sie leise protestierte, als er von ihr abrückte.

Er zog einen Packen Papier aus seiner Tasche und reichte ihn ihr. „In dem Licht wirst du es wahrscheinlich kaum lesen können."

„Was ist es?" Amüsiert befühlte sie das Bündel. „Quittungen?"

„Nein. Eine Lebensversicherung." In seinem Magen begann es zu flattern. Unruhig erhob er sich und marschierte auf und ab. „Und eine Krankenversicherung. Die Hypothek. Und ein paar Pfandbriefe. Ich kann durchaus praktisch sein, Megan, wenn es das ist, was nötig ist. Du brauchst Sicherheit? Ich gebe dir Sicherheit. Auf diesen Blättern gibt es genug Zahlen, die du zusammenrechnen kannst."

Sie presste die Lippen zusammen. „Das hast du für mich getan."

„Für dich würde ich alles tun. Du siehst es lieber, wenn ich in Staatsanleihen investiere, anstatt dass ich Drachen töte? Kein Problem."

Sie sah zu ihm hin. Eine Gestalt gegen den dunklen Horizont, mit dem Mond im Rücken und Augen, die selbst noch in der Dunkelheit leuchteten.

„Du hast dich deinen Drachen schon vor Jahren gestellt, Nathaniel", sagte sie leise. Weil sie ihre Hände irgendwie beschäftigen musste, strich sie unablässig über die Papiere. „Ich dagegen hatte Schwierigkeiten mit meinen Drachen." Sie ging zu ihm und steckte ihm das Bündel Papiere zurück in die Tasche. „Tante Colleen hat mich heute in die Ecke gedrängt. Sie hat mir viele Dinge zum Nachdenken gesagt. Dass ich zu clever bin, um Risiken einzugehen. Dass ich nie den Fehler begehen würde, einen Mann Bedeutung für mich gewinnen zu lassen. Dass ich allein besser dran sei, als wenn ich einem Mann mein Herz und mein Vertrauen schenken würde. Was sie sagte, hat mich aufgerüttelt und erschreckt. Es dauerte eine Weile, bevor ich begriff, dass sie genau das beabsichtigt hatte. Sie hat mich herausgefordert, mich der Wahrheit zu stellen und mich selbst zu erkennen."

„Und? Hast du dich der Wahrheit gestellt?"

„Es war nicht leicht. Vieles von dem, was ich erkannte, wollte ich mir nur ungern eingestehen. In all den Jahren habe ich mich davon überzeugt, ich sei stark und unabhängig, auf niemanden angewiesen. Doch ich habe zugelassen, dass ein anderer Mensch mein Leben überschattet. Und Kevins Leben. Ich dachte, ich würde meinen Sohn und mich beschützen."

„Meiner Meinung nach hast du verdammt gute Arbeit geleistet."

„Wahrscheinlich zu gute Arbeit. Ich habe mich abgeschottet, weil ich es für sicherer hielt. Doch dann kamst du." Sie legte eine Hand an seine Wange. „Ich hatte solche Angst vor dem, was ich für dich fühle. Doch diese Angst existiert jetzt nicht mehr. Ich liebe dich, Nathaniel. Es ist mir gleich, ob es nun Schicksal, Magie, Zufall oder einfach nur Glück ist. Ich bin unendlich froh, dass ich dich gefunden habe." Sie hob ihm das Gesicht entgegen und sonnte sich in dem Gefühl, ihn zu küssen, den Duft der See zu riechen und die

Geborgenheit in seinen Armen zu genießen. „Ich brauche keinen Rentenplan und keine Lebensversicherung, Nathaniel", murmelte sie. „Ich meine, nicht, dass es verkehrt wäre … Hör sofort auf zu lachen!"

„Ich bin verrückt nach dir!" Mit Schwung hob er sie in seine Arme und wirbelte mit ihr im Kreis.

„Verrückt, ja!", schrie sie auf und klammerte sich an ihn. „Wir stürzen noch von den Klippen!"

„Nicht heute Nacht. Heute Nacht kann uns nichts passieren. Fühlst du es denn nicht? Heute Nacht sind wir beide verzaubert." Er stellte sie auf die Füße und hielt sie fest an sich gepresst. „Ich liebe dich, Megan, aber ich soll verdammt sein, wenn ich mich vor dir hinknie."

Sie verharrte plötzlich sehr, sehr still. „Nathaniel, ich denke nicht …"

„Umso besser. Denke nicht, hör einfach zu. Ich bin um die ganze Welt gesegelt und habe in zehn Jahren wahrscheinlich mehr gesehen und erlebt als andere in ihrem ganzen Leben. Doch ich musste erst nach Hause kommen, um dich zu finden. Nein, sag nichts." Er führte sie zurück zu dem Felsbrocken. „Setz dich. Megan, ich habe noch etwas für dich, etwas anderes als den Papierkram. Das war nur die Einleitung." Er zog ein kleines Kästchen aus der Tasche. „Sieh es dir an und dann sage mir, dass es nicht vorbestimmt war."

Mit zitternden Fingern ließ sie den Deckel aufschnappen. Ein Erstaunensruf schlüpfte ihr über die Lippen. „Eine Perle", flüsterte sie.

„Eigentlich wollte ich ja einen traditionellen Diamanten. Doch dann sah ich das hier." Er nahm den Ring aus dem Etui. „Und da wusste ich, dass es der richtige ist. Nur Zufall?"

„Wann hast du ihn gekauft?"

„Letzte Woche schon. Ich dachte daran, als wir hier das erste Mal spazieren gingen. An den Mond und an die Sterne, die am Himmel standen." Er nahm ihre Hand. „Das ist es, was ich dir geben will – den Mond und die Sterne vom Himmel."

„Nathaniel." Sie versuchte sich zu ermahnen, dass es zu schnell ging, dass es unvernünftig war, doch die Warnung verpuffte ungehört. „Der Ring ist wunderschön."

„Es war vorbestimmt." Zärtlich küsste er sie. „So wie wir füreinander bestimmt sind. Heirate mich, Megan. Teile dein Leben mit mir. Lass mich ein Vater für Kevin sein und lass uns zusammen Kinder haben. Lass mich zusammen mit dir alt werden."

Ihr Verstand fand keinen einzigen logischen Grund, warum sie noch warten sollten. Also ließ sie ihr Herz antworten. „Ja", sagte sie. Dann schlang sie glücklich lachend die Arme um ihn. „Ja zu allem. Oh Nathaniel, ja, ja, ja …"

Er drückte sie fest an sich, erleichtert und glücklich. „Bist du sicher, dass du das nicht noch genauer überdenken willst?"

„Ich bin sicher, absolut sicher." Sie löste sich ein wenig von ihm und hielt ihm die Hand mit dem gespreizten Ringfinger hin. „Bitte. Ich will den Mond und die Sterne. Ich will dich, Nathaniel."

Er steckte ihr den Ring an den Finger. „Mich hast du längst, Engelchen."

Als Nathaniel Megan an sich zog, glaubte er ein zufriedenes Seufzen in der Luft zu hören. Es schien die Stimme einer Frau zu sein.

EPILOG

„Mom! Wir sind wieder zurück!" Megan blickte von ihrem Schreibtisch auf, als Kevin in ihr Büro stürmte. Bewundernd hob sie die Augenbrauen, als sie ihren Sohn in Jackett und Krawatte sah. „Na, wenn du nicht umwerfend gut aussiehst!"

„Du hast gesagt, ich soll mich schick machen für Tante Cocos Geburtstagsdinner." Er steckte zwei Finger in den Hemdskragen und reckte den Hals. „Dad hat mir beigebracht, wie ich die Krawatte binden muss."

„Und das hast du wirklich gut hinbekommen." Sie hielt sich zurück und versuchte erst gar nicht, den Knoten zu richten. „Wie war die Tour heute?"

„Toll! Wir waren noch gar nicht so weit zum Hafen hinaus, als wir schon den ersten Wal gesichtet haben. Wenn ich nicht zur Schule müsste, könnte ich jeden Tag mit Dad und Holt arbeiten und nicht nur samstags."

„Und wenn du nicht zur Schule gehst, dann würdest du nie mehr wissen, als du jetzt weißt." Sie zupfte an seinem Haar. „Samstags wird ausreichen müssen, Seemann."

Er hatte auch nichts anderes erwartet. Außerdem war die Schule gar nicht so übel. Immerhin war er ein Jahr weiter als Alex. Er grinste breit. „Sie sind schon alle da. Wann kommen eigentlich die neuen Babys?"

Eine interessante Frage, da alle Calhoun-Schwestern sich in unterschiedlichen Stadien der Schwangerschaft befanden. „Ich würde vermuten, im nächsten Monat geht es los, und dann bis ins neue Jahr hinein."

Abwesend kratzte er mit einem Finger an der Schreibtischkante. „Was meinst du, wer wohl zuerst sein Baby bekommt? C. C. oder Suzanna?"

„Wieso fragst du?" Mit zusammengekniffenen Augen musterte Megan ihren Sohn. „Kevin", fragte sie drohend, „du hast doch wohl nicht gewettet, oder?"

„Aber Mom …"

„Es wird nicht gewettet!" So streng sie auch klang, musste sie sich das Grinsen verkneifen. „Lass mich das hier eben zu Ende machen, dann komme ich mit."

„Beeil dich, die Party hat schon angefangen." Ungeduldig trat er von einem Fuß auf den anderen.

„Ich muss nur noch …" Gar nichts, dachte sie, ich muss gar nichts. Mit lautem Knall schlug sie den Aktendeckel zu. „Die Bürostunden sind vorbei. Lass uns feiern gehen."

„Toll!" Kevin fasste sie bei der Hand und zog sie aus dem Raum. „Alex hat gesagt, dass Dutch eine riesengroße Torte gebacken hat und dass da hundert Kerzen drauf sind."

„Na, hundert sind es bestimmt nicht", sagte Megan lachend. Als sie in den Familienflügel einbogen, sah Megan die Treppe hinauf. „Schatz, ich werde schnell noch mal nach …"

Nathaniel kam die Treppe herunter. „Sucht ihr jemanden?" Seine Augen funkelten vergnügt, als er ihnen zublinzelte und dann auf das winzige Bündel in seinem Arm hinunterblickte.

„Ich wusste doch, dass du sie aufwecken würdest."

„Sie war wach. Nicht wahr, du warst wach, Engelchen?" Er küsste die weiche Wange seiner Tochter. „Sie hat nach mir gerufen."

„So, hat sie das, ja?"

„Sie kann doch noch gar nicht reden", berichtigte Kevin. „Sie ist doch erst sechs Wochen alt."

„Sie ist sehr weit für ihr Alter. Ein cleveres Mädchen, wie ihre Mama."

„Auf jeden Fall clever genug, um ihren Vater um den kleinen Finger zu wickeln." Lächelnd schaute Megan zu den dreien hin. Der große Mann mit dem winzigen Baby und dem kleinen Jungen boten wirklich ein wunderschönes Bild – ihr Bild. „Komm zu mir, Luna."

„Sie will auch zu der Party gehen." Vorsichtig strich Kevin seiner neuen Schwester über die Wange.

„Genau das hat sie mir auch gesagt", behauptete Nathaniel grinsend.

„Oh, Dad …!"

Er wuschelte Kevin durchs Haar. „Ich bin so hungrig, ich könnte eine ganze Walherde verschlingen. Wie steht's mit dir, Matrose?"

„Aye aye, Captain." Kevin setzte zum Spurt in den Salon an. „Kommt schon, die anderen warten auf uns."

„Ich muss erst noch was erledigen", sagte Nathaniel und beugte sich über seine Tochter, um Megan zu küssen.

Kevin verdrehte prustend die Augen und rannte in die Richtung, wo der echte Spaß zu finden war.

„Du siehst sehr zufrieden mit dir aus", murmelte Megan an Nates Lippen.

„Wieso auch nicht? Ich habe eine wunderschöne Frau, einen großartigen Sohn und eine unglaubliche Tochter." Mit den Fingerknöcheln fuhr er leicht über Megans vierreihige Perlenkette. „Ich habe alles, was ein Mann sich wünschen kann. Und wie sieht's bei dir aus?"

Mit einer Hand zog Megan seinen Kopf wieder zu sich heran. „Ich habe den Mond und die Sterne vom Himmel."

– ENDE –

Barbara Delinsky

Ein nie gekanntes Gefühl

Roman

Aus dem Amerikanischen von
N.N.

1. KAPITEL

"Corey, sag mal, bist du verrückt geworden?"
Alan Drooker rannte über den Rasen hinter seinem Haus in Greenspring Valley auf Corey zu. Hastig nahm er ihm einen kleinen Stoffaffen aus der Hand. „Das ist Jocko und kein Fußball."

Corey Haraden hatte Arme und Beine des Plüschtiers einfach verknotet und mit diesem festen Knäuel im Garten ein bisschen herumgekickt.

„Wenn Scott das gesehen hätte, würdest du jetzt etwas erleben. Der Affe ist sein Ein und Alles."

„Tut mir leid, Alan, ehrlich."

Corey klang zwar zerknirscht, aber seine Augen glitzerten verdächtig.

Alan, der sich davon überzeugte, dass der Affe noch ganz war, schaute auf und warf Corey einen finsteren Blick zu. „Ich meine es ernst. Jocko ist wirklich wertvoll. Er ist Scotts Lieblingsspielzeug. Einmal mussten wir zu einem Restaurant zurückfahren, weil er ihn auf dem Klo vergessen hatte. Das hat uns fast eine Dreiviertelstunde gekostet. Ein andermal war der Teufel los, weil ihm ein Auge fehlte. Und das ist schon der zweite Jocko. Der erste hat im Wäschetrockner das Zeitliche gesegnet. Julie rief mich damals ganz aufgeregt im Büro an, und ich musste vier Geschäfte abklappern, ehe ich genau den Gleichen fand."

Nun hatte Corey wirklich ein schlechtes Gewissen. „Er lag dort unter dem Baum", verteidigte er sich. „Ich wusste nicht, dass er Scott so viel bedeutet."

„Du kennst dich mit Fünfjährigen eben nicht aus", brummte Alan, der sich wieder beruhigt hatte. „Und dieser hier hat seinen eigenen Kopf. Wehe, wenn etwas nicht so läuft, wie er es sich vorstellt."

„Ich glaube, da können wir uns an die eigene Nase fassen", meinte Corey. „Wir beide waren früher nicht anders, wenn ich mich richtig erinnere."

„Stimmt. Aber einer von uns hat sich inzwischen gebessert."

„Nur zum Teil. In deiner Firma bist du der Alte geblieben. Und dass du hier zu Hause manchmal zurückstehen musst, ergibt sich wohl ganz selbstverständlich, wenn man Frau und Kinder hat."

Alan seufzte in gespielter Verzweiflung. „Das kannst du laut sagen."

„Vermisst du die alten Zeiten ab und an?"

Corey und Alan hatten sich auf der Universität kennengelernt und während ihrer gesamten Studienzeit zusammengewohnt. Sie waren ungefähr gleich groß, hatten eine ähnliche Figur und sahen beide gut aus. Damals hatten sie viele lustige Stunden miteinander verlebt, denn keiner war ein Kind von Traurigkeit gewesen.

„Manchmal schon", gestand Alan. „Aber andererseits hatte ich mir eine Familie gewünscht und wollte nicht mehr warten."

Ein kleiner Junge in T-Shirt und Shorts rannte auf sie zu. „Jocko!"

Sofort griff er nach dem Stofftier. Im selben Moment schnappte Corey den Knirps, hob ihn hoch und legte ihn sich wie einen Sack um die Schultern. „Hab ich dich, du Lausebengel", rief er, während das Kind vor Vergnügen quietschte.

„Alan!" Julie, Alans Frau, hatte die Glasschiebetür zum Wohnzimmer geöffnet und sah zu ihnen herüber. „Corinne ist da."

„Corinne?", wiederholte Corey verständnislos.

„Geschäftlich. Ich bin gleich wieder da." Alan eilte ins Haus und rief über die Schulter zurück: „Pass bitte einen Augenblick auf Scott auf, ja?"

„Keine Bange, der entkommt mir nicht", scherzte Corey.

Doch Scott begann bereits zu zappeln. „Ich möchte Kekse. Mommy hat's mir versprochen."

Corey ließ ihn herunter, gab ihn aber nicht frei. „Ich dachte, deine Mom müsste sich um Jennifer kümmern."

Scott schüttelte den Kopf. „Jenny schläft. Das tut sie fast immer."

„Sie ist doch erst zwei. In dem Alter hast du auch die meiste Zeit geschlafen."

„Gar nicht wahr." Er stampfte mit dem Fuß auf und schien nur auf den richtigen Augenblick zu warten, um Corey entwischen zu können.

„Natürlich. Alle kleinen Kinder schlafen viel."

„Ich weiß nicht." Und plötzlich, im Handumdrehen, hatte er sich losgerissen und sauste zurück ins Haus.

Lachend schaute Corey ihm nach und glaubte dem Racker aufs Wort. In den vierundzwanzig Stunden, die er jetzt bei den Drookers war, hatte Scott höchstens sechs geschlafen, und das auch nur, weil er völlig erschöpft war. Er war das reinste Energiebündel, kostete viel Nerven, machte aber auch viel Freude.

Corey konnte gut verstehen, weshalb Alan sich in der Rolle des Familienvaters so wohlfühlte, obwohl sein Heim zuweilen einem Tollhaus glich. Vielleicht würde er eines Tages auch eine Familie gründen. Irgendwann in ferner Zukunft.

Der Gedanke stimmte ihn heiter, und er schlenderte zufrieden in die Richtung, in die Alan zu seiner geschäftlichen Besprechung gegangen war.

„So, das wäre alles." Corinne Fremont klopfte kurz auf den dicken braunen Umschlag, der auf dem Schreibtisch in Alans Arbeitszimmer lag. „Heute Morgen habe ich die letzten Tabellen erstellt."

Die Arme vor der Brust verschränkt, lehnte Alan am Schreibtisch. Ernst sah er die junge Frau an. „Heute ist Sonntag. Sag bloß, du hast den ganzen Samstag an der Marktanalyse gesessen." Sie zuckte leicht mit den Schultern. „Also gut, ich habe den ganzen Tag gearbeitet."

Und wahrscheinlich auch die ganze Nacht, dachte Alan. Überstunden waren in ihrer Branche keine Seltenheit, zumal wenn ein Kunde es furchtbar eilig hatte. „Das war nicht nötig, Corinne. Du musst auch mal abschalten und entspannen."

„Schon, doch es war meine Schuld, dass die Unterlagen am Freitag nicht komplett vorlagen, und morgen brauchen wir sie für die Konferenz."

„Das war nicht deine, sondern Jonathan Alters Schuld."

„Aber ich bin seine Vorgesetzte. Ich ging eben davon aus, er wüsste, was zu tun ist. Schließlich ist er der Computerfachmann und kam auf Empfehlung zu uns."

„Ja, auf Empfehlung meines Schwagers", fuhr Alan auf, „der zufällig auch noch mit ihm verwandt ist. Hätte ich den Jungen bloß nicht eingestellt."

„Er hat immerhin einen akademischen Grad vorzuweisen."
Alan schnaubte verächtlich. „Was besagt das schon? Theoretisches Wissen ist eine Sache, die Praxis eine ganz andere. Ein Computer taugt nur so viel wie sein Programmierer, und wenn der Mist baut, sitzen wir ganz schön in der Tinte. Ich kann mir solche Leute einfach nicht leisten. Ich werde mir unseren Fachmann wohl mal vorknöpfen müssen."

„Wirf ihn nicht gleich raus", bat Corinne leise. „Es war das erste Mal, dass er einen Fehler gemacht hat."

Doch Alan schüttelte den Kopf. „Sein erster Fehler war schon, dass er mein Büro betrat, als ob der Laden ihm gehöre. Der zweite, dass er in seiner Überheblichkeit dachte, er hätte es nicht nötig, Fragen zu stellen. Und drittens hat er dir wertlose Computerausdrucke hingelegt und ist dann ins Wochenende entschwunden."

„Sprich doch in Ruhe mit ihm, vielleicht genügt das. Er wird es schon noch lernen. Schließlich ist er intelligent, und Datenverarbeitung ist sein Spezialgebiet. Du wirst sehen, wenn er sich erst bei uns eingelebt hat ..."

„Ich bezweifle, dass ihm daran etwas liegt", fiel er ihr ins Wort.

„Aber er kann etwas", beharrte Corinne. Sie war so darin vertieft, Alan zu überzeugen, dass sie den fremden Mann gar nicht bemerkte.

Corey lehnte am Türrahmen und musterte die beiden. Seine Blicke glitten von Alan, der den Typ des erfolgreichen Jungunternehmers perfekt verkörperte, zu Corinne. Er nahm wenigstens an, dass sie es war. Es sei geschäftlich, hatte Alan gesagt, und die Frau bei ihm am Schreibtisch wirkte überaus geschäftsmäßig.

Sie war nicht besonders groß, höchstens eins sechzig, schätzte Corey, und fast knabenhaft schlank. Ihr schwarzes Haar war kurz geschnitten, seitlich gescheitelt und nach hinten gebürstet. Zu der pflaumenfarbenen Leinenhose trug sie eine weiße Bluse aus fließendem Stoff, große weiße Ohrclips und farblich genau abgestimmte Pumps.

„Er ist doch erst einen Monat bei uns", bemerkte sie gerade. „Gib ihm noch eine Chance, Alan." Ihre angenehm weiche Stimme bildete einen aufregenden Kontrast zu der sonst eher strengen Erscheinung.

„Wir hätten durch seine Schuld einen großen Auftrag verlieren können."

„Haben wir aber nicht, weil wir den Fehler rechtzeitig entdeckt haben. Von jetzt an werde ich eben alles genau mit ihm durchsprechen, bevor er die Daten eingibt."

„Wenn der Tag mehr Stunden hätte, könntest du beide Jobs erledigen. Da er das aber nicht hat, müsstest du doppelt schuften und auch noch deine freie Zeit opfern."

„Das macht mir nichts aus."

Alan holte tief Luft. „Du bist zu gutmütig, Corinne. Aber bitte, wenn du unbedingt deine Wochenenden am Schreibtisch verbringen willst." Er blickte auf, als Corey sich vom Türpfosten abstieß.

Corinne wandte den Kopf, und einen Augenblick herrschte Schweigen. Dann richtete Alan sich auf, räusperte sich und sagte: „Komm ruhig rein. Corinne, darf ich dir Corey Haraden vorstellen. Wir sind gleich fertig", fügte er an seinen Freund gerichtet hinzu. „Wir werden morgen nach der Konferenz weiterreden, Corinne, einverstanden?" Er legte ihr den Arm um die Schultern und führte sie aus dem Zimmer. „Versuch, dich zu entspannen und das bisschen, das dir vom Sonntag noch geblieben ist, zu genießen."

Corey fragte sich, warum Alan es plötzlich so eilig hatte. Fast schien es, als wolle er Corinne Fremont von ihm fernhalten. Dabei hatte er den Eindruck, dass sie durchaus imstande war, selbst auf sich aufzupassen.

„He, einen Augenblick mal", rief er den beiden nach. „Was sind denn das für Manieren? ‚Corinne, darf ich dir Corey Haraden vorstellen', guten Tag und auf Wiedersehen! Ich möchte sie wenigstens persönlich begrüßen dürfen."

„Corinne hat eine Menge zu tun", erwiderte Alan und ging weiter. In der Diele hatte Corey sie eingeholt. Er versperrte den beiden den Weg, und sie mussten notgedrungen stehen bleiben.

„Wo sind deine guten Umgangsformen, Alan?" Er streckte die Hand aus und schenkte der jungen Frau ein strahlendes Lächeln. „Freut mich sehr, Sie kennenzulernen, Miss Fremont."

Anmutig ergriff Corinne seine Hand. „Das Vergnügen ist ganz meinerseits, Mr. Haraden."

„Corey, bitte. Erlauben Sie, dass ich Sie Corinne nenne?"

Sie neigte kaum merklich den Kopf, und Corey fand, dass er nie ein anmutigeres Zeichen der Zustimmung gesehen hatte.

„Bist du jetzt zufrieden? Corinne ist nämlich sehr in Eile." Alan blickte sie an, während er gleichzeitig Corey zur Seite drängte. „Wir treffen uns morgen Vormittag um halb zehn und nehmen dann ein Taxi." Sie nickte und schaute zu Corey, der sich an ihnen vorbeigedrückt hatte und abermals im Weg stand.

„Eine Sekunde, bitte. Wo geht sie hin, wenn ich fragen darf?"

„Nach Hause, nicht wahr, Corinne?"

Ehe sie einen Ton sagen konnte, fuhr Corey fort: „Vielleicht möchte sie zum Grillen hierbleiben. Was meinen Sie, Corinne? Wir wollten gerade anfangen, es gibt Bratwürste und Hamburger und ..."

Weiter kam er nicht. „Corinne weiß, dass sie uns jederzeit willkommen ist, aber sie hat schon etwas vor. Hab ich recht, Corinne?"

„Du redest ihr das ja förmlich ein, Alan", rief Corey ungeduldig. „Lass sie doch selbst entscheiden. Es ist so ein herrlicher Sonntagnachmittag ..."

„Und daher wird sie jetzt auch nach Hause zu ihrer Familie gehen", fiel Alan ihm wieder ins Wort. „Ihr Mann und ihre Kinder warten bestimmt schon sehnsüchtig, nicht wahr, Corinne?"

Doch es war Corey, der antwortete. „Oh." Er holte tief Luft und streckte von Neuem die Hand aus. „Na ja, es war jedenfalls nett, Sie getroffen zu haben, Corinne. Ich wünsche Ihnen und Ihrer Familie noch einen schönen Tag." Beim Abschied fiel Corey auf, dass Corinne nicht ein einziges Mal gelächelt hatte. Auch jetzt warf sie Alan nur einen kurzen amüsierten Blick zu.

„Dann bis morgen." Sie wartete, bis Corey beiseitetrat und ging an ihm vorbei hinaus.

„Danke für die Unterlagen", rief Alan ihr nach. „Ich seh sie mir heute Abend noch an."

„Lass dir darüber aber nicht das Grillen verderben", entgegnete sie, und ihre Stimme klang belustigt. Ohne sich noch einmal umzudrehen, stieg sie in ihren Wagen und ließ ihn die Auffahrt hinunterrollen.

Alan rieb sich genüsslich die Hände. „Langsam bekomme ich

Hunger. Ich glaube, ich werde schon mal die Holzkohle zum Glühen bringen."

Corey blickte Corinnes weißem Auto nach. Stirnrunzelnd meinte er: „Eine aufregende Frau. So besonders."

„Das Fleisch müsste inzwischen eigentlich aufgetaut sein." Alan durchquerte die Diele in Richtung Küche.

„Hast du eine Ahnung, wie man Hamburger formt, ohne dass sie bröckeln?"

Corey drehte sich nun endgültig um und folgte seinem Freund.

„Wie lange arbeitet sie schon für dich?"

„Ich glaube, ich mache die Hacksteaks doch lieber selbst. Dann kann ich sie ganz nach meinem Geschmack würzen. Vielleicht ritzt du unterdessen die Bratwürste ein."

„Was genau tut sie eigentlich?"

„Brauchst du Hilfe, Julie?" Alan verschwand in der Küche.

Julies Stimme klang dumpf aus der Speisekammer. Mit allerlei Gemüse im Arm trat sie heraus. „Wo ist Corinne?"

„Fort."

„Hast du sie nicht gebeten zu bleiben? Warum nicht, Alan? Es ist genug für alle da."

„Sie hatte andere Pläne."

„Was für Pläne?" Julie kniff zweifelnd die Augen zusammen. „Sie hat doch sonst nie etwas vor, jedenfalls nichts Aufregendes."

„Ich zünde schon mal die Holzkohle an. Wenn ich fertig bin, kümmere ich mich um das Hackfleisch." Der Meister der Ausflüchte verdrückte sich durch die Hintertür auf den Innenhof.

Corey lehnte an der Küchentheke und sah Julie beim Salatwaschen zu. „Sie muss ja ein richtiges Arbeitstier sein, wenn sie sogar sonntags nichts von ihrem Schreibtisch loseisen kann", bemerkte er.

„Wer, Corinne? Oh ja, das ist sie. Doch sie ist bei allem Fleiß eine reizende Person."

„Auf mich wirkte sie eher kühl und zurückhaltend. Und sehr korrekt." Er sah sie wieder vor sich, in ihrer tadellos sitzenden Hose und der hellen Bluse. Immerhin hatte sie die obersten Knöpfe offen gelassen.

„Ja, das stimmt. Aber ist sie nicht hübsch? Und sie sieht immer gepflegt aus." In komischer Verzweiflung schaute Julie an sich hinunter auf die Kekskrümel, die ihr Kleid zierten. Mit dem Daumennagel schnippte sie einen weg. „Ich beneide sie. Andererseits ist es ja auch kein Wunder, schließlich braucht sie sich nicht mit zwei kleinen Monstern abzuplagen, so wie ich."

„Sie hat keine Kinder?"

Julie schüttelte den Kopf. „Sie lebt mit ihrer Großmutter zusammen."

Corey musste tief schlucken, ehe er diese verblüffende Neuigkeit verdaut hatte. Dann erinnerte er sich an seine eigene Großmutter. „Manchmal sind Großmütter genauso anstrengend wie kleine Kinder."

„Die nicht. Das ist keine tattrige alte Dame. Sie wird so Mitte sechzig sein, schätze ich und ist schwer auf Draht."

„Und Corinne, wie alt ist sie?"

„Letzten Monat ist sie dreißig geworden. Wir haben sie an ihrem Geburtstag zum Essen eingeladen."

„Mitte sechzig. Dreißig. Ihre Eltern müssen ziemlich jung sein."

Julie zuckte mit den Schultern. „Corinne spricht nie von ihnen. Sie hat noch eine jüngere Schwester, die verheiratet ist. Warum Corinne noch ungebunden ist, bleibt mir ein Rätsel. Sie wäre eine wunderbare Ehefrau und Mutter." Mit dem Kopf deutete sie auf ein Päckchen Kokosnussriegel. „Die hat sie für Scott gebacken. Versuch doch mal. Aber mach schnell, damit er dich nicht erwischt."

Corey probierte die Kekse. „Du hast recht. Schmeckt gar nicht übel." Nach einer Weile sagte er beiläufig: „Alan ist sehr um sie besorgt."

„Kein Wunder. Eine Kraft wie sie ist Gold wert."

„Ich meine nicht nur geschäftlich."

Julie warf ihm einen neugierigen Blick zu. „Wie kommst du darauf?"

„Ich habe den Eindruck, er will sie vor mir schützen."

„Kannst du ihm das verdenken?", entgegnete Julie lachend. „Ein Junggeselle wie du, der von einer zur anderen flattert, ist für keine Frau ganz ungefährlich. Du kannst dich darauf verlassen, dass ich nicht gerade begeistert wäre, wenn meine Jennifer sich später mit Männern deines Kalibers einlassen würde."

„So schlimm bin ich ja nun auch wieder nicht."

Sie musterte ihn vielsagend von Kopf bis Fuß.

Corey sah an sich hinunter. Sein T-Shirt war verwaschen, die zu Shorts gekürzten Jeans ausgefranst, und die Turnschuhe hatten auch schon bessere Tage erlebt. „Okay, okay, ich weiß, dass ich mich heute nicht gerade von meiner feinsten Seite zeige."

„Das habe ich nicht gemeint", erwiderte Julie trocken. Einen Arm in die Seite gestemmt, studierte sie ihn diesmal eingehender. Ihre Blicke schweiften von seinen breiten Schultern über eine muskulöse Brust und aufregend schmale Hüften zu den langen, braun gebrannten Beinen.

„Oh."

Sie lachte. „Genau da liegt der Hase im Pfeffer. Wenn ich nicht so verrückt nach Alan wäre, könntest du mich schon reizen."

Corey war sich seiner Attraktivität durchaus bewusst. Es hatte einmal eine Zeit gegeben, da war er sogar ziemlich stolz darauf gewesen. Inzwischen dachte er allerdings anders. Er war die oberflächlichen Beziehungen leid und hatte nicht mehr die geringste Lust, die sexuellen Wunschträume mancher Frauen zu erfüllen. Corinne Fremont gehörte offensichtlich nicht zu denen, die auf sein blendendes Aussehen flogen. Sie hatte recht kühl auf ihn reagiert.

„Erzähl mir mehr von ihr."

Fragend blickte Julie ihn an.

„Sie ist doch gar nicht dein Typ."

Julie war auch nicht sein Typ, und trotzdem hatte er sie sehr gern. Und Alan, der in Bezug auf Frauen früher den gleichen Geschmack wie er gehabt hatte, liebte sie abgöttisch. „War sie schon mal verheiratet?"

„Das kann dich doch gar nicht interessieren."

„Hat sie einen festen Freund?"

„Ich verstehe nicht, was du von ihr willst."

So kommen wir offensichtlich nicht weiter, dachte Corey. Er schlug einen anderen Weg ein. „Wie lange ist sie schon bei Alan?"

„Fünf Jahre."

Aha, schon besser. „Und was genau macht sie?"

„Sie wertet Marktanalysen aus."

„Ist sie ehrgeizig?" Er hatte den Eindruck, dass sie ihren Beruf sehr ernst nahm.

„Sie kann etwas und arbeitet gern."

„Will sie nicht weiterkommen?"

„Ich habe sie nie gefragt, aber ich kann mir nicht vorstellen, dass sie bei Alan kündigt. Ihr gefällt es in Baltimore. Die einzige berufliche Veränderung, die sie ins Auge fassen würde, wäre entweder eine Verwaltungsaufgabe, und dazu müsste sie die Firma wechseln, oder aber die Gründung eines eigenen Unternehmens. Vielleicht sollte sie das tun", meinte Julie nachdenklich, während sie das Endstück einer Salatgurke in den Abfalleimer warf. „Dann könnte sie sich die Zeit selbst einteilen und hätte eventuell mehr frei. Sie schuftet wirklich wie ein Pferd."

„Ein Privatleben hat sie wohl nicht."

„Ihr scheint das nichts auszumachen."

„Sie will gar nicht mehr?"

Julie hob das Messer, mit dem sie gerade eine Tomate teilen wollte, und seufzte gutmütig. „Ich habe das Gefühl, wir drehen uns im Kreis. Es geht dich zwar nichts an, aber Corinne war nie verheiratet oder verlobt, sie hat auch keinen festen Freund. Und die Männer, mit denen sie ausgeht, sind sehr solide. Sie ist wirklich nicht dein Typ, Corey. Warum löcherst du mich so?"

Eine gute Frage. Julie hatte recht, Corinne Fremont war nicht die Art von Frau, die er normalerweise attraktiv fand. Er mochte Frauen mit ausgeprägten weiblichen Rundungen, sie war dünn. Er mochte langes Haar, sie trug ihres kurz. Er mochte lustige Frauen, sie war ernst.

Ratlos zuckte er mit den Schultern. „Ich habe keine Ahnung, offen gestanden."

Am anderen Morgen wusste Corey immer noch nicht, was er an Corinne so reizvoll fand. Die Geschäfte, die ihn ursprünglich nach Baltimore geführt hatten, waren abgewickelt, und er fuhr nun zum Inner Harbor. Er hatte plötzlich Lust bekommen, Alan in seinem

Marktforschungsinstitut zu besuchen, das er noch nicht kannte. Doch wenn er ehrlich war, lag der einzige Grund für seinen Abstecher bei Corinne. Er wollte sie ganz einfach wiedersehen.

Mehr als ein kurzer Blick war ihm allerdings nicht vergönnt. Sie kam um die Mittagszeit mit Alan von einer Konferenz zurück, und Corey hatte in der Halle gewartet, wo er einer heftig flirtenden Empfangsdame ausgeliefert gewesen war. Als Corinne nun das Haus betrat, stand er erfreut auf. Sie blieb nicht einmal stehen und winkte nur kurz. Dann war sie auch schon hinter einer großen Tür verschwunden.

„Corey!", rief Alan erstaunt. „Was tust du denn hier? Ich dachte, du hättest eine Besprechung."

„Sie war eine Stunde früher zu Ende als geplant, und da dachte ich, ich schau mal vorbei. Bis zum Abflug habe ich noch etwas Zeit."

Alan schlug vor, irgendwo etwas zu essen.

„Willst du mir nicht erst die Firma zeigen?" Seine weit ausholende Armbewegung schloss die mahagoniverkleideten Wände, die üppigen Ledermöbel, die glänzenden Kupferleuchten und den dicken, weichen Teppichboden ein. „Ganz schön luxuriös, wenn du mich fragst. Es würde mich interessieren, ob der Rest auch so prächtig aussieht."

Entweder hatte er Alans schwachen Punkt getroffen, oder er war ein überzeugender Schauspieler. Jedenfalls strahlte sein Freund und steuerte mit ihm auf die Tür zu, die hinter Corinne zugefallen war.

Alans Erläuterungen hörte er zwar kaum zu, aber er bewunderte sein elegant eingerichtetes Büro, schaute sich die Arbeitsplätze der Analytiker und der Meinungsforscher an und zum Schluss das Rechenzentrum. Corinne hatte er nirgends entdecken können. „Okay. Wo ist sie? ", fragte er, als sie wieder in Alans Büro waren. „Wer?" Mit gespieltem Erstaunen starrte Alan ihn an.

Corey ließ sich nicht beirren. „Tu nicht so ahnungslos, du weißt genau, wen ich meine."

Alan zögerte. Aber da er seinen alten Freund kannte, der manchmal unangenehm hartnäckig bleiben konnte, zuckte er mit den Schultern und brummte einsilbig: „Corinne? Keine Ahnung. Vielleicht in der Damentoilette. Oder beim Mittagessen."

„Wie praktisch."

„Was willst du, es ist Mittagszeit. Und eine Pause steht ihr schließlich zu."

„Ebenso wie das Recht, selbst zu entscheiden, ob sie mich sehen will oder nicht. Komm schon, Alan. Ich weiß, dass sie nicht gebunden ist. Warum willst du mich nicht mit ihr reden lassen?"

„Corinne ist nicht dein Typ. Sie passt einfach nicht zu dir."

„Das hat Julie auch schon versucht, mir einzuhämmern. Aber nimm es mir bitte nicht übel, wenn ich mich davon gern selbst überzeugen möchte."

„Nein."

„Wieso nicht? Ich beiße nicht."

„Stimmt. Du verschlingst sie in einem Stück."

„Das war früher mal. Ich bin viel ruhiger geworden."

Alan verzog amüsiert die Lippen. „Der beste Witz, den ich seit Langem gehört habe", meinte er trocken.

„Sie hat so etwas Geheimnisvolles. Wer weiß, vielleicht entpuppt sie sich als todlangweilig, wenn ich das Geheimnis erst gelüftet habe."

„Oh nein, nicht Corinne. Sie ist eine Frau mit Geist und Verstand."

„Na, siehst du. Habe ich mich jemals für Frauen mit Geist und Verstand interessiert?" Corey sprach sachlich und gelassen, um Alan zu beruhigen. Doch der Schuss ging nach hinten los.

„Eben. Was willst du also von Corinne?"

„Ich bin neugierig, das ist alles."

„Neugierig worauf?"

„Ich weiß es nicht", erwiderte Corey gereizt. „Ich habe sie höchstens drei Minuten gesehen und fand sie recht durchschnittlich. Zu durchschnittlich. Ich glaube, der Schein trügt. Da muss mehr dahinterstecken." Wer so wunderschöne große braune Augen hat ..., überlegte er, sagte es aber nicht laut, weil diese romantische Ader so gar nicht zu ihm passen wollte. „Ihr beide, du und Julie, habt sie sehr gern, nicht wahr?", fuhr er fort. „Warum sollte es mir anders gehen?"

„Oh, du würdest sie bestimmt mögen. Ich fürchte nur, das wäre nicht gut für Corinne." Nachdenklich strich Alan sich übers Haar, ging um seinen Schreibtisch herum und ließ sich in den schweren Ledersessel fallen. „Sie ist nicht wie die anderen, Corey. Sie lebt sehr zurückgezogen, ist verschlossen und überaus genau in jeder Beziehung. Sie geht kaum aus und konzentriert sich voll auf ihre Arbeit. Den Urlaub verbringt sie in kleinen Gasthäusern in Orten, von denen kein Mensch etwas gehört hat. Nie gibt es Ärger oder Probleme mit ihr." Er zögerte. „Soviel ich weiß, hat sie eine sehr hässliche Erfahrung mit einem Mann hinter sich. Sie spricht nicht gern darüber, nur irgendwann ließ sie mal eine Bemerkung fallen, die mich ziemlich bestürzt hat. So stark sie auch scheinen mag, sie ist sensibel und verletzlich. Ich will nicht, dass irgendjemand ihr wehtut. Ich möchte das sogar unbedingt verhindern, wenn du es genau wissen willst."

„Das liegt mir auch völlig fern. Ich möchte doch nur mit ihr reden!"

Prüfend sah Alan ihn an. „Lass lieber die Finger von ihr, mein Freund."

Corey war der Verzweiflung nahe. Was Alan ihm erzählt hatte, hatte seine Neugier nicht gestillt, sondern sie ganz im Gegenteil noch geschürt. Aber er erkannte, dass jede weitere Diskussion über Corinne Fremont zwecklos war. Also tat er das einzig Vernünftige und trat den Rückzug an. „Okay, ich habe deine Warnung zur Kenntnis genommen", scherzte er. Dann schaute er sich um, nickte langsam und meinte: „Alle Achtung, ich kann nur wiederholen, ich bin tief beeindruckt."

Froh, das Thema zu wechseln, grinste Alan ihn an. „Aus deinem Mund ist das ein echtes Kompliment. Können wir jetzt essen gehen?"

„Na klar."

Nach einer üppigen und heiteren Mahlzeit begleitete Corey seinen Freund zurück zum Institut. In der Eingangshalle verabschiedeten sie sich, und Corey versprach, Alan und Julie bald wieder zu besuchen.

Als sich die Tür mit den Kupferbeschlägen hinter Alan geschlossen hatte, blieb Corey einen Augenblick unschlüssig stehen. Die Empfangsdame schaute auf, und er lächelte ihr zu. Dann schob er stirnrunzelnd die Hand in die Hosentasche, zog sie verwirrt heraus und griff in sein Jackett. Er holte eine kleine Karte hervor, starrte sie an und steckte sie hastig zurück.

„Verdammt", murmelte er nicht zu leise. „Das habe ich jetzt doch glatt vergessen." Und ehe die Dame etwas einwenden konnte, war er bereits an ihr vorbeigestürmt. Doch statt Alan nachzueilen, wie es den Anschein hatte, bog er nach rechts. Ein paar Meter weiter verharrte er vor dem einzigen Raum, den Alan bei seiner Führung geflissentlich ausgespart hatte. Wenn ihn nicht alles täuschte, wusste er, warum.

Leise öffnete er die Tür. Und tatsächlich, da saß Corinne über einen Computerausdruck gebeugt, den sie auf dem Schreibtisch ausgebreitet hatte. Den Kopf in die Hände gestützt, war sie so in ihre Arbeit vertieft, dass sie Corey gar nicht bemerkte.

„Hallo, Corinne", sagte er leise.

Sie fuhr auf, und es dauerte ein paar Sekunden, ehe sie ihn wiedererkannte. „Hallo, Corey", erwiderte sie mit sanfter Stimme. „Ist die Betriebsführung noch nicht zu Ende?"

Er hatte gehofft, sein unerwartetes Auftauchen würde ihr ein kleines Lächeln entlocken, aber sie schaute ihn nur fragend an. „Wir sind gerade vom Essen zurückgekommen."

„Wo waren Sie denn?"

„Phillip's Harborside."

„Ein hübsches Lokal."

„Und man isst dort sehr gut."

„Zu gut und zu viel. Direkt gefährlich für die Linie."

„Das ist aber ärgerlich", kam die spöttische Antwort, und nun funkelten ihre Augen doch etwas belustigt.

„Jetzt täte eine Tasse Kaffee gut", meinte er seufzend. „Wie wär's, möchten Sie nicht mal eine Pause machen?"

„Geht nicht." Corinne blickte auf den Computerausdruck. „Ich bin sowieso schon in Verzug geraten."

„Ein Kunde, der es besonders genau nimmt, hm?"

„Das tun sie alle."

„Frustriert Sie das denn nicht?"

„Man gewöhnt sich daran."

Ratlos, die Hände in den Hosentaschen vergraben, beobachtete Corey sie. Wäre er weniger selbstbewusst, hätte ihre unerschütterliche Ruhe ihn eingeschüchtert, aber so blieb er gelassen. „Arbeiten Sie nach einem festen Zeitplan?"

„Immer. Der Kunde leider auch, nach seinem eigenen. Da muss man manchmal schon ein kleines Wunder vollbringen."

„Dann sind Sie also eine Zauberin", scherzte er, um das Gespräch ein wenig aufzulockern. Sie neigte jedoch nur kaum merklich den Kopf, eine Geste, die ihm schon vertraut war und die sowohl Würde als auch Bescheidenheit oder vielleicht sogar Scheu bedeuten konnte. Seine Neugier wuchs.

„Es schadet jedenfalls nicht, wenn ich meine Kunden in dem Glauben lasse."

Er musste lachen. „So spricht eine echte Diplomatin. Mein Vorschlag, eine Tasse Kaffee zu trinken und ein Stück Kuchen zu essen, gilt übrigens immer noch. Einverstanden?"

„Es geht nicht, ich muss meinen Termin einhalten."

„Nun kommen Sie schon, Corinne. Nur eine winzig kleine Kaffeepause."

Sie schüttelte den Kopf.

„Wirklich nicht?"

Für den Bruchteil einer Sekunde zog sie die Nase kraus. Corey versuchte es ein letztes Mal und setzte seinen ganzen Charme ein. „Ganz bestimmt nicht?"

Corinne senkte langsam den Kopf, blickte ihn noch einmal kurz an und wandte sich dann wieder dem Computerausdruck zu. Ihre stumme Geste sprach Bände und war an Eindeutigkeit nicht zu überbieten. Corey zog sich zurück.

Corey fuhr wenig später zum Flughafen. Er wusste nicht, ob es Sturheit war oder gekränkte Eitelkeit, aber die Abfuhr nagte doch schwer an ihm. Bisher hatte ihm noch keine Frau widerstanden, und Corinne durfte nicht die erste sein.

Die Idee, sie anzurufen, verwarf er wieder. Stattdessen zog er eine zerknitterte Dollarnote hervor, denn einen Zettel konnte er nicht finden, und strich sie glatt. Schnell kritzelte er ein paar Worte darauf und kaufte in aller Eile Umschlag und Marke. Er steckte den Geldschein hinein und warf das Kuvert in einen Briefkasten. In letzter Minute erreichte er seine Maschine.

2. KAPITEL

Am nächsten Morgen brachte der Bürobote Corinne einen Brief ohne Absender. Sie schlitzte den Umschlag auf und zog eine Dollarnote heraus. Auf der Vorderseite stand in großen roten Buchstaben:

„Gutschein für einen Riesenschokokuss. Kann jederzeit eingelöst werden, aber nur bei mir. Corey Haraden."

Ungläubig schaute Corinne auf den Geldschein, rollte in komischer Verzweiflung mit den Augen und begann, ihn in säuberliche kleine Schnipsel zu zerreißen. Sie streckte die Hand nach dem Papierkorb aus, in letzter Sekunde aber hielt sie inne.

Corey Haraden war ein Playboy. Mit seinem kastanienbraunen Haar, den grünen Augen und den männlich-herben Zügen gehörte er genau zu den Männern, die sie absichtlich mied. Sie kannte diese Sorte nur zu gut, besser, als ihr lieb war. Was er allerdings gerade an ihr fand, war ihr ein Rätsel. Und nicht minder unbegreiflich blieb ihr, weshalb sie die Schnipsel, statt sie fortzuwerfen, in die Tasche ihres maßgeschneiderten Rocks steckte.

Wenn Corinne, wie auch an diesem Abend, erst spät nach Hause kam, hatte ihre Großmutter bereits gegessen und schlief. Leise, um sie nicht zu wecken, betrat Corinne das alte, im viktorianischen Stil erbaute Haus. Sie lehnte ihren Aktenkoffer gegen das geschwungene Ende des Treppengeländers und griff nach der Post auf dem Ahorntisch.

Rasch blätterte sie den Stapel durch und zog einen Brief heraus. Nachdem sie sich ein großes Glas Orangensaft eingeschenkt hatte, setzte sie sich an den Küchentisch und las:

Liebe Corinne,
obwohl wir erst vor ein paar Tagen miteinander gesprochen haben, muss ich Dir schon wieder mein Herz ausschütten. Heute Morgen bin ich mit fürchterlichen Kopfschmerzen auf-

gewacht, weil ich kaum geschlafen habe. Jeffreys Keuchhusten hat mich die halbe Nacht wach gehalten, aber Frank wollte nicht, dass ich nach dem Jungen sehe, dafür sei das Kindermädchen da. So ist es immer. Er hat für alle seine Leute und kümmert sich im Grunde nur um seine eigene Person. Ich weiß, ich sollte dankbar sein. Sein Geschäft läuft gut, und ich brauche keinen Handschlag im Haus zu tun. Trotzdem, gerade dadurch komme ich mir so nutzlos vor.

Traurig drehte Corinne die Seite um. Sie kannte die Probleme ihrer Schwester zwar, aber es bedrückte sie jedes Mal aufs Neue, dass sie ihr nicht helfen konnte.

Merkwürdig, nicht wahr? Mom und Dad waren froh, uns zur Großmutter abschieben zu können. Wir waren ihnen lästig, und sie widmeten sich eben lieber ihrem Vergnügen. Dagegen würde ich so gern selbst auf mein Kind achten und den Haushalt machen. Doch Frank will das nicht. Seine Frau habe das nicht nötig, sagt er. Aber ich langweile mich hier zu Tode. Manchmal beneide ich Dich um Deine berufliche Karriere. Hättest Du das je von mir gedacht? Und manchmal beneide ich Mom und Dad um ihr sorgloses, ungebundenes Leben. Sie sind wenigstens frei, während ich hier in einem goldenen Käfig sitze.

Corinnes Hand zitterte, als sie den Briefbogen beiseitelegte und nach dem zweiten griff. Rasch überflog sie das eng beschriebene letzte Blatt, das mit den Zeilen endete:

Danke, dass Du mir zugehört hast, Corinne. Auch wenn wir uns ab und zu in die Haare kriegen, bist Du eine prima Schwester. Alles Liebe, Roxanne.

Corinne warf einen Blick auf die Küchenuhr. Doch es war schon zu spät, um noch bei den Shiltons anzurufen. So blieb sie eine Weile am Tisch sitzen und zermarterte sich den Kopf. Hatte sie versagt? Obwohl sie nur ein knappes Jahr älter war als Roxanne, hatte sie sich immer für sie verantwortlich gefühlt. Sie hatte die Schwester bei den Hausaufgaben beaufsichtigt und aufgepasst, dass sie abends pünktlich nach Hause kam. Schließlich hatte sie ihr auch zur Hochzeit mit Frank geraten. Und nun steckte ihre Ehe in einer Krise.

Aber mittlerweile war Roxanne alt genug, selbstständig zu entscheiden. Sie und Großmutter hatten ihr geholfen, wenn immer es ihnen möglich gewesen war, jetzt lag es an Roxanne, ihr Leben zu meistern.

Seufzend faltete Corinne den Brief und schob ihn zurück ins Kuvert. Es gelang ihr nicht, ein ungutes Gefühl, das sie schon beim Lesen beschlichen hatte, abzuschütteln. Sie stellte das Glas weg, löschte das Licht und ging leise die Treppe hinauf. Dabei vermied sie sorgsam jede knarrende Stufe.

Nach einem ausgiebigen, entspannenden Bad stellte sie den Wecker auf ihrem Nachttischchen, schlug die Bettdecke zurück und schlüpfte zwischen die Laken. Zum ersten Mal seit Langem fiel ihr auf, wie kühl sie sich anfühlten. Bilder tauchten vor ihr auf, Bilder aus einer Zeit, in der sie nicht allein eingeschlafen war.

Nein, nein, nein! warnte sie eine innere Stimme.

Und sie blieb noch lange wach.

Corey wusste, dass er zerstreut war. Seine Sekretärin beklagte sich mindestens zweimal am Tag, wenn er wichtige Unterlagen verlegt hatte und sie sie unter dem Aktenberg auf seinem Schreibtisch hervorkramen musste. Und seine Haushälterin hatte ihm auch schon mit Kündigung gedroht, weil sie wieder und wieder die Ketchupflasche in der Tiefkühltruhe und die Eiscreme im Küchenschrank entdeckte. Corey fand, das Leben sei zu kurz, um sich mit solchen Nebensächlichkeiten abzugeben. Er war mit seinen Gedanken eben immer weit voraus. Eine Arbeit hatte er noch nicht abgeschlossen, da plante er bereits, was er jetzt in Angriff nehmen konnte.

Und so malte er sich auch seine Treffen mit Corinne Fremont in den schönsten Farben aus. Er würde sie zum Abendessen einladen und ihr ein Lächeln entlocken. Bei seinem übernächsten Besuch in Baltimore würde er mit ihr zum Picknick ins Grüne fahren und sie zum Lachen bringen. Dass ihre blassen Wangen ein wenig Farbe bekamen, dafür wollte er bei ihrem dritten Rendezvous sorgen. Und beim vierten würde er sie zart küssen. Während ihrer fünften Begegnung hoffte er, dann die Glut der Leidenschaft zu entdecken, die sie nun nicht mehr verbergen konnte.

Das waren die erotischen Tagträume, die Corey liebevoll pflegte. Er hatte schon immer eine große Einbildungskraft besessen. Als Kind hatte er sich als stolzer Hausbesitzer gesehen, und so erwarb er nach seinem Studium ein Gebäude in einer wenig vornehmen Gegend von Philadelphia, renovierte und modernisierte es von Grund auf und verkaufte es wieder zum fünffachen Preis.

Der Kaufvertrag war noch nicht abgeschlossen, da schwebte ihm vor, ein Haus nach eigenen Plänen zu bauen. Auf einem billigen Grundstück in einem Vorort errichtete er nun einen Bürokomplex. Dieser war noch nicht fertiggestellt, als Corey sich bereits fragte, wie wohl ein Einkaufszentrum daneben wirken würde. Er fand eine Gruppe von Investoren für sein Projekt, und das Ergebnis war ein Ladenzentrum mit fünfunddreißig Geschäften. Dann träumte er davon, ein Hotel zu entwerfen. Inzwischen besaß er drei.

Kein einziges Mal jedoch hatte er seine Fantasie auf die Eroberung einer Frau gerichtet. Das war auch nie nötig gewesen. Seit seinem sechzehnten Lebensjahr liefen ihm die Frauen praktisch hinterher. Nicht so Corinne Fremont. Vielleicht lag hier das Geheimnis für ihren Reiz. Nicht, dass er unbedingt mit ihr ins Bett wollte, jedenfalls noch nicht. Nein, er verspürte einfach den Wunsch, hinter die Fassade aus Kühle und Zurückhaltung zu blicken.

Und da sie anders war, würde er umdenken und ihre Spielregeln einhalten müssen. Wenigstens zu Beginn. Daher wartete er drei Wochen, ehe er sich wieder bei ihr meldete.

An einem Dienstagnachmittag summte das Telefon in Corinnes Büro. Zerstreut nahm sie den Hörer ab. „Ja?"

„Corinne? Hier ist Corey Haraden."

Verwirrt runzelte sie die Stirn. Sie war gerade völlig in die Vorbereitung einer Meinungsumfrage vertieft gewesen und hatte nicht bemerkt, dass der Anruf von außerhalb kam. Langsam legte sie den Stift aus der Hand und straffte sich unwillkürlich.

„Hallo, Corey. Wie geht's?"

„Danke, gut. Und Ihnen?"

„Ich kann nicht klagen." Sie dachte an einen Riesenschokokuss und verdrängte das Bild schnell wieder. „Wenn Sie etwas von Alan möchten, der ist leider nicht hier. Haben Sie es schon in seinem Büro versucht?"

„Ich wollte Sie sprechen, nicht Alan. Hören Sie, Corinne, ich weiß, dass Sie bis über beide Ohren in Arbeit stecken, aber ich bin in Rochester, auf dem Weg nach Atlanta. Meine Maschine hat mehrere Stunden Aufenthalt in Baltimore, und da wollte ich Sie zum Abendessen einladen. Hätten Sie Lust?"

Ihre Antwort kam, ohne zu zögern. „Tut mir leid, Corey, aber ich kann nicht."

„Haben Sie immer noch Terminschwierigkeiten?"

„Wie man's nimmt. Doch das haben wir längst durchdiskutiert, oder etwa nicht?"

„Oh, es würde mir nichts ausmachen, das Thema noch einmal aufzugreifen."

Seine Stimme klang so freundlich und ernst, dass Corinne die Einladung fast angenommen hätte. Aber sie war gewarnt. Sie hatte ihn gesehen und wusste, welche Gefahr er für sie bedeutete. „Mir schon", entgegnete sie. „Das wäre mir zu langweilig."

„Langweilig? Von wegen. Man hat mich schon alles Mögliche genannt, impulsiv, unbezähmbar, sogar aalglatt, aber nie langweilig."

Eben, da liegt der Hase im Pfeffer, schoss es ihr durch den Kopf. „Davon bin ich überzeugt", erwiderte sie trocken.

„Sie können doch nicht dauernd arbeiten, irgendwann müssen ja auch Sie mal essen."

„Darum geht's nicht, Corey. Ich habe andere Pläne."

„Oh." Er seufzte. „Ich verstehe. Die Familie verlangt ihr Recht." Sie parierte seinen scherzenden Ton. „So ist es. Manchmal hat sie es ganz schön schwer mit mir."

„Kann ich mir denken." Sein Instinkt riet ihm, nicht lockerzulassen, aber waren seine bisherigen Erfahrungen einfach auf Corinne übertragbar? „Na ja, vielleicht ein andermal?"

„Vielleicht", lautete die unverbindliche Antwort.

„Dann muss ich eben sehen, was ich drei Stunden lang mit mir anfange. So ganz allein."

„Sie werden bestimmt jemanden finden, der Ihnen Gesellschaft leistet", entgegnete sie ungerührt. „Die Stewardessen haben ja auch drei Stunden frei."

„Erstens mag ich diese Art von Zufallsbekanntschaften nicht, und zweitens ist die Hälfte aller Flugbegleiter heutzutage männlich."

„So ein Pech." Corinne klang jetzt ganz sanft, und Corey hätte schwören mögen, dass sie lächelte. Er fuhr herum, als im Hintergrund eine Lautsprecherstimme ertönte.

„Oh, mein Flug wird aufgerufen. Ich fürchte, sie werden den Start kein zweites Mal verschieben."

„Was heißt kein zweites Mal?"

„Ich bin bei den Fluggesellschaften für meine Unpünktlichkeit gefürchtet."

„Reisen Sie viel mit dem Flugzeug?"

„Oh ja", entgegnete er mit Nachdruck.

„Was sind Sie eigentlich von Beruf?"

„Verdammt, der letzte Aufruf. Tut mir leid, Corinne, aber ich muss jetzt Schluss machen, ich melde mich wieder bei Ihnen, okay?"

Unerklärlicherweise verspürte sie ein eigenartiges Gefühl der Enttäuschung. „Ich wünsche Ihnen einen angenehmen Flug."

„Danke. Machen Sie's gut." Rasch hängte er ein und eilte im Laufschritt zu seinem Flugsteig. Ein zufriedenes Lächeln spielte um seine Lippen. „Was sind Sie eigentlich von Beruf?", hatte sie gefragt. Er hätte das Gespräch zu keinem günstigeren Zeitpunkt abbrechen können. Ihre Neugier war geweckt, sollte sie ruhig ein wenig grübeln. Das war immerhin ein Anfang.

Corinne versuchte sich einzureden, dass Corey Haraden sie nicht im Geringsten interessierte. Doch das war leicht gesagt. Zu den unmöglichsten Zeiten tauchte plötzlich sein Gesicht vor ihr auf. Alan konnte sicher einiges über ihn erzählen, aber bevor sie ihn fragte, biss sie sich lieber die Zunge ab. Die beiden Männer waren eng befreundet, und sie wollte keinen Keil zwischen sie treiben. Alans rührende Bemühungen, sie vor Corey abzuschirmen, waren ihr nicht entgangen, und so verschwieg sie auch wohlweislich Coreys Anruf. Außerdem sollte Alan nicht etwa denken, dass sie sich mit seinem Freund beschäftigte.

Die Männer, die sie traf, und Corey Haraden trennten Welten. Es waren durchschnittliche Männer von durchschnittlichem Äußerem mit durchschnittlichen Berufen, und sie ging in unregelmäßigen Abständen mit ihnen essen, ins Kino oder ins Theater.

Für Corinne bildeten sie eine Art Beiwerk, mit dem sie sich hin und wieder gern schmückte, das ihren persönlichen Stil aber niemals beeinflusste.

Das war nicht immer so gewesen. Es hatte einen Mann in ihrem Leben gegeben, der Corey sehr ähnlich war, Corey und ihrem Vater. Doch als sie diese Entdeckung gemacht hatte, war sie hoffnungslos in Richard Bates verliebt gewesen. Nur mithilfe ihrer Großmutter hatte sie die Kraft aufgebracht, einen Schlussstrich zu ziehen und sich diesen lebenslustigen, aber auch leichtfertigen und verantwortungslosen Mann aus dem Kopf zu schlagen. Heute war ihr klar, dass sie unbewusst jemanden wie ihren Vater gesucht hatte. Und wenn sie ihr Instinkt nicht trog, war Corey vom gleichen Schlag.

Mit der Zeit jedoch verblasste Coreys Bild. Außerdem beschäftigten sie ganz andere Dinge. Sie ging ihrer Arbeit nach und dachte etwas besorgt an Roxanne, schmiedete Pläne fürs Wochenende und den nächsten Urlaub oder genoss einen Ausflug mit ihrer Großmutter. Corey Haraden rückte in immer weitere Ferne. Bald würde er hoffentlich vollends in Vergessenheit geraten sein.

Allerdings hatte sie nicht damit gerechnet, dass Corey sich eines Tages selbst in Erinnerung rufen könnte. An einem Freitagnachmittag Anfang Mai, fast vier Wochen waren seit ihrem Telefonat vergangen, wurde die Tür zu ihrem Büro geöffnet, und da stand er, attraktiver denn je. Er trug einen leichten maßgeschneiderten Sommeranzug, ein weißes Hemd mit einer gestreiften Krawatte und weiche italienische Schuhe. Sein kastanienbraunes Haar hatte einen modischen Schnitt, und seine Bräune war noch tiefer geworden.

Doch etwas hatte sich nicht verändert. Er blickte sie mit seinen grünen Augen wieder so intensiv an, als sähe er in ihr Inneres. Dieser Ausdruck fesselte Corinne jedes Mal aufs Neue, aber er behagte ihr nicht, und sie wünschte, Corey würde sich in Luft auflösen. Und was das Schlimmste war, ihr Herz klopfte wie wild.

„Noch immer bei der Arbeit, wie ich sehe", neckte Corey sie. Er stützte sich mit einem Arm gegen den Türpfosten, und sie bemerkte unter der Manschette eine schlichte goldene Uhr, die seiner Erscheinung eine zusätzliche elegante Note verlieh.

„So ist es." Energisch schob sie die Unterlagen auf ihrem Schreibtisch zusammen und stand auf. „Eigentlich wollte ich gerade gehen."

„Und wohin, wenn man fragen darf?"

Sie nahm eine Klarsichthülle aus dem Schrank und steckte die Papiere hinein. „Zu einer Besprechung mit meinen Codierern. Sie warten auf meine Anweisungen." Das war geschwindelt, denn die Besprechung sollte erst am Nachmittag stattfinden. Aber Corey Haraden brauchte schließlich nicht alles zu wissen.

„Kann ich mitkommen?"

„Ich fürchte, nein. Unsere Kunden legen sowohl auf Vertraulichkeit als auch auf Schnelligkeit größten Wert."

„Ich verspreche Ihnen, kein Wort kommt über meine Lippen." Jetzt erst schaute Corinne ihn voll an. Es kostete sie einige Mühe, ihre Gefühle zu verbergen und wenigstens äußerlich gefasst zu bleiben. Wie er so vor ihr stand, groß und breitschultrig, wirkte er sehr souverän. Aber nicht nur das beunruhigte sie. Beim Anblick der Lachfältchen in seinen Augenwinkeln und der Haarsträhne, die ihm jungenhaft in die Stirn fiel, und des Grübchens in seinem glatt rasierten Kinn spürte sie ein eigenartiges Kribbeln in der Magengrube.

Sie räusperte sich und fragte etwas schärfer als beabsichtigt: „Warum wollen Sie mich unbedingt begleiten?"

„Oh, ich interessiere mich für Ihre Arbeit. Vielleicht kann ich noch etwas von Ihnen lernen. Die Methoden modernen Managements sind universell anwendbar, deshalb würde ich gern sehen, wie Sie mit Ihren Codierern umgehen."

Corinne musterte ihn von Kopf bis Fuß. „Sie sehen eher wie der Chef persönlich aus und nicht wie der Manager."

„Richtig, aber ist nicht jeder Chef auch ein Manager?"

„Und was für eine Firma besitzen Sie?"

„Ich handle mit Immobilien und besitze einige Hotels. Aber ich fürchte, ich bin kein besonders guter Manager, daher überlasse ich die Geschäftsführung lieber anderen. Also, was ist nun? Darf ich mitkommen?"

„Hotels." Sie nickte. „Ich muss sagen, ich bin beeindruckt."

„Nehmen Sie mich mit?"

„Wie viele Hotels?"

„Drei. Was ist jetzt mit Ihrer Besprechung?"

„Auch hier in Baltimore?"

„Noch nicht, aber ich stehe in Verhandlungen." Er seufzte. „Wollen Sie nicht endlich meine Frage beantworten?"

Corinne warf ihm einen vorwurfsvollen Blick zu. „Das habe ich bereits zweimal getan." Sie schlüpfte an ihm vorbei durch die Tür und eilte den Korridor hinunter.

Corey folgte ihr. „Bin ich Ihnen lästig?"

„Ja."

„Und warum?"

„Sie sind so hartnäckig wie ein Pferd auf der Suche nach Zuckerwürfeln, und ich habe keine."

„Ein Pferd. Das hat mir noch niemand gesagt. Hören Sie, ich möchte keinen Zucker, ich möchte lediglich ein paar Minuten Ihrer kostbaren Zeit."

„Wozu?"

„Um zu reden. Ich will nichts weiter, als mit Ihnen plaudern."

„Psst!" Sie schaute verstohlen zu dem Büro hinüber, an dem sie gerade vorübergingen. „Sprechen Sie gefälligst etwas leiser. Oder wollen Sie mich zu allem Überfluss auch noch in Verlegenheit bringen?"

Spontaneität war für Corey seit jeher typisch gewesen. Bislang hatte er sich in Corinnes Gegenwart beherrscht, aber jetzt reagierte er ganz impulsiv. Er fasste Corinne schnell am Arm, drehte sie zu sich und drängte sie an die Wand. Rechts und links von ihrem Kopf stützte er sich auf und stand nun so dicht vor ihr, dass sie nicht entwischen konnte. Völlig verblüfft riss sie die Augen auf.

Seine Lippen waren dicht an ihrem Ohr. „Ich werde noch eine ganze Menge mehr tun, als Sie nur in Verlegenheit zu bringen, Corinne, wenn Sie sich weiterhin weigern, mir etwas von Ihrer kostbaren Zeit zu schenken."

Sie holte tief Luft, als er leise, fast vertraulich, fortfuhr: „Worüber, wollten Sie gerade fragen, nicht wahr? Sehen Sie, ich kenne diesen hübschen Kopf schon recht gut, der immer so blitzschnell schlagfertige Antworten parat hat. Nur, ich will mehr, und ich werde nicht lockerlassen, bis ich es bekommen habe. Also? Was ist Ihnen lieber? Ein Skandal hier auf dem Korridor oder eine gepflegte Unterhaltung nach Ihrer Besprechung?"

„Ich dachte, Sie wollten mitkommen." Es ärgerte sie, dass ihre Stimme ein wenig zitterte. Aber Coreys Nähe, seine Wärme und sein frischer Duft waren mehr, als sie ertragen konnte. Wieder spürte sie dieses eigenartige Kribbeln.

„Ich habe Sie angelogen", erklärte er ohne jede Spur von Verlegenheit.

„Dann sind wir ja quitt. Ich Sie nämlich auch. Ich habe gar keine Besprechung." Sie versuchte, unter seinem Arm hindurchzuschlüpfen, doch Corey war schneller. Er lehnte sich noch weiter vor, und jetzt trennte sie nur noch die Klarsichthülle mit den Papieren, die Corinne dicht an die Brust presste.

„Fein. In diesem Fall steht unserem Plausch ja nichts mehr im Wege."

Herausfordernd sah sie ihn an und schüttelte den Kopf. „Ich habe zu arbeiten. Die Besprechung findet zwar erst heute Nachmittag statt, aber ich muss mich vorbereiten, sonst verschwende ich nicht nur die Zeit meiner Codierer, sondern auch meine eigene."

„Dann eben danach."

„Unmöglich, ich bin zum Essen verabredet."

„Erzählen Sie mir jetzt bloß nicht, mit Mann und Kindern."

„Nein, mit meiner Großmutter."

Corey beugte sich noch ein bisschen weiter vor. Er streifte ihre Wange, und sein Mund berührte den Ohrclip aus schwarzem Emaille, der kühl an seine Lippen stieß. „Eine Chance haben Sie noch."

„Ich bin wirklich mit meiner Großmutter verabredet", sagte sie gereizt. Seine Nähe machte sie schwindlig. Unbewusst schloss sie die Augen und rieb ihre Wange ein klein wenig an seiner. Es durchfuhr sie, als hätte sie ein elektrischer Schlag getroffen. Sie riss die Augen auf und schluckte. „Ich habe es ihr schon lange versprochen."

„Schön, dann nehmen Sie mich eben mit."

„Das geht nicht, Corey. Sie kennen sich doch gar nicht."

„Ich würde sie aber gern treffen."

Corinne schüttelte den Kopf. Nach kurzer Überlegung fragte sie: „Wenn ich mich nun mit Ihnen unterhalte, werden Sie mich dann künftig zufriedenlassen?"

„Das kann ich erst hinterher entscheiden."

„Corey…"

„Ja, Corinne?"

„Sie sind unfair." Sie zwängte eine Hand nach vorn und versuchte, ihn fortzustoßen, aber er rührte sich ebenso wenig von der Stelle, wie die Wand hinter ihr nicht abrückte. „Lassen Sie mich gehen."

„Ich mag es, wenn Sie mich berühren", sagte er sanft.

Corinne ließ den Arm sinken und hoffte inbrünstig, dass ihre Kraft sie nicht verließ. „Bitte", flüsterte sie.

„Werden Sie mit mir reden?"

„Also gut", erwiderte sie seufzend.

„Wann?"

„Meinetwegen morgen."

„Wann morgen?"

„Um zehn habe ich einen Aerobic-Kurs. Wir könnten um elf zusammen frühstücken, aber ich habe nur eine Stunde Zeit."

„Wieso nur eine Stunde?"

„Weil ich mich anschließend noch umziehen muss. Ab ein Uhr bin ich Babysitter."

„Babysitter?", entfuhr es ihm.

„Corey, bitte."

Er schaute sich um und sprach wieder leiser. „Na schön, das klären wir morgen. Wo treffen wir uns? Ich hole Sie am besten nach Ihrem Kurs ab, sonst kneifen Sie womöglich."

Corinne warf ihm einen wütenden Blick zu und nannte ihm widerstrebend die Adresse.

„Vielen Dank." Ein spöttisches Lächeln spielte um seine Lippen. Er stieß sich von der Wand ab, trat einen Schritt zurück und gab

Corinne frei. „Na, sehen Sie, war doch gar nicht so schlimm, oder?"

„Sie sind ein Tyrann", schleuderte sie ihm erbost entgegen, und ihre Stimme klang ein bisschen schriller als sonst.

„Manchmal muss man eben Druck ausüben, um sich durchzusetzen. Hätten Sie gleich in eine Verabredung mit mir eingewilligt, wäre Ihnen das erspart geblieben. Ein kleiner Tipp für die Zukunft, Corinne. Mit Zuckerbrot erreichen Sie mehr als mit der Peitsche." Das erinnerte ihn an ihre Bemerkung über das Pferd und den Zucker, und er runzelte die Stirn. Dann schüttelte er kurz den Kopf und lächelte wieder. „Bis morgen um elf, okay? Ciao, Corinne."

Bevor ihr eine passende Antwort einfiel, machte Corey auf dem Absatz kehrt und ging mit großen Schritten davon. Fassungslos schaute sie ihm nach. Ihr verkrampfter Griff um die Klarsichthülle lockerte sich allmählich, und sie strich mechanisch über ihren Rock, holte tief Luft und kehrte hocherhobenen Hauptes an ihren Schreibtisch zurück, als ob nichts geschehen wäre. Aber ihre Knie zitterten so heftig, dass sie froh war, als sie endlich saß. Sie dachte an morgen, und wieder fühlte sie dieses seltsame Prickeln. Hoffentlich war sie nicht im Begriff, einen großen Fehler zu begehen.

3. KAPITEL

Als Corinne am Vormittag den Aerobic-Kurs verließ, glaubte sie, sie würde auf Corey wie ein Rekrut nach einer Geländeübung wirken. Und dieser Eindruck war durchaus beabsichtigt. Ihr Haar stand unordentlich nach allen Seiten ab, sie trug kein Make-up, und der verwaschene, ausgeleierte senffarbene Trainingsanzug schlotterte um ihren schmalen Körper.

Hoffnungsvoll trat sie aus dem Gebäude. Doch statt entsetzt zu sein, rief Corey begeistert: „Ich kann es kaum glauben, Sie sehen ja hinreißend aus."

Verwirrt starrte sie ihn an. Natürlich, schoss es ihr dann durch den Kopf, ich hätte schlauer sein müssen. Schließlich war er bei ihrer ersten Begegnung selbst ziemlich salopp herumgelaufen.

Corinne war es gar nicht bewusst, wie herrlich jung, frisch und gesund sie aussah. Ihre Wangen waren gerötet, und das zerzauste Haar fiel ihr weich ins Gesicht. Und Corey konnte sich gut das hautenge Trikot unter dem weiten Trainingsanzug vorstellen. Gern hätte er zugeschaut, wie sie sich zu den heißen Rhythmen der Rockmusik bewegt hatte, die nach draußen gedrungen waren.

„Na, wie war's?", fragte er und hakte sich bei ihr unter.

Sie riss sich los. „Nicht, ich bin verschwitzt und schmutzig."

„Unsinn." Er nahm wieder ihren Arm und verschränkte seine Finger mit ihren. „Hat's Spaß gemacht?"

„Wie üblich."

„Kommen Sie jeden Samstag hierher?"

„Ja."

„Sind Sie böse auf mich?"

„Ja."

In Wahrheit ärgerte sie sich über sich selbst. Der Plan, Corey abzuschrecken, war fehlgeschlagen. Außerdem sah dieser Mann in Jeans und Polohemd einfach so umwerfend aus, dass sie sich neben ihm nun doch zu unattraktiv fand. Alles war schiefgegangen, und ihre Wut wuchs.

„Ich glaube, ich sollte noch eine Stunde dranhängen", brummte sie. „Sonst fühle ich mich hinterher immer herrlich locker, aber heute …"

„Dann machen Sie das also nur zur Entspannung?" Dumme Frage, schalt er sich. Figurprobleme waren wohl kaum der Grund.

„Ja."

„Na schön, dann gehen wir vor dem Frühstück eben noch ein Weilchen spazieren."

Sie schritten flott aus, aber nach ein paar Minuten verfielen sie in ein langsameres Tempo und schlenderten gemütlich nebeneinanderher. Corey schwieg, und Corinne war froh, dass er ihre nachdenkliche Stimmung respektierte.

Als sie das kleine Restaurant betraten, das Corinne vorgeschlagen hatte, war ihre schlechte Laune verflogen. Selbstsicher, als ob ausgeleierte Trainingsanzüge der letzte Modehit wären, suchte sie einen Tisch aus und studierte die Speisekarte. Corey staunte nicht schlecht über das üppige Frühstück, das sie für beide zusammenstellte. Dieses zarte Persönchen schien ja einen Riesenappetit zu haben.

„Nett ist es hier", bemerkte er. „Kommen Sie öfter her?"

„Ab und zu mit einigen Frauen aus dem Aerobic-Kurs."

„War das mit dem Babysitten eigentlich ernst gemeint?"

„Sicher. Die Kinder sind lieb, und ich mag sie sehr. Wir haben immer viel Spaß miteinander."

Corey fiel ein, dass Alan erzählt hatte, wie gut sie sich mit Scott und Jennifer verstünde. „Sind Sie etwa Alans Babysitter?"

„Kaum, er kann wohl schon auf sich selbst aufpassen."

„Sie wissen genau, was ich meine", entgegnete er ungeduldig.

„Wenn es Sie so brennend interessiert, ich hüte die drei Kinder einer Freundin. Ihr Mann hat sie verlassen, und manchmal wächst ihr einfach alles über den Kopf. Dann entlaste ich sie ein bisschen."

„Völlig umsonst?"

„Natürlich."

„Das ist ein schlechtes Geschäft, Corinne."

„Aber eine schöne Freundschaft, Corey. Und großartige Kinder."

„Möchten Sie nicht selbst welche, wenn Sie Kinder so lieben?"

„Allein ist das nicht gut möglich."

„Vielleicht könnte ein Ehemann helfen."

„Ich will keinen."

„Verstehe. Sie leben nur für Ihre Arbeit."

„Oh, das stimmt nicht. Mir macht auch vieles andere Spaß."

„Backen zum Beispiel."

Als sie verdutzt aufblickte, fügte er hinzu: „Ich habe einen Ihrer Kokosnussriegel probiert. Hat fantastisch geschmeckt."

Corinne funkelte ihn an. „Die waren aber für Scott."

„Das macht nichts. Er hat es gar nicht gemerkt. Den zweiten hat er mir sogar großzügig angeboten. Und den dritten hab ich stibitzt, als er schon im Bett lag."

„Ganz schön frech."

„Der Hunger hat mich getrieben", meinte Corey achselzuckend. „Okay, Sie backen gern. Was mögen Sie sonst noch?"

„Meine Freunde, Aerobic und Käseomelett", ergänzte sie und schaute auf das Frühstück, das die Bedienung gerade brachte.

Corey war mit seiner Weisheit am Ende. Während sie schweigend aßen, überlegte er fieberhaft, wie er Corinne aus der Reserve locken konnte. Aus irgendwelchen geheimnisvollen Gründen schien sie ihn abzulehnen. Und solange sie ihre Meinung nicht änderte, würde er nicht weiterkommen.

Als Corey das Käseomelett gegessen hatte, legte er seine Gabel beiseite. „Es schmeckt wirklich ausgezeichnet, Corinne, aber so ein ausgiebiges Frühstück bin ich gar nicht gewohnt. Ich habe es morgens immer furchtbar eilig."

Corinne blickte kurz von ihrem Teller auf, um ihm zu zeigen, dass sie zuhörte.

„Ich lebe in South Carolina", fuhr er fort. „Auf Hilton Head. Kennen Sie es?"

Sie schüttelte den Kopf.

„Eine wunderschöne Gegend. Die Siedlungen sind behutsam in die Landschaft eingefügt, damit der Reiz der Natur nicht zerstört wird. Fächerpalmen wachsen dort und immergrüne Eichen, die ganz mit Louisianamoos überwuchert sind." Coreys Stimme klang verträumt. Er liebte die Insel sehr und hoffte, Corinne würde seine Gefühle verstehen.

„Ich wohne in Sea Pines, ganz am Ende der Insel, und es gibt für mich nichts Wunderbareres als die Straße zu meinem Haus. Sie führt durch dichtes Unterholz, und hoch über einem ragen links und rechts die Eichen mit ihren moosüberzogenen Ästen auf. Sie sind so aufeinander zugewachsen, dass man glaubt, durch einen üppigen grünen Tunnel zu fahren, der voller Leben steckt und sich je nach Wetter und Tageszeit verändert. Bei Sonnenuntergang ist es am schönsten." Ein Lächeln spielte um seine Lippen, und sein Blick schien auf einen Punkt in der Ferne gerichtet zu sein. „Wenn die Sonne tief genug steht, flimmert sie genau durch den Tunnel, und Bäume und Sträucher sehen aus wie in Gold getaucht. Wenn Sie die Sonne aber im Rücken haben, können Sie sich vorstellen, ihre Strahlen wären die Energie, die Sie vorwärtstreibt. Sie sitzen im Auto und haben das Gefühl, auf einem fremden Planeten irgendwo in der Zukunft zu sein. Die Sonne bildet den Motor, die Bäume weisen ihnen den Weg, und am Ende des Tunnels liegt nichts als der Horizont."

Gedankenverloren hielt Corinne im Essen inne. Sie konnte den Tunnel fast malen, so eindrucksvoll hatte Corey ihn beschrieben. „Es muss aber doch ziemlich ernüchternd sein, diese Traumstraße wieder verlassen zu müssen."

Er nickte zustimmend. „Mein Haus tröstet mich darüber hinweg. Das Grundstück ist herrlich ruhig und schattig. Dort stört mich kein Verkehr, und kaum jemand verirrt sich dahin. Wenn ich auf meiner Sonnenterrasse liege, die Augen schließe und das leise Rascheln der Blätter im Wind höre, versinkt die Welt um mich. Es ist ein Paradies."

„Sind Sie so unzufrieden mit unserer Welt?", fragte Corinne überrascht. Nicht, dass sie auf seine Meinung besonders neugierig war. Sie meinte nur, diese Welt verdiente es, verteidigt zu werden.

„Oh nein, ganz im Gegenteil. Aber ich fantasiere gern, einfach so aus Lust und Laune." Er lächelte. „Wahrscheinlich habe ich zu viele Science-Fiction-Romane verschlungen."

Corinne begeisterte sich mehr für Geschichte. Es erstaunte sie stets aufs Neue, dass eine Zivilisation denselben Fehler gleich mehrmals begehen konnte. Sie wollte für ihre Person vor solchen unangenehmen Wiederholungen auf der Hut sein.

„Und in meiner eigenen Welt", seufzte Corey gerade, „geht es so hektisch zu, dass Minuten wie diese für mich reiner Luxus sind."

„Ich denke, Sie sind der Boss in Ihren Hotels und überlassen das meiste den Managern. Was bleibt denn da für Arbeit übrig?"

„Oh, eine ganze Menge. Ich kümmere mich darum, dass jeder seine Aufgabe zur Zufriedenheit unserer Gäste erfüllt und jeder Gast mit der gleichen Zuvorkommenheit behandelt wird. Für ihr gutes Geld dürfen die Leute guten Service erwarten."

„Sehr geschäftstüchtig", bemerkte Corinne. Sie wollte nicht glauben, dass Coreys Prinzipien ehrlich gemeint waren. Ein Mann wie er hatte vermutlich ganz andere Gedanken im Hinterkopf.

Corey winkte der Kellnerin und bestellte noch einen Kaffee. „Für Sie auch, Corinne?"

Sie warf einen flüchtigen Blick auf ihre Armbanduhr. „Warum nicht", erwiderte sie achselzuckend.

„Keine Sorge", neckte er sie. Er lächelte, und auf seinen Wangen zeigten sich zwei Grübchen. „Ich achte darauf, dass Sie pünktlich hier loskommen. Wenn es mit meiner eigenen Pünktlichkeit auch nicht allzu weit her ist." Nachdenklich brach er ab und fuhr nach einer Pause fort: „Das liegt wahrscheinlich daran, dass ich gern unter Leuten bin und darüber völlig die Zeit vergesse."

„In Ihrem Beruf kommen Sie doch sicher mit vielen Menschen zusammen."

„Das gefällt mir ja auch so an meinem Job. Computerprogrammierer oder Maler oder Schriftsteller wäre nichts für mich. Vierundzwanzig Stunden am Tag mit mir allein zu sein ginge mir gehörig auf die Nerven."

„Das kann ich mir lebhaft vorstellen", versetzte Corinne trocken.

„Sie drehen mir das Wort im Mund herum, wissen Sie das?" Er schaute sie warnend an. „Was ich meine, ist, ich brauche Anregungen von außen, von anderen Menschen, sonst würde ich rasch versauern."

„Ein Psychiater würde sagen, Sie fühlen sich nicht wohl in Ihrer Gesellschaft."

Er lehnte sich zurück, stützte die Ellbogen auf der Rückenlehne auf und fragte herausfordernd: „Seh ich so aus?"

Selbstgefällig siehst du aus und unbeschreiblich arrogant, dachte Corinne. Laut sagte sie: „Ich bin keine Psychiaterin. Ich glaube, dass

Sie ein übersteigertes Selbstbewusstsein besitzen, und das überdeckt so manche Schwäche."

„Ein übersteigertes Selbstbewusstsein habe ich sicher nicht. Okay, okay, schauen Sie mich nicht so prüfend an. Ich bin selbstbewusst, ja, aber ich habe für alles schwer gearbeitet und eine Menge aus meinem Leben gemacht, und ich bin stolz darauf. Im Gegensatz zu mir werden meine Kinder einmal mit einem silbernen Löffel im Mund zur Welt kommen."

„Kinder?"

„Warum nicht? Trauen Sie mir das nicht zu?"

Sie zuckte leicht mit den Schultern. „Ich frage mich nur, weshalb Sie dann nicht schon längst welche haben."

„Ich bin eben vorsichtig und bewahre meine Freundinnen vor ungewollten Schwangerschaften." Kaum war der Satz heraus, als er wusste, dass er einen schweren Fehler begangen hatte. Er presste die Lippen zusammen und überlegte krampfhaft, wie er ihn wiedergutmachen konnte. Es blieb nur die Flucht nach vorn. Er musste ganz offen zu Corinne sprechen.

„Ich habe vierzehn Jahre für meinen Erfolg geschuftet", begann Corey langsam und sehr ernst. „Und so hart, wie ich gearbeitet habe, so unermüdlich bin ich dem Vergnügen nachgejagt. Es hat in meinem Leben viele Frauen gegeben, Corinne. Aber ich fand, es wäre nicht richtig, ihnen mein hektisches Leben zuzumuten oder das Alleinsein, während ich unterwegs war. Daher sind mir auch nie die Worte ‚ich liebe dich' über die Lippen gekommen. Ich mag viele Fehler haben, Corinne, aber Unaufrichtigkeit gehört nicht dazu. Ich bin ehrlich gewesen zu den Frauen, mit denen ich zusammen war. Ich habe keiner von ihnen etwas versprochen, das ich nicht halten konnte. Eines Tages", er machte eine Pause, ehe er fortfuhr, „eines Tages wird mir die Richtige begegnen. Und dann werde ich mir auch Kinder wünschen."

Corinne hätte sich am liebsten die Ohren zugehalten. Diese Eindringlichkeit, diese Aufrichtigkeit in seiner Stimme war mehr, als sie ertragen konnte.

„Was für eine edle Gesinnung", zog sie ihn auf. „Ich bin überzeugt, die Auserwählte wird entzückt sein."

Corey presste die Fingerspitzen gegen die Stirn. Dann hob er den Kopf und sah Corinne müde an. „Was mögen Sie nicht an mir? Was ich auch tue oder sage, Sie bekommen alles in den falschen Hals. Ich hatte gehofft, Sie davon zu überzeugen, dass ich kein Scheusal bin, für das Sie mich offensichtlich halten, aber das will mir wohl nicht gelingen. Was stört Sie so an mir?"

„Nichts", log sie. „Sie sind völlig in Ordnung."

Er blickte zu Boden und murmelte: „Völlig in Ordnung. Das ist großartig, einfach großartig." Doch plötzlich richtete er sich wieder auf. „Okay, da ich völlig in Ordnung bin, können wir beide heute Abend ja getrost zusammen ausgehen."

„Das geht leider nicht."

„Was Sie nicht sagen, aber lassen Sie mich raten. Sie haben schon etwas vor, stimmt's? Wieso habe ich nicht gleich daran gedacht?" In seinem Ärger machte er sich nicht einmal die Mühe, den beißenden Spott zu unterdrücken.

Corinnes Gelassenheit erboste ihn nur noch mehr. „Sie können denken, was Sie wollen, und tun, was Sie für richtig halten. Und ich auch. Die Antwort ist nein."

„Sie werden nicht mit mir ausgehen?"

„Nein."

„Nie?"

„Nie."

„Ich befürchte, dazu würde einem Psychiater auch das eine oder andere einfallen", neckte er sie.

„Es ist mir offen gestanden gleichgültig, was andere von mir halten. Und das gilt nicht nur für Psychiater", fügte sie ruhig hinzu.

Corey musterte sie eine Sekunde. Dann schob er seinen Teller zurück, griff in die Tasche seiner Jeans und zog seine Brieftasche heraus. „Möchten Sie noch etwas?"

„Nein, danke."

„Kommen Sie." Er legte ein paar Geldscheine auf den Tisch, wartete, bis Corinne aufgestanden war, und folgte ihr dann aus dem Restaurant.

„Wo steht Ihr Wagen?"

Sie deutete in die Richtung, in die sie gehen mussten. Corey fasste sie am Ellbogen, ließ sie aber nach ein paar Metern los und steckte die Hände in die Hosentaschen. Corinne nagte an ihrer Unterlippe und spähte verstohlen zu ihm hinüber. Er schien es nicht zu bemerken, gedankenverloren starrte er zu Boden.

„Es tut mir leid, Corey", sagte Corinne sanft, als sie die Wagentür aufgeschlossen hatte. Sie drehte sich zu ihm und blickte ihn offen an. „Ich habe Jahre gebraucht, um mir dieses Leben aufzubauen", fuhr sie zögernd fort. „Und ich bin froh, endlich wieder festen Boden unter den Füßen zu spüren. Ich brauche diesen Halt, ich muss das Gefühl haben, alles ist unter meiner Kontrolle und kann mir nicht entgleiten. Aber Sie, Sie verunsichern mich. Wahrscheinlich, weil Sie mich so stark an jemanden erinnern, den ich einmal gekannt habe und den ich vergessen möchte. Sie sind ihm so ähnlich."

Einen Augenblick schaute Corey sie verblüfft an. Dann rief er aus: „Woher wollen Sie das wissen? Wir haben uns bis jetzt doch nur kurz gesehen. Warum wollen Sie mir keine Chance geben?"

„Weil es Zeitverschwendung wäre, Corey. Ich kann Ihnen nicht geben, wonach Sie suchen. Also hören Sie auf, mit mir zu spielen."

„Ich spiele nicht mit Ihnen", erwiderte er ruhig.

„Wie würden Sie es dann nennen?"

„Ich, ach, lassen wir das." Er machte eine wegwerfende Handbewegung. Corey wusste, dass er kein guter Verlierer war.

Corinne zögerte, dann stieg sie ein. Als er die Wagentür geschlossen hatte, kurbelte sie zu seinem Erstaunen das Fenster herunter. „Danke für das Frühstück."

„Gern geschehen. Machen Sie's gut."

Unschlüssig fragte sie: „Kann ich Sie irgendwohin mitnehmen?"

„Ich habe mir einen Wagen gemietet, danke."

Corinne schien zu überlegen, aber dann nickte sie nur kurz, ließ den Motor an und fuhr davon.

Später ließ sich Corey seine Begegnung mit Corinne noch einmal in Ruhe durch den Kopf gehen. Sie war wohl doch nicht ganz so erfolglos verlaufen, wie er befürchtet hatte. Er hatte sie zwar etwas besser kennengelernt, aber sie hatte ihm auch neue Rätsel aufgegeben. Er dachte an ihre Anspielung auf den Mann in ihrer Vergangenheit, einen Mann, den sie geliebt haben musste und von dem sie offensichtlich bitter enttäuscht worden war.

Was mag da wohl vorgefallen sein? grübelte er. Die Wunde schien jedenfalls ziemlich tief zu sitzen.

Doch etwas ganz Wichtiges hatte er mit Sicherheit entdeckt. Er war ihr nicht so gleichgültig, wie sie vorgab. „Hören Sie auf, mit mir zu spielen." Ihre Worte klangen ihm noch immer im Ohr. Wie konnte er ihr bloß beweisen, dass es ihm ernst war? Der Gedanke erstaunte ihn selbst, und doch wurde ihm schlagartig klar, dass er diese Frau begehrte.

Corinnes Bild tauchte wieder auf, ihr herrlich junges und frisches Gesicht mit den geröteten Wangen und dem zerzausten Haar. Richtig rührend hatte sie gewirkt in ihrem Bemühen, würdevoll auszusehen in dem alten Trainingsanzug. Da sie keine Ohrclips getragen hatte, waren Corey zum ersten Mal ihre wohlgeformten Ohrläppchen aufgefallen. Und was könnten die großen braunen Augen nicht alles ausdrücken, wenn sie es nur zuließe.

Im Korridor des Marktforschungsinstituts war er Corinne sehr nah gewesen. Er hatte ihre samtige Haut und ihr weiches Haar gespürt und ihren wunderbaren Duft eingeatmet. Es war ein ganz schwacher, süßlicher Duft gewesen, der ihn gerade durch seine Unaufdringlichkeit betört hatte. Ihre Arme waren schlank, aber muskulös, ihre Brüste klein und fest und ihre Hüften schmal und doch aufregend weiblich.

Aber Corey fühlte sich nicht nur körperlich zu ihr hingezogen. Nach dem Frühstück bei ihrem Wagen hatte sie ihn nicht einfach gehen lassen wollen. Sie hatte geglaubt, dass sie ihm eine Erklärung schuldig sei, und das machte sie nur noch sympathischer. Er schöpfte Mut, weil sie gefühlt hatte, wie verletzt er war. Diese Sensibilität weckte aber noch einen neuen, ganz fremden Wunsch in ihm, den er bisher bei keiner Frau gespürt hatte. Er wollte Corinne beschützen.

Corinne Fremont war anders als alle Frauen, die er gekannt hatte, und er hatte es von Anfang an geahnt. Nun, da er ein bisschen mehr von ihr wusste, würde er sich darauf einstellen. Denn eins war sicher, egal, wie sie darüber dachte, das letzte Wort war noch lange nicht gesprochen.

Eine Woche später flog Corey wieder nach Baltimore. Seine Sekretärin hatte bei Alan einen Termin vereinbart, denn diesmal war er rein geschäftlich unterwegs.

„Geschäftlich?", staunte Alan.

„Ganz recht. Ich möchte, dass deine Firma eine Umfrage für mich startet. Besser gesagt, für eine Gruppe von Investoren und Unternehmern, die ich vertrete." Es war Corey nicht schwergefallen, ein paar Leute zu gewinnen und seinem Vorhaben so mehr Glaubwürdigkeit zu verleihen.

„Ich besitze ein Hotel auf Hilton Head sowie mehrere im Bau befindliche Apartmenthäuser", fuhr er fort. „Viele Hotelbesitzer halten es für sinnvoll, eine Meinungsumfrage unter den Feriengästen durchzuführen, bevor sie weiter Investitionen tätigen. Nur so finden wir heraus, welche Ansprüche sie stellen, weshalb sie die Insel besuchen, ob sie beabsichtigen wiederzukommen und so weiter."

Nachdenklich rieb sich Alan über die Stirn. „Was bringt dich gerade jetzt auf diese Idee?"

„Die Sommersaison beginnt bald, und daher erreichen wir mit unseren Fragen besonders viele Besucher. Aus Furcht vor dem Terrorismus werden auch in diesem Jahr wenige nach Europa reisen und sich nach Alternativen in den Staaten umsehen. Das könnte ein einträgliches Geschäft für uns werden, vorausgesetzt, wir können die Wünsche der Urlauber richtig einschätzen."

„Jetzt auf einmal", stellte Alan fest. Er ahnte, dass Corey ihm nicht die ganze Wahrheit sagte.

Der zuckte mit den Schultern. „Es ist mir eben erst jetzt eingefallen."

„Und worauf führst du die plötzliche Erleuchtung zurück?" Alans Blick war ausgesprochen misstrauisch. Aber Corey hielt ihm stand.

„Auf meine Begegnung mit Corinne. Ich will, dass sie die Umfrage erstellt."

Langsam schüttelte Alan den Kopf. „Corey, Corey, Corey, du gibst wohl niemals auf, was?"

„Nein."

Eine Sekunde lang musterte Alan ihn nachdenklich. „Ich werde die Erhebung selbst übernehmen. Ich bin noch immer als Analytiker tätig."

„Nimm's nicht persönlich, aber ich möchte Corinne."

„Und warum?"

„Weil sie gut ist."

„Danke für die Blumen."

„Du bist eben nicht Corinne."

„Ihretwegen machst du diesen Umstand, hab ich recht?"

„Nur zum Teil. Ich glaube, so eine Befragung ist Gold wert. Das Problem ist nur, dass wir beide uns zu nahestehen, um erfolgreich zusammenzuarbeiten. Bei Corinne taucht dieses Problem gar nicht erst auf."

„Allerdings", bemerkte Alan trocken, „weil du nicht das Geringste bei ihr erreichen wirst."

Anscheinend hatte sie ihm ihre Verabredung an jenem Samstagvormittag verschwiegen, und Corey freute sich insgeheim darüber. „Corinne geht völlig in ihrem Beruf auf. Das ist einer der Gründe, weshalb ich möchte, dass sie den Auftrag ausführt."

„Und wie lauten die anderen?"

„Sie würde jedermann auf Hilton Head mit ihrer Ruhe und Sachlichkeit beeindrucken. Sie kann sich unauffälliger unter die Gäste mischen als du. Und während hier noch andere Aufgaben auf dich warten, kann sie sich ausschließlich dieser einen widmen. Sie ist ungebunden und kann daher so viel Zeit auf der Insel verbringen, wie sie benötigt."

„Das ist schon richtig", gab Alan zu, „aber ich kann sie hier unmöglich einen ganzen Sommer lang entbehren."

„Wer redet denn von einem ganzen Sommer? Ich spreche von zwei Wochen hier, zwei Wochen dort. So arbeitet ihr Analytiker doch, oder? Nicht alles lässt sich vom Schreibtisch aus erledigen."

„Das nicht, aber", Alan machte eine Pause und sah seinen Freund aus zusammengekniffenen Augen an, „ich werde das Gefühl nicht los, dass du ein sehr persönliches Interesse an der Sache hast."

„Inwiefern persönlich?" Corey setzte seine Unschuldsmiene auf.

„Du hast doch selbst immer wieder betont, Corinne wäre keine Frau für mich."

„Richtig. Das schien dich nur nicht sonderlich zu beeindrucken. Erst mal abwarten, hast du gemeint."

„Na ja", entgegnete Corey gedehnt, „ich kann dir natürlich nicht versprechen, dass sie sich nicht in mich verlieben wird." Alan brach in schallendes Gelächter aus. Als er sich wieder beruhigt hatte, schüttelte er seufzend den Kopf. „Nimm es mir nicht übel, Corey, aber ich traue dir einfach nicht über den Weg. Erinnerst du dich noch an unsere wilden Jahre an der Uni? Kein Mädchen war vor uns sicher. Und dieses Herumflippen hielt bis zu dem Tag an, an dem ich Julie begegnete. Ich weiß noch genau, wie wir uns damals benahmen, Corey, und diese Erfahrung möchte ich Corinne unter allen Umständen ersparen."

„Alan, ich respektiere deine guten Absichten, doch du darfst mir glauben, dass auch ich inzwischen reifer geworden bin. Ich bin nicht mehr der Mann, der ich vor sieben Jahren war, auch wenn ich noch keine Familie gegründet habe wie du. Außerdem müsste ich ja blind und taub sein, um nicht zu erkennen, dass man mit Corinne nicht spielt. Ich habe dir schon einmal versichert, dass ich ihr nie schaden oder sie verletzen könnte. Was soll ich denn noch tun, um dich zu überzeugen?"

„Ein anderes Institut mit der Befragung beauftragen", schlug Alan scherzhaft vor.

„Nein. Mein Entschluss steht fest."

Die Antwort hatte Alan erwartet. Eindringlich musterte er seinen Freund. Er wirkte ernster, als er ihn je zuvor erlebt hatte, und verwundbar. Der Ausdruck in seinen Augen und um seinen Mund erinnerte ihn an die Zeit, als er sich in Julie verliebt hatte. Und plötzlich kam ihm der Gedanke, dass Corinne möglicherweise genau die Richtige für einen Mann wie Corey Haraden war. Je länger er es von dieser Seite betrachtete, desto besser gefiel ihm die Vorstellung, dass aus seinem besten Freund und Corinne, die er wie eine Schwester liebte, ein Paar werden könnte. Und wenn nicht, wäre Corey wenigstens dieses eine Mal auf eine ebenbürtige Gegnerin getroffen. Vielleicht würde ihm das eine Lehre sein.

Alan musste unwillkürlich grinsen, und Corey warf ihm einen misstrauischen Blick zu. „Also gut, ich bin einverstanden."

Corey glaubte seinen Ohren nicht zu trauen. „Hast du ‚einverstanden' gesagt?"

„Jawohl. Vorausgesetzt natürlich, Corinne hat Zeit."

„Weshalb der plötzliche Sinneswandel?"

„Oh, ich habe mir gerade überlegt, dass diese Geschichte viele hübsche Varianten hat. Es könnte nämlich durchaus passieren, dass du derjenige bist, der Federn lassen muss, und nicht Corinne."

Corey verdrehte die Augen. „Himmel noch mal, sie soll für mich arbeiten und basta."

„Ganz ruhig, mein Lieber. Deshalb werden wir sie jetzt anrufen und fragen, wie es überhaupt in ihrem Terminkalender aussieht." Alan griff bereits nach dem Telefon, als Corey ihn am Arm festhielt.

„Warte einen Moment: Vielleicht solltest du erst mal allein mit ihr sprechen."

Er war sichtlich nervös, wie Alan belustigt feststellte. „Warum? Hast du Angst, sie könnte ablehnen?"

Allerdings, dachte Corey. Laut sagte er: „Unsinn. Ich meine nur, falls sie Bedenken hat, könntest du vielleicht auf sie einwirken."

„Dass sie sich glücklich schätzen darf, für Corey Haraden zu arbeiten, etwas in der Art?"

„So ungefähr." Corey lockerte seinen Hemdkragen, der plötzlich viel zu eng saß und ihm die Luft abschnürte.

„Sag mal, wärst du tatsächlich zu einer anderen Firma gegangen, wenn ich dich fortgeschickt hätte?"

Corey brauchte nicht lange zu überlegen. „Niemals. Ich will Corinne und sonst niemand."

4. KAPITEL

Als Corey am anderen Morgen Corinnes Büro betrat, war sie beinah enttäuscht, so freundlich lächelte er ihr zu. Seine Miene war weder arrogant noch triumphierend, und sie musste sich beherrschen, um sein Lächeln nicht zu erwidern. Sie hatte fest mit einem kleinen Schlagabtausch gerechnet und sich innerlich schon darauf vorbereitet, aber nun blieb nicht mehr viel übrig von ihrer Kampfeslust. Ein Blick auf Coreys strahlendes Gesicht genügte, ihr den Wind aus den Segeln zu nehmen.

„Alan hat mir gerade erzählt, dass Sie den Auftrag übernehmen werden. Das freut mich sehr", meinte er herzlich.

Corinne räusperte sich. „Er kann sehr überzeugend sein, wissen Sie." Eine glatte Untertreibung. Fast eine geschlagene Stunde lang hatte Alan sie bearbeitet, mit Engelszungen auf sie eingeredet, um ihr den Job schmackhaft zu machen. Und da er ihren schwachen Punkt kannte, war ihm das zu guter Letzt auch gelungen. Angst vor Corey Haraden? Nie im Leben! Sie war schon mit ganz anderen Kunden fertiggeworden. Außerdem reizte sie das Projekt ebenso wie die Gegend, in der es durchgeführt werden sollte. Und so hatte sie schließlich zugesagt.

„Nehmen Sie doch bitte Platz", forderte sie ihn höflich auf. Sie selbst saß hinter ihrem Schreibtisch.

Er setzte sich in den Sessel ihr gegenüber, stützte die Ellbogen auf die Armlehnen und fragte ruhig: „Womit wollen wir beginnen?"

Du hattest kein Recht, mir das anzutun! schrie eine Stimme in ihrem Innern. Du weißt genau, ich will nichts mit dir zu tun haben, weder beruflich noch privat. Du eingebildeter Kerl. Corinne holte tief Luft. Laut sagte sie: „Alan hat mir zwar schon von Ihren Vorstellungen berichtet, aber mir wäre es lieber, ich würde sie noch einmal direkt von Ihnen hören."

Prüfend blickte Corey sie an. Ihr kühler, reservierter Ton und ihre trotzige Art, herausfordernd das Kinn vorzuschieben, verrieten, wie versessen sie darauf war, mit ihm zu streiten. Aber er würde sich hüten, sie zu reizen. Er spürte, dass sie miteinander auskommen könnten, ja, er war sogar fest davon überzeugt. An ihm sollte es diesmal jedenfalls nicht scheitern.

Er wiederholte, was er Alan bereits erklärt hatte, und meinte abschließend: „Wir brauchen dringend mehr Informationen, damit wir planen können. Glauben Sie, Sie können uns die beschaffen?"

„Selbstverständlich. Das ist mein Beruf. Für Ihr gutes Geld bieten wir Ihnen eine entsprechende Leistung. Ich nehme an, Sie haben bereits mit Alan über die Höhe des Honorars gesprochen."

„Ehrlich gesagt, nein. Die Kosten spielen keine Rolle. Ich lege Wert auf gute Arbeit, deshalb bin ich auch zu Ihnen gekommen."

„Tatsächlich."

„Tatsächlich, ja. Was benötigen Sie an Material für Ihre Untersuchung?"

Seine unbefangene, freundliche Art, als hätte es nie eine Missstimmung zwischen ihnen gegeben, beschämte sie. Sie holte tief Luft und zwang sich, Coreys Beispiel zu folgen. „Ich muss so viel wie möglich über Hilton Head wissen. Ich habe zwar schon einige Artikel über die Insel gelesen, aber …"

„Wann denn?", fiel Corey ihr ins Wort.

„Gestern Abend."

Er nickte anerkennend. „Nicht schlecht, Corinne."

„Leider habe ich in der Bücherei nicht viel gefunden, ein, zwei Abschnitte in einem Reiseführer und ein paar Zeilen in einer Illustrierten."

„Ich kann Ihnen Broschüren besorgen, das ist überhaupt kein Problem. Oder besser noch, Sie kommen einige Tage zu uns herunter und machen sich selbst ein Bild."

Er stellt mich auf die Probe, dachte Corinne. Sie hätte nicht erklären können, woher dieser Eindruck herrührte, aber sie war sich ganz sicher. „Das wäre vermutlich die beste Lösung", erwiderte sie gelassen. „Dann könnte ich mich auch mit den übrigen Auftraggebern unterhalten. Ich muss genau wissen, was sich jeder einzelne von der Befragung erhofft."

Corey nickte. „Ich werde alles Nötige veranlassen. Sie brauchen mir nur zu sagen, wann Sie kommen wollen. Wenn Sie zwei, drei Tage bleiben könnten, wäre das natürlich ideal."

Corinne griff nach ihrem Terminkalender, schlug ihn auf und meinte: „Wie wär's mit nächstem Mittwoch?" Herausfordernd sah sie Corey an, während sie innerlich stöhnte: Bist du verrückt geworden? Das ist doch viel zu knapp, um dich geistig und seelisch vorzubereiten. Doch sie unterdrückte diese Warnung. „Wenn ich die Frühmaschine nehme, gewinnen wir einen vollen Tag. Mit Donnerstag, Freitag und Samstag wären das insgesamt vier Tage. Selbstverständlich nur, wenn Sie Zeit haben", fügte sie unschuldig hinzu.

Obgleich er am liebsten in lauten Jubel ausgebrochen wäre, entgegnete Corey ruhig: „Das lässt sich einrichten. Ich werde nachher gleich meine Sekretärin anrufen und sie bitten, Ihnen umgehend per Express einige Informationen zu schicken. Wenn es vorher zu eng wird, könnten Sie vielleicht im Flugzeug einen Blick hineinwerfen. Soll ich einen Flug für Sie buchen lassen?"

„Danke, nicht nötig. Das erledige ich von hier."

Er zog eine Visitenkarte aus der Innentasche seines Jacketts und legte sie auf den Schreibtisch. „Rufen Sie an, wenn Ihre Reservierung feststeht. Wir werden Ihnen einen Wagen in Savannah bereitstellen. Von dort aus sind es noch einmal knapp fünfundvierzig Minuten bis nach Hilton Head."

Aber statt nach seiner Karte griff Corinne nach einem Bleistift. „Fein."

„Also dann." Lächelnd erhob er sich. „Ich denke, das wär's fürs Erste."

Sie notierte sich etwas in ihrem Terminkalender. „Ja. Falls noch Fragen auftauchen sollten, melde ich mich. Und sonst sehen wir uns nächsten Mittwoch."

Corey wollte schon die Hand ausstrecken, besann sich dann jedoch anders. Er fürchtete, alles zu verderben, wenn er jetzt ihre schlanken Finger und ihre glatte Haut spürte. Rein geschäftlich sollte diese Begegnung verlaufen, hatte er sich vorgenommen. Ihre weiche Stimme, ihre unergründlichen braunen Augen und ihre Brüste, die sich hoben und senkten, hatten ihn schon mehr erregt, als er sich je hätte träumen lassen. Die zarteste Berührung, und sei sie nur für einen Augenblick, würde ihn sofort verraten. Sie dagegen schien nichts aus der Fassung zu bringen, doch er war fest entschlossen, das zu ändern, wenn sie erst einmal auf Hilton Head war.

Er verschränkte die Arme und lächelte ihr zu. „Dann also bis Mittwoch", sagte er ruhig, drehte sich um und ging.

Nachdenklich schaute Corinne auf die Tür, die sich hinter ihm geschlossen hatte. Ihre Knie zitterten, und sie presste die Füße ärgerlich fester auf den Boden. Wie gut er wieder ausgesehen hat, dachte sie. *Gefährlich gut. Aber mir kann er nicht gefährlich werden, mir nicht.*

Sie hatte sich oft genug bewiesen, dass sie von Männern wie Corey Haraden geheilt war. Sie gehörte nicht zu den Frauen, die denselben Fehler zweimal machten. Corey würde das schon noch begreifen.

Corinne drehte ihren Bleistift um und radierte langsam die Strichmännchen aus, die sie ganz versonnen in ihren Terminkalender gekritzelt hatte.

Der schwarze Sportwagen, der Corinne am Flughafen von Savannah abholen sollte, gehörte natürlich Corey. Obgleich sie es geahnt hatte, runzelte Corinne ärgerlich die Stirn. Doch ihr Unbehagen lag zum Teil auch an der Hitze, die sie draußen empfing. In Baltimore war es Ende Mai schon recht warm, aber verglichen mit Georgia die reinste Kühltruhe. Wie heiß musste die Sonne da erst im Tiefland von South Carolina brennen. Als Corey, der am Wagen gelehnt hatte, auf sie zukam, fürchtete sie, vollends dahinzuschmelzen.

Er trug eine modische Bundfaltenhose und einen weit geschnittenen Baumwollpullover. Seine grünen Augen funkelten, das kastanienbraune Haar schimmerte rötlich in der Sonne, und sein Lächeln schien aufrichtig. Er griff nach ihrer Reisetasche, schwang sie sich über die Schulter und fragte: „Hatten Sie einen guten Flug?"

„Ja, danke."

„Die Maschine ist ungewöhnlich pünktlich gelandet. Da war Ihr Aufenthalt in Atlanta wohl nicht allzu lang?"

„Nein."

„Ein Glück. Haben Sie schon etwas gegessen?"

„Nur eine Kleinigkeit." Corinne spürte so ein merkwürdiges Gefühl im Magen, dass sie sich fragte, ob sie womöglich krank würde.

„Wir werden auf Hilton Head zu Mittag essen." Corey schloss die Beifahrertür auf, verstaute die Reisetasche hinter den Vordersitzen und wartete, bis Corinne eingestiegen war. Dann setzte er sich hinter das Steuer, ließ den Motor an und schaltete die Klimaanlage ein. Ein kühler Luftzug strömte durch das Wageninnere.

„Ah, das tut gut." Erleichtert legte Corinne den Kopf in den Nacken. „Dass es so heiß sein würde, habe ich nicht geahnt." Das Wetter war allerdings auch ihre geringste Sorge gewesen.

„Keine Bange, wir haben überall Klimaanlagen. Abgesehen vom Strand natürlich", fügte er scherzend hinzu. „Aber dort sorgt das Wasser für Erfrischung." Sein Blick fiel auf ihre Brüste, zwischen denen straff der Sicherheitsgurt lag. Unter dem dünnen Stoff der Bluse zeichnete sich der Spitzenbesatz ihres Büstenhalters ab. Corey unterdrückte einen Seufzer, schaute in den Rückspiegel und steuerte den Wagen vom Parkplatz. „Haben Sie das Material über Hilton Head erhalten?"

„Oh ja, danke, es war sehr informativ."

Gegen den formellen Ton werden wir etwas unternehmen müssen, entschied Corey für sich. „Ich habe einige Treffen mit Hotelbesitzern arrangiert, damit sie gemeinsam ihre Vorstellungen und Wünsche absetzen können. Vielleicht kommen Ihnen dabei ein paar Ideen, an die wir noch gar nicht gedacht haben." Corinne nickte. Er war der ideale Kunde, aufmerksam und hilfsbereit. Sie grübelte, was er wohl mit seiner Umsicht bezweckte. Hoffentlich sah er ihr die letzten fünf Tage, in denen sie kaum geschlafen hatte, nicht an. Es war schon ärgerlich genug, dass sie immer wieder zu den schlanken, kräftigen Händen auf dem Lenkrad hinüberspähte. Wütend zwang sie sich, nach draußen zu sehen. „Ist das Savannah?", fragte sie ungläubig. „Ich habe es mir etwas weniger bescheiden vorgestellt."

„Das ist sehr diplomatisch. Die Vororte sind wirklich keine Zierde, aber der Altstadtkern ist bezaubernd. Und das Hafenviertel wurde gerade frisch restauriert. Wenn Sie Lust haben, können wir an einem der Nachmittage durch die Stadt bummeln."

„Gern, sofern es der Zeitplan erlaubt", erwiderte Corinne ruhig. „Wie sieht Ihre Planung denn aus? Wann sollen die Ergebnisse vorliegen?"

„Möglichst gestern", scherzte er fröhlich.

Corinne presste die Lippen zusammen. Jedes Mal, wenn Corey sie anlächelte, beschlich sie ein flaues Gefühl im Magen, und das gefiel ihr nicht. Ohne auf seinen Spaß einzugehen, sagte sie: „Wenn alles gut geht, brauche ich für die Vorarbeiten etwa zehn Tage."

„Wie wird so eine Erhebung durchgeführt?"

„In unserem Fall wären vorgedruckte Fragebögen wohl die beste Lösung, denke ich. Wir legen sie für, sagen wir einmal, vier Wochen in sämtlichen Hotelzimmern aus, und wer will, kann sie ausfüllen. Früher haben wir beispielsweise mit einem kostenlosen Drink an der Hotelbar gelockt, aber das zog in erster Linie Trinkfreudige an. Um eine möglichst große Beteiligung zu erreichen, müssen wir daher das Angebot an Belohnungen erweitern. Über Einzelheiten werden wir später reden. Das ist zum einen eine Kostenfrage, zum anderen hängen die Anreize von den Besonderheiten des jeweiligen Hotels ab."

„Okay, das wären die Hotelgäste. Und was ist mit den Mietern von Ferienwohnungen?"

„Man kann ihnen den Fragebogen bei der Schlüsselübergabe aushändigen und als Dankeschön für die Beantwortung einen kleinen Preisnachlass gewähren."

„Keine schlechte Idee", meinte Corey anerkennend.

Angespornt von seinem Lob, fuhr Corinne fort: „Es gibt auch noch die Möglichkeit, die Leute persönlich zu interviewen, was natürlich am ergiebigsten ist, weil sich jeder ausführlich äußern kann. Dazu wird entweder gleich im Hotel ein Termin vereinbart oder erst später, wenn der Betreffende wieder zu Hause ist. Selbstverständlich wird diese Umfrage nur über Stichproben durchgeführt. Trotzdem sind die Antworten manchmal recht aufschlussreich."

Corey hatte Corinne aufmerksam zugehört. Er liebte den Klang ihrer weichen Stimme und ihren zuversichtlichen Ton, der verriet, dass sie genau wusste, wovon sie sprach. „Mir scheint, Sie haben alles genauestens im Kopf", sagte er fröhlich.

„Das ist schließlich mein Beruf."

„Werden Sie trotz Arbeit ein bisschen Zeit zum Entspannen finden?"

Jetzt kommt's, dachte Corinne. „Sicher, abends in meinem Hotelzimmer."

„Ist das eine Anordnung von Alan, die Abende auf Ihrem Zimmer zu bleiben?"

„Nein, das ist mein eigener Wunsch", erwiderte sie, ohne Corey anzublicken.

„Und was ist mit mir? Wenn mir nun etwas anderes vorschwebt? Immerhin bin ich der Boss."

Sie unterdrückte eine unwillige Geste, nickte kurz und meinte: „Okay, was würden Sie vorschlagen?"

„Dass wir die Mahlzeiten gemeinsam einnehmen und die Kaffeepausen zusammen verbringen. Und uns ein wenig in puncto Nachtleben umschauen. Das würde sogar unter die Kategorie Arbeit fallen."

„Ach nein, wie interessant."

„Klar. Auf diese Weise können Sie sich persönlich einen Eindruck vom Unterhaltungsangebot auf der Insel verschaffen."

„Das ist in dieser extremen Form gar nicht nötig."

„Was ist extrem am Besuch eines Konzerts oder einer Tanzveranstaltung oder an einem Spaziergang bei Mondschein?" Corinne dachte nach. Extrem war vielleicht nicht das richtige Wort, „gefährlich" wäre treffender. Jedenfalls in Begleitung eines Mannes wie Corey. Er war bestimmt ein hervorragender Tänzer, und er würde sie aufregend nah an sich ziehen. Und nachts am Strand würde er barfuß laufen, die Hosenbeine hochkrempeln, den Arm um ihre Schultern legen und ihr süße Worte ins Ohr flüstern. Sie hörte im Hintergrund fast das leise Rauschen des Meeres und sah auf den Wellen das glitzernde Mondlicht, und eine sanfte, laue Brise schien ihre Haut zu kühlen. Doch plötzlich verschwamm die Szene, und Coreys Bild verwandelte sich in die Gesichtszüge von Richard Bates. Halb wehmütig, halb verbittert dachte sie an die glücklichen Tage und Nächte, die ein so abruptes, so grausames Ende gefunden hatten. Natürlich war es besser gewesen, die Beziehung zu diesem Mann, der ihrem Vater so ähnlich war, radikal abzubrechen. Beide waren sie oberflächlich, rücksichtslos, vergnügungssüchtig. Genau wie ihre Mutter, deshalb gab es in der Ehe ihrer Eltern auch nie Probleme.

Aber Corinne, stets das schlechte Vorbild vor Augen, hatte sich schon als Kind geschworen, niemals eine Ehe zu führen, in der jeder seine eigenen Wege ging, die Partner mal eben nach Lust und Laune wechselte und sich jeder um nichts und niemanden kümmerte. Und dann war sie ausgerechnet an einen Mann wie Richard geraten. Dabei brauchte sie jemanden, auf den sie sich verlassen, dem sie vertrauen konnte, der ihr Geborgenheit und Sicherheit bot. Corey war dazu bestimmt nicht in der Lage.

„Hey", rief er leise, legte die Hand auf ihr Knie und drückte es sanft. „Wo sind Sie denn mit Ihren Gedanken? Ich wollte Sie nicht aufregen. Selbstverständlich bleibt es völlig Ihnen überlassen, was Sie mit Ihrer freien Zeit anfangen."

Sie warf ihm einen kurzen Blick zu. Wenn er wüsste, in welchem Dilemma sie sich befand. Konnte sie sich auch nichts Verlockenderes als einen Mondscheinspaziergang mit Corey vorstellen, so fürchtete sie diese Situation doch. Er war einfach viel zu attraktiv und selbstsicher. Sie räusperte sich und sagte: „Ich werde es mir überlegen."

„Fein", entgegnete Corey lächelnd. „Würden Sie mir einen Gefallen tun?"

„Was denn für einen?", fragte sie vorsichtig.

„Geben Sie mir bitte meine Sonnenbrille? Sie liegt im Handschuhfach."

Seine Sonnenbrille. Erleichtert beugte sie sich vor, öffnete das Handschuhfach und zog das Etui heraus.

„Danke." Während er sich mit der einen Hand die Brille aufsetzte und mit der anderen das Lenkrad hielt, seufzte er erleichtert: „Na endlich. Vorhin war der Himmel bedeckt, da ging es noch ohne, aber jetzt blendet die Sonne ziemlich. Ich brauche Linsen, wissen Sie, und meine Augen reagieren empfindlich auf das grelle Licht."

„Linsen?", wiederholte Corinne erstaunt. „Sie meinen Kontaktlinsen?"

„Kaum zu glauben, ich weiß. Sie dachten schon, ich wäre vollkommen, und jetzt muss ich Ihnen gestehen, dass ich kurzsichtig bin. Sind Sie nun sehr enttäuscht?", neckte er sie.

„Weshalb tragen Sie Kontaktlinsen?", fragte sie und schaute ihm voll ins Gesicht. „Ich finde, die Brille steht Ihnen gut." Eine glatte Untertreibung.

„Ich bin eben eitel", bekannte er. „Außerdem sehe ich mit Linsen viel besser. Und ich suche nicht ständig meine Brille, weil ich sie wieder irgendwo verlegt habe."

„Diese Neuigkeit ist allerdings überraschend." Corinne konnte es noch immer nicht ganz fassen.

„Sie meinen, weil ich nicht dauernd blinzle oder meine Augen tränen?" Er lachte leise. „Diese Phase habe ich bereits während meiner Studienzeit durchlitten, und ich kann Ihnen sagen, es war grauenvoll. Ich wollte schon aufgeben, aber dann legte sich die Qual allmählich. Vor einiger Zeit bin ich auf weiche Linsen umgestiegen, und das ist wirklich eine fabelhafte Sache."

„Dann ist dieses wunderschöne Grün also gar nicht echt", fragte Corinne vorwurfsvoll. „Was für eine Farbe haben Ihre Augen denn tatsächlich?"

„Grün. Meine Linsen sind nicht gefärbt."

„Ehrlich?"

„Ehrlich."

„Oh." Nach einer Pause fügte sie hinzu: „Und Ihr Haar?"

„Was denken Sie bloß? Ich trage Kontaktlinsen, damit niemand merkt, dass ich kurzsichtig bin, aber sonst ist alles an mir echt." Er kniff sich in den Hals, den Arm, den Schenkel. „Überzeugen Sie sich selbst."

„Ich glaub's Ihnen auch so", erwiderte sie rasch.

„Mein Haar war übrigens früher viel heller. Leuchtend rot. Auf der Universität gaben sie mir deshalb den Spitznamen ‚Kardinal'."

Verdutzt sah Corinne ihn an, dann schüttelte sie lachend den Kopf. „Kardinal? Das ist großartig. Ich nehme an, nach dem Vogel."

„Ja", antwortete Corey verlegen, während er zu ihr hinüberschaute. „Wissen Sie, dass ich Sie heute zum ersten Mal lachen sehe?"

Sie zuckte mit den Schultern, denn sie wusste selbst nicht recht, was sie plötzlich so amüsierte und fröhlich stimmte. Wahrscheinlich hing es mit der Entdeckung zusammen, dass auch Corey nicht perfekt war. Erstens war er kurzsichtig, und zweitens schien er peinlich berührt von dem Spitznamen aus seiner Studentenzeit. Irgendwie machte ihn das sympathisch, und ihre Nervosität fiel schlagartig von ihr ab. Wenigstens für den Augenblick.

„Sie sollten öfter lachen. Das klingt sehr hübsch."

Sie ignorierte seine Bemerkung und schaute ihn prüfend an. „Eigentlich sind Sie gar kein rothaariger Typ. Sonst würden Sie nicht so braun werden."

„Irgendein Vorfahre mütterlicherseits hatte rotes Haar, und das habe ich eben geerbt. Weiter nichts."

Corinne blickte nach vorn auf die Straße. „Ich kenne einen Mann, den sie den Silberfuchs nennen", erzählte sie ruhig. „Ursprünglich bekam er den Spitznamen, weil er mit dreißig schon graues Haar hatte. Inzwischen ist er achtundvierzig, und obwohl viele seiner Freunde heute auch ergraut sind, ist ihm der Name geblieben. Weil er ein Fuchs ist. Er ist schnell und schlau und nimmt sich alles, was er begehrt, ohne Rücksicht auf Verluste. Und ehe ihm jemand auf die Schliche kommt, ist er schon wieder verschwunden." Sie wandte den Kopf und sah Corey an. „Ihr Haar war doch nicht der einzige Grund für Ihren Spitznamen, oder?"

„Na ja", begann er zögernd, „in meiner Studentenzeit habe ich ein ziemlich rastloses Leben geführt. Ich hatte viele Freundinnen, und da … Himmel noch mal, Corinne", fuhr er plötzlich auf. „Das sind doch alles alte Geschichten, und ich habe ja nie behauptet, ein Heiliger zu sein."

„Was Sie nicht sagen."

Corey murmelte etwas Unverständliches vor sich hin. Er hätte sich ohrfeigen können, dass er den Kardinal überhaupt erwähnt hatte. Andererseits hatte er sie dadurch zum Lachen gebracht, und das war ein beachtlicher Fortschritt. Außerdem schämte er sich seiner wilden Jahre keineswegs. Er stand zu seinen Jugendsünden. Es war nur wichtig, Corinne zu beweisen, dass er inzwischen erwachsen geworden war. Und wenn sie ihn so annahm, wie er sich jetzt verhielt, dann musste sie auch seine Vergangenheit akzeptieren.

Ein Mittelweg ist sicher das Beste, dachte er, während er den Wagen über die Brücke nach Hilton Head steuerte. Heute zeichneten ihn verspielter Charme und Ernsthaftigkeit aus. Dieser gelungenen Mischung würde sie bestimmt nicht widerstehen können.

Die Insel hatte die Gestalt eines Fußes. Am „Knöchel" lagen Ortschaften mit so bildhaften Namen wie Rose Hill, Moss Creek und Indigo Run. Port Royal bildete die „Ferse", und an der „Sohle" kam zuerst Palmetto Dunes, dann Lang Cove und Shipyard. Kurz vor Sea Pines, am „großen Zeh" der Insel, bog Corey auf den Parkplatz eines Restaurants ab.

Im „Ruby Tuesday" aß man in ungezwungener, freundlicher Atmosphäre. Corinne, die sich merklich wohler fühlte, fand, dass besonders das Salatbuffet, an dem sie vorbeigekommen waren, verlockend aussah, und so bestellte sie vorerst nur eine kleine Pastete. Erstaunt hob sie die Augenbrauen, als Corey sich zu seinem Hamburger mit Schinken, gebackene Zucchinistäbchen und etwas seltsame Kartoffeln aussuchte.

„Die sind ganz fantastisch hier", versicherte er ihr.

Corinne ließ die Angelegenheit auf sich beruhen. Nun, da sie nicht mehr mit Corey allein war, verflog ihre Nervosität fast völlig. Während sie auf die Getränke warteten und er ihr ein wenig mehr über die Insel erzählte, glaubte sie, in ihm einen ganz gewöhnlichen Kunden zu sehen.

Doch diese Illusion zerplatzte schlagartig, als sie gemeinsam zum Salatbuffet gingen. Wieder fielen ihr seine stattliche Größe, seine geschmeidigen Bewegungen und seine markanten Züge auf. Er blieb öfter stehen, begrüßte einen Bekannten und war immer zu einem kleinen Scherz aufgelegt. Am Buffet nahm er sich mit den Fingern eine schwarze Olive und steckte sie sich in den Mund. Dann drehte er sich zu Corinne und schenkte ihr ein bezaubernd jungenhaftes Lächeln. Spätestens als die Kellnerin das Essen brachte und er ihr zuzwinkerte, wurde Corinne klar, dass hier ein Charmeur und kein gewöhnlicher Kunde saß.

„Erzählen Sie mir ein bisschen von den Umfragen, die Sie bisher so durchgeführt haben", bat Corey, nachdem er herzhaft in seinen Hamburger gebissen hatte.

Corinne war froh über seine Bitte, denn so lange sie von ihrer

Arbeit sprechen konnte, stand sie auf sicherem Boden. „In den letzten Monaten sind ein paar interessante Aufträge hereingekommen. Eine Universität wollte beispielsweise wissen, was ihre ehemaligen Studenten von dieser oder jener Neuerung hielten."

„Klingt interessant."

Sie nickte. „Dann führten wir eine Erhebung für einen Sportartikelhersteller durch. Der Verkauf seiner Tennisschläger sollte angekurbelt werden. Wir haben die Fragebögen einfach an die Mitglieder von Tennisclubs verschickt."

„Die geben einfach so ihre Mitgliederlisten heraus?"

„Ohne Weiteres auch nicht. Wir versuchten, ihnen die Sache mit geschenkten Schlägern für ihre Angestellten schmackhaft zu machen. Einige erteilten uns allerdings erbost eine Abfuhr, was natürlich nicht gerade für den Schläger spricht."

Corey entdeckte ein belustigtes Funkeln in ihren braunen Augen und war hingerissen. „Und was sonst noch?", fragte er und griff, ohne hinzusehen, nach einem Zucchinistäbchen.

Es sollte verboten werden, dass ein Mann so gefährliche grüne Augen haben darf, dachte Corinne. Unergründliche, verlockende, aufregende smaragdgrüne Augen. Wieder fühlte sie dieses flaue Gefühl im Magen. Mit einer gewaltigen Anstrengung riss sie sich von Coreys Blick los und fuhr fort: „Oh, Projekte unterschiedlichster Art. Als ich damals bei Alan anfing, hätte ich mir so eine Vielfalt gar nicht träumen lassen."

„Warum sind Sie zu Alan gegangen?"

„Weil er mir eine Stelle in dem Bereich anbot, den ich mir gewünscht habe." Und weil ich hoffte, dass die Arbeit mir helfen würde, schneller zu vergessen, setzte sie im Stillen hinzu.

„Sind Sie aus Baltimore?"

„Welche Universität haben Sie besucht?"

„Goucher."

Ein Lächeln huschte über Coreys Gesicht. „Ich kannte mal ein Mädchen dort, ein wirklich hübsches Ding." Er überlegte einen Augenblick und schüttelte dann den Kopf. „Nein, sie muss ihr Examen mindestens fünf oder sechs Jahre vor Ihnen gemacht haben. Sie haben sie bestimmt nicht mehr getroffen. Tut mir leid, dass ich Sie unterbrochen habe. Erzählen Sie bitte weiter." Corinne blinzelte verwirrt. Waren grüne Augen immer so sexy? Sie konnte sich nicht entsinnen, schon einmal jemandem mit grünen Augen begegnet zu sein, jedenfalls nicht mit solchen. Und wie intensiv er sie angeschaut hatte, als er nachdachte. Sein Ausdruck war so entwaffnend gewesen, dass er sie völlig aus dem Konzept gebracht hatte.

„Dann müssen Sie mir eine neue Frage stellen." Sie versuchte, möglichst gelassen zu klingen.

„Sie sind wegen Ihrer Großmutter in Baltimore geblieben?"

„Ich dachte, Sie wollten etwas über meine Arbeit erfahren."

„Das möchte ich auch. Alles zu seiner Zeit. Jetzt interessiert mich gerade Ihre Großmutter", erwiderte Corey und biss in seinen Hamburger.

Corinne nutzte die Gelegenheit, das Gespräch in unverfänglichere Bahnen zu lenken. „Alan besitzt wirklich ein tolles Geschick, Aufträge hereinzuholen. Unsere Kunden kommen aus allen Wirtschaftsbereichen, von Banken über Gebrauchsgüterfabrikation bis zur Unterhaltungsbranche. Sogar Politiker wenden sich an uns."

Corey wechselte das Thema. „Julie sagte, Sie hätten noch eine Schwester. Lebt die auch in Baltimore?"

„Nein, in New York. Dort haben wir übrigens auch schon Kontakte geknüpft."

„Alle Achtung. Ich dachte, in New York wimmelt es nur so von Marktforschungsinstituten und man bekäme kaum ein Bein auf den Boden."

„Schon, aber Alan hat einen so großen Eindruck gemacht, dass er den Auftrag erhielt."

„Hat Ihre Schwester Kinder?"

„Eins."

„Junge oder Mädchen?"

„Ein Junge. Ein reizender Bengel."

„Das glaube ich gern. Sie essen ja gar nicht."

„Wie soll ich, wenn ich die ganze Zeit rede?"

„Sie haben recht, das ist meine Schuld. Essen Sie erst einmal, wir unterhalten uns später."

Corinne probierte von ihrem Salat, legte aber nach ein paar Sekunden die Gabel wieder beiseite. Solange sie Coreys Blick spürte, bekam sie keinen Bissen herunter. „Das Gute an unserem Beruf ist, dass uns Marktforschern nie die Arbeit ausgeht", fuhr sie fort. „Die Modebranche will sich zum Beispiel vor jeder Saison über die Vorstellungen der Kunden informieren."

„Ja, werden die Trends denn nicht von den Modemachern in London, Paris oder Mailand diktiert?"

Corinne schüttelte den Kopf. „Die Haute Couture findet in den Vereinigten Staaten nur wenig Liebhaber. Die Konsumenten interessiert es nicht, was Paris oder Mailand vorschreibt. Der Durchschnittsamerikaner bevorzugt praktische Kleidung zu erschwinglichen Preisen für Beruf, Schule oder Freizeit."

„Wollen Sie etwa behaupten, die amerikanischen Verbraucher zeigten zu wenig Modebewusstsein?" Herausfordernd blickte Corey sie an.

„Keineswegs. Aber der amerikanische Verbraucher hat seinen eigenen Kopf. Er muss nicht unbedingt die Kopie eines Kleides von Dior besitzen. Unsere Aufgabe ist es nun herauszufinden, was die Leute gern tragen und was nicht, wie viel sie dafür auszugeben bereit sind. Natürlich ändern sich Mode und Geschmack, und bis zu einem gewissen Grad üben auch die Medien einen Einfluss aus. Aber wenn ein Trend auf strikte Ablehnung stößt, wird der Hersteller vergeblich Zeit und Geld investieren, um ihn durchzudrücken."

„Das heißt, Sie sagen den Herstellern, wo's langgeht."

„Wir geben nur das weiter, was der Verbraucher uns mitteilt. Die endgültige Entscheidung liegt allein beim Produzenten." Corey zwinkerte ihr zu. „Da sind Sie bestimmt immer auf dem neuesten Stand und wissen genau, was ein Hit wird. Solche Geheiminformationen sind sicher wertvoll."

„Ich richte mich nicht unbedingt nach der Mode, sondern trage, was mir gefällt und zu mir passt", stellte Corinne richtig.

„Ein Zeichen von Persönlichkeit. Außerdem finde ich es ganz nett, einmal mit einer Frau zusammen zu sein, die ihre Reize nicht zur Schau stellt." Er schloss die Augen und stieß einen leichten Seufzer aus.

„Vielen Dank, Corey. Was für ein bezauberndes Kompliment. Wenigstens sind Sie ehrlich", meinte sie achselzuckend. „Wenn Sie solche Frauen attraktiv finden, warum nicht?"

„Ach, wissen Sie, das war einmal. Heute mag ich es nicht mehr besonders, wenn meine Begleiterin zu viel von ihren Reizen offenbart. Ich bin besitzergreifend geworden. Richtig konservativ."

„Ah, ich verstehe." Sie warf einen vielsagenden Blick auf sein Hemd und den modisch weiten Pullover. „Das erklärt natürlich alles."

„Gefalle ich Ihnen nicht?" Corey sah an sich hinunter. „Ich fand die Kombination aus Grau und Lila eigentlich ganz gut. Nicht zu auffällig und doch mal was anderes." Unsicher spähte er zu Corinne.

„Sprechen Sie nur weiter", ermunterte sie ihn. „Ich wollte immer schon wissen, was in einem Mann vorgeht, wenn er Kleider kauft oder vor dem Schrank steht und sich fragt, was er anziehen soll."

„Oh, eine ganze Menge", versicherte er. Ganz zu schweigen davon, wenn es sich um eine Situation wie diese handelte und er einen guten Eindruck hinterlassen wollte. Eine geschlagene halbe Stunde lang hatte er unschlüssig zwischen seinen Sachen gewühlt, ehe die Entscheidung gefallen war.

„Welche Farbe steht Ihnen Ihrer Meinung nach am besten?", wollte sie wissen.

„Grün, blau, blasslila."

„Und welcher Stil?"

„Flott und männlich verwegen", meinte er grinsend.

„Schauen Sie auch in den Spiegel?"

„Natürlich."

„Und zupfen mal hier, mal dort, bis alles sitzt?"

„Sicher."

Sie zog eine Augenbraue in die Höhe. „Drehen Sie sich vor dem Spiegel auch um und werfen einen Blick über die Schulter, um zu sehen, ob Ihre Hose nicht zu eng ist?"

„Das brauche ich nicht. Meine Hosen sind nie zu eng."

Sie musterte ihn prüfend. „Das glaube ich Ihnen sogar. Sie haben anscheinend kein Gramm Fett zu viel."

Innerhalb weniger Minuten waren die Rollen vertauscht. Nun stellte Corinne die Fragen, und Corey antwortete mit Vergnügen. „Na, bei meinem durchtrainierten Körper", scherzte er. „Das sind alles Muskeln, stahlharte Muskeln."

„Treiben Sie Sport?"

„Ich lebe. Das hält mich fit."

Corinne nickte. „Ein Handarbeiter also."

„Bisher hat sich noch niemand über meine Handarbeit beschwert." Kaum war die zweideutige Bemerkung heraus, hätte er sich am liebsten auf die Zunge gebissen. Doch zu seiner Überraschung entgegnete Corinne gedehnt:

„Davon bin ich überzeugt."

Verdutzt sah er sie an, räusperte sich und griff nach der Schüssel mit den Kartoffeln. Er ließ eine auf ihren Teller gleiten. „Hier, die müssen Sie unbedingt probieren."

Misstrauisch betrachtete sie das Gebilde. „Ich glaube, ich bin satt, danke."

„Gefällt Ihnen der Anblick nicht?"

„Doch, sehr apart, aber ich kann nichts mehr essen."

„Sie müssen. Wenigstens einen kleinen Happen. Sie werden sehen, es schmeckt fantastisch. Die Kruste besteht aus Cheddarkäse und Schinkenstückchen. So schlank, wie Sie sind, brauchen Sie doch nicht auf Ihre Figur zu achten. Außerdem stecken hier sämtliche Vitamine drin. Nun kosten Sie schon."

Corinne sah ihn nur an.

Aber Corey ließ nicht locker. „Bin ich der Boss oder nicht?"

„Nicht in meiner Freizeit."

„Sagten Sie nicht, Freizeit hätten Sie nur abends?"

„Und Sie schlugen daraufhin vor, drei Mahlzeiten pro Tag plus Kaffeepausen dazuzurechnen", konterte sie.

„Ich hab's mir anders überlegt." Er hob einen Zeigefinger und fuhr fort: „Merke daher Regel Nummer eins: Dem Boss widerspricht man nicht, denn der Boss hat immer recht. Probieren Sie."

„Sie sind ein Tyrann."

„Ich weiß."

Seufzend griff Corinne zu Messer und Gabel und schnitt die Kartoffel in zwei Hälften. Der kräftige und doch sahnige Geschmack überraschte sie, doch viel verwirrender war, dass sie Corey gehorcht hatte. Nun, „gehorcht" war vielleicht ein bisschen übertrieben. Sie hatten herumgealbert, das war alles. Warum auch nicht? Ist ja schließlich nichts dabei, sagte sie sich. Und er hatte ja recht, um ihre schlanke Linie brauchte sie sich nun wirklich nicht zu sorgen.

5. KAPITEL

In den nächsten zwei Tagen begann Corinne dann allerdings doch, sich um ihre schlanke Linie zu sorgen. Corey führte sie stets in ein anderes Hotel oder Restaurant, damit sie einen Eindruck von dem vielfältigen Angebot auf der Insel gewann. Zu Hause gönnte sie sich meistens nur einen kleinen Imbiss zwischen Tür und Angel, und hier folgte Arbeitsessen auf Arbeitsessen.

Sie saß mit Ladenbesitzern und Hoteliers zusammen oder traf sich zum Frühstück mit einer Gruppe von Anglern, die ihre Boote vermieteten. Morgens, mittags und abends, immer war eine üppige Mahlzeit eingeplant. Nicht alle Geschäftsleute gehörten zu denen, die Alans Firma mit der Erhebung beauftragt hatten, aber jeder hatte sich hier eine Existenz aufgebaut und war daher sehr an dem Projekt interessiert.

Doch Corinne wunderte sich nicht nur über die Unmengen, die sie verdrücken konnte, auch die Masse an Informationen, die sie in der kurzen Zeit über Hilton Head und sein Freizeitangebot gesammelt hatte, war beachtlich. Merkwürdigerweise bekam sie Corey jedoch so gut wie nie zu Gesicht. Nachdem er sie mit den betreffenden Leuten bekannt gemacht hatte, zog er sich stets zurück. Die größte Überraschung war allerdings, dass sie das beinah bedauerte.

Wenn er in ihrer Nähe war, lebte sie förmlich auf, und bei ihren Verabredungen empfand sie eine angenehm kribbelnde Vorfreude und war so aufgeregt wie seit Jahren nicht mehr. Bei geschäftlichen Unterredungen gelang es ihr immer wieder, ihn durch Klugheit und Wissen zu beeindrucken, und das erfüllte sie mit einer nie gekannten inneren Genugtuung. Alles, was sie tat oder sagte, zielte darauf ab, ihm zu zeigen, dass sein Vertrauen in sie gerechtfertigt war.

Am Freitagabend war es sehr spät geworden. Trotzdem konnte Corinne lange nicht einschlafen, als sie endlich im Bett lag. Ich mag ihn, dachte sie und erschrak sofort. Wie war das möglich?

War sie etwa drauf und dran, sich zu verlieben? Ausgerechnet in Corey, der haargenau den Typ Mann verkörperte, von dem sie sich geschworen hatte, sich nie wieder mit ihm einzulassen? Aber sie konnte es drehen und wenden, wie sie wollte, es sprach einiges für ihn.

Seine Großzügigkeit war auffallend. Ein Blick in die Suite, die er für sie reserviert hatte, bewies es. Man konnte sich auf sein Wort verlassen. Keines der Treffen, die er angesetzt hatte, war geplatzt. Er war rücksichtsvoll und aufmerksam. Wenn er das Gefühl hatte, dass eine Konferenz schon zu lange dauerte, entführte er sie, Corinne, zu einer Rundfahrt und einem kleinen Bummel. Und, abgesehen von gelegentlichen Bosheiten an die Adresse eines seiner Geschäftsfreunde, hatte er sehr gute Umgangsformen.

Er hatte nie versucht, sich ihr in irgendeiner Weise zu nähern. Nicht ein einziges Mal hatte er einen Spaziergang im Mondschein vorgeschlagen oder den Besuch einer Tanzbar. Er respektierte ihre Zurückhaltung, und Corinne war ihm dankbar dafür. Sie mochte ihn, und sie war gern mit ihm zusammen. Dabei wollte sie es auch bewenden lassen.

Am Samstagmorgen in aller Frühe rief Corey Corinne an. Er hatte Lust, mit ihr ein paar erholsame Stunden zu verbringen, ehe sie am Nachmittag wieder abflog, und Corinne sagte freudig zu. Auf ihre Frage, was er denn vorhabe, meinte er nur: „Abwarten, lassen Sie sich überraschen."

Die Überraschung ist ihm gelungen, schoss es ihr durch den Kopf, als er sie wenig später abholte.

Corey trug Shorts und ein T-Shirt und hatte die oberen Knöpfe offen gelassen. Sein Brusthaar war rötlich braun, und unter dem dünnen Stoff zeichneten sich die Muskeln ab.

Ein paar Sekunden verschlug es Corinne den Atem, und sie schaute wie gebannt auf seinen athletisch gebauten Körper und die langen, braun gebrannten Beine. Sie versuchte, sich zu erinnern, wann ihr zuletzt ein so gut aussehender Mann begegnet war, aber sie konnte keinen klaren Gedanken fassen.

Endlich wandte sie den Blick ab. Angesichts ihrer eigenen Erscheinung beschlich sie ein Gefühl der Ernüchterung. Da sie nur wenig Garderobe eingepackt hatte, trug sie dasselbe etwas strenge Kostüm wie am Tag ihrer Ankunft. Sie runzelte die Stirn, seufzte und meinte achselzuckend zu Corey: „Tut mir leid, etwas Salopperes habe ich leider nicht mitgenommen."

„Kein Problem", beruhigte er sie. „Das ändern wir gleich." Schnell hakte er sie unter und führte sie zum Wagen.

„Ich weiß zwar nicht, was Sie vorhaben", sagte Corinne, als er ihr die Autotür aufhielt, „aber falls Sie beabsichtigen, mich vor den versprochenen erholsamen Stunden neu einzukleiden, sollten Sie sich den Aufwand genau überlegen. Meine Maschine geht schon um vier, wie Sie wissen."

Sie stieg ein, und Corey lächelte ihr zu. „Da gibt es nichts zu überlegen. Sie haben hart gearbeitet und eine Belohnung verdient. Keine Sorge, wir haben genügend Zeit. Zuerst fahren wir nach Harbortown. Ich kenne dort einen netten kleinen Laden."

„Einkäufen ist nicht gerade meine Stärke, seien Sie also gewarnt", scherzte sie.

„Ich werde Ihnen mit Rat und Tat zur Seite stehen", gelobte er feierlich, und dann mussten sie beide lachen.

„Eigentlich ist es meine Schuld", fuhr er nach einer Pause fort. „Es wäre schlauer gewesen, Ihnen vorher zu verraten, dass ich mit Ihnen segeln möchte, dann hätten Sie sich etwas Passendes zum Anziehen besorgen können. Aber es sollte eine Überraschung sein. Besonders der Blick nach Calibogue Sound auf die Insel wird Ihnen gefallen. Eine tolle Aussicht. Und das Wetter könnte nicht besser sein. Es weht eine frische Brise, und wir haben viel Sonne."

Abwesend hörte Corinne zu. Allein mit Corey auf einem Segelboot, diese Vorstellung war zugleich verlockend und beängstigend. Immer wieder spähte sie verstohlen zu ihm hinüber. Dieser Mann sah wirklich äußerst attraktiv aus. Er war praktisch die Versuchung in Person. Würde sie ihm widerstehen können, wenn Corey es darauf anlegte und seine Verführungskünste einsetzte?

Der „nette kleine Laden" in Harbortown entpuppte sich als exklusive Boutique mit astronomischen Preisen. Mehr als einmal runzelte Corinne ärgerlich die Stirn, während sie verschiedene Stücke in die Hand nahm und dabei auch auf das Preisschild schaute. Corey beobachtete sie belustigt. Sie legte gerade ein Paar Shorts und ein Sonnentop nach eingehender Prüfung beiseite und fühlte sich langsam immer unwohler, als sie ein türkisblaues Kleid entdeckte. Sie trat näher, griff nach dem Bügel und betrachtete es einen Augenblick. Es war wirklich hübsch mit dem tiefen runden Ausschnitt und dem weiten Rock. Wunderbar leicht sah es aus, genau das Richtige für einen heißen Tag.

Corinne suchte das Preisschild. Als sie las, was es kosten sollte, konnte sie nur mit Mühe einen kleinen Schrei unterdrücken. Unschlüssig begutachtete sie das Kleid noch einmal. Nein, so bezaubernd es auch sein mochte, das war es nun doch nicht wert. Mit leisem Bedauern wollte sie es zurückhängen.

„Das gefällt mir", sagte Corey dicht an ihrem Ohr. „Zögern Sie nicht, es ist wunderschön." Und schon hatte er ihr das Teil aus der Hand gezogen.

„Werfen Sie doch mal einen Blick auf den Preis. Ein bisschen viel für so wenig Stoff, finden Sie nicht auch?"

„Wenn's weiter nichts ist! Für eine schöne Frau ist mir nichts zu teuer", neckte er sie und fügte ernst hinzu: „Erlauben Sie, dass ich es Ihnen schenke? Es steht Ihnen bestimmt großartig, und ich würde Ihnen gern eine Freude machen."

„Kommt überhaupt nicht infrage", wehrte Corinne ab. „So ein teures Geschenk kann ich unmöglich annehmen."

„Und warum nicht?"

„Na ja, wir kennen uns doch kaum, und ich arbeite für Sie", erklärte sie und ärgerte sich, dass es ihm gelang, sie in Verlegenheit zu bringen.

„Falls Sie keine stichhaltigeren Einwände vorzubringen haben, fürchte ich, Ihre Gründe fruchten nicht." Als sie protestieren wollte, winkte er ab und meinte: „Einen Moment! Ich mache Ihnen einen Vorschlag, Sie probieren das Kleid an, und danach reden wir weiter. Vielleicht gefällt es Ihnen so gut, dass Sie sich gar nicht mehr davon trennen möchten", fügte er augenzwinkernd hinzu.

Nachdenklich nagte sie an ihrer Unterlippe. Merkwürdig, bei ihren Bekannten hätte sie sich nicht gescheut. Aber bei Corey? Obgleich sie es nicht erklären konnte, spürte sie, dass es bei ihm etwas anderes war. Als hätte er ihre Gedanken erraten, flüsterte er ihr zu:

„Keine Sorge, das verpflichtet Sie zu nichts. Nun seien Sie kein Angsthase, Corinne, und beeilen Sie sich, ich habe Hunger."

„Also schön." Widerstrebend nahm sie das Kleid und ging in eine der Umkleidekabinen. Rasch schlüpfte sie aus dem Kostüm und streifte sich das hauchdünne, kurzärmelige Modell über.

Als sie sich zum Spiegel drehte und hineinschaute, musste sie unwillkürlich lächeln. Corey hatte recht, es stand ihr wirklich fabelhaft. Ihre ohnehin schmale Taille wirkte noch schlanker, und da der Rock eine gute Handbreit über dem Knie endete, kamen ihre Beine hervorragend zur Geltung, und der weite Ausschnitt ließ stets eine Schulter entblößt, was sehr sexy aussah. Nur die Träger ihres BHs störten. Kurzerhand zog Corinne ihn aus. So, dachte sie nach einem weiteren Blick in den Spiegel zufrieden, jetzt stimmt alles.

„Corinne?"

„Ja?"

„Kommen Sie heraus. Ich platze vor Neugierde."

Sie zögerte eine Sekunde. War es nicht vielleicht doch zu sexy? Aber selbst wenn ... Resigniert stellte sie fest, dass Corey auch in diesem Punkt recht behalten hatte, sie mochte sich schon gar nicht mehr von dem Kleid trennen, so gut gefiel es ihr.

Ein letztes Mal blickte sie in den Spiegel, dann öffnete sie die Tür der Umkleidekabine. Als sie hinaustrat, riss Corey Mund und Augen auf und hielt unwillkürlich den Atem an. Die aparte schwarzhaarige junge Frau wirkte kaum älter als zwanzig. Ihre helle Haut schimmerte wie Elfenbein. Die nackten Arme und Beine waren schlank, und die Taille konnte man mühelos mit zwei Händen umfassen. Ihre bloßen Füße unterstrichen noch den Eindruck von Zerbrechlichkeit, und Corey verspürte den brennenden Wunsch, dieses zarte Geschöpf in seine Arme zu schließen und zu beschützen.

„Nehmen Sie es", stieß er hervor.

„Aber Corey, es ist doch sündhaft teuer."

„Nehmen Sie es", unterbrach er sie, und seine Stimme klang ein wenig rau. Als er merkte, wie lange er Corinne schon anstarrte, schüttelte er leicht den Kopf, räusperte sich und fügte hinzu: „Was für eine Schuhgröße haben Sie? Ich werde fragen, ob sie hier ein Paar haben, das zum Kleid passt."

„Siebenunddreißig."

Ohne ein weiteres Wort machte er auf dem Absatz kehrt und suchte die Verkäuferin. Corinne blieb einen Augenblick unschlüssig stehen, dann ging sie langsam in die Umkleidekabine zurück. Ganz wohl war ihr bei der Sache immer noch nicht. Wieder betrachtete sie ihr Spiegelbild. „Na los, Corinne", schimpfte sie. „Spring über deinen Schatten. Du vergibst dir doch nichts, wenn du ein Geschenk von ihm annimmst, oder? Er hat es dir ja förmlich aufgedrängt."

Ein leises Klopfen schreckte sie aus ihren Gedanken.

„Corinne? Ich habe Ballerinas und eine Tragetasche für Sie. Packen Sie Ihre Sachen ein, und lassen Sie das Kleid gleich an, okay?"

Sie öffnete die Tür, und er reichte ihr die Schuhe und die Tasche. Nach einer letzten Drehung vor dem Spiegel stopfte sie kurz entschlossen das Kostüm in die Tüte, schlüpfte in die Ballerinas und überzeugte sich davon, dass sie auch nichts vergessen hatte. Draußen eilte sie an Corey vorbei auf die Verkäuferin zu und fragte: „Haben Sie eine Schere für mich, damit ich das Preisschildchen abschneiden kann?"

Langsam bewegte sich Corey in Richtung Ladentür, den Blick unverwandt auf Corinne gerichtet. Je länger er sie anschaute, desto größer wurden seine Zweifel, ob die Idee mit der Segelpartie wirklich so gut gewesen war. Wie, zum Teufel, sollte er ein paar Stunden in Gesellschaft dieser hinreißenden Frau überstehen, wenn er sich jetzt schon beherrschen musste, um sie nicht an sich zu ziehen, zu küssen, zu liebkosen?

Plötzlich stieß er gegen ein Hindernis. Erschrocken wirbelte er herum, murmelte eine Entschuldigung und erkannte erst dann, dass er gegen einen Ständer mit Badeanzügen geprallt war. Leise fluchend stürmte er aus der Boutique. Auf der Straße atmete er erst einmal tief durch.

Corinne übte eine geradezu magische Kraft auf ihn aus, aber Corey hatte bis jetzt nicht entdeckt, weshalb. Was machte sie so einzigartig? Ihre beruflichen Leistungen hatten ihn zwar tief beeindruckt, doch Frauen, die im Beruf etwas leisteten, gab es viele. War es ihr Hang zur Ernsthaftigkeit oder ihre Ordnungsliebe, die für ihn, den

Zerstreuten, eine Art Herausforderung darstellte? Gegensätze ziehen sich an, hieß es nicht so? Außerdem überraschte ihn immer wieder ihr trockener Humor, von dem sie ihm in den vergangenen Tagen einige Kostproben geliefert hatte. Überhaupt hatte er jeden einzelnen dieser Tage genossen, obgleich er sich gewünscht hätte, dass ihnen ein wenig mehr Zeit füreinander geblieben wäre.

Er kannte sie inzwischen sicher besser, aber manches war ihm immer noch ein Rätsel. Zum Beispiel, warum es keinen Mann in ihrem Leben gab. Er erinnerte sich an eine Bemerkung, die sie einmal hatte fallen lassen, doch sooft er sie darauf ansprechen wollte, wich sie aus und lenkte die Unterhaltung auf ein anderes Thema. Fürchtete sie sich vor einer neuen Enttäuschung? Glaubte sie fälschlicherweise, er spiele nur mit ihr?

Dass ich nicht lache, dachte Corey. Wenn sie wüsste, wie ich meine Sekretärin schier in den Wahnsinn getrieben habe mit meinen ständigen Terminverschiebungen, nur um öfter nach Baltimore zu fliegen. Und auch die Organisation von Corinnes Besuch hier war nicht ohne Tücken über die Bühne gegangen. So viel Aufwand hatte er noch für keine Frau betrieben.

Zähneknirschend dachte er an den Gast in der Luxussuite seines Hotels, den er mehr oder weniger an die frische Luft gesetzt hatte, um ihr den Aufenthalt so angenehm wie möglich zu gestalten. Alles würde er für sie tun, und das erstaunte ihn und brachte ihn zum Ausgangspunkt zurück. Warum gerade für Corinne? Nie zuvor hatte er sein Leben, seine Gewohnheiten einer Frau zuliebe geändert. Was veranlasste ihn ausgerechnet jetzt dazu? Reizte ihn Corinnes Unabhängigkeit, ihre Fähigkeit, selbst Entscheidungen zu treffen? Oder ihre Verwundbarkeit? Er entsann sich des verletzten Ausdrucks und der Trauer auf ihrem Gesicht, in ihren Augen, als sie von dem Mann mit dem Spitznamen Silberfuchs gesprochen hatte. Was mochte er ihr angetan haben?

„Corey?"

Er fuhr herum. Corinne stand direkt hinter ihm, die Tragetasche an die Brust gepresst. Fragend blickte sie ihn an.

Ein zärtliches Lächeln spielte um seine Lippen. „Haben Sie alles?", erkundigte er sich mit belegter Stimme.

„Hm." Sie zögerte und fügte dann leise hinzu: „Vielen Dank für das Kleid, Corey. Sie haben mir wirklich eine Freude gemacht."

„Nichts zu danken, Madam", erwiderte er scherzend mit einer knappen Verbeugung. Er streckte den Arm aus und hakte sich bei ihr unter. „Jetzt aber los, ich habe einen Bärenhunger."

„Das ist Ihr Haus." Corinne war sich ganz sicher, als sie das Ende der Straße erreichten. Sie erkannte die Sackgasse sofort wieder, die Corey ihr einmal so anschaulich beschrieben hatte. Und das Haus selbst entsprach genau dem Bild, das ihr vorgeschwebt hatte. Es war ein harmonisch in die Landschaft eingefügter Traum aus Naturstein und großen Glasflächen, in denen sich die üppige Bepflanzung ringsum spiegelte.

„Wunderschön", flüsterte sie. „Jetzt glaube ich Ihnen gern, dass Sie sich hier wie im Paradies fühlen. Trotzdem weiß ich nicht, ob es eine gute Idee war, hierherzukommen."

„Ich dachte, es wäre eine schöne Abwechslung für Sie, einmal nicht auswärts zu essen. Wir nehmen nur rasch eine Kleinigkeit zu uns, dann gehen wir segeln. Außerdem mussten wir sowieso vorher hier vorbeifahren, ich habe nämlich die Getränke vergessen."

„Okay." Corinne stieß einen kurzen Seufzer aus. Was hatte es jetzt noch für einen Sinn, mit ihm zu streiten? Sie würde ja doch bald abfliegen.

Das Innere des Hauses sah nicht weniger attraktiv aus als seine Fassade und die Umgebung. Farben und Formen waren genau aufeinander abgestimmt, und eine Wohnebene ging fließend in die nächste über. Die Rauputzwände und der polierte Holzfußboden schufen eine warme Atmosphäre, die noch von den Sitzgarnituren aus Leder und den Glastischen unterstrichen wurde. Und über allem brummte leise ein Ventilator.

„Na, was sagen Sie?" Gespannt blickte Corey sie an.

„Einfach toll", meinte sie bewundernd. „Und so gepflegt. Entweder haben Sie ein besonderes Talent zum Putzen oder …"

„Oder", bestätigte er, „sie heißt Jontelle und räumt werktags hinter mir her. Aber am Wochenende nehme ich die Herausforderung an und mache alles selbst."

„Das hat noch niemandem geschadet", bemerkte Corinne. Sie drehte sich um und ging hastig in die Küche, die er ihr vorher schon gezeigt hatte. Das Haus war so durchdrungen von Corey, dass sie sich irgendwie ablenken musste, um ihre wachsende Nervosität unter Kontrolle zu halten. „Was wollen wir essen?", fragte sie, während sie die Kühlschranktür öffnete.

Sanft schob Corey sie beiseite, bückte sich und holte einige abgedeckte Schüsseln heraus. „Waffeln. Das heißt, wenn Sie die mögen."

„Oh ja, sehr. Ich muss sagen, Sie erstaunen mich."

„Warten Sie lieber, bis Sie die probiert haben. Erstklassig werden sie wahrscheinlich nicht schmecken, aber ich hab's wenigstens mal versucht."

Allerdings. Die Schüsseln waren gefüllt mit dem vorbereiteten Waffelteig, frischen, in Scheiben geschnittenen Erdbeeren, riesigen Himbeeren und einer großen Portion Schlagsahne. Wenn er auch noch kochen kann, fange ich an zu schreien, dachte Corinne.

„Darf ich Ihnen helfen?" Sie kam sich überflüssig vor, und das war ein völlig neues, verwirrendes Gefühl. Außerdem schien die geräumige Küche plötzlich viel zu eng für sie beide. Statt Corey im Weg zu stehen, packte sie lieber mit an.

Er nahm eine Schöpfkelle und deutete auf den Unterschrank rechts neben der Spüle. „Sie könnten mir das Waffeleisen bringen. Finden Sie's?"

„Kein Problem." Corinne hatte sich bereits hingehockt und zog das Eisen hervor. Sie betrachtete es, hielt es dann gegen das Licht und musterte es genauer. „Corey, was ist das da obendrauf?"

Er wandte sich um, starrte eine Sekunde lang das Waffeleisen an und stöhnte: „Oh nein!" Mit einem großen Schritt war er bei ihr, riss den Hängeschrank über der Spüle auf, nahm erst einen Teller heraus, dann einen zweiten, drehte sie angewidert in den Händen und stellte sie danach so heftig auf die Arbeitsplatte, dass sie klirrten. Auch bei einem Glas, das er hochhob, verzog er angeekelt das Gesicht. Langsam schüttelte er den Kopf und seufzte. „Das sieht mir ähnlich. Offensichtlich habe ich vergessen, den Geschirrspüler einzuschalten. Ich hatte es so eilig, alles wieder schön ordentlich wegzuräumen, dass mir nichts aufgefallen ist." Er blickte zu Corinne. „Sehr schlau, was?"

„Sie haben das Waffeleisen in die Maschine gesteckt?"

„Hätte ich das nicht tun sollen?"

„Nein, auf keinen Fall."

„Und warum nicht?"

„Weil das den elektrischen Teilen schadet."

„Oh." Plötzlich hellte sich seine Miene auf. „Ich wusste doch, es gab einen plausiblen Grund für meine Schusseligkeit."

Corinne verbiss sich ein Lachen. „Oh Corey! Sagen Sie, haben Sie das Ding früher schon mal so gespült?"

„Nein."

„Ein Glück. Anscheinend weiß wenigstens Jontelle, dass man es nur mit der Hand abwaschen darf."

„Das hoffe ich, aber ich werde es ihr auf jeden Fall sagen."

„Sie hat es noch nie gereinigt?"

„Es ist nagelneu."

„Dann haben Sie gestern Abend auch Waffeln gegessen?"

„Nein." Als Corinne ihn fragend ansah, fuhr er sich schuldbewusst mit den Fingern durchs Haar. „Ich hab's gestern erst gekauft, weil ich uns heute einen tollen Imbiss bereiten wollte. Da ich aber das erste Mal in meinem Leben ein Waffeleisen in der Hand hielt, habe ich heute Nacht ein paar Versuchswaffeln gebacken." Kleinlaut fügte er hinzu: „Waffeln waren schon immer meine Leidenschaft."

Corinne brach in schallendes Gelächter aus. Ertappt wie ein kleiner Junge, dem man einfach nicht böse sein konnte, stand er vor ihr. So liebenswert und doch so gefährlich, dachte sie.

Als sie sich wieder beruhigt hatte, nahm sie das Waffeleisen und legte es in die Spüle. „Das haben wir gleich." Sie ließ heißes Wasser über die verschmutzten Stellen laufen, griff nach Seife und Bürste und machte sich schwungvoll an die Arbeit. Sie scheuerte und rieb und wischte mit einer wahren Besessenheit.

„Ich glaube, jetzt ist es wirklich sauber, Corinne", neckte Corey sie leise.

Sie war so in ihre Gedanken vertieft, dass sie erschrocken zusammenzuckte. „Ja, das glaube ich auch."

Als sie das Waffeleisen abgetrocknet hatte, reichte sie es Corey und überließ alles Weitere ihm. Sie wurde nicht enttäuscht. Er setzte ihr die köstlichsten Waffeln vor, die sie je gegessen hatte.

Während der Fahrt zu der kleinen Bucht, in der Coreys Segelboot vor Anker lag, scherzten und alberten sie miteinander wie alte Freunde. Es war, als hätte die Episode in Coreys Haus die letzten Schranken zwischen ihnen niedergerissen. Corinne war glänzender Laune. Auf der Jacht genoss sie die warme Sonne, ließ sich von der frischen Brise das Haar zerzausen, lachte über Coreys Scherze und fühlte sich so gut wie schon lange nicht mehr.

Corey, der nun seine dunkle Sonnenbrille trug, beobachtete sie unentwegt, während sie über allerlei Dinge wie Segeln und Urlaubspläne oder die neuesten Filme plauderten. Corinnes braune Augen glänzten. Ihre Worte unterstrich sie mit lebhaften, anmutigen Gesten, und ihr Mund war einfach zum Verlieben. Er konnte ihr musikalisches Lachen nicht oft genug hören, sich nicht sattsehen an ihrem Anblick. Im Schneidersitz saß sie vor ihm, ungezwungen und völlig entspannt, und wenn der Wind ihren Rock blähte, leuchtete für einen kurzen Moment die weiße Seide ihres Slips auf. Sie ahnte gewiss nicht, wie sehr sie ihn erregte, wie sehnsüchtig er sich wünschte, sie zu streicheln, ihre Haut zu berühren, ihre runde Schulter, die der Ausschnitt des Kleids so aufreizend entblößte.

Natürlich bemerkte er auch, dass sie den Büstenhalter ausgezogen hatte. Rund und fest zeichneten sich ihre Brüste unter dem dünnen Stoff ab, und einmal, als sie sich vorbeugte, um nach dem Glas zu greifen, sah er die seidig schimmernde Haut ihres Brustansatzes. Ein heißer Schmerz durchzuckte ihn, und es fiel ihm immer schwerer, sein Verlangen zu zügeln. Fieberhaft überlegte er, was er tun sollte. Wie würde sie reagieren, wenn er sie zu küssen versuchte? Ihn ohrfeigen? Oder sich von Neuem abkapseln? Weil er nicht alles verderben wollte, was er in den letzten Tagen behutsam erreicht hatte, tat er gar nichts und wartete ab.

Doch die Zeit arbeitete gegen ihn. Nachdem sie in den kleinen Hafen in der geschützten Bucht zurückgekehrt waren, wich seine

Unschlüssigkeit lähmender Angst. Noch zwei, drei Stunden, dann würde Corinne in der Maschine nach Baltimore sitzen und ihr geregeltes Leben wieder aufnehmen, als ob nichts geschehen wäre.

Das durfte er nicht zulassen. Der Mut der Verzweiflung packte ihn. Er kletterte nach unten in die Kajüte, wo sie mit Aufräumen beschäftigt war.

„Corinne?"

Langsam drehte sie sich um und schaute ihn fragend an. Seine grünen Augen waren verschleiert, und sie erkannte sofort, was in ihm vorging. Vor diesem Augenblick hatte sie sich gefürchtet.

Sie sah ihn an, seine kräftigen Hände, die muskulöse Brust, sein windzerzaustes Haar, die von der Sonne bronzefarben getönten starken Arme und die langen, schlanken Beine. Sein Blick verriet ein leidenschaftliches Verlangen, das ihr Angst machte und sie zugleich erregte.

Wenn er mich jetzt küsst, ging es ihr durch den Kopf, werde ich ihm nicht widerstehen können. *So viel also zu deinen guten Vorsätzen, Corinne.*

„Eigentlich sollte ich Sie zum Flughafen fahren", sagte er leise.

„Ja, das sollten Sie", erwiderte sie sanft.

Er stand jetzt ganz dicht vor ihr, und sie schaute ihm in die Augen, spürte, dass sie immer mehr in seinen Bann geriet. Er hob die Hand, berührte leicht ihre kühle Wange und flüsterte heiser: „Corinne, schick mich wieder an Deck. Sag, dass du das nicht willst."

„Ich will das nicht", entgegnete sie kaum hörbar mit kraftloser Stimme und drängte sich näher an ihn.

„Ich bin nicht dein Typ."

„Ich weiß."

„Warum möchte ich dich dann unbedingt küssen?"

„Vielleicht, um dich davon zu überzeugen, dass wir wirklich nicht zueinanderpassen."

Er fuhr mit den Fingern durch ihr seidiges Haar. „Ist das deine ehrliche Meinung?"

„Ich fürchte, im Moment habe ich gar keine Meinung."

Ein liebevolles Lächeln lag in seinen Augen. „Ich denke, das sollte ich ausnützen."

Ihre Knie begannen zu zittern. Sie hob den Kopf, den Blick unverwandt auf Coreys Mund gerichtet, und flüsterte: „Tu es. Aber beeil dich, bevor ich es mir wieder anders überlege."

Sanft nahm er ihr Gesicht in seine Hände, strich mit dem Daumen über ihre schimmernden vollen Lippen und neigte sich dann langsam über sie. Die Berührung war fast mehr, als er ertragen konnte. Wie sehr hatte er diese süße, unvergleichliche Minute herbeigesehnt. Er hatte gewusst, dass es schön sein würde, aber auf das heiße Verlangen, das sich rasend schnell in ihm ausbreitete, war er nicht gefasst gewesen. Er zog Corinne, die die Arme um seine Taille geschlungen hatte, fester an sich und begann zärtlich und ungestüm zugleich, mit der Zunge jeden Winkel ihres Mundes zu erforschen.

Corinne drückte sich an ihn. In diesem Augenblick gab es nur noch Corey für sie, seine Wärme, seine Nähe. Sie spürte seine Hände auf ihren Schultern, ihrem Rücken, ihren Hüften. Es waren große, starke Hände, und sie genoss ihre liebevolle Berührung. Verwundert stellte sie fest, dass sie Corey instinktiv vertraute. Ein Mann, der so zärtlich sein konnte, war doch nicht fähig, ihr wehzutun, oder?

Jähe Hitze überkam sie, als er seine Hüften an ihrem Becken rieb und seine Hände über ihre Taille allmählich höher tasteten. Atemlos vor Erregung, bog sie den Oberkörper leicht nach hinten, damit er ihre Brüste streicheln konnte. Er ließ sich Zeit, und seine Fingerspitzen zogen langsam immer kleinere Kreise. Corinne hielt den Atem an. Dann, als Corey mit den Daumen sanft über ihre harten Brustwarzen fuhr, stieß sie ein lang gezogenes Stöhnen aus. „Oh Corey."

„Du bist wunderschön", flüsterte er heiser.

Eng umschlungen blieben sie einige Minuten so stehen. Corinnes Herz hämmerte, ihr Puls jagte. Corey hatte köstliche und aufregende Empfindungen in ihr geweckt, Empfindungen, von denen sie geglaubt hatte, dass sie ewig der Vergangenheit angehören würden.

„Corinne? Sieh mich an, Liebes."

Liebes ... Es war schrecklich lange her, dass jemand sie so genannt hatte. Sie hob den Kopf und schaute ihn aus feucht schimmernden Augen an.

In diesem Moment sah sie so verletzlich, so schutzbedürftig aus, dass es Corey einen Stich versetzte. Was er ihr zu sagen hatte, fiel ihm unendlich schwer, aber er spürte instinktiv, es war das einzig Richtige. „Corinne, ich will nichts überstürzen", begann er behutsam. „Ich habe dich vom ersten Augenblick an begehrt, und ich wünsche mir nichts sehnlicher, als mit dir zu schlafen. Aber ich möchte dich nicht drängen. Und ich will auf keinen Fall, dass du jetzt etwas tust, was du bedauern wirst, sobald du wieder zu Hause bist."

Betreten sah sie zu Boden und schwieg. Doch das war ihm Antwort genug. Er hatte geahnt, dass sie sich von seiner Leidenschaft hatte mitreißen lassen. Wenigstens zu diesem Zeitpunkt hätte sie niemals von sich aus die Initiative ergriffen. Insgeheim wunderte er sich über seine Rücksicht. Mit einer anderen Frau in dieser Situation würde er keine Sekunde gezögert haben, das zu Ende zu führen, was sie begonnen hatten. Aber Corinne war eben Corinne.

„Corey, ich …" Weiter kam sie nicht.

Er legte den Zeigefinger auf ihre Lippen und flüsterte: „Pst, sag jetzt nichts. Die letzten Tage mit dir haben mir sehr viel bedeutet, und ich möchte nicht, dass sie mit einem Missklang enden. Du sollst dich gern an heute, an alles, was wir gemeinsam unternommen haben, erinnern. Ich kann warten, Corinne. Und wenn du glaubst, dass du für mich bereit bist, werde ich da sein. Wenn du aber nichts mehr von mir wissen willst, so bitte ich dich nur um eines, erkläre mir dann den Grund. Weil ich nämlich der Meinung bin, uns beide verbindet etwas ganz Besonderes, und ich wünsche mir, dass wir unsere Beziehung vertiefen. Okay?"

Sie nickte nur. Ihre Knie waren weich wie Gummi, und sie fühlte sich so benommen, dass ihr das Denken schwerfiel. Irgendwie schaffte sie es, ihre Sachen zusammenzupacken und Corey zum Wagen zu folgen.

Während der Fahrt zum Flughafen sprachen sie kaum ein Wort. Corey begleitete sie ins Abfertigungsgebäude und wartete, bis ihr Flug aufgerufen wurde. Ein letztes Mal küsste er sie leicht auf den Mund. Sie lächelte ihm zu, drehte sich schnell um und eilte davon, ohne sich noch einmal umzublicken.

6. KAPITEL

*N*ach der Landung in Baltimore ging Corinne als Erstes in den Waschraum und zog sich um, denn verglichen mit Hilton Head war es doch recht frisch in der Stadt. Als sie gegen halb zehn nach Hause kam, war ihre Großmutter noch auf. Sie drückte sie liebevoll an sich, stellte ihre Reisetasche ab, griff nach der Post und sah sie auf dem Weg zur Küche rasch durch. Wie üblich schenkte sie sich ein großes Glas Orangensaft ein und machte es sich am Küchentisch bequem.

Auch Elizabeth zog sich einen Stuhl heran. Sie hatte die Hände ruhig in den Schoß gelegt, während sie ihre Enkelin aufmerksam betrachtete.

„Du hast ein bisschen Farbe bekommen, das steht dir gut."

„Hm. Das Wetter war herrlich", entgegnete Corinne, ohne aufzublicken. „Erzähl mal. Was gibt's Neues bei dir?"

„Oh, nichts Besonderes. Donnerstag war ich in meinem Bücherclub und gestern im Gartenverein. Heute Morgen musste ich den Klempner rufen, weil die Spülung der Toilette oben nicht mehr richtig funktionierte."

„Hoffentlich konnte er sie reparieren." Corinne musste ein Lächeln unterdrücken. Arme Großmutter. Wenn sie etwas nicht ausstehen konnte, dann waren es tropfende Wasserhähne, kaputte Toilettenspülungen und Türklingeln, die klemmten. Doch irgendwie schien sie solche Defekte magisch anzuziehen.

„Wie ist es dir ergangen in South Carolina?", erkundigte sie sich.

„Großartig. Ich habe viele aufschlussreiche Gespräche mit den Inselbewohnern geführt. Überhaupt waren alle sehr hilfsbereit, und ich glaube, das wird ein interessantes Projekt." An die verwirrenden Begleiterscheinungen wollte sie im Augenblick lieber nicht denken.

Sie stand auf, zog ein Messer aus der Schublade und schlitzte einen der Briefe auf. Er stammte von ihrer Schwester.

„Das ist nun schon das dritte Mal innerhalb eines Monats, dass Roxanne dir schreibt. Wozu denn die vielen Briefe, wenn sie ohnehin einmal in der Woche anruft?"

„Anscheinend betrachtet sie sie als eine willkommene Abwechslung." Und als Ventil für ihre Frustrationen, fügte Corinne im Stillen hinzu.

Ihre Großmutter seufzte. „Ein Jammer, dass Roxanne jetzt in New York lebt."

„New York ist der Sitz von Franks Firma, und die hatte er lange, bevor sie geheiratet haben."

„Das verstehe ich ja, aber besuchen könnte sie mich trotzdem hin und wieder."

„Sie hat eben viel um die Ohren, weißt du. Jeffrey braucht sie, und außerdem muss sie eine Menge gesellschaftlicher Verpflichtungen erfüllen." Doch das war nur die halbe Wahrheit. Von Roxannes Eheproblemen, ihren Versuchen, aus dem goldenen Käfig auszubrechen, ahnte Elizabeth Strand nichts, und Corinne wollte sie nicht unnötig beunruhigen. „Hast du in letzter Zeit mal etwas von meiner Mutter und Alex gehört?"

„Soviel ich weiß, hält sie sich zurzeit in Dubrovnik auf. Und Alex ist, glaube ich, immer noch in Paris. Er hat dort irgendein Mädchen kennengelernt, und Cerise reist unterdessen mit einem Herzog oder Grafen durch Serbien." Betrübt schüttelte Elizabeth den Kopf. „Die beiden führen wirklich eine sehr merkwürdige Ehe. Und ihre Gleichgültigkeit dir und Roxanne gegenüber ist mir völlig unbegreiflich. Ein einziges Mal haben sie Jeffrey gesehen, als sie zufällig in New York waren, und nach dir und deinem Beruf fragen sie überhaupt nicht. Ich verstehe das einfach nicht." Traurig und gedankenverloren blickte sie vor sich hin.

Corinne stand auf, spülte ihr Glas und stellte es in den Schrank. Für sie war das Thema Eltern abgeschlossen. Nie waren sie da gewesen, wenn sie sie gebraucht hatte, sie hatten sie mit ihren Sorgen und Problemen immer allein gelassen. Das hatte wehgetan, sehr sogar, aber inzwischen war sie erwachsen, führte ihr eigenes Leben und war auf niemanden mehr angewiesen. Sie hatte weder Lust, Vergangenem nachzutrauern, noch sah sie einen Sinn darin. Wichtig war nur, nicht den gleichen Fehler zu begehen und Männer wie ihren Vater oder Richard Bates zu meiden. Sie wünschte sich einen zuverlässigen, verantwortungsbewussten Partner, damit ihren Kindern einmal ein ähnliches Schicksal erspart blieb.

Später, als Corinne schon geduscht hatte und zu Bett gehen wollte, fiel ihr Blick auf die Reisetasche, die unausgepackt in einer Ecke des Zimmers stand. Langsam ging sie durch den Raum, nahm die Tasche, stellte sie hoch und öffnete sie. Zuoberst lag das türkisblaue Kleid, und nun strömten all die Bilder mit Macht zurück, die sie bisher fast gewaltsam in Schach gehalten hatte. Kraftlos sank sie aufs Bett.

Coreys Gesicht tauchte vor ihr auf. Sie erinnerte sich an seine Küsse, seine Zärtlichkeiten, an seinen Duft und seine Wärme und die Empfindungen, die er in ihr zu wecken verstand.

Vergiss nicht, was du dir einmal geschworen hast, ermahnte sie sich. Du wolltest dich nie wieder mit einem Mann einlassen, der auch nur entfernt deinem Vater oder Richard ähnelt.

Seit der Trennung von Richard vor etwas mehr als fünf Jahren war sie diesem Vorsatz treu geblieben. Nicht, dass es ihr besonders schwergefallen wäre. In dieser Zeit hatte sie nicht einen Mann kennengelernt, der eine ernsthafte Versuchung bedeutete. Corey dagegen war von anderem Schlag.

Obgleich sie von Anfang an die Gefahr geahnt hatte, die von Corey ausging, war ihr am Nachmittag auf seinem Segelboot zum ersten Mal bewusst geworden, welche Macht er tatsächlich über sie ausübte. Corinne fühlte sich auf unbestimmte, geheimnisvolle Weise zu ihm hingezogen, und langsam begriff sie, dass die gleiche Kraft ihre Mutter damals in die Arme ihres Vaters getrieben hatte. Verstandesmäßig ließ sich dieser Bann nicht erklären, und das machte ihr, nachdem sie mehr als fünf Jahre auf ihren Verstand gehört hatte, Angst.

Wäre ich doch bloß nicht nach Hilton Head gefahren, dachte sie in wachsender Verzweiflung. Aber eigentlich hatte alles schon viel früher begonnen. Sie wandte den Kopf und blickte zur Frisierkommode hinüber. Langsam, fast widerstrebend stand sie auf, durchquerte das Zimmer, öffnete die zweite Schublade von oben und zog, versteckt zwischen einem Stapel Strumpfhosen, eine sorgfältig zusammengeklebte Eindollarnote hervor. Sie fuhr mit den Fingerspitzen über das durchsichtige Klebeband, knitterte den Schein ein wenig, nahm ihn in beide Hände und riss daran. Das Klebeband hielt.

Corinne schloss die Augen und stieß einen tiefen Seufzer aus.

Nachdem sie bis Mittwoch noch immer nichts von Corey gehört hatte, wurde Corinne allmählich wütend. Erst war sie erleichtert gewesen, aber jetzt nahm sie Coreys Schweigen als Beweis für seine Unaufrichtigkeit. Er hatte wohl doch nur sein Spiel mit ihr getrieben, und sie war prompt darauf hereingefallen. Wie konntest du bloß, schalt sie sich erbost.

Am liebsten hätte sie keinen weiteren Gedanken mehr an ihn verschwendet, wäre da nicht noch die Befragung gewesen, die sie für ihn durchführen musste. Und da weder Alan noch Corey glauben sollten, sie wolle kneifen, beschloss sie am Donnerstagmorgen, in den sauren Apfel zu beißen und Corey anzurufen.

Aber er war nicht da. Er komme erst Anfang nächster Woche zurück, bedauerte seine Sekretärin. Ob sie ihm vielleicht etwas ausrichten könne? Nein, erwiderte Corinne, sie werde sich wieder melden. Enttäuscht legte sie auf.

Am Montag machte sich bei Corinne dann ein gewisser Trotz breit. Schließlich hatte sie Besseres zu tun, als herumzusitzen und hinter Corey Haraden herzutelefonieren. Sie nahm sich einige Aufträge vor, die liegen geblieben waren, und stürzte sich mit Feuereifer in die Arbeit.

Am nächsten Donnerstag, gegen Mittag, öffnete sich leise die Tür zu Corinnes Büro, und ein Mann kam herein. Corinne, die gerade telefonierte, schaute auf und glaubte ihren Augen nicht zu trauen. Vor ihr stand Corey. Eine Sekunde lang war sie so verwirrt, dass sie ihren Gesprächspartner am anderen Ende der Leitung völlig vergaß. Während sie versuchte, sich auf das Anliegen des ungeduldigen Kunden zu konzentrieren, sah sie immer wieder zu Corey hin, als wolle sie sich vergewissern, dass sie nicht träumte.

Schließlich legte sie langsam den Hörer auf die Gabel.

„Fleißig?", fragte Corey.

„Immer."

„Darf ich mich setzen?"

Corinne nickte. Was hätte sie sonst tun sollen? Immerhin war Corey ein Kunde der Firma, der momentan auch noch reichlich nervös wirkte. Oder schuldbewusst? Seine grünen Augen hatten jedenfalls nichts von ihrem Zauber verloren. Sie funkelten wie zwei Smaragde in dem braun gebrannten Gesicht.

„Eigentlich wollte ich mich früher melden, aber ich war mir nicht sicher, wie du reagieren würdest."

Prüfend staunte Corinne ihn an. „Deine Sorge war unbegründet. Ich arbeite für dich und stehe dir jederzeit zur Verfügung, falls du Fragen hast."

„Ich spreche nicht von geschäftlichen Dingen, Corinne."

„Aber ich." Sie drehte sich nach hinten und zog aus dem Aktenschrank einen Ordner heraus. „Ich habe bereits ein Muster entworfen, das wir durchgehen sollten, bevor ich weitermache."

„Die paar Tage mit dir waren wundervoll. Du hast mir gefehlt, weißt du das?"

Corinne räusperte sich. „Ich schlage vor, wir legen in sämtlichen Zimmern Fragebögen aus. Die Ladeninhaber und die Bootsverleiher haben mich auf die Idee gebracht, dass wir einen Anreiz in Form von Geschenkgutscheinen fürs Ausfüllen bieten könnten."

„Als ich am Flughafen stand und den Start deiner Maschine beobachtete, hatte ich ein eigenartiges Gefühl. Ich kann es dir leider nicht erklären."

„Die Kosten für jeden Einzelnen von euch müssen wir erst noch berechnen, aber mir scheint, die lassen sich niedrig halten."

Corey beugte sich vor und blickte sie eindringlich an. „Darf ich dich zum Abendessen einladen, Corinne?"

Sie zögerte eine Sekunde. „Lieber nicht. Im Büro lässt sich die Aktion leichter besprechen."

„Ich will nichts besprechen, ich will mit dir reden."

Corinne blickte auf ihre Unterlagen und sagte langsam: „Corey, ich möchte nicht, dass unsere Beziehung über das Geschäftliche hinausgeht."

„Himmel noch mal, Corinne!" Erregt sprang er auf und begann, im Zimmer auf und ab zu wandern. „Dafür ist es zu spät, begreifst du das nicht?" Unvermittelt blieb er vor ihr stehen, stützte beide

Hände auf ihren Schreibtisch und sah sie an. „Soll ich dir sagen, was mich veranlasst hat, diese Erhebung durchführen zu lassen? Du, Corinne, du ganz allein. Weil ich hoffte, dich auf diesem Weg besser kennenzulernen. Es lief alles wie geplant, aber dann, an jenem Samstag auf der Jacht, hätte ich fast die Kontrolle über mich verloren. Ich wollte dir Zeit lassen, Corinne, ich wollte dich nicht drängen, glaub mir, aber …" Hilflos brach er ab. Als sie schwieg und ihn nur aus großen Augen anschaute, holte er tief Luft und fuhr fort:

„Du hattest vom ersten Augenblick an meine Neugier geweckt, weil du irgendwie anders warst. So still, ausgeglichen, selbstbewusst, reserviert. Als du mich das erste Mal anlächeltest, wäre ich vor Freude am liebsten in die Luft gesprungen. Dann stellte ich fest, dass du sehr viel Humor besitzt, und das gefiel mir. Während wir uns auf dem Boot unterhielten, wurde mir plötzlich bewusst, dass ich all die Jahre über nicht so frei war, wie ich mir einbildete. In Wahrheit war ich dauernd auf der Suche nach der richtigen Frau. Nenne es eine hübsche Phrase, wenn du magst, aber ich glaube, ich bin im Begriff, mich in dich zu verlieben."

Corinne starrte ihn an. „Corey, wie kannst du so etwas behaupten?"

„Ich weiß es nicht, aber so liegen die Dinge nun mal. Und obwohl es wehtut, dass du nichts von Liebe hören willst, wird sich an meinen Gefühlen für dich nichts ändern." Er richtete sich auf und strich sich durchs Haar. „So. Ich fürchte, ich habe schon zu viel gesagt. Es ist nicht meine Art, anderen mein Innerstes zu offenbaren. Ich komme mir offen gestanden wie ein Dummkopf vor."

Er drehte sich um und ging zur Tür. Die Hand bereits auf der Klinke, verharrte er. Plötzlich wirkte er müde, und seine Stimme klang resigniert. „Ich werde heute Abend um acht im Montague sein. Wenn du nicht kommst, werde ich dich nicht mehr belästigen."

Fassungslos blickte Corinne noch eine ganze Weile auf die Tür, die sich hinter ihm geschlossen hatte. Ein Glück, dass ich ein gutes Stück vorgearbeitet habe, war ihr einziger Gedanke. *Heute bringe ich sicher nichts mehr zustande.*

Punkt acht Uhr betrat Corinne das Montague. Als sie Corey nicht entdecken konnte, wandte sie sich an den Oberkellner. Er führte sie zu einem kleinen Ecktisch, an dem Corey bereits Platz genommen hatte. Er stand auf, und statt des triumphierenden Ausdrucks, den sie auf seinem Gesicht erwartet hatte, drückte seine Miene nur grenzenlose Erleichterung aus.

„Möchtest du etwas trinken?", fragte er.

„Ja, ein Glas Weißwein, bitte."

Während er den Kellner herbeiwinkte und die Getränke bestellte, musterte Corinne ihn aufmerksam. Er hatte sich im Gegensatz zu ihr umgezogen und war auch frisch rasiert. Sogar seine Krawatte war ausnahmsweise tadellos gebunden.

„Danke", murmelte er und schaute sie offen an. „Ich war mir auch nicht sicher, ob du kommen würdest."

Sie drehte den Kopf zur Seite und zögerte. „Ich glaube, ich bin dir eine Erklärung schuldig." Zu diesem Entschluss hatte sie sich mühsam durchgerungen, nachdem sie den ganzen Nachmittag keinen Strich mehr arbeiten konnte. Sie wollte Corey gegenüber fair sein und ihm begreiflich machen, warum sie ihn so heftig abwehrte. Vielleicht ließ er sie dann in Ruhe. Sein trauriger oder niedergeschlagener Blick, sooft sie ihn zurückwies, war ihr einfach unerträglich. Sie wusste, irgendwann würde sie weich werden, und dem musste sie vorbeugen.

Corey lächelte ihr aufmunternd zu. „Ich höre."

Ohne ihn anzusehen, begann sie auszusprechen, was sie sich genau zurechtgelegt hatte: „Die Eltern meines Vaters starben, als er sechzehn war. Sie hinterließen ihm ein Vermögen, das groß genug war, um bequem von den Zinsen zu leben. Was er dann auch ausgiebig tat. Er verließ vorzeitig die Schule, machte Reisen, zog mit seinen Freunden durch Bars und Clubs, feierte rauschende Feste und wilde Partys. Etwa ein Jahr nach Großmutters Tod lernte er meine Mutter kennen. Sie war ein unternehmungslustiges Mädchen, und Alex konnte ihr den Luxus bieten, den sie sich immer erträumt hatte. Nicht lange danach heirateten sie. Als ich ein knappes Jahr später zur Welt kam, war meine Mutter siebzehn und mein Vater gerade achtzehn."

Corey stieß einen leisen Pfiff aus. „Ein bisschen jung, um eine Familie zu gründen."

Corinne reagierte auf sein Erstaunen nur mit einem leichten Achselzucken und wartete, bis der Kellner ihre Getränke serviert hatte. Sie trank einen Schluck und fuhr ein wenig entspannter fort: „Finanziell waren sie unabhängig, mussten sich also nicht durchbeißen. Aber sie wollten in jeder Beziehung frei sein. Wir Kinder störten da nur. Kurz nach der Geburt meiner Schwester, ich war gerade ein Jahr alt, schoben sie uns zu unserer Großmutter ab. Sie war damals selbst noch jung, erst sechsunddreißig, und dank der Großzügigkeit meines Vaters hat es uns nie an etwas gefehlt."

„Deine Großmutter muss eine bemerkenswerte Frau sein."

„Oh ja, das ist sie", erwiderte Corinne lächelnd.

„Und deine Eltern? Was fingen sie mit ihrer kostbaren Freiheit an?", fragte Corey sarkastisch.

„Oh, sie reisten um die Welt, gaben Partys und besuchten welche und amüsierten sich blendend. Hin und wieder kamen sie zu Besuch, aber sie blieben nie lange. Sie nahmen uns in die Arme, wie man eine Puppe in den Arm nimmt, drückten und liebkosten uns und reichten uns dann schnell wieder an Großmama zurück. Sie wussten, wir waren gut versorgt, und das genügte ihnen."

Einen Augenblick schwieg Corey betreten. Er dachte an seine eigene behütete Kindheit, an seine Eltern, die immer für ihn da gewesen waren. „Wie war dir zumute? Was hast du empfunden?"

„Ich war zutiefst gekränkt und hatte zugleich eine ungeheure Wut auf meine Eltern. Aber Großmutter gegenüber ließ ich mir nichts anmerken, denn sie versuchte wirklich, uns Vater und Mutter zu ersetzen, und bis zu einem gewissen Grad gelang ihr das sogar. Mit Roxanne gab es allerdings häufig Schwierigkeiten, weil sie gegen die strenge Erziehung aufbegehrte. Großmama stellte nämlich hohe Ansprüche. Ich nehme an, sie wollte an uns wiedergutmachen, was sie bei ihrer eigenen Tochter versäumt hatte. Jedenfalls habe ich meiner Schwester oft genug den Kopf zurechtgesetzt, wenn sie mal wieder dabei war, über die Stränge zu schlagen. Ich hatte das Gefühl, dass ich es Großmutter schuldig war, auf Roxanne aufzupassen und ihr so einen Teil der Verantwortung abzunehmen."

„Nicht alle Mädchen hätten so viel Pflichtbewusstsein gezeigt."

„Mag sein. Ich aber hatte stets das abschreckende Beispiel meiner Eltern vor Augen. Ich verabscheute ihre Oberflächlichkeit, ihre Egozentrik, und ich wollte auf keinen Fall so werden wie sie."

Corey nickte langsam. „Leben deine Eltern noch?"

„Ja, und sie sind so vergnügungssüchtig wie eh und ja. Manchmal wundere ich mich, dass ihre Ehe so lange gehalten hat. Alex hatte von Anfang an zahllose Affären, und irgendwann suchte sich auch meine Mutter einen Liebhaber. An diesem Arrangement hat sich bis heute nichts geändert. Während sich Alex mit seiner Freundin in Paris vergnügt, gondelt meine Mutter mit ihrem Geliebten durch Serbien."

„Alex ist der Silberfuchs, nicht wahr?"

Corinna nickte. „Du hast es nicht vergessen, wie ich sehe."

„Warum nennst du ihn beim Vornamen und deine Mutter nicht?"

„Vermutlich aus Achtung vor meiner Großmutter. Vielleicht auch vor meiner Mutter, immerhin hat sie mir das Leben geschenkt."

Ihr Sarkasmus täuschte Corey nicht über ihre Verbitterung hinweg. Nach einer Pause sagte er: „Trotzdem verstehe ich nicht ganz, was das mit uns zu tun hat."

„Die Geschichte ist noch nicht zu Ende." Nervös fuhr sich Corinne mit der Zunge über die Lippen. „Als ich Mitte zwanzig war, lernte ich einen Mann kennen, der einige Jahre älter war als ich. Ich verliebte mich Hals über Kopf in ihn, zog wenig später zu ihm, und wir verlebten eine glückliche Zeit. Wenigstens so lange, bis ich dahinterkam, dass er mich betrog." Wieder zögerte sie. Es fiel ihr nicht leicht, die Enttäuschung und die Demütigungen, die sie endlich verkraftet hatte, von Neuem heraufzubeschwören.

„Oh, nicht nur einmal", fuhr sie fort. „Er war geschäftlich viel unterwegs und nutzte jede sich bietende Gelegenheit nach Kräften. Es gab eine hässliche Szene, ich verließ ihn und kehrte zu meiner Großmutter zurück. Erst viel später wurde mir klar, dass ich unbewusst einen Mann wie meinen Vater gesucht hatte. Vielleicht einen Ersatz, wer weiß? Plötzlich entdeckte ich Ähnlichkeiten, die mir vorher gar nicht aufgefallen waren. Nicht nur äußerlich, auch im Charakter. Liebe macht eben doch blind." Sie lächelte traurig.

„Wie lange ist das her?", fragte Corey leise.

„Etwas mehr als fünf Jahre. Kurz nach der Trennung von Richard bot mir Alan eine Stelle in seinem Institut an, und ich griff sofort zu. Die Arbeit hat mir über vieles hinweggeholfen."

„Ich glaube, jetzt verstehe ich", sagte er langsam und sehr ernst. „Du hast Angst vor einer weiteren schlechten Erfahrung."

„Ja." Corinne blickte auf und sah ihm in die Augen. „Ich brauche jemanden, auf den ich mich verlassen kann. Ich brauche einen Mann, der zu mir gehört. Und ich möchte ein Zuhause, ich möchte wissen, wo ich hingehöre. Du bist da ganz anders, Corey."

„Wieso bist du dir so verdammt sicher?", brauste er auf, sprach jedoch sofort wieder ruhiger. „Du kennst mich nicht, Corinne. Du klammerst dich hartnäckig an ein Bild, das du dir von mir gemacht hast, egal, was passiert, weil du Angst vor einer neuen Beziehung hast."

„Ja, mag sein", gab sie zu.

Minuten später griff Corey nach Corinnes Hand und hielt sie fest. „Du brauchst keine Angst zu haben, Corinne. Denk doch nur an unsere gemeinsame Zeit auf Hilton Head."

„Corey, das waren nicht einmal vier Tage."

„Trotzdem, sie haben gezeigt, in wie vielen Dingen wir übereinstimmen. Zum Beispiel hinsichtlich der Befragung. Oder auch in unserer Meinung über andere Menschen. Und als wir segeln waren, hatten wir uns immer etwas zu erzählen. Das ist doch schon einiges für den Anfang, oder? Außerdem habe ich gespürt, dass ich dir nicht so gleichgültig sein kann, wie du es dir vielleicht einbildest, Corinne. Glaubst du, ich habe nicht bemerkt, wie dein Körper auf meine Zärtlichkeiten geantwortet hat? Aber ich will mehr als deinen Körper", fuhr er rasch fort, als er ihre unwillige Miene sah. „Ich will dich, Corinne, ganz und ohne Einschränkungen. Und ich möchte, dass du einmal über mich nachdenkst und ehrlich prüfst, was dir an mir angeblich so missfällt. Ich vermute, da bleibt nicht viel übrig. Du hast dir ein vorschnelles Urteil über mich gebildet, weil du dich vom ersten Augenblick an ebenso zu mir hingezogen fühltest wie ich zu dir. Aus Angst vor deinen Empfindungen hast du immer neue Ausreden konstruiert, die dir dann beweisen sollten, dass ich nichts tauge."

„Das habe ich nie behauptet", flüsterte sie.

„Dass ich nicht für dich tauge, besser so?"

Sie nickte.

„Sieh mich an, Corinne", bat er leise.

Sie schaute auf, und seine smaragdgrünen Augen strahlten so voller Wärme, dass es ihr heiß den Rücken herunterlief.

„Was würdest du sagen, wenn ich dich bitte, meine Frau zu werden?"

Corinne blinzelte verwirrt. „Ich würde sagen, du bist übergeschnappt."

Corey schüttelte den Kopf langsam und lächelte sie an. „Du bist einfach unglaublich. Zum ersten Mal in meinem Leben mache ich einer Frau einen Heiratsantrag, und sie hält mich für übergeschnappt."

„Du hast mir keinen Heiratsantrag gemacht, sondern eine hypothetische Frage gestellt."

„So?"

„Allerdings. Wir kennen uns ja kaum, Corey. Und gerade vorhin sprachen wir davon, dass wir zu verschieden sind."

„Das hast *du* erklärt, nicht ich. Stell dir bloß mal vor, wie langweilig das Leben verliefe, wenn wir genau die gleichen Interessen hätten und in allem einer Meinung wären. Warum willst du uns keine Chance geben, Corinne? Ich kann dir die Sicherheit bieten, die du dir wünschst. Du hättest ein Zuhause, auch wenn wir beruflich viel unterwegs sein müssten. Aber sobald wir Kinder haben, wäre damit natürlich Schluss. Und ich verspreche dir absolute Treue."

Corinne betrachtete ihn misstrauisch. „Du scheinst dir ja alles haargenau überlegt zu haben."

„Sicher."

„Bist du mit dem Vorsatz, mir einen Heiratsantrag zu machen, schon hergekommen?"

„Nein, das gerade nicht. Ich meine, ich wusste ja nicht, ob du hier auftauchst", beendete er den Satz ein wenig verlegen.

„So eine Entscheidung trifft man nicht aus einer Laune heraus."

„Das ist keine Laune. Ich möchte dich heiraten, glaub mir." Sie versuchte, ihre Hand zurückzuziehen. „Lass uns lieber einen Blick auf die Karte werfen."

„Wirst du mich heiraten?"

„Der Kellner wartet. Wenn wir nicht endlich bestellen, wirft er uns hinaus."

„Corinne?"

„Ja?"

„Du machst mich wahnsinnig, weißt du das?"

„Und du machst mir Angst", gab sie zurück.

„Okay, dann sag mir, was ich tun kann, um dir die Angst zu nehmen."

„Was du im Augenblick für mich tun könntest, wäre, meine Hand loszulassen, damit ich endlich in die Karte schauen kann. Ich kann nicht denken, solange du meine Fingerspitzen küsst."

„Oh, Verzeihung. Ich liebe es eben, deine Haut zu spüren."

„Corey, bitte!"

„Okay." Nach einem Kuss auf ihren Handrücken gab er sie frei. Corinne griff nach der Speisekarte, aber ihre Hände zitterten so heftig, dass sie die Karte beim Lesen gegen den Teller lehnen musste! „Das geht nie gut", murmelte sie vor sich hin.

Corey hatte ihre Worte gehört. „Aber sicher." Er beugte sich zu ihr hinüber und flüsterte gut gelaunt: „Ich schlage vor, wir lassen das Thema vorläufig fallen und genießen jetzt erst einmal unser Essen, einverstanden?" Sie nickte dankbar.

„Fein." Corey richtete sich auf. „Nur noch eine Minute, Herr Ober!"

7. KAPITEL

*N*ach einem köstlichen Essen, das sie mit einem Espresso abrundeten, verließen Corey und Corinne gegen elf Uhr das Lokal. Sie stiegen in eines der Taxis vor dem Eingang, und Corey sah sie an. Leise fragte er: „Wohin?"

„Zuerst zu deinem Hotel", antwortete Corinne, ohne sich etwas dabei zu denken. Kunden, die von auswärts kamen, setzte sie meistens zuerst an deren Hotel ab. Sie hielt diese kleine Geste der Höflichkeit für ihre selbstverständliche Pflicht als Gastgeberin.

Doch Corey wollte nichts davon hören. „Wir fahren zuerst bei dir vorbei und dann weiter zu meinem Hotel. Wo wohnst du?"

„Das ist wirklich nicht nötig, Corey. Dein Hotel liegt bestimmt näher. Es wäre dumm, den Umweg zu mir nach Hause zu machen und dann wieder in die Stadt zurückzukehren."

„Ich bestehe aber darauf."

„Es ist schon spät, und du hast morgen Termine."

„Du auch. Außerdem möchte ich nicht, dass du mitten in der Nacht allein unterwegs bist."

„Ich bitte dich, ich sitze in einem Taxi und nicht im Bus."

„Wohin soll's denn nun gehen?", mischte sich der Taxifahrer unwirsch ein.

Mit einem strafenden Blick auf Corinne beugte Corey sich vor und nannte ihm ihre Adresse. Dann ließ er sich in den Sitz zurückfallen und wartete auf Corinnes Reaktion. Als sie ausblieb, blickte er verunsichert zu ihr hinüber. Schließlich hielt er ihr Schweigen nicht mehr aus. „Ich habe im Telefonbuch nachgeschaut, ich geb's ja zu", rief er ein wenig gereizt und trotzig, wie ein kleiner Junge, den man dabei ertappt, wie er den Liebesbrief an seine erste Freundin verstohlen unter seinen Socken versteckt. „Männer tun eben solche Dinge, wenn sie bis über beide Ohren verliebt sind."

„Heute Nachmittag warst du erst im Begriff, dich zu verlieben. Jedenfalls hast du das behauptet."

„Dann muss ich wohl schon vorher etwas gespürt haben", gab er zu. „Ich habe nämlich bereits vor zwei Wochen nachgeschaut, wo du wohnst."

„Das klingt nicht sehr glücklich."

„Was glaubst du denn? Offensichtlich ist es dir ja nicht recht, dass ich dein Zuhause kennenlerne."

„Das stimmt nicht."

„Sondern? Sieht es deine Großmutter vielleicht nicht gern, wenn du Männerbesuch hast?", neckte er sie.

„Oh, um diese Zeit schläft sie längst", antwortete Corinne.

„Wo liegt dann das Problem? Hast du etwa wieder Angst vor mir?"

Sie zuckte kurz zusammen und drückte sich noch tiefer in das Polster. Wer sich in Gefahr begibt, kommt darin um, und vor Corey musste sie zweifellos auf der Hut sein. Kühl entgegnete sie: „Angst? Lächerlich."

„Dann rück ein wenig zu mir", flüsterte er mit einer Stimme, die plötzlich heiser klang. Schon legte er ihr den Arm um die Schulter und zog sie an sich. „Versuch einfach mal, nicht zu grübeln und dich nur zu entspannen."

Zu ihrer eigenen Überraschung fiel es Corinne ganz leicht, seine Bitte zu erfüllen. Sie lehnte sich zurück, legte den Kopf an seine Schulter und schloss die Augen. Herrlich, dachte sie und stieß einen wohligen Seufzer aus. Es war einfach wunderbar, seine Wärme zu spüren, seinen herben, männlichen Duft einzuatmen.

„Manchmal genügt es schon, einander nahe zu sein, nicht wahr?", sagte Corey leise, den Mund auf ihr Haar gepresst.

„Ich habe es vermisst."

„In meinen Armen zu sein oder in denen eines Mannes überhaupt?"

Corinne schwieg, aber ein geheimnisvolles Lächeln spielte um ihre Lippen. Dann flüsterte sie: „Es ist schon so lange her." Sie schmiegte sich enger an Corey, und ein Gefühl der Geborgenheit breitete sich in ihr aus.

Sie genoss es, als er ihr Haar küsste und seine Wange an ihrem Gesicht rieb. Er bedeckte ihre Lider und ihre weiche, glatte Stirn mit Küssen und begann an ihrem Ohrläppchen zu knabbern. Corinne legte eine Hand auf seine Brust und sah lächelnd zu ihm auf.

„Ich dachte, es würde genügen, einander nahe zu sein?"

„Jetzt nicht mehr", erwiderte er rau. „Küss mich, Corinne." Hitze durchströmte sie, als sie in seine grünen Augen blickte und all die Leidenschaft darin las. Sie berührte seine Wange mit den Fingerspitzen, rückte noch dichter an ihn heran und küsste ihn. Langsam, Millimeter für Millimeter tasteten ihre Lippen über seine, fühlten ihre zarte Haut und ihre Wärme. Vorsichtig glitt sie mit der Zungenspitze in seinen Mund, und ihre Erregung wuchs immer mehr. Atemlos lösten sie sich voneinander.

„Corinne", stöhnte er, „was, in aller Welt, machst du nur mit mir?" Corey schlang seine Arme noch fester um sie, und heiser murmelte er: „Du bist wunderbar, weißt du das?" Er griff nach ihrer Hand und presste sie an seine Brust. „Mein Herz klopft wie wild, spürst du es? Ich möchte deine Hände auf meinem Körper fühlen, Corinne. Wenn du mich berührst, dann ist es, als ob ich plötzlich in Flammen stünde. Was ich bei dir empfinde, Corinne, habe ich noch bei keiner Frau empfunden."

Und das war die volle Wahrheit. Aber konnte er ihr das beweisen? Ihr zeigen, dass sie mehr für ihn bedeutete als nur ein flüchtiges Abenteuer? Was sollte er tun, um ihr Vertrauen zu gewinnen? Er wollte ihr Zeit lassen, sogar sehr viel Zeit, doch das wurde zunehmend schwerer. Nun, da er entdeckt hatte, was sich für eine leidenschaftliche Frau hinter der kühlen Fassade verbarg, bezweifelte er, ob er sein Verlangen länger zügeln konnte. Plötzlich fiel ihm auf, wie still sie geworden war. „Woran denkst du?"

„An nichts Besonderes."

„Bereust du, dass du gekommen bist?"

„Nein", erwiderte Corinne lächelnd. Sie bereute es wirklich nicht, aber Coreys Worte hatten sie aus ihren Träumen gerissen. Früher oder später musste sie eine Entscheidung treffen. Sie wusste, wo es hinführte, wenn sie die Dinge einfach so weiterlaufen ließ. War sie denn noch in der Lage und wollte sie ihn überhaupt noch abwehren? Sie brauchte eine klare Antwort, denn Coreys magische Anziehungskraft schien mit jedem Tag stärker zu werden.

„Wirst du mich heiraten?"

Seine Frage schreckte sie aus ihrer Grübelei auf. „Ich glaube, darauf habe ich dir bereits geantwortet."

Er seufzte. „Na schön, morgen werde ich keine Zeit für dich haben. Ich habe eine Reihe von Besprechungen und muss um sechszehn Uhr auf Hilton Head sein. Wann kann ich dich wiedersehen?"

„Okay, Leute, hier wären wir", rief der Taxifahrer in diesem Moment und drehte sich halb zu ihnen um.

Weder Corey noch Corinne hatten bemerkt, dass der Wagen Corinnes Haus erreicht hatte. Corey fasste sich als Erster wieder. „Komm", meinte er, griff nach ihrer Hand und öffnete den Wagenschlag. „Wir machen noch einen kleinen Spaziergang."

„Das geht doch nicht", protestierte sie. „Es ist fast Mitternacht, und wenn du das Taxi jetzt fortschickst, bekommst du keins mehr. Und bei mir kannst du nicht übernachten."

„Schade, du zerschlägst mir meine letzte Hoffnung", neckte er sie. Er wandte sich noch einmal an den Fahrer und bat ihn zu warten. Dann legte er den Arm um Corinnes Schultern, und langsam schlenderten sie die Auffahrt hinauf.

„Andererseits ist es wohl besser, wenn ich nicht hierbleibe. Sonst würde ich entweder mitten in der Nacht über dich herfallen", fuhr er fort und schnitt eine Grimasse, die sie zum Lachen brachte. „Oder ich würde keinen Schlaf finden und mich verzweifelt hin und herwälzen. Wie auch immer, morgen wäre ich in jedem Fall völlig erledigt."

Er blieb stehen und betrachtete das große viktorianische Haus, das sich vor dem schwarzen Nachthimmel abzeichnete. „Es gefällt mir. Ihr beide, du und das Haus, habt etwas gemeinsam. Ihr regt meine Fantasie an und macht mich neugierig auf das, was sich hinter der Fassade verbirgt. Seit wann wohnst du hier?"

„Schon immer. Ich habe nie woanders gelebt. Wenn man von der Episode mit Richard einmal absieht."

Corey blickte rasch zu ihr hinüber, aber ihre Miene war undurchdringlich. „Du hast bestimmt einen Ball gehabt, als du klein warst, auf dem Dachboden herumgetobt und dich in Wandschränken versteckt oder bist das Treppengeländer heruntergerutscht. Es gibt doch sicher eins?"

„Oh ja, aber Großmama hätte das nie erlaubt."

„Schade. Das macht so viel Spaß." Seine Blicke schweiften durch den Garten. „Wie groß ist das Grundstück?"

„Fast achttausend Quadratmeter." Corinne deutete auf eine Baumreihe. „Die Grenze verläuft bei den Bäumen dort."

Arm in Arm gingen sie weiter über die Wiese. Als sie um die Ecke bogen und er hinter dem Anwesen ein kleines Gebäude entdeckte, rief Corey begeistert: „Ein Gartenhäuschen."

Er nahm Corinne bei der Hand und lief darauf zu. „Komm, das muss ich mir genauer ansehen."

Seine Begeisterung war ansteckend. Lachend rannte sie neben ihm her, die drei Stufen hinauf, bis zur Mitte der runden Aussichtsterrasse mit ihren Holzdielen und den hölzernen Gitterwänden. Er schaute sich um und nickte zufrieden. „Es ist wunderschön. Hier werden wir uns trauen lassen."

„Corey!"

„Ich weiß, ich weiß." Er drehte sich zu ihr und fasste sie um die Taille. „Aber früher oder später wirst du Ja sagen."

Sie warf herausfordernd den Kopf zurück. „Was macht dich so sicher?"

„Ganz einfach, ich liebe dich, und du liebst mich."

„Corey, ich …"

„Okay, nennen wir es anders. Du hast mich gern", unterbrach er sie. Als sie schwieg, fuhr er fort: „Und das ist aller Liebe Anfang."

„Unsinn."

„Oh nein. Ich spüre es." Er zog sie an sich und drückte seine Hüften langsam gegen ihr Becken. Sie konnte fühlen, wie seine Erregung wuchs.

„Das ist nicht Liebe, sondern Lust", protestierte sie schwach.

„Aber erst die Liebe verleiht ihr diese Intensität", flüsterte er mit seiner tiefen, heiseren Stimme, die sie ganz gefangen nahm. „Wenn ich dich ansehe, verlässt mich plötzlich die Kraft, und mir wird so sonderbar zumute. Ich liebe dich wirklich, Corinne. Keine Frau, die ich bisher gekannt habe, war wie du. Ich glaube, selbst wenn ich mein Leben damit verbrächte, dich zu ergründen, gäbe es immer noch Winkel, die mir verborgen blieben."

Wie verzaubert schaute sie zu ihm auf, und ihre Augen und ihre Lippen schimmerten im Mondlicht.

„Ich könnte für alle Zeiten hier stehen bleiben, dir zärtliche Dinge ins Ohr flüstern und dich in meinen Armen halten."

„Corey", hauchte sie mit matter Stimme, während sie über seine breiten Schultern strich.

„Und dich küssen, immer wieder." Und er bedeckte ihre Wangen, ihre Lider und ihr Ohr mit Küssen.

Plötzlich rang er nach Luft und ließ Corinne los. Er griff sich mit beiden Händen an die Kehle und sank auf die Knie.

„Corey! Was ist passiert? Was hast du denn?" Sie kniete neben ihm nieder und nahm seinen Kopf in ihre zitternden Hände. „Corey, so sag doch etwas! Was soll ich tun? Corey."

Aber gerade als sie seinen Mund gewaltsam öffnen wollte, um ihn vor dem Ersticken zu retten, machte er schlagartig die Augen auf und grinste sie an, einen ihrer runden hellblauen Ohrclips zwischen den Zähnen.

Eine Sekunde lang starrte sie ihn ungläubig an. Das konnte doch nicht wahr sein. Während sie Todesängste ausstand, erlaubte er sich einen Scherz mit ihr.

Blitzschnell nahm sie den Ohrring, schleuderte ihn weg und krallte sich wütend in sein kastanienbraunes Haar. Sie packte einen Büschel und riss daran, so fest sie konnte. „Was fällt dir ein, Corey Haraden", schrie sie ihn an, „mir einen solchen Schrecken einzujagen! Du hättest an dem Ding ersticken können. Das war dumm, kindisch und selbstsüchtig von dir."

„Hast du Angst gehabt?"

„Ich wäre fast gestorben vor Angst."

„Siehst du? Das kommt daher, weil du mich liebst und es nicht ertragen könntest, wenn mir etwas zustieße." Der spöttische, triumphierende Ausdruck auf seinem Gesicht brachte sie zur Weißglut.

„Im Augenblick, mein Lieber, hätte ich gute Lust, eine dieser Holzlatten zu nehmen und sie dir über den Kopf zu hauen", schleuderte sie ihm erbost entgegen.

„Gewalt und Leidenschaft liegen dicht beieinander", neckte er sie.

„Und ich liebe leidenschaftliche Frauen." Ehe sie noch ein Wort sagen konnte, hatte er sich halb aufgerichtet und sie an den Schultern zu Boden gedrückt, wo er sie nun mit seinem Gewicht festhielt.

„Jetzt habe ich dich genau da, wo ich dich haben wollte."

„Lass mich gehen, Corey." Sie versuchte, ihn wegzustoßen, aber er war viel zu kräftig.

Corey umfasste Corinnes Handgelenke und presste sie gegen die Holzdielen. „Küss mich, dann überlege ich mir's vielleicht."

„Der Preis ist mir zu hoch. Außerdem wartet dein Taxi."

„Dafür bezahle ich den Mann ja."

„Das wird ein Vermögen kosten."

„Das ist es mir wert."

„Corey, lass mich endlich hoch", keuchte sie atemlos. Sie glaubte, jeden Muskel seines Körpers zu spüren, und eine Welle der Erregung durchströmte sie. Zu ihrem Entsetzen wurde ihr klar, dass sie gar nicht mehr aufstehen wollte.

„Küss mich, Corinne." Sein Gesicht war direkt über ihrem.

„Du bist ein Tyrann."

„Ich weiß."

Und dann verschloss er ihre Lippen mit einem leidenschaftlichen Kuss, den sie stürmisch erwiderte. Sie griff mit beiden Händen in sein Haar, um ihn noch näher an sich zu ziehen. Widerstrebend ließ sie es nach einem Augenblick zu, dass er kurz den Kopf hob.

„Du bist wunderschön", murmelte er, während sein Mund sanft über ihre Wange, ihr Kinn, ihren Hals fuhr.

Als er ihre Brüste zu streicheln begann, stöhnte sie auf. Heißes Verlangen durchströmte sie, und sie bog sich ihm entgegen, der diese unbeschreiblich süßen Qualen in ihr wachrief. Ohne sich dessen bewusst zu sein, flüsterte sie immer wieder seinen Namen, als wolle sie Corey beschwören, nicht aufzuhören.

Er knöpfte ihre Bluse auf, und die laue Nachtluft kühlte sanft ihre glühende nackte Haut. Sie war wie in Trance, als ob Corey sie verzaubert hätte.

„Deine Haut ist wie Seide, so weich und glatt. Oh Corinne, ich liebe es, dich zu berühren, dich zu fühlen." Seine Stimme klang heiser vor Erregung.

„Und ich liebe es, deine Hände auf mir zu spüren. Küss mich, Corey, bitte."

Sein sinnlicher Kuss nahm ihr den Atem. Dann hatte er mit einer kurzen Bewegung den Verschluss ihres Büstenhalters aufgehakt, und als sich seine warme Hand über ihrer nackten Brust wölbte, stieß sie einen erstickten Schrei aus. Sie bäumte sich auf und öffnete ihre Schenkel, damit er ihr sehnsüchtiges Verlangen stillte.

„Corinne, ich liebe dich."

Er beugte sich hinunter, umschloss ihre harte Brustwarze mit seinen heißen Lippen und liebkoste sie mit der Zunge, während sie seinen Kopf an sich presste. Heftig brach es aus ihr hervor: „Ich halte das nicht mehr aus, Corey."

„Ich weiß, Liebes."

Aufreizend langsam schob er ihren Rocksaum höher, strich über die Innenseiten ihrer Schenkel und begann sie durch die Seide ihres Slips hindurch zu streicheln. Schon bei der ersten Berührung hatte Corinne der Atem gestockt. Jetzt durchflutete sie ein brennendes, nie gekanntes Verlangen, das mit jeder Sekunde drängender wurde. Stöhnend warf sie den Kopf hin und her, ganz versunken in die Empfindungen, die Corey in ihr weckte.

Er beobachtete sie, sah ihre halb geöffneten, schimmernden Lippen, die Brüste, die im Mondschein wie Perlmutt glänzten und sich rasch hoben und senkten, und wusste, dass er nie etwas Schöneres gesehen hatte. „Ich liebe dich, Corinne", flüsterte er mit belegter Stimme. „Ich möchte ein Teil von dir werden, ebenso wie du ein Teil von mir werden sollst, aber dein Körper ist nicht alles. Ich möchte Liebe, nicht Sex."

Wie aus weiter Ferne hatte sie seine Worte vernommen, und nur langsam, fast zögernd begriff sie ihren Sinn. Doch erst als sie seine Hände nicht mehr auf ihrem Körper spürte, öffnete sie ungläubig die Augen.

„Es ist besser, wir hören auf, Darling", sagte er unglücklich.

„Corey! Ich verstehe nicht, ich will dich, Corey."

„Ich weiß. Aber vielleicht wirst du es morgen schon bereuen."

Wehmütig schaute er noch einmal auf ihren makellosen Busen und ihre prachtvollen Beine. Dann hakte er ihren Büstenhalter wieder zu, schloss die Knöpfe an ihrer Bluse und zog den Rock, der ihr bis zu den Hüften hochgerutscht war, herunter. „Ich wünsche mir nichts sehnlicher, als mit dir zu schlafen, Schatz, aber ich möchte, dass du die Entscheidung bewusst triffst, statt dich von deiner Leidenschaft hinreißen zu lassen."

Völlig verwirrt sah Corinne ihn an, während er ihre Kleidung in Ordnung brachte. Es dauerte eine Weile, ehe sie in die Wirklichkeit zurückfand. Nun erkannte sie, dass Corey es ernst meinte. Sein angespanntes Gesicht verriet die innere Zerrissenheit, in der er sich befand. Die Entscheidung war ihm offensichtlich nicht leichtgefallen, und das tröstete sie ein wenig über das Gefühl der Ernüchterung hinweg, das sie zunehmend beschlich.

Corey stand auf und streckte die Hand aus, und Corinne ließ sich bereitwillig aufhelfen. Arm in Arm schlenderten sie zum Taxi.

„Jetzt hast du mich schon zum zweiten Mal aus einem wunderschönen Traum gerissen und in die Wirklichkeit zurückgestoßen." Sollte sie sich so in Corey getäuscht haben? Diese Selbstbeherrschung hätte sie ihm nie zugetraut. Sie passte nicht in ihr Bild von ihm. Hatte er nicht vor Kurzen erst ihre Menschenkenntnis gelobt? Bei ihm schien ihr Urteilsvermögen jedenfalls zu versagen. Oder verschwieg er ihr etwas? „Ich frage mich, warum, Corey? Was stört dich an mir?"

Er beugte sich zu ihr und küsste sie auf die Stirn. „Hast du mir vorhin denn nicht zugehört?"

„Offensichtlich nicht. Bitte, erzähl es noch einmal."

„Mich stört überhaupt nichts an dir, Liebes. Ganz im Gegenteil. Und deshalb bist du auch so wichtig für mich. Ich möchte, dass du die Entscheidung, mit mir zu schlafen, bewusst triffst."

„Trotzdem begreife ich nicht. Ich dachte immer, ich wäre die Einzige, die niemals die Kontrolle über sich verliert. Aber auf dem Boot und heute warst jedes Mal du es, der einen klaren Kopf behielt."

„Und das überrascht dich?" Er lachte rau, wurde aber gleich wieder ernst. „Vielleicht möchte ich dir beweisen, dass deine Einschätzung falsch ist. Ich bin kein Herzensbrecher und Playboy. Vielleicht war ich es früher, aber da war ich nicht verliebt. Möglich, dass ich bei irgendeiner Frau nicht so reagiert hätte, ja, das ist sogar wahrscheinlich. Aber du bist eben du, Corinne. Bei dir ist alles anders. Und ich muss sagen, mir gefällt der Gedanke, endlich erwachsen zu sein. Ich mag mein neues Ich."

Inzwischen hatten sie die Haustür erreicht. Gedämpftes Licht schimmerte durch die Glasfüllung. „Hast du deinen Schlüssel?" Corinne kramte einen Moment in ihrer Handtasche, ehe sie ihn fand. Corey nahm ihn ihr aus der Hand und schloss auf. „Ich rufe dich morgen an, okay?"

Sie nickte, noch immer wie betäubt.

„Gute Nacht, Corinne."

„Gute Nacht", flüsterte sie, ohne sich von der Stelle zu rühren, und blickte gebannt in seine grünen Augen.

Schließlich drehte Corey den Knauf, stieß die Tür auf und schob sie sanft in die Halle. Sekundenlang verharrte Corinne, dann wirbelte sie plötzlich herum und riss die Tür noch einmal auf.

Aber die Rücklichter des Taxis waren nur noch zwei kleine Lichtpunkte, weit weg.

In jener Nacht blieb Corinne noch lange wach und ließ ihr Leben Revue passieren.

Sie war dreißig Jahre alt. Hinter ihr lag eine gescheiterte Beziehung, aber sie besaß auch eine Menge guter Freunde, eine Arbeit, die ihr Spaß machte, ein schönes Zuhause. Sie hatte eine Großmutter, die sie liebte, eine Schwester, die sie brauchte, und Eltern, die ihr nichts bedeuteten.

Und in einem Jahr? Oder in zehn? Im Wesentlichen würde sich nichts ändern, und Corinne stellte fest, dass ihr das mittlerweile zu wenig war. Sie wünschte sich einen Mann, der sie liebte, sie wollte Kinder, eine Familie. Viele Jahre hatte ihre Karriere im Mittelpunkt gestanden. Dann, als sie glaubte, einen Mann für das Leben zu zweit getroffen zu haben, folgte prompt eine herbe Enttäuschung, und sie hatte sich von Neuem in die Arbeit gestürzt. Die Männer, mit denen sie seither ausgegangen war, hatte sie nie als Ehemann betrachtet. Auf die Idee einer Heirat wäre sie nicht im Traum verfallen. Sie war das gebrannte Kind, das das Feuer scheute.

Bis Corey in ihr Leben trat.

Sonderbarerweise, und obwohl er für sie sofort in die Kategorie „gefährlich" gehört hatte, kam er ihrem Bild von einem Ehemann sehr nahe. Corinne fragte sich, ob sie dabei war, ihren Fehler zu wiederholen. Entsprach der gut aussehende, charmante, erfolgreiche Corey Haraden nicht genau dem Typ, vor dem ihr Verstand sie warnte? Konnte sie sich irren?

„Ich liebe dich", hatte er gesagt, aber was bedeuteten schon Worte? Vielleicht stellte sie nichts weiter für ihn dar als eine Herausforderung oder eine amüsante Abwechslung. Vielleicht würde er schnell das Interesse verlieren, sobald der Reiz des Neuen verflogen war.

Das wirst du nie erfahren, wenn du passiv ausharrst, ermahnte sie sich. *Du bist doch sonst nicht so ängstlich. Zumal du eines nicht leugnen kannst, du willst, dass er dich liebt. Seine Liebe zu dir soll stark genug sein, um allen Versuchungen zu widerstehen. So stark, dass er eine Trennung von dir nicht ertragen könnte. So tief, dass sie deinen Wunsch nach Liebe und dein Verlangen für immer zu stillen vermag.*

An die grausamen Folgen einer neuen Enttäuschung wagte Corinne nicht zu denken. Am Schmerz würde sie zerbrechen. War Corey dieses Risiko wirklich wert?

8. KAPITEL

Corey fiel es am nächsten Morgen schwer, sich auf die Ausführungen seiner Gesprächspartner zu konzentrieren. Immer wieder schweifte er ab und sah Corinne vor sich. Er dachte an ihre erste Begegnung in Alans Haus, an den Eindruck von Kühle und nüchterner Sachlichkeit, den sie vermittelt hatte. Inzwischen wusste er es besser. Er hatte eine Frau entdeckt, voller Leidenschaft und Wärme, die dafür geschaffen war, Liebe zu geben und zu empfangen. Ihm wurde heiß bei der Erinnerung an ihren gertenschlanken, biegsamen Körper, an das Gefühl ihrer samtweichen Haut unter seinen Händen. Der reizvolle Kontrast zwischen ihrem nach außen hin fast spröden Wesen und dem sinnlichen Feuer, das in ihrem Innern brannte, faszinierte ihn.

Ihr Gesicht tauchte auf, die fein geschnittenen Züge, die durch ihr kurzes schwarzes Haar so wunderschön betont wurden, die klugen, ausdrucksstarken braunen Augen, und er wusste, dass sie nicht nur eine fantastische Geliebte sein konnte, sondern auch eine liebevolle Ehefrau und Mutter. Denn welcher Aufgabe Corinne sich auch widmete, sie tat nichts mit halbem Herzen.

Aber sie würde lernen müssen, ihm zu vertrauen. Sie hatte eine bittere Enttäuschung erlebt, und er verstand ihre misstrauische Reaktion auf die magischen Worte „ich liebe dich". Doch Corey hoffte, dass die Zeit für ihn arbeitete, ihre gemeinsame Zeit und die Zeit, die sie für sich allein verbrachte.

Diese intensiven Gedanken hatten seine Sehnsucht wieder so heftig entfacht, dass er ungeduldig auf das Ende der Konferenz wartete. Endlich, um zwölf Uhr mittags, rief er sie im Büro an.

„Hallo, Corinne."

Nach langem Schweigen sagte sie langsam: „Ich nehme an, du machst gerade eine Kaffeepause."

Ihre Stimme klang ein wenig gepresst, aber ein Unterton von Vertraulichkeit schwang mit, der bisher gefehlt hatte. Corey, der unbewusst die Luft angehalten hatte, atmete erleichtert auf.

„Noch ein Schluck Kaffee und meine Nerven spielen verrückt. Bei mir geht's gleich weiter mit der nächsten Besprechung. Allzu viel, fürchte ich, habe ich heute Morgen wohl nicht erreicht."

„Das kann ich mir gar nicht vorstellen", erwiderte Corinne ungläubig. Ein Blick aus seinen grünen Augen und schon tanzten die anderen nach seiner Pfeife. Er wusste doch genau, wie er es anfangen musste.

„Es ist leider so. Und das Schlimmste ist, dass wir es nicht geschafft haben, über deine Pläne für die Meinungsumfrage zu sprechen. Jetzt ist es zu spät. Ich bin auf dem Weg zu einem Arbeitsessen, und danach fahre ich zum Flughafen. Wie wär's, wenn du übers Wochenende herunterkämest?"

„Oh, ich … äh …"

„Schon gut. Dann im Lauf der nächsten Woche, okay? Jeder bereitet alles so weit vor, und falls du Änderungen vornehmen möchtest, wende dich bitte an meine Sekretärin. Dann vereinbaren wir mit den übrigen Investoren einen abschließenden Termin. Einverstanden?"

„Natürlich. Das ist eine gute Idee", erwiderte sie sanft. Feigling, schalt sie sich im Stillen. Du willst nur Zeit gewinnen, das ist alles.

„Wann wär's dir recht? Montag? Dienstag?"

„Sagen wir, Mittwoch?"

„Das sind fünf Tage!", rief er entsetzt.

„Ich weiß, aber die brauche ich, Corey."

Er stieß einen tiefen Seufzer aus. Die Vorstellung, dass sie fünf Tage Zeit zum Grübeln hatte, behagte ihm gar nicht. „Also gut, Mittwoch. Aber du nimmst die erste Maschine, ja?"

„Mach ich. Wiedersehen, Corey." Nachdenklich legte sie auf.

Als es am Samstag zu Hause schellte und Corinne nichts ahnend die Tür öffnete, stand ein Bote mit einem Strauß langstieliger weißer Rosen vor ihr. Am Sonntag entdeckte sie ein Körbchen mit frischen Croissants auf dem Tisch. Am Montagmorgen packte sie im Büro eine kleine Kristallvase aus, und am Nachmittag folgte eine passende gelbe Rose. Am Dienstag in aller Frühe klingelte dann das Telefon.

„Ich hoffe, ich habe niemanden geweckt", sagte Corey leise.

„Um diese Zeit nicht mehr", erwiderte sie lachend. „Großmutter ist schon im Garten, und ich bin auf dem Weg ins Büro."

„Schön, dass ich dich noch erreicht habe. Ich muss dir nämlich etwas Wichtiges mitteilen."

„So?" Corinne runzelte die Stirn. Was konnte zwischen gestern Abend, als er sich das letzte Mal gemeldet hatte, und heute Morgen passiert sein? „Schlimme Nachrichten?"

„Nein, nein, ich wollte nur, dass du's weißt." Nach einer langen Pause platzte es aus ihm heraus: „Du fehlst mir."

„Oh Corey! Und deshalb rufst du an?"

„Nicht nur. Ich wollte dir außerdem erzählen, dass ich dir heute nichts schicken werde."

„Ein Glück. Du hast mich schon viel zu sehr verwöhnt."

„Darin stimme ich dir zu. Ich möchte nämlich auf keinen Fall, dass du auf die Idee kommst, ich würde dich mit romantischen kleinen Geschenken zu kaufen versuchen."

Corinne musste lachen. Nur Corey konnte so etwas auf so liebenswerte Weise aussprechen. „Ich wünschte, ich könnte von mir behaupten, unbestechlich zu sein, aber ich muss zugeben, dass du mich in Versuchung geführt hast."

„Wenn das so ist …", begann er.

„Nein, Corey!", fiel sie ihm rasch ins Wort. „Bitte keine Blumen mehr. Auch keine Vasen oder Croissants. Sonst glaube ich am Ende doch noch, du verfolgst mit deinen Aufmerksamkeiten einen bestimmten Zweck."

„Eleganter hätte ich es nicht formulieren können."

„Oh ja, frühmorgens bin ich immer in Top-Form."

„Ich auch", erwiderte er gedehnt. „Frisch, warm, allzeit bereit. Aber nur, solange ich im Bett liege", scherzte er. „Aber wegen meiner Top-Form habe ich nicht telefoniert." Nach einer Pause fuhr er leise und zärtlich fort: „Ich wollte dir nur sagen, dass ich dich morgen am Flughafen abhole und dass ich dich liebe."

Dann hatte er aufgelegt. Einen Augenblick schaute Corinne versonnen auf den Apparat. Langsam ließ sie den Arm sinken und presste den Hörer an ihre Brust. Täglich hatte Corey sie angerufen, aber die Worte „ich liebe dich" waren erst heute gefallen. Hatte sie darauf gewartet? Hatte sie gehofft, sie wieder zu hören? Sie war sich nicht sicher, doch das wilde Pochen ihres Herzens schien ihr die Antwort zu geben.

Als Corinne am nächsten Morgen aus dem Flugzeug stieg und Corey am Rand der Rollpiste erblickte, klopfte ihr Herz schneller vor Aufregung. Es erfüllte sie mit Stolz, dass dieser hochgewachsene, gut aussehende Mann nur ihretwegen gekommen war. Trotzdem war sie nervös. Sie fragte sich, wie sie ihn begrüßen sollte. Ihm kühl die Hand reichen? Unmöglich. Ihn umarmen und küssen? Auch das empfand sie als unpassend. Und so beschloss sie, abzuwarten.

Corey ging ihr entgegen. Lächelnd fasste er sie bei den Schultern und sagte: „Seit Sonnenaufgang stehe ich bereits hier und halte nach dieser verdammten Maschine Ausschau."

Sie erwiderte sein Lächeln. „Sie ist sogar fünf Minuten früher gelandet als geplant."

„Das ist immer noch sechs Stunden zu spät", scherzte er. „Schön, dich zu sehen, Corinne."

„Ich freue mich auch."

Liebevoll drückte er ihren Arm, nahm die Reisetasche und griff nach ihrer Hand. „Komm, im Wagen ist es kühler."

Doch kurz vor dem Ausgang der Abfertigungshalle drängte Corey sie sanft in eine Ecke, stellte ihre Tasche ab und erklärte einer völlig verdutzten Corinne: „Ich bleibe nicht gern etwas schuldig."

Er griff in seine Hosentasche, zog etwas Glänzendes hervor und hielt es behutsam zwischen Daumen und Zeigefinger hoch, damit sie es sehen konnte. Es war ein in bunte Aluminiumfolie eingewickelter Miniaturschokokuss. Sorgfältig entfernte er das Papier und schob sich die Leckerei in den Mund.

„He, das ist meiner!", protestierte Corinne.

In gespielter Verzückung schloss Corey die Augen. „Hm!", murmelte er. „Nein, Darling, dir habe ich einen besonders großen versprochen, wenn ich mich recht entsinne."

Schon spürte sie seine Lippen auf ihrem Mund, seine warme Zunge, die süß nach Schokolade schmeckte. Seine Zärtlichkeit erregte sie, und sie schmiegte sich verlangend an ihn. Ein wenig atemlos lösten sie sich schließlich voneinander, und sie bedauerte fast, dass dieser sinnliche Augenblick so schnell wieder vorbei war.

„Na, wie war das?", flüsterte er.

„Sehr einfallsreich." Ihre Stimme zitterte.

Leise lachend legte er den Arm um Corinnes Taille. „Eigentlich wollte ich dich erst im Wagen damit überraschen, aber als ich dich aus dem Flugzeug steigen sah, wusste ich, ich kann mich unmöglich so lange beherrschen. Du hast überhaupt Glück gehabt, dass ich nicht gleich auf der Rollbahn über dich hergefallen bin."

„Tatsächlich?", entgegnete sie belustigt und dachte sehnsüchtig: wenn er's doch nur getan hätte.

„Oh ja. Bei deinem Anblick sprudeln die tollen Ideen nur so." Zärtlich fügte er hinzu: „Ich kann dir gar nicht sagen, wie sehr ich mich freue, dass du gekommen bist."

Und in den nächsten Tagen tat er alles, um ihr seine Aufrichtigkeit zu zeigen. Sein Lächeln strahlte Wärme aus, seine Berührungen waren voller Zärtlichkeit, aber vorsichtig und unaufdringlich, als wolle er ihr beweisen, dass ihm ihre bloße Nähe genügte. Und Corinne war ihm dankbar für sein Verständnis und sein Einfühlungsvermögen.

In manchen Punkten allerdings ließ er überhaupt nicht mit sich reden.

So hatte er Corinne dieselbe Luxussuite wie beim letzten Mal reserviert. „Corey, ein einfaches Zimmer genügt mir vollauf. So viel Platz brauche ich nicht. Und dann dieser Luxus, Whirlpool, frische Blumen, eine bepflanzte Sonnenterrasse. Das ist einfach übertrieben."

„Was kann ich dafür, wenn meine Suiten vom Feinsten sind?"

„Aber das ist Geldverschwendung."

„Es ist schließlich mein Geld."

„Aber …"

„Regel Nummer zwei: Dem Boss widerspricht man nicht, denn der Boss hat immer recht."

„Das war Regel Nummer eins."

„Und nicht minder bindend."

Corinne gab sich geschlagen. Sie bezog die Suite und genoss jeden der seltenen Augenblicke, die sie darin verbringen konnte. Am Abend führte Corey sie dann zum Essen aus, und anschließend besuchten sie ein Konzert in Harbortown.

Donnerstagmorgen schlossen sich Corey und Corinne in seinem Büro ein und gingen gemeinsam die Entwürfe für die geplante Meinungsumfrage durch. Lediglich in ein oder zwei Punkten unterschieden sich ihre Auffassungen, aber da Corey einige Verbesserungsvorschläge einfielen, fanden sie rasch einen Kompromiss. Bald hatten sie den Bogen in allen Einzelheiten überprüft. Als Corinne ihre Sachen zusammenpacken wollte, um die letzten Korrekturen vorzunehmen, bestand Corey darauf, dass sie blieb.

„Du brauchst dein Büro doch selbst", gab sie zu bedenken. „Es ist genug Platz für uns beide da."

„Zu zweit an einem Schreibtisch? Ich werde dich stören."

„Erstens ist es ein großer Schreibtisch, zweitens haben wir den ganzen Vormittag miteinander daran gearbeitet. Und drittens kannst du mich gar nicht stören."

„Corey, mir genügt ein kleiner Raum, wirklich. Oder setz mich zu irgendeiner Sekretärin."

„Kommt nicht infrage, du bleibst hier."

„Aber ..."

Mahnend hob er den Zeigefinger. „Regel Nummer drei: Dem Boss widerspricht man nicht, denn der Boss hat immer recht."

„Das waren Nummer eins und zwei."

„Jetzt ist es Nummer drei." Er drückte sie energisch in den Ledersessel und nahm ihre Hand. Er legte einen Kugelschreiber hinein und deutete auf die Papiere. „Und nun an die Arbeit!" Als Corinne sämtliche Änderungen handschriftlich nachgetragen hatte und sich nach einer Schreibmaschine umschaute, trat Regel Nummer vier in Kraft. Und so wurde der Fragebogen von Coreys Sekretärin abgetippt und vervielfältigt.

Für Freitagmorgen war eine Konferenz mit den übrigen Geschäftsleuten anberaumt, die das Projekt in Auftrag gegeben hatten. Am Abend konnten Corey und Corinne dann endlich in einer Nische des eleganten Hotelrestaurants die begeisterte Aufnahme ihrer Entwürfe feiern. Dabei musste sich Corinne auch der Regel Nummer fünf und sechs beugen. Das erste Mal, als sie schwor, heute keinen Tropfen Champagner mehr zu trinken, und das zweite Mal, als sie sich weigerte, die Spezialität des Küchenchefs, eine Walnusskäsetorte, zu kosten.

Der Champagner war ihr ein wenig zu Kopf gestiegen, und so stimmte sie freudig Coreys Vorschlag zu, einen kleinen Spaziergang am Strand zu machen. Die frische Luft würde ihr sicher guttun. Auf dem weichen Sand zog Corey Schuhe und Socken aus und krempelte die Hosenbeine um. Und auch Corinne schlüpfte aus ihren hochhackigen Sandaletten, während er sie am Ellbogen stützte. Sie ließ die Riemchen vom kleinen Finger baumeln und legte den Arm um Coreys Taille. Hatte sie sich diese romantische Szene nicht vor ein paar Wochen erst ausgemalt? Seltsam, dass die Wirklichkeit mein Bild so schnell eingeholt hat, grübelte sie, als sie an Coreys Seite über den nassen Sand schlenderte. *Und wer weiß, was heute Nacht noch alles geschieht.* Still lächelte sie vor sich hin.

Aber die Nacht verlief sehr ruhig. Schweigend, Hand in Hand oder Arm in Arm, wanderten sie am Strand entlang. Worte waren überflüssig, sie hätten den Zauber der Nacht nur gestört. Der Mond versteckte sich hin und wieder hinter den Wolken, gelegentlich erhellte ein fernes Wetterleuchten den Horizont, und das Meer überspülte ihre nackten Füße mit warmen Wellen.

Außer ein paar flüchtigen Küssen im Gehen hatten sie keine Zärtlichkeiten ausgetauscht, als sie nach einer Stunde wieder das Hotel betraten. Halb enttäuscht, halb erleichtert zog sich Corinne in ihre Suite zurück. Von Neuem quälte sie die bange Frage, ob Corey es wert war, ihr geordnetes, sicheres Leben aufzugeben. Irgendwann musste sie eine Entscheidung fällen, und vor diesem Moment fürchtete sie sich.

Doch als Corey sie am anderen Morgen zum Flughafen fuhr und sich mit einem liebevollen Kuss von ihr verabschiedete, überkam sie ein eigenartiges Gefühl der Verlassenheit, das sie erstaunte.

Während der folgenden zwei Wochen rief Corey täglich in Baltimore an, manchmal im Büro, oft aber auch zu Hause. Und langsam wurde Corinnes Großmutter neugierig. Blumen konnten ja noch ein Zeichen von Anerkennung für berufliche Leistungen sein, aber Telefonate spätabends?

Einmal klingelte es gegen halb zehn. Elizabeth Strand war noch auf, und als Corinne aufgelegt hatte und ins Wohnzimmer ging, setzte sie sich zu ihr und meinte nach einer Weile: „Hast du mit Corey Haraden telefoniert?"

„Hm."

„Er meldet sich ziemlich oft bei dir. Erzähl mir über ihn."

Es war das erste Mal, dass sich ihre Großmutter nach Corey erkundigte. Corinne hatte diese Bitte zwar schon länger erwartet, aber nun wusste sie nicht recht, wo sie anfangen sollte. „Was möchtest du wissen?", fragte sie ruhig.

„Oh, du hast mir gesagt, wo er wohnt, was er beruflich macht und dass er ein Kunde ist. Aber ist es nicht ein wenig ungewöhnlich, wenn ein Kunde Blumen und Gebäck schickt und dich zu Haus anruft?"

„Corey ist auch ein ungewöhnlicher Mann. Und er ist sehr, sehr nett."

„So wie die Männer, mit denen du in den letzten zwei, drei Jahren ausgegangen bist?"

Corinne kannte ihre Großmutter gut genug, um den leisen Tadel aus ihrer Stimme herauszuhören. „Nein, Großmama, Corey ist ganz anders", erwiderte sie lächelnd.

„Da bin ich aber froh."

Verdutzt riss Corinne die Augen auf.

„Froh?"

„Nun ja, ich fand sie ein wenig langweilig, du nicht?"

„Sie waren alle sehr sympathisch."

„Sicher, aber das ist zu wenig für eine Ehe."

„Wir haben nie übers Heiraten gesprochen", entgegnete sie verlegen.

„Wer? Du und Corey oder du und ich? Wir beide haben nie darüber gesprochen, da hast du recht. Aber ich glaube, das sollten wir nachholen. Es ist sogar höchste Zeit, wenn du mich fragst." Corinnes Verwirrung wuchs. „Ich verstehe nicht, was du meinst."

„Nein? Dann werde ich es dir erklären. Willst du dein Leben lang allein bleiben, bloß weil du einmal eine schlechte Erfahrung gemacht hast und nun befürchtest, alle Männer seien wie dein Vater und Richard? Nicht jede Beziehung verläuft so chaotisch und oberflächlich wie die Ehe deiner Eltern, Corinne."

Corinne kam aus dem Staunen nicht heraus.

„Guck mich nicht so entgeistert an. Man muss keine Psychologin sein, um dein Verhalten zu durchschauen. Ich habe dich großgezogen, und ich kenne dich besser, als du denkst. Ich weiß, wie schmerzlich es für dich war, festzustellen, dass Richard genauso ein Windhund ist wie dein Vater. Dich von ihm zu trennen war das Klügste, was du tun konntest. Aber inzwischen sind fünf Jahre vergangen, und es tut nicht gut, wenn eine hübsche junge Frau so lange allein ist. Außerdem müsste ich mit Blindheit geschlagen sein, um deine strahlenden Augen nach Coreys Anrufen und deine große Freude über seine kleinen Aufmerksamkeiten nicht zu bemerken. Und ich freue mich mit dir, Corinne."

„Wirklich?"

„Natürlich, ich möchte doch, dass du glücklich bist."

„Aber ich bin zufrieden mit meinem Leben, so wie es ist."

„Fühlst du nicht manchmal, dass etwas fehlt?" Als Corinne schwieg, fuhr sie lächelnd fort: „Siehst du?" Nach einer Pause fügte sie hinzu: „Liebst du ihn?"

Corinne blickte auf ihre Hände, zögerte. Langsam antwortete sie: „Ich glaube schon."

„Das klingt nicht sehr überzeugend."

„Weißt du, wir sind so verschieden."

„Vielleicht liebst du ihn gerade deshalb."

„Ach, Großmama, wenn du wüsstest." Sie stockte und fuhr dann leise fort: „In manchen Dingen ähnelt Corey Alex und Richard, und das macht mir Angst. Er ist impulsiv, temperamentvoll, sehr attraktiv. Er war nie ein Kind von Traurigkeit, das gibt er auch offen zu. Aber er behauptet, das wäre vorbei."

„Glaubst du ihm nicht?"

„Doch, das ist ja gerade das Merkwürdige. Irgendwie habe ich das Gefühl, er meint es ehrlich."

„Dann hab ein wenig mehr Vertrauen, Corinne. Weißt du, dein Großvater war auch ein gut aussehender Bursche, und er war beruflich viel unterwegs. Ohne gegenseitiges Vertrauen wäre unsere Ehe nie so glücklich geworden. Wir mussten schwer arbeiten, aber wir beklagten uns nie, denn wir hatten uns. Zu hungern brauchten wir nicht, und hin und wieder konnten wir uns sogar einen kleinen Luxus leisten. Deine Mutter wusste das allerdings nie zu schätzen. Sie wollte immer noch mehr. Dass sie Alex kennenlernte, war ein wahrer Glücksfall für sie. Und solange er ihr das Luxusleben bieten kann, das sie sich gewünscht hat, wird sie auch seine Seitensprünge in Kauf nehmen. Zumal sie mittlerweile selbst auf den Geschmack gekommen zu sein scheint", schloss Elizabeth mit harter Stimme.

„Du hast Großvater sehr geliebt, nicht wahr?"

„Oh ja." Ein zärtliches, wehmütiges Lächeln spielte um Elizabeths Lippen. „Und unsere Liebe wuchs mit jedem Tag, den wir zusammen verleben durften."

„Aber wie erklärst du dir die Ehe meiner Eltern?"

„Ich denke, in erster Linie sind sie in sich selbst vernarrt. Von Liebe, so wie es sie zwischen Theodore und mir gab, haben sie gewiss keine Ahnung. Was meinst du, warum ich nicht wieder geheiratet habe? Wenn man jemanden so tief, uneingeschränkt, selbstlos liebt, wie ich deinen Großvater geliebt habe, dann überdauert diese Zuneigung sogar den Tod." Elizabeth machte eine Pause. „Ein einziges Mal nur zog ich ernsthaft in Erwägung, mich wiederzuverheiraten. Ihr Mädchen wart damals noch klein, und der Mann, der mir den Hof machte, wäre euch bestimmt ein guter Vater gewesen. Aber als mir bewusst wurde, dass ich ihn nur aus diesem Grund geheiratet hätte, trennte ich mich von ihm."

„Das tut mir leid, Großmama."

„Aber wieso denn? Ich hatte einen wunderbaren Mann, wenn auch nur für kurze Zeit. Ich hoffe, dass dir und deinem Ehemann einige Jahre mehr vergönnt sind. Hat er dich gefragt, ob du ihn heiraten möchtest?"

Verständnislos sah Corinne sie an. „Wer? Corey?"

„Gibt es noch einen Mann, den du zu heiraten beabsichtigst?"

„Ich habe nie gesagt, dass ich die Absicht hege, Corey zu heiraten", erwiderte Corinne etwas gereizt.

„Hat er dich gefragt?", wiederholte Elizabeth ruhig.

Corinne zögerte, stieß einen tiefen Seufzer aus. „Ja, das hat er."

„Und du hast abgelehnt. Das freut mich."

„Das freut dich?" Jetzt begriff sie gar nichts mehr. Widersprach diese Bemerkung nicht allem, was ihre Großmutter bisher gemeint hatte?

„So eine wichtige Entscheidung will gut überlegt sein. Ich weiß, du triffst deine Entschlüsse erst nach reiflicher Erwägung. Aber dann gehst du den einmal eingeschlagenen Weg unbeirrt weiter und gibst dein Bestes. Ich nehme an, Corey liebt dich."

„Das behauptet er jedenfalls."

„Aber du bist dir nicht sicher. Darf ich fragen, warum?"

„Fragen darfst du", erwiderte Corinne mit einem nervösen Lachen. „Ich befürchte allerdings, ich kann dir darauf keine Antwort geben."

„Versuch es."

„Ich bin nicht nur skeptisch, weil Corey in mancher Hinsicht Alex und Richard so erschreckend ähnlich ist", begann sie langsam. „Obwohl er hart arbeitet, nimmt er das Leben so unglaublich leicht. Manchmal habe ich das Gefühl, für ihn bedeutet alles nur ein Spiel, ob es sich nun um Frauen oder Börsengeschäfte dreht."

„Und du? Betrachtet er dich auch als Spielzeug?"

„Wohl nicht, nein."

„Vielleicht verbirgt sich hinter der Fassade ein Mensch, der das Leben ernster nimmt, als du ahnst."

„Mag sein. Aber das ist es nicht allein. Wir sind einfach grundverschieden. Mit der Ordnung nimmt er es nicht so genau, und dann ist er dermaßen zerstreut! Einmal hat er zwei Briefe an verschiedene Adressaten in denselben Umschlag gesteckt. Seine arme Sekretärin musste zwei hektische Stunden am Telefon verbringen, um den Fehler wieder auszubügeln."

„So was kann doch mal passieren."

„Und dann die Geschichte mit seinen Kontaktlinsen. Eines Morgens ruft er mich an und sagt, er käme etwas später, weil er eine Kontaktlinse verloren hätte. Dabei trägt er sie nur, damit er nicht ständig nach seiner verlegten Brille zu suchen braucht. Er kämmt also Zentimeter für Zentimeter das Badezimmer durch, und weißt du, wo er sie schließlich findet? Im Auge! Er hatte sie schon längst eingesetzt. Wie würdest du das nennen?"

„Liebenswert."

Corinne atmete einmal tief durch und lächelte. „Ich auch, offen gestanden. Manchmal kann man ihm eben einfach nicht böse sein."

„Mir scheint, dein Corey stellt einen gelungenen Typ Mann dar. Er arbeitet hart, er liebt dich, er mag seine Fehler haben, aber er besitzt Schwung und Geist. Nun denn", meinte Elizabeth und stand auf. „Es wird höchste Zeit, dass ich ins Bett komme." Corinne sprang auf und folgte Elizabeth Strand in die Diele. „Du kannst doch jetzt nicht einfach gehen, Großmama."

„Ich kann nicht nur, ich muss. Du brauchst Zeit zum Nachdenken, und ich brauche meinen Schlaf."

„Corey lebt in South Carolina. Wenn ich ihn heirate, ziehe ich fort, und dann bist du ganz allein."

Mrs. Strand, die bereits einige Stufen hinaufgegangen war, drehte sich noch einmal um und lächelte ihrer Enkelin zu. „Mach dir um mich keine Sorgen, Corinne. Es gibt Flugzeuge, du könntest mich besuchen. Und hast du mir nicht auch erzählt, Corey würde hier in Baltimore ein Hotel bauen? Na also! Sicher wirst du mir fehlen, Liebes, aber mein größter Wunsch ist, dass du ebenso glücklich wirst, wie ich es mit Theodore war. Wenn dein Corey dich liebt und dein Herz dir sagt, er ist der Richtige, dann stehen die Chancen nicht schlecht. Die Trennung von dir ist ein Preis, den ich gern für dein Glück bezahle." Mit diesen Worten wandte sie sich um und stieg langsam die Treppe hinauf. „Gute Nacht, Liebes."

9. KAPITEL

*M*itte Juni kehrte Corinne mit den gedruckten Frage-bögen nach Hilton Head zurück, und sie war fest entschlossen, möglichst viel Zeit mit Corey zu ver-bringen. Nur so konnte sie herausfinden, ob ihre Zweifel berechtigt waren. Das redete sie sich jedenfalls ein. In Wahrheit freute sie sich ganz einfach auf Coreys Gesellschaft, denn an seiner Seite erschien ihr das Leben plötzlich wieder wunderbar und aufregend.

Sie hatte lange über ihr Gespräch mit ihrer Großmutter nachge-dacht, und schließlich war ihr klar geworden, dass sie mit ihrer Ein-schätzung wohl gar nicht so falsch lag. Fünf Jahre war sie bei ihren Beziehungen immer auf Nummer sicher gegangen. Nun galt es, endlich ein wenig mehr Mut zum Risiko zu zeigen.

Corey holte Corinne wie gewohnt am Flughafen von Savannah ab, und er bemerkte ihr verändertes Verhalten sofort. Sie benahm sich ihm gegenüber aufgeschlossener und froher und hatte ihre Befan-genheit vollständig verloren. Sie akzeptierte nicht nur seine Vor-schläge, dieses oder jenes zu unternehmen, sondern wurde auch selbst aktiv. Nachdem die Fragebögen verteilt worden waren, muss-ten sie vorerst nur abwarten, und so verbrachten sie jede freie Mi-nute zusammen. Corey hatte dafür gesorgt, dass sein Terminkalen-der fast ganz leer blieb, und zu den wenigen unaufschiebbaren Treffen nahm er Corinne kurzerhand mit.

So stöberten sie gemeinsam in schicken Boutiquen, schlenderten einen Nachmittag lang durch den alten Stadtkern von Savannah, fuhren an einen Teich in der Nähe von Sea Pines, um zu fischen, und beobachteten die Vogelschwärme in den Lagunen. Sie gingen segeln, schwimmen und tanzen. Jede Nacht besuchten sie eine andere Tanz-bar, und für Corinne gab es bald nichts Schöneres, als in Coreys starken Armen zu den Klängen romantischer Musik zu träumen.

Obgleich sie es sich noch nicht eingestehen wollte, genügten ihr die Küsse, die sie gelegentlich tauschten, nun nicht mehr. Ihr Ver-langen war zu stark geweckt worden, und statt es zu stillen, schür-ten seine kleinen Zärtlichkeiten es nur noch heftiger. Doch auch für Corey wurde die Situation bald unerträglich. Aber da er sich nun einmal geschworen hatte, auszuharren, bis Corinne den ersten Schritt tat, zügelte er seine Ungeduld.

Als die ausgefüllten Fragebögen eintrafen, entspannte sich die Atmosphäre etwas, denn angesichts der wachsenden Arbeit fanden sie kaum Zeit füreinander. Allerdings erschienen ihnen die seltenen freien Stunden jetzt noch kostbarer, sodass sie es nur schwer erwarten konnten, sich wiederzusehen.

Seine Selbstbeherrschung und die Tiefe seiner Empfindungen für Corinne erstaunten Corey. Alles, was er tat, tat er aus Liebe zu ihr. Und so reservierte er für ein Wochenende Anfang Juli eine Suite in einem Hotel in Atlanta. Corinnes Protest, mit dem er eigentlich gerechnet hatte, blieb aus.

„Atlanta?", fragte sie lächelnd. „Bisher war ich nur einmal auf der Durchreise dort."

„Dann musst du die Gelegenheit nutzen und die Stadt genauer kennenlernen", entgegnete Corey freudig überrascht. Er konnte es kaum fassen, dass sie seine Idee widerspruchslos hinnahm. Getrennte Zimmer, aber mit Verbindungstür, war sie sich über die möglichen Folgen im Klaren?

Plötzlich runzelte sie die Stirn. „Aber es gibt so viel zu erledigen hier. Vielleicht sollte ich doch besser bleiben."

„Du hast neun Tage durchgearbeitet, da hast du dir eine Pause redlich verdient."

Sie zögerte. „Ich glaube, ich fliege doch lieber nach Baltimore und sehe dort nach dem Rechten."

„Wenn du meinst", antwortete er enttäuscht.

„Andererseits führe ich schon gern einmal nach Atlanta."

„Tja, dann wirst du mich wohl begleiten müssen."

Wieder trat ein langes Schweigen ein. Corinne machte ein nachdenkliches Gesicht, und als Corey fürchtete, die Schlacht sei bereits verloren, sagte sie beiläufig: „Vielleicht könnte ich den Aufenthalt zu einem Einkaufsbummel nutzen. Ich habe gar nichts mehr anzuziehen."

An jenem Abend gestand sich Corinne zum ersten Mal ein, dass sie Corey liebte und dass ihre Liebe in den vergangenen zwei Wochen unaufhaltsam gewachsen war. Baltimore, ihr früheres Leben, ihre Arbeit in Alans Institut, alles lag Lichtjahre entfernt. Sooft sie im Büro anrief, um sich zu erkundigen, was es Neues gab, wusste sie ihre Ungeduld kaum zu verbergen und war heilfroh, wenn sie wieder aufgelegt hatte.

Immer klarer und deutlicher begriff sie, dass Corey der ideale Mann für sie war. Er war ernst, zuverlässig, verantwortungsbewusst und auch fröhlich, humorvoll, amüsant. Tag für Tag erlebte sie sein Verhalten, und langsam gelangte sie zu der Einsicht, dass er tatsächlich nichts mit Männern wie ihrem Vater oder Richard Bates gemein hatte, außer seiner Attraktivität. Corey schien sie aufrichtig zu lieben, aber ob sie wirklich zueinanderpassten, würde sie erst in Atlanta erfahren, wenn sie miteinander schliefen. Sie wusste, es lag an ihr, den ersten Schritt zu tun. Das Wochenende in Atlanta konnte dafür wie geschaffen sein.

Während des Flugs war Corinne recht still. Eine eigenartige Unruhe und ein Gefühl der Anspannung beschlich sie, und ihre Nervosität wuchs noch, je näher Atlanta heranrückte. Zugleich war sie wütend auf sich selbst.

Man könnte meinen, du gehst das erste Mal mit einem Mann ins Bett, schalt sie sich.

Aber mit Corey war es ja auch das erste Mal, und ihre Liebe zu ihm machte es nicht unbedingt leichter. Würde er, der zweifellos erfahrene Mann, nicht Vergleiche anstellen? Was, wenn sie seine Erwartungen nicht erfüllte? Oder sie selbst nicht die Befriedigung fand, die sie sich von ihm erhoffte?

Corey spürte, dass etwas nicht in Ordnung war. Er beobachtete, wie sich Corinne den Riemen ihrer Handtasche um die Finger wickelte. Und wie sie achtlos irgendwelche Zeitschriften der Fluggesellschaft durchblätterte.

Bei der Anmeldung im Hotel trug sie sich mit sichtlichem Unbehagen ein, und als sie in ihrer Suite endlich allein waren, lief sie unruhig von einem Zimmer ins andere und schwärmte nervös von der luxuriösen Einrichtung.

Die Hände in den Hosentaschen vergraben, stand Corey da und

ließ sie keine Sekunde aus den Augen. Der Luxus, den sie so bewunderte, bedeutete ihm nichts. Er wollte nichts weiter als Corinne, die Corinne, die er kannte und liebte, die sich in seiner Gegenwart entspannte, die Stunden mit ihm genoss und ihm vertraute. Dafür war er sogar bereit, auch weiterhin die gleiche Zurückhaltung zu üben wie in den vergangenen Wochen.

Als sie den Kopf an die Fensterscheibe lehnte und ihm den Rücken zukehrte, trat er hinter sie und fragte leise: „Alles okay?"

„Bestens. Die Suite ist einfach himmlisch", antwortete sie betont munter, ohne sich umzudrehen.

„Und mit dir stimmt auch alles?"

„Aber ja." Sie wandte sich um und sah ihn an.

Er versuchte, in ihren Augen, in ihrem Gesicht zu lesen. „Corinne, falls dir Bedenken kommen, weil ich eine Suite für uns reserviert habe, kann ich dich beruhigen. Es wird nichts geschehen, was du nicht willst. Wenn du möchtest, essen wir jetzt unten eine Kleinigkeit und machen anschließend einen Stadtbummel. Wir können auch einkaufen gehen oder ins Kino oder in den Freizeitpark. Ich liebe dich, Corinne", fügte er sanft hinzu und berührte mit den Fingerspitzen leicht ihre Wange. „Sag mir, was du gern tun würdest."

Da legte sie die Arme um ihn und flüsterte: „Ich würde gern mit dir hierbleiben, Corey. Ich liebe dich auch, das weiß ich jetzt." Eine Sekunde lang starrte er sie verblüfft an, dann schloss er sie in die Arme und drückte sie zärtlich an sich. „Bist du dir wirklich sicher, Liebes? Ich kann es noch gar nicht fassen. So lange habe ich darauf gewartet, dass du das aussprichst. Mein sehnlichster Wunsch war es, diesen Satz aus deinem Mund zu hören, und jetzt ist er endlich in Erfüllung gegangen. Oh Corinne, ich liebe dich so sehr. Ich werde dich immer lieben, das verspreche ich dir."

Sie hob den Kopf und erkannte in seinen Augen die Wahrheit seiner Worte. Mit einem leidenschaftlichen Kuss besiegelte er sein Versprechen, und als sie sich ein wenig atemlos wieder voneinander lösten, sah er sie verlangend an. „Soll ich uns eine Flasche Champagner aufs Zimmer kommen lassen?"

„Später", entgegnete sie lächelnd.

Arm in Arm durchquerten sie das Zimmer und blieben vor dem Bett stehen. Corinnes Nervosität war wie weggeblasen. Gleich, was die Zukunft auch immer für sie bereithalten mochte, sie hatte die richtige Entscheidung getroffen. Corey war es wert, dass sie ihn liebte.

Er zog Corinne aufs Bett, nahm ihr Gesicht in seine Hände und küsste sie abermals. Ihm wurde heiß vor Erregung. Allein schon die Vorstellung, bald ihren nackten, warmen Körper überall zu berühren, machte ihn rasend.

Corinne begann ihm das Hemd aufzuknöpfen und schaute bewundernd auf seine braun gebrannte Brust. Sie presste die Handflächen auf das seidige Brusthaar und strich dann mit gespreizten Fingern über seine Rippen. Sanft massierte sie seine Brustwarzen mit den Handballen, bis sie hart wurden.

Corey stöhnte leise auf. „Ich mag, was du mit deinen Händen tust, Corinne. Hör nicht auf."

Sie war so vertieft in ihre Liebkosungen, dass sie kaum hörte, was er sagte. Sie streifte ihm langsam das Hemd ab und bedeckte seine Brust mit vielen kleinen Küssen. Heiß und glatt fühlte sich seine Haut an. Corey vergrub die Hände in ihrem Haar. „Darling, es ist wunderbar."

Zärtlich bog er nach einer Weile ihren Kopf zurück. Ihre Augen schimmerten feucht, die halb geöffneten Lippen glänzten. Wieder küsste er sie und zog sie auf seinen Schoß. „Ahnst du eigentlich, wie verrückt du mich machst? Dabei ist das erst der Anfang."

Er presste sein Gesicht an ihren Hals, während Corinne die Arme um ihn schlang und über seine muskulösen Schultern strich. Als er sich hinabbeugte und sie plötzlich trotz ihres luftigen Tops und des BHs seine Zähne auf ihren Brustwarzen spürte, schloss sie die Augen und warf den Kopf in den Nacken. Nie hätte sie geglaubt, dass sie zu solcher Lust fähig war. „Corey, mir ist, als stünde ich in Flammen", flüsterte sie heiser.

Ihre Hände glitten tiefer über seinen Bauch. Als sie begann, ihn durch den Stoff seiner Hose hindurch zu streicheln, stockte Corey der Atem. Ihre Liebkosungen waren erregender als alle, die er bisher gekannt hatte, und er hatte nur noch den einen Wunsch, sein glühendes Verlangen zu stillen.

„Zieh dich aus, Corinne", bat er mit belegter Stimme und war bereits dabei, ihr Top hochzurollen und den BH zu öffnen. Dann beugte er sich hinab, um die aufgerichtete Knospe mit den Lippen zu umschließen.

„Oh Corey." Brennendes Verlangen durchströmte sie, und sie ließ ihre Hand tiefer gleiten, um über seinen Unterleib zu fahren. Sekundenlang gab sie sich nur der Welle von Empfindungen hin und genoss sie mit jeder Faser ihres Körpers, die Corey in ihr weckte.

Behutsam richtete Corey sich nun auf und streifte ihr Hose und Slip ab. Corinne lächelte ihn an, als er sie bewundernd betrachtete. Von den schmalen Fesseln und den schlanken Beinen glitt sein Blick hinauf zu dem dunklen Dreieck zwischen ihren Schenkeln und weiter über ihren flachen Bauch und die festen Brüste bis zu ihrem hübschen Gesicht. Die Mittagssonne schien durch das große Panoramafenster und zeichnete bizarre Muster auf ihre nackte Haut.

„Corey?"

Corinnes weiche Stimme holte ihn in die Gegenwart zurück. Er beugte sich über sie, fasste sie um die Schultern und drückte sie an sich. „Ich habe nie zuvor etwas Schöneres gesehen", flüsterte er. „Weißt du, was ich mir wünschen würde, wenn ich wie im Märchen nur einen Wunsch freihätte? Ich würde mir dich wünschen, Corinne, dich und deine Liebe."

Sie presste das Gesicht an seine Brust. „Das macht mich sehr glücklich. Und sehr stolz. Ich mag es, wenn du mich so anschaust wie eben." Und ihre Augen funkelten schelmisch, während sie hinzufügte: „Aber der Fairness halber würde ich vorschlagen, du ziehst dich jetzt auch aus, okay?"

Schon tastete sie nach der Gürtelschnalle an seiner Hose und zog den Reißverschluss auf. Die Berührung ließ Corey erschauern. Sanft schob er ihre Hände beiseite, schlüpfte eilig aus seinen Sachen und legte sich zu ihr. Beim Anblick seines kraftvollen, athletischen Körpers schlug ihr Herz schneller. Sie neigte sich über ihn und küsste seine Schultern, seine Brust, seinen Bauch.

Plötzlich drehte er sie auf den Rücken. Sie sah ihn an, und in Coreys grünen Augen lag seine tiefe Liebe zu ihr. Dann, als sich seine Hände und seine Zunge mit jedem Zentimeter ihres Körpers vertraut zu machen begannen, genoss sie lustvoll seine leidenschaftlichen Zärtlichkeiten. Sie hatte bis jetzt nie so stark erlebt, welche Sinnlichkeit in ihr steckte. Der Druck seines Oberkörpers auf ihren Brüsten, seiner Schenkel auf ihren – alles fachte nur noch ihr Verlangen an. Rastlos fuhren ihre Hände über seinen Rücken, und es dauerte nicht lange, bis sie sich in fast unerträglicher Erregung unter ihm wand.

Sie wollte schon protestieren, als er sich ein wenig von ihr löste, aber dann spürte sie seine Fingerspitzen auf der intimsten Stelle ihres Körpers, und sie hielt unwillkürlich den Atem an. „Corey, ich halte das nicht aus", stöhnte sie, nachdem er sie eine Zeit lang gestreichelt hatte. „Corey!"

„Ich bin ja bei dir, Liebes."

Zärtlich küsste er sie. „Sag mir, dass du mich liebst."

„Ich liebe dich, Corey", flüsterte sie heiser.

Da drang er behutsam in sie ein und fing langsam an, sich in ihr zu bewegen, und ihr Körper passte sich seinem Rhythmus begierig an. Doch bald genügte ihr das nicht mehr, und sie presste ihn heftig an sich, damit sie ihn tiefer spürte. Ihr gemeinsamer Rhythmus wurde immer schneller, steigerte sich dem Höhepunkt entgegen, der ihnen wenige Augenblicke später die Erlösung von der süßen, lustvollen Qual brachte.

Den Kopf an Coreys Brust gebettet, schmiegte sich Corinne an ihn. Ihre vom Schweiß feuchten Körper kühlten nur langsam ab, und als Corey ihr liebevoll einige Strähnen aus der Stirn strich, zitterte seine Hand noch immer.

„Du hast mich verzaubert", flüsterte er.

„Ist das gut oder schlecht?"

„Beides", erwiderte er lächelnd und versuchte, mit dem Finger die steile Falte auf ihrer Stirn zu glätten. „Gut, weil ich noch nie im Leben etwas so Wundervolles erfahren habe. Und schlecht, weil du mich völlig verdorben hast. Ich werde mich nie mehr mit weniger begnügen können."

„Das will ich hoffen."

„Ich weiß es." Er küsste sie auf die Nasenspitze.

Ein hintergründiges Lächeln spielte um Corinnes Lippen. „Wenn ich mir vorstelle, was wir alles versäumt haben. Wir hätten uns schon im Garten hinterm Haus oder auf deiner Jacht lieben sollen."

„Nein, das wäre nicht dasselbe gewesen", entgegnete Corey leise. „Damals warst du dir noch nicht sicher, ob du mich liebst. Erst die Liebe hat unser Zusammensein zu etwas ganz Besonderem gemacht."

„Ich glaube, du hast recht." Sie presste den Mund auf seine Brust und seufzte zufrieden, während sie sich enger an ihn kuschelte. „Ich liebe dich wirklich, Corey." Vergessen waren die Enttäuschungen der Vergangenheit, zerstreut alle Zweifel und Bedenken. Sie hatte sich richtig entschieden, und sie bereute es keine Sekunde. Ob das auch für die Zukunft galt, würde sich erst noch zeigen müssen. Jetzt wollte sie nur den Augenblick in vollen Zügen genießen.

Corey küsste ihr Haar. Er fühlte sich entspannt und war so glücklich wie nie zuvor in seinem Leben. Nur eine Kleinigkeit fehlte jetzt noch, um sein Glück vollkommen zu machen: ihr Jawort. Doch er durfte sie nicht drängen, dafür war ihm Corinne zu wichtig. Besonders, nachdem sie sein geduldiges Warten gerade so wunderbar belohnt hatte.

Er schlang die Arme fester um sie und rieb sein Kinn an ihrem Kopf. „Du hast wundervolles Haar. So dick und glatt und seidig. Und es riecht so herrlich." Er schnupperte daran und meinte lächelnd: „Bei Zitronenduft kann ich einfach nicht widerstehen."

„Und was macht dich sonst noch schwach?"

„Zierliche Frauen mit schlanken Beinen, verführerischen Brüsten und einem festen runden Po." Bei den letzten Worten schob er eine Hand unter ihren Körper und streichelte sie.

Corinne schnurrte wie ein Kätzchen. Sie wusste nicht, wie Corey das anstellte, aber sobald er sie berührte, schmolz sie dahin. Ihr Atem ging schneller. Sie nahm seinen Duft wahr, der jetzt, nachdem sie sich geliebt hatten, noch intensiver geworden war. Zärtlich rieb sie ihr Bein an seinem Schenkel. „Corey?"

„Ja?", antwortete er mit heiserer Stimme.

„Weißt du, was ich unwiderstehlich finde? Große Männer mit breiten Schultern, schmalen Hüften, muskulösen Beinen, behaarter

Brust und kastanienbraunem Haar. Und einem schön geformten Po", fügte sie lächelnd hinzu.

Er neigte den Kopf und küsste sie liebevoll. „Ich glaube, wir sollten aufstehen", meinte er dann.

„Ach nein! Bitte noch nicht, Corey."

„Du kannst nicht genug bekommen, hm?"

„Von dir nicht."

„Das trifft sich gut, ich nämlich auch nicht von dir." Wieder küsste er sie und setzte sich dann auf. „Was hältst du von einem schönen heißen Bad zur Entspannung?"

„Ich will jetzt nicht baden, ich bin schon entspannt genug."

„Und wenn ich dir Gesellschaft leiste?"

Das war allerdings ein verlockender Gedanke. Fast so verlockend wie die Vorstellung, sich gleich noch einmal zu lieben. „Wenn das so ist." Sie streckte die Arme aus, und er beugte sich hinunter, damit sie sie ihm um den Hals legen konnte. Dann trug er sie ins Badezimmer hinüber.

„So schnell wirst du mich nicht los, keine Bange. Wir nehmen ein Bad, ziehen uns an und machen einen Stadtbummel, einverstanden?"

„Ich würde aber lieber hierbleiben und wieder mit dir ins Bett gehen."

Seufzend setzte er sie neben der Badewanne ab, stemmte die Hände in die Hüften und schimpfte halb im Scherz: „Damit du meiner in ein paar Tagen überdrüssig bist und dich langweilst?"

„Das glaubst du hoffentlich nicht im Ernst", entrüstete sie sich. Sanft fügte sie hinzu: „Ich habe allerdings den unbestimmten Verdacht, dass du mich niemals langweilen wirst. Aber Probieren geht über Studieren, nicht wahr? Daher schlage ich vor, wir probieren weiter."

In gespielter Verzweiflung schüttelte er den Kopf. „Du bist wirklich einmalig, weißt du das?" Er berührte zärtlich ihre Wange und fuhr ernst fort: „Corinne, ich muss es nicht erst ausprobieren, um mir sicher zu sein, dass mein Verlangen nach dir grenzenlos ist und niemals verlöschen wird. Ich will nur vermeiden, dass du denkst, uns würde nichts weiter als Sex verbinden. Mit dir zu schlafen genügt mir nicht. Im Augenblick möchte ich ein Bad mit dir nehmen, anschließend durch die Straßen schlendern und mit dir angeben. Danach können wir irgendwo zu Mittag essen, ein paar Einkäufe erledigen und uns vielleicht in ein nettes Café setzen. Ich will, dass alle Welt uns sieht. Ich möchte mich an deiner Seite zeigen und das Bewusstsein genießen, dass du zu mir gehörst."

„Tatsächlich?" Skeptisch schaute sie ihn an, denn seine Erregung war nicht zu übersehen.

„Tatsächlich, ja." Damit wandte er sich um, bückte sich und drehte den Wasserhahn auf.

Corinne streckte die Hand aus und fuhr sanft mit der Fingerspitze sein Rückgrat entlang. Wirbel für Wirbel, bis sie bei dem kleinen Muttermal knapp oberhalb seiner Hüften plötzlich stoppte. Corey zuckte zusammen, richtete sich langsam auf und sah sie drohend an. Bevor sie recht wusste, was geschah, hatte er sie in seine Arme genommen, hochgehoben und war in die Wanne gestiegen. Jetzt kniete er nieder und spreizte ihre Beine über seinen Schenkeln.

„Du bist unmöglich, weißt du das?", murmelte er und küsste sie stürmisch.

Corinne erwiderte seinen Kuss voller Leidenschaft. Sie liebte das Spiel seiner Muskeln unter ihren Fingern, den sanften Druck seiner Hüften an ihrem Unterleib. Als Corey ihre empfindlichste Stelle streichelte, stieß sie einen unterdrückten Schrei aus. Dann drang er in sie ein, und eine Sekunde lang stockte ihr der Atem.

„Oh Corey", hauchte sie, „ich hätte nie geglaubt, dass es so schön sein kann."

„Das macht die Liebe, mein Schatz", antwortete er leise und begann sich in ihr zu bewegen.

Irgendwann stellte er das Wasser ab, aber Corinne bezweifelte, ob sie es überhaupt gemerkt hätte, wenn sie ertrunken wäre. Ihre Sinne waren völlig auf die grenzenlose Lust konzentriert, die Corey ihr verschaffte. Es dauerte nicht lange, bis sie einen Höhepunkt von neuer Intensität erreichte. Erschauernd klammerte sie sich an Corey, der sie fest in seinen Armen hielt und ihr zärtliche Worte ins Ohr flüsterte.

Als sie am späten Nachmittag durch Atlanta bummelten, kam es Corinne manchmal so vor, als schwebte sie nur durch einen schönen Traum, der gleich zerrinnen würde. Aber dann spürte sie Coreys Händedruck oder seinen Arm auf ihren Schultern. Sie schaute in sein braun gebranntes Gesicht, und das merkwürdige Kribbeln in der Magengrube verriet ihr, dass sie hellwach war. Die Wirklichkeit war ein Traum, und sie hatte tatsächlich mit diesem unbeschreiblich attraktiven Mann an ihrer Seite geschlafen. Auf einmal erschien es ihr völlig unbegreiflich, wie sie ihm so lange hatte widerstehen können. Schon bei seinem Anblick wurden ihre Knie weich, verspürte sie den Wunsch, in seinem vollen Haar zu wühlen, sehnte sie sich danach, sich an ihn zu lehnen.

Hatte sie tatsächlich einmal geglaubt, eine Ähnlichkeit zwischen Corey und Richard Bates zu entdecken? Vorsicht, Corinne, ermahnte sie sich. *Liebe macht blind. Du hast es Richard auch nicht an der Nasenspitze angesehen, was für ein Windhund er war. Sein wahres Gesicht hat er erst viel später gezeigt.*

Sie unterdrückte einen unwilligen Seufzer. Es war gar nicht so leicht, dieses tief sitzende Misstrauen auszurotten. Sie blickte zu Corey, der die Tüte mit dem sündhaft teuren Abendkleid trug, das sie sich gerade gekauft hatte. Er zwinkerte ihr zu, und sie musste lächeln. Gegen diesen Mann war sie einfach machtlos.

Da sie sich vor dem Abendessen noch umziehen wollten, kehrten sie erst ins Hotel zurück, und im Zimmer überwältigte sie wieder ihre Lust aufeinander. Sie liebten sich während der Nacht und nach dem Frühstück am anderen Morgen, und abends beim Kofferpacken legten sie ebenfalls eine kleine Pause ein. Spontan beschlossen sie dann, eine weitere Nacht in Atlanta zu verbringen und erst am Montagmorgen nach Savannah zu fliegen.

10. KAPITEL

Auf der Fahrt vom Flughafen nach Hilton Head hinüber ergriff Corey Corinnes Hand, führte sie an seine Rippen und küsste sie zärtlich.

„Ich weiß, was dich beschäftigt. Du hast Angst, dass auf der Insel alles anders sein wird. Nichts wird sich zwischen uns ändern, Corinne, gar nichts."

Sie warf ihm einen flüchtigen Blick zu. Offensichtlich konnte er ihre Gedanken lesen. Sie schaute zum Fenster hinaus und wünschte, sie wäre sich so sicher wie er. „Es waren zwei herrliche Tage", sagte sie leise. „Sie hätten nie zu Ende gehen dürfen."

„In gewisser Weise sind sie es auch nicht. Natürlich müssen wir beide wieder arbeiten, aber die übrige Zeit gehört uns."

„Sehnst du dich nicht nach ein wenig Freiheit, nach Ruhe?"

„Bei dir habe ich alle Freiheit, die ich brauche, und Entspannung finde ich, wenn wir beide abends zu Hause beieinander sind."

Als sie ihn verdutzt ansah, fügte er hinzu: „Du ziehst selbstverständlich zu mir."

„Ach, Corey, ich weiß nicht, ob das eine gute Idee ist."

„Aber ich."

„Warum kommst du nicht zu mir ins Hotel?"

„Weil ich dich in meinem Haus haben möchte."

„Im Hotel fällt mir das Arbeiten aber leichter."

„Ich fahre dich morgens hin und hole dich abends ab. Und tagsüber steht dir ein Wagen zur Verfügung, damit du beweglich bist." Er drückte ihre Hand. „Ende der Woche musst du wieder nach Baltimore zurück, Corinne. Die wenigen gemeinsamen Stunden möchte ich so gut wie möglich nutzen und mit dir genießen."

„Ich bin ja bald wieder hier, das haben wir doch abgesprochen."

„Und dann sollst du in meiner Nähe sein. Ich habe nicht die Absicht, dich mit irgendjemandem zu teilen", erklärte er mit Nachdruck.

Ihr Herz begann vor Freude über seine Worte schneller zu schlagen. Vielleicht änderte er irgendwann seine Meinung, denn wer wusste schon, was in einer Woche, in einem Monat, in einem Jahr alles passieren konnte. Plötzlich schoss ihr ein Gedanke durch den Kopf.

„Meinst du nicht, dass es auf die anderen Auftraggeber etwas merkwürdig wirkt, wenn ich bei dir wohne?"

„Warum denn? Sie erhalten auftragsgemäß ihre statistische Erhebung und sämtliche Daten. Sie werden sich bestimmt nicht beklagen. Im Gegenteil. Ich schätze, sie sind froh, dass ihre Sekretärinnen in Zukunft vor mir sicher sind", scherzte er.

Corinne biss sich auf die Unterlippe. „Das muss sich erst noch zeigen", murmelte sie vor sich hin.

„Hast du immer noch kein Vertrauen zu mir, Corinne?" Aus Coreys Stimme sprach seine Enttäuschung. „Die alten Zeiten sind endgültig vorbei, glaub mir. Ich habe dich gebeten, meine Frau zu werden. Bedeutet dir das denn gar nichts? Wann begreifst du endlich? Ich bin kein Windhund wie dein Vater oder dieser Richard Bates. Du kennst doch den Grund, weshalb ich nicht längst geheiratet habe. Mir ist bisher nie eine Frau begegnet, mit der ich mein ganzes Leben hätte verbringen wollen. Bis dass der Tod uns scheidet. Für mich haben diese Worte noch einen Sinn. So war es bei meinen Eltern, so soll es auch bei mir sein."

Corey holte tief Luft. „Du willst nichts von Heirat hören, okay, und ich dränge dich nicht, aber ich möchte wenigstens mit dir zusammenleben, solange du hier bist." Er runzelte unwillig die Stirn. „Es passt mir sowieso nicht, dass du überhaupt noch mal nach Baltimore fährst. Ich weiß, ich weiß", fügte er hastig hinzu, um ihren Einwänden zuvorzukommen. „Du hast dort deinen Job und deine Großmutter, die du nicht einfach im Stich lassen kannst. Das verstehe ich ja. Doch wenn es nach mir ginge, würdest du auf der Stelle bei mir einziehen. Ach verdammt, wenn es nach mir ginge, würden wir heute noch heiraten!"

Er presste ihre Hand an den Mund und küsste jeden Finger einzeln. Als er sich ein wenig beruhigt hatte, sagte er: „Also von vorn: Ich möchte, dass du bei mir wohnst, Corinne. Überleg es dir gut." Und scherzend, mit einem verführerischen Seitenblick, fügte er hinzu: „Dieses Angebot ist absolut einmalig."

„Was du nicht sagst."

„Oh ja, du darfst dich also geschmeichelt fühlen."

„Geschmeichelt? Wenn mich ein so unordentlicher Mensch wie du darum bittet, ist das für mich ein höchst zweifelhaftes Vergnügen." Sie erinnerte sich an jenen Morgen, als sie ihn in seinem Haus besucht hatte, bevor Jontelle eingetroffen war. Überall lagen Zeitungen verstreut, stand schmutziges Geschirr herum, hatte er die Kleider einfach auf den Teppich geworfen. Es war Corinne unbegreiflich, wie ein einzelner Mensch innerhalb so kurzer Zeit, denn am Abend zuvor waren sie ja aus gewesen, ein solches Durcheinander anrichten konnte.

„Du kannst mich bessern."

„Das möchte ich bezweifeln", versetzte sie trocken.

„Dann lass es sein. Aber du ziehst trotzdem zu mir."

„Es geht nicht. Du schläfst im Bett auf der linken Seite. Ich auch."

„Gestern und vorgestern Nacht aber nicht."

„Da hatte ich nicht die Kraft, dich auf die andere Seite zu schubsen."

„Ich verspreche dir, auf der rechten Seite zu schlafen, wenn du bei mir wohnst."

„Corey …"

„Schluss jetzt, Darling, ich möchte kein Wort mehr hören. Sonst tritt Regel Nummer …" Der Rest des Satzes war nicht mehr zu verstehen. Corinne hatte ihm einfach den Zeigefinger auf den Mund gepresst.

„Ich wollte nur sagen, dass ich zu gern einmal im Innenhof mit dir schlafen würde", flüsterte sie. „Das stelle ich mir unheimlich romantisch vor."

Sie liebten sich im Innenhof, in der Küche, im Bad, in Coreys Arbeitszimmer und natürlich auch im Bett. Ihre Leidenschaft füreinander kannte keine Grenzen. Manchmal erschrak Corinne, so heftig begehrte sie Corey. Er brauchte sie nur anzuschauen oder leicht zu berühren, und sie wurde zu Wachs in seinen Händen, zu einem Geschöpf, das keinen eigenen Willen mehr zu besitzen schien. Zugleich vertiefte sich ihre innere Bindung, und bald konnte sich Corinne ein Leben ohne Corey nicht mehr vorstellen.

Die Trennung am Ende der Woche, als sie nach Baltimore zurückkehrte, fiel ihr unsagbar schwer. Aber Corey musste ohnehin geschäftlich verreisen, und zu Hause und im Büro hatte sich so viel Unerledigtes angesammelt, dass sie eine Weile abgelenkt war.

Was sie jedoch nicht daran hinderte, Corey zu vermissen. Er fehlte ihr entsetzlich. Auf der Straße glaubte sie, ihn ständig irgendwo zu entdecken, und wenn der Mann, den sie irrtümlich für Corey gehalten hatte, sich umdrehte, war sie tief enttäuscht. Im Büro konnte sie sich nur mühsam auf die Arbeit konzentrieren, weil sie unentwegt zur Tür blickte, ob Corey nicht plötzlich auftauchte.

Er rief sie jeden Abend von unterwegs aus an und erkundigte sich nach ihrem Tagesablauf. Er erzählte, was es bei ihm Neues gab, und sprach von seiner Liebe zu ihr. Unterdessen zählte Corinne die Tage und Stunden, bis sie ihn wiedersah.

Als es dann endlich so weit war, warf sie sich ungestüm in seine Arme, und Corey strahlte übers ganze Gesicht. Er konnte sich nicht sattsehen an ihrer zierlichen Gestalt, ihrem hübschen Gesicht. Nicht eine Sekunde hatte er daran gezweifelt, dass sie zu ihm zurückkommen würde. Offensichtlich kannte er Corinne besser als sie sich selbst.

Aber allmählich war auch ihr Vertrauen gewachsen. Während der einwöchigen Trennung hatte sich ihre Beziehung eher gefestigt, und ihre Befürchtung, Corey könnte wieder Geschmack finden an seinem freien Junggesellenleben, hatte sich als unbegründet erwiesen. Ihre Zuneigung füreinander war tiefer denn je.

Vor dem letzten Schritt, der Ehe, schreckte Corinne aber immer noch zurück. Das schlechte Beispiel ihrer Eltern hatte sie zu stark geprägt, und sosehr sie sich auch dagegen wehren mochte, bei dem Gedanken, sich fest zu binden, blieb ein gewisses Unbehagen. Doch Corey gab nicht auf. Häufig sprach er dieses Thema an, und er verübelte es ihr nicht, wenn sie abzulenken versuchte oder auswich. Corinne war ihm dankbar für seine Geduld und sein Verständnis und im Innersten sogar glücklich, weil er sich mit einem Zusammenleben ohne Trauschein nicht begnügen wollte.

Eine Woche nach ihrer Ankunft in Hilton Head erreichte Corinne ein besorgter Anruf ihrer Großmutter. Roxanne war verschwunden.

Corinne packte sofort ihre Sachen und wollte die nächste Maschine nach New York nehmen.

Corey bestand darauf, sie zu begleiten.

„Aber du hast doch so viel zu tun hier", protestierte sie. Ihr zuliebe hatte er bereits auf einige Geschäftsreisen verzichtet und die Verhandlungen per Telefon geführt.

„Nichts, was sich nicht auch von dort erledigen ließe. Deine Schwester ist wichtiger", meinte er und warf wahllos ein paar Kleidungsstücke in seine Reisetasche.

„Du kennst sie ja nicht einmal."

„Sie ist deine Schwester, das genügt doch."

„Corey, ich …"

Mahnend hob er einen Zeigefinger. „Regel Nummer vierzehn lautet …"

„Ich weiß, ich weiß." Gegen seine Dickköpfigkeit wollte sie jetzt nicht ankämpfen. Sie deutete auf seine Reisetasche. „Bis wir in New York sind, ist alles total zerknittert." Sie leerte die Tasche aus, legte seine Kleider sorgfältig zusammen und packte sie ordentlich wieder ein, während ihre Gedanken unentwegt um Roxanne kreisten.

Im Flugzeug griff Corinne nach seiner Hand. „Danke, dass du da bist, Corey. Mir geht es schon viel besser."

„Was nichts heißen will in deinem Zustand. Du bist ja völlig mit den Nerven herunter."

„Ich mache mir Vorwürfe, weil ich nicht rechtzeitig etwas unternommen habe. Jeder Brief von Roxanne klang wie ein Hilferuf, aber ich habe sie nur am Telefon getröstet, anstatt gleich hinzufahren und mich um sie zu kümmern. Sie ist doch meine Schwester."

„Quäl dich nicht, Corinne. Roxanne ist erwachsen, eine Ehefrau und Mutter. Sie muss ihr eigenes Leben führen und darf nicht immer auf deine Hilfe spekulieren."

Fassungslos schüttelte sie den Kopf. „Wie konnte sie einfach so davonlaufen? Selbst wenn sie auf Frank wütend war, ich verstehe nicht, wie sie Jeffrey im Stich lassen konnte."

„Hat Frank gesagt, ob sie ihm eine Nachricht hingelegt hat?"

„Sie schrieb nur, dass sie ersticken würde und dringend eine Luftveränderung bräuchte. Der Satz könnte von Mutter stammen."

„Glaubst du, Roxanne ist bei ihr?"

„Bei Mutter?" Corinne lachte verächtlich. „Die würde sich schön bedanken, bei der sind wir mit unseren Sorgen immer abgeblitzt."

„Frank hat bestimmt schon bei sämtlichen Freunden und Bekannten nachgefragt", meinte Corey nachdenklich.

„Anzunehmen. Andererseits redete er am Telefon so wirr durcheinander, dass ich bezweifle, ob ihm die Idee überhaupt gekommen ist. Ich glaube, zum ersten Mal in seinem Leben weiß er nicht, was er tun soll."

Corinne hatte recht, Frank war völlig aufgelöst. Als er die Tür öffnete und seine Schwägerin und Corey erblickte, begrüßte er sie zwar ungeheuer erleichtert, aber sein erschöpftes, blasses Gesicht sprach Bände. Von Roxanne hatte er noch immer nichts gehört.

Nachdem sie bei allen Freunden und Bekannten herumtelefoniert hatten und niemand etwas wusste, setzten sie sich zusammen und berieten den nächsten Schritt. Roxannes Nachricht schloss ein Verbrechen aus, und sie verzichteten darauf, die Polizei einzuschalten. Corey war es schließlich, der Alex in Paris anrief und sich als ein alter Freund von Roxanne ausgab, der vergeblich versuchte, sie zu erreichen. Alex teilte ihm höflich Franks Anschrift mit und hängte ein.

Zu guter Letzt entschieden sie, einen Privatdetektiv zu engagieren. Dank Coreys Beziehungen fanden sie ein angesehenes Detektivbüro, und die Inhaberin erklärte sich bereit, noch am selben Abend vorbeizukommen. Sie erzählten ihr möglichst viel über Roxannes Gewohnheiten, gaben ihr eine Personalbeschreibung und Fotos sowie die Namen der Banken, bei denen sie Konten eingerichtet hatte.

Zwölf Stunden später hatte die Privatdetektivin bereits eine erste Spur entdeckt. Am Tag ihres Verschwindens hatte Roxanne Geld von ihrem Konto abgehoben und einen Flug nach Chicago gebucht.

Corinne, Corey und Frank verbrachten den Rest des Tages in unmittelbarer Nähe des Telefons. Dass Roxanne eine Spur hinterlassen hatte, war ein gutes Zeichen. Jetzt hieß es geduldig sein und warten.

Frank wanderte pausenlos im Zimmer auf und ab. Er machte sich bittere Vorwürfe, weil er nicht früher bemerkt hatte, was Roxanne bedrückte, und ihren verhaltenen Hilferufen gegenüber blind und taub gewesen war. Als Corinne ihm von den Briefen ihrer Schwester erzählte, reagierte er fassungslos. Nie hatte er auch nur das Geringste von ihren Sorgen geahnt, und er schien seine Gleichgültigkeit aufrichtig zu bedauern.

Was seinen kleinen Sohn betraf, so war er keine große Hilfe. Doch Corinne, Corey und das Kindermädchen sorgten dafür, dass Jeffreys Tag weitgehend normal verlief. Seine Mutter habe verreisen müssen, erklärten sie dem Jungen, als er nach ihr fragte, und sie käme aber bald wieder, beruhigten sie ihn. Hoffentlich behielten sie recht.

In einem der seltenen Augenblicke, in denen sie allein waren, lehnte sich Corinne an Coreys Brust und flüsterte: „Ich habe immer befürchtet, dass Roxanne irgendwann ausbrechen würde. In letzter Zeit hat sie in ihren Briefen öfter angedeutet, wie sehr sie Mutter und Alex um ihr freies, ungebundenes Leben beneidet. Dabei hatte sie doch alles, was sich eine Frau nur wünschen kann."

„Finanziell fehlt es ihr sicher an nichts, aber könnte es nicht sein, dass ihre Flucht ein verzweifelter Versuch ist, Franks Aufmerksamkeit zu erregen? Nach allem, was du mir von ihr erzählt hast, ist sie eine gescheite Frau, die sich unausgefüllt und nutzlos fühlt." Corey zuckte mit den Schultern. „Vielleicht hat sie keinen anderen Ausweg mehr gesehen, als mit diesem reichlich dramatischen Schritt ein Zeichen zu setzen."

Corinne schwieg einen Augenblick. „Oder sie sucht woanders, was sie bei Frank nicht gefunden hat. Möglicherweise haben sie sich auch im Bett nicht mehr so gut verstanden."

„Oh doch, Corinne", sagte eine tiefe Stimme hinter ihr.

Sie wirbelte herum und sah Frank an der Tür stehen. „Entschuldige bitte, Frank, ich wollte mich nicht …", begann sie verlegen.

Er hob die Hand und schnitt ihr das Wort ab. „Dein Gedanke braucht dir nicht peinlich zu sein, Corinne. Roxanne ist deine Schwester, du hast ein Recht dazu. Aber ich kann dir versichern, Sex war nie unser Problem. Oder hat sie in ihren Briefen etwas angedeutet?"

„Nein."

„Hätte mich auch gewundert. Im Bett lief es immer prima. Wer weiß, vielleicht wäre sie sonst schon längst auf und davon." Langsam wandte er sich um und ging mit hängenden Schultern hinaus.

Corinne schaute ihm nach. Dann drehte sie sich zu Corey um, legte die Arme um ihn und schmiegte sich an ihn. „Er leidet. Aber Frank ist kein Kind mehr, er wird lernen müssen, damit fertigzuwerden. Jeffrey dagegen … Wie lange wird er die Geschichte von der dringenden Reise glauben? Wenn Roxanne nun nicht zurückkommt?"

„Sie wird zurückkommen, Corinne", sagte Corey mit fester Stimme. „Aus der Ferne mag sie Alex und eure Mutter um deren Freiheit beneiden, aber die Erziehung eurer Großmutter und ihre Moralvorstellungen haben euch beide geprägt. Insofern ist es ein Glück, dass eure Eltern sich kaum blicken ließen und ihr Einfluss recht gering blieb."

„Groß genug, um jahrelang mein Verhältnis zu Männern zu bestimmen", gab Corinne leise zu bedenken.

Corey küsste sie zärtlich. „Ich weiß, Liebes. Aber Roxanne hat einen Mann, der mit beiden Beinen fest auf der Erde steht. Er ist treu und zuverlässig und wünscht sich nichts sehnlicher, als seine Frau wieder in die Arme zu schließen. Du kannst ihn nicht mit Alex und ihre Ehe nicht mit der eurer Eltern vergleichen. Ich glaube, Roxanne will lediglich prüfen, wie groß Franks Liebe tatsächlich ist. Außerdem hast du doch gesagt, sie hinge abgöttisch an Jeffrey. Allein um seinetwillen wird sie zurückkehren."

Corey sollte recht behalten. Doch vorerst verlor sich Roxannes Spur in Las Vegas. Keiner rechnete mehr damit, dass sie bald zu Hause in New York auftauchen würde. Und so trauten Corinne, Frank und Corey ihren Augen nicht, als sich plötzlich kurz nach zwölf Uhr mittags am nächsten Tag die Tür öffnete und Roxanne vorsichtig hereinschaute.

Frank lief ihr mit ausgebreiteten Armen entgegen, und sie warf sich hinein. Beide redeten durcheinander:

„Es tut mir ja so leid, Frank."

„Nein, alles ist nur meine Schuld. Hätte ich mir mehr Zeit für dich genommen, wäre das nicht passiert."

„Ich wollte dir wehtun, aber ich habe mich nur selbst bestraft. Ich habe dich und Jeffrey so vermisst."

„Ein Glück, dass dir nichts passiert ist."

„Ich bin nach Las Vegas geflogen."

„Ich weiß, wir haben eine Detektei beauftragt."

„Wir?"

Da erst bemerkte sie Corinne und den fremden Mann, die sich bisher im Hintergrund gehalten hatten.

„Corinne!", rief sie und lachte und weinte gleichzeitig. Frank hinter sich herziehend eilte sie durch den Raum und schlang den freien Arm um ihre Schwester. „Oh Corinne, es tut mir leid, dass du meinetwegen den weiten Weg von Baltimore hierher gemacht hast."

„Ich war nicht in Baltimore, aber das spielt keine Rolle. Ich wäre von überall her gekommen, aber ich wünschte, ich hätte dich früher besucht."

„Danke", flüsterte Roxanne beschämt. Sie drückte Corinnes Hand und sah dann zu Corey. Ihr Blick wanderte hin und her zwischen ihrer Schwester und dem großen Mann mit dem kastanienbraunen Haar. „Sie müssen Corey sein", sagte sie leise. Sie legte ihm den Arm um den Nacken und zog ihn kurz an sich. „Corinne hat mir schon viel von Ihnen erzählt. Was sage ich, geschwärmt. Es tut mir leid, dass ich Ihnen so viele Umstände gemacht habe."

„Aber ich bitte Sie", wehrte Corey lächelnd ab. „Glauben Sie, ich hätte mir die Chance entgehen lassen, Sie in Augenschein zu nehmen?", scherzte er. „Ihrer Großmutter hat mich Corinne nämlich bis heute nicht vorgestellt. Da wollte ich wenigstens ein Mitglied der Familie kennenlernen."

Roxanne musste lachen, drehte sich aber sofort wieder zu Frank und hielt ihn fest, als wollte sie ihn nie wieder loslassen.

Noch am selben Nachmittag kehrten Corinne und Corey nach Hilton Head zurück. Frank und Roxanne brauchten sie jetzt nicht mehr. Blieb nur zu wünschen, dass sie aus ihren Fehlern lernten und die Chance für einen Neubeginn ergriffen.

Der Zwischenfall hatte auch für Corinnes Leben eine tiefe Bedeutung. Möglicherweise stand ihre eigene Zukunft auf dem Spiel, wenn sie auf Coreys wichtigste Frage keine klare Antwort wusste. In spätestens zwei Wochen waren die Interviews durchgeführt und alle

Bögen eingesammelt. Die Codierer in Alans Institut konnten mit der Auswertung beginnen. Ihre Arbeit aber war beendet. Und was dann?

Die vierzehn Tage vergingen im Nu, und Corinne hatte sich noch immer nicht zu einer Entscheidung durchgerungen. Mit einem Aktenkoffer voller Unterlagen fuhr Corey sie zum Flughafen. Er war ziemlich wortkarg gewesen, doch während sie auf den Aufruf ihres Fluges warteten, ergriff er plötzlich ihre Hand, starrte auf ihren kleinen Finger und sagte langsam: „Ich habe viel über uns nachgedacht."

Corinne schlug das Herz bis zum Hals. Sie spürte, dass etwas nicht stimmte, und eine düstere Ahnung beschlich sie. In der Hektik der letzten Tage war ihr nie in den Sinn gekommen, Corey könnte unabhängig von ihr zu einem Entschluss gelangen.

„Ich denke: Es ist besser, wenn du für eine Weile in Baltimore bleibst."

Eine lähmende, an Panik grenzende Angst erfasste sie. „Du wirst mich doch besuchen?"

„Nein. Du brauchst Zeit und Ruhe, um dir endlich über gewisse Dinge klar zu werden."

„Ich hab's ja gewusst!", brach es aus ihr hervor. „Du bist genau wie alle anderen! Du sehnst dich nach deiner kostbaren Freiheit, nicht wahr? Ich war nichts als ein amüsanter Zeitvertreib für dich."

„Hör auf, solchen Unsinn zu reden", herrschte er sie an. Er atmete tief durch und fuhr weniger ruhig fort: „Ich will keine andere außer dir, Corinne. Ich will dich Tag und Tag, Nacht für Nacht in meiner Nähe haben. Ich will, dass du meine Frau wirst. Aber du bist offensichtlich nicht dazu bereit. Du sagst zwar, du liebst mich, aber manchmal frage ich mich, ob deine Liebe stark genug ist. Vielleicht fällt dir die Entscheidung leichter, wenn du ein wenig Abstand gewinnst."

„Ich habe mich schon entschieden, Corey. Ich glaube, ich möchte dich heiraten."

„Du glaubst es? Corinne, das genügt nicht. Du musst dir sicher sein, du musst es fühlen! Sonst hat es keinen Sinn."

„Aber …"

„Ich werde mit keiner anderen Frau ausgehen, das verspreche ich dir. Ich möchte auch nicht, dass du dich mit einem anderen Mann triffst; falls es dir jedoch helfen sollte, schneller zu einem Entschluss zu kommen, habe ich nichts dagegen."

„Ich will aber nicht …" Ihr heftiger Protest ging im Dröhnen des Lautsprechers unter.

„Das ist dein Flug, der da aufgerufen wird." Corey drückte ihre Hand, stand auf und zog Corinne in die Arme. „Auf Wiedersehen, Liebes." Zärtlich küsste er sie auf den Mund. „Ich liebe dich, vergiss das nicht."

„Corey." Er legte ihr den Zeigefinger auf die Lippen. „Du kennst die Regeln." Er küsste sie ein letztes Mal auf die Stirn, drehte sich um und eilte davon. Aus weit aufgerissenen Augen sah sie ihm nach.

Dann senkte sie den Kopf, wandte sich langsam um und ging mit hängenden Schultern zur Gangway. Nur Sekunden nachdem sie in die Maschine gestiegen war, wurden die Passagiertüren geschlossen.

Corinne wunderte sich später immer wieder, wie sie es geschafft hatte, den Flug ohne Nervenzusammenbruch zu überstehen. Sie verspürte abwechselnd Trauer, Angst, Verzweiflung, vor allen Dingen aber eine unbändige, blinde Wut.

Als sie um sechzehn Uhr in Baltimore eintraf, fuhr sie sofort ins Büro und erklärte dem völlig verdutzten Alan, dass sie kündige. Dann nahm sie ein Taxi nach Hause, wo sie einer nicht minder erstaunten Großmutter mitteilte, sie werde ausziehen und die Stadt verlassen. Ohne sich umzuziehen oder frische Sachen einzupacken, kehrte sie anschließend zum Flughafen zurück und buchte einen Platz in der Nachtmaschine nach Atlanta.

Dort musste sie allerdings bis zum nächsten Morgen auf einen Anschlussflug nach Savannah warten. Endlich im Taxi, auf dem Weg zu Coreys Büro, hatte sie sich so in Rage gebracht, dass sie am ganzen Leib zitterte.

Sie stieß die Tür auf, ließ ihr Gepäck fallen, stürmte an der verblüfften Sekretärin vorbei, riss die Tür zum Büro auf, knallte sie wieder zu und begann, ehe Corey sich von seinem Schrecken erholen konnte, mit ihrer sorgfältig zurechtgelegten Rede.

„Was bildest du dir eigentlich ein!" Die Hände in die Hüften gestemmt, mit blitzenden Augen, stand sie vor ihm. „Das war ja wohl das Allerletzte, was du dir da mit mir erlaubt hast. Mir erst zu erklären, du liebst mich, und mich dann wegzuschicken! Wie kommst du dazu, an meinen Worten zu zweifeln, wenn ich dir sage, ich liebe dich! Ist das vielleicht die feine Art, mir die Ehe zu versprechen, um mich später einfach fortzujagen? Wer, zum Teufel, glaubst du denn, der du bist, dass du mich so herumkommandierst? Ich habe auch Gefühle, und mir passt es nicht, wenn jemand darauf herumtrampelt!"

Corey hatte es die Sprache verschlagen. Aber selbst wenn er etwas hätte entgegnen wollen, Corinne ließ ihm keine Gelegenheit.

„Fang jetzt bloß nicht wieder mit deinen Regeln an! Ich kann's nicht mehr hören, dein ‚Dem Boss widerspricht man nicht, denn der Boss hat immer recht'. Jetzt bin ich dran, Corey Haraden, also hör mir gut zu. Wir werden auf der Stelle heiraten. Und sobald wir auf dem Standesamt waren, wirst du mit mir nach Baltimore fliegen und mir beim Packen helfen. Ist das klar?"

Die Arme vor der Brust verschränkt, lehnte Corey sich langsam zurück. „Du siehst ein wenig mitgenommen aus, Corinne, Liebes."

„Hast du heute selbst schon mal in den Spiegel geschaut?", gab sie bissig zurück. „Man könnte meinen, du hättest dich mit den Fingern gekämmt. Außerdem sind deine Lider geschwollen, du hast Ringe unter den Augen, und deine Krawatte hängt schief."

„Offensichtlich haben wir beide eine schlaflose Nacht verbracht", stellte er ruhig fest.

Seine Gelassenheit reizte sie nur noch mehr. „Du bist schuld an allem! Warum hast du nicht früher mit mir gesprochen? Hättest du nur einen Ton von dir gegeben, dass du mit deiner Geduld am Ende bist, dass du dir keinen Rat mehr weißt. Aber gleich zu so gemeinen Methoden zu greifen? Das war unentschuldbar, Corey Haraden!"

„Wie recht du hast, mein Schatz."

„Was sitzt du dann da und grinst so? Manchmal werde ich wirklich nicht schlau aus dir. Hast du mir nichts zu sagen? Wo ist der impulsive, hartnäckige Corey, den ich kenne? Lässt dich meine Rede völlig kalt?"

„Oh nein, keineswegs."

Corinne hob den Zeigefinger. „Ah, ich hab's! Deine Hose klebt am Stuhl fest."

„Wenn dem so wäre", sagte er und stand langsam auf, „würde ich sie einfach ausziehen." Er trat hinter dem Schreibtisch hervor, fasste sie am Arm und zog sie zur Tür.

„Corey, was hast du vor?"

„Ich bringe dich nach Hause."

Sie stemmte sich gegen ihn. „Ich fahre nicht nach Baltimore zurück."

Corey ging ungerührt weiter. Sie stolperte und musste ihm wohl oder übel folgen. „Ich meine zu mir nach Hause. Zu uns nach Hause."

„Oh." Sie musste fast rennen, um mit ihm Schritt zu halten. „Heißt das, du entschuldigst dich?"

„Ja", antwortete er kurz.

„Und wir werden heiraten?"

„Ja."

An seiner Sekretärin und Corinnes Gepäck vorbei zog er sie nach draußen.

„Meine Sachen, Corey."

„Später."

„Hast du mir sonst nichts mitzuteilen? Zum Beispiel, dass du mich liebst, dass du dir schreckliche Sorgen um mich gemacht hast, dass du froh bist, weil ich wieder da bin."

Corey wartete, bis der Aufzug kam, und wandte sich zu ihr. „Ich liebe dich. Ich habe mir schreckliche Sorgen um dich gemacht. Ich bin froh, dass du wieder da bist."

Die Fahrstuhltüren glitten zur Seite. „Das klingt ungefähr so überzeugend …" Sie brach ab und stieß einen leisen Schrei aus, als er sie energisch in den Lift schob, an die Wand drückte und ihre Lippen mit einem leidenschaftlichen Kuss verschloss.

Der Fahrstuhl hielt im Erdgeschoss, die Türen öffneten sich. Nach einigen Sekunden waren sie von Neuem auf dem Weg nach oben.

Im neunten Stock stiegen einige Geschäftsleute zu. Hätte einer nicht die Geistesgegenwart besessen, sich laut zu räuspern, als der

Lift abermals das Erdgeschoss erreichte, Corey und Corinne wären für die nächste Zeit wohl Dauerfahrgäste geworden.

Corinne schmiegte sich enger an Corey, schob ein Bein zwischen seine Schenkel und küsste seine Schulter. Inmitten verstreuter Kleidungsstücke lagen sie auf dem Wohnzimmerteppich. Bis zum Schlafzimmer hätten sie es nie geschafft.

„Was hat den Ausschlag gegeben, Liebes?", fragte er sanft. Corinne kraulte seine Brust. „Als du mich weggeschickt hast, war das ein heilsamer Schock für mich", antwortete sie kaum hörbar. „Plötzlich ging mir ein Licht auf, genau wie Frank, als Roxanne verschwand. Ich hatte Angst, meine Empfindungen in eine neue Beziehung einzubringen. Aber dann wurde mir klar, es wäre ein weitaus größeres Wagnis, von nun an ohne dich und deine Liebe leben zu müssen. Das Gefühl, dich vielleicht zu verlieren, machte mich schier wahnsinnig."

„Dich? Corinne Fremont, die früher ausschließlich ihrem Verstand vertraute?" Corey tat erstaunt.

„Unglaublich, ich weiß, aber so war es nun mal." Zufrieden kuschelte sie sich an ihn, und er küsste ihr Haar. „Corey?"

„Hm?" Er konnte sich nicht entsinnen, jemals glücklicher gewesen zu sein als in diesem Augenblick.

„Hattest du das von Anfang an geplant?"

„Was?"

„Diese Schockbehandlung in Form einer abrupten Trennung."

„Ich wünschte, ich wäre so schlau."

„Dann hast du mich nicht so bald zurückerwartet?"

„Nein."

„War es eine angenehme Überraschung für dich?"

„Eine Sensation, würde ich sagen."

„Was war das denn?"

„Mein Magen. Ich habe Hunger."

Corinne hob den Kopf und sah ihn an. „Hast du etwa nicht gefrühstückt?"

„Ich hab's versucht. Aber du weißt doch, meine zwei linken Hände."

Jetzt erst nahm sie den eigenartigen Geruch wahr. „Was riecht denn hier so komisch?"

„Na ja", druckste er herum. „Du hast mir schrecklich gefehlt, deshalb war ich nicht ganz bei der Sache. Maiskuchen. Ich habe sie zum Aufwärmen in den Backofen gelegt und dann vergessen. Sie sind restlos verkohlt."

„Warum Jontelle wohl nicht gelüftet hat", wunderte sich Corinne. Mit einem Ruck fuhr sie hoch. „Jontelle! Wo ist sie eigentlich?"

Lachend stand Corey auf. „Sie hat heute Morgen angerufen und sich krankgemeldet."

„Wie praktisch." Misstrauisch sah sie ihn an. „Und du hast wirklich nicht damit gerechnet, dass ich so schnell wiederkomme?"

Er reichte ihr eine Hand, zog sie auf die Füße, nahm sie in seine Arme und trug sie in die Küche. „Hätte ich auch nur die leiseste Ahnung gehabt, hätte ich die Betten gemacht, das Bad aufgeräumt und die nassen Handtücher nicht auf dem Boden herumliegen lassen."

„Auf dem Boden?"

„Tja, weißt du, das war so: Ich will duschen und greife nach der Shampooflasche, merke aber leider zu spät, dass ich letztes Mal den Verschluss nicht richtig zugedreht habe. Das Ding rutscht mir aus der Hand, und alles läuft heraus."

„Oh nein", stöhnte Corinne und presste das Gesicht an seinen Hals.

„Oh doch, und weil ich vermeiden wollte, dass Jontelle auf dem Geschmiere ausrutscht und sich ein Bein bricht, die Geschichte mit dem Ofen hatte sie nämlich sicher schon genug zur Weißglut gebracht ..."

„Einen Augenblick", unterbrach ihn Corinne. „Was ist denn mit dem Backofen passiert?", fragte sie vorsichtig.

„Na ja, ich sagte dir doch, du hast mir gefehlt, und ich hab die ganze Zeit an dich und sonst ziemlich wenig gedacht", gestand er.

„Corey!"

„Verdammt noch mal, woher hätte ich denn wissen sollen, dass man Eier nicht im Backofen braten kann?"

„Wieso, kann man doch."

„Nicht in der Schale. Dann explodieren sie nämlich. Siehst du, nicht einmal du hast das gewusst. Es war also nicht nur eine Dummheit aus Liebeskummer. Alles wäre nur halb so schlimm gewesen, wenn ich nicht versucht hätte, den Ofen sofort zu reinigen, als er noch warm war. Leider habe ich in der Eile die falsche Flasche erwischt. Hast du eine Ahnung, was passiert, wenn man verkohltes Eigelb im heißen Backofen mit Ungeziefervertilgungsmittel abschrubbt?"

Lachend schmiegte Corinne sich in seine Arme. Sie wusste, mit Corey würde sie unendlich glücklich werden, und in ihrer Ehe würde es keine langweilige Minute geben.

– ENDE –

Carla Cassidy

Ich weiß nur eins,
ich liebe dich

Roman

Aus dem Amerikanischen von
M.R. Heinze

PROLOG

Nur mühsam hielt sie das Gleichgewicht, als die Wellen den Sand unter ihren Füßen wegschwemmten. Das Mondlicht schimmerte auf dem Wasser und auf ihrer geisterhaft bleichen Haut. Ein Geist, ja, das war sie ... ein ruheloser Geist mit einer gepeinigten Seele, die keinen Frieden fand.

Sie stolperte, fiel dabei auf ein Knie und achtete nicht darauf, dass ihr Nachthemd zerriss. Schon lange war ihr alles gleichgültig. Die letzten sechs Monate ihres Lebens waren wie in Nebel gehüllt.

Die Wellen strichen um ihre Füße und berührten ihre Waden, als sie sich nach hinten sinken ließ. Der Sand hatte die Wärme des Tages gespeichert, konnte jedoch nicht die Kälte vertreiben, die ihre Seele erfüllte.

Wie viele Schlaftabletten hatte sie eigentlich genommen? Immer mehr waren nötig, um einschlafen zu können, doch selbst dann fand sie keinen Frieden.

Flucht ... danach sehnte sie sich. Flucht vor den Albträumen, die sie bei Nacht peinigten, und vor den Erinnerungen, die sie bei Tag verfolgten. Hätte sie doch bloß die Todesschreie zum Verstummen bringen können, die sie pausenlos quälten!

Mit bebenden Fingern betastete sie die Narbe am Hals und an der Schulter, starrte zum Vollmond hinauf und schloss die Augen, als der Schmerz unerträglich wurde.

1. KAPITEL

*D*r. Frank Longford seufzte behaglich, als er den Sportwagen in der Einfahrt seines Strandhauses abstellte. Es war Freitagabend. Vor Montag wurde er nicht im Krankenhaus erwartet, und er freute sich auf ein Wochenende mit kühlem Bier, Sonnenbädern und einem Kriminalroman seines Lieblingsautors.

„Genau, was mir der Arzt verschrieben hat." Lächelnd schloss er die Haustür auf und wurde von seinen beiden vierbeinigen Gefährten angesprungen. „Hallo, Mutt ... Jeff ..." Nachdem er die Hunde gestreichelt hatte, öffnete er die Fenster und ließ die kühle, salzige Luft herein.

Mit einem kalten Bier aus dem Kühlschrank trat er auf die Terrasse und sah zu, wie Mutt und Jeff über den Strand jagten. Nach dem ersten Schluck zog er das Jackett aus, löste die Krawatte und sank auf einen Liegestuhl. Obwohl es noch zu früh war, hielt er am Strand Ausschau.

Wirklich seltsam, wie sehr die junge Frau, die seit einer Woche jeden Abend den Strand entlangging, seine Fantasie anregte. Sie verhielt sich immer gleich. Sobald es dunkel wurde und der Mond schien, tauchte sie auf. Nie kam sie nahe genug, dass er sie klar erkennen konnte, aber nach ihren anmutigen Bewegungen schloss Frank, dass sie jung war. Und trotz ihres weit fallenden Kleides hielt er sie für schlank.

Was trieb sie zu diesen ruhelosen Wanderungen? So aufgeregt gingen Leute in Warteräumen hin und her, während sie auf den Ausgang einer Operation an einem geliebten Menschen warteten.

„Mutt, Jeff, hierher!", befahl Frank. Mit hängenden Zungen kamen die beiden Mischlingshunde zurück. Frank schaffte sie ins Haus, weil sie liebend gern die abendlichen Jogger am Strand erschreckten, und setzte sich wieder.

Die kühle Abendluft strich sachte über ihn hinweg, und das Bier in seiner Hand fühlte sich kalt an. Das Windspiel an der Hauswand klingelte leise und lieferte eine hübsche musikalische Untermalung des Abends.

Er war wohl eingeschlafen. Als Frank die Augen wieder öffnete, war die Nacht angebrochen, und die Bierdose war warm geworden. Müde rieb er sich die Augen und blickte auf den Strand hinunter. Es überraschte ihn nicht, in der Ferne die mysteriöse Frau zu sehen.

Heute Abend bewegte sie sich jedoch nicht anmutig, sondern wankte, fiel auf ein Knie und richtete sich noch einmal ruckartig auf wie eine Marionette in den Händen eines unerfahrenen Puppenspielers. Schließlich streckte sie sich im Sand aus. Was machte sie bloß?

Eine Weile beobachtete Frank die merkwürdige Szene, während das Windspiel klingelte und die Wellen rhythmisch rauschten. Endlich wurde ihm klar, dass hier etwas nicht stimmte. Eigentlich sollte er sich nicht einmischen. Diese Frau wollte eindeutig unbeobachtet bleiben, sonst hätte sie nicht immer bis nach Einbruch der Dunkelheit gewartet. Doch er war Arzt, und die Frau brauchte vermutlich Hilfe.

Frank sprang auf den Sand hinunter und rannte los. Plötzlich hatte er es eilig und ging erst langsamer, als er nur noch wenige Meter von der Fremden entfernt war.

Vielleicht wollte sie einfach am Strand schlafen. Oder es handelte sich um ein religiöses Ritual. Trotzdem ging er näher heran.

„Miss?", rief er zögernd, sobald er sie erreichte. Es war jedoch nur das Rauschen des Meeres zu hören.

Als Mann fielen Frank die schön geschnittenen Gesichtszüge auf, die fein geschwungenen, dunklen Brauen, die betonten Wangenknochen in dem schmalen Gesicht, die gerade Nase und die vollen Lippen.

Als Arzt stellte er fest, dass die Frau zu mager war und ihre Haut im Mondschein ungesund wächsern wirkte. Er beugte sich herunter und rüttelte sie an den Schultern, während die Flut allmählich höher stieg. Ihre Haut fühlte sich kalt an, während er den Puls suchte. Wo war bloß ihr Puls? Frank fand ihn, doch er war gefährlich schwach.

Hastig hob er die Frau auf die Arme. Ihr Kopf rollte zur Seite. Eine Narbe seitlich am Hals zog sich bis unter das Nachthemd, doch Frank kümmerte sich nicht weiter darum. Diese Narbe war zu alt, als dass sie die Ohnmacht hätte auslösen können.

Er lief zum Haus zurück, holte die Wagenschlüssel, legte die Frau behutsam auf die Rücksitze und startete. Vom Strandhaus bis zum Krankenhaus fuhr man zwanzig Minuten. Jetzt schaffte er es in zwölf und meldete sich über das Autotelefon an, damit man ihn schon vor der Ambulanz erwartete.

Zwei Schwestern mit einer fahrbaren Trage und Dr. Russ Waylon, sein Freund und Kollege, standen bereit.

„Irgendwelche Veränderungen seit deinem Anruf?", fragte Russ, während sie die Patientin in die Ambulanz schafften.

Frank schüttelte den Kopf, ohne die reglose Gestalt auf der Trage aus den Augen zu lassen.

„Ich sage dir Bescheid, sobald ich etwas weiß", versicherte Russ aufmunternd lächelnd und verschwand in der Ambulanz.

Die grüne Schwingtür fiel zu. Frank hätte hineingehen können. Er gehörte zum Ärzteteam. Doch die geheimnisvolle Frau war bei Russ in guten Händen.

Schon nach wenigen Minuten auf einem der orangefarbenen Schalensessel im Wartezimmer wurde er ungeduldig. Hier zu sitzen, anstatt auf der anderen Seite der Schwingtür um Leben und Tod zu kämpfen, war ungewohnt.

Das Wartezimmer war klein und schien immer kleiner zu werden. Die Wände erdrückten ihn. Jetzt verstand er, wieso Menschen in Wartezimmern auf und ab gingen. Anders konnte man dieses Gefühl der Hilflosigkeit nicht abreagieren.

Frank stand auf, ging hin und her und fühlte erst jetzt den Sand in den Schuhen, setzte sich wieder und zog Schuhe und Socken aus.

„Hey, Dr. Longford, ich habe gehört, dass Sie hier sind." Cindy Manors lehnte in der Tür und lächelte ihn breit an.

„Hi, Cindy." Frank stand auf und kam sich barfuß ziemlich albern vor. „Du siehst gut aus", stellte er mit einem Blick in die strahlend blauen Augen des Mädchens fest.

„Dank Ihrer Hilfe fühle ich mich auch gut", versicherte sie mit jener Heldenverehrung, zu der nur eine Sechzehnjährige fähig ist.

„Was machst du so spät hier?", fragte Frank und leerte über dem Papierkorb den Sand aus den Schuhen.

„Mom hat gleich Dienstschluss, und ich hole sie ab. Und was machen Sie hier?" Cindy sah zu, wie er die Socken ausschüttelte.

„Ich habe einen Strandlauf gemacht." Frank beschloss, nicht alles zu erzählen. Garett Beach war ein kleiner Ort, und er wollte keine Gerüchte über die geheimnisvolle Frau in die Welt setzen.

Cindy verdrehte die Augen. „Doktor, Sie sollten nicht mit Ihren guten Schuhen am Strand laufen!"

„Ich werde in Zukunft daran denken." Frank setzte sich und zog die Socken wieder an. „Und du siehst nach links und rechts, bevor du eine Straße überquerst."

Cindy wurde rot. „Keine Sorge, ich habe meine Lektion gründlich gelernt." Sie sah auf die Uhr. „Ich gehe jetzt. Mom wartet nicht gern." Sie winkte und verließ den Raum.

Frank war zufrieden, wenn er sich daran erinnerte, in welchem Zustand sie sich vor vier Monaten befunden hatte. Cindy war unvorsichtig auf die Straße gelaufen und überfahren worden. Frank hatte Dienst in der Ambulanz versehen, als sie mit einem gebrochenen Bein und zahlreichen Prellungen und Abschürfungen sowie einem Schock eingeliefert wurde. Die Verletzungen waren schnell versorgt gewesen. Es hatte länger gedauert, Cindy zu beruhigen und ihr die Angst zu nehmen. Jetzt war sie körperlich und seelisch wieder in Ordnung.

Er schob die Gedanken an das Mädchen beiseite und konzentrierte sich auf die Frau hinter der Schwingtür. Wer war sie? Woher kam sie? Was war mit ihr los? Hoffentlich lieferte Russ bald einige Antworten.

Während Frank die Schuhe anzog, sah er das zarte, im Mondlicht schimmernde Gesicht der Frau vor sich. Hätte er doch bloß nicht so lange gewartet, ehe er zu ihr lief. Wäre er doch gleich aufgestanden, als ihm ihr unnatürlicher Gang auffiel. Sobald Russ sichtlich verwirrt hereinkam, sprang er auf.

„Ich kann dir nicht viel sagen, Frank." Russ seufzte müde. Offenbar arbeitete er schon viel zu lange. Er deutete auf einen Stuhl und setzte sich neben Frank. „Ihr Zustand ist stabil. Wir lassen ihr Blut im Labor auf Drogen untersuchen. Sie ist zwar leicht unterernährt, aber ich finde keinen Grund für diesen nahezu komatösen Zustand.

Hätten wir eine bessere neurologische Abteilung und modernere Geräte, könnten wir natürlich auch genauere Tests machen."

„Und jetzt? Wartest du auf den Laborbefund?"

Russ nickte. „Fällt er negativ aus, müssen wir in Wilmington anrufen, damit ihr Neurochirurg herkommt und die Patientin genauer untersucht."

Frank war mit der Entscheidung seines Freundes einverstanden.

„Und worum geht es?", fragte Russ. „Du hast bisher nicht viel verraten. Wer ist diese Frau?"

„Keine Ahnung. Sie ging am Strand vorbei, wankte und fiel hin, stand noch einmal auf, taumelte einige Schritte weit und blieb liegen. Als sie nicht mehr aufstand, lief ich hin und brachte sie zu euch."

„Ist sie beim Fallen mit dem Kopf aufgeschlagen?"

„Davon habe ich nichts bemerkt."

„Dann tippe ich auf Drogen oder Alkohol", meinte Russ.

Frank wollte schon widersprechen, doch was wusste er über die Frau? Natürlich konnte sie Drogen genommen haben. „Darf ich sie sehen?"

„Warum nicht? Wir behalten sie auf der Intensivstation, bis sie das Bewusstsein wiedererlangt."

Frank stand auf, strich sich gedankenverloren durch das Haar und wollte zur Tür gehen.

Russ hielt ihn zurück. „Weißt du, es ist nicht wie in diesem chinesischen Sprichwort, in dem es heißt, dass man für einen Menschen für den Rest seines Lebens verantwortlich ist, wenn man ihm einmal das Leben gerettet hat."

„Ich weiß. Ich fühle mich nicht verantwortlich", versicherte Frank. „Außerdem bin ich schon für meine beiden Flohbeutel verantwortlich", fügte er lächelnd hinzu.

Doch als er wenig später neben dem Bett der geheimnisvollen Frau stand, konnte er sich eines gewissen Verantwortungsgefühls nicht erwehren. Sie wirkte so schön und zerbrechlich mit dem dunklen Haar, das auf dem weißen Kissen ausgebreitet lag ... wie Dornröschen, nachdem es sich an der vergifteten Nadel gestochen hatte.

Frank musste sich zurückhalten, um sich nicht über sie zu beugen und sie behutsam zu küssen. Ob er sie dadurch hätte wecken können? Was für ein unsinniger Gedanke! Sie war nicht Dornröschen, und er war ganz sicher kein Prinz.

Welche Farbe hatten wohl ihre Augen? Wahrscheinlich braun, wenn er nach dem dunklen Haar schloss. Oder blau ... das hätte besonders faszinierend gewirkt.

„Wie sieht es aus, Doc?" Etta Maxwell, eine der tüchtigsten Krankenschwestern des Garett Memorial Hospitals, kam herein und lächelte Frank zu. „Ich habe gehört, Sie haben uns einen verletzten Sperling gebracht." Sie warf einen Blick auf die reglose Frau im Bett. „Ich nehme es zurück. Das ist kein schlichter Sperling, sondern eine echte Schönheit."

Etta strich die Bettdecke fürsorglich glatt und redete dabei mit sanfter Stimme, mit der sie jedes leidende Kind und jeden streitsüchtigen Patienten beschwichtigen konnte.

„Wir bringen Sie schon wieder auf die Beine. Bei Doc Frank sind Sie in guten Händen. Das ist ein Arzt, der sich wirklich um seine Patienten kümmert ... manchmal sogar zu sehr, wenn Sie mich fragen", fügte sie leise hinzu.

„Etta", warnte Frank freundlich. Über diesen Punkt hatte er sich mit der älteren Schwester schon oft gestritten.

„Es stimmt doch", erwiderte sie und sah ihn an. Ihre Augen waren so grau wie ihr kurzes, gelocktes Haar. „Sie lassen sich von Patienten doch ausnützen." Behutsam schüttelte sie das Kopfkissen auf. „Aber machen Sie sich keine Sorgen, meine Schöne. Dadurch ist er ja ein so guter Arzt. Er heilt sehr schnell Ihre Flügel, und dann können Sie dahin zurückfliegen, wo Sie hingehören." Nachdem sie das Infusionsgerät überprüft hatte, betrachtete sie Frank kritisch. „Sie sollten heimfahren und sich ausruhen. Sie sehen schrecklich aus."

„Sollten Krankenschwestern nicht Respekt vor Ärzten haben?", grollte er.

Etta lachte trocken. „Das klappt nicht mehr, seit wir Krankenschwestern erkannt haben, dass Ärzte keine Heiligen, sondern einfach Männer sind. Und wie alle Männer können sie einem manchmal ganz schön auf die Nerven gehen." Im Hinausgehen lachte sie ansteckend.

Frank schüttelte lächelnd den Kopf. Noch nie hatte er eine so ausgeglichene und tüchtige Frau wie Etta Maxwell getroffen. Seit zehn Jahren war sie Witwe, zeigte keinerlei Respekt und wurde wegen ihrer Herzlichkeit und ihres gesunden Menschenverstandes von allen geschätzt.

Erneut wandte er sich der Frau im Bett zu. Sie sah ihn an. So grüne Augen hatte er noch nie gesehen. Grün ... an die Möglichkeit hatte er gar nicht gedacht.

Überrascht trat er näher. „Hi! Ich bin Dr. Longford", sagte er leise, um sie nicht zu erschrecken. Trotzdem fand er Angst in ihrem Blick, wenn auch nicht vor ihm. Irgendetwas quälte sie.

Verzweifelt griff sie nach Franks Hand und drückte sie. „Helfen Sie mir", hauchte sie.

Bevor er antworten konnte, schloss sie wieder die Augen. Ihre Hand wurde schlaff.

Frank stieß den Atem aus. Schon lange hatte ihn nichts mehr so getroffen. Das war nicht die Bitte einer Patientin an einen Arzt gewesen. Eine gequälte Seele hatte um Hilfe geschrien, und Frank wusste, dass er alles in seiner Macht Stehende tun musste, um ihr zu helfen.

Sie erwachte ganz plötzlich. Ohne die Augen zu öffnen, wusste sie, dass sie in einem Krankenhaus war. Es roch nach Desinfektionsmitteln, Alkohol zum Einreiben und Reinigungsmitteln. Die Geräusche waren gedämpft. Ein Wagen wurde über den langen Korridor gerollt. Aus einem anderen Zimmer drang Stimmengemurmel zu ihr. Jemand klingelte nach einer Schwester. Ja, sie war im Krankenhaus. Aber warum? Sie hatte keine Schmerzen.

Jemand betrat das Zimmer ... eine Frau mit quietschenden Gummisohlen. Feiner Fliederduft erfüllte den Raum.

Sie öffnete ein Augenlid, dann das andere, musste blinzeln und erkannte eine kleine, rundliche, grauhaarige Schwester, die etwas auf einem Blatt notierte und es dann in einen Halter am Bettende schob.

„Ach, du liebe Zeit, Sie sind ja wach!", rief die Schwester. „Ich hole sofort Dr. Longford! Der wird sich freuen."

Damit eilte sie hinaus, und die Frau auf dem Bett blickte zum Fenster. Die Sonne schien warm ins Zimmer. Sommer? Wo waren Winter und Frühling geblieben?

Wieder kam jemand herein, ein Arzt in einem weißen Kittel und mit einem Stethoskop um den Hals.

Er war sehr attraktiv. Das dunkle Haar wurde an den Schläfen grau. Sie sah in seine braunen Augen, und als er lächelte, kam es ihr so vor, als wäre sie ihm schon einmal im Traum begegnet.

„Hi." Er trat näher an das Bett. „Ich bin Dr. Longford … Frank Longford."

„Hi." Sie wollte sich aufsetzen, schaffte es jedoch nicht. „Wo … wo bin ich?"

„Im Krankenhaus. Garett Memorial Hospital."

„Nein, ich meine, in welcher Stadt? In welchem Staat?"

„Das wissen Sie nicht?" Besorgt runzelte er die Stirn.

Sie schüttelte den Kopf und fühlte erst jetzt die Schmerzen hinter der Stirn, hob die Hand und massierte die Schläfe.

„Sie sind in Garett Beach in North Carolina."

Was für eine schöne Stimme, dachte sie, tief und beruhigend. „Wie … wie komme ich hierher?"

„Ich habe Sie hergebracht. Sie sind vor meinem Haus am Strand zusammengebrochen." Frank empfand Mitgefühl, als sie ihn verwirrt ansah.

Offenbar erinnerte sie sich nicht daran, dass sie ihn letzte Nacht schon einmal so angesehen hatte, dass er es nicht mehr vergessen konnte. Nachdem er heimgefahren war, hatte er die ganze Nacht an diesen Ausdruck in ihren Augen und an ihre verzweifelte Bitte um Hilfe gedacht.

Jetzt lächelte er ihr zu. „Könnte ich Ihnen einige Fragen stellen?" Als sie nickte, zog er sich einen Stuhl neben das Bett und setzte sich. „Wie fühlen Sie sich?"

„Als wäre ich vom Himmel gefallen", erwiderte sie schwach lächelnd.

Dieses Lächeln auf den sinnlichen Lippen sprach Frank genauso stark wie ihre grünen Augen an. „Könnten Sie sich etwas genauer ausdrücken?", fragte er, freute sich aber, dass sie Humor bewies.

„Ich habe eigentlich nur Kopfschmerzen. Ansonsten fühle ich mich nur allgemein matt und schwach."

„Diese Schwäche geht wahrscheinlich darauf zurück, dass Sie leicht unterernährt sind. Die Kopfschmerzen und die Mattigkeit könnten auf die Sedativa zurückgehen, die man im Labor in Ihrem Blut gefunden hat."

„Sedativa? Meinen Sie Schlaftabletten? Das ist lächerlich. Ich nehme nie Schlaftabletten."

Sie klang so empört, dass Frank das Thema nicht weiter verfolgte.

„Wann werde ich entlassen?", fragte sie.

„Dr. Waylon ist Ihr Arzt. Ich glaube, er will Sie einige Tage zur Beobachtung hierbehalten."

Darauf nickte sie nur apathisch.

„Und jetzt die wichtigste Frage. Wir haben bei Ihnen keinen Ausweis gefunden. Bei der Einlieferung trugen Sie ein Nachthemd und hatten keine Tasche und auch sonst nichts bei sich. Ich kenne Ihren Namen nicht."

Sie zog die Hand von der Schläfe zurück. „Ich auch nicht", erwiderte sie leise.

2. KAPITEL

*I*hr Name … wie war ihr Name? Sie versuchte, die Schleier von der Erinnerung zu ziehen, und schloss die Augen, doch ihr Gedächtnis funktionierte nicht.

„Ich weiß es nicht … ich kann nicht denken …" Panik und Hysterie schwangen in ihrer Stimme mit, während sie den Arzt ansah. Dr. Longford … Wieso konnte sie sich an seinen, aber nicht an ihren eigenen Namen erinnern?

„Versuchen wir etwas anderes", schlug er behutsam vor und rutschte näher. Drakkar. Das war die Marke seines angenehmen Rasierwassers. Wieso fiel ihr dieser Name ein, aber nicht ihr eigener? „Was können Sie mir über sich erzählen?"

Hilflos schüttelte sie den Kopf, weil sie seine Frage nicht beantworten konnte. Ihr Gedächtnis war entsetzlich leer. Sie wusste nichts – wusste nicht, woher sie kam oder wer sie war.

Mit einem tiefen Atemzug versuchte sie, das Zittern in ihrem Körper zu kontrollieren. Was war bloß mit ihr geschehen? Warum war sie hier? Wie hieß sie?

„Kennen Sie das heutige Datum?"

Sie hörte den eigenen Herzschlag, der dumpf in ihren Ohren dröhnte. „Nein", flüsterte sie. Ihre Augen brannten, aber sie wollte nicht weinen. Wenn sie jetzt vor Entsetzen zu weinen begann, konnte sie vielleicht nie mehr aufhören.

„Es ist ja schon gut." Dr. Longford drückte ihre Hand. „Wir führen einige Tests mit Ihnen durch. Dann sehen wir weiter. Machen Sie sich keine Sorgen, es wird alles wieder gut."

Während sie in seine Augen blickte, legte sich ihre Aufregung. Ja, irgendwie wurde bestimmt wieder alles gut. Dr. Frank Longford konnte dafür sorgen.

Doch kaum war er gegangen, als sie die ganze verbliebene Kraft aufbot und die Beine über die Bettkante schwang. Sie brauchte einen Spiegel. Wenn sie schon nicht wusste, wer sie war, wollte sie wenigstens erfahren, wie sie aussah.

Auf wackeligen Beinen schaffte sie es ins Bad. Was war mit ihr geschehen? Hatte sie einen Unfall gehabt? Ja, bestimmt. Und ein

Schlag auf den Kopf hatte den Gedächtnisverlust ausgelöst.

Im Bad lehnte sie sich schwach gegen das Waschbecken und schloss für einen Moment die Augen.

Wenn sie ihr Spiegelbild sah, kehrte garantiert die Erinnerung zurück. Hoffnungsvoll öffnete sie die Augen.

Langes, schwarzes Haar umrahmte ein schmales Gesicht und betonte die großen, grünen Augen. Die Nase war klein und gerade, die Lippen voll. Es war ein hübsches Gesicht, doch es gehörte einer Fremden.

„Lieber Himmel", flüsterte sie. „Wer bin ich bloß?"

Gerade als sie sich vom Spiegel abwenden wollte, entdeckte sie die Narbe. Sie begann am Halsansatz und zog sich unter dem Krankenhausnachthemd bis zur Schulter. Hastig schloss sie das Nachthemd wieder.

Was war das für ein Unfall gewesen? Und warum konnte sie sich nicht daran erinnern?

„Ach, hier sind Sie, meine Liebe." Die kleine, grauhaarige Schwester kam ins Bad und führte sie energisch am Arm zu einem Rollstuhl. „Wenn Sie aufstehen mussten, hätten Sie klingeln sollen. Schließlich bin ich dazu da, um Ihnen zu helfen. Ich bin Etta Maxwell. Wenn Sie während Ihres Aufenthalts irgendetwas brauchen, klingeln Sie einfach, und ich komme sofort. Jetzt fahre ich Sie ins Labor. Dr. Waylon hat etliche Tests angeordnet. Er und Doc Longford bringen Sie schon wieder auf die Beine. Die zwei sind gute Ärzte."

Sie hatte keine andere Wahl, als daran zu glauben, dass Dr. Longford ihr wieder zu ihrer Identität und ihrem Leben verhelfen konnte.

„Ich finde keine physiologische Ursache für ihre Amnesie", stellte Frank fest, während er die Testergebnisse betrachtete. Russ war zum gleichen Schluss gekommen. Vor achtundvierzig Stunden hatte Frank die Frau eingeliefert. Seither hatten sie alle möglichen Tests durchgeführt. Der Neurochirurg aus Wilmington war bereits hier gewesen und hatte noch ausführlichere Tests durchgeführt, die jedoch alle keine ungewöhnlichen Ergebnisse brachten.

„Keine Auffälligkeiten bei der Computertomografie, ihre Blutsenkung ist in Ordnung, kein ernsthafter Vitaminmangel, keine verdächtigen Beulen am Kopf." Russ rieb sich die Wange. „Ich tippe als letzte Möglichkeit auf ein psychisches Problem."

Frank nickte zerstreut. „Wenigstens kennen wir jetzt ihren Namen."

Das Krankenhaus hatte sich mit der Polizei in Verbindung gesetzt. Diese hatte alle zu mietenden Häuser überprüft und herausgefunden, dass sich die Frau als Jane Smith eingetragen hatte. Außerdem hatte die Polizei ihre Habseligkeiten ins Krankenhaus gebracht. Leider hatten sich unter den wenigen Dingen keine Handtasche, kein Portemonnaie und kein offizieller Ausweis befunden.

„Also, was machen wir jetzt?", fragte Frank.

„Wir können nichts mehr für sie tun. Darum werden wir sie entlassen."

„Entlassen? Wohin entlassen? Sie hat einen Namen, aber kein Gedächtnis, keine wirkliche Identität. Und sie hat kein Geld und keinen Ausweis. Was soll sie denn machen?"

„Ich rufe die Fürsorge an", schlug Russ vor. „Sie soll sich um die Frau kümmern und sie in einem Heim unterbringen."

„Wann entlässt du sie?", fragte Frank.

„Wozu soll ich es aufschieben? Heute Nachmittag. Das wollte ich ihr übrigens jetzt mitteilen."

„Ich sage es ihr." Frank fühlte, dass es sie treffen würde, diese bekannte und für sie sichere Umgebung zu verlassen.

Auf dem Weg zu ihrem Zimmer überlegte er, was nach der Entlassung mit ihr geschehen würde. Bestimmt kam sie zurecht. Sie konnte in einem Heim bleiben, bis ihr Gedächtnis zurückkehrte. Das ist nicht mein Problem, ermahnte er sich und betrat das Zimmer.

Sie stand am Fenster und bemerkte ihn offenbar nicht. Einen Moment betrachtete er sie. Das Sonnenlicht schien durch das dünne Nachthemd. Ihre Taille und die schmalen Hüften zeichneten sich ab … Er sah auch ihre Haltung … schutzlos, verletzbar, die Stirn gegen das Fenster gedrückt, als könnte sie sich anders nicht aufrecht halten.

„Jane?"

Sie drehte sich um, straffte sich und lächelte erfreut. „Hi, Dr. Longford." Die grünen Augen auf ihn gerichtet, ging sie zum Bett und setzte sich auf die Kante.

„Fühlen Sie sich heute Vormittag besser?", fragte er.

„Meine Kopfschmerzen sind verschwunden, und ich fühle mich viel kräftiger. Es gibt da nur dieses kleine Problem, dass ich offenbar mein Gedächtnis verlegt habe." Sie lächelte.

In den vergangenen zwei Tagen hatte er festgestellt, dass sie ihre Angst und Unsicherheit mit trockenem Humor überspielte. „Hat es nicht geholfen, dass Sie von der Polizei Ihren Namen erfahren haben?"

Das Lächeln fiel ihr plötzlich schwer, und das sagte mehr als Worte.

„Die Erinnerungen werden schon wieder zurückkommen", versicherte er hastig. „Jedenfalls haben wir die Testergebnisse überprüft und sind zu dem Schluss gekommen, dass es keine körperlichen Ursachen für Ihren Gedächtnisverlust gibt." Er zögerte kurz, ehe er weitersprach. „Dr. Waylon meint, die Ursache könnte in einem psychischen Trauma liegen."

„Soll das vielleicht eine gute Nachricht sein? Dass Sie zu dem Schluss gekommen sind, dass ich verrückt bin?"

„Nein, Jane", wehrte er lachend ab. „Niemand hält Sie für verrückt. Aber es ist doch möglich, dass Ihr Bewusstsein aus irgendeinem Grund die Erinnerungen ausgeschaltet hat. Es ist wie bei einem Computer. Die Dateien Ihrer Erinnerung sind alle vorhanden, aber Sie haben keinen Zugriff."

„Und was geschieht jetzt?"

„Ich schlage vor, Sie gehen zu einem Therapeuten. Das ist allerdings nicht der eigentliche Grund für meinen Besuch. Dr. Waylon entlässt Sie heute Nachmittag."

„Er entlässt mich? Ach, wie nett!" Nur das leichte Zittern ihrer Unterlippe verriet, wie sehr sie der Gedanke erschreckte, das Krankenhaus zu verlassen.

„Jane", meinte er leise, setzte sich zu ihr auf das Bett und ergriff ihre Hände. „Ich kann mir vorstellen, dass Sie das ängstigt, aber hier können wir nichts mehr für Sie tun."

Zornig entriss sie ihm die Hände und sprang auf. „Wieso können Sie sich vorstellen, dass mich das ängstigt? Wenn Sie von hier weggehen, fahren Sie nach Hause in Ihre gewohnte Umgebung. Aber ich muss erst einmal herausfinden, wohin ich von hier gehen kann …, und wer Jane Smith überhaupt ist! Um Himmels willen, ich weiß nicht, wer ich bin! Ich weiß nichts über mich!" Schlagartig schwand ihr Zorn, und sie ließ die Schultern hängen. „Tut mir leid", flüsterte sie. „Ich wollte Sie nicht anschreien."

„Ist schon gut. Ich finde, Sie haben ein Recht, zornig zu sein."

Tränen liefen ihr über die Wangen. Sie ließ sich auf das Bett sinken und schlug schluchzend die Hände vor das Gesicht.

Frank zögerte einen Moment und legte verlegen einen Arm um ihre Schultern, um sie zu beschwichtigen, und sie drückte das Gesicht gegen seinen Laborkittel. Geduldig redete er auf sie ein und wartete, bis sie sich ausgeweint hatte.

Als sie sich endlich beruhigte, rückte er ein Stück ab und reichte ihr ein Papiertaschentuch. „Geht es jetzt besser?"

„Ein wenig", gestand sie. „Es ist mir sehr peinlich."

„Das braucht Ihnen nicht peinlich zu sein. Weinen ist manchmal die beste Medizin."

„Ich weine nicht gern. Als ich das letzte Mal weinte, war ich zwölf. Mein Hund war überfahren worden." Betroffen sah sie ihn an. „Ich erinnere mich an etwas! Es war ein Pudel, ein schwarzer Pudel, und er hieß … er hieß …" Sie runzelte die Stirn, als das Gedächtnis erneut aussetzte. „Jetzt ist es weg. Zuerst war die Erinnerung ganz klar, aber jetzt ist sie wieder weg."

„Das ist doch schon großartig." Sanft schob er ihr das Haar hinter das Ohr. „Es ist ein Anfang. Wahrscheinlich wird Ihr Gedächtnis stückweise zurückkehren, und irgendwann können Sie sich wieder an alles erinnern."

„Aber wie lange wird das dauern?"

„Das weiß ich nicht. Niemand weiß das. So etwas ist völlig unvorhersehbar."

„Dann werde ich wohl einen Tag nach dem anderen in Angriff nehmen müssen." Sie lächelte mutig. „Vermutlich gibt es hier im Krankenhaus keine Arbeit, mit der ich mir Kost und Logis verdienen könnte?"

Er schüttelte den Kopf. „Dr. Waylon hat sich mit der Fürsorge in Verbindung gesetzt, damit sie etwas für Sie findet. Wir lassen Sie nicht von hier weg, wenn Sie nirgendwo unterkommen." Als er aufstand, fiel sein Blick auf den Koffer, den die Polizei aus dem gemieteten Bungalow gebracht hatte. „Wenigstens haben Sie jetzt eigene Sachen zum Anziehen."

Sie nickte und legte die Stirn in Falten. „Meinen Sie, die Polizei könnte etwas in diesem Zimmer übersehen haben?"

„Was denn?"

„Ach, ich weiß nicht ... einen Brief, ein Andenken ... irgendetwas, das mein Gedächtnis auslöst. In dem Zimmer muss doch etwas sein, das für mich Bedeutung hat. Könnten Sie mir erklären, wie ich dorthin komme?", fragte sie eifrig. „Sobald ich entlassen werde, möchte ich mich da umsehen."

„Ich mache Ihnen einen anderen Vorschlag", meinte Frank. „Um drei Uhr habe ich Dienstschluss. Dann bringe ich Sie hin."

„Macht Ihnen das wirklich nichts aus?", fragte sie zögernd. „Ich möchte Ihnen nicht zur Last fallen."

„Würden Sie mir zur Last fallen, hätte ich es nicht vorgeschlagen", versicherte er lächelnd. „Und wenn Sie dort nichts finden, bringe ich Sie zu Ihrer neuen Unterkunft, die Ihnen die Fürsorge stellt. So, das wäre geklärt. Dr. Waylon kümmert sich um Ihre Entlassung, und ich hole Sie um drei ab." Mit einem letzten Lächeln verließ er den Raum und stieß auf dem Korridor mit Russ zusammen.

„Hast du ihr gesagt, dass sie entlassen wird?", fragte Russ.

„Ja. Hast du mit der Fürsorge gesprochen?"

„Sie wollen mich zurückrufen."

„Sag mir Bescheid, was dabei herauskommt. Nach der Arbeit fahre ich sie dann um drei Uhr in ihre neue Unterkunft." Frank winkte und setzte seine vormittägliche Runde fort.

Sie stand am Fenster und blickte in die Welt, in die sie bald hinaustreten sollte. In eine Welt, die ihr fremd und bedrohlich vorkam. Sie hatte einen Namen, aber er schien nicht zu ihr zu gehören. Jane Smith. Das sagte ihr gar nichts. Zu diesem Namen gehörte nichts ... keine Vergangenheit, keine Lieblingsspeisen, keine Vorlieben und Abneigungen.

„Jane Smith. Ich bin Jane Smith", wiederholte sie immer wieder, während sie auf einen Mann wartete, den sie kaum kannte, dem sie jedoch instinktiv vertraute. „Was für eine Situation", murmelte sie und wandte sich seufzend vom Fenster ab.

„Jane?" Dr. Longford stand in der Tür.

„Hi." Sie war erleichtert, dass er Wort gehalten hatte. Im Moment war er ihre einzige Stütze.

„Bereit?", fragte er.

Als sie nickte, ging er noch einmal hinaus und kam mit einem Rollstuhl zurück. „Das ist doch wirklich nicht nötig", widersprach sie.

„Oh, wir sorgen immer dafür, dass unsere Gäste unser schönes Haus stilvoll verlassen", meinte er und deutete einladend auf den Stuhl.

„Ich komme mir albern vor", stellte sie fest, während er sie durch den Korridor zum Ausgang schob.

„Sie sehen nicht albern aus", entgegnete er.

Als sie an der Anmeldung vorbeikamen, fiel ihr etwas ein. „Was ist denn mit meiner Rechnung? Ich weiß nicht, ob ich eine Versicherung …"

„Machen Sie sich darüber jetzt keine Gedanken. Es ist alles verbucht, und Sie können sich darum kümmern, sobald Sie wissen, wer Sie sind und wie Ihre Situation aussieht."

Eine Frau mit einem Baby kam ihnen hastig am Ausgang des Krankenhauses entgegen. Habe ich eine Familie, fragte Jane sich hektisch. Weint irgendwo ein kleines Kind, weil seine Mommy verschwunden ist? Und wenn ich ein Kind habe, habe ich auch einen Ehemann?

An ihren Fingern gab es kein Anzeichen, dass sie jemals einen Ehering getragen hatte. Aber vielleicht war sie nicht der Typ, der einen Ring trug. Nein, sie fühlte, dass sie einen Ehering sogar stolz getragen hätte. Sie war sicher, dass es keine Kinder und keinen Mann gab, der ihr Verschwinden melden würde.

„Jane, geht es Ihnen gut?" Frank betrachtete sie besorgt. Sie standen neben einem roten Sportwagen.

„Ja, es geht mir gut", versicherte sie.

Kurz darauf fuhren sie los. Warme Luft wehte durch die offenen Fenster herein und zerzauste Janes Haar.

Im Stadtzentrum von Garett Beach sah sie sich interessiert um und wartete darauf, dass ihr etwas bekannt vorkam, doch es war, als würde sie die verschlafene Kleinstadt am Meer zum ersten Mal sehen. Unwillkürlich seufzte sie.

„Das war aber ein schrecklich tiefer Seufzer", stellte Frank fest. „Geht es Ihnen wirklich gut?"

„Ich bin nur enttäuscht. Ich hatte gehofft, dass der Anblick der Stadt eine Erinnerung auslöst."

Er drückte ihr leicht die Hand. „Erwarten Sie nicht zu viel von sich. Ich glaube, je mehr Sie sich bemühen, desto weniger erreichen Sie."

Jane war dankbar, dass gerade Dr. Frank Longford sie am Strand gefunden hatte. Er tat mehr für sie, als nötig war. Von der Seite betrachtete sie sein dichtes, dunkles Haar, die sinnlich volle Unterlippe und das kräftige Kinn, das innere Stärke und Charakter anzeigte. Bisher war sie so mit ihren Problemen beschäftigt gewesen, dass sie gar nicht bemerkt hatte, wie sagenhaft er aussah. „Gibt es eine Mrs. Longford?", fragte sie unvermittelt.

„Nein, ich bin nicht verheiratet. Einmal hätte ich beinahe geheiratet, aber das ist schon lange her."

Sein Ton verriet, dass er nicht gern darüber sprach. „Ich bin überzeugt, dass ich auch nicht verheiratet bin." Jane betrachtete wieder ihre Hände. „Offenbar habe ich nie einen Ring getragen. Wenn wir zu diesen Bungalows kommen, werde ich mich erinnern, wer ich bin." Nachdem sie die Stadt verlassen hatten, fuhren sie am Meer entlang. Die Wellen glitzerten im Sonnenschein. „Hier ist es schön. Haben Sie schon immer hier gewohnt?"

„Ich wurde sogar in Garett Beach geboren, war nur zum Studium weg, kam wieder zurück und kaufte das Haus, in dem ich jetzt wohne."

„Leben Ihre Eltern auch hier?", fragte sie. Wo waren ihre Eltern? Machten sie sich Sorgen?

„Meine Eltern sind vor einigen Jahren gestorben", erwiderte Frank und hielt auf einem Parkplatz in der Nähe etlicher kleiner, heruntergekommener Bungalows.

„Hier habe ich gewohnt?" Jane konnte sich nicht vorstellen, dass sie da freiwillig eingezogen war.

„Sie waren laut Polizei in Nummer sechs registriert. Der Besitzer hat Sie auf einem Foto erkannt, das die Polizei von Ihnen machte." Er stellte den Motor ab und wandte sich ihr zu. „Ich wohne dort." Er zeigte den Strand entlang zu einem Haus mit einer großen Terrasse. „Jeden Abend habe ich Sie am Strand entlanggehen gesehen. Sie sind immer erst nach Einbruch der Dunkelheit gekommen, und Sie waren stets allein."

Jane betrachtete den einsamen Strandabschnitt und versuchte, sich daran zu erinnern, was sie zu diesen Wanderungen getrieben hatte. Prompt stellten sich die Kopfschmerzen wieder ein.

Gemeinsam gingen sie auf den Bungalow mit dem Schild ‚Office' zu. Noch bevor sie die Tür erreichten, kam ein Mann in einem fleckigen T-Shirt ins Freie.

„Dachte mir schon, dass Sie das sind. Die Cops waren heute Vormittag hier." Er kratzte sich am Bauch, legte den Kopf schief und erinnerte Jane an einen großen, struppigen Hund, der Flöhe verjagte. „Haben Sie wirklich das Gedächtnis verloren?"

Dr. Longford trat zu ihr und legte ihr den Arm um die Schultern. „Ms. Smith hatte einen Unfall und ist im Moment etwas verunsichert. Wir würden uns gern den Bungalow ansehen. Könnten Sie ihn für uns aufschließen?"

Der Mann zog einen Schlüsselbund aus der Hosentasche. „Warum nicht?", meinte er und betrachtete Jane, während er ihr den Schlüssel reichte. „Ich habe nie wen mit Gedächtnisverlust gekannt … obwohl meine Frau sich bemüht zu vergessen, dass sie mit mir verheiratet ist."

Jane zwang sich zu einem Lächeln und hoffte, dass der Schlüssel in ihrer Hand Zutritt zu ihren Erinnerungen verschaffte.

Bungalow Nummer sechs war der letzte der heruntergekommenen kleinen Häuser.

„Ich kann einfach nicht glauben, dass ich hier gewohnt habe." Jane sah sich betroffen um. Drinnen roch es nach Moder. Die wenigen Möbel waren alt und hatten Brandlöcher von Zigaretten.

Die Küche sah noch schlimmer aus. Der Herd war fettig, die Spüle rostig, und der überdimensionale Kühlschrank brummte unangenehm laut.

„Ich weiß nichts über mich selbst, aber ich begreife einfach nicht, wieso ich einen so hässlichen Bungalow gemietet habe."

Dr. Longford sah ihr zu, wie sie im Schrank die Drahtbügel betrachtete und Schubladen öffnete, auf der Suche nach etwas, das die Polizei vielleicht übersehen hatte. Als sie nichts fand, sank sie auf das Bett.

„Was ist mit mir passiert?", fragte sie verzweifelt. „Wer bin ich? Wer ist Jane Smith? Es ist, als hätte ich keine Vergangenheit. Was habe ich hier gemacht?"

„Ich weiß es nicht, aber eines ist klar. Hier gibt es nichts, das Ihnen helfen könnte. Gehen wir." Er streckte ihr die Hand entgegen. „Wir fahren zu mir und rufen Dr. Waylon an, ob er schon von der Fürsorge gehört hat."

„Meinen ... meinen Sie das ernst?" Als er nickte, überraschte sie ihn, indem sie die Arme um seinen Nacken schlang. „Danke", flüsterte sie.

Während der Fahrt zu seinem Haus warf Frank ihr verstohlene Blicke zu. Seit er sie am Strand gefunden hatte, versuchte er, sie nur als Arzt zu sehen. Doch er hatte ihren Atem am Hals und die Wärme ihres Körpers gefühlt, und er dachte an sie absolut nicht als Arzt.

Frank konzentrierte sich wieder auf die Straße. Er war ein alleinstehender, viel beschäftigter Arzt. Es spielte keine Rolle, wie attraktiv sie war. In seinem Leben war kein Platz für eine Frau. Außerdem wollte er ganz sicher keine Beziehung mit einer Frau ohne Erinnerung. Einmal hatte er es versucht ... mit einer Frau, die sich geweigert hatte, ihre Erinnerungen mit ihm zu teilen. Das hatte zu einer Katastrophe geführt, und er war viel zu klug, um einen Fehler zweimal zu begehen.

3. KAPITEL

An Franks Haustür wurden sie von zwei großen Hunden begrüßt, die freudig bellend hochsprangen. „Sie beißen nicht", versicherte Frank, als Jane auf der Veranda stehen blieb.

Lachend betrat sie das Haus, während die Hunde versuchten, ihr das Gesicht zu lecken. „Ach, sind die lieb", rief sie und streichelte die beiden.

„Mutt, Jeff, Platz!", befahl Frank, und die Hunde gehorchten sofort und ließen sich auf den Fußboden sinken.

Das fröhliche Verhalten der Hunde half Jane, sich zu entkrampfen. „Sie sind ganz süß", meinte sie, kauerte sich hin und streichelte die beiden.

„Sie sind schrecklich lästig", behauptete Frank und lächelte den Hunden zu. „Nun ... wie wäre es mit Kaffee?", fragte er leicht befangen.

„Gern, wenn es keine Mühe macht."

„Es macht keine Mühe. Kümmern Sie sich nicht um die Unordnung und machen Sie es sich bequem. Ich komme gleich wieder."

Im Kamin an der einen Wand lag noch die Asche eines Feuers, das vor langer Zeit gebrannt hatte. Die Zeitung war auf dem Beistelltisch ausgebreitet. Eine benützte Tasse stand darauf. Schallplatten und CDs stapelten sich auf der Stereoanlage.

Die Hunde folgten Jane, als sie an die Glasschiebetür trat und ins Freie blickte. Vor ihr erstreckte sich der weiße Strand. Das Meer schimmerte im Schein der untergehenden Sonne in dunklem Gelb und Rosa. Der friedliche Anblick dämpfte die in ihr nagenden Sorgen.

„Sahne? Zucker?", rief Frank aus der Küche.

„Schwarz", antwortete sie und verfolgte die bunten Segel eines Bootes am Horizont.

„Hier, bitte", sagte Frank hinter ihr.

Sie drehte sich um und nahm dankbar lächelnd eine Tasse entgegen. „Sie haben einen schönen Ausblick", meinte sie und deutete auf die Tür.

Er nickte, schloss die Schiebetür auf und öffnete sie. „Trinken wir den Kaffee draußen. Die Jungs machen dann ihren täglichen Spaziergang."

Die Hunde spitzten die Ohren und bellten, liefen an Jane vorbei und über die Terrasse an den Strand.

„Sie haben überhaupt keine Manieren", bemerkte Frank, wich zur Seite und ließ ihr den Vortritt.

Jane trat auf die Holzbretter der Terrasse hinaus. Jetzt konnte man das Meer hören. Sie lehnte sich gegen das hölzerne Geländer, trank Kaffee und beobachtete das Segelboot am Horizont und die spielenden Hunde. Wärme umgab sie, und irgendwo ertönte ein Windspiel.

„Hier ist es so friedlich", stellte sie leise fest.

„Das hält mich auch hier." Frank hatte sich in einen Stuhl gesetzt. „Manchmal will ich mir etwas anderes suchen. Doch dann sitze ich eine Weile hier draußen und finde es verrückt, auch nur mit dem Gedanken zu spielen, all das aufzugeben."

„Und Sie können nicht verrückt sein. Ich bin hier die Verrückte."

„Nicht verrückt", verbesserte er sie energisch. „Nur vorübergehend verwirrt."

Sie dankte ihm mit einem Lächeln. „Was machen wir jetzt?"

„Von der Küche aus habe ich Dr. Waylon angerufen. Er hat mir die Adresse des Heims gegeben, in das Sie gehen können. Es steht in Wilmington. Das ist ungefähr eine Dreiviertelstunde von hier entfernt. Aber wir haben es nicht eilig. Trinken Sie den Kaffee und entspannen Sie sich eine Weile."

Mit dem Heim und seinen Problemen konnte sie sich auseinandersetzen, wenn sie dort war. Im Moment wollte Jane die würzige Luft einatmen, die herrliche Landschaft genießen und sich nicht mit ihrem verlorenen Gedächtnis beschäftigen.

„Sie machen einen guten Kaffee", bemerkte sie nach einem Schluck. „Den besten, an den ich mich überhaupt erinnere."

Frank lächelte über ihren schwarzen Humor. „Ich musste schon lernen, wie man anständigen Kaffee macht. Nur so werde ich den Geschmack des Spülwassers los, das ich ständig im Krankenhaus trinke. Ich mache auch ein tolles Omelett. Sind Sie hungrig?"

„Ein wenig", gestand sie und fügte hinzu: „Ihr Spülwasser im Krankenhaus kann nicht so schlimm sein wie das Essen, das ich dort bekommen habe."

„War es so schlecht?"

„Noch schlimmer."

Er stand auf, hielt zwei Finger an die Lippen und holte die Hunde mit einem lauten Pfiff zurück.

„Das wollte ich immer lernen", sagte Jane. „Ein Junge aus der Nachbarschaft hat versucht, es mir beizubringen, aber ich habe es nicht geschafft." Für einen Moment sah sie einen stämmigen, rothaarigen Jungen mit Sommersprossen und großen, braunen Augen vor sich. Wie hieß er? Das Bild erlosch wieder, und sie seufzte. „Es ist so frustrierend. Kleine Bruchstücke tauchen auf und verschwinden wieder."

„Es ist ein gutes Zeichen, dass Sie sich überhaupt erinnern." Frank öffnete die Tür, damit die Hunde ins Haus konnten, und ließ Jane eintreten. Durch das Wohnzimmer ging er in die Küche voraus. „Setzen Sie sich. Sobald ich diese hungrigen Köter gefüttert habe, kümmere ich mich um unser Spezial-Omelett."

Jane setzte sich an den Glastisch und sah zu, wie er zwei Näpfe mit Trockenfutter füllte und auf den Boden stellte. Die Hunde stürzten sich darauf, als hätten sie seit Monaten kein Futter bekommen. „Sind sie immer so lebhaft?", fragte sie und lachte, als der eine Hund seinen bereits geleerten Napf mit der Schnauze zu Frank schob.

„Nur bei Futter", erwiderte er und füllte den Napf nach. „Sie sind sehr klug, wenn es um ihren Vorteil geht. Aber wenn sie etwas nicht wollen, tun sie, als würden sie nichts verstehen – zum Beispiel, wenn sie bei Regen ins Freie müssen."

Die Hunde blickten zu ihm hoch, als wollten sie widersprechen. Jane musste wieder lachen. „Wie lange haben Sie die beiden schon?"

„Ich habe sie vor ungefähr einem Jahr am Strand gefunden. Jemand hatte die Welpen in einen Sack gesteckt, damit sie ertrinken. Zum Glück habe ich sie entdeckt, bevor die Flut kam."

„Scheint bei Ihnen eine Gewohnheit zu sein, etwas am Strand zu finden."

„Hunde, Muscheln, Treibholz, schöne Frauen … Das Leben am Strand ist nie langweilig." Er öffnete den Kühlschrank und holte die Zutaten für das Omelett heraus, während die Hunde sich neben Janes Füße legten.

Schöne Frauen … Hielt er sie tatsächlich für schön? Jane berührte die Narbe, die man zwar über dem Kragen der Bluse nicht sah, die Frank aber natürlich bemerkt hatte.

Er arbeitete am Herd und bewegte sich in der Küche wie ein Mann, der gewöhnt war, alles selbst zu erledigen. „Grüne Paprika, Zwiebeln, Pilze und Käse?", fragte er.

„Das hört sich gut an. Ich könnte wenigstens die Zwiebeln und die Paprika hacken." Jane trat zu ihm, nahm das Messer entgegen und kümmerte sich um das Gemüse. „Sind Sie gern Arzt?" Es klang lahm, doch irgendwie wollte sie ein Gespräch in Gang bringen, um von der Leere in ihrem Gedächtnis abgelenkt zu werden.

„Ich wollte nie etwas anderes sein." Frank schlug Eier in eine Schüssel und schlug sie mit einer Gabel. „Wenn die anderen Kinder Soldaten spielten, war ich der Feldarzt. Und wenn sie Cowboys und Indianer spielten, war ich der Medizinmann."

Jane stellte ihn sich mit bemaltem Gesicht und einer Feder im dunklen Haar vor, wie er mit ernster Miene die Krieger heilte. „Also hatten Sie eine schöne Kindheit."

„So schön wie überhaupt möglich. Mein Elternhaus stand hier ganz in der Nähe. Mein Vater war Lehrer, meine Mutter Rechtsanwaltsgehilfin. Der Strand und das Meer gehörten zu meinem Leben."

„In Garett Beach gibt es offenbar nur wenige Touristen", bemerkte sie und erinnerte sich an die Fahrt vom Krankenhaus hierher.

„Zu unserem Glück haben uns die Touristen nicht entdeckt. Sie bevorzugen die Strände im Norden wie zum Beispiel Myrtle Beach." Nachdem er die gehackten Paprika und Zwiebeln in die Pfanne gefüllte hatte, fuhr er fort: „Garett Beach wird wahrscheinlich immer bleiben, was es jetzt ist, nämlich ein kleiner Küstenort, in dem jeder jeden kennt." Er lächelte ihr zu und schob zwei Brotscheiben in den Toaster.

„Dann stamme ich eindeutig nicht von hier, sonst könnte mir jemand in der Stadt sagen, wer ich bin." Sobald der Toast fertig war, übernahm sie es, ihn mit Butter zu bestreichen und zwei neue Scheiben in das Gerät zu stecken.

„Sie kommen möglicherweise aus einer anderen Kleinstadt, in der jemand Ihre Gedächtnislücken schließen kann", meinte er aufmunternd. „Die Polizei geht weiter die Vermisstenanzeigen durch. Bestimmt dauert es nicht lange, bis sich jemand meldet, der Sie kennt." Frank nahm die Pfanne vom Herd. „Und bis dahin erinnern Sie sich vielleicht von selbst an etwas."

„Hoffentlich!"

Während des Essens betrachtete er Jane verstohlen. Sie war schön, doch in ihren geheimnisvollen, grünen Augen fand er noch immer Anzeichen eines unerklärlichen Schmerzes.

„Das schmeckt hervorragend", lobte sie und riss ihn aus seinen Gedanken.

„Besser als im Krankenhaus?", scherzte er.

„Gar kein Vergleich. Ich begreife nicht, wie Großküchen es schaffen, dass Schweinefleisch, Eier, Käse und Geflügel völlig gleich schmecken."

Es freute ihn, dass sie trotz ihrer Probleme Humor entwickelte. „Noch einen Toast?"

„Nein, danke." Jane schob den leeren Teller von sich. „Ich kann keinen Bissen mehr essen. Dann sollten Sie mich jetzt zu diesem Heim bringen", sagte sie nach einem Schluck Kaffee.

Die Vorstellung, dass Jane in einem Heim für obdachlose, misshandelte und hoffnungslose Menschen wohnen sollte, gefiel Frank nicht. Dorthin wandten Menschen sich nur, wenn sie keinen anderen Ausweg mehr hatten und niemand sich um sie kümmerte. Jane wirkte so zart und verletzbar! „Ich habe in letzter Zeit mit dem Gedanken gespielt, eine Haushälterin einzustellen. Eigentlich hatte ich nicht vor, sie hier wohnen zu lassen, aber ich habe ein Gästezimmer. Falls Sie möchten …"

„Sehr gern", antwortete Jane und ließ ihn gar nicht aussprechen. „Selbstverständlich bleibe ich lieber hier, als in ein Heim zu gehen. Und ich werde hart arbeiten. Dieses Haus wird von unten bis oben blitzen und blinken." Sie unterbrach sich und sprach etwas ruhiger weiter. „Mehr als alles andere hasse ich dieses Gefühl der Hilflosigkeit, weil ich absolut nichts habe und völlig abhängig bin. Könnte ich hier bei Ihnen bleiben und arbeiten, würde ich mich viel besser fühlen."

„Jeder braucht gelegentlich im Leben Hilfe. Im Moment sind eben Sie an der Reihe. Außerdem bekommen wir auf diese Weise beide etwas. Sie fühlen sich besser, und mein Haus wird sauber."

„Könnte ich bloß diese Leere aus meinem Kopf vertreiben", meinte sie seufzend.

Frank griff nach ihren Händen und drückte sie. „Gehen Sie es ruhig an. Je mehr man sich bemüht, desto schwerer kann man eine Erinnerung festhalten." Ihre Hand fühlte sich so angenehm an, dass er sie hastig losließ. Es beunruhigte ihn, wie gut ihm diese Berührung gefiel.

Gemeinsam räumten sie den Tisch ab, stellten das Geschirr in die Spülmaschine und traten auf die Terrasse. Die Nacht war angebrochen, und der Mond warf sein blasses Licht auf das Meer. Nach dem heißen Tag strich eine kühle Brise vom Wasser herein.

Frank setzte sich wieder in einen Stuhl, während Jane sich an das Geländer lehnte, sodass er im Mondschein ihr Profil betrachten konnte.

Müde seufzend schloss er die Augen, um nicht sehen zu müssen, wie attraktiv sie war. Es war seltsam, seine Privatsphäre mit jemandem zu teilen. Das hatte er nicht mehr gemacht, seit … Hastig schob Frank den Gedanken von sich, um die schmerzlichen Erinnerungen der Vergangenheit nicht aufzuscheuchen.

Er öffnete wieder die Augen. Jane gehörte irgendwohin. Und vielleicht wartete ein Mann auf ihre Rückkehr.

Von dem langen Tag erschöpft, stand er auf und streckte die Arme über den Kopf. „Ich bin nur ungern ein schlechter Gastgeber, aber ich bin erledigt. Wenn Sie nichts dagegen haben, zeige ich Ihnen das Gästezimmer, und dann beenden wir den Tag."

„Einverstanden", erwiderte sie. „Ich bin auch schon müde."

Gemeinsam kehrten sie ins Haus zurück. Frank nahm ihren Koffer, den er gleich neben der Haustür abgestellt hatte, und zeigte Jane das Gästezimmer. Es war klein und nur mit einem Bett und einer Kommode eingerichtet, aber durch das Fenster hatte man einen schönen Ausblick auf den Strand.

„Es ist nichts Besonderes." Zum ersten Mal fiel ihm auf, wie karg das Zimmer wirkte.

„Es reicht völlig", versicherte sie. „Außerdem ahnen Sie gar nicht, wie dankbar ich Ihnen für Ihre Gastfreundschaft bin, Dr. Longford." Erneut fühlte er sich unbehaglich, als sie ihn mit ihren grünen Augen ansah. „Schon gut. Und nennen Sie mich einfach Frank." Er stellte die Tasche neben die Tür. „Ich bin gleich nebenan, falls Sie etwas brauchen."

„Ich komme ganz sicher zurecht."

Schon wollte er gehen, als sie leise seinen Namen nannte. Er drehte sich wieder zu ihr um.

„Danke, Frank ... für alles."

Einen Moment fragte er sich, ob ihre Augen auch so schimmern würden, falls er sie küsste. Mit einem kurzen Nicken floh er aus dem Raum. Er hatte gar nicht die Absicht, Jane zu küssen. Den Job hatte er ihr nur angeboten, weil er nicht wollte, dass sie in ein Heim musste. Und er selbst war es leid, nach der Arbeit im Krankenhaus auch noch aufzuräumen. So hatten sie beide etwas davon.

Hätte er nur dieses Sehnen unterdrücken können, als er in sein Schlafzimmer hinüberging!

Sie konnte der Hitze nicht entkommen, versank darin, erstickte darin. Jeder Atemzug versengte ihre Lungen. Ihre Augen brannten.

Feuer. Sie hörte es knistern und prasseln. Entsetzen packte sie. Um sie herum stieg schwarzer Rauch hoch. Sie stand in einem engen, ihr unbekannten Raum und rang nach Luft.

Trotz des Lärms hörte sie in der Ferne ein Baby schreien. Sie musste etwas tun ... etwas Wichtiges ... sie musste fliehen ...

Das Baby ... es war etwas mit dem Baby, etwas Entsetzliches, das sie nicht ertrug. Sie musste weglaufen, sonst verlor sie den Verstand, doch sie konnte sich nicht von der Stelle bewegen. Verzweifelt presste sie die Hände auf die Ohren, um nichts mehr zu hören.

Es roch nach Tod. Der Magen krampfte sich ihr zusammen. Überall Tod ... und alles war ihre Schuld.

Sie verkrampfte die Hände ineinander und fühlte, wie feucht und klebrig sie waren. Wie aus weiter Ferne sah sie ihre Hände. Blut bedeckte sie. Rauch wälzte sich wie schwarzer Nebel vor ihren Augen, und in dem Nebel tauchten verschiedene Bilder auf … Blut, Todesschreie, Flammen.

Keuchend und schweißgebadet setzte Jane sich im Bett auf und versuchte, sich zu orientieren.

Der Mondschein tauchte den Raum in schwaches Licht. Ja natürlich, sie war in Franks Gästezimmer. Hier konnte ihr nichts passieren.

Bebend stieß sie den Atem aus. Die Bilder aus dem Traum wirkten noch so lebendig nach, dass ihr übel wurde.

Zitternd stieg sie aus dem Bett und trat an das Fenster, öffnete es und hoffte, die Meeresluft würde die Erinnerung an den schrecklichen Alptraum wegblasen. Von der kühlen Brise bekam sie Gänsehaut, doch die Nachwirkungen wurden nicht gemildert.

Vergeblich suchte Jane die Ruhe, die ihr der Strand bisher geboten hatte. Angesichts der Traumbilder konnte es keine Ruhe geben.

Meine Schuld … alles meine Schuld …

War das ein Traum oder eine Erinnerung gewesen? Falls es eine Erinnerung gewesen war … wer war sie? Und vor allem … was hatte sie getan?

4. KAPITEL

„Guten Morgen", grüßte Jane, als Frank die Küche betrat. Sie hatte seinen Wecker und danach die Dusche gehört.

„Guten Morgen." Überrascht blieb er in der Tür stehen.

„Sie sind zeitig auf."

„Ich habe nicht gut geschlafen. Hoffentlich stört es Sie nicht, dass ich Kaffee gemacht habe."

„Es stört mich ganz sicher nicht." Frank holte sich eine Tasse aus dem Schrank. „Morgens dauert es scheinbar immer am längsten, bis der Kaffee durchläuft." Er nahm sich eine Tasse und setzte sich an den Tisch. „War es im Zimmer zu warm oder zu kalt? Oder ist das Bett nicht gut?"

Jane schüttelte den Kopf. Wie gut er in seinem weißen Hemd und der blauen Hose aussah. „Nein, alles bestens. Ich habe nur schlecht geträumt."

„Wollen Sie es mir erzählen?"

„Da gibt es eigentlich gar nichts zu erzählen. Es waren nur wirre Bilder, die keinen Sinn ergaben." Um nicht über Einzelheiten sprechen zu müssen, blickte sie aus dem Fenster.

„Wahrscheinlich handelte es sich nur um ein Abbild Ihres verwirrten Zustands. In den letzten Tagen haben Sie unter starkem Stress gestanden."

„Ja, das war es bestimmt." Wie eine Ertrinkende klammerte sie sich an diese Erklärung. Es waren nur die wirren Träume einer Frau gewesen, die sich in ihrem unsicheren Leben zurechtfinden wollte. Es hatte nichts mit ihrer Vergangenheit zu tun gehabt. „Wie haben Sie geschlafen?", fragte sie und setzte sich zu Frank an den Tisch.

„Wie ein Stein, aber so schlafe ich immer." Er sah auf die Uhr. „Ich muss zum Krankenhaus." Damit stand er auf und leerte seine Tasse. „Gegen Viertel vor neun komme ich her. Dann fahren wir zur Fürsorge und melden, wie wir uns geeinigt haben. Vielleicht können uns die Leute auch helfen."

„Macht es Ihnen wirklich nichts aus?"

„Jane, das habe ich Ihnen doch schon versichert. Entspannen Sie sich, während ich weg bin." Die Hunde folgten ihm bis an die Haustür.

Als Frank knapp zwei Stunden später zurückkam, hatte Jane geduscht und war ziemlich optimistisch.

„Bereit?", fragte er.

„Was machen Ihre Patienten?", erkundigte sie sich während der Fahrt in die Stadt.

Es überraschte ihn, dass jemand nach seiner Arbeit fragte. „Es geht ihnen gut. Allerdings muss ich mittags wieder im Krankenhaus sein, für eine Mandeloperation an einem Kind."

„Bis dahin sind wir sicher längst fertig", meinte Jane.

„Warten wir ab, wie es läuft."

Während der restlichen Fahrt schwiegen sie, doch es war nicht wie am Vorabend. Jetzt fühlten sie sich nicht befangen.

Franks Haus lag an einem einsamen Stück des Strandes. Die nächsten Gebäude waren die Mietbungalows. Kurz vor Garett Beach zeigte Frank ihr einen leer stehenden Leuchtturm auf einer Felszunge, ein Restaurant, in dem es die besten Krabben der ganzen Gegend gab, und ein Haus, in dem es angeblich spukte.

Das Gerichtsgebäude von Garett Beach war ein zweistöckiges Gebäude am Hauptplatz. Die Büros, die sie suchten, lagen im zweiten Stock.

Jane wurde rot, als Frank der Frau hinter dem Pult die Lage erklärte. Die Frau betrachtete sie, als wäre sie das Ergebnis eines gescheiterten wissenschaftlichen Experiments.

„Füllen Sie diese Formulare aus." Die Frau reichte Jane die Vordrucke auf einem Klemmbrett.

Frank führte sie zu den Stühlen und gab ihr einen Kugelschreiber. Seufzend betrachtete sie das erste Formular.

„Was gibt es?", fragte er leise und beugte sich so tief zu ihr, dass sie sein Rasierwasser roch.

Sie zeigte auf die ersten drei Zeilen. „Name, Adresse und Telefonnummer."

Er nahm ihr die Formulare weg und kehrte zu der Angestellten zurück.

Es war fast elf, als sie endlich das Gerichtsgebäude verließen. Frank war auf die Bürokratie wütend, und Jane schwieg niedergeschlagen.

„Wenigstens haben Sie ein Dach über dem Kopf und eine Arbeit, mit der Sie Geld verdienen", meinte er. „Und die Polizei wird schon etwas herausfinden."

Sie nickte und starrte während der Rückfahrt aus dem Fenster.

Am Haus setzte Frank sie ab und fuhr zum Krankenhaus weiter, doch aus seinen Gedanken konnte er Jane nicht verbannen. Bestimmt konnten sie zusammenwohnen, ohne dass es zu irgendwelchen Beziehungen kam. Sicher, er fühlte sich zu ihr hingezogen, doch das war auch bei anderen Frauen so gewesen. Trotzdem hatte er sein Herz nie verloren.

Jane tat ihm leid, weil sie so allein war. Jeder Mensch in ihrer Lage hätte ihn angesprochen, weil er schon immer für die Hilflosen da gewesen war. Von Jane Smith musste er sich auf jeden Fall fernhalten. Früher oder später würde sie sich daran erinnern, dass sie irgendwo ein eigenes Leben führte, in das sie zurückkehrte.

Bevor er den Parkplatz des Krankenhauses erreichte, hatte er beschlossen, in Jane lediglich eine Patientin zu sehen, um die er sich kümmerte.

Jane ging im Haus umher und versuchte, die Demütigung zu überwinden, die sie bei der Fürsorge erlebt hatte. Die Leute hatten ihr immer wieder die gleichen Fragen gestellt, als wollten sie entlarven, dass sie den Gedächtnisverlust nur vortäuschte.

Lächelnd erinnerte sie sich daran, wie zornig Frank geworden war. Er war sogar zum Amtsleiter gegangen.

Mutt stieß mit seiner feuchten Schnauze gegen ihr Bein. Sie beugte sich hinunter und streichelte ihn und danach auch Jeff, der sich zu ihnen gesellte.

„Was soll ich denn jetzt machen, Jungs?", fragte sie. „Euer Herrchen hat mich zum Saubermachen eingestellt. Also, fangen wir an."

In den nächsten Stunden kümmerte sie sich um Wohnzimmer und Küche und versuchte gleichzeitig, sich ein Bild von dem Hausherrn zu machen. Auf den Bücherregalen standen Kriminalromane. Schallplatten und CDs boten fast nur Instrumentalmusik.

In der Küche holte sie zwei Steaks aus der Tiefkühltruhe und legte sie zum Auftauen in den gut gefüllten Kühlschrank. Eigentlich hatten sie die Aufgaben der Haushälterin nicht genau festgelegt, aber Frank war es sicher recht, wenn das Abendessen fertig war, sobald er aus dem Krankenhaus heimkam. Jane wollte Salat und gebackene Kartoffeln vorbereiten. Wenn Frank eintraf, konnte sie die Steaks auf den Gartengrill auf der Terrasse legen.

Im Gästezimmer wischte sie Staub und putzte den Spiegel auf der Kommode. Nachdem sie das Badezimmer gereinigt hatte, zögerte sie vor Franks Schlafzimmer. Hoffentlich empfand er ihre Arbeit nicht als Einbruch in seine Privatsphäre.

Sein Schlafzimmer war doppelt so groß wie das ihre. Auf dem Bett lag eine Decke mit einem geometrischen Muster in Schwarz und Weiß, passend zu den Vorhängen. Im Gegensatz zu dem gemütlichen Wohnzimmer wirkte dieser Raum unpersönlich. Wechselgeld und einige Fläschchen Rasierwasser und Eau de Cologne auf der Kommode waren die einzigen Anzeichen dafür, dass jemand das Zimmer benützte.

Jane machte das Bett und polierte die Möbel. Frank Longford war ein attraktiver Mann. Wieso war er nicht verheiratet? Wieso gab es in seinem Schlafzimmer keine Hinweise auf eine Frau? Er hatte erwähnt, dass er einmal beinahe geheiratet hätte. Was war damals geschehen?

Gegen fünf fragte sie sich, wann Frank heimkommen würde. Der Salat war fertig, und die Kartoffeln hatte sie gewaschen. Sie brauchten nur noch in die Mikrowelle geschoben zu werden. Und die Steaks waren aufgetaut. Jane hatte noch einmal geduscht und beobachtete von der Tür aus die Straße.

Frank hatte keine Zeit genannt. Um die deprimierende Stille im Haus zu vertreiben, legte sie Platten auf.

Um halb acht stand die Sonne wie eine flammende Scheibe am Horizont. Die Hunde winselten an der Schiebetür, weil sie laufen wollten.

Jane öffnete die Tür und trat auf die Terrasse. Das warme Holz fühlte sich angenehm unter ihren nackten Füßen an. Gegen das Geländer gelehnt, sah sie den Hunden zu und betrachtete die sinkende Sonne, die das Meer glutrot färbte.

Feuer. Der Ozean hatte sich in ein Flammenmeer, die einbrechende Dunkelheit in Rauch verwandelt.

Der Strand schwand vor Janes Augen, wurde zu einem Albtraum aus Rauch und Feuer … und Tod, der sie in seinem eisigen Griff hielt.

Ein Baby schrie entsetzlich. Jane presste die Hände an die Ohren, um nichts zu hören und gegen die überwältigenden Schuldgefühle anzukämpfen. Mit einem Aufschrei taumelte sie zurück und prallte gegen die Glastür.

Durch den Stoß verschwand die Vision, und sie sah wieder den Strand vor sich. Die abendliche Brise roch nicht nach Tod, sondern nach Salz und Tang.

Jane atmete tief ein und lauschte auf das Windspiel und das Rauschen der Wellen. Kein Baby schrie. Sie hatte sich alles nur eingebildet.

„Mutt … Jeff …" Ihre Stimme klang von dem Schock noch schwach, doch die beiden hörten sie und liefen zum Haus zurück. Jane gab ihnen Futter und versuchte, ihre Gefühle unter Kontrolle zu halten.

Sobald sie sich auf das Sofa legte, begann sie zu zittern. Was bedeutete diese Vision? Diesmal hatte sie nicht geschlafen. Es war kein Traum gewesen, sondern eine Erinnerung.

Eine Erinnerung … woran?

Das Haus roch nach Reinigungsmitteln und Möbelpolitur, als Frank gegen Mitternacht heimkam. Die Hunde begrüßten ihn nicht wie gewohnt. Besorgt durchquerte er die Diele, betrat das Wohnzimmer und blieb an der Tür stehen.

Jane schlief auf dem Sofa. Das dunkle Haar hob sich erotisch von den hellen Farbtönen der Couch ab. Ein Hund lag zu ihren Füßen, den Kopf auf ihr Bein gelegt. Der andere hatte es sich auf dem Boden bequem gemacht. Janes Hand ruhte auf seinem Kopf. Beide Hunde wedelten mit dem Schwanz, rührten sich jedoch nicht von der Stelle. Verräter, dachte er amüsiert.

Allerdings musste er ihnen recht geben. Hätte er die Wahl gehabt, sich an Jane zu schmiegen oder an die Tür zu laufen, hätte er sich auch für Jane entschieden. Der Gedanke ärgerte ihn, während er gleichzeitig ihre Beine betrachtete. Es sollte verboten sein, solche Beine zu haben, dachte er und kämpfte gegen das aufkeimende Verlangen an.

„Mutt, runter", flüsterte er und ließ seinen Ärger an dem Hund aus, der normalerweise nicht auf das Sofa durfte.

Der Hund zögerte, ehe er heruntersprang. Jane wurde davon wach, setzte sich auf und strich sich das Haar aus dem Gesicht. „Oh, Sie sind daheim", murmelte sie verschlafen. „Wie spät ist es?"

„Sehr spät", erwiderte er knapp.

„Ich habe das Abendessen vorbereitet. Es geht ganz schnell, die Steaks zu grillen."

Frank schüttelte den Kopf. „Ich habe keinen Hunger. Ich gehe gleich schlafen."

Er wartete nicht ab, wie sie auf sein schroffes Verhalten reagierte, sondern floh vor ihr. Der Tisch gedeckt für zwei ... eine Frau, die auf ihn wartete ... das gehörte in Träume, die er schon vor langer Zeit aufgegeben hatte und die er nicht mehr wollte.

Er zog sich ins Schlafzimmer zurück, doch auch da roch es nach Putzmitteln und Janes Parfüm. Verdammt, hatte die Frau in dem Zeug gebadet?

Frank öffnete das Fenster. Die würzige Luft war erfrischend, konnte jedoch das Feuer nicht löschen, das in ihm entstanden war.

Er hatte vergessen, wie es war, sich nach einem langen Arbeitstag auf das Heimkommen zu freuen. Er hatte vergessen, wie schön es war, das Haus zu betreten, in dem ihn jemand erwartete. Jane hatte ihn daran erinnert.

„Zum Teufel mit ihr", murmelte er, zog sich aus und legte sich ins Bett. Bisher war er zufrieden gewesen. Als er jetzt die Augen schloss, sah er Janes dunkles Haar vor sich, ihre leicht geöffneten Lippen und die aufreizenden Beine ...

Jane den Posten als Haushälterin anzubieten war vielleicht der größte Fehler seines Lebens gewesen.

Jane stemmte sich aus dem Bett, griff nach ihren Kleidern und ging zum Bad, streckte die Hand nach der Tür aus und schnappte nach Luft, als Frank herauskam und mit ihr zusammenprallte.

Er packte sie an den Schultern, damit sie beide das Gleichgewicht hielten. Seine Brust war noch feucht und so warm, dass Jane sich daran schmiegen wollte. Auch wenn sie sich nicht erinnerte, wer sie war, wusste sie doch sehr genau, was sie in diesem Moment empfand.

Frank zog die Hände zurück, als hätte er sich verbrannt, und hielt das um die Hüften geschlungene Handtuch fest.

„Tut mir leid." Verlegen wich sie zurück. „Ich wusste nicht, dass Sie im Bad waren."

„Schon gut", erwiderte er, schob sich an ihr vorbei und verschwand im Schlafzimmer, während sie ins Bad floh.

Später hatte sie gerade mit den Vorbereitungen für das Frühstück begonnen, als Frank in die Küche kam.

„Kochen Sie nichts für mich", meinte er. „Ich habe nur Zeit für eine Tasse Kaffee. Dann muss ich los. Bevor mein erster Patient um acht kommt, muss ich noch Papierkram erledigen."

„Sie sollten wenigstens ein Stück Toast essen", drängte sie.

Er schüttelte den Kopf, trank Kaffee und wich ihrem Blick aus. Die Spannung zwischen ihnen war zurückgekehrt.

„Frank", begann Jane vorsichtig. „Stimmt etwas nicht? Ich meine, vielleicht ist es doch keine gute Idee, wenn ich hierbleibe."

„Nein, es ist alles in Ordnung", versicherte er, sah sie jedoch noch immer nicht an. „Mir geht nur viel im Kopf herum."

„Ganz sicher?" Keinesfalls wollte sie bleiben, wenn sie unerwünscht war. Bestimmt hatte sie sich in ihrem bisherigen Leben nie auf jemanden gestützt.

„Ganz sicher." Endlich richtete er seinen Blick ausdruckslos auf sie. „Haben Sie nichts anderes anzuziehen als Shorts?"

Verlegen strich sie über den Stoff. „Nein. In meinem Koffer waren nur vier Shorts, drei Blusen und schreckliche Unterwäsche aus Baumwolle." Überrascht bemerkte sie einige rote Stellen auf seinen Wangen.

„Wenn ich heute Abend heimkomme, fahren wir in die Stadt und kaufen etwas für Sie."

„Das kann ich nicht zulassen", wehrte sie ab. „Sie haben für mich schon genug getan."

„Betrachten wir es als Vorschuss auf Ihren Wochenlohn."

„Aber das ist wirklich nicht nötig."

Er betrachtete sie rasch vom Scheitel bis zur Sohle, leerte seine Tasse und stellte sie heftig auf den Tisch. „Doch, es ist nötig." Ohne auf eine Antwort zu warten, verließ er das Haus.

Jane sah ihm lange nach und wandte sich dann an die Hunde, die unter dem Küchentisch lagen. „Also, heute ist er eindeutig mit dem falschen Bein zuerst aufgestanden", bemerkte sie.

Nachdem sie die Zutaten für das Frühstück, das sie ursprünglich machen wollte, weggeräumt hatte, ließ sie die Hunde ins Freie und unternahm mit ihnen einen Spaziergang am Strand. Allerdings wurde sie bald müde, ließ sich auf den Sand sinken und sah zu, wie die Hunde sich gegenseitig jagten, hochsprangen und Tang und Muscheln beschnüffelten, die nachts angeschwemmt worden waren.

Seufzend legte sie den Kopf zurück und ließ sich die Sonne ins Gesicht scheinen. Sofort sah sie Frank vor sich, das Handtuch um die schmalen Hüften geschlungen, das dunkle Haar zerzaust und feucht vom Duschen. Am liebsten hätte sie ihn in sein Schlafzimmer geführt, damit er die Leere in ihrer Erinnerung mit Leidenschaft ausfüllte.

Hatte er das gefühlt? War er deshalb so kurz angebunden gewesen und praktisch aus dem Haus gelaufen? Zwischen ihnen beiden bestand eine gewisse Anziehungskraft. Das hatte sie schon bemerkt, als sie das Krankenhaus verließ.

Seufzend stand sie auf und putzte den Sand ab. „Mutt! Jeff!" Lächelnd sah sie den Hunden entgegen, die mit heraushängenden Zungen zu ihr kamen.

Während sie putzte, schaltete sie Musik ein. Franks Sammlung entsprach ihrem Geschmack. Mittags klingelte das Telefon. Franks Sekretärin teilte ihr mit, er werde um fünf Uhr heimkommen.

Jane stand pünktlich bereit. Frank hatte zwar nichts über das Abendessen gesagt, aber sie hatte es vorbereitet, damit sie essen konnten, sobald er zur Tür hereinkam. Bestimmt wollte er nicht hungrig einkaufen fahren.

Die Hunde hörten ihn früher als sie und liefen zur Tür. Jane sah sofort, dass Frank besser gelaunt war. Er streichelte lächelnd die Hunde.

„Hi", sagte sie. „Haben Sie einen angenehmen Tag gehabt?"

Er nickte. „Können wir fahren?"

„Ich dachte, Sie wollen zuerst essen. Es ist schon fertig", fügte sie hastig hinzu.

„Einverstanden", meinte er und folgte ihr in die Küche.

„Es ist merkwürdig." Jane versuchte hektisch, das Schweigen zu durchbrechen, während Frank sich an den Tisch setzte. „Ich erinnere mich an gar nichts. Nicht einmal mein Name kommt mir vertraut vor. Trotzdem habe ich kein Rezept für diesen Hühnereintopf gebraucht. Ich wusste, wie er gemacht wird."

„Amnesie gehört zu den rätselhaftesten Phänomenen, mit denen wir Ärzte zu tun haben", erwiderte er und entspannte sich. „Oft gibt es kein Muster, nach dem das Gehirn Informationen zurückhält. Das alles ist schwer zu verstehen."

„Ich will nichts verstehen", entgegnete sie heftig. „Ich will, dass es aufhört." Sie stellte das Essen auf den Tisch und setzte sich Frank gegenüber. „Erzählen Sie! Wie war Ihr Tag?"

„Wie jeder andere."

„Könnten Sie etwas genauer werden?", fragte sie lächelnd. „Ich bin keine Ärztin und weiß daher nicht, wie Ihre Tage aussehen."

Jetzt lächelte auch er. „An jedem Dienstag und Donnerstag kommt morgens um acht Uhr eine dreiundachtzigjährige Frau zu mir."

„Was fehlt ihr?"

„Gar nichts. Sie ist die gesündeste Frau, die ich kenne."

„Und warum kommt sie zweimal wöchentlich zu Ihnen?"

„Aus Einsamkeit. Sie war nie verheiratet und hat immer mit ihrer Schwester zusammengelebt. Die Schwester ist vor einem Jahr gestorben, und seither kommt diese Frau mit allen möglichen Krankheiten zu mir. Dabei braucht sie nur jemanden, der etwas Zeit für sie hat und mit ihr redet."

„Wie traurig." Jane stellte sich die Einsamkeit vor, die eine alte Frau dazu trieb, Trost aus einem Arztbesuch zu beziehen.

„Meine nächste Patientin ist ein Satansbraten", fuhr er fort und brachte Jane zum Lachen. „Ein sechsjähriges Mädchen, das Ärzte, Injektionen und vor allem mich hasst." Er freute sich über ihr Lachen und erzählte eine Geschichte nach der anderen, nur um dieses Lachen zu hören.

Frank erzählte sogar noch, während sie in die Stadt fuhren. Es war sommerlich warm.

„Zieht es zu stark?", fragte er, als er sah, wie ihr das Haar ins Gesicht geweht wurde und sich um ihren Hals schlang.

„Nein, es ist wunderbar", versicherte sie. „Ich liebe den Sommer."

„Ist das eine Erinnerung?", fragte er mit einem kurzen Seitenblick zu ihr.

„Das weiß ich nicht", meinte sie stirnrunzelnd. „Vielleicht ... oder vielleicht ist es nur meine derzeitige Stimmung."

„Dann bin ich in der gleichen Stimmung", meinte er lachend. „Der Sommer ist auch meine liebste Jahreszeit." Frank betrachtete die Geschäfte, an denen sie entlangfuhren. „Keine Ahnung, wo man am besten etwas für eine Frau einkauft. Eine meiner Patientinnen besitzt eine Boutique. Ich dachte, dort könnten wir es versuchen."

„Mir ist alles recht. Ich brauche nur ein oder zwei lange Hosen."

Frank warf heimlich einen Blick auf ihre langen, schlanken Beine. Hoffentlich zog sie bald eine Hose an. In den letzten vierundzwanzig Stunden hatte er sich ständig gefragt, ob ihre Haut wirklich so glatt war, wie sie aussah, und wie es sich anfühlte, wenn sie ihre langen Beine um ihn schlang ...

Erleichtert parkte er vor dem Geschäft, das er suchte. Gemeinsam betraten sie Sarah's Styles.

„Hi, Dr. Longford", grüßte Sarah Burnside und betrachtete Jane interessiert. „Was führt Sie in meinen bescheidenen Laden?"

„Wir wollen einige Sachen für Jane aussuchen." Er machte die beiden Frauen miteinander bekannt. „Sie sucht Hosen und vielleicht auch ein Kleid und einen Badeanzug." Bei Sarahs vielsagendem Lächeln fühlte er sich noch unbehaglicher. „Also, geben Sie ihr, was sie braucht, und schicken Sie mir die Rechnung. Ich warte im Café gegenüber", sagte er zu Jane.

Sobald er den Laden verlassen hatte, wandte Sarah sich freundlich an Jane. „Sind Sie mit dem Doktor verwandt?"

„Nein, ich arbeite für ihn", erwiderte sie und wünschte sich, Frank wäre geblieben, um die zu erwartenden Fragen abzufangen. „Ich bin seine ... Haushälterin. Es ist nur vorübergehend, bis ich irgendwelche Verwandte auftreibe ..." Sie wusste, dass sie viel zu viel sagte.

„Ach, sind Sie die Frau, die er am Strand gefunden hat? Die mit dem Gedächtnisverlust?" Sarah riss die blauen Augen weit auf und legte den Arm um Janes Schultern, als sie nickte. „Sie Ärmste! Es muss erschreckend sein, wenn man nichts über sich selbst weiß."

„Erschreckend und frustrierend", gab Jane zu. Das Mitgefühl der Ladenbesitzerin rührte sie. „Ich weiß nicht einmal, welche Größe ich trage", sagte sie, um auf den eigentlichen Grund für ihren Besuch zurückzukommen.

Sarah wich ein Stück zurück und betrachtete sie eingehend. „Wahrscheinlich Größe fünf oder sechs."

Die Größe fünf saß zwar gut um die Taille herum, doch die Länge reichte nicht aus. Jane musste Größe sechs nehmen und fand eine weiße und eine schwarze Hose. Beide Farben passten zu allen ihren Blusen.

„Dr. Longford hat auch ein Kleid und einen Badeanzug erwähnt." Sarah führte Jane zu einem Ständer mit Badebekleidung.

„Das ist wirklich nicht nötig", widersprach Jane, um Franks Großzügigkeit nicht auszunützen.

„Aber natürlich ist es nötig", entgegnete Sarah. „Wir haben Juni, und Sie sind in Garett Beach. Alle haben Badesachen." Sie nahm einen Bikini in einem leuchtenden Rosa von der Stange und hielt ihn Jane entgegen. „Darin würden Sie sagenhaft aussehen."

„Ach nein ... lieber nicht ... keinen Bikini. Ein Einteiler ist eher mein Stil."

Sarah seufzte bedauernd. „Wieso tragen Frauen, die es sich leisten können, keinen Bikini, während Frauen, die es sich nicht leisten können, ständig einen anziehen?" Sie nahm mehrere Einteiler von der Stange und reichte sie Jane. „Probieren Sie die Sachen lieber. Manchmal fallen sie in der Größe nicht richtig aus."

Während Jane in die Badeanzüge schlüpfte, redete Sarah ständig über die Stadt, ihren Mann Tom und endlich auch über Frank.

„Früher war er der begehrteste Junggeselle in der Stadt. Alle brachten die Tochter, Schwester oder Freundin im richtigen Alter zu ihm in die Praxis, in der Hoffnung, dass Gott Amor ihn mit seinem Pfeil trifft. Doch seit dem Fiasko mit Gloria hat er sich abgeschottet. Als Arzt geht er mit seinen Patienten großartig um, aber ansonsten hält er sich ganz zurück."

„Ich nehme den blauen." Jane kam aus der Umkleidekabine und reichte Sarah die Badeanzüge. „Wer ist Gloria?"

„Eine Touristin, blond und lebenslustig. Sie kam in die Stadt, und zwischen ihr und Dr. Longford hat es sofort gefunkt. Man sprach schon von Hochzeit. Ich weiß nicht, was passiert ist, aber eines Tages hat sie die Stadt verlassen. Niemand hat sie jemals wiedergesehen. Danach war der Doktor verändert. Ich glaube, Gloria hat sein Herz und seine Seele mitgenommen." Betrübt schüttelte Sarah den Kopf und lächelte plötzlich. „Wenn Sie tagtäglich mit ihm zusammen sind, können Sie ihm vielleicht helfen, sein Herz wiederzufinden."

Jane schüttelte verlegen den Kopf. „Ich bin nur vorübergehend hier. Außerdem fehlt mir selbst sehr viel. Ich sollte mich lieber darauf konzentrieren, das wiederzufinden."

Es dauerte nicht lange, um auch noch ein mintgrünes Sommerkleid auszusuchen. Mit den Tüten in der Hand überquerte Jane die Straße und machte sich auf die Suche nach Frank.

Er saß im Café allein am Tisch, hatte ein Stück Kuchen und eine Tasse Kaffee vor sich stehen und lächelte, als sie sich ihm gegenübersetzte. „Möchten Sie Kuchen? Ich kann Kirsche und Apfel empfehlen."

„Hatten Sie zwei Stück?", fragte sie lachend.

„Schuldig im Sinn der Anklage. Ich liebe Kuchen. Bestimmt war ich in einem früheren Leben Bäcker."

Das Lächeln fiel ihr schwer. „Ich möchte gar nicht wissen, was ich in einem früheren Leben war. Es wäre schon hübsch zu erfahren, was ich in diesem Leben bin." Sie wollte ihn nach Gloria fragen, aber er hätte sich bestimmt geärgert, dass Sarah überhaupt darüber gesprochen hatte. „Eine Tasse Kaffee wäre gut", meinte sie stattdessen.

„Hat Sarah Sie gut versorgt?", fragte er, sobald die Kellnerin den Kaffee gebracht hatte.

„Ja. Sie war sehr nett."

„Das ist sie. Ihr Mann ist der Bürgermeister von Garett Beach, und Sarah ist sein bestes Stück. Sie hat ein Herz aus Gold." Mit einem wissenden Blick fügte er hinzu: „Ich wette, sie hat Ihnen möglichst viel entlockt." Er lachte über ihr Gesicht. „Ja, das ist typisch Sarah. Sie will alles über jeden wissen."

„Dann weiß morgen jeder in der Stadt, dass Sie eine Haushälterin mit Gedächtnisverlust haben." Jane betrachtete den feinen Schimmer, den die Lampen des Cafés auf seinem dunklen Haar erzeugten.

Sein Lächeln verstärkte sich. „Ich wäre nicht zum ersten Mal Gesprächsthema Nummer eins." Frank stand auf. „Wollen wir gehen? Ich möchte mit den Hunden noch einen Strandlauf machen, bevor es zu dunkel wird."

Während der Heimfahrt hielt die gute Stimmung an. Im Haus verschwand Frank im Schlafzimmer, um sich zum Joggen umzuziehen, und Jane griff nach einer neuen Hose.

Sie hörte, wie Frank und die Hunde durch die Terrassentür das Haus verließen, ging auf die Terrasse und setzte sich. Die Sonne sank bereits und übergoss den Mann und die Hunde am Strand mit warmen Farben.

In der anderen Richtung standen die unansehnlichen Bungalows, die sogar jetzt heruntergekommen wirkten. Was habe ich dort gemacht, fragte sie sich verzweifelt und massierte die Stirn, als Kopfschmerzen einsetzten. Was passierte, wenn sie ihr Gedächtnis nie wiederfand? Das war ein schrecklicher Gedanke, den sie rasch von sich schob.

Frank kam in wesentlich langsamerem Tempo zurück. Jane stellte lächelnd fest, wie schnell sich seine Brust hob und senkte. „Vermutlich haben die Hunde gewonnen", meinte sie und deutete auf die Vierbeiner, die mit ungebrochener Energie herumtobten.

„Sie haben recht." Frank ließ sich auf einen der bunten Stühle sinken. „Ich bin wirklich außer Form."

Jane schwieg dazu, obwohl er in großartiger Form war. Die muskulösen Beine waren dunkel behaart. Das T-Shirt spannte sich über den breiten Schultern und der Brust und schmiegte sich um seinen flachen Bauch.

„Möchten Sie ein Glas Eistee?", fragte sie, um gegen ihre erwachenden Gefühle anzukämpfen.

„Wäre nicht schlecht", erwiderte er.

Sie eilte in die Küche, füllte zwei große Gläser mit Tee und drückte sich einen Eiswürfel gegen die Stirn, um die innere Hitze zu vertreiben. Was war denn los mit ihr? Spielten jetzt zusätzlich zu ihrem Gedächtnis auch noch ihre Hormone verrückt? Sie warf den halb geschmolzenen Eiswürfel in die Spüle und griff nach den Gläsern.

„Hier, bitte", sagte sie, als sie auf die Terrasse zurückkehrte.

Seine Finger berührten leicht ihre Hand, als er sein Glas entgegennahm, und verschlimmerten ihren Zustand. Vielleicht war das eine Nebenwirkung bei Amnesie. Jane setzte sich, trank Tee und beobachtete die untergehende Sonne.

„Ich habe heute mit einem Kollegen über Sie gesprochen", sagte Frank und unterbrach ihre Überlegungen.

„Mit einem Kollegen?"

„Dr. Wilton. Harry Wilton. Er ist Psychologe und möchte versuchen, Ihnen zu helfen."

„Ja, das wäre gut", meinte sie entschlossen. „Ich muss etwas unternehmen. Es ist schließlich nicht so, als würden die Erinnerungen auf mich einstürmen."

Frank nickte. „Ich rufe ihn morgen an und vereinbare einen Termin." Nachdem er den Tee getrunken hatte, stand er auf. „Zeit zum Duschen." Er pfiff den Hunden, die sofort zu ihm kamen.

„Ich bleibe noch etwas hier draußen", entschied Jane.

Frank und die Hunde verschwanden im Haus, und Jane fand tiefen Frieden, während die Wellen rauschten und das Windspiel klingelte.

Sie wusste nicht, wie lange sie so dagesessen hatte. Als Frank die Tür öffnete, war es bereits dunkel.

„Jane, hier ist jemand, der mit Ihnen sprechen will. Einer der Polizisten, die Ihren Fall bearbeiten."

Mit Herzklopfen folgte sie Frank ins Haus. Vielleicht hatte die Polizei etwas herausgefunden!

Der Polizist saß auf dem Sofa, und die Hunde betrachteten ihn misstrauisch. Erleichtert stand er auf, als Jane und Frank hereinkamen und die Hunde zurückwichen. „Hi, ich bin Officer Martin."

Jane gab ihm die Hand und setzte sich ihm gegenüber. Sie erkannte ihn. Er hatte ihre Sachen ins Krankenhaus gebracht. „Wissen Sie etwas über mich?", fragte sie eifrig.

Der Polizist drehte seine Mütze zwischen den Fingern. „Wir haben Ihren Namen und Ihr ungefähres Alter in unsere Computer eingegeben. Wir haben auch bei der Sozialversicherung nachgefragt."

„Und?" Jane hielt den Atem an.

„Wir finden Sie nicht."

„Was heißt, Sie finden mich nicht?"

„Ich meine, es gibt keine Jane Smith, auf die Ihr Alter und Ihre Beschreibung passt."

„Das verstehe ich nicht." Sie war so verwirrt, dass sie kaum fühlte, wie Frank die Hand fest auf ihre Schulter legte.

Der Polizist fühlte sich in seiner Haut sichtlich nicht wohl. „Wir vermuten, dass Sie den Bungalow nicht unter Ihrem richtigen Namen gemietet haben."

„Nicht unter meinem richtigen Namen?", wiederholte sie ungläubig. „Jane Smith ist nicht mein richtiger Name?"

„Es sei denn, der Storch hat Sie tatsächlich verloren, sodass es keine Unterlagen über Sie gibt", meinte der Polizist und stand auf.

„Bekomme ich deswegen Schwierigkeiten?"

„Weil Sie sich in einem Motel unter falschem Namen eingetragen haben?" Leise lachend schüttelte er den Kopf. „Dann müssten wir Hunderte von Gefängnissen für untreue Ehemänner und Ehefrauen bauen." Er wurde ernst. „Nun ja, ich wollte es Ihnen nur berichten."

„Danke, Officer Martin", sagte Frank.

Benommen sah Jane zu, wie Frank den Polizisten nach draußen brachte. Sie stand auf und trat ans Fenster. Jetzt hatte sie praktisch alles verloren.

„Jane, sind Sie in Ordnung?", fragte Frank.

Er stand direkt hinter ihr, und als er die Hände auf ihre Schultern legte, ließ sie sich gegen ihn sinken. Am liebsten hätte sie für immer von ihm Kraft gezogen.

„Nein", flüsterte sie heiser. „Nein, ich bin nicht in Ordnung. Und ich habe Angst, dass ich nie wieder in Ordnung komme."

Er drehte sie zu sich herum und zog sie an sich. Jane schlang die Arme um seinen Nacken und ließ sich von ihm wiegen, während ihre Welt sich auf den Kopf stellte. Je mehr sie begriff, was der Polizist ihr eröffnet hatte, desto fester klammerte sie sich an Frank. Aus Enttäuschung und Angst stiegen ihr Tränen in die Augen.

„Sst", flüsterte er, streichelte ihr Haar und bot ihr Schutz. „Es kommt alles in Ordnung, das verspreche ich Ihnen. Es wird alles wieder gut."

Trotzdem zitterte sie vor Angst. Warum hatte sie einen falschen Namen benützt? „Es ist schon schlimm genug, dass ich gar nichts über mich weiß. Aber bisher hatte ich wenigstens einen Namen. Jetzt habe ich nicht einmal mehr den. Ich habe nichts, gar nichts!"

Frank führte sie zum Sofa, ohne sie loszulassen, setzte sich mit ihr und strich die Tränen von ihren Wangen. „Also, jetzt wissen wir wenigstens, wie Sie nicht heißen", meinte er. „Das ist doch schon ein Anfang."

Einen Moment sah sie ihn stumm an. Dann musste sie plötzlich lachen, als sie begriff, was er gesagt hatte.

„So ist es besser", meinte er sanft. „Mit diesem Gesicht müssen Sie lächeln und nicht weinen." Allmählich schwand jedoch das Lächeln aus seinem Gesicht.

Plötzlich wusste Jane, dass er sie gleich küssen würde. Sie erkannte auch, dass es ein großer Fehler war, den sie beide bereuen mussten. Trotzdem kam sie ihm sehnsüchtig entgegen.

5. KAPITEL

Frank wollte Jane nicht küssen. Sobald ihre Lippen sich berührten, wusste er, wie tief er sich verstrickt hatte. Ihr Mund war so herrlich weich und warm, feucht und süß, und sie kam ihm so offen entgegen, dass er wie berauscht war.

Ihre Brüste drückten gegen seine Brust, und sein Verlangen wuchs so gewaltig an, dass es ihn wie ein Schock traf und ihm Angst einjagte. Hastig brach er den Kuss ab und löste sich von ihr.

„Tut mir leid", sagte er und stand auf. „Das hätte nicht passieren dürfen. Vergessen Sie es bitte."

„Ist schon gut." Ihre Stimme klang tiefer als sonst, und man sah ihr noch an, dass sie geweint hatte. „Vergessen kann ich am allerbesten."

Bei ihrem halbherzigen Lächeln hätte er sie beinahe wieder in die Arme genommen, so sehr bewunderte er ihren Mut und den Humor, der sie nie ganz verließ. Trotz ihrer verlorenen Erinnerungen besaß sie eine Kraft, die sie alles überstehen ließ.

„Ich gehe jetzt besser schlafen", meinte sie und erhob sich.

Als sie fast schon an der Tür war, rief er ihren Namen. Sie drehte sich um und sah ihn an. „Es kommt bestimmt alles in Ordnung", sagte er leise.

Jane nickte. Ohne einen weiteren Blick zurück verschwand sie in ihrem Zimmer.

Frank sah ihr nach und wollte ihr die Angst abnehmen, die sie unter ihrer Stärke verbarg. Stattdessen ging er ins Bad und versuchte, den Kuss zu vergessen.

Er schaffte es nicht. Noch im Einschlafen dachte er an nichts anderes.

„Hey, Frank! ", rief Russ Waylon.

Frank drehte sich um. Russ holte ihn auf dem Korridor des Krankenhauses ein. „Hi, Russ. Was gibt es?"

„Genau das wollte ich dich fragen, du alter Gauner." Russ stieß ihn grinsend mit dem Ellbogen an. „Was höre ich da über deine neue Haushälterin?"

„Ach, ich habe mich schon gefragt, wie lange es dauert, bis die größten Klatschtanten von Garett Beach sich die Mäuler zerreißen", erwiderte Frank trocken.

„Dann stimmt es also?" Russ wackelte mit den Augenbrauen wie Groucho Marx. „Du alter Fuchs!"

„Es stimmt, aber du kannst auf dieses alberne Grinsen verzichten und zu glucksen aufhören. Es ist absolut harmlos."

Russ seufzte enttäuscht. „Genau das habe ich befürchtet. Manchmal mache ich mir deinetwegen Sorgen, mein Freund."

„Warum?"

„Ich mache mir immer Sorgen, wenn ein alleinstehender Mann eine Frau wie Jane Smith bei sich wohnen lässt, aber alles absolut harmlos ist."

„Du kennst mich. Ich bin ein glücklicher Einzelgänger. Und Jane braucht Hilfe. Die Fürsorge wollte sie in ein Heim in Wilmington stecken. Das gefiel mir nicht. Und du weißt, dass ich eine Haushälterin einstellen wollte. Also war es nur eine vernünftige Lösung, dass sie für mich arbeitet, während sie versucht, ihr Gedächtnis wiederzufinden."

„Gibt es auf dem Gebiet schon Fortschritte?", fragte Russ interessiert und wesentlich professioneller.

„Kaum. Ich habe Harry Wilton angerufen. Im Moment macht er Urlaub, aber sobald er zurückkommt, kümmert er sich um Jane."

„Hört sich gut an", stimmte Russ zu. „Harry ist tüchtig."

„Das hoffe ich. Jane ist jetzt noch geheimnisvoller geworden." Frank zögerte einen Moment. „Die Polizei hat herausgefunden, dass sie bei der Eintragung für den Bungalow nicht ihren Namen benützt hat."

Russ stieß einen leisen Pfiff aus. „Das klingt nicht ermutigend. Vielleicht tust du gut daran, alles absolut harmlos zu halten." Stirnrunzelnd sah er auf die Uhr. „Ich muss los. Hey, du hast an diesem Wochenende frei. Mach dir eine schöne Zeit." Mit einem Lächeln eilte er weiter.

Frank setzte seinen Weg zum Aufenthaltsraum der Ärzte fort, fand den kleinen Raum zu seiner Erleichterung leer vor, schenkte sich eine Tasse Kaffee ein und setzte sich an den Tisch. Während er trank, ließ er sich das Gespräch mit Russ noch einmal durch den Kopf gehen.

Drei Tage waren seit dem Kuss verstrichen, doch alles war harmlos geblieben. Alles bis auf seine Gedanken. Die waren eindeutig erotischer Natur.

Plötzlich hatte er es eilig, nach Hause zu kommen. Sobald er nach zwei Patienten gesehen hatte, begann offiziell sein Wochenende.

Knapp eine Stunde später konnte er die Hitze des Tages hinter sich lassen. „Hallo!", rief er, als er sein voll klimatisiertes Haus betrat.

„Ich bin hier!", antwortete Jane irgendwo aus dem hinteren Teil.

Im Korridor hörte er Wasser plätschern und roch ein Schaumbad. Die Tür des Badezimmers stand einladend offen. Er blieb davor stehen und malte sich Jane in der Wanne aus. Der Schaum bedeckte ihre Brüste fast vollständig, und ihre Knie ragten aus dem Wasser ... Das Haar schmiegte sich wie feuchte Seide um ihre Schultern ... Er ballte die Hände zu Fäusten.

„Frank, sind Sie da?"

Er musste sich räuspern. „Ja ... ja, ich bin hier." Wieso klang seine Stimme so atemlos?

„Kommen Sie herein!"

Vor Verlangen förmlich brennend trat er ein.

Die Wanne war tatsächlich mit schäumendem Wasser gefüllt, aber nicht Jane lag darin. Mutt stand beschämt und gedemütigt im Wasser, Schaum auf dem Fell, während Jane beschwichtigend auf ihn einredete und mit einem Behälter Wasser über seine Flanken schöpfte.

„Was machen Sie da?", fragte Frank entgeistert, während er sich innerlich sehr schnell abkühlte.

„Ich habe die beiden am Strand laufen lassen. Sie sind verschwunden. Keine Ahnung, was sie angestellt haben. Jedenfalls kamen sie entsetzlich schmutzig zurück." Lächelnd blickte sie zu ihm hoch. „Ich habe noch nie einen Hund gesehen, der baden so hasst wie der hier."

„Die zwei werden nur selten gebadet." Frank versuchte zu übersehen, dass ihre rosa Bluse durch die Nässe nahezu durchsichtig geworden war. „Wo ist Jeff?"

„Zuletzt hat er sich unter dem Sofa versteckt. Er weiß, dass er als Nächster an die Reihe kommt."

Frank erkannte, was Mutt plante. „Vorsicht, er will sich …" Bevor er den Satz vollenden konnte, stieß Mutt ein klägliches Heulen aus und schüttelte sich. Schaum und Wasser spritzten nach allen Seiten und trafen Janes Kopf, den Spiegel und sogar Franks Hemd.

Frank lachte schallend über den Schaum auf Janes Nasenspitze und Wangen auf.

„Lachen Sie nicht", verlangte sie gespielt empört und wischte sich mit dem Handrücken über die Nase. „Dieser Hund hat keine Manieren." Mutt legte ihr winselnd eine Pfote auf die Schulter. „Nein, lass das", mahnte sie und drückte Mutt herunter, bis er wieder im Wasser saß. „Sobald ich mit ihm fertig bin, bade ich Jeff. Danach kümmere ich mich um das Abendessen. Wir könnten Hamburger grillen."

„Ich mache Ihnen einen Vorschlag", erwiderte Frank. „Während Sie mit den Hunden kämpfen, mache ich die Hamburger."

„Großartig", stimmte sie zu und lächelte so, dass sich das ursprüngliche Feuer wieder in Frank regte.

Während Jane als Nächsten Jeff badete, dachte sie an Frank. In den letzten vier Tagen hatte sie sich einen Überblick über seine Arbeitseinteilung verschafft. Er schuftete für zwei. Neben den Patienten in seiner eigenen Praxis und der Arbeit im Krankenhaus machte er auch wöchentlich mehrere Stunden Dienst in einer nahen Klinik und versorgte ein Pflegeheim. Das war viel für einen einzelnen Mann, und man merkte es ihm auch jedes Mal an, wenn er heimkam.

Lachend sah sie zu, wie Jeff endlich aus dem Bad jagte, putzte es und zog das kühle, mintgrüne Sommerkleid an.

Frank stand vor dem Grill auf der Terrasse. In einer braunen Shorts und einem T-Shirt wirkte er entspannt und attraktiv.

„Blutig oder durchgebraten?", fragte er.

„Ganz durch. Kann ich etwas machen? Den Tisch decken?"

„Essen wir hier draußen von Papptellern. Der Wind vom Meer ist so angenehm." Im Licht des Abends bekam sein dunkles Haar einen rötlichen Schimmer.

„Fein." Jane setzte sich und sah zu, wie er das Hackfleisch wendete und flach drückte, nach einer Bierdose griff und einen tiefen Schluck nahm. Er lächelte, als er ihren Blick auffing.

„Nach einem langen Arbeitstag gibt es nichts Schöneres als ein kaltes Bier. Trinken Sie doch auch eines."

Als sie zustimmend nickte, verschwand er im Haus und kam gleich darauf mit einer Dose ins Freie.

„Sie machen zwar auf mich den Eindruck, als würden Sie Bier aus einem Glas trinken, aber richtig erfrischend ist es nur direkt aus der Dose."

Sie griff nach dem kalten Bier, trank und genoss den Wind vom Meer und Franks Gesellschaft. „Es ist schön", meinte sie nach einer Weile.

„Ja, nicht wahr? Allerdings ist das im Winter ganz anders, wenn einem die feuchte Luft bis auf die Knochen geht." Als er die fertigen Hamburger vom Grill nahm, wollte Jane aufstehen. Er hielt sie jedoch zurück. „Bleiben Sie sitzen. Was möchten Sie? Senf, Ketchup, Gürkchen?"

„Alles." Während Frank noch einmal ins Haus ging, blickte Jane auf das Meer hinaus. Zum Glück hatte sie nicht mehr von Feuer und Tod geträumt und war zu dem Schluss gekommen, dass es sich bei den Visionen nur um eine Folge ihrer geistigen Verwirrung gehandelt hatte.

„Das ist ein uramerikanisches Feinschmeckeressen." Frank kam mit einem Tablett zurück auf die Terrasse. „Es gibt Hamburger, jede Menge Kartoffelchips und Mixed Pickles."

„Dazu noch kaltes Bier und einen wunderbaren Sonnenuntergang. Ich glaube, wir sind nicht mehr in Kansas, Toto", erwiderte Jane, während sie ihren Stuhl an den Tisch rückte. „Es ist doch seltsam, woran man sich erinnert."

„Sie meinen", sagte er mitfühlend, „Sie können sich zwar an einen Satz aus dem ‚Wizard of Oz' mit Judy Garland erinnern, aber Sie wissen Ihren eigenen Namen nicht."

Jane griff nach einem Chip. „Heute Vormittag habe ich mir Ihre Plattensammlung angesehen. Sie haben viel Musik aus Shows. Beim Saubermachen habe ich mir einiges angehört und plötzlich erkannt, dass ich den gesamten Text zu Ado Annies Songs kenne."

Frank sah sie interessiert an. „Wer ist Ado Annie?"

„Eine der Personen aus dem Musical ‚Oklahoma'."

„Ach ja, jetzt erinnere ich mich."

„Ich stand mitten im Wohnzimmer, sang einen Song mit und erinnerte mich, dass ich diese Rolle selbst einmal gespielt habe. Es war eine Aufführung in der Highschool." Jane griff nach dem nächsten Chip. „Ich begreife nicht, wieso die zurückkommenden Erinnerungen so albern sind. Mir fallen unwichtige Details aus meinem Leben ein, aber nichts Wichtiges."

„Sie erinnern sich nur an alles, was sicher ist", meinte er leise.

„Was heißt sicher?"

„Wenn Ihre Amnesie, wie wir vermuten, psychische Ursachen hat, geht sie wahrscheinlich auf ein Trauma zurück. Die Erinnerungen, die jetzt an die Oberfläche kommen, stellen keine Bedrohung dar." Frank griff über den Tisch nach ihrer Hand. „Der Rest wird Ihnen einfallen, wenn Ihr Verstand meint, dass Sie dafür bereit sind."

Sein Tonfall tröstete sie und gab ihr Mut. Lächelnd drückte sie seine Hand. „Ich weiß nicht, was ich ohne Sie machen sollte."

„Sie würden bestimmt klarkommen." Frank zog seine Hand zurück. „Meiner Meinung nach sind Sie eine Kämpfernatur, Jane Smith. Und jetzt essen wir, bevor die Hamburger kalt werden."

Er zog sich innerlich von ihr zurück, und das tat Jane leid. Für einen Moment hatte sie in seinem Blick verhaltenes Verlangen gefunden. „Frank, könnte ich nicht im Krankenhaus ein paar Stunden in der Woche als Freiwillige arbeiten?", fragte sie unvermittelt.

„Warum?", entgegnete er überrascht.

Sie spielte mit einem Gürkchen auf ihrem Teller. „Hier gibt es eigentlich nicht viel zu tun. Mutt und Jeff sind lieb, aber man kann sich so schlecht mit ihnen unterhalten. Ich möchte meine Zeit einfach sinnvoller verbringen."

„Natürlich, ich kann mit Etta sprechen. Ich habe nicht daran gedacht, dass Sie sich hier draußen einsam fühlen könnten."

„So ist das nicht", widersprach sie. Einsam fühlte sie sich nur, weil sie sich von allem und jedem aus der Vergangenheit abgeschnitten fühlte. „Es erscheint mir nur nicht richtig, dass ich so viel Zeit habe. Das kommt mir unnatürlich vor. Ja, es klingt verrückt, aber ich glaube, ich habe bisher ein ausgefülltes Leben geführt. Ich dachte, wenn ich mich pro Woche einige Stunden im Krankenhaus betätige, stört das meine Arbeit hier draußen nicht."

„Einverstanden. Ich erkundige mich am Montag. Im Krankenhaus brauchen sie wirklich immer Hilfe."

„Das würde mich sehr freuen."

Nach dem Essen räumten sie alles weg, gingen wieder auf die Terrasse hinaus und beobachteten die Sterne. Passend zu dem milden Abend unterhielten sie sich leicht und locker.

Jane blickte zufrieden seufzend zum Himmel hinauf. „Meine Mutter erzählte mir, dass Gott jedes Mal einen neuen Stern an den Himmel hängt, wenn zwei Menschen sich verlieben. ‚Sieh dir nur die vielen Sterne an, mein Schatz', sagte sie. ‚So viel Liebe gibt es auf der Welt.'" Tränen traten ihr bei der unerwarteten Erinnerung in die Augen. Die Sterne verschwammen.

Wie ein Geschenk sah sie ganz deutlich ein Bild ihrer Mutter vor sich, das vertraute Gesicht und die grauen Locken, und sie hörte ihre Stimme und roch ihr typisches Parfüm. Dafür war die Enttäuschung umso bitterer, als keine weiteren Details folgten.

„Meine Mutter erzählte es etwas anders." Frank sprach so leise, dass man es bei dem Rauschen der Wellen kaum hörte. „Sie sagte, dass jedes Mal, wenn sich ein Wunsch erfüllt, ein neuer Stern erscheint."

Jane wischte die Tränen weg und war dankbar für die Erinnerung an ihre Mutter. „Funkeln da oben einige Ihrer Wünsche?", fragte sie und betrachtete den Mann, der neben ihr saß.

Es dauerte eine Weile, bis er antwortete. „Nur wenige."

„Welche findet man nicht dort oben?" Hoffentlich hielt er sie nicht für neugierig, aber sie hätte es gern gewusst.

Frank richtete den Blick auf sie. „Mit zehn wünschte ich mir ein Pferd. Dafür habe ich keinen Stern bekommen."

„So ergeht das vermutlich neun von zehn Kindern", meinte sie lächelnd.

„Ich habe mir auch Geschwister gewünscht, und die habe ich ebenfalls nicht bekommen. Mit diesem Wunsch hätte ich mich allerdings an meine Eltern wenden sollen."

„Ja", versicherte sie lachend. „Das wäre wahrscheinlich besser gewesen."

Wieder richtete er den Blick auf den sternenübersäten Himmel. „Ich habe mir Kinder gewünscht", sagte er schlicht.

„Diesen Stern können Sie noch erreichen", erwiderte sie leise.

Er schüttelte den Kopf. „Nein. Ich bin fünfunddreißig Jahre alt und lebe in so eingefahrenen Gleisen, dass ich nicht mehr an eine eigene Familie denke. Mein Leben ist ausgefüllt. Da bleibt mir keine Energie für eine Frau oder Kinder." Es klang endgültig, und er wandte sich ab, als bereute er, etwas so Persönliches verraten zu haben.

Jane konnte ihn sich sehr gut vorstellen, wie er mit einem kleinen Kind am Strand entlangging. Und sie hörte förmlich, wie er diesem Kind vom Meer, den Sternen und dem Leben erzählte.

Kinder … Babys … Das schöne Bild wurde plötzlich von Schrecken überlagert. Jane hörte die grässlichen Schreie eines Kindes in Todesangst … hörte die Flammen, die nach Rauch und Tod rochen … sah das Blut an ihren Händen.

Sie schloss die Augen und fröstelte, obwohl die Nacht warm war. Wieso verspürte sie ein dermaßen starkes Schuldgefühl? Was hatte sie getan, bevor Frank sie am Strand fand?

Was hatte sie bloß getan?

6. KAPITEL

*J*ane balancierte gefährlich auf einem Stuhl und tastete nach dem Ende der Vorhangstange. Als sie sich zu weit vorbeugte, kippte der Stuhl. Mit einem Aufschrei versuchte sie, das Gleichgewicht wiederzuerlangen.

„Jane!" Frank packte sie an der Taille und hielt sie fest, während sie nach Luft rang. Ohne die Hände zurückzuziehen, half er ihr herunter. „Alles in Ordnung?"

Sie nickte. „Ich habe nur für einen Moment das Gleichgewicht verloren."

Er wich zurück, als hätte er plötzlich erkannt, dass es keinen Grund mehr gab, sie festzuhalten. „Was machen Sie da?"

„Ich wollte die Vorhänge abnehmen und heute Vormittag Fenster putzen."

„Heute ist Samstag."

„Habe ich vielleicht auch ein Gesetz vergessen, nach dem samstags keine Fenster geputzt werden dürfen?"

„Nein", meinte er lachend, „dagegen gibt es kein Gesetz. Nur Ihr Arbeitgeber wünscht nicht, dass Sie heute Fenster putzen."

Es freute sie, dass die angenehme Stimmung, die am Vorabend zwischen ihnen geherrscht hatte, auch am Morgen noch anhielt. „Und was wünscht mein Arbeitgeber, dass ich heute machen soll?"

„Wir sollten den Tag am Strand mit Sand, Sonne, Wasser und einem Picknick genießen. Warten Sie, Jane", sagte er, als sie an ihm vorbei in die Küche ging. „Was machen Sie?"

„Unser Picknick", erwiderte sie fröhlich.

Während sie Sandwiches, Getränke und Obst in einen Kühlbehälter packte, freute sie sich auf den Tag mit Frank so sehr, dass es ihr fast schon wieder Angst machte. Die Freude, die sie in seiner Gegenwart verspürte, verwirrte sie, weckte in ihr aber auch den Wunsch nach mehr.

Etwas anderes verwirrte sie auch. Als der Stuhl unter ihr kippte, war es ihr so vorgekommen, als hätte sie das schon einmal erlebt. In diesem Moment war die Empfindung so heftig gewesen, dass ihr fast übel wurde. Doch sie suchte vergeblich nach einer Erklärung.

Frank trug den Kühlbehälter und eine Decke, Jane einen Ball und den Sonnenschirm. Obwohl es erst kurz nach zehn war, schien die Sonne bereits heiß.

Mit seinem Muskel-Shirt und der abgeschnittenen Jeans wirkte Frank wie ein Surfer oder eine andere Strandtype. Nur der Signalgeber, den er aus der Tasche zog, deutete darauf hin, dass er Arzt war. Jane sah zu, wie er die Decke ausbreitete und sich eincremte, ehe er ihr die Flasche reichte.

Leicht verlegen zog sie das T-Shirt über den Kopf. Jetzt trug sie nur noch den neuen blauen Badeanzug. Hastig trug sie Sonnencreme auf.

„Sieht gar nicht schlimm aus", stellte er fest.

Zuerst sah sie ihn verständnislos an. Dann begriff sie, was er meinte, und berührte die Narbe am Hals. „Es ist seltsam, wenn man so etwas hat und nicht weiß, woher es stammt."

„Vielleicht hat die Narbe etwas mit Ihrem Gedächtnisverlust zu tun. Sie wirkt nicht alt."

„Kann sein", bestätigte sie nachdenklich, streckte sich auf der Decke aus und wollte nicht an das Feuer denken, das sie in ihren Träumen verfolgte.

Frank zog sein Shirt aus und streckte sich neben ihr auf der Decke aus. „Hier am Strand habe ich meinen ersten Kuss bekommen."

Jane rollte sich auf die Seite und stützte sich auf den Ellbogen. „Wie hieß sie?"

„Sara. Sie hatte rote Locken und Sommersprossen. Für mich war sie das schönste Mädchen auf der ganzen Welt." Er lächelte nachdenklich. „Wir hatten geschwommen und saßen am Strand. Die Haare standen nach allen Seiten von ihrem Kopf ab. An der Nase löste sich die Haut ab, und sie roch nach Erdnussbutter. Das tollste Mädchen, das ich jemals gesehen hatte!"

Lächelnd stellte Jane sich zwei unschuldige Kinder am Strand vor. „Wie alt waren Sie?"

„Dreiunddreißig."

Spielerisch schlug sie ihm auf die Schulter. „Ich meine es ernst!", protestierte sie, während er lachte.

„Ich war zehn. Sie war schon eine ältere Frau ... zwölf, wenn ich mich recht erinnere. In jenem Sommer zog sie mit ihren Eltern weg."

Jane legte sich wieder hin und schloss die Augen, weil die Sonne zu hell war. „Solche Erinnerungen vermisse ich am meisten."

„Kindheitserinnerungen?"

„Nein, nicht nur diese. Ich meine einfach Erinnerungen, bei denen man sich gut fühlt."

„Früher oder später werden sie Ihnen wieder einfallen. Sie werden sich an alles erinnern."

Nachdem sie eine Weile geschwiegen hatten, erkannte Jane an Franks gleichmäßigem Atmen, dass er eingeschlafen war. Offenbar war er erschöpft. Warum war er dermaßen arbeitswütig? Was trieb ihn dazu?

Erneut drehte sie sich auf die Seite, um ihn zu betrachten. Seine Wimpern waren unglaublich lang für einen Mann. Sein schön geformter Mund erinnerte sie an den Kuss. Frank hatte sich heute offenbar noch nicht rasiert. Kinn und Wangen besaßen einen dunklen Schatten. Die Bartstoppeln würden sich auf ihrer Haut rau anfühlen …

Rasch rollte sie sich wieder auf den Rücken und schloss fest die Augen. Es war albern, davon zu träumen, Frank könnte sie lieben. Einfach lächerlich, auch nur an eine Beziehung mit ihm zu denken! Hatte er nicht gesagt, dass er keine Energie für eine Frau hatte?

Er bewegte sich und setzte sich schwach lächelnd auf. „Ich war einfach weg. Wie lange habe ich geschlafen?"

„Nur einige Minuten."

„Das muss an der Hitze liegen."

„Ich würde eher sagen, es hat damit zu tun, dass Sie zu hart arbeiten."

„Ich mag meine Arbeit", erwiderte er.

„Sie sind davon besessen."

„Vielleicht." Er blickte zum Meer. „Können Sie schwimmen?"

Jane überlegte. „Ich weiß es nicht, aber vermutlich schon, weil ich keine Angst vor Wasser habe. Es sieht sogar sehr einladend aus."

Er stand auf und streckte ihr die Hand entgegen. „Dann wollen wir!"

Lachend ließ sie sich von ihm zum Wasser führen. Ohne zu zögern, wollte er in die Wellen laufen, doch Jane zuckte zurück.

„Es ist kalt!", rief sie.

„Sie gewöhnen sich daran." Fröhlich wollte er sie weiterziehen.

„Lassen Sie mich langsam hineingehen", verlangte sie und stemmte die Fersen in den Sand.

„Das ist feige", spottete er übermütig. „Denken Sie nicht nach und wagen Sie es einfach!"

„Also gut", stimmte sie zu und kreischte, als er sie tiefer hineinzog. Eine große Welle rauschte über sie beide hinweg. Jane kam keuchend und lachend an die Oberfläche und fand sich in Franks starken Armen wieder.

„Alles in Ordnung?", fragte er und schützte sie gegen die Brandung.

Sie nickte, weil sie in diesem Moment nicht sprechen konnte, so überwältigt war sie von der Berührung. Sie hielt sich an seinen breiten Schultern fest, und ihre Beine drückten gegen seine Schenkel.

Zu ihrer Enttäuschung ließ er sie los. „Sie können schwimmen", erklärte er.

Probeweise schwamm sie ein Stück. „Wahrscheinlich ist das wie mit dem Fahrradfahren. Hat man es einmal gelernt, vergisst man es nicht mehr."

„Schwimmen wir um die Wette!" Er entfernte sich von der Küste und ließ die Brandung hinter sich. Jane zögerte nur kurz, folgte ihm und schwamm eine Weile neben ihm her.

Obwohl sie einander nicht berührten, erzeugten die abgestimmten Bewegungen doch ein Gefühl der Intimität. So muss es sein, wenn wir uns lieben, dachte Jane, während das Wasser ihren Körper streichelte … dasselbe Wasser, das Frank umschmeichelte.

„Frieren Sie noch immer?", fragte er und trat Wasser.

„Nein, es ist herrlich." Jane strich das nasse Haar aus der Stirn und wandte das Gesicht der Sonne zu.

„Können Sie Bodysurfen? Wellenreiten ohne Brett?", fragte er.

„Ich glaube nicht."

„Wollen Sie es lernen?", fragte er mit einem jungenhaften Lächeln.

„Warum nicht?", stimmte sie bereitwillig zu. Alles hätte sie getan, um weiterhin dieses ansprechende Lächeln und die Begeisterung in seinem Gesicht zu sehen.

In der nächsten Stunde tummelten sie sich wie Delfine im Wasser, und ihr Lachen übertönte das Rauschen der Wellen und die Schreie der Möwen. Frank war ein geduldiger Lehrer und jubelte Jane zu, als es ihr gelang, auf einer Welle bis an den Sandstrand zu reiten. Spielerisch tauchten sie sich gegenseitig unter und spielten mit dem bunten Ball.

Mittags kehrten sie heißhungrig und erschöpft auf die Decke zurück. Frank stellte den Schirm auf, der willkommenen Schutz vor der Hitze bot, und sah zu, wie Jane das Essen auspackte.

Die Sonne hatte Farbe auf ihre Wangen gezaubert. Obwohl sie zu mager war, unterstrich der blaue Badeanzug ihre weiblichen Formen. Mit dem langen Haar, das auf ihren Rücken fiel und in der leichten Brise trocknete, sah sie wie eine jener geheimnisvollen Meerjungfrauen aus, deren Sirenengesang ihn auf ewig in die Tiefen des Ozeans locken konnte.

Bewusst konzentrierte er sich auf das Essen. Jane ging ihm unter die Haut, ohne dass sie es bewusst versuchte. Und er konnte damit nicht umgehen.

„Einen Penny für Ihre Gedanken", sagte sie, während sie eine Haarsträhne aus dem Gesicht strich und von ihrem Sandwich abbiss.

Lächelnd vertrieb er die Sorgen wegen der Zukunft. Warum sollte er diesen Moment nicht genießen? „Sie sind keinen Penny wert."

„Ja, so wirken Sonne und Wasser. Sie vertreiben jeden wichtigen Gedanken aus dem Kopf."

„Stimmt. Ist doch schön, oder?" Auf ihren Schultern entdeckte er Sommersprossen, die durch die Sonne zum Vorschein kamen. „Sie sollten mit Ihrer Haut vorsichtig sein, sonst bekommen Sie einen Sonnenbrand."

Jane betastete Wangen und Nase. „Für den Rest des Tages bleibe ich lieber unter dem Schirm."

Am Ende des Essens zerkrümelte sie ein halbes Sandwich und warf es den mutigsten Vögeln zu, die sich der Decke näherten.

„Ich schwimme noch eine Weile", entschied Frank.

Jane nickte, streckte sich auf der Decke aus und schloss lächelnd die Augen. Ob sie wusste, wie aufreizend sie sogar wirkte, wenn sie völlig entspannt war? Frank betrachtete den Ansatz ihrer Brüste oberhalb des Badeanzugs und die schmale Taille, die er mit den Händen umspannen konnte. Und er malte sich aus, wie sie die Arme um seinen Rücken schlang und sich an ihn klammerte.

Mehr als alles andere wünschte er sich, sie in die Arme zu nehmen und die Überraschung in ihren Augen zu beobachten, bevor sie seinem Verlangen entgegenkam. Er wollte diese Lippen küssen, die ihn so verzaubert hatten, wollte fühlen, wie Janes erhitzter Körper sich ungezügelt unter ihm bewegte …

Hastig lief er zum Wasser und warf sich in die Wellen, um durch körperliche Anstrengung seine Begierde zu zügeln.

Sobald er sich abgekühlt hatte, drehte er sich auf den Rücken und ließ sich treiben. Beinahe hatte er vergessen, wie sehr er das Wasser liebte. Zu lange war es her, dass er sich einen solchen Tag gegönnt hatte. Vor Janes Auftauchen hatte er an freien Tagen in seiner Praxis Schreibarbeit nachgeholt oder freiwillige Arbeit geleistet.

Allerdings wollte er nicht noch einmal den gleichen Schmerz wie mit Gloria erleben. Es war besser, er unterhielt mit Jane nur eine platonische Beziehung. Und er musste sich auf seine Arbeit konzentrieren.

Als er sich umdrehte, stand Jane aufrecht und winkte. Eilig schwamm er zurück und lief zu ihr.

„Das Ding hier ist losgegangen", erklärte sie und hielt seinen Signalgeber hoch.

„Dann muss ich anrufen. Ich werde nur in einem Notfall angefunkt." Zögernd betrachtete er die Sachen, die auf der Decke herumlagen.

„Gehen Sie nur", meinte Jane. „Rufen Sie an. Ich sammle alles ein und bringe es zurück."

Während Frank zum Haus lief, kämpfte Jane ihre Enttäuschung nieder. Auch wenn es Franks Beruf war, wollte sie nicht, dass der gemeinsame Tag so endete.

Frank hatte schon Hose und Hemd angezogen, als sie das Haus erreichte. „Ich muss ins Krankenhaus", erklärte er und setzte sich, um Socken und Schuhe anzuziehen. „Ein Unfall zwischen einem Autobus und einem Lastwagen."

„Oh nein!" Jane schauderte, als höllische Visionen von Tod in ihr entstanden. Und sie steckte mittendrin und war Teil eines Dramas, das sie nicht begriff. Sekundenlang verlor sie sich in chaotischen Gedanken.

„Jane!" Franks scharfer Ton holte sie in die Wirklichkeit zurück. „Alles in Ordnung?"

„Ja … ja, sicher." Mit einem tiefen Atemzug versuchte sie, sich zu beruhigen. „Sie sollten sich beeilen", meinte sie und brachte ihn an die Tür.

„Ich weiß nicht, wann ich zurückkomme."

„Schon gut. Ich warte auf Sie."

Er nickte geistesabwesend, beugte sich zu ihr, gab ihr einen Kuss auf die Wange und lief zum Wagen. Sie stand an der Haustür, bis er nicht mehr zu sehen war. Dann erst drehte sie sich um und ging wieder hinein.

Sie betastete die Stelle, an der seine Lippen sie berührt hatten. Er hatte es unbewusst getan. Dennoch hatte sie sich für einen Moment wie seine Frau gefühlt. Und dieser Moment war einfach wundervoll gewesen.

Frank saß eine Weile im Wagen und hielt das Lenkrad fest umspannt, während sich der Horizont bereits heller färbte. Er musste hineingehen, um ein wenig zu schlafen. Die letzten zwölf Stunden waren die reinste Hölle gewesen.

Vor Erschöpfung brannten seine Augen, und seine Kehle war wie zugeschnürt. Er schluckte schwer und versuchte, an etwas anderes zu denken als an die Patienten, um deren Leben er gekämpft hatte.

Tief aufseufzend stieg er aus dem Wagen, ging hinein und fand zu seiner Überraschung die Küche hell erleuchtet vor. Es roch nach frischem Kaffee. Das erste Licht des Morgens fiel durch das Fenster herein und tauchte den Raum in goldgelbe Töne. Frank lehnte sich ermattet an die Wand und wünschte sich, das Licht könnte die Finsternis und Leere in ihm vertreiben.

„Ach, da sind Sie ja", sagte Jane hinter ihm.

Rasch drehte er sich um. Im Moment konnte er seine Gefühle nur schwer unter Kontrolle halten. Er wollte Jane nicht sehen. Er wollte mit niemandem sprechen. „Warum sind Sie noch auf?", fauchte er sie gereizt an.

„Ich bin nicht noch auf", erwiderte sie ruhig, holte zwei Tassen aus dem Schrank und schenkte Kaffee ein. „Vor einer Stunde bin ich aufgewacht, habe die Hunde ins Freie gelassen und bemerkt, dass Sie noch nicht zu Hause sind. Und weil ich nicht mehr schlafen konnte, habe ich Kaffee gemacht. Ich dachte, Sie möchten welchen, wenn Sie heimkommen."

Der Ärger schwand schlagartig, und Frank setzte sich seufzend an den Tisch, legte die Hände um die Tasse und hoffte, die Wärme würde sich in seinem ganzen Körper ausbreiten.

„War es schlimm?", fragte sie. Er nickte bloß. „Wollen Sie darüber sprechen?", fügte sie leise hinzu und griff nach seiner Hand.

Erschrocken fühlte er, wie ihm Tränen in die Augen stiegen. Abrupt stand er auf, stieß gegen den Tisch und verschüttete den Kaffee. „Verdammt!", rief er und griff nach der Rolle Papiertücher auf der Küchentheke.

„Ich mache das schon." Behutsam nahm sie ihm die Rolle aus der Hand und wischte den Kaffee weg.

Frank ließ sich auf den Stuhl sinken, vergrub das Gesicht in den Händen und zitterte von der Anstrengung, mit der er sich beherrschte.

„Frank, reden Sie mit mir." Tröstend legte sie ihm die Hände auf die Schultern.

Und plötzlich wollte er ihren Trost, weil er seinen Kummer nicht mehr ertrug. Mit einem verzweifelten Aufstöhnen drehte er sich um, lehnte sich an Jane, schlang die Arme um sie und ließ den Tränen freien Lauf.

Er wusste nicht, wie lange sie ihn wortlos festhielt, nur über sein Haar strich und ihm Zuflucht vor seinem Schmerz bot.

Jane ließ ihn weinen. Sein herzzerreißendes Schluchzen berührte sie tief. Jetzt war er ein kleiner Junge, der Trost brauchte, ein unsicherer Jugendlicher, den man aufrichten musste, ein Mann, der sich nach Liebe sehnte. Und sie wollte alles für ihn sein, wollte ihm alles geben.

Endlich versiegten seine Tränen. Er stand auf, wandte ihr den Rücken zu und hielt sich starr aufrecht. „Drei ..." Seine Stimme klang gepresst. „Ich habe drei Kinder verloren. Der Bus mit Kindern war zum Zoo unterwegs. Die meisten wurden nicht einmal schwer verletzt, nur bei dreien war es schlimm. Ich habe alles getan, aber ich konnte sie nicht retten ..." Seine Stimme brach, und er ließ die Schultern hängen.

„Frank." Sie trat neben ihn, drehte ihn zu sich herum und legte die Hände an seine Wangen. „Sie sind nicht der liebe Gott. Sie können nicht alle retten."

Sein Blick war von Schmerz erfüllt. „Aber sie waren so klein ... hatten noch das ganze Leben vor sich! Ich ... wollte sie unbedingt retten!"

„Und Sie haben alles getan, was möglich war?"

„Natürlich." Er schloss die Augen, während sie seine Wangen streichelte. „Alles, was möglich war." Als er die Augen wieder öffnete, war der Kummer noch da, doch die tiefe innere Qual verschwunden. „Ich habe alles Menschenmögliche getan."

Sie nickte und wischte die restlichen Tränen weg. „Und Sie sind eben auch nur ein Mensch."

„Ja ... auch nur ein Mensch." Er schlang die Arme um sie und zog sie näher zu sich heran.

Jane erkannte die veränderten Empfindungen in seinem Blick und kam ihm mit leicht geöffneten Lippen entgegen. Der Kuss war atemberaubend, nicht behutsam und vorsichtig. Heiß und verlangend ließ Frank die Zunge vordringen und mit ihrer Zunge spielen. Bereitwillig schmiegte Jane sich so eng an ihn, wie sie nur konnte.

Er drückte Küsse hinter ihr Ohr und auf ihren Hals. Es war Verlangen, aber auch der Wunsch, das Leben zu fühlen, nachdem er stundenlang gegen den Tod gekämpft hatte. Jane war es gleichgültig, was diese Leidenschaft auslöste. Sie nahm alles an, was er ihr anzubieten hatte, und ließ den Kopf zurücksinken.

Erregendes Prickeln erfüllte sie, während er ihren Rücken streichelte, und sie klammerte sich an ihn, schob die Hände in sein dichtes Haar und erkannte, was sie sich vom ersten Moment an gewünscht hatte. Sie wollte ihm gehören. Es war ihr gleichgültig, ob es nur für den Moment war. Es störte sie nicht, wenn es sich auf das rein Körperliche beschränkte. Sie wollte, dass er sie liebte und die Einsamkeit aus ihrem Herzen vertrieb.

Sie stöhnte auf, als er ihre Brüste umschloss und sie durch die dünne Bluse und den BH hindurch streichelte.

„Frank …" Jane nahm ihn an der Hand und führte ihn zu ihrem Zimmer.

„Warte." Er blieb vor der Tür stehen und sah sie an, als wäre er soeben aus einem Traum erwacht und müsste erst überlegen, wo er war. „Das ist nicht richtig … das können wir nicht tun."

„Es ist richtig. Ich … ich möchte es", versicherte sie und wurde rot, weil sie so direkt war.

Mit einem sanften Lächeln strich er ihr das Haar aus dem Gesicht und ließ dann die Hände sinken. „Jane, wenn wir uns jetzt lieben, macht das für dich alles nur noch komplizierter. Wir wissen nicht, wer du bist und woher du kommst." Er stockte und fügte leise hinzu: „Und wir wissen nicht, wer vielleicht auf dich wartet." Behutsam drückte er ihr einen Kuss auf die Stirn. „Danke, dass du für mich da warst. Ich brauchte … Du hast mir sehr geholfen. Ohne dich wäre es noch schwerer gewesen."

Jane nickte. Sie war enttäuscht, aber der Moment war vorbei. Ein letztes Mal streichelte er ihre Wange, wandte sich müde seufzend ab und zog sich in sein Zimmer zurück.

Das Verlangen war nicht erloschen, als Jane sich in der Küche einen Kaffee nahm und dann auf die Terrasse trat.

Die Sonne stieg über den Horizont. Wieder stand ein heißer, wolkenloser Tag bevor. Ein Tag im Niemandsland, ohne Erinnerungen. Sie wollte endlich wissen, wer sie war.

Bisher war es ihr nur um sich selbst gegangen. Doch jetzt ging es auch um Frank.

Wollte sie, dass er sie jemals liebte, musste sie sich daran erinnern, wer sie war. Sie hatte gar keine andere Wahl.

7. KAPITEL

*S*ie brauchen nichts weiter zu tun, als diesen Wagen in die einzelnen Zimmer zu schieben und zu fragen, ob ein Patient eine Zeitschrift oder ein Buch lesen möchte", erklärte Etta Maxwell am Montagmorgen. „Und vor allem müssen Sie die Menschen aufheitern." Sie lächelte Jane zu, als jemand am Ende des Korridors nach ihr rief. „Wenn Sie die Runde gemacht haben, kommen Sie wieder zu mir. Dann finden wir etwas anderes für Sie."

Die Schwester tätschelte aufmunternd Janes Arm. „Keine Sorge, Sie kommen schon zurecht. Die meisten Patienten freuen sich, wenn die Zeitungsfrau auftaucht." Damit eilte Etta den Korridor entlang, und ihre Gummisohlen quietschten bei ihrem schnellen Gang auf dem Boden.

Die Zeitungsfrau. Jane lächelte über ihren neuen Titel. Jane Smith, die Zeitungsfrau. Wenigstens für den Moment bekam sie dadurch eine gewisse Identität. Strahlend schob sie den Wagen in das erste Zimmer mit zwei Frauen. „Guten Morgen", grüßte sie. „Möchten Sie gern eine Zeitschrift lesen?"

„Ich möchte baden", erwiderte die ältere Frau gereizt. „Aber diese Ärzte lassen mich gar nichts machen. Ich darf nicht einmal dieses elende Bett verlassen, wenn ich muss." Aus hellen, blauen Augen sah sie Jane so vorwurfsvoll an, als wäre sie persönlich dafür verantwortlich.

„Die Ärzte wissen bestimmt, was für Sie gut ist", erwiderte Jane. „Ich könnte Ihnen doch die Kissen aufschütteln, damit Sie sich aufsetzen können, und dann suche ich Ihnen eine schöne Zeitschrift aus."

„Na ja, meinetwegen", murmelte die Frau verdrossen.

Auch beim Aufschütteln der Kissen hatte Jane wieder das starke Gefühl, diese Tätigkeit zu kennen. Es war wie am Samstag, als sie auf dem Stuhl das Gleichgewicht verlor. Doch es war nur so flüchtig, dass sie damit nichts anfangen konnte.

Es dauerte den ganzen Vormittag, bis sie die Runde durch die Zimmer gemacht hatte. Das Garett Memorial Hospital war relativ klein, und es herrschte hier eine entspannte Atmosphäre, die sie bisher in keinem anderen Krankenhaus empfunden hatte.

Ob sie in einem Krankenhaus gearbeitet hatte? War sie Krankenschwester? Nein, das erschien ihr nicht richtig. Ihrer Überzeugung nach besaß sie kein medizinisches Wissen.

Darüber dachte sie noch nach, als sie den Wagen mit den Zeitschriften zu dem entsprechenden Abstellraum zurückschob.

„Wie geht es der neuesten und hübschesten Freiwilligen im Garett Memorial?"

Lächelnd drehte sie sich zu Frank um. „Wunderbar. Es hilft mir, etwas zu tun, selbst wenn ich nur Zeitschriften an gelangweilte Patienten verteile."

„Das ist bei uns ein sehr wichtiger Job. Wir bemühen uns sehr um die Stimmung unserer Patienten. Sie sollen sich verwöhnt und umsorgt fühlen."

„Genau darüber habe ich gerade nachgedacht", erwiderte Jane. „Hier geht es viel freundlicher und gemütlicher zu als in den Krankenhäusern, in denen ich bisher war." Mit einem wehmütigen Lächeln fügte sie hinzu: „Ein weiterer Anhaltspunkt im Rätsel um Jane Smith. Vermutlich war ich schon früher in einem Krankenhaus."

„Nun, ich bin jedenfalls hier, um die geheimnisvolle Frau zum Mittagessen einzuladen. Es ist sehr weise, in der Krankenhauskantine nur zu essen, wenn ein Arzt in der Nähe ist."

Erleichtert lachte sie über seinen Scherz und freute sich, dass Frank weder befangen noch verspannt wirkte. Den Großteil des gestrigen Tages über hatte er geschlafen und abends gelesen. Heute Morgen waren sie gemeinsam ins Krankenhaus gefahren, doch er war still und zerstreut gewesen. Jane hatte schon befürchtet, dass sie beide eine Grenze überschritten hatten und nicht mehr so freundschaftlich wie vor dem Moment der Leidenschaft miteinander umgehen konnten. Doch nun führte er sie lächelnd zum Aufzug, und sie seufzte erleichtert.

„Du siehst aus, als würde es dir Freude machen", bemerkte er auf der Fahrt nach unten.

„Das tut es. Wie schon gesagt, es hilft mir, etwas Nützliches zu tun."

„Ist es nicht nützlich, mein Haus in Ordnung zu halten?", fragte er amüsiert.

„Doch, aber die Tätigkeit hier ist anders. Es ist schön, wenn man vielen Menschen hilft und nicht nur einem einzigen schlampigen Arzt."

Er sah sie gespielt empört an. „Schlampiger Arzt? Ich glaube, du kommst zu viel mit Etta zusammen. Sie hat auch keinen Respekt vor mir."

Als sie sich in der Kantine anstellten und Jane nach dem Hackbraten greifen wollte, winkte Frank ab.

„Schmeckt wie Hundefutter", flüsterte er ihr zu und verdrehte die Augen, als sie Fruchtgelee wählte. „Gefärbtes Gummi. Am besten hältst du dich an die Sandwiches und die Kartoffelchips."

„Kein Wunder, dass du immer so hungrig heimkommst", neckte sie ihn.

„Heute Vormittag habe ich mit Harry Wilton gesprochen", berichtete er, sobald sie einen Tisch für sich fanden. „Weil es kein Notfall ist, kann er sich erst in ein oder zwei Wochen um dich kümmern. Nach seinem Urlaub hat er Terminprobleme."

„Ich bin jederzeit bereit." Jane war enttäuscht, weil sie mit der Therapie so lange warten musste.

„Bis dahin habe ich für dich einen Vorschlag. Harry hat angeregt, dass du alle Details aufschreibst, die dir einfallen."

Sie nickte. „Ich besorge mir gleich heute Nachmittag ein Notizbuch, bevor ich heimfahre."

„Etta bringt dich nach Hause?"

„Sie hat um zwei Uhr Feierabend und meinte, sie könnte mich ohne Probleme bei dir absetzen, wenn ich hier arbeite." Plötzlich musste sie lachen.

„Was ist so lustig?"

„Etta. Sie ist eine wunderbare Type. Du hättest sie sehen sollen, als sie heute einem Patienten den Schalter für den Schwesternruf entwand."

Frank lächelte vergnügt. „Das war bestimmt der Patient in Zimmer 402. Er ist der Griesgram unseres Hauses. Jeden Vormittag drückt er den Rufknopf, bis Etta kommt und ihm den Schalter wegnimmt."

Obwohl das Sandwich trocken war und die Chips alt schmeckten, war es eines der schönsten Mittagessen, an die Jane sich erinnern konnte, und das lag nur an Frank.

Er redete, als hätte er schon viel zu lange geschwiegen, und erzählte ihr eine Menge über seinen morgendlichen Rundgang und seine Lieblingspatienten. Als er schwieg, fühlte sie, dass er an die Patienten dachte, die er verloren hatte. Sie fand es wunderbar, dass sie ihn allmählich gut genug kannte, um seine Gedanken zu erraten und sein Schweigen zu deuten.

„Du musst an die Menschen denken, die du gerettet hast", mahnte sie leise.

Er sah sie überrascht an, nickte zustimmend und erzählte wieder eine amüsante Geschichte. Lächelnd genoss sie sein lebhaftes Mienenspiel.

Wie schade, dass er allein leben wollte. Vielleicht hielt ihn nur die Angst davor, woran sie sich nicht erinnerte, zurück. Hätte sie doch bloß ihr Gedächtnis wiedergefunden! Hätte sie ...

„Jane? Ist dir etwas eingefallen?"

„Nein." Wie gut, dass er ihre Gedanken nicht lesen konnte. „Nein, tut mir leid. Ich habe nur einen Moment nicht zugehört."

„Wahrscheinlich langweile ich dich zu Tode."

„Oh nein, das kannst du gar nicht." Hastig griff sie nach seiner Hand. „Ich höre dir gern zu, ganz gleich, worüber du sprichst."

Sekundenlang sahen sie einander in die Augen, ehe Frank die Hand zurückzog. „Wenn ich dich nicht zu Etta zurückbringe, lässt sie mich wegen Entführung ihrer neuen Helferin verhaften." Gemeinsam verließen sie die Kantine und gingen zum Aufzug. „Was macht Etta heute Nachmittag?"

„Sie hat erwähnt, dass sie auf der Kinderstation den Kleinen Geschichten vorlesen möchte."

„Das solltest du dir nicht entgehen lassen." Er blieb vor dem Aufzug stehen. „Ich muss ins Labor. Wir sehen uns heute Abend daheim." Sobald sie im Aufzug verschwunden war, ging er zum Labor und kämpfte gegen seine wachsende Verwirrung an.

Jane erinnerte ihn an alles, wovon er einmal geträumt hatte, bevor Gloria diese Träume zerstört hatte. Hoffentlich gelang es Harry bald, Jane zu ihrem Gedächtnis zu verhelfen. Dann verließe sie ihn und sein Haus, und nur ein leichtes Bedauern würde zurückbleiben.

Bei dieser Vorstellung fühlte er sich jedoch nicht besser, sondern eher noch schlechter.

Jane zog das Nachthemd über den Kopf und griff zur Haarbürste. Was für eine Woche! An drei Tagen hatte sie im Krankenhaus gearbeitet und dann die Vorhänge im Haus gewaschen und die Fenster geputzt. Zusätzlich hatte sie sich den Kopf zermartert, um die Blockade ihres Gedächtnisses aufzubrechen.

Aus dem Spiegel blickte ihr noch immer das Gesicht einer Fremden entgegen. Seufzend setzte sie die Haarbürste an, beugte sich ruckartig vor und stellte fest, dass ungefähr ein halber Zentimeter nachgewachsen war. An den Wurzeln war ihr Haar viel heller!

Von Natur aus war sie fast blond. Aber es war völlig harmlos, wenn eine Frau sich die Haare färbte. Das hatte nichts zu bedeuten.

Sie öffnete das Notizbuch und betrachtete die Eintragungen der letzten Woche. Am Montag war ihr der Name ihres Hundes eingefallen – Pookie. Am Mittwoch hatte sie sich an einen Ostersonntag erinnert, als sie sechs Jahre alt war. Und sie sah sogar das Kleid mit den blauen und gelben Rüschen vor sich, das sie in der Kirche getragen hatte. Es war ein methodistischer Gottesdienst gewesen. Doch alle diese Informationen verhalfen ihr nicht zu ihrer Identität.

Frustriert schleuderte sie das Notizbuch quer durch den Raum, lehnte sich zurück und betastete die Narbe am Hals. Seltsam – ihre Visionen von Feuer, Rauch und Todesgeruch hatte sie nicht aufgeschrieben.

Warum hatte sie ihr Haar gefärbt? Hatte sie sich vielleicht verstecken wollen? Wie eine Kriminelle?

Feuer! Es knisterte und prasselte und versengte zuerst ihr Gesicht und dann ihre Lungen, als sie den schwarzen Rauch einatmete.

Ein Baby schrie in der Nähe, ein Mann wimmerte. Aufhören, wollte sie schreien, bekam jedoch keinen Laut hervor.

Sie starrte auf ihre mit Ruß und Blut bedeckten Hände.

Das Feuer kam näher. Sie roch Benzin, hörte in der Ferne heulende Sirenen.

Sie musste ... was musste sie tun? Weglaufen ... fliehen ...

In diesem Moment tauchte eine Gestalt aus den Flammen auf ... eine menschliche Fackel, wimmernd und stöhnend vor Schmerz. Sie schrie gellend auf ...

Jemand schüttelte sie heftig an den Schultern. Langsam tauchte sie aus dem Grauen auf und erkannte zuerst das Zimmer und dann Frank, der sie an den Schultern rüttelte und immer wieder ihren Namen rief.

„Jane ... Jane ... es ist nur ein Traum", versicherte er besorgt. „Wach auf! Es ist alles gut. Es war nur ein Traum."

Verzweifelt klammerte sie sich an ihn. „Halt mich fest", flüsterte sie, während ihr Tränen über die Wangen liefen. „Halt mich ganz fest!"

Er drückte sie gegen seine nackte Brust, und Jane schloss die Augen und wollte sich nie mehr von ihm lösen.

„Willst du mir deinen Traum erzählen?", fragte er und streichelte ihr Haar.

Sie schüttelte nur den Kopf und schlang die Arme noch fester um seinen Nacken. Sie wollte nicht darüber sprechen, wollte nicht einmal an die grässlichen Bilder denken, die sie im Schlaf verfolgten. Sie wollte alles vergessen. Frank sollte diese Gedanken für immer durch seine Nähe verbannen.

„Jane ..." Er wollte sich von ihr zurückziehen, doch sie gab ihn nicht frei.

„Bitte, geh nicht weg ... noch nicht. Bleib noch ein wenig."

„Leg dich hin, und ich bleibe bei dir, bis du eingeschlafen bist." Behutsam löste er sich aus ihrer Umarmung und drückte sie auf das Bett zurück.

Helles Mondlicht fiel durch das Fenster auf seine breite Brust und schimmerte auf dem glänzenden Stoff der Pyjamahose. Die Bilder des Albtraums schwanden, aber Jane wusste, dass sie ganz sicher nicht schlafen konnte. Erotische Vorstellungen wurden mit jeder Sekunde stärker.

Frank saß auf der Bettkante und wirkte verkrampft. Jane ergriff seine Hand und streichelte sie. Jetzt hatte sie keine Angst mehr. Er sollte nicht mehr ihre Träume verjagen. Sie brauchte ihn aus einem völlig anderen Grund.

„Was ist los?", fragte er. „Willst du mit mir reden?"

Sie schüttelte den Kopf. „Nein, ich will nicht mit dir reden." Sie beugte sich vor, bis sie seinen Atem auf ihrem Gesicht fühlte und meinte, seinen Herzschlag zu hören. „Ich will …" Den Rest des Satzes sprach sie nicht aus, sondern drückte die Lippen auf seinen Mund.

Zuerst zögerte er und hielt ganz still, doch dann erwiderte er leise stöhnend den Kuss, eroberte voll Verlangen ihren Mund und ließ die Zunge zwischen ihren Lippen hindurchgleiten, dass sie wohlig erschauerte.

Die Hände an seinen Hinterkopf gelegt, zog sie ihn langsam zu sich auf das Bett, und ihre Brustspitzen richteten sich auf, als sie sich an seiner behaarten Brust rieben. Jetzt fühlte sie seinen heftigen Herzschlag, fühlte auch, wie er sich noch zurückhielt. Und genau diese Zurückhaltung wollte sie brechen.

Frank holte scharf Luft, als sie eine Hand an seinen Schenkel legte und unter dem glatten Stoff die harten Muskeln fühlte. Sehnsüchtig schloss er die Hände um ihre Brüste und streichelte die Spitzen durch das Nachthemd.

Ungeduldig schob sie die Bettdecke beiseite, zog das Nachthemd über den Kopf und warf es auf den Boden.

Frank erstarrte. Im Mondschein fand sie seinen Blick begehrlich auf ihre nackten Brüste gerichtet, doch sie erkannte auch seinen inneren Kampf.

Er durfte nicht über die Gründe nachdenken, aus denen sie aufhören sollten. Jane wollte keine Vernunft, sondern Leidenschaft, ergriff seine Hände, zog sie auf ihre Brüste und flüsterte seinen Namen. Er schloss die Augen, und als er sie wieder ansah, hatte sein Verlangen gesiegt.

Hingebungsvoll ließen sie die Lippen miteinander verschmelzen, während er ihre Brüste streichelte und sie ungeduldig versuchte, die letzten störenden Barrieren zu entfernen.

Mit einer fließenden Bewegung zog er die Pyjamahose aus und kam wieder zu ihr. Stöhnend überließ sie sich den Küssen, mit denen er ihren Hals bedeckte und danach ihre Brüste verwöhnte. Während er ihr mit seinen Lippen den Verstand raubte, strich er mit der Hand über ihren flachen Bauch und zwischen ihre Beine. Unter seinen leichten Berührungen hätte sie vor Lust beinahe aufgeschrien.

Endlich konnte sie sich nicht länger zurückhalten. Zu schön waren die Gefühle, die er in ihr auslöste und die in einem ersten Höhepunkt gipfelten.

Bevor sie zur Ruhe kam, schob er sich zwischen ihre Schenkel. Jane öffnete die Lider und blickte ihm in die Augen. Und als er in sie eindrang, wusste sie mit letzter Sicherheit, dass sie so etwas noch nie erlebt hatte. Nie zuvor war die Liebe so heftig, so unbeschreiblich und so vollkommen gewesen.

Sie schlang die Beine um seinen Rücken, zog ihn noch tiefer in sich und kam ihm entgegen. Zuerst bewegten sie sich langsam und bewusst wie Liebende, die jede Empfindung genießen wollten. Für Jane war es, als würde sie das erste Mal lieben, ohne etwas zu erwarten und ohne sich an andere Männer zu erinnern, die diese Erfahrung schmälern konnten.

Doch bald wurden sie von Verlangen angetrieben und bewegten sich heftiger. Ihre Körper waren schweißbedeckt, als Jane die Befreiung nahen fühlte und auch Frank dem Höhepunkt entgegentrieb. Im Moment der höchsten Lust rief sie seinen Namen, während er mit ihr zusammen den Gipfel erreichte.

Eine Zeit lang bewegten sie sich nicht und blieben eng miteinander verbunden, bis ihr Atem ruhiger wurde und ihre Herzen langsamer schlugen.

Janes Augen brannten, so überwältigt war sie von dieser perfekten und schönen Erfahrung.

Frank rollte sich auf die Seite und wandte das Gesicht ab. Bei seinem schweren Seufzen wurde Jane von Angst gepackt.

„Frank?", flüsterte sie. Er sah sie an, und in seinem Blick fand sie das gefürchtete Bedauern. „Bitte nicht."

„Was nicht?"

Sie stützte sich auf den Ellbogen. „Du sollst nichts bereuen."

„Jane, wie sollte ich es nicht bereuen? Das ist Irrsinn. Es kompliziert nur alles für uns beide." Er setzte sich auf und griff nach der Pyjamahose, stand auf und zog sich an. „Das hätte nie passieren dürfen. Früher oder später wirst du dich daran erinnern, woher du kommst und wie du bisher gelebt hast. Und du könntest dich an einen Mann erinnern, der dich liebt … und den du liebst."

Er strich mit den Fingern durch das Haar und schüttelte verwirrt den Kopf. „Das können wir nicht machen, Jane. Bevor du dich nicht an deine Vergangenheit erinnerst, darf sich das nicht wiederholen. Wir haben bereits eine Grenze überschritten, die uns die Umkehr erschwert. Wir dürfen das Problem nicht noch vergrößern, indem wir den Fehler wiederholen. Du musst dich erinnern!", rief er heftig. „Wir kommen nicht voran, bevor du nichts über deine Vergangenheit weißt!" Ohne auf ihre Antwort zu warten, verließ er den Raum.

Jane unterdrückte den Wunsch, ihm nachzulaufen. Im Grunde wusste sie, dass er recht hatte. Doch so viel sie auch für Frank empfand und so gern sie dieses schöne Erlebnis wiederholt hätte – sie dachte an ihre Visionen.

Der falsche Name, das gefärbte Haar, die Schuldgefühle nach den Visionen … sie wollte sich nicht an ihre Vergangenheit erinnern. Mochte Frank ihr auch noch so viel bedeuten, sie wollte es einfach nicht.

8. KAPITEL

*F*rank stand am Fenster des Aufenthaltsraums für Ärzte und beobachtete den Sonnenaufgang. Und er versuchte, die letzte Nacht zu vergessen.

Bestimmt strafte ihn der Himmel für etwas. Zuerst ließ er sich mit einer Frau ein, die ihn wegen ihrer Vergangenheit belog, und jetzt war es eine Frau, die sich an ihre Vergangenheit nicht erinnerte. „Der Himmel bestraft mich ganz eindeutig", sagte er halblaut.

„Es ist eine der üblichen Ausreden, dem Himmel an allem die Schuld zu geben."

Frank drehte sich hastig zu Harry Wilton um.

„Probleme, Frank?"

„Nichts, wofür ich Sie bezahlen müsste, damit Sie es in Ordnung bringen", erwiderte Frank trocken. „Was machen Sie denn schon so zeitig hier? Ich dachte, Psychiater haben die gleichen Arbeitszeiten wie Bankleute."

„Heute Morgen wurde eine verhinderte Selbstmörderin eingeliefert, und ich musste ein psychiatrisches Gutachten erstellen." Harry nahm sich einen Kaffee. „Eine Jugendliche. Der Freund hat mit ihr Schluss gemacht. Eigentlich wollte sie ihm Angst einjagen und nicht sich selbst etwas antun. Ein netterer Freund könnte ihr besser helfen als ich." Er setzte sich an den Tisch und machte eine einladende Handbewegung. „Ist heute nicht Ihr freier Tag?"

„Richtig. Ich wollte nur nach einigen Patienten sehen." Frank setzte sich zu ihm. In Wahrheit hatte er das Haus verlassen, weil er Jane noch nicht gegenübertreten konnte. Er brauchte Distanz.

„Ich wollte Sie ohnedies heute Vormittag anrufen." Harry nahm einen Schluck. „Heute Nachmittag habe ich eine Stunde frei, falls Ihre Freundin zu mir kommen möchte."

Hoffnung regte sich in Frank. Vielleicht konnte Harry Jane tatsächlich helfen, sich an einen Geliebten, einen Verlobten oder Ehemann zu erinnern. Auch wenn sie behauptete, nicht verheiratet zu sein, brauchte er Sicherheit. „Wann?"

„Um zwei."

Frank hatte gehört, dass Harry ein guter Psychiater war und in seiner Arbeit aufging. „Glauben Sie, dass Sie ihr helfen können?"

Harry zuckte die massigen Schultern. „Keine Ahnung. Ich mache nie falsche Versprechungen." Er drehte die Tasse zwischen den Händen. „Ehrlich gesagt, ich hatte noch nie mit Gedächtnisverlust zu tun. Ich kann keine Medikamente verschreiben. Es gibt keine magischen Tabletten, die auf der Stelle alle Erinnerungen zurückholen."

„Welche Methoden werden Sie versuchen?"

„Wortassoziationen, Bildinterpretationen … hoffen wir, dass etwas die Erinnerungen auslöst. Jedenfalls wird einige Arbeit nötig sein, und die Patientin muss sich auch erinnern wollen."

„Ich werde dafür sorgen, dass sie pünktlich bei Ihnen erscheint", versicherte Frank.

„Sehr gut." Harry trank seinen Kaffee und stand auf. „Jetzt fahre ich heim. Wenn ich Glück habe, kann ich vor meinem ersten Termin noch zwei Stunden schlafen."

Nachdem er gegangen war, starrte Frank in seine Tasse.

Bis Jane sich an ihre Vergangenheit erinnerte, bot er ihr Kameradschaft und Hilfe. Dank seiner Schwäche hatte sie seine Leidenschaft geweckt. Aber seine Liebe sollte sie nicht bekommen.

Frank traf um halb zwei vor seinem Haus ein. Er hatte Jane auf dem Anrufbeantworter die Nachricht hinterlassen, dass sie um zwei einen Termin bei Harry hatte. Jetzt sollte sie eigentlich schon bereit sein. Mit gemischten Gefühlen stieg er aus und betrat das Haus.

Als Erstes entdeckte er ihren Koffer in der Diele. „Jane?", rief er erschrocken.

Sie kam aus dem Wohnzimmer und wirkte in dem mintgrünen Sommerkleid bezaubernd. In der letzten Woche hatte sie Farbe bekommen und sah gesünder und noch schöner aus. Neben dem Koffer blieb sie stehen. „Ich … also … ich dachte, du willst vielleicht, dass ich in dieses Heim in Wilmington ziehe." Sie konnte ihn dabei nicht ansehen. „Ich möchte dein Leben nicht komplizieren, Frank."

„Werde bloß nicht melodramatisch!", fuhr er sie schroffer als beabsichtigt an. Er konnte sich das Haus ohne sie nicht mehr vorstellen. Wie sollte er nach einem langen Arbeitstag heimkommen, wenn sie nicht hier war?

„Ich dachte, dass du nach der letzten Nacht …"

„Die letzte Nacht hat nichts geändert." Jetzt schlug er einen ruhigeren Ton an. „Jane, du brauchst nicht wegzugehen. Wir sind zwei vernünftige Erwachsene. Letzte Nacht haben wir beide einen Fehler begangen, doch dadurch muss sich nichts ändern. Wir können das beide verkraften, wenn wir uns auf den wichtigsten Punkt konzentrieren. Du musst dein Gedächtnis wiederfinden. Darum geht es. Bring den Koffer wieder weg."

Die Tränen in ihren Augen verrieten, wie sehr sie sich vor dem Heim gefürchtet hatte. Zuerst hob sie die Arme, als wollte sie ihn umarmen, ließ sie jedoch wieder sinken. „Danke", sagte sie heiser und trug den Koffer in ihr Zimmer.

Auf der Fahrt zu Harry Wiltons Praxis im Zentrum von Garett Beach fragte Frank: „Nervös?"

„Ein wenig", räumte sie ein, wickelte eine Haarsträhne um die Finger und blickte starr aus dem Fenster, bis sie den Parkplatz vor dem Haus erreichten, in dem die Praxis untergebracht war.

„Ich bleibe hier", meinte Frank und setzte sich in Harrys ansprechend eingerichtetes Wartezimmer.

Jane nickte, blieb stehen und sah ihn an, als wollte sie etwas sagen. Für einen Moment war ihr Blick so intim wie eine zärtliche Berührung. Dann öffnete Harry die Tür seines Sprechzimmers, begrüßte Jane, lächelte Frank zu und schloss die Tür hinter sich und Jane.

Auf Jane wirkte Harry Wilton mehr wie ein Gangster als ein Psychiater. Er war klein und breit gebaut mit massigen Schultern. Das Bild eines Gangsters wurde durch die dicke, nicht brennende Zigarre verstärkt, an der er herumkaute, und durch einen massiv goldenen Ring. Mühelos hätte er in einem zweitklassigen Film mitspielen können. Jane setzte sich in den Ledersessel vor dem Schreibtisch und kämpfte gegen die Angst vor Dr. Wilton an.

Konnte er ihr die Erinnerungen entlocken, die sie fürchtete? Ihre Angst verstärkte sich, als sie sich vorstellte, welche Bilder aus der Vergangenheit er womöglich weckte.

„Am besten fangen wir bei Ihrer frühesten Erinnerung an."

„Das ist einfach. Ich wachte im Krankenhaus auf und wusste nicht, wer und wo ich bin."

Nacheinander befragte Dr. Wilton sie nach den übrigen Erinnerungen seit dem Erwachen im Krankenhaus. Obwohl sie darüber redeten und versuchten, sie zu analysieren, kam nichts dabei heraus. Er ließ Jane Tintenkleckse betrachten, Wörter assoziieren und Geschichten zu Fotos erfinden, doch nichts löste ihr Gedächtnis aus.

Jane schilderte ihre Angst vor den Erinnerungen gepaart mit dem Wunsch, sich zu erinnern. Allerdings erzählte sie ihm nichts von ihren Albträumen und den schrecklichen Visionen, sondern sprach nur ganz allgemein von Ängsten. Er versicherte ihr, es wäre ganz normal, vor der Erinnerung an traumatische Ereignisse zurückzuschrecken.

„Dr. Wilton, darf ich Ihnen eine Frage stellen, bevor wir diese Sitzung abschließen?"

„Natürlich, meine Liebe."

Sie fühlte, wie sie rot wurde. „Falls ich vor meinem Gedächtnisverlust verheiratet oder verliebt war, würde ich mich nicht daran erinnern?"

Dr. Wilton lächelte mitfühlend. „Die Vorstellung ist hübsch, dass unser Herz sich an etwas erinnert, das unser Verstand vergessen hat. Leider ist das nicht so. Bei Gedächtnisverlust werden geliebte Menschen genauso gründlich ausgelöscht wie das Trauma, das zu diesem Gedächtnisverlust geführt hat."

Gleichzeitig enttäuscht und erleichtert verließ Jane das Sprechzimmer. Frank stand auf und sah ihr erwartungsvoll entgegen.

Sie schüttelte den Kopf, und sofort verschloss sich sein Gesicht. „Nichts?", fragte er.

„Nichts."

„Nun ja, wir können von einer Sitzung keine Wunder erwarten."

Schweigend fuhren sie nach Hause. Jane hatte ein schlechtes Gewissen, weil sie sich bei Dr. Wilton nicht genug bemüht hatte, doch sie fürchtete die Geheimnisse, die in ihrer Erinnerung vergraben waren.

Seufzend rieb sie sich die Stirn, als sie Kopfschmerzen bekam. Sie war so verwirrt. Wenn sie sich nicht an ihre Vergangenheit erinnerte, gab es keine Beziehung zu Frank. Aber wenn sie sich nun daran erinnerte, was sie Schreckliches getan hatte, konnte er gar keine Beziehung zu ihr haben.

Die Bewegungen des Wagens lullten sie ein, und in ihren Gedanken entstand ein Bild. Ein Baby, ein Junge in einer blauen Decke mit einem Muster aus Schaukelpferden. Sie wiegte das schreiende Baby und redete ihm gut zu. „Sst, du störst alle", flüsterte sie und drückte den Jungen an die Brust, ging mit ihm in einem kleinen, beengten Raum hin und her und versuchte, ihn zu beruhigen.

„Warum kann das Kind denn nicht endlich still sein?", rief ein Mann in ihrer Nähe.

„Ich tue, was ich kann", erwiderte sie knapp und blickte in zornige Augen.

Das Bild ging in Flammen auf. Es roch nach Benzin und Tod. Nein! Jane wollte sich wieder um das Baby kümmern, doch es lag nicht mehr in ihren Armen. Nur noch Feuer umgab sie … Feuer und Tod …

Hastig riss sie die Augen auf, weil sie nichts mehr sehen wollte. Frank konzentrierte sich auf die Straße und war in seine eigenen Gedanken versunken.

Wem gehörte dieses Kind? War das ihr Baby? Und wer war der Mann, den sie gesehen hatte? Ihr Ehemann? Ihr Geliebter? Und wo war sie gewesen?

Noch während sie sich diese Fragen stellte, wusste sie die schreckliche Antwort. Alle waren tot. Das Baby war tot. Der Mann war tot. Sie waren verbrannt. Und nach jeder dieser Visionen wurde sie von überwältigenden Schuldgefühlen gepackt.

Ich habe es getan! Sie presste die geballte Faust gegen die Lippen, um einen gepeinigten Aufschrei zu unterdrücken. Ich habe diese Menschen getötet. Ich bin schuldig … schuldig!

Frank saß auf dem Sofa und versuchte zu lesen, beobachtete jedoch Jane, die auf dem Fußboden lag und mit den Hunden spielte. Zwei Wochen waren seit jener Nacht voller Leidenschaft vergangen, zwei Wochen, in denen er der Versuchung widerstanden hatte.

Zweimal war Jane bei Harry gewesen, ohne etwas zu erreichen. Vielleicht ist sie ein Alien, dachte er gereizt. Ja, sicher. Sie war aus einem Raumschiff gekommen, um seine sexuellen Wünsche anzustacheln und ihn zu peinigen.

Er drehte sich auf dem Sofa so, dass er sie nicht direkt sah, und starrte in das Buch, ohne zu lesen. Jane lachte, knurrte die Hunde an und kämpfte spielerisch mit ihnen, während Jeff und Mutt sie umkreisten und vor Begeisterung schrill bellten.

„Mutt, hör auf!", rief Frank. Der Hund setzte sich und sah ihn verwirrt an.

Jane legte Mutt den Arm um den Hals. „Schrei ihn bitte nicht an. Er kann nichts dafür. Ich habe ihn aufgeputscht. Tut mir leid."

Sein Ärger schwand auf der Stelle. „Schon gut", erwiderte er schroff, stand auf und ging hin und her. „Ich finde nur keine Ruhe. Möchtest du ins Kino gehen?", fragte er abrupt.

„Ins Kino? Ja, gern … wenn du möchtest."

Verdammt, nein, er wollte nicht ins Kino gehen. Er wollte sie in sein Schlafzimmer bringen und sie lieben, bis die Sonne aufging. Er wollte jeden Zentimeter ihres Körpers küssen, bis sie vor Leidenschaft stöhnte und schrie. Doch das durfte er nicht! Aber wenn er noch einen Moment länger mit ihr im Haus blieb, verlor er den Verstand.

„Ja, ich möchte gehen." Er sah auf die Uhr. „Wenn wir innerhalb der nächsten Viertelstunde losfahren, schaffen wir es noch bis zur Vorstellung um halb acht."

„Ich ziehe mich schnell um." Damit verschwand sie in ihrem Zimmer, und er atmete auf.

Als sie zurückkehrte, betrachtete er sie stumm. Warum hatte er kein hässliches Entlein am Strand aufgelesen?

„Frank?" Sie sah ihn fragend an.

„Neues Kleid?"

„Letzte Woche bin ich mit einigen Freiwilligen in der Mittagspause einkaufen gegangen. Und dank des großzügigen Lohns, den du mir bezahlst, kann ich meine magere Garderobe aufbessern."

„Sieht nett aus", meinte er und ignorierte ihren freudigen Blick bei seinem Kompliment. „Aber jetzt müssen wir los, sonst kommen wir zu spät."

Zu seiner Erleichterung brachen sie sofort auf.

„Im Krankenhaus höre ich nur Lob über deine Arbeit", bemerkte er während der Fahrt in die Stadt.

„Ich bin gern dort. Es ist befriedigend, anderen Menschen zu helfen." Lächelnd sah sie ihn an. „Es muss dich sehr befriedigen, Arzt zu sein."

„Das tut es." Aber nicht so sehr wie früher, fügte er in Gedanken hinzu. Seit er Jane kennengelernt hatte, reichte ihm die Arbeit nicht.

„Alle sprechen über die Feiern zum 4. Juli in der nächsten Woche", bemerkte sie.

„Ganz Garett Beach ist am 4. Juli auf den Beinen", erwiderte er. „Vormittags gibt es eine Parade, danach ein riesiges Barbecue und abends natürlich Feuerwerk."

„Das hört sich fantastisch an", meinte sie begeistert.

„Ich habe frei. Wenn du willst, machen wir mit."

„Sehr gern", erwiderte sie sofort.

Danach schwiegen sie. Die Klimaanlage des Wagens brachte Erleichterung von der schwülen Hitze, die heute herrschte. Frank hätte gern die Fenster heruntergekurbelt, um das Meer und nicht Janes verführerisches Parfüm zu riechen. Doch die Hitze wäre zu unangenehm gewesen.

Endlich erreichten sie den Parkplatz vor dem Kino, der fast bis auf den letzten Platz voll war. Gut, dass noch viele andere Leute da sein würden.

„Oh je", meinte Jane lachend, als sie zum Eingang des Kinos schlenderten.

„Was ist?", fragte Frank neugierig.

Sie deutete zum Vordach. „Heute ist die Nacht der Monster. ‚Das Monster aus der Tiefe' und ‚Die Aliens' … Da steht uns einiges bevor."

„Willst du trotzdem hineingehen?", fragte Frank zweifelnd.

„Warum nicht?", erwiderte sie fröhlich. „Jetzt sind wir schon hier, und das kann sehr unterhaltsam sein." Unbefangen hakte sie sich bei ihm unter. „Ich erinnere mich daran, wie ich das erste Mal ‚Das Ding' sah. Es war ein herrliches Vergnügen, sich zu Tode zu fürchten." Kaum hatte sie die Worte ausgesprochen, als sie stockte. „Wieder eine unwichtige Erinnerung."

Er drückte beruhigend ihren Arm. „Wenigstens erinnerst du dich an etwas. Vom medizinischen Standpunkt aus ist das ein sehr gutes Zeichen. Irgendwann wird dir alles wieder einfallen, Jane.“

Während er die Karten kaufte und sie sich Plätze in dem vollen Saal suchten, blieb sie verschlossen. Frank nickte und winkte etlichen Patienten zu und lächelte, als Cindy auf sie zukam.

„Hi, Dr. Longford“, grüßte sie und betrachtete Jane neugierig. „Ich wusste gar nicht, dass Sie gern ins Kino gehen.“

„Nur in Gruselfilme“, erwiderte er. „Cindy, das ist Jane, eine Freundin.“ Er wandte sich an Jane. „Cindy ist eine ehemalige Patientin. Ihre Mutter arbeitet im Krankenhaus.“

„Kenne ich sie?“, fragte Jane.

Frank schüttelte den Kopf. „Ich glaube nicht. Sie hat die Nachtschicht.“

Jane und Cindy unterhielten sich eine Weile, ehe Cindy zu ihren Freundinnen zurückkehrte, die weiter vorne saßen. „Nettes Mädchen“, bemerkte Jane.

„Sie mag dich“, stellte Frank fest. „Normalerweise ist sie bei Erwachsenen ziemlich scheu.“

„Wenigstens hat sie mich nicht gefragt, wie das ist, wenn man nicht weiß, wer man ist. Für die guten Leute von Garett Beach ist Gedächtnisverlust allmählich nicht mehr neu. Die meisten sehen in mir Jane Smith, freiwillige Helferin im Krankenhaus und Haushälterin bei Doc Longford.“

Die Lichter erloschen, und auf der Leinwand lief die Vorschau auf die nächsten Filme ab. Frank holte noch rasch eine Tüte Popcorn und zwei Dosen Limonade.

Er hatte gehofft, die Leute im Kino würden ihn von Jane ablenken, doch als der Hauptfilm begann, fühlte er ihre Schulter an der seinen. Und als er nach dem Popcorn tastete, das er festhielt, stießen ihre Hände zusammen.

„Tut mir leid“, flüsterte Jane lächelnd.

Er nickte knapp und wünschte sich, die Kinositze wären breiter. Er hatte genau dem Verlangen entfliehen wollen, das ihn jetzt quälte.

Jane fühlte ganz deutlich die Spannung, die von Frank Besitz ergriffen hatte. Er versuchte, von ihr abzurücken, und spannte immer wieder einen Muskel in der Wange an. Es war die gleiche Spannung, die auch sie ständig seit der Nacht begleitete, in der sie sich geliebt hatten.

Sie wünschte sich, es könnte alles anders sein. Frank sollte den Arm um ihre Schultern legen, sie an sich drücken und ihr ins Ohr flüstern, welche Leidenschaft sie nach dem Kino gemeinsam erleben würden, sobald sie heimkamen.

Wäre er bloß damit zufrieden gewesen, wie sie jetzt war und was sie mit ihrem Leben machte. In den letzten zwei Wochen hatte sie sich geweigert, in ihrer Vergangenheit zu graben. Die Vergangenheit sollte vergangen bleiben. Sie wusste nicht, was sie getan und wem sie Schaden zugefügt hatte. Doch der Mensch, der die schrecklichen Dinge aus ihrem Traum angerichtet hatte, war nicht die Jane von heute.

Die jetzige Jane baute in Garett Beach ein neues Leben auf und war stolz darauf. Sie wollte nichts mehr mit den Schrecken der Vergangenheit zu tun haben.

Mehr als alles andere wünschte sie sich, Frank würde sie wieder lieben. Während des bisher einzigen Beisammenseins hatte er sie erkennen lassen, dass sie eine leidenschaftliche Frau war. Sie sehnte sich nach seiner Berührung, nach seinen Zärtlichkeiten und seiner Leidenschaft.

Seufzend konzentrierte sie sich auf den Film, in dem ein Alien mit einem Lasergewehr die Menschen in einem Saal terrorisierte. Wie gern hätte sie Franks Meinung geändert, dass er über ihre Vergangenheit Bescheid wissen musste. Sie wünschte sich, Jane Smith könnte für Frank genug sein.

Fast drei Stunden später war der zweite Film zu Ende, und Frank und Jane schoben sich zwischen den Reihen zum Ausgang. Jane stand direkt hinter Frank und fühlte die Leute hinter sich drängen.

Panik stieg in ihr hoch. Menschen, die stießen und versuchten, nach draußen zu gelangen. Schreckens- und Schmerzensschreie ... Sie schloss die Augen gegen die Visionen, die sie mitten in ihre Albträume versetzten.

Dunkelheit um sie herum. Ihr Herz schlug schmerzhaft schnell. Kalter Schweiß brach ihr auf der Stirn aus. Raus … sie musste ins Freie! Sie roch Rauch … Feuer. Gleich wurde ihr schlecht. Gleich musste sie schreien …

Gerade als sie zum Schreien ansetzte, fand sie sich auf dem Bürgersteig vor dem Kino wieder und atmete die schwüle Luft ein, als wäre sie reiner Sauerstoff.

„Ist alles in Ordnung mit dir?"

Jane blickte in Franks besorgtes Gesicht. „Ja", erwiderte sie schwach. „Ich hatte nur für einen Moment Klaustrophobie."

„Wollen wir ins Café gehen und ein Stück Kuchen essen, bevor wir zurückfahren?", schlug er vor.

„Einverstanden." Ob Süßspeisen Sex ersetzen oder angsteinflößende Halluzinationen vertreiben konnten?

Während sie die Straße überquerten und zum Café gingen, fühlte sie sich besser. Allerdings war die Spannung zwischen ihnen beiden nicht gemildert worden. Frank schob den Moment der Rückkehr ins Haus, in dem sie völlig allein sein würden, hinaus.

Im Café saßen nur zwei Paare. Während Jane und Frank auf Kaffee und Kuchen warteten, betrachtete Jane das Paar in ihrer Nähe.

Die beiden waren jung und sichtlich ineinander verliebt. Sie hatten Eisbecher vor sich stehen. Das Eis war bereits geschmolzen, doch das störte die zwei nicht. Sie hielten einander an den Händen, sahen sich tief in die Augen und redeten leise und zärtlich miteinander.

Genau das wünschte Jane sich mit Frank. Auch er betrachtete das Paar, fühlte schließlich Janes Blick auf sich gerichtet und wandte sich ihr zu. Für einen Moment erkannte sie, dass er sich wie sie nach dieser ganz besonderen Bindung sehnte. Doch gleich darauf griff er nach seiner Gabel und begutachtete sie aufmerksam.

Die Kellnerin kam an den Tisch, und nachdem sie wieder gegangen war, meinte Frank: „Es gibt doch nichts Schöneres als ein Stück warmen Apfelkuchen."

Jane nickte zwar, konnte sich jedoch etwas Schöneres vorstellen. „Erzähl mir mehr über die Feiern zum 4. Juli", drängte sie.

„Im letzten Jahr habe ich die Feiern nur in der Ambulanz mitbekommen. Ständig hatte ich mit den Folgen unvorsichtigen Verhaltens zu tun. Ich musste verdorbene Mägen behandeln, Alkoholvergiftungen und Kinder, die sich mit Feuerwerkskörpern verletzt hatten. Einige Leute kamen nach dem Sackhüpfen und dem Rennen auf drei Beinen mit verstauchtem Knöchel oder Muskelzerrungen. In diesem Jahr habe ich frei und werde mich unter die Feiernden mischen, anstatt sie zu behandeln."

„Und willst du dich auch unvorsichtig verhalten?", fragte sie scherzhaft.

„Vielleicht esse ich etwas zu viel, aber ich trinke nicht, und ganz sicher werde ich an keinem Wettlauf teilnehmen."

„Dann bist du mehr ein Beobachter als ein Teilnehmer."

„Allerdings." Er war mit seinem Stück fertig und bestellte noch eines. „Ich habe schon gestanden, dass ich eine Schwäche für Kuchen habe", meinte er verschmitzt.

In den nächsten Minuten unterhielten sie sich über die Stadt, die bevorstehenden Feiern und das Krankenhaus. Allmählich ließ die Spannung nach und wurde durch Wärme und Vertrautheit ersetzt.

Erst im Wagen während der Rückfahrt stellte sich die Spannung wieder wie ein unerwünschter Gast ein.

„Es sieht nach einem Gewitter aus", bemerkte Frank und schaltete das Autoradio ein.

Sanfte Musik drang durch das Wageninnere. Jane blickte aus dem Fenster. Die Sterne waren hinter Wolken verschwunden. Dort draußen braute sich eindeutig ein Gewitter zusammen, doch das Gleiche galt auch für sie selbst. Und das drohende Unwetter konnte mit den Naturgewalten konkurrieren.

In ihrer Unruhe wollte sie die Hand auf Franks Bein legen. Stattdessen lehnte sie den Kopf zurück und schloss die Augen. Sie stand unter einem Druck, der ein Ventil suchte. Frank hätte ihr helfen können. Sie musste seine Arme fühlen, seinen Körper, seinen Kuss. Ein leises Stöhnen entrang sich ihr.

„Stimmt etwas nicht?", fragte er.

„Nein … nur ein voller Magen", behauptete sie. „Wahrscheinlich habe ich nach dem Popcorn zu viel Kuchen gegessen."

Er hielt das Lenkrad so fest, dass die Knöchel weiß hervortraten. Offenbar litt auch er unter einem „vollen Magen".

Als sie das Haus erreichten, knisterte es zwischen ihnen genauso wie in der Atmosphäre. Frank schlug die Wagentür heftiger als nötig zu und hielt sich verkrampft, als er die Haustür aufschloss und sie hineingingen.

Mutt und Jeff begrüßten sie begeistert. Frank ließ sie durch die Terrassentür ins Freie. „Ich ziehe mich um und mache einen Strandlauf." Ohne auf Janes Antwort zu warten, ging er ins Schlafzimmer.

Jane trat an die Glasschiebetür und blickte in die Dunkelheit hinaus. Die beiden Hunde, die am Wasser entlangliefen, waren nur Schatten. Das hätte sie auch gebraucht – durch Laufen überschüssige Energie loswerden und sich den Wind durch das Haar blasen lassen.

Frank kam in einem ärmellosen Sweatshirt und Joggingshorts zurück, ging zur Tür und pfiff die Hunde herbei. „Ich möchte nicht, dass sie nach meinen Fersen schnappen", erklärte er, ohne Jane anzusehen. Sobald die Hunde zurück waren, trat er auf die Terrasse hinaus. „Bis später", sagte er und verschwand in der schwülen, heißen Nacht.

Jane gab den Hunden Wasser und schloss sie für die Nacht in der Küche ein. Danach ging sie in ihr Zimmer und zog sich aus. Das alles war doch nicht richtig. Frank begehrte sie offenbar genau wie sie ihn, und doch verweigerten sie sich, wonach sie sich sehnten. Es war verrückt.

Das Nachthemd war neu und jenem sehr ähnlich, das sie getragen hatte, als Frank sie am Strand fand. Es schmiegte sich um die Taille und fiel weit bis zum Boden. Jane fühlte sich darin schön, verführerisch und begehrenswert.

„Als ob mir das etwas nützen würde", murmelte sie und legte sich nicht hin, weil sie bestimmt nicht schlafen konnte. Sie hatte das Nachthemd zusammen mit dem Kleid, das sie im Kino getragen hatte, und mit einem Haarfärbemittel gekauft. Beim Aussuchen war sie sicher gewesen, Frank würden die sinnliche Seide und der romantische Schnitt gefallen.

Es zog sie ins Wohnzimmer und zur Glastür. Den Kopf gegen die Scheibe gelehnt, blickte sie ins Freie und suchte Frank am dunklen Strand. In der Ferne kündigte Wetterleuchten das Gewitter an.

Endlich entdeckte sie ihn, eine einsame Gestalt vor den Wellen des Meeres. Er wirkte genauso verlassen, wie sie sich fühlte.

„Das ist verrückt", flüsterte sie. Warum lief er da draußen wie von Sinnen, wenn sie hier war und sich nach ihm sehnte?

Feuchte Luft schlug ihr entgegen, als sie auf die Terrasse trat. Der Wind spielte mit ihrem Haar. Sie legte den Kopf zurück und schloss die Augen. Der Wind zerrte an ihrem Nachthemd. Sie roch das Wasser und den Sand und hörte das Windspiel, das von den Böen des nahenden Gewitters geschüttelt wurde.

Jane traf eine Entscheidung und stieg auf den warmen Sand hinunter. Entschlossen ging sie Frank entgegen. Sie wollte dem Sturm die Stirn bieten.

9. KAPITEL

Frank lief, als wollte er dem Sturm entfliehen. Doch es war nicht der Sturm, sondern sein Verlangen, dem er zu entkommen suchte.

Als er erkannte, wie sinnlos das war, blieb er stehen, beugte sich vor und stützte sich mit den Händen auf den Knien ab, um sich von der Brise abkühlen zu lassen. Ein Blitz zuckte, und Sekunden später grollte der Donner.

Kaum hatte er sich dem Haus zugewandt, als er Jane sah. Zuerst glaubte er an eine Einbildung. Sie schien im Wind dahinzutreiben. Ihr helles Nachthemd schimmerte in der Dunkelheit und bauschte sich im Wind. Das dunkle Haar flatterte um ihren Kopf.

Jetzt war sie wieder seine geheimnisvolle Frau, die ihn Abend für Abend fasziniert hatte, wenn sie allein am Strand entlangging. Doch nun war sie ihm nicht mehr fremd. Er wusste, wie sich ihre Haut anfühlte und was ihn erwartete, wenn sie sich ihm hingab.

Frank rührte sich nicht von der Stelle. Er wusste, warum sie zu ihm kam, und konnte sich nicht gegen die Leidenschaft wehren.

Dicht vor ihm blieb sie stehen und sah ihn flehend und verlangend an.

Aufstöhnend zog er sie an sich, und sie erwiderte seinen Kuss, schlang die Arme um ihn und bog sich ihm entgegen. Mit den Händen an ihren Hüften zog er sie so eng an sich, dass sie erkannte, wie sehr er sie begehrte.

Wie er ihren Duft liebte und wie wundervoll sie sich anfühlte! Er wollte nicht mehr denken, nur noch empfinden … nur noch lieben.

Gemeinsam sanken sie im Sand auf die Knie, ohne den Kuss und die Zärtlichkeiten zu unterbrechen. Jane kam sich wie in einem Traum vor und ließ den Kopf nach hinten sinken, während Frank seine Lippen über ihren Hals zu dem tiefen Ausschnitt des Nachthemds gleiten ließ. Der Atem stockte ihr, als er mit der Zungenspitze am Saum entlangfuhr.

Mit einer fließenden Bewegung streifte sie das Nachthemd über den Kopf, breitete es auf dem Sand aus, ließ sich daraufsinken und streckte Frank die Arme entgegen.

Ohne zu überlegen, zog er sich aus und ließ sich nackt auf Jane gleiten. Die Spannung, die sie in den letzten zwei Wochen erfüllt hatte, schwand.

Ja, sie gehörte hierher. Hier sollte sie für immer bleiben. Frank musste immer bei ihr sein. Sie brauchte ihn.

Und dann konnte sie nicht mehr denken, nur noch fühlen. Pausenlos streichelte er sie zärtlich vom Hals bis zu den Brüsten und dann weiter über die Hüften zu der Stelle, an der sie sich am meisten nach ihm sehnte.

Sie kam ihm entgegen und rief seinen Namen in den Wind, als die Anspannung in ihr den Höhepunkt erreichte und sie atemlos unter Frank nach Luft rang. Doch er hörte nicht auf und übte weiter seinen Zauber auf sie aus, bis sie sich an ihm festkrallte, damit er vollendete, was er begonnen hatte.

Mit ihrem Namen auf den Lippen drang er in sie ein, und Jane erbebte, während er sich vollständig mit ihr vereinigte. Voller Leidenschaft eroberte er sie ganz für sich und erlebte gleichzeitig mit ihr seine Erfüllung.

Sekundenlang blieben sie eng umschlungen liegen. Frank stützte sich mit den Ellbogen ab. Wäre doch das Gewitter verschwunden, damit sie immer hier liegen konnten. Beim nächsten Blitz, dem sofort der Donner folgte, richtete Frank sich auf.

Während er sich hochstemmte, fiel ein Tropfen auf Janes Wange. Zuerst glaubte sie, es wäre ein Regentropfen, doch bevor er nach seinen Kleidern griff und sich abwandte, entdeckte sie Tränen auf seinem Gesicht.

„Frank?" Sie sah zu, wie er die Shorts anzog und sich über das Gesicht wischte, bevor er sich wieder umdrehte. Seine Miene war verschlossen. „Bitte, sag mir, was du jetzt denkst", drängte sie leise.

Er griff nach ihrem Nachthemd, schüttelte den Sand heraus und zog es ihr über den Kopf. Sie sah ihn erwartungsvoll an, während ein Blitz die Nacht erhellte und seine Züge in grelles Licht tauchte.

„Bitte, Frank, sprich mit mir", flehte sie. In diesem Moment krachte der Donner, und dicke Regentropfen fielen auf den Strand.

„Wir sollten ins Haus gehen", sagte er, nahm sie an der Hand und lief mit ihr zurück.

Im Haus duschten sie und zogen sich um.

„Also schön, reden wir miteinander", entschied Frank, als sie im Wohnzimmer saßen und der Sturm an den Fenstern rüttelte. Es hielt ihn nicht auf seinem Platz. Er stand wieder auf und ging hin und her. „Jane, so kann ich nicht weitermachen. Mir liegt zu viel an dir, und das verstärkt sich jedes Mal, wenn wir uns lieben. Aber ich darf mich mit dir auf nichts einlassen. Das wäre völlig unsinnig."

„Warum? Warum können wir nicht so tun, als wäre ich an dem Strand geboren worden, an dem du mich gefunden hast? Als hätte in diesem Moment erst mein Leben begonnen?" Sie stand auf und wollte ihn überreden, sie ohne die Belastung der Vergangenheit zu akzeptieren. „Ich mag Jane Smith. Ich arbeite hart, um das Leben hier schön zu gestalten. Warum kann ich nicht für den Rest meines Lebens Jane Smith sein?"

„Weil du nicht Jane Smith bist. Da können wir uns noch so viel einreden." Seine Finger drückten in ihre zarte Haut, als er sie an den Schultern packte. „Ich kann nicht mit dir leben und mich ständig fragen, ob vielleicht jemand aus deiner Vergangenheit auftaucht und dich dorthin zurückholt, wo du hingehörst."

Er gab sie wieder frei. „Ich dachte schon einmal, die Vergangenheit würde keine Rolle spielen. Man hat mir gesagt, sie wäre unwichtig. Wichtig wäre nur, wohin wir gehen, und nicht, woher wir kommen."

„Gloria?"

Er sah sie überrascht an. „Woher weißt du von ihr?"

„Ich weiß nur, dass sie eine Touristin war, die du heiraten wolltest, die aber wegging und nie zurückkam."

Er schüttelte den Kopf. „Ich hätte wissen müssen, dass jemand mit dir über sie spricht. Nichts bleibt in Garett Beach geheim." Mit hängenden Schultern setzte er sich auf das Sofa und vergrub das Gesicht in den Händen. „Zwischen Gloria und mir hat es sofort gefunkt. Ich fragte nach ihrer Familie und ihrer Vergangenheit. Sie behauptete, das alles wäre nicht wichtig. Ihr Leben hätte begonnen, als sie nach Garett Beach kam und sich in mich verliebte. Damals habe ich sie dafür nur noch mehr geliebt."

„Du hast eure Hochzeit geplant?"

„Wir reservierten den Termin in der Kirche, bestellten Blumen und kauften Ringe. Am Morgen der Hochzeit erhielt ich von ihr eine Nachricht. Sie hatte einen Ehemann und drei Kinder, die sie daheim erwarteten."

Jane sog scharf den Atem ein. „Oh Frank", flüsterte sie.

Er lächelte betrübt. „Gloria litt unter Depressionen. Ihr Mann dachte, es würde ihr helfen, wenn sie eine Weile von ihm und den Kindern getrennt lebte."

„Ja, aber sie hat dich belogen."

„Sie hat mir nicht alles erzählt. Eigentlich kann ich ihr gar keinen Vorwurf machen. Es war genauso mein Fehler. Sie ließ sich hinreißen wie ich. Ich ließ mich von ihr überzeugen, die Vergangenheit hätte keine Bedeutung, weil ich nichts erfahren wollte, das den Zauber zerstören konnte."

Erneut schloss er die Augen, als Schmerz in ihm hochstieg. „Jane, das kann ich nicht noch einmal durchmachen. Ich ertrage das kein zweites Mal. Diesmal werde ich nicht ignorieren, dass die Vergangenheit die Macht besitzt, die Zukunft zu zerstören. Ich will mich nicht in eine Frau verlieben, die keine Vergangenheit hat."

„Aber das ist nicht fair", wandte Jane ein. „Du bestrafst mich für Glorias Fehler. Sie hat sich geweigert, dir ihre Vergangenheit zu erzählen. Ich kann dir meine Vergangenheit gar nicht erzählen."

„Das Ergebnis ist gleich."

„Ich bin nicht Gloria, und ich kann dir nicht geben, was ich nicht habe. Ich habe kein Gedächtnis." Ihr Zorn richtete sich nicht nur gegen ihn, sondern auch gegen das Schicksal, das sie in diese Lage gebracht hatte. „Du bist nicht fair", wiederholte sie.

„Das hat nichts mit fair zu tun. Ich werde jedenfalls nicht noch einmal die Beherrschung verlieren. Bevor du dein Gedächtnis nicht wiedergefunden hast, werden wir uns wie Freunde und nicht wie ein Liebespaar verhalten."

Jane lächelte bitter. „Was für eine Ironie, dass jetzt deine Vergangenheit unsere Gegenwart stört."

„Vergangenheit und Gegenwart sind untrennbar miteinander verbunden", erwiderte er hilflos. „Wir können beiden nicht entkommen." Damit ging er in sein Schlafzimmer und drückte die Tür hinter sich ins Schloss.

Jane schloss die Augen. Sie hatte keine Wahl. Wenn sie ihre Vergangenheit nicht ans Tageslicht brachte, gab es keine Chance für sie und Frank. Was sollte sie bloß tun? Sie konnte gehen, bevor sie Frank noch mehr verletzte und sie selbst noch tiefere Narben davontrug.

Sie tastete nach der Narbe am Hals. Besser, sie verschwand, bevor ihre Erinnerung zurückkehrte und sich die Zärtlichkeit in Franks Blick in Entsetzen verwandelte. Sie musste gehen, bevor er herausfand, was sie womöglich Schreckliches getan hatte.

Doch wohin sollte sie gehen? Wovon sollte sie leben? Außerdem wollte sie Frank nicht verlassen. Nie mehr.

„Jane?"

Beim Klang seiner Stimme wirbelte sie herum.

„Ich habe gelogen." Seine Stimme bebte. „Ich begehre dich wieder … sogar jetzt. Ich kann nicht mit dir zusammenleben, ohne dich ständig zu begehren", fuhr er mit einem matten Seufzen fort. „Dafür bin ich nicht stark genug."

„Willst du, dass ich gehe?", fragte sie kaum hörbar.

„Nein!", stieß er hervor. „Nein. Ich will, dass du bleibst, und ich will dich wieder lieben. Wenn du dich irgendwann an deine Vergangenheit erinnerst, müssen wir uns eben mit der Zukunft auseinandersetzen."

Alles verschwamm vor ihren Augen, als sie begriff, welches Opfer er für sie brachte. Ihm lag so viel an ihr, dass er das Risiko einging, wieder verletzt zu werden.

Jetzt musste sie die Entscheidung treffen. Ob sie es wollte oder nicht, sie hatte sich in Frank verliebt, und das machte sie gleichzeitig glücklich und jagte ihr Angst ein.

Auch sie musste ein Risiko eingehen und hoffen, dass ihm so viel an ihr lag, dass die Vergangenheit nicht alles zwischen ihnen zerstören konnte.

Als Frank ihr die Arme entgegenstreckte, kam sie ihm entgegen und legte den Kopf an seine starke, breite Brust, und wie immer fühlte sie sich in seinen Armen sicher.

Es blieb ihr gar nichts anderes übrig. Sie musste sich daran erinnern, was sie getan hatte. Danach erst konnte sie entscheiden, ob sie Frank etwas verriet. Sie wollte sich nicht erinnern, doch für Frank würde sie es versuchen.

Hoffentlich bedeutete das nicht das Ende für sie beide.

Jane begann mit der Suche nach ihren Erinnerungen in der Bibliothek und sah die Zeitungen des letzten halben Jahres nach Berichten über Brandstiftung und Mord durch.

Frank hatte ihre Narbe am Hals auf ungefähr vier bis sechs Monate geschätzt, und diese Narbe stammte sicher von dem Brand, der sie in ihren Träumen verfolgte.

Jede Nacht schlief sie in Franks Armen und erwachte morgens mit ihm. Trotzdem fühlte sie, dass er etwas von sich zurückbehielt. Das konnte sie ihm nicht übel nehmen. Es war eine Form von Selbstschutz. Auch sie hielt schließlich etwas zurück. Sie hatte ihm ihre Visionen nicht beschrieben. Er sollte nichts erfahren, bevor sie nicht sicher wusste, was sie bedeuteten. Dieser Vertrauensmangel konnte erst überwunden werden, wenn sie ihm alles gestand, was ihr Angst machte.

Vergeblich blätterte sie die Zeitungen durch. Tod und Zerstörung fanden sich auf jeder Seite, doch nichts über eine Brandstiftung, bei der ein Mann und ein Baby umgekommen waren.

Nach einem Blick auf die Uhr seufzte sie. Etta würde sie bald abholen. An den Tagen, an denen sie nicht im Krankenhaus arbeitete, hatte Frank sie an der Bibliothek abgesetzt, und Etta hatte sie wieder heimgebracht. Beide wussten, dass sie nach irgendeinem Anhaltspunkt suchte, der ihre Erinnerungen auslöste, ahnten jedoch nicht, dass es dabei um Mord ging.

Nachdem sie die Zeitungen wieder abgegeben hatte, trat sie ins Freie und wartete auf Etta. Rote, weiße und blaue Luftschlangen schmückten die Straßen. Die Stadt hatte sich auf die große Feier am morgigen Tag vorbereitet, und Jane freute sich schon darauf, ihn mit Frank zu verbringen.

Morgen wollte sie an ihr Problem nicht einmal denken. Morgen war sie Jane Smith, eine Einwohnerin von Garett Beach. Keine Visionen und keine Rückblicke durften die Feiern zum Unabhängigkeitstag stören.

Auf der anderen Straßenseite saß ein Mann in einem geparkten blauen Wagen. Seltsam, sie hätte schwören können, ihn schon gesehen zu haben, als sie vor etlichen Stunden die Bibliothek betrat. Wenn sie sich nicht täuschte, sah er zu ihr herüber.

Sie wandte sich in die Richtung, aus der Etta kommen musste. Als sie wieder zu dem Mann in dem blauen Wagen hinübersah, war sein Blick unverändert auf sie gerichtet.

Jane seufzte erleichtert, als Etta endlich neben ihr hielt, stieg ein und warf einen letzten Blick zu dem Mann zurück.

„Haben Sie heute etwas Interessantes entdeckt?", fragte Etta.

„Nein. Ich habe mir Landkarten von der gesamten Ostküste angesehen und Städtenamen gelesen, aber nichts davon war mir vertraut."

In ihrer mütterlichen Art tätschelte Etta ihre Hand. „Bloß nicht zu sehr drängen. Irgendwann kommt alles wieder hoch, und dann werden Sie mehr über sich selbst wissen, als Ihnen lieb ist", meinte sie lachend. „In meiner bewegten Vergangenheit gibt es einige Dinge, die ich gern vergessen würde."

Jane zwang sich zu einem Lächeln und drehte sich um. Der Mann mit dem blauen Wagen war nirgendwo zu sehen. Erleichtert wandte sie sich wieder nach vorne.

„Was ist denn mit Ihnen los? Sie sind heute so unruhig."

„Ach, gar nichts. Vor der Bibliothek war nur ein seltsamer Mann, der mich angesehen hat."

Etta lachte. „Schätzchen, würde ich so gut aussehen wie Sie, würden die Männer mich auch ansehen."

War es nur das? Fand der Mann sie attraktiv? Jane glaubte nicht daran. Dafür war sein Blick zu eindringlich gewesen. Als sie sich jedoch später daheim ein leichtes Essen machte, hatte sie den Mann fast schon wieder vergessen.

Während sie sich mit ihrem Salat auf die Terrasse setzte, ließ sie die Hunde laufen. Frank hatte an diesem Morgen gesagt, dass er wahrscheinlich lange im Krankenhaus zu tun hatte. Also musste sie den Großteil des Abends allein verbringen.

Sobald sie gegessen hatte, rief sie die Hunde, duschte und machte es sich mit einem von Franks Kriminalromanen im Wohnzimmer bequem. Die Hunde kamen zu ihr auf das Sofa, der eine zu ihren Füßen, der andere hinter ihre Beine. Die beiden hatten herausgefunden, dass sie nichts dagegen hatte. Erst wenn Frank heimkam, verschwanden sie bestimmt wieder auf den Fußboden und machten unschuldige Gesichter.

Es dauerte nicht lange, dann war Jane so in den Roman versunken, dass sie nicht auf die Zeit achtete. Plötzlich spitzten die Hunde die Ohren und knurrten.

„Was ist denn los, Jungs?" Sie legte das Buch weg, während die Hunde vom Sofa sprangen und knurrend zur Haustür liefen. Jane folgte ihnen und blickte durch die kleine Glasscheibe ins Freie. Der Atem stockte ihr, als sie in der Einfahrt einen Mann aus einem blauen Wagen steigen sah – den Mann, den sie vor der Bibliothek bemerkt hatte.

Mit zitternden Händen überzeugte sie sich davon, dass die Tür verschlossen war. Dann zog sie sich in den Korridor zurück und versteckte sich im dunklen Schlafzimmer. Was machte er hier? Was wollte er von ihr?

Mutt und Jeff bellten laut, als der Mann die Veranda betrat. Es klopfte. Vom Fenster aus konnte Jane ihn betrachten. Er trug einen verknitterten Anzug. Sein Haar war dunkel und kurz geschnitten.

Nachdem er noch einmal vergeblich geklopft hatte, zog er ein Notizbuch und einen Kugelschreiber hervor, schrieb etwas auf und ging zum Wagen zurück.

Noch lange nach seiner Abfahrt blieb Jane im Schlafzimmer stehen. Das war kein Mann gewesen, den ihr Lächeln bezaubert hatte. Das war aber auch kein Handlungsreisender für Schuhe gewesen. Er hatte wie ein Cop oder Privatdetektiv ausgesehen. Jane hatte keine Ahnung, wie sie darauf kam, aber sie war davon überzeugt, und das erfüllte sie mit panischer Angst.

Vor Aufregung wurden ihre Hände feucht. Er war ein Polizist, und er wollte sie in ihr eigenes Leben zurückbringen. Er wollte sie zwingen, sich ihrem Verbrechen zu stellen.

Tränen liefen ihr über die Wangen. Sie schlug die Hände vor das Gesicht.

Jetzt brauchte sie nicht mehr nach ihrer Vergangenheit zu suchen. Ihre Vergangenheit hatte sie eingeholt.

Frank saß auf einer Bank im Stadtpark und sah zu, wie Jane einer Gruppe von Frauen half, Essen auf einem langen Tisch aufzubauen. Er streckte entspannt die Beine aus und genoss die Ruhe. Die meisten Leute standen noch an den Rändern der Main Street und beobachteten das Ende der Parade.

Lächelnd erinnerte er sich an Janes Reaktion auf die Parade. Als sie am Morgen das Haus verließen, war sie noch still und in sich zurückgezogen gewesen, und er hatte sie gefragt, was ihr durch den schönen Kopf ging.

Als er am Vorabend endlich heimkam, hatten sie sich geliebt, und er hatte in Janes Zärtlichkeiten geradezu Verzweiflung gefühlt. Das hatte sich auf ihn noch am Morgen ausgewirkt. Er wusste, dass sie ihm nicht alles erzählt hatte, woran sie sich erinnerte.

Darum war er erleichtert gewesen, als ihre Stimmung sich während der Parade besserte. Offenbar hatte sie ihre Sorgen von sich geschoben. Während sie nun Etta und den anderen Frauen, die sich um das Buffet kümmerten, half, lachte sie oft und war sichtlich gelöst.

Ihr grünes Kleid betonte ihre sanften Rundungen und das dunkle Haar. Wie ein bunter Schmetterling flatterte sie von einer Gruppe zur nächsten und bot freundlich lächelnd ihre Hilfe an.

„Du bist ein sehr glücklicher Mann, Frank Longford."

Frank lächelte Russ zu, der sich zu ihm gesetzt hatte. „Glücklich?"

Russ blinzelte. „Du willst mir doch nicht erzählen, dass zwischen dir und Jane noch immer alles völlig harmlos ist! Keinesfalls bei den Blicken, die ihr miteinander wechselt."

Frank sah automatisch zu Jane hinüber. Sie lachte über etwas, das Etta soeben gesagt hatte, und er verspürte schon wieder Verlangen nach ihr. „Nein, es ist nicht unschuldig", erwiderte er und wandte bewusst den Blick von ihr. Sein Lächeln schwand.

Russ begriff schlagartig. „Du hast dich in sie verliebt!"

Frank wollte widersprechen und versichern, dass er und Jane nur eine schöne Zeit miteinander hatten. Doch die Worte blieben ihm im Hals stecken, als er begriff, dass Russ recht hatte. Er hatte sich in Jane Smith verliebt.

„Frank, wie konntest du nur so dumm sein?", fragte sein Freund leise und sah zu ihr hinüber. „Sicher, sie ist schön und macht einen sehr netten Eindruck. Bei jeder anderen Frau wäre ich begeistert, dass du es noch einmal versuchst. Aber du weißt, wie wahrscheinlich es ist, dass sie in ihr altes Leben zurückkehrt, sobald sie sich an alles erinnert."

„Ich weiß, ich weiß." Frank seufzte frustriert. „Offenbar neige ich dazu, mich mit den verkehrten Frauen auf etwas einzulassen. Manche meiner Patienten halten mich für einen Heiligen, aber sie lässt mich alle meine guten Vorsätze vergessen. Sie bringt mich dazu, für den Reiz des Augenblicks eine unsichere Zukunft zu riskieren."

Frank stieß einen leisen Pfiff aus. „Oh Mann, dich hat es schwer erwischt." Er stand auf und schlug Frank auf den Rücken. „Sollte sie weggehen und du mit jemandem reden wollen, komm zu mir. Und wenn nötig, kann ich dir einen großartigen Herzchirurgen nennen, der dein Herz vielleicht wieder zusammenflicken kann."

„Danke", erwiderte Frank schwach lächelnd. „Ich werde daran denken", fügte er trocken hinzu.

„Ah, die Parade ist offenbar aus." Russ deutete zum Eingang des Parks, durch den die Leute hereinströmten. „Jetzt sollte ich meine zauberhafte Frau finden, bevor sie mich für einen dieser verrückten Wettbewerbe anmeldet."

Sobald sein Freund fort war, richtete Frank seine Aufmerksamkeit wieder auf Jane. Es stimmte, was Russ gesagt hatte. Es hatte ihn schwer erwischt. Er war bereit, den größten Liebeskummer zu riskieren, nur um noch eine Minute, noch einen Tag mit Jane zu verbringen.

Es war verrückt. Er wusste, dass er sie vielleicht gehen lassen musste. Eine so liebenswerte und liebevolle Frau wie Jane musste Freunde und Familie haben, Menschen, denen sie etwas bedeutete. Obwohl er damit rechnete, dass sie ihn verlassen würde, konnte er ihr nicht widerstehen.

Doch er wollte nicht an die Zeit ohne sie denken. Er wollte einfach jede Sekunde mit ihr genießen. Lächelnd sah er ihr entgegen.

„Angeblich spielt gleich eine Band!", rief sie ihm zu.

„Drüben auf der anderen Seite des Parks. Sie spielt jedes Jahr."

„Dann gehen wir!" Sie zog ihn von der Bank hoch, und er ließ sich von ihrer Begeisterung anstecken. Ihre düsteren Gedanken waren eindeutig verschwunden.

Während sie zu der Band gingen, holte Jane tief Luft. Es roch nach frisch geschnittenem Gras, gebratenem Fleisch und Sonnenschein. Ein perfekter Tag.

An diesem Morgen war sie mit bösen Vorahnungen erwacht und hatte gefühlt, dass ihre Zeit mit Frank sich rasch dem Ende näherte. Während der Parade hatte sie in der Menge Ausschau nach dem Mann gehalten, der gestern zu ihr gekommen war. Als sie ihn nicht entdeckte, hatte sie sich endlich entspannt. Heute wollte sie den Mann und ihre Vergangenheit vergessen und den Tag mit Frank genießen.

Die Musiker stimmten bereits die Instrumente, während die Leute sich auf Bänke und ins Gras setzten.

Frank und Jane entschieden sich für das Gras. Es war Jane gleichgültig, ob sie Flecken auf dem Kleid bekam. Sie lehnte sich an Frank und genoss das weiche Gras unter sich und seine starke Schulter. In der Nähe spielten Kinder, jagten einander im Kreis und kreischten und lachten übermütig. Und während Jane ihnen zusah, empfand sie ihre Lebensfreude als bedrückend.

Sie schloss die Augen und hörte die Schreie des Babys, die sie in dunklen Nachtstunden quälten. Nicht jetzt, flehte sie in Gedanken und verdrängte bewusst die Bilder und Schreie.

Als die Band eine mitreißende Nummer anstimmte, stand sie auf und zog Frank an der Hand. „Tanz mit mir!", rief sie, um sich irgendwie zu beschäftigen.

„Aber … aber niemand tanzt", wandte er überrascht ein.

„Dann bringen wir die Leute eben dazu", erwiderte sie und zog ihn auf die Beine. Sekunden später wirbelte Frank sie herum und vertrieb den Schrecken aus ihren Gedanken. Ihre Vorhersage traf ein, und kurz darauf folgten andere ihrem Beispiel und stampften und drehten sich zu dem Bluegrass-Rhythmus.

Bei einer langsamen, sanften Melodie schmiegte Jane sich lächelnd in seine Arme. „Du bist ein sehr guter Tänzer, Dr. Longford."

„Du bist auch nicht schlecht", erwiderte er und zog sie fester in die Arme.

Jane bewahrte diese Erinnerungen an Frank, Garett Beach und das Glück für immer in sich auf.

Der Tag verging mit viel Lachen und Spaß. Sie aßen Sandwiches mit geräuchertem Rindfleisch und Wassermelone, feuerten die Teilnehmer der einzelnen Wettbewerbe an und lachten wie Jugendliche, wenn sie sich heimlich hinter den Büschen am Parkeingang küssten.

Mit Einbruch des Abends versammelten sich die meisten Bewohner der Stadt auf einem grasbewachsenen Hügel und warteten auf das Feuerwerk.

„Da unten ist jemand, den ich begrüßen möchte." Frank deutete zu einer Gruppe, die ein Stück unterhalb von ihnen saß, beugte sich zu Jane und drückte ihr einen Kuss auf die Wange. „Rühr dich nicht von der Stelle. Ich komme gleich wieder."

Sie nickte, streckte die Beine aus und sah ihm nach, während er sich einen Weg zwischen den Leuten suchte. Er war groß und stark und sah in der hellgrauen Hose und dem Hemd attraktiv aus. Lächelnd schloss sie die Augen und dachte über den Tag nach.

Sie hatte sich in diese Stadt und ihre Einwohner verliebt, die sie als eine der ihren aufgenommen hatten. Ein Teil des Respekts, den man ihr entgegenbrachte, stammte von ihrer Beziehung mit Frank. Aber einen Teil hatte sie sich auch selbst durch ihre freiwillige Tätigkeit im Krankenhaus verdient. Es war schön, sich von einer solchen Gemeinschaft geliebt und respektiert zu fühlen. Und es war noch schöner, sich von einem ganz besonderen Mann begehrt zu fühlen. Und was noch wichtiger war – Frank erweckte in ihr wildes Verlangen und friedliche Kameradschaft.

Überrascht öffnete sie die Augen und blickte zu Frank, als sie erkannte, dass sie ihn liebte. Ja, sie liebte ihn mit jeder Faser ihres Herzens.

Als sie feststellte, dass sie keine Erinnerungen mehr besaß, hatte sie ihn bewundert und war von ihm abhängig gewesen. Doch seither war aus ihren Gefühlen für ihn tiefe Liebe geworden. Doch ihrer

Hochstimmung folgte ein jäher Absturz, als sie sich fragte, was die Zukunft für sie beide bereithielt.

Jane löste den Blick von ihm und sah sich die Leute an. Lächelnd winkte sie Cindy zu, die sich mit anderen Jugendlichen am Fuß des Hügels aufhielt.

Dann wandte sie sich nach links, sah vertraute Gesichter und winkte, wenn jemand ihr einen Gruß zurief. Das Lächeln auf ihrem Gesicht erstarrte, als sie den Mann entdeckte, der entschlossen und mit grimmiger Miene auf sie zukam.

Es war der Mann, den sie vor der Bibliothek gesehen hatte und der am Vorabend an die Haustür gekommen war. Er drängte sich durch die Menschenmenge, ohne den Blick von ihr zu wenden.

In Panik sprang sie auf und dachte nur noch an Flucht. Er wollte sie holen, und sie hatte Angst davor, was das zu bedeuten hatte. Blindlings taumelte sie zurück, drehte sich um und lief. Nur unterbewusst hörte sie die Ausrufe und Verwünschungen der Leute, die sie bei ihrer Flucht trat oder über die sie stolperte.

Auf der höchsten Stelle des Hügels blieb sie einen Moment stehen. Blankes Entsetzen verschleierte ihren Blick und verwirrte ihre Gedanken. Einen Moment wusste sie nicht, wo sie war und wohin sie laufen sollte. Dann entdeckte sie den Eingang des Parks und lief in diese Richtung.

Nach wenigen Metern schrie sie auf, als eine Hand sich um ihren Arm legte und sie festhielt. Sie drehte sich um, starrte in die Augen des Mannes aus dem blauen Wagen und sah ihm an, dass er sie erkannte.

„Nein", flüsterte sie und wollte sich losreißen. „Nein, bitte!", flehte sie. Sie hatte Angst davor, wer er war, welche Rolle er spielte und mit welchem Entsetzen er sie konfrontieren würde.

„Jill?" Er zögerte kurz. „Jill?", wiederholte er.

„Nein … nein, ich bin Jane. Bitte … bitte, lassen Sie mich in Ruhe!" Sie riss sich los, wirbelte herum und blieb erst stehen, als sie Franks Wagen erreichte.

Hastig riss sie die Tür auf, warf sich auf den Beifahrersitz und verschloss die Türen, als könnte sie dadurch die Zeit anhalten und alles einsperren, das sie nicht verlieren wollte.

Erst als sie sich mit der Hand über die Wange strich, fühlte sie Tränen. Sie hatte nicht einmal bemerkt, dass sie weinte. Jetzt wusste sie, warum sie weinte ... aus Kummer und Trauer. Die Vergangenheit musste sie bald einholen. Vor diesem Mann konnte sie sich nicht ewig verstecken. Und sie konnte nicht ständig fortlaufen. Früher oder später musste sie sich den Verbrechen ihrer Vergangenheit stellen.

Jane zuckte heftig zusammen, als jemand mit der Faust gegen das Fenster hämmerte. Sie blickte in Franks besorgtes Gesicht, löste die Verriegelung und rang nach Luft, als er sie aus dem Wagen und an seine breite Brust zog.

„Jane, was ist passiert? Alles in Ordnung?", flüsterte er und betrachtete außer sich ihr Gesicht. Sie nickte weinend. „Wer war dieser Mann? Was hat er mit dir gemacht? Was hat er gesagt, dass du weggelaufen bist?"

„Bitte, lass uns fahren! Bring mich nach Hause, bitte! Bring mich einfach nach Hause!"

Er nickte und half ihr wieder in den Wagen. Dann ging er auf die Fahrerseite und stieg ein.

„Geht es dir bestimmt wieder gut?", fragte er, sobald sie unterwegs waren.

„Ja, jetzt ist alles in Ordnung", versicherte sie müde, sah aus dem Fenster und begriff, dass sie nicht mehr so tun konnte, als würde die Vergangenheit keine Rolle spielen. Sie konnte nicht glücklich weiterleben, ohne zu wissen, was sie gewesen war, was sie getan hatte und welches Grauen sich in den Tiefen ihres Geistes verbarg.

Die Todesschreie, die sie verfolgten, der Albtraum mit den Visionen, die sie in den Träumen quälten und in ihre Gedanken einbrachen – dem allen musste sie sich stellen. Und sie musste die Folgen auf sich nehmen, wie immer sie aussehen mochten.

Sie konnte vor dem Mann davonlaufen, der hinter ihr her war. Sie konnte sogar vor Frank und aus Garett Beach fliehen. Aber sie konnte niemals ihrem eigenen Gewissen entkommen.

Sosehr sie Frank auch liebte – ihre Liebe war wertlos, solange sie die Person fürchtete und hasste, die sie vielleicht gewesen war. Angewidert berührte sie die Narbe am Hals, die sie an die Schande und den Schrecken ihrer Vergangenheit erinnerte. Doch das war gar nichts im Vergleich mit den inneren Narben, die sie nur heilen konnte, wenn sie sich ihren Ängsten stellte.

Frank bog in die Einfahrt und stellte den Motor ab. Anstatt auszusteigen, wandte er sich ihr besorgt und auch ängstlich zu. „Jane, wer war dieser Mann vorhin? Warum bist du vor ihm weggelaufen? Bitte, sag mir, was da vor sich geht!"

Sie streckte die Hand aus und streichelte seine Wange. Es schmerzte, dass sie ihm Dinge über sich erzählen musste, die seine Gefühle für sie ins Gegenteil verwandeln mussten. „Lass uns drinnen reden."

Doch sobald sie das Haus betreten hatten, erkannte Jane, dass sie ihm die Bruchstücke ihrer entsetzlichen Erinnerungen nicht in dem Haus schildern konnte, in dem sie sich in ihn verliebt hatte. Nicht in den Räumen, in denen sie gemeinsam gelacht, gelebt und geliebt hatten.

Sie führte ihn auf die Terrasse, auf der die abendliche Brise über sie hinwegstrich und sie das Rauschen der Wellen hörten.

„Was ist los?" Frank hielt sie an den Schultern fest. „Wer war dieser Mann?", wiederholte er eindringlich.

„Das weiß ich nicht, aber er folgt mir." Sie löste sich aus seinem Griff und wich auf die andere Seite der Terrasse zurück. „Er war gestern vor der Bibliothek, als ich hineinging. Und er war noch da, als ich wieder herauskam. Und gestern Abend kam er hierher und hat geklopft. Ich habe nicht geöffnet. Heute Abend sah ich ihn auf mich zukommen und geriet in Panik. Er packte mich am Arm, und … und er nannte mich Jill." Sie stockte. „Jill", wiederholte sie und fühlte, dass dieser Name zu ihr gehörte.

„Jill?" Frank betrachtete sie forschend.

„Ich glaube, dass ich so heiße", beantwortete sie seine unausgesprochene Frage.

„Aber wer war der Mann? Woher kennt er dich, Jan… Jill?"

„Ich glaube, er ist Polizist oder Detektiv."

„Polizist?", fragte er überrascht. „Wieso sollte ein Polizist dich suchen?"

Jane schloss die Augen und holte bebend tief Atem. Verloren blickte sie wieder in die Ferne und wünschte sich, davonfliegen und in der Dunkelheit der Nacht verschwinden zu können, um der Sorge in Franks Blick zu entkommen.

In diesem Moment wurde der Himmel in leuchtende Farben getaucht. Das Feuerwerk hatte in der Stadt begonnen. Der Unabhängigkeitstag. Ihr bitteres, verzweifeltes Lachen ging in ein hoffnungsloses Schluchzen über.

„Jane!" Frank drehte sie behutsam zu sich herum. „Warum sollte ein Polizist nach dir suchen?"

„Ich glaube, ich habe jemanden getötet." Tränen flossen über ihre Wangen, als sie ihn ansah. „Ich glaube, ich bin eine Mörderin."

Frank fragte sich, ob er Jane falsch verstanden hatte. Doch an dem Entsetzen in ihrem Gesicht und an den Tränen in ihren Augen erkannte er, dass er richtig gehört hatte.

Sein Herz krampfte sich zusammen und schlug heftiger. „Wovon sprichst du?"

Sie blickte unverändert in die Ferne, weil sie ihn nicht ansehen konnte. „Ich ... ich hatte Albträume ... Visionen aus meiner Vergangenheit." Sie schauderte.

Frank kämpfte gegen den Wunsch an, sie in die Arme zu nehmen und diese Visionen zu vertreiben. Als sie sich ihm zuwandte, schimmerten Tränen in ihren Augen.

„Es brennt. Ein Baby schreit, und ein Mann verbrennt. Ich weiß nicht, wer die beiden sind oder was sie für mich bedeutet haben. Aber nach diesen Visionen empfinde ich stets ein tiefes Schuldgefühl und weiß, dass ich für ihren Tod verantwortlich bin. In diesen Albträumen sind meine Hände jedes Mal mit Blut bedeckt und riechen nach Benzin."

Unwillig strich sie sich über die Wangen und schlang die Arme um sich, als würde sie trotz des warmen Abends frieren.

„Ich dachte, ich könnte einfach als Jane Smith weiterleben. Ich wollte Jane Smith sein. Ich wollte glauben, dass alles vorüber ist. Aber du hattest recht. Ich kann nicht weitermachen, ohne mich vorher den vergangenen Ereignissen zu stellen, was immer ich auch getan haben mag."

Frank runzelte die Stirn, weil er nicht begreifen konnte, was sie sagte und was ihre Erinnerungen bedeuteten. Janes Lippen bebten, und in ihrem Blick lag unbeschreiblicher Schmerz. Diese Frau konnte keine Mörderin sein. Das war ausgeschlossen. Er hatte sie in den Armen gehalten und geliebt. Er kannte Jane Smith. Sie war nicht fähig, einen Mord zu begehen.

Aber er kannte die Frau nicht, die Jill hieß. Er wusste nicht, wie sie aufgewachsen war, welche Kräfte ihr Leben geformt hatten, in welche Lage sie geraten war. Doch eine kaltblütige Mörderin? Niemals. Das glaubte er einfach nicht.

Dennoch durfte er nicht ignorieren, dass alles auf eine gewisse Schuld hindeutete. Sie hatte unter falschem Namen einen Bungalow gemietet. Und sie hatte ihm erzählt, dass sie ihr Haar färbte.

In den nächsten Minuten stellte er ihr Fragen und ließ sich die schrecklichen Albträume beschreiben, unter denen sie litt. Und er litt mit ihr. Ihre Erinnerungen klangen erschreckend und bedrohlich.

„Was willst du jetzt machen?", fragte er, nachdem sie ihm alles geschildert hatte. Einen Moment wirkte sie noch niedergeschlagen, doch dann straffte sie sich, und ihre seelische Stärke kam wieder zum Vorschein. „Ich möchte mich der Polizei stellen."

„Welchen Sinn sollte das haben?", widersprach er. Es war ihm schon schwergefallen, sie sich in dem Heim in Wilmington vorzustellen. Jane in einer Gefängniszelle war unerträglich.

„Wenn ich der Polizei erzähle, woran ich mich erinnere, findet sie sicher heraus, was passiert ist."

„Jane, so einfach ist das nicht. Wir wissen nicht einmal, aus welchem Staat und welcher Stadt du kommst."

„Dieser Mann, der mich verfolgt, weiß es. Ich werde mich ihm einfach stellen."

„Wir wissen gar nicht, wer er ist", wandte Frank ein. „Ich lasse nicht zu, dass du dich einem Fremden anvertraust, über den wir nichts wissen." Das alles kam ihm wie ein Albtraum vor, aus dem er nicht erwachen konnte. „Hat Harry es bei dir mit Hypnose versucht?", fragte er unvermittelt.

„Nein", meinte sie überrascht. „Er hat zwar letzte Woche davon gesprochen, aber ich habe abgelehnt, weil es mir Angst machte. Ich fürchte mich vor meinen Erinnerungen."

„Wäre es nicht besser, du würdest dich erinnern, bevor du zur Polizei gehst? Möchtest du nicht lieber wissen, was du zu gestehen hast, als eine Menge wirrer Bilder zu beschreiben, die letztlich vielleicht gar nichts ergeben?"

„Ja, du hast schon recht", meinte sie unbehaglich und fröstelte erneut. „Aber diese Bilder ergeben etwas."

„Ich rufe Harry an und versuche, gleich morgen früh einen Termin zu bekommen. Ich finde, du solltest dich genau an alles erinnern, bevor du mit Geschichten von Brand und Mord zur Polizei gehst."

Während er zum Telefonieren ins Haus ging, lehnte Jane sich an das Geländer und blickte auf das Meer hinaus, das in den Farben des Feuerwerks leuchtete.

Schwer zu glauben, wie kurz es erst her war, dass sie auf einem Hügel gesessen und sich darauf gefreut hatte, mit Frank das Feuerwerk zu beobachten. Stattdessen hatte sie dem Mann, den sie liebte, eingestanden, dass sie vielleicht zwei Menschen getötet hatte.

Wie immer, wenn sie an das Baby und den brennenden Mann dachte, krampfte sich ihr Herz zusammen.

„Harry erwartet uns morgen um neun in seiner Praxis", berichtete Frank, als er zu ihr auf die Veranda zurückkehrte, und legte den Arm fest um ihre Schultern. „Vielleicht kann er mittels Hypnose deine Sperre durchbrechen. Ganz bestimmt findet er in dem allen eher einen Sinn als wir." Er drückte sie enger an sich. „Und du wirst mir nie einreden können, dass du zu solchen Taten fähig bist. Niemals!"

So dankbar sie ihm für die Unterstützung war, sie glaubte doch, dass sie seine Hilfe nicht verdiente. Langsam drehte sie sich in seinen Armen um und blickte in seine Augen, die sie so liebte. Ein letztes Mal musste sie diese Liebe fühlen, die sie in seinem Blick fand.

„Liebe mich, Frank", bat sie leise. „Bitte, liebe mich."

Schweigend führte er sie ins Schlafzimmer. Ein Mondstrahl fiel durch das Fenster, und die duftigen Vorhänge bauschten sich in der salzigen Brise. Worte waren überflüssig, als sie sich auszogen. Ihre Gefühle drückten sich in ihren Blicken und ihrem Mienenspiel aus. Das Rauschen des Meeres drang durch das Fenster und mischte sich mit Janes sehnsuchtsvollem Stöhnen.

Hatten sie sich bisher wild und leidenschaftlich geliebt, geschah es jetzt in dem Wissen, dass es vielleicht das letzte Mal war. In tiefer Zärtlichkeit streichelten sie einander, und ihre Küsse fielen zart aus. Jane verlor sich an Frank und wünschte sich, seine Liebe könnte die Zeit aufhalten. Der Morgen sollte nie anbrechen, weil sie mit der Dämmerung den Antworten näher kam, durch die sie unter Umständen getrennt wurden.

Als ihre Leidenschaft gestillt war, lösten sie sich nicht voneinander. Ein Lufthauch strich über ihre Körper und ließ Jane frösteln. Frank zog die Decke über sie beide.

Den Kopf an Franks Hals gedrückt, sog Jane seine Wärme in sich auf. Sie hatte keine Ahnung, was der neue Tag brachte. Doch sie wurde das Gefühl nicht los, dass es zwischen ihr und Frank nie wieder so sein würde wie bisher, sobald sie alles über sich erfuhr.

Während der nächsten Stunden sprachen sie über alles Mögliche – das Wetter, das Picknick während der Feier, die Arbeit im Krankenhaus. Keiner von ihnen wollte auch nur einen einzigen Moment dieser Nacht durch Schlaf verschwinden, aber sie redeten auch nicht über die Dinge, die sie am meisten beschäftigten.

Sie sprachen nicht über die Angst vor dem Abschied, über Mord und Albträume, sondern klammerten sich aneinander, als könnten sie dadurch auch die Nacht festhalten.

Als die ersten Sonnenstrahlen in das Zimmer fielen, wurde Jane von Verzweiflung gepackt. Heute würde sie ihre wahre Identität kennenlernen, ob durch Hypnose oder mithilfe der Polizei und des Mannes, der ihr gefolgt war. Und sie musste sich ihren Visionen und der Vergangenheit mit allen hässlichen Ereignissen stellen.

Vorsichtig löste sie sich von Frank, der erst vor wenigen Minuten eingeschlafen war. Während sie duschte und das Frühstück machte, ließ sie ihn schlafen.

ntspannen Sie sich, Jane. Einfach entspannen."
Dr. Wiltons Stimme wirkte so beruhigend wie Frank, der ihre Hand hielt. Jane fing den Duft von Franks Rasierwasser auf und hörte das leise Ticken der Uhr auf Dr. Wiltons Schreibtisch und das Summen der Klimaanlage.

„Tief atmen, Jane. Lassen Sie sich fallen."

Sie gehorchte und fühlte, wie sie einen schwerelosen, friedlichen Zustand erreichte. Als würde sie eine Nachrichtensendung sehen, liefen Bilder in ihren Gedanken ab. Lächelnd genoss sie die Szene, die sie soeben erlebte.

„Wo sind Sie, Jane?", fragte Dr. Wilton gedämpft.

„Auf einer Geburtstagsparty."

„Ist es Ihr Geburtstag?"

„Nein ... nein, der meiner besten Freundin. Alle meine Freunde sind hier ... Alfie und Sally, Annie und Sandy, Teri und Marcia ... wir haben viel Spaß." Sie kicherte. „Alfie hat dem Esel den Schwanz an die Schnauze geheftet."

„Wie alt sind Sie?"

„Zehn. Ich bin zehn Jahre alt, und es ist Sallys Geburtstag. Sie wurde elf."

„Wie heißen Sie?"

„Jill. Ich heiße Jill", antwortete sie, ohne zu zögern.

„Und wie lautet Ihr Familienname?"

Frank beugte sich vor und beobachtete, wie sie unruhig wurde. Und gleichzeitig erkannte er den Widerspruch in seinen Wünschen. Er wollte, dass sie sich daran erinnerte, wer sie war. Und er hatte Angst. Der Schmerz nach Glorias Verlust war gar nichts gewesen im Vergleich zu der Verzweiflung, die ihn befallen musste, wenn Jane ihn verließ. Wenn sie sich an etwas erinnerte, durch das sie ihm genommen wurde, sollte sie sich an gar nichts erinnern.

„Jill, wie lautet Ihr Familienname?", wiederholte Dr. Wilton.

Sie wurde noch unruhiger. „Ich ... ich weiß es nicht. Ich ... ich kann mich nicht erinnern."

„Es ist schon gut", beruhigte er sie sofort. „Machen wir weiter,

Jill. Weiter. Sie sind jetzt zwanzig ... und älter ... noch älter. Und jetzt sind Sie in dem gemieteten Bungalow in Garett Beach. Was machen Sie? Was fühlen Sie?"

Der glückliche Ausdruck schwand von ihrem Gesicht und wurde von solcher Hoffnungslosigkeit und Verzweiflung ersetzt, dass Frank an liebsten alles abgebrochen hätte. Er wollte sie auf die Arme heben und vor dem Schmerz retten, den sie tief in ihrer Erinnerung verschüttet hatte.

Sie ließ seine Hand los und hielt sich den Kopf. „Bitte ... sie sollen aufhören!", schrie sie auf.

Frank wollte aufstehen, doch Harry winkte streng ab. Frank musste hilflos zusehen, wie Jane verstört aufschrie.

„Was hören Sie, Jill?"

Sie stöhnte, während Tränen aus ihren geschlossenen Augen flossen, und verzerrte das Gesicht.

„Sagen Sie es mir, Jill. Was hören Sie?"

„Tod!", stieß sie hervor. „Sie sterben ... Sie verbrennen ...! Bitte, ich will es nicht mehr hören ...! Sie sollen aufhören!" Jane stockte. „Ich will weg ... verschwinden. Ich will, dass die Schreie in meinem Kopf verstummen."

„Wer sind diese Menschen? Was hat das Feuer ausgelöst?", fragte Dr. Wilton rasch, und Frank wartete mit angehaltenem Atem auf die Antwort.

„Ich ... kann nicht ... ich ... will nicht." Sie öffnete die Augen und starrte zuerst Harry und dann Frank an. Offenbar war sie aus der Hypnose erwacht. „Es tut mir leid." Hilflos verkrampfte sie die Hände im Schoß ineinander.

„Es ist schon in Ordnung, Sie haben sich gut gehalten", versicherte Dr. Wilton. „Versuchen wir es noch einmal."

In der nächsten halben Stunde versetzte der Psychiater Jane immer wieder in Hypnose, doch sie erwachte jedes Mal, wenn seine Fragen zu nahe an das Trauma kamen, das die Amnesie ausgelöst hatte. Zwar erhielten sie Bruchstücke von Janes früherem Leben, doch alles blieb enttäuschend oberflächlich. Es gab keinen Hinweis auf ihre Identität, ihre frühere Tätigkeit oder die Verbrechen, die sie sich selbst zuschrieb.

Jane seufzte hoffnungslos. „Können wir denn gar nichts machen? Gibt es keine andere Therapie oder eine Droge, die mich zwingt, mich zu erinnern?"

„Leider nein", wehrte Dr. Wilton ab. „Da kann nur die Zeit helfen."

„Und genau die haben wir nicht." Jane stand auf, von Ungeduld, Frustration und Verzweiflung erfüllt. Ein Blick auf Frank genügte, und sie wusste, dass es im ähnlich wie ihr erging. Es wäre so einfach gewesen, ihm in die Arme zu sinken und ihn anzuflehen, sie von hier wegzubringen. Sie konnte die schrecklichen Albträume für immer in sich verschließen, ohne sie ganz zu verstehen.

Durch Liebe und Leidenschaft konnte sie Frank dazu bringen, trotz der fehlenden Erinnerungen mit ihr eine gemeinsame Zukunft aufzubauen, doch diese Zukunft wäre auf Sand gebaut gewesen. Und die Wellen ihres Gewissens hätten ständig an den Fundamenten genagt.

Sie liebte ihn zu sehr, um ihn zu einem Leben mit ihr zu zwingen. „Es ist Zeit, zur Polizei zu gehen", erklärte sie.

„Bist du sicher?", fragte er.

„Nein", räumte sie ein. „Aber das scheint mir der einzige Ausweg zu sein. So kann ich nicht weitermachen. Die Ungewissheit ist fast so schlimm wie alles, was ich vielleicht getan habe. Ich muss es wissen."

„Wenn ich Sie unterbrechen darf", warf Harry ein. „Ich halte es nicht für klug, jetzt schon zur Polizei zu gehen."

Jane lächelte traurig. „Dr. Wilton, wahrscheinlich habe ich bereits etliche Entscheidungen getroffen, die alles andere als klug waren." Sie sah Frank nicht an, aber er verstand sicher, dass sie von ihm sprach. „Ich habe mir nur etwas vorgemacht. Jetzt muss ich mich der Wahrheit stellen. Ich muss die Wahrheit erfahren und die Konsequenzen auf mich nehmen."

„Dann möchte ich Sie wenigstens begleiten", schlug Harry vor. „Als Ihr Arzt kann ich alle Fragen beantworten, die bei der Polizei wegen des Gedächtnisverlustes auftauchen."

„Danke", erwiderte sie mit Tränen in den Augen.

„Vielen Dank für Ihre Hilfe", sagte auch Frank.

Zu dritt verließen sie Harrys Praxis und traten in den hellen Sonnenschein hinaus. Jane stockte, als sie den Mann entdeckte, der ihr gefolgt war. Er kam über die Straße auf sie zu. Dicht hinter ihm ging eine Frau … eine Frau, deren Gesicht Jane für einen Moment in ihren Erinnerungen gesehen hatte.

Bevor der Mann etwas sagen konnte, eilte die Frau auf Jane zu, brach in Tränen aus und presste sie an sich. „Ach, mein Mädchen, mein kleines Mädchen", flüsterte sie. „Gott sei Dank, wir haben dich gefunden! Jetzt ist alles wieder gut!"

Während sie den Duft des bekannten Parfüms auffing und sich in den vertrauten Armen der Frau wiederfand, wich die Dunkelheit. Janes Erinnerung kehrte zurück und mit ihr das Grauen.

Schluchzend klammerte sie sich an ihre Mutter.

„Am besten gehen wir wieder hinein", schlug Harry vor und führte alle in seine Praxis. „Und dann sollten wir uns miteinander bekannt machen", fuhr er fort, sobald sie in seinem Wartezimmer Platz genommen hatten.

Frank saß Jane gegenüber und ließ sie nicht aus den Augen. Sie hatte sich in sich selbst zurückgezogen und wirkte entrückt. Das jagte ihm Angst ein, weil es so aussah, als hätte ihre Vergangenheit sie ihm bereits entrissen.

„Ich bin Victoria Sanderson, und das ist mein Freund Jacob Michaels. Ich habe ihn engagiert, um Jill zu suchen." Die Frau hielt Janes Hand fest, als fürchtete sie, Jane könnte aufspringen und weglaufen. „Wir alle haben uns solche Sorgen um sie gemacht." Sie wandte sich an Jane. „Warum hast du nicht angerufen und gesagt, dass es dir gut geht?"

„Jane … Jill ist vor einigen Wochen am Strand vor meinem Haus zusammengebrochen", erklärte Frank. „Sie hat ihr Gedächtnis verloren." Jane sah ihn an, und sobald er ihren Blick auffing, wusste er, dass sie sich an alles erinnerte.

„Ich bin Jill Sanderson, und ich war Stewardess." Ihre Stimme klang gepresst. „Ich erinnere mich an alles." Sie holte tief Atem und stieß ihn schaudernd wieder aus.

„Erzählen Sie uns, woran Sie sich erinnern, Jan ... Jill", bat Harry leise.

Mit geschlossenen Augen beugte sie sich weiter zu ihrer Mutter, als brauchte sie die Stütze. „Wir waren von Florida nach Washington, D.C. unterwegs." Ermattet strich sie sich über die Stirn. „Vom Start an hatte ich kein gutes Gefühl. Es war ein schlimmer Tag. Die Passagiere waren unangenehmer als sonst. Das Mittagessen war verdorben. Und wir hatten ein Baby mit Koliken an Bord. Das Schreien machte alle nervös." Sie öffnete die Augen und sah Frank unendlich erleichtert an. „Das Baby ... das Baby aus meinen Träumen."

„Weiter, Jill", drängte Dr. Wilton. „Was geschah in dem Flugzeug?"

„Die Mutter des Babys war mit ihren beiden anderen Kindern, zwei und vier Jahre alt, voll beschäftigt. Ich wollte ihr helfen, nahm das Baby und wiegte es in meinen Armen." Tränen liefen ihr über die Wangen. „Es gab keine Vorwarnung, keinerlei Anzeichen von Schwierigkeiten. Eben stand ich noch im Gang und wiegte das Baby in meinen Armen, und im nächsten Moment lag ich auf dem Boden, und ringsum herrschten Dunkelheit und Chaos."

„Doktor, muss sie das alles noch einmal durchmachen?", wandte Victoria ein. „Genügt es nicht, dass sie es erlebt hat?"

Harry nickte ihr beruhigend zu. „Das ist jetzt genau das Richtige für sie. Weiter, Jill", sagte er aufmunternd. „Woran erinnern Sie sich als Nächstes?"

„Ich wusste sofort, was geschehen war", fuhr sie fort. „Wir waren notgelandet. Die Menschen schrien und weinten, und ich roch Rauch und Kerosin. Ich musste den Notausstieg öffnen." Sie zitterte heftig. „Ich kroch herum und versuchte, mich zu orientieren, und endlich fand ich auch den Notausstieg. Ich öffnete ihn und half den Leuten ins Freie."

„Eine wahre Heldin ist sie", warf ihre Mutter ein. „Das haben alle gesagt."

Jill sprach weiter, als habe sie nichts gehört. „Während ich den Leuten half, hörte ich die ganze Zeit irgendwo in der rauchenden Maschine das Baby schreien. Ich musste es finden und nach draußen bringen. Ich hatte es in meinen Armen gehalten und war verantwortlich." Schluchzen schüttelte sie. „Ich fühlte die Hitze und den Rauch. Es brannte irgendwo, und es konnte nicht lange dauern, bis die Maschine explodierte."

Sie unterbrach sich für einen Moment und wischte sich über die Wangen. „Ich kroch zurück, um das Baby zu suchen, doch in diesem Moment rannte mir ein Mann entgegen. Er … er war ganz in Flammen eingehüllt, und … und das erschreckte mich so, dass ich zögerte. Dann war es zu spät. Das Feuer erreichte mich, und ich fiel aus der Maschine."

Sie berührte die Narbe am Hals. „Begreift ihr nicht? Es ist meine Schuld, dass dieses Baby gestorben ist. Ich hätte es nicht in meinen Armen halten sollen … und hätte ich nicht ein oder zwei Sekunden gezögert, hätte ich es vielleicht retten können. Es war meine Aufgabe, alle zu retten. Es war meine Aufgabe!"

„Vielleicht wärst du dabei selbst umgekommen." Frank kam zu ihr, kniete sich vor sie und hielt ihre Hände fest. „Jill, du warst Stewardess, nicht der liebe Gott. Du hast alles Menschenmögliche getan." Es waren die gleichen Worte, mit denen sie ihn getröstet hatte, nachdem er die drei kleinen Patienten verloren hatte. „Jill, dich trifft überhaupt keine Schuld am Tod eines Menschen."

„Wieso fühle ich mich dann so schuldig?", fragte sie eindringlich.

„Vielleicht kann ich das beantworten", warf Dr. Wilton ein. „Jill, Sie leiden unter dem sogenannten Überlebens-Syndrom. Sie fühlen sich schuldig, weil Sie überlebt haben, andere jedoch nicht. Um dieses Schuldgefühl auszugleichen, haben Sie sich in ein falsches Verantwortungsgefühl geflüchtet. Leider kommt das bei Menschen, die ein schreckliches Erlebnis hinter sich haben, ziemlich häufig vor. Manche Überlebende suchen Zuflucht in Alkohol und Drogen. Und Sie haben sich Ihren Schuldgefühlen durch Gedächtnisverlust entzogen."

„Davon verstehe ich kein Wort, Schätzchen", sagte ihre Mutter und entlockte Jill ein schwaches Lachen. „Und ich begreife vor allem nicht, was du mit deinem schönen Haar gemacht hast."

„Ach, Mom, du weißt noch sehr viel nicht." Sie strich über ihr dunkles Haar. „Jetzt erinnere ich mich daran, wie ich mein Haar gefärbt habe. Das war kurz nach dem Unfall, nachdem ich aus dem Krankenhaus entlassen worden war."

Es war eine schwere Zeit gewesen. Albträume hatten sie ständig geplagt, und immer wieder hatte sie den Absturz in Gedanken erlebt. Damals konnte sie ihre tiefe Depression nicht abschütteln.

„Ich wollte nur für eine Weile fortgehen, alles hinter mir lassen und für kurze Zeit eine andere sein." Sie lächelte nachdenklich. „Jetzt erscheint es mir albern, aber ich dachte, wenn ich einen kurzen Urlaub mache, meine Haarfarbe ändere und einen anderen Namen benütze, wird alles wieder gut." Sie wandte sich an Jacob Michaels, der bisher geschwiegen hatte. „Wie haben Sie mich gefunden?"

Er zuckte lässig die Schultern. „Ihre Mutter sagte mir, Sie wären immer gern an der Küste von Carolina entlanggefahren und hätten oft am Meer gewohnt. Zum Glück haben Sie auch in Ihrem Trauma diese Gewohnheit nicht geändert. Es hat fast drei Monate gedauert, bis ich Sie endlich fand, und dann war ich mir noch nicht sicher. Ihre Mutter hatte mir ein altes Foto von Ihnen gegeben, auf dem Sie nicht so mager waren und kurzes, helles Haar hatten. Erst gestern im Park sah ich Sie aus der Nähe und rief Ihre Mutter an."

„Ich war in Europa, als deine Maschine notlanden musste", fügte Victoria hinzu. „Erst vier Tage nach dem Unfall habe ich es erfahren, und als ich in die Staaten zurückkam, warst du schon aus dem Krankenhaus verschwunden." Sie zog ihre Tochter erneut in die Arme. „Ich habe mir schreckliche Sorgen gemacht. Du hast fast alles in deinem Apartment zurückgelassen. Und es war, als hättest du dich in Luft aufgelöst."

Jill lächelte ihrer Mutter entschuldigend zu. „Es tut mir leid, dass ich dir Sorgen gemacht habe. Als ich wegging, habe ich an nichts und niemanden gedacht … nur an mich selbst und meinen Schmerz. Frank hat sehr gut für mich gesorgt. Ich weiß nicht, was ich ohne ihn getan hätte." Sie sah ihn dankbar an, als er ihre Hand losließ und aufstand.

„Ich war nicht die Einzige, die sich Sorgen gemacht hat", meinte ihre Mutter. „David war völlig außer sich und hat mich täglich angerufen, ob ich etwas von dir gehört habe."

„David!" Jill wiederholte den Namen mit einem strahlenden Lächeln. „Ich muss ihn gleich anrufen, damit er weiß, dass es mir gut geht!"

„Komm, Schätzchen, du begleitest mich jetzt in mein Hotelzimmer. Von dort aus kannst du ihn anrufen." Victoria stand auf und zog Jill mit sich. „Ich lasse dich nicht mehr aus den Augen, bis ich restlos überzeugt bin, dass mit dir wieder alles in Ordnung ist." Während sie in den hellen Sonnenschein hinaustraten, reichte Jill dem Psychiater die Hand. „Dr. Wilton, vielen Dank für alles."

„Wenn Sie jemals etwas brauchen oder sich auch nur aussprechen wollen, wissen Sie, wo Sie mich finden", erwiderte Harry. „Ich würde Ihnen übrigens noch einige Sitzungen bei einem anderen Psychiater empfehlen. Sie haben ein schweres Trauma erlebt, Jill. Die Hilfe eines guten Therapeuten kann da nicht schaden." Er drückte ihr die Hand. „Denken Sie immer daran, dass Sie nicht allein sind."

„Das weiß ich", versicherte sie. Nein, sie war nicht allein. Sie hatte eine Mutter, die sie verzweifelt gesucht hatte, und eine Stadt, in der sie herzlich aufgenommen worden war, sodass sie sich hier zu Hause fühlte. Und darüber hinaus hatte sie einen ganz besonderen Mann gefunden, der sie in ihrer schwersten Zeit gestützt hatte.

Nachdem sie sich noch einmal bei Harry bedankt hatte, wollte sie sich an Frank wenden, stellte jedoch überrascht fest, dass er gegangen war.

„Jill, Schätzchen, komm!", rief ihre Mutter vom Wagen her.

Jill sah sich ein letztes Mal um und kehrte dann zu ihrer Mutter und in ihr Leben zurück.

Sie ist fort.

Frank sagte es sich im Verlauf des Tages immer wieder. Er hatte zugesehen, wie Jill mit ihrer Mutter wegfuhr und sein Herz mitnahm.

Schon jetzt fühlte er sich leer. Es war ihm unmöglich gewesen, sich von ihr zu verabschieden. Er hatte nicht abgewartet, bis sie sich bei ihm für die Hilfe bedankte und ihm zögernd eröffnete, sie müsse jetzt wieder in ihr eigenes Leben zurückkehren und ihn verlassen.

Er war froh, dass für sie der Schrecken vorüber war und sie nicht mehr von Selbstvorwürfen gepeinigt wurde, weil sie glaubte, etwas Schreckliches getan zu haben. Und er war froh, dass sie jetzt mit ihren Erinnerungen leben konnte. Doch es brachte ihn fast um, dass sie ohne ihn leben würde.

Er hatte jedoch gesehen, wie Jill zu strahlen begann, als der Name dieses Mannes fiel. Er hatte ihre Freude und die Begeisterung gesehen, mit der sie den Namen ausgesprochen hatte.

David …

Wie konnte er einen Mann hassen, den er gar nicht kannte? Und wie konnte er ohne Jill weiterleben?

Frank fuhr zum Krankenhaus. Vielleicht sollte er sich von Russ tatsächlich den Namen dieses Herzspezialisten geben lassen. Der Schmerz in seiner Brust war schlimmer als bei einem Herzinfarkt. Sein Herz war gebrochen, und er konnte nichts dagegen tun.

Der Tag schleppte sich dahin. Frank blieb bis lange nach Einbruch der Dunkelheit im Krankenhaus, weil er nicht in das leere Haus zurückkehren und allein in seinem großen Bett schlafen wollte. Er hatte sich an Jane gewöhnt. Erst als sie sein Leben ausfüllte, hatte er erkannt, wie leer es davor gewesen war. Jetzt fühlte er die Einsamkeit und den damit verbundenen Schmerz.

Allerdings konnte er es irgendwann nicht mehr aufschieben, heimzufahren und die Leere zu akzeptieren.

„Du hast gewusst, dass es einmal passiert", sagte er zu sich selbst während der Fahrt und erinnerte sich an den Abend, an dem er Jane ins Krankenhaus gebracht und Etta von einem Sperling mit gebrochenen Flügeln gesprochen hatte. Er hatte ihre Flügel geheilt. Es war unvermeidlich gewesen, dass sie irgendwann davonflog. Obwohl er gewusst hatte, dass er sich zu fest an sie band, raubte ihm jetzt der Schmerz den Atem.

Nachdem er in die Einfahrt gebogen war, blieb er noch eine Weile sitzen und legte den Kopf auf das Lenkrad. Hätte er doch einen Teil seines Gedächtnisses auslöschen und die Zeit mit Jane vergessen können!

Es wäre herrlich gewesen, hätte jeder Mensch die verlorenen Geliebten vergessen können. Dann hätte man nicht in einsamen Stunden an Leidenschaft und Liebe denken müssen, die nur Schmerz auslösten.

Müde seufzend stieg er aus und betrat das Haus, schloss die Augen und atmete Janes Duft ein, der noch in der Luft hing. Wie lange es wohl dauerte, bis das Haus nicht mehr nach ihr duftete?

An der Tür des Wohnzimmers erstarrte er und betrachtete die Vision vor seinen Augen. Vielleicht war es nur eine Illusion, die von seiner unbeschreiblichen Sehnsucht ausgelöst wurde.

Jane lag schlafend mit den Hunden auf dem Sofa. Was machte sie hier? War sie gekommen, um ihre Sachen abzuholen? Fragen, Ängste, Hoffnungen – alles wirbelte in seinem Kopf durcheinander und raubte ihm die Sprache.

Er wollte auch gar nicht sprechen, sondern Jane bloß ansehen und sich ihre Schönheit für immer einprägen.

Endlich beugte er sich zu ihr, um sie zu wecken, zuckte jedoch zurück. Er wollte sie nicht berühren, wollte ihre glatte Haut nicht fühlen, so sehr wehrte er sich gegen das Verlangen, das er sogar jetzt empfand.

„Jan... Jill", sagte er leise und beobachtete, wie sie langsam die Augen öffnete.

„Hi. Da bist du ja endlich." Ihre Stimme klang schläfrig.

„Was machst du hier?", fragte er.

Sie antwortete nicht gleich, setzte sich auf und störte die Hunde, die vom Sofa sprangen und sich auf dem Boden zusammenrollten.

Lächelnd schob sie das dunkle Haar aus dem Gesicht. „Warum sollte ich nicht hier sein? Ich gehöre hierher. Das ist mein Zuhause."

Frank traute seinen Ohren nicht. Vielleicht hatte er sich diese Worte nur eingebildet. „Ich verstehe dich nicht", sagte er schwach.

Sie stand auf und trat dicht auf ihn zu. „Dr. Longford, du hast mich als Haushälterin eingestellt. Meinst du, ich würde von hier verschwinden, ohne zu kündigen?"

„Kündigen?", fragte er verständnislos.

Sie nickte. „Die meisten Angestellten räumen ihren Arbeitgebern zwei Wochen ein. Von mir bekommst du den Rest meines Lebens."

„Den Rest deines Lebens?", wiederholte er.

„Sofern du das willst", fügte sie hinzu und betrachtete ihn liebevoll.

„Was ist mit deinem Leben? Mit deiner Stellung als Stewardess? Es gibt doch bestimmt viele Gründe, dort weiterzumachen, wo du nach deinem Unfall aufgehört hast."

Sie führte ihn an der Hand zum Sofa und setzte sich mit ihm. „Ich habe den ganzen Nachmittag mit meiner Mutter gesprochen und mich wieder völlig mit Jill Sanderson vertraut gemacht. Zuerst waren die vielen Erinnerungen sehr verwirrend", meinte sie nachdenklich. „Mein ganzes Leben ist innerhalb kürzester Zeit vor meinen Augen abgelaufen. Das war etwas zu viel."

Während sie sprach, hielt sie seine Hand fest und streichelte sinnlich seine Finger.

„Ich musste Janes und Jills Leben durchforsten und entscheiden, welche Teile ich von beiden behalten möchte. Und je länger ich darüber nachdachte, desto klarer wurde mir, dass ich nur sehr wenig von Jills Leben zurückhaben will."

Unruhig stand sie auf. „Zum Zeitpunkt des Unfalls war ich mit meinem Leben schon unzufrieden. Ich war ständig unterwegs und teilte mir in zwei Staaten zwei Apartments mit vier Frauen, nur um meinen Arbeitsplan einhalten zu können. Ich wollte mir eine andere Arbeit suchen, bei der ich an einem Ort bleiben kann. Ich will Janes Leben ... hier in Garett Beach mit dir."

„Was ist mit David?" Frank hielt den Atem an.

„David? Was hat er damit zu tun?"

„Nun, offenbar seid ihr euch vor deinem Gedächtnisverlust sehr nahe gewesen. Jill, deine Zeit in Garett Beach ist dir frisch in Erinnerung. Deine Dankbarkeit und diese Erinnerungen sollten dich nicht beeinflussen, wenn du dein früheres Leben und die Menschen darin beurteilst. Wenn du hierbleiben willst ... hier bei mir ... dann musst du ganz sicher sein und darfst nicht mit Bedauern zurückblicken."

„Mit Bedauern?" Sie griff erneut nach seiner Hand und zog ihn auf die Beine. „Ich würde nur bedauern, von hier wegzugehen und dich zu verlassen." Zärtlich schlang sie die Arme um seinen Nacken und streichelte sein Haar. „Und was David angeht, so stehen wir uns natürlich sehr nahe. Auch jetzt noch, Frank. David ist mein Bruder."

„Dein Bruder?" Vor Erleichterung wurde ihm schwindelig.

Sie drückte sich enger an ihn. „Frank, ich will bei dir, Mutt und Jeff bleiben. Ich möchte weiterhin dein Haus in Ordnung halten und im Krankenhaus freiwillige Arbeit leisten. Ich möchte zu Garett Beach gehörten, aber vor allem möchte ich zu dir gehören."

„Ja", flüsterte er an ihrer Wange. „Ich liebe dich. Ich liebe dich, Jill Sanderson. Du sollst zu mir gehören. Das wünsche ich mir mehr als jemals irgendetwas anderes."

„Und ich liebe dich", erwiderte sie lachend, als er ihr mit einem Kuss versprach, dass seine Liebe nie erlöschen würde.

„Wir müssen uns nur noch über einen kleinen Punkt einigen", meinte er nach dem Kuss.

„Über welchen?"

„Ich entlasse dich als Haushälterin. Zum Putzen kann ich irgendjemanden einstellen." Liebevoll ließ er den Blick über ihr Gesicht wandern. „Aber ich habe einen anderen Job für dich … als meine Frau. Willst du mich heiraten, Jill?"

„Ja, oh ja!", rief sie glücklich. Ursprünglich hatte sie nur einen Zufluchtsort gebraucht, an dem sie sicher war, bis sie ihre Erinnerungen wiederfand. Und jetzt hatte sie die Liebe ihres Lebens gefunden.

Es kam Jill so vor, als hätte sie lange nach dem Ort gesucht, an den sie gehörte. Endlich hatte sie ihn in Franks Armen gefunden.

– ENDE –

Margaret Way

Abschied von der Liebe

Roman

Aus dem Amerikanischen von
Dr. Susanne Hartmann

1. KAPITEL

Erst als es im Buschland dämmerte, ritt Scott McLaren zurück und winkte seinem Oberviehhüter Abe, sich zu beeilen. Dieser sah müde und verärgert aus. Den ganzen Tag lang hatten sie „The Ghost" verfolgt, den wilden Hengst, der die besten Stuten der Farm gestohlen hatte.

Am Mittag hatten sie ihn mit seinem Harem und einigen Jährlingen gesehen. Die zwölf Pferde galoppierten einen steilen, steinigen Abhang hinunter in den Schutz der von Kletterpflanzen umrankten Pockholzbäume. Es war ein erregender Anblick. Scott McLaren und Abe ritten den Tieren nach, ohne sich darum zu kümmern, dass ihnen die Zweige ins Gesicht schlugen. Beide Männer waren erfahrene Reiter und kamen der Herde ziemlich nahe. Scott liebte Pferde und hatte Mitleid mit dem großen Grauschimmel, der seine Freiheit verlieren sollte, aber sie mussten The Ghost aufhalten. Abe könnte ihn zureiten, und wenn er es nicht schaffte, würde er, Scott, es selbst versuchen. Fast alles, was er wusste, hatte er von Abe Eagle Owl gelernt. Doch jetzt war er sogar noch besser als sein Lehrer, wie Abe offen zugab.

Aber sie hatten die Herde verloren. Der Hengst war äußerst schlau. Dreimal hatte er sie schon besiegt. Nur zwei trächtige Zuchtstuten der Farm konnten sie bei der zweiten Jagd auf ihn fangen. Der Hengst spürte Gefahr lange im Voraus, und er kannte sich in diesem Gebiet besser aus als seine Verfolger.

„Gerissener Kerl", fluchte Abe. Seine dunkle Haut war mit Schweiß, blutigen Kratzern und Sand bedeckt. Wind war aufgekommen und trieb Staubwolken direkt auf die beiden Männer zu. „Ich habe mein Möglichstes getan, Boss."

„Es ist nicht deine Schuld, Abe." Scott McLaren nahm seufzend seinen „akubra" ab und fuhr sich mit der Hand durchs rabenschwarze Haar. „Irgendwann kriegen wir ihn." Er ritt nach rechts, um zwei kleinen grauen Wallabys auszuweichen. „Wir bauen näher am Sumpf eine Falle auf. Hinter den Honigmyrten."

Abe war so müde, dass er befürchtete, aus dem Sattel zu fallen. „The Ghost ist gefährlich. Ich halte ihn für bösartig."

„Nein, Abe. Der Hengst hat einen guten Charakter und wird sich benehmen, wenn er erst einmal weiß, wer der Boss ist." Scott erkannte, dass er Abe überfordert hatte. Abe war immer arbeitswillig, aber nicht mehr der Jüngste.

Der atemberaubend schöne Sonnenuntergang belebte beide Männer. Er färbte den kobaltblauen Himmel erst rosenrot, violett und goldgelb, und dann schien es, als würde er die Welt in geschmolzenes Feuer verwandeln. Abe, der ein reiches „Traumzeit"-Leben und die Musik der ältesten aller Kulturen in sich trug, begann leise zu singen. Scott McLaren fand den Gesang wundervoll beruhigend.

Seit frühster Jugend war Scott mit Abe zusammen. Sein Vater hatte ihm erzählt, Abe Eagle Owl sei ein Gesetzgeber und mächtiger Mann, der magische Kräfte besitze. Laut Aussage der Aborigines konnte Abe großen Zauber ersinnen. Scott wusste ganz sicher, dass Abe Regen herbeisingen konnte. Sein Vater hatte den Stammesältesten respektiert, ihm vertraut und ihm aufgetragen, auf seinen einzigen Sohn und Erben aufzupassen. „Damit dir nichts geschieht, Scotty."

Der mächtige Medizinmann Abe war jedoch nicht imstande gewesen, Scotts Vater zu schützen. John McLaren war ein gut aussehender, vitaler Mann im besten Alter gewesen, der im ganzen Outback, dem dünn besiedelten Hinterland, geachtet gewesen war. Eines Morgens ritt er aus … und wurde auf einer behelfsmäßigen Trage zum Farmhaus zurückgebracht. Er hatte sich bei einem außergewöhnlichen Sturz vom Pferd das Genick gebrochen. Ein solches Ende für einen Mann, der sein halbes Leben im Sattel verbracht hatte und als hervorragender Reiter galt, das war wirklich zu viel.

Es brach Scotts Mutter das Herz. Für ungefähr zwei Jahre. Danach suchte sie sich einen neuen reichen Ehemann und ging fort. Als pflichtbewusster Sohn fuhr Scott regelmäßig zu ihr in die Stadt, doch er verzieh seiner Mutter niemals, dass sie seinen Vater so schnell vergessen und wieder geheiratet hatte.

Scott war vierzehn, als sein Vater starb. Das war ein schwieriges Alter für einen Jungen, auch wenn er aussah und handelte wie ein junger Mann. Die Verantwortung und die hohen Erwartungen seiner Eltern hatten ihn früh erwachsen gemacht. Trotzdem brauchte er seine Mutter. Die glaubte jedoch, sie würde es nicht ertragen, den

Rest ihres Lebens in der Einsamkeit zu verbringen. Sie musste zurück in die Großstadt, zu ihrer Familie und ihren Freunden.

Als Scotts Mutter „Main Royal" verlassen hatte, war Wyn auf die Farm zurückgekehrt. Edwina McLaren, die unverheiratete ältere Schwester seines Vaters, war eine großartige Frau und seit über fünfundzwanzig Jahren eine erfolgreiche Kinderbuchautorin. Sie schrieb und illustrierte Geschichten über das Outback.

Liebevolle, geduldige Wyn, dachte Scott. Sie ersetzte ihm die Mutter, die sich nie wirklich um ihn gekümmert hatte.

Während er und Abe nebeneinander durch das Buschland ritten, flogen große Vogelschwärme über ihnen hinweg. Sie waren unterwegs zu den Lagunen und „billabongs", kleinen Teichen und Wasserlöchern in ausgetrockneten Flussbetten.

Einmal flatterte eine Schar Wellensittiche um die beiden Männer herum, und Scott kam es vor, als würde mit Gold durchwirkte smaragdgrüne Seide über Abe und ihm wogen.

Wie ein Wunder!

Gerade als Scott nach oben blickte, drängte sich ihm jedoch ein anderes, unwillkommenes Bild auf. Unwillkürlich riss er an den Zügeln, und seine Stute blieb stehen. Gereizt trieb er sie weiter und versuchte, das unerwünschte Bild zu verbannen, das vor seinem geistigen Auge erschienen war. Aber er wurde es nicht los.

Ein lachendes Mädchen mit seidiger Haut, dichtem lockigem cognacfarbenem Haar und exotisch anmutenden bernsteinfarbenen Katzenaugen.

Alexandra!

Seine schöne Alex, die Verräterin. Das Mädchen, das er so begehrt hatte, dass er die Erregung kaum hatte ertragen können. Es war ihm unglaublich erschienen, dass das Schicksal sie beide zusammengeführt hatte.

Er hatte Alex gebeten, seine Frau und die Herrin auf Main Royal zu werden.

Was für ein Narr war er gewesen! Wie seine Mutter ging Alex fort. Sie wollte alles, Ehe und Karriere, Liebe und Ruhm. Alexandra Ashton, Solotänzerin des Australischen Balletts. Von Sydney bis Moskau wurde sie von den Kritikern überschwänglich gelobt.

Meinetwegen kann sie tanzen, bis sie umfällt! dachte Scott. Niemals wieder wollte er sie in seinem Leben oder auf seinem Land haben. Er hatte sich damit abgefunden, dass sie ihn zurückgewiesen hatte. Nur manchmal, so wie jetzt, spürte er noch den heftigen Schmerz.

Alex war zehn Jahre alt gewesen, als er, Scott, sie kennengelernt hatte. Das war das Problem. Sie gehörte einfach zu seinem Leben. Alex' Eltern waren bei einem schrecklichen Autounfall getötet worden. Sie hatten in ihrem Testament Wyn, die beste Freundin von Alex' Mutter und die Patin des Kindes, zum Vormund bestellt, und so war Alex nach Main Royal gekommen. Er, Scott, war damals siebzehn gewesen. Verrückt, sich in ein Kind zu verlieben, aber Alex war schon immer ein zauberhaftes Geschöpf gewesen.

Energisch verdrängte Scott die Gedanken an Alex. Nur so konnte er weiter Gleichgültigkeit vortäuschen. Für Wyn war es schwer, denn sie liebte Alex. Aber wenn es darauf ankam, liebte Wyn ihn mehr. Sie sprachen niemals über Alexandra. Das Thema war zwischen seiner Tante und ihm tabu.

Es war dunkel, als Scott und Abe den Haupthof erreichten. Nachdem er Abe Gute Nacht gesagt hatte, sprach Scott noch kurz mit seinem Vormann und ging dann zum Farmhaus. Es hatte auf drei Seiten breite Veranden, auf die das goldgelbe Licht aus dem Innern schien. Scotts schottischer Urgroßvater, Colonel Andrew McLaren, einer der ersten Siedler im Bundesstaat, hatte das imposante einstöckige Gebäude gebaut.

Allein die Veranden waren ein architektonisches Meisterwerk. Der Colonel, der sich nach einer langen, bemerkenswerten militärischen Laufbahn in Australien niedergelassen hatte, hatte früher mit seinem Vater, dem damaligen Kommandeur des fünfundsiebzigsten Regiments, in Indien gelebt. Die dort gewonnenen Eindrücke prägten den Baustil des Main-Royal-Farmhauses. Scotts Großvater hatte Gästeflügel und einen prächtigen Ballsaal für die legendäre Hochzeit von Scotts Eltern angebaut. Main Royal war nicht nur ein Farmhaus. Es war der Stammsitz des großen McLaren-Clans, der über ein ländliches Imperium herrschte.

Die zweiflüglige Haustür führte in eine Eingangshalle, von der links und rechts die großen Gesellschaftszimmer abgingen. Auf dem runden Rosenholztisch unter dem Waterford-Kronleuchter stand ein herrlicher Blumenstrauß. Wyn schmückte das ganze Haus mit Blumen aus den fünf Acres großen Gartenanlagen. Die Gestecke und Sträuße wurden jeden zweiten Tag ausgewechselt, und alle waren wunderschön.

Scott ging direkt in sein Zimmer und duschte und zog sich um, bevor er sich ein eiskaltes Bier holte. Er musste noch eine Rede für ein Abendessen zu Ehren des neu gewählten Ministerpräsidenten des Bundesstaates schreiben, aber Scott dachte wieder an Alex. Es war fast, als würde sie versuchen, Kontakt mit ihm aufzunehmen. Früher war ihre Verständigung beinahe telepathisch gewesen.

Seine Tante hatte Sammelalben voller Fotos von Alex. Natürlich wusste Scott, wo Wyn sie aufbewahrte. Manchmal sah er sie sich heimlich an. Es waren Hochglanzfotos von Alexandra Ashton als Schwanenkönigin, Dornröschen, Cinderella und Coppelia. Alex beim Sprung, auf Spitzen und bei einer Arabeske. Andere Fotos zeigten sie, wie sie strahlend ihren Partner anlächelte. Die Aufnahmen hasste Scott. Immer sah sie unglaublich ätherisch aus. Sie verkörperte Anmut, Poesie und Magie. Es schien unmöglich, dass eine solche Frau das harte Leben auf einer Farm mit den langen, grausamen Hitze- und Dürreperioden aushalten konnte.

Schon als Kind war Alex außergewöhnlich begabt gewesen. Wyn hatte darauf bestanden, dass ihr Patenkind den Ballettunterricht nicht aufgab. Nachdem Alex den Tod ihrer Eltern verwunden und sich an ihr neues Leben gewöhnt hatte, schickte Wyn sie auf ein Internat in Sydney, wo Scott Jura studierte. Natürlich war von Anfang klar, dass er niemals als Anwalt praktizieren würde. Die juristische Ausbildung sollte ihm helfen, die geschäftlichen Interessen der Familie zu vertreten.

In jenen Jahren holte er Alex an jedem freien Tag im Internat ab und nahm sie mit, wenn er mit einer seiner zahlreichen Freundinnen eine Spritztour machte. „Die Anstandsdame" nannte eins von den Mädchen Alex zynisch. Die Ferien verbrachte Alex auf der Farm, wo sie lernte, zu reiten wie der Teufel, im Freien zu übernachten, Vieh zusammenzutreiben und mit dem Gewehr umzugehen. Sie liebte dieses Leben, die Weite und die Freiheit. Das sagte sie jedenfalls.

Alex hatte alle Frauen, Männer und Kinder auf der Farm bezaubert. Sogar Abe, der weise Mann, war sofort ihr Sklave gewesen.

Scott trank ein Bier gleich in der Küche, dann schenkte er sich noch eins ein und ging mit dem Silberbecher in der Hand Wyn suchen. Seltsam. Normalerweise erschien sie sofort, wenn er zurück ins Haus kam.

Er fand sie in ihrem Arbeitszimmer am Schreibtisch. „Du arbeitest doch nicht etwa noch?", fragte Scott und setzte sich auf eins der Ledersofas. Seine Tante antwortete nicht, und er wandte sich ihr überrascht zu. „Wyn?"

„Entschuldige."

Ihre Stimme klang, als hätte sie geweint. Scott stand auf und stellte den Becher auf dem niedrigen Couchtisch auf. „Was ist los, Wyn?"

Sie sah auf. Ihr schönes Gesicht war tränennass.

„Was ist? Sag es mir!", rief Scott besorgt.

Wyn blickte ihren gut aussehenden Neffen traurig an. Wie sein Vater war Scott ein typischer McLaren. Er war sehr groß und schlank und wirkte stolz, sogar arrogant, und vornehm. Seine markanten Gesichtszüge waren vollkommen, und die feinporige Haut war tief gebräunt. Nur die wundervollen aquamarinblauen Augen hatte er von Stephanie. Sie, Wyn, kannte niemanden, der so schöne Augen wie Scott hatte, außer …

Alexandra.

„Bist du krank?" Scott warf seiner sechzigjährigen Tante einen beunruhigten Blick zu.

Sie griff sich ins Haar, das früher so schwarz wie das ihres Neffen, jetzt aber grau meliert war. „Nein. Das ist es nicht. Es ist etwas, das du sicher nicht hören willst."

„Dann geht es um Alex, stimmt's?" Scotts Miene wurde finster.

„Ja." Wyn seufzte. Seine Reaktion überraschte sie nicht. „Alex hatte einen Unfall."

„Was?" Es machte ihn nicht glücklich. Trotz allem wollte er nicht, dass es ihr schlecht ging.

„Es steht alles hier in der Zeitung." Wyn nahm sie in die Hand und stand auf.

„Gib her", sagte Scott rau. Lange unterdrückte Gefühle stiegen in ihm auf.

„Der Unfall ist während der Probe passiert. Bei diesem spektakulären Sprung am Ende von ‚Aurora', wo ihr Partner sie nur Zentimeter über dem Boden auffangen muss."

„Willst du mir etwa erzählen, dass er sie hat fallen lassen?", rief Scott wütend.

„Sie ist schlimm gestürzt. Es steht alles in dem Artikel." Wyn deutete zerstreut auf die Zeitung. „Das ist so grausam. Alex hat so hart gearbeitet und so viele Opfer gebracht, und vielleicht ist jetzt alles zu Ende. Oh, tut mir leid, Scott."

Er presste die Lippen zusammen. „Schon gut. Hier steht, dass sie möglicherweise nie wieder tanzen wird." Er blickte auf das Datum. „Die Zeitung ist von gestern."

„Ja. Ed ist heute Nachmittag gekommen." Wyn sprach von dem Piloten der Luftfrachtgesellschaft, die ihnen die Post und Vorräte brachte.

„Zumindest nennen sie in dem Artikel den Namen des Krankenhauses, in dem Alex liegt. Sie solle operiert werden, heißt es hier. Wahrscheinlich ist das inzwischen schon geschehen."

„Meine arme kleine Alex", sagte Wyn niedergeschlagen.

„Sie hat dich nicht angerufen?"

„Nein. Sie weiß …" Wyn verstummte.

„Dass sie hier nicht erwähnt werden darf?"

„Sie weiß, wie sehr sie dir wehgetan hat, Scott."

„Darüber bin ich hinweg. Ich war es in dem Moment, als sie ging."

„Alex hat dich geliebt. Sie liebt dich noch."

„Dass ich nicht lache!", schimpfte Scott. „Alex wollte um jeden Preis Karriere machen. Das ist nur recht und billig. Was wir hatten, war ein schöner Traum, mehr nicht. Es wäre niemals gut gegangen. Jetzt ist mir das endlich klar."

„Ich habe immer geglaubt, dass ihr füreinander bestimmt seid."

„Du bist eine hoffnungslose Romantikerin, Wyn."

„Ich weiß."

„Du willst zu ihr, stimmt's?"

„Sie hat niemanden, an den sie sich wenden kann."

„Eine faszinierende Frau wie Alex wird inzwischen ja wohl ein Dutzend Liebhaber gehabt haben", erwiderte Scott sarkastisch.

Wyn sah ihn schockiert an. „Das ist doch nicht dein Ernst?"

„Nach dem, was ich gehört habe, sind Affären in der Welt des Balletts gang und gäbe."

„Alex ist bestimmt nicht promiskuitiv", sagte Wyn.

„Tut mir leid, davon bin ich nicht so überzeugt wie du." Scott wandte sich ab. „Es interessiert mich sowieso nicht, was Alex tut. Aber du bedeutest mir viel. Wenn du zu ihr möchtest, dann treffe ich die nötigen Vorkehrungen."

Wyn ging zu ihm und küsste ihn auf die Wange. Obwohl selbst groß, musste sie sich auf die Zehenspitzen stellen und strecken. „Du hast das Herz schon immer auf dem rechten Fleck gehabt. Natürlich kann ich Alex im Krankenhaus besuchen. Aber wer kümmert sich hinterher um sie? Sie wird sich erholen müssen. Nach so einem Unfall ist sie sicher auch nervlich und seelisch am Ende."

„Du meinst doch wohl nicht, sie soll hierherkommen?", fragte Scott gefährlich leise.

„Das würde sie nicht tun. Sie weiß, dass du sie hier nicht haben willst."

Scott stand regungslos da und blickte seine Tante an. „Warum sollte ich sie wiedersehen wollen? Alex hat mich verlassen. Erinnerst du dich?"

„Sie brauchte dich und ihren Beruf. Sie war jung und so begabt. Du bist sonst so verständnisvoll …"

„Nicht, wenn ich zurückgewiesen werde", sagte Scott schneidend.

„Weil deine Mutter dich im Stich gelassen hat."

„Lass Stephanie da heraus", warnte Scott.

Wyn wusste ohnehin, dass sie zu weit gegangen war. „Tut mir leid. Ich bin so durcheinander."

„Das sehe ich, Wyn." Seine Züge wurden weicher. „Du bist Alex'
Patin und warst ihr Vormund, bis sie einundzwanzig wurde. Und
obwohl sie fast mein Leben zerstört hat, liebst du sie."
„Ich liebe dich mehr als irgendjemanden auf der Welt, Scott. Aber
ich werde mich immer für Alex verantwortlich fühlen. Ich weiß, dass
sie dich hat glauben lassen, ihr würdet für immer zusammenbleiben.
Aber sie war so jung. Gerade neunzehn. Sie dachte, sie könnte alles
haben und du würdest sie unterstützen."
„Tausend Meilen von ihr entfernt?", fragte Scott spöttisch. „Meine
Frau lebt in Sydney, und ich führe hier die Farm? Hat Alex im Ernst
geglaubt, eine solche Ehe würde funktionieren? Dass ich das mitmachen würde? Oh, reden wir nicht mehr davon, Wyn. Es ist vorbei,
und das ist auch besser so. Besuch sie. Ich verstehe es. Meinetwegen
bleib bei ihr, bis sie wieder allein zurechtkommt, falls sie tatsächlich
nicht mit irgendeinem liebeskranken Idioten zusammenlebt. Aber
ich will mit der Sache nichts zu tun haben."

Zum ersten Mal seit Langem drängte sich Alex in seine Träume.
Scott wälzte sich unruhig hin und her und fand nur wenig Schlaf.
Dennoch war er schon kurz vor Tagesanbruch auf. In der Küche
aß er eine Scheibe Toast und trank eine Tasse Kaffee. Normalerweise kehrte er gegen acht ins Farmhaus zurück. Dann hatte Ella,
seit über zwanzig Jahren Haushälterin auf Main Royal, das richtige Frühstück fertig. Scott arbeitete vom Morgengrauen bis zum
Einbruch der Dunkelheit. Er wusste, dass jemand, der so schwer
arbeitete, gelegentlich ausspannen und sich amüsieren musste. Polo
machte ihm Spaß, und natürlich gab es Frauen in seinem Leben.
Mit vielen hatte er nur flüchtige Beziehungen gehabt. Er wollte
sich nur ablenken, damit er Alex vergessen konnte. Sex ohne
Liebe. Er dachte, es wäre eine gute Methode, aber viel brachte es
nicht.
    Im Moment war er mit Valerie Freeman zusammen, einer bild-
schönen Blondine. Sie verstand ihn besser als die meisten. Valerie
gehörte zur Polo-Clique und arbeitete nicht, weil sie dafür von
ihrem Vater, einem Viehzüchter, ein großzügiges Taschengeld erhielt.

Er, Scott, wollte seine Beziehung zu Valerie nicht allzu genau analysieren. Es war nett, mit ihr zusammen zu sein, sie war gut im Bett und klammerte nicht.

Kurz nach acht kam Wyn ins Frühstückszimmer. Sie sah so abgespannt aus, dass Scott erschrocken aufstand. „Du hast schlecht geschlafen. Komm, ich schenke dir eine Tasse Tee ein." Er ging zum Sideboard, auf dem verschiedene Speisen angerichtet waren.

„Ich wünschte, du würdest hinfliegen", sagte Wyn.

Scott wusste sofort, wovon sie sprach. „Um Himmels willen!" Er seufzte genervt.

„Ich weiß, dass wir alle zu viel von dir verlangen, aber nur du kannst Alex überreden, zurückzukommen. Main Royal gehört dir. Ich sehe keine Möglichkeit, länger bei ihr in Sydney zu bleiben. Die Leute im Verlag warten auf mein Buch."

Scott schenkte seiner Tante schweigend Tee ein, brachte ihr die Tasse und setzte sich wieder hin. „Ich würde alles für dich tun, Wyn. Das weißt du. Aber ich kann einfach nicht mit Alex sprechen und sie nach Main Royal einladen. Es würde niemals gut gehen."

„Du hast immer nur sie geliebt."

„Zufällig finde ich Valerie sehr attraktiv", erwiderte er spöttisch.

„Zweifellos hält sie sich länger als die anderen." Wyn musste trotz allem lächeln. „Aber du liebst Valerie nicht. Ich kenne dich zu gut, Scott."

„Warum bittest du mich dann, Alex zu besuchen?"

„Weil früher niemand besser auf sie aufgepasst hat als du", sagte Wyn. „Vielleicht muss Alex ihren Beruf aufgeben. Bei jedem anderen würde das Knie heilen, und die Sache wäre vergessen, aber Tänzerinnen sind außergewöhnlichen Belastungen ausgesetzt. Alex wäre nicht die Erste, deren Karriere durch eine Verletzung zerstört wird."

Alex tat ihm plötzlich leid, und noch ein anderes Gefühl regte sich in ihm, doch Scott wollte es lieber nicht bestimmen. „Das würde ich ihr niemals wünschen, aber selbst wenn es dazu kommen sollte ... du glaubst doch nicht im Ernst, wir könnten wieder da anfangen, wo wir aufgehört haben? Alex ist nicht mehr das Mädchen, das sie einmal war, sondern Primaballerina. Sie ist ein umjubelter Theaterstar. Und für mich ist die Sache ohnehin aus und vorbei." Scotts Stimme wurde schärfer. „Noch einmal lasse ich mich nicht von einer Frau zum Narren halten."

„Ich war auch einmal verliebt", sagte Wyn leise. „Sechzig Jahre alt bin ich jetzt, und ich habe ihn noch immer nicht vergessen."

„Den Mitgiftjäger?", fragte Scott. Jeder in der Familie wusste von Wyns vereitelter Liebesbeziehung.

„Vater hielt ihn für einen charmanten Gauner."

„War er das denn nicht?", fragte Scott.

Wyn blickte ihn traurig an. „Er war ein mittelloser Abenteurer, das stimmt. Aber ich glaube, dass er mich wirklich geliebt hat."

„Dann hat er es. Du bist eine wunderbare Frau." Scott stand auf und legte seiner Tante die Hand auf die Schulter.

„Er ist jetzt eine bedeutende Persönlichkeit." Wyn lächelte ironisch.

„Davon habe ich nie gehört", sagte Scott überrascht.

Wyn zuckte die Schultern. „Er hat seinen Namen geändert und trägt jetzt einen Bart. Ich habe ihn trotzdem erkannt. Überall würde ich ihn wiedererkennen."

„Und? Wer ist es?", fragte Scott neugierig.

„Lassen wir es dabei. Wahrscheinlich will er sich nicht an mich und meine Familie erinnern. Wir haben ihn verletzt und gedemütigt. Vater hat ihn buchstäblich von der Farm gejagt. Dein Großvater war ein niederträchtiger Mann."

„Ja, Granddad war ein schrecklicher alter Kerl."

Wyn seufzte. „Aber er hat mich geliebt und geglaubt, das Richtige zu tun. Und wer weiß? Vielleicht hatte er ja recht. Bedeutet habe ich dem angeblichen ‚Mitgiftjäger' etwas. Er hat mir nämlich danach noch ein Dutzend Briefe geschrieben. Mom hat sie mir erst nach Vaters Tod gegeben. Da war ich schon fast fünfzig. Kaum zu glauben, was?"

„Mich wundert das nicht, ich erinnere mich an meine Großeltern", meinte Scott zynisch. „Bist du nicht verbittert, Wyn?"

Sie lächelte ihn an. „Nein. Ich hätte mit ihm gehen können. Aber ich hatte nicht den Mut. Vater dachte, er würde verantwortungsbewusst handeln. Wie du weißt, sollte ich Grant McEwan heiraten.

Doch ich bin kurz vorher zur Besinnung gekommen. Ich habe niemals geheiratet."

„Es tut mir leid, Wyn", sagte Scott zärtlich. „Wirklich. Du bist allein. Wie ich."

Das war ein unerwartetes Eingeständnis. „Dann besuchst du Alex im Krankenhaus?", fragte Wyn hoffnungsvoll.

Scott sah plötzlich angespannt aus. „Ich werde nach Sydney fliegen und nach Alex sehen, damit du beruhigt bist. Aber ich werde ihr niemals verzeihen. Anders als du bin ich nämlich völlig verbittert."

2. KAPITEL

*D*ie Empfangsschwester blickte finster auf, dann lächelte sie plötzlich. „Guten Morgen. Was kann ich für Sie tun?" Scott erwiderte das Lächeln flüchtig. Seine Nerven waren zum Zerreißen gespannt. „Ich möchte zu Alexandra Ashton. Orthopädiestation, würde ich meinen."

„Miss Ashton, natürlich. Für die Stations- und Zimmernummer brauche ich den Computer nicht. Seit Miss Ashton bei uns aufgenommen wurde, kommen Besucher in Scharen. So schön und so beliebt. Familie oder Freundeskreis?"

„Familie", erwiderte Scott. Zumindest früher hatte Alex zu ihnen gehört. Und jetzt?

„Sie wird sich bestimmt freuen, Sie zu sehen!", sagte die Frau begeistert. „Station fünf, Zimmer sechzehn. Wissen Sie, wo das ist?"

Einen Moment lang schien es, als wollte sie ihren Arbeitsplatz verlassen. „Danke, ich finde es schon." Scott ging rasch davon.

Das Krankenhaus war groß, doch er fand die Station mühelos. Alle Leute, denen er auf den Fluren begegnete, blickten ihn starr an. Bin ich der Mann vom Mars oder was? dachte er verärgert. Dabei war es doch einfach so, dass er immer und überall auffiel.

Kurz vor Zimmer sechzehn wurde er langsamer. Drei Jahre hatte er Alex nicht gesehen. Vor drei Jahren hatte sie ihn endgültig verlassen und ihr neues Leben begonnen. Der Schmerz war noch immer so stark, als wäre es am Vortag gewesen.

Die beiden Stationsschwestern musterten ihn interessiert. Scott nickte ihnen zu und ging weiter. Vor Zimmer sechzehn blieb er stehen. Die Tür stand offen. Der Raum war voller wunderschöner Blumensträuße und -gestecke. Rosen, Orchideen, Lilien, rosafarbene und weiße Nelken in einem mit weißen Bändern geschmückten Korb, alle verströmten ihren Duft, doch Scott nahm die Blumen kaum wahr. Er sah nur die junge Frau im Bett. Einen Moment lang war die Qual so stark, dass er daran dachte, einfach davonzulaufen.

Was Wyn alles von ihm verlangte! Aber er hatte es auch selbst gewollt. Obwohl er doch wusste, dass es ein Fehler war, hierherzukommen.

Alex blickte zum Fenster, sodass Scott ihr Gesicht nicht sehen konnte. Ihr dichtes lockiges goldbraunes Haar war im Nacken zusammengebunden und hob sich leuchtend gegen das weiße Kopfkissen ab. Sie trug eins ihrer eigenen Nachthemden, ein sehr elegantes mit Schleifen und Spitzen.

Wie dünn sie war! Zu dünn. Wahrscheinlich magersüchtig, dachte Scott. Schlief sie? Er betrat leise das Zimmer.

Alex wandte den Kopf. „Scott!"

Es war unglaublich, aber er wollte sie hochheben und an sich drücken, wie er es früher immer getan hatte. Du Idiot! schalt er sich. Er musste endlich damit fertigwerden. Sie hatte ihn verlassen. „Hallo, Alex", sagte er vorsichtig. „Hoffentlich habe ich dich nicht erschreckt."

„Nein", log sie. In Wirklichkeit war sie schockiert. Gerade hatte sie sich nach ihm gesehnt, und jetzt war er da! Es kam ihr wie ein Wunder vor. „Ich habe nur gerade an dich gedacht. Kaum zu glauben, nicht wahr?" Sie streckte die Hand aus.

Scott presste die Lippen zusammen. Er wollte Alex nicht berühren … es war zu schwer, es nicht zu tun. „Das mit deinem Unfall tut mir leid, Alex", sagte er rau. „Was genau hast du?" Ihre Hand fühlte sich so klein und zerbrechlich an.

„Es ist ein komplizierter Bänderriss." Alex war sich niedergeschlagen bewusst, dass Scott sie nicht hatte anfassen wollen. „Ich muss operiert werden."

„Ich dachte, du hättest es schon hinter dir."

„Nein. Morgen Vormittag um halb zehn. Sie wollten mich zuerst ein bisschen aufbauen."

Scott lächelte verkrampft. „Du siehst wirklich aus, als könnte dich der Wind umwehen."

„Ich muss so leicht wie nur möglich bleiben", erwiderte Alex. „Das gehört mit zum Preis, den eine Tänzerin für den Erfolg zahlt. Ich gebe zu, dass ich erschöpft bin. Eine Tournee macht einen immer fertig. Bitte setz dich." Alex deutete auf einen Stuhl. „Du bist so groß." Scott war so vital und atemberaubend gut aussehend. Seine Persönlichkeit schien den Raum auszufüllen.

Scott stellte den Stuhl näher ans Bett und setzte sich. „Wyn lässt dich grüßen. Sie hat in der Zeitung von deinem Unfall gelesen und mir den Artikel gezeigt. Natürlich hat sie sich sehr aufgeregt."

„Sie hat mich immer geliebt und zu mir gestanden, sogar als ich alles verpfuscht habe."

„Das interessiert niemanden mehr", sagte Scott schneidend. „Wozu alte Geschichten aufrühren?"

„Aber es hat eine Narbe hinterlassen, nicht wahr?"

„So ist das Leben." Er zuckte die Schultern. „Manche Beziehungen verletzen einen eben mehr als andere. Wir haben erkannt, dass es mit uns niemals gut gehen würde, das ist das Wichtigste. Und wie lautet die Prognose?", wechselte er das Thema. „Du machst dir doch bestimmt große Sorgen deswegen."

„Möglicherweise werde ich nie wieder tanzen", erwiderte Alex ruhig. Früher wäre das vielleicht ein vernichtender Schlag gewesen, jetzt nicht mehr.

„Das muss sehr schwer für dich sein", sagte Scott ausdruckslos. Wie früher wollte er sie beschützen, und das verbitterte ihn.

„Mehr weiß ich zurzeit noch nicht." Jetzt war ihr die nervliche Belastung doch anzuhören.

„Wer soll die Operation durchführen? Ein guter Chirurg, hoffentlich?", fragte Scott.

„Der beste." Alex blickte ihn fast flehend an.

Sie hatte eine erschreckende Macht über ihn. „Wie heißt er?", fragte Scott, als ließe ihn Alex' Zauber kalt.

„Ian Tomlinson", erwiderte sie seufzend. „Er ist der beste orthopädische Chirurg des Landes. Ich habe Glück. Er hat sechs Monate in Kanada gearbeitet und ist gerade erst zurückgekommen. Ich solle mir keine allzu großen Hoffnungen machen, auch wenn er sein Bestes für mich tun werde, hat er gesagt."

„Vielleicht wirst du ihm beweisen, dass er sich irrt." Scott fühlte sich genötigt, sie zu trösten. „Hast du starke Schmerzen?" Sie war sehr blass.

„Ich bekomme alle zwei Stunden etwas. So schlimm ist es nicht. Ich habe gelernt, mit Schmerz zu leben."

„Nicht nur du", sagte Scott kurz angebunden. „Wo sind deine Freunde? Oder schicken sie nur Blumen?" Erst jetzt sah er sich im

Zimmer um und betrachtete die wunderschönen und offensichtlich sehr teuren Arrangements. Er konnte sich gerade noch davon abhalten, aufzustehen und die Karten zu lesen.

„Sie schauen vorbei", erklärte Alex. „Ich bin nicht einsam. Ende der Woche zieht die Truppe weiter nach Adelaide."

„Ist dir einer der Besucher besonders wichtig?"

Alex senkte den Blick. Sie wollte nicht, dass Scott sah, wie verletzlich sie war. Er war reifer geworden, was ihn noch attraktiver machte. Anders als früher war seine Miene jedoch jetzt einschüchternd herrisch. „Es gibt keinen Mann in meinem Leben, wenn du das meinst."

„Nimm's mir nicht übel, aber das glaube ich nicht."

„Es stimmt." Alex schaute auf. „Ich arbeite so viel, dass ich für anderes kaum Zeit habe. Ich bin ... war ... sehr ehrgeizig."

„Das brauchst du mir nicht zu sagen." Scott erwiderte starr ihren Blick.

„Und wie geht es dir?", fragte Alex schnell. „Und Wyn? Ich vermisse sie so."

„Gut", erwiderte Scott sarkastisch. „Uns beiden geht es gut. Wyn schreibt noch immer ihre Geschichten. Ihr Verleger kann nicht genug von ihnen bekommen."

Zum ersten Mal lächelte Alex.

Ihr Lächeln war bezaubernd. Alex, die wunderschöne kleine Katze mit den eingezogenen Krallen ...

„Du bist selbstsüchtig!", hatte sie ihn wütend angeschrien. „Alles dreht sich um dich. Dein Traum. Was du willst. Der große Scott McLaren, Herr über eine Million Acres, Besitzer von Main Royal. Mich willst du auch besitzen. Ich soll auf meine Chance verzichten. Aber ich lasse mich nicht unterwerfen. Hast du gehört?"

Oh ja! Alex hatte schon immer Temperament gehabt, doch so bestimmt und entschlossen hatte er sie noch nie erlebt. Er war so verliebt in sie, dass er es nicht erwarten konnte, sie zu heiraten. Und dann musste er feststellen, dass sie Karriere machen wollte, bevor sie heiratete. Er sollte warten und sich mit langen Trennungen abfinden.

Was für ein Narr er gewesen war! Er hatte nicht erkannt, wie ehrgeizig Alex war. Während er glaubte, sie würde ebenso empfinden wie er, schmiedete sie still und heimlich ihre eigenen Zukunftspläne. Frauen waren falsch und missbrauchten Vertrauen. Alex beteuerte, wie sehr sie ihn liebe, aber als es darauf ankam, war ihr die Karriere wichtiger.

Er, Scott, hatte sie nicht im Unklaren gelassen. Sie war auf Main Royal aufgewachsen und wusste daher, dass die Farm vollen Einsatz verlangte. Er konnte Main Royal nicht verlassen. Wenn er es tun würde, müsste er auf sein Erbe verzichten. Alex hatte das immer gewusst, und er glaubte, sie hätte es akzeptiert. Und dann machte sie ihm kurz vor der Verlobung klar, dass sie beides wollte, ihn und das Tanzen. Aber das würde nicht funktionieren. Er wollte alles mit ihr teilen. Alex war für die Verwirklichung seines Traums unerlässlich.

Alex hatte etwas anderes gebraucht. Und er, Scott, hatte es hinnehmen müssen.

„Woran denkst du?", fragte Alex, als das Schweigen zwischen ihnen peinlich wurde.

„Wenn du es unbedingt wissen willst … ich war in Erinnerungen vertieft."

„Nach deinem Gesichtsausdruck zu urteilen, keine angenehmen."

„Nein." Scott sah zur Tür.

Eine stämmige, freundlich lächelnde Schwester kam herein und sprach mit Alex, als wäre diese ein Kind. „Hier, Schätzchen." Die Schwester gab ihr eine Kapsel und eine Tasse Wasser. „Seien Sie ein braves Mädchen und schlucken Sie sie herunter."

Während sie mit Alex redete, musterte die Schwester begeistert Scott. Noch nie hatte sie einen so attraktiven Mann gesehen. Diese Augen! Nicht, dass er und die Patientin wie Turteltauben wirkten. Aber die Luft im Raum schien vor Spannung zu knistern. „Drücken Sie auf den Knopf, wenn Sie mich brauchen", sagte die Schwester zu Alex, bevor sie wieder hinausging.

„Was sollte das denn?", fragte Scott ironisch. „Hält mich die Frau für gefährlich?"

„Wahrscheinlich hat sie die gespannte Atmosphäre zwischen uns gespürt", erwiderte Alex sarkastisch. „Und du wirkst einschüchternd. Noch mehr als früher. Seit du hereingekommen bist, hast du noch nicht einmal freundlich gelächelt."

„Ich kann nicht lächeln, wenn ich weiß, wie schwer verletzt du bist und dass du Schmerzen hast."

„Das ist einer der Gründe, warum ich dich geliebt habe", sagte Alex leise. „Dich lässt das Leid anderer Menschen nicht unberührt. Deshalb mögen dich auch alle auf der Farm."

„Du warst selbst ziemlich beliebt. Früher", erwiderte Scott kühl.

„Ich weiß, dass du mir niemals verzeihen wirst."

„Traurig, aber wahr." Er lehnte sich zurück. „Hören wir jetzt auf damit. Ich bin nicht gekommen, um alte Geschichten wieder aufzuwärmen, sondern weil Wyn und ich uns Sorgen um dich machen. Wir können unmöglich vergessen, was du uns einmal bedeutet hast. Wer kümmert sich um dich, wenn du aus dem Krankenhaus entlassen wirst? Hast du jemanden? Du wirst ungefähr acht Wochen einen Gipsverband tragen, oder?"

„Sechs Wochen, wenn ich Glück habe", sagte Alex.

Scott blickte sie starr an. Sie kam ihm vor wie ein gestrandeter Feuervogel.

„Aber das ist kein Problem. Wyn braucht sich keine Sorgen zu machen."

„Du hast dich nicht verändert." Scott kniff die Augen zusammen. „Dass du das sagst, habe ich erwartet. Und? Was für Leute werden sich um dich kümmern? Freunde? Kollegen?"

In Wirklichkeit war Alex völlig auf sich selbst gestellt. Die Truppe war ja auf Tournee. Und außerhalb der Welt des Balletts hatte sie keine Freunde, weil sie nur für das Tanzen lebte. „Ich kann jemanden kommen lassen", erwiderte Alex. Ihr Stolz ließ nicht zu, dass sie zugab, wie sehr sie sich nach Scott sehnte.

„Vielleicht solltest du daran denken, dass Wyn es für ihre Pflicht hält, dir zu helfen. Deine Eltern haben sie dazu bestimmt, für dich zu sorgen. Dass du davongelaufen bist, ändert für Wyn nichts. Sie ist über unsere Entfremdung noch immer sehr betroffen."

Alex zuckte hilflos die Schultern. „Ich schreibe ihr so oft, wie ich kann."

„Und sie dir. Das ist kein großes Geheimnis. Aber von deinem Sturz hat sie erst aus der Zeitung erfahren."

„Ich habe Wyn nicht angerufen, weil ich sie nicht aufregen wollte. Und ich habe nicht damit gerechnet, dass man in den Zeitungen so ausführlich über meinen Unfall berichten würde."

„Meine liebe Alexandra", sagte Scott trocken, „du bist berühmt."

Sie sah ihn nur an. Offensichtlich war ihr nicht klar, dass sie für Zeitungsleser von Interesse war. „Und Wyn hat dir den Artikel gezeigt?", fragte Alex ein bisschen ungläubig.

„Im Gegensatz zu dir ist sie anscheinend nicht auf den Gedanken gekommen, es würde mich befriedigen, von deinem Unfall zu lesen", erwiderte Scott gereizt.

„So habe ich das nicht gemeint", besänftigte Alex ihn hastig.

„Aber ich weiß doch, dass du jede Verbindung zu mir abbrechen wolltest."

„Entschuldige, Alex, es war ja wohl umgekehrt", sagte er kalt. „Du wolltest Karriere machen. Was hast du denn erwartet? Welcher Mann würde hinnehmen, dass er seine Verlobte nur ein- oder zweimal im Jahr sieht? Bei euch Frauen ist das vielleicht anders. Ihr könnt Gefühle anscheinend nach Belieben an- und ausschalten."

„Ich habe dich geliebt, Scott."

Wut packte ihn, doch er unterdrückte sie schnell. „Du weißt nicht einmal, was Liebe bedeutet. Vielleicht war der Tod deiner Eltern ein solcher Schock für dich, dass du beschlossen hast, niemals wieder jemandem dein Herz zu schenken. Wenn man nicht liebt, kann man nicht verletzt werden. Es ist leichter, sich lieben zu lassen und selbst nicht zu lieben."

Alex schaute zum Fenster. In den Jahren, seit sie sich getrennt hatten, war ihr immer stärker bewusst geworden, was sie verloren hatte. Sie erinnerte sich an jede Minute, die Scott und sie zusammen verbracht hatten. Besonders oft dachte sie daran, wie er sie zum ersten Mal geküsst hatte ...

Wyn hatte einen Ball gegeben, als sie, Alex, siebzehn wurde. Aus dem ganzen Land waren die Gäste gekommen: „Nachbarn" – was im Outback bedeutete, dass sie fünfzig oder mehr Meilen entfernt wohnten, Freunde aus den Städten, der gesamte McLaren-Clan und Scotts schöne Mutter Stephanie.

Es war ein märchenhafter Abend. Ein Triumph für sie, Alex. In einem schimmernden Kleid aus topasfarbenem Seidentaft war sie die Ballkönigin. Viele gut aussehende junge Männer waren an jenem Abend auf Main Royal, doch keiner interessierte sie. Bis zu diesem Fest hatte sie Scott noch nie im Smoking gesehen, und jetzt sah sie ihn die ganze Zeit wie gebannt an. Als sie nach Main Royal gekommen war, hatte Scott sie vom ersten Tag an wie eine zärtlich geliebte kleine Cousine behandelt. Er war so freundlich, verständlich und nachsichtig gewesen. Nur selten hatte er Härte gezeigt, wenn sie, Alex, die Grenzen überschritten hatte, die er ihr gesetzt hatte, damit ihr nichts passierte. Insgeheim hatte es ihr Spaß gemacht, seine Geduld bis zum Äußersten zu strapazieren.

Wie immer war Scott auch an jenem Abend von Frauen umgeben, die ihn anhimmelten und sehnsüchtig darauf warteten, dass er sie einmal beachtete. Er war ein Traum von einem Mann! Manche Frauen aus der Polo-Clique gaben offen zu, dass sie nur einen reichen Liebhaber wollten. Scott McLaren sah auch noch gut aus und war intelligent und gebildet. Er war allen Männern haushoch überlegen.

Während sie ihn und seine hübschen, eifrigen Verehrerinnen beobachtete, wurde sie plötzlich von ganz neuen, qualvollen Gefühlen überwältigt. Und nur deshalb tat sie etwas, das überhaupt nicht zu ihr passte. Sie begann mit jedem ihrer Tanzpartner schändlich zu flirten. Irgendwann stand Scott dann unvermittelt neben ihr. Es war offensichtlich, dass ihm ihr Benehmen nicht gefiel. Er blickte auf ihren Partner hinunter, lächelte kühl und zog sie einfach in die Arme.

„Habe ich dir schon gesagt, wie schön du heute Abend bist?", fragte Scott, während sie zusammen tanzten.

Seine Stimme klang seltsam rau. So hatte er noch nie mit ihr, Alex, gesprochen, und sie wurde ganz zittrig und atemlos. „Nein. Du hast mir noch nie ein Kompliment gemacht", erwiderte sie und überspielte ihre Verwirrung mit einem strahlenden Lächeln.

„Jetzt, da du erwachsen wirst, muss ich vielleicht damit anfangen", sagte Scott spöttisch. „Nur eins, Alex, brich heute Abend nicht zu viele Herzen. Die meisten jungen Männer hier kennst du schon seit deiner Kindheit. Sie sind Freunde. Ich will nicht, dass sie dich mit völlig anderen Augen sehen."

„Und was ist mit dir?" Sie konnte kaum glauben, dass sie das gesagt hatte, aber diese gefährlich neuen Empfindungen brachten sie völlig aus dem Gleichgewicht.

„Mit mir darfst du keine Spiele treiben, erinnerst du dich?" Er war für sie unerreichbar. Das wollte er ihr damit sagen.

Danach sah sie keinen Grund mehr, sich zu benehmen. Sie flirtete hemmungslos, und irgendwann nach Mitternacht nahm Scott sie an die Hand und führte sie nach draußen in eine ruhige Ecke, wo niemand sie belauschen konnte.

Der Himmel sah aus wie schwarzer Samt, und die Sterne funkelten wie Diamanten. Nur über der Wüste konnte das Sternenlicht so leuchten.

„Um Himmels willen, Alex. Was soll das?" Scott packte sie an den Armen.

Sie wollte, dass er sie beachtete. Aber das sagte sie nicht. „Ich habe wirklich keine Ahnung, was du meinst", erwiderte sie stattdessen.

Er ließ sich weder täuschen noch abspeisen. „Das glaubst du doch selbst nicht! Ich versuche nur, dich zu beschützen. Dies ist dein Ball, und meinetwegen kannst du glänzen, so viel du willst. Aber offensichtlich hast du eine mörderische Wirkung auf die Männer. Ein süßes siebzehnjähriges Mädchen ist plötzlich eine Verführerin. Wie geht das nur?"

„Das ist einfach", spottete sie. „Gestern war ich ein Kind. Heute Abend bin ich eine Frau."

„Du bist keine Frau. Noch nicht."

Das schmerzte! „Alle Männer auf dem Ball halten mich dafür. Alle außer dir!"

Scott zog sie an sich. Er tat ihr ein bisschen weh, obwohl er es bestimmt nicht wollte. „Heute Abend kann dir jeder das Gefühl geben, eine Frau zu sein, Alex. Ich werde es dir beweisen."

Als er sie küsste, schien es ihr, als würden die Sterne vom Himmel fallen und wie brennende Blumen überall um sie her auf der Erde landen. Sein Kuss erfüllte sie mit einem Sehnen, das fast Verzweiflung war. Wie töricht sie gewesen war, Scott herauszufordern! Sogar er hatte Mühe, die Leidenschaft einzudämmen, mit der sie beide nicht gerechnet hatten.

Sie wurde von einer Flut von Empfindungen hingerissen. Es war ein Schock. Scott und sie waren doch wie Cousin und Cousine! Sie liebte ihn, seit sie als unglückliches zehnjähriges Mädchen nach Main Royal gekommen war und er sie in die Arme genommen hatte. Er war ihr Held. Aber niemals hätte sie für möglich gehalten, dass sie sich wahnsinnig in ihn verlieben könnte.

Nach diesem ersten Kuss hatte sie ihn so sehr begehrt, dass es wehgetan hatte. Sie hatte darüber gelacht und deswegen geweint und versucht, damit zu leben.

„Ich bin nicht der Einzige, der sich in Erinnerungen verliert."

Scotts Stimme brachte Alex zurück in die Gegenwart. „Ich denke oft an dich", sagte sie traurig, obwohl sie wusste, dass er es nicht hören wollte.

„Ich hoffe, dass du dabei weinst", erwiderte er leise.

Wie verbittert er aussah! „Vielleicht tue ich das." Alex lächelte gequält. „Ich bin nicht ohne Strafe davongekommen. Danke für deinen Besuch, Scott. Danke, dass es dir nicht gleichgültig ist."

Sofort wurde seine Miene ausdruckslos. „Ich müsste ja völlig gefühllos sein, wenn mich dein Unfall nicht berühren würde. Und Wyn hat sich sehr aufgeregt, als sie es in der Zeitung gelesen hat."

„Bist du selbst geflogen?", fragte Alex nach kurzem Schweigen.

„Natürlich", erwiderte Scott. Er steuerte sowohl sein Privatflugzeug als auch seinen Hubschrauber selbst.

„Hattest du denn überhaupt Zeit, hierherzukommen?" Alex wusste, wie hart Scott arbeitete.

Er zuckte die Schultern. „Wyn war in einem Zustand, der an Hysterie grenzte. Sie liebt dich von ganzem Herzen. Für sie wirst du immer zur Familie gehören. Es ist Wyns sehnlichster Wunsch, dass du dich auf Main Royal erholst. Das soll ich dir ausrichten."

Alex war einen Moment lang sprachlos. Wundervolle Wyn! dachte sie. „Aber du willst mich dort nicht haben."

„Meine liebe Alex, mir ist es gleich, ob du kommst oder nicht", sagte Scott vernichtend. „Ich arbeite von morgens bis abends, und die wenigen Stunden, die ich im Haus verbringe, werden wir uns ja wohl vertragen können. Außerdem muss ich nächsten Monat geschäftlich nach Japan. Ach, ich soll dich von Ella grüßen, fällt mir gerade ein." Die Haushälterin war der jungen Alex eine gute Freundin gewesen. „Ella würde nichts lieber tun, als dich zu verwöhnen."

Alex spürte, was in Scott vorging. Sie tat ihm leid, aber er wollte sie nicht in seiner Nähe haben. Die Leidenschaft zwischen ihnen war so stark gewesen, dass sie wieder aufflammen könnte. Alex blickte hinunter auf ihre Hände. Manchmal fiel sogar ihr selbst auf, dass jede ihrer Gebärden tänzerisch war. Allein, wie sie jetzt ihre Hände hielt! Schnell sah sie auf. Scott lächelte ironisch. Ihm war es auch aufgefallen. „Ich bin Wyn und Ella sehr dankbar, dass sie mich gern bei sich haben wollen. Aber wir beide wissen, dass es nicht funktionieren würde. Zwischen uns ist zu viel passiert."

„Vielleicht machst du dir etwas vor", sagte Scott. „Das Leben geht weiter. Ich bestreite nicht, dass mir deine Zurückweisung damals wehgetan hat, aber du bist ersetzt worden."

„Natürlich", erwiderte Alex. „Du konntest ja aus Hunderten auswählen."

Scott lächelte kühl. „Valerie Freeman. Du erinnerst dich an sie?"

„Die große Blondine?" Alex wusste noch, dass Valerie zur Polo-Clique gehörte und einen unbeschreiblich reichen Vater hatte.

„Ich kann nicht genug von ihr bekommen", gestand Scott. „Was ist mit dir? Du behauptest zwar, es gebe keinen Mann in deinem Leben, aber das glaube ich einfach nicht. Ich weiß schließlich, was du mit Männern machst."

„Ich bin solo", sagte Alex betont locker. Scott sollte nicht merken, wie sehr er sie verletzte. Er war der Einzige, der ihr jemals etwas bedeutet hatte.

„Und wie war das mit dem Kerl, der ein bisschen wie Baryschnikow aussieht? Chemie auf und hinter der Bühne, stimmt's? Ich lese gelegentlich die Zeitungsausschnitte, die Wyn sammelt."

„Alles PR", erwiderte Alex. Wozu erwähnen, dass der unwiderstehliche Victor homosexuell war?

Scott schien ihr nicht zu glauben. Er ging nicht auf ihre Antwort ein, sondern wechselte einfach das Thema. „Ich bleibe morgen hier, bis du operiert bist."

„Das brauchst du nicht." Alex wollte ihren Stolz behalten.

„Mein Entschluss steht fest. Und wenn du aus dem Krankenhaus entlassen wirst, hole ich dich ab und fliege dich zur Farm. Du kannst uns ja schon vorher Bescheid sagen, welche Behandlung nötig ist, wenn der Gips entfernt wird. Wir haben den Swimmingpool und können dir einen Physiotherapeuten besorgen, der bei uns wohnt."

Es war wie früher. Scott hatte immer alles bestimmt. „Danke", sagte Alex angespannt, „aber ich kann dein großzügiges Angebot nicht annehmen. Ich habe wirklich Freunde, die sich um mich kümmern, und mein Hausarzt hat seine Praxis in der Straße, in der ich wohne. Einen Physiotherapeuten nach Main Royal kommen zu lassen würde sehr viel kosten."

„Ich bin in der Lage, dich mit allem zu versorgen, was du willst", sagte Scott schroff.

Natürlich! Die McLarens waren so reich, dass sie niemals über Geld sprachen. Scott konnte ihr alle materiellen Dinge geben, aber die alten Zeiten waren lange vorbei. Vielleicht hatte sie ihm nicht das Herz gebrochen, doch zweifellos hatte sie seinen Stolz verletzt. Und Scott McLaren war ein stolzer Mann. „Ich überlege es mir", erwiderte Alex. Sie sehnte sich danach, auf die Farm zurückzukehren. Andererseits war sie sich sehr wohl bewusst, dass Scott hier war, weil Wyn ihn unter Druck gesetzt hatte. Scott war so abweisend. Würde sie das ertragen? Außerdem war sie noch immer eifersüchtig, nur dass sie jetzt kein Recht mehr dazu hatte. Wie sollte sie damit fertigwerden, Valerie Freeman direkt vor der Nase zu haben?

„Meinst du nicht, du schuldest es Wyn?", fragte Scott vorwurfsvoll.

„Vielleicht könnte ich kurz zu Besuch kommen, wenn ich den Gips los bin."

„Mehr kannst du dann möglicherweise ohnehin nicht anfangen", sagte Scott schonungslos offen. „Du solltest in den nächsten Wochen bei Menschen sein, die dich gern haben."

„Ich habe mich damit abgefunden, dass ich vielleicht nie wieder tanzen werde", sagte Alex, aber es klang verzweifelt.

„Tanzen ist immer dein Lebensziel gewesen."

Das stimmte, doch Scott hatte sie niemals wirklich verstanden. Sie hatte beweisen wollen, dass sie ihm ebenbürtig war. Rückblickend wurde ihr klar, dass das ihr wahres Ziel gewesen war. Sieben Jahre älter als sie und Besitzer einer großen Farm mit unbeschränkter Macht in seinem Reich, sah Scott ihren Wunsch, auf eigenen Füßen zu stehen, völlig falsch. Scott glaubte, sie würde ihn zurückweisen. Er war wahnsinnig in sie verliebt und besessen davon, sie ständig in seiner Nähe zu haben. Obwohl er es niemals zugeben würde, fürchtete er sich davor, sie zu verlieren. Der mutige, verwegene Scott McLaren und Angst?

Erst später erkannte Alex den Grund für diese Ängste. Seine Mutter hatte ihn im Stich gelassen und das Andenken seines geliebten Vaters beleidigt, indem sie wieder heiratete. Scott hatte sich davor gefürchtet, noch einmal von einer Frau enttäuscht zu werden. Als sie, Alex, gegangen war, hatte sich Scott von ihr ebenso verraten gefühlt wie von Stephanie.

Während sie über all das nachdachte, zog Alex unbewusst an dem Band, mit dem sie ihr Haar zurückgebunden hatte. Jetzt fiel es ihr wie ein leuchtender Seidenschleier über die Schultern. Wie alle klassischen Tänzerinnen musste sie ihr Haar lang tragen. Inzwischen reichte es ihr fast bis zur Taille.

„Du bist unglaublich schön", stellte Scott sachlich fest. „Einfach bezaubernd."

Alex musste daran denken, wie er früher die Hand liebkosend durch ihr langes Haar hatte gleiten lassen. Sie war froh, von der Stationsschwester abgelenkt zu werden, die an der Tür stehen blieb, Scott bewundernd anlächelte und dann zu ihr sagte: „Mr. Tomlinson ist im Haus, meine Liebe. Er wird in Kürze hier sein. Ihr Anästhesist, Dr. Brownley, möchte auch mit Ihnen sprechen."

Sofort stand Scott auf.

Alex legte sich zurück und blickte zu ihm auf. Er war einen Meter siebenundachzig groß und wirkte noch eindrucksvoller, weil er so männlich und dynamisch war. „Danke, dass du gekommen bist", sagte sie. Plötzlich fing sie an zu weinen. Sie hatte Schmerzen, fühlte sich schwach und war viel zu verletzlich.

Sein Gesichtsausdruck veränderte sich. „Du schaffst es, weil du Mumm hast, Alex. Ich weiß es. Du wirst wieder tanzen." Scott beugte sich zu ihr hinunter und küsste sie flüchtig auf die Wange. „Wir sehen uns nach der Operation, wenn du wieder bei Bewusstsein bist."

„Scott …", begann Alex. Was wollte sie zu ihm sagen? Dass sie ihn liebte? Ihn immer geliebt hatte und sich wünschte, sie könnte die Zeit zurückdrehen? Eine solche Freude wie mit ihm zusammen hatte sie in der Welt des Balletts niemals erfahren.

Trotz der vielen Tabletten, die sie bekam, schien ihr ganzer Körper vor Schmerzen zu pochen. Sie fühlte sich nicht nur körperlich, sondern auch psychisch erschöpft. Und Scotts Besuch hatte sie erkennen lassen, was wahre Liebe war. Niemals würde es ihr gelingen, sich von Scott zu lösen. Sie hatte keine andere ernsthafte Beziehung eingehen können, seit sie sich von ihm getrennt hatte. Das wollte sie ihm sagen. Sie wollte ihn anflehen zu bleiben.

„Scott …", flüsterte Alex.

Er sah ihr an, wie sehr sie litt, verstand ihre Qual jedoch falsch. „Ist schon gut." Er beugte sich wieder über sie und strich ihr das Haar zurück. „Du bist in guten Händen. Dein Arzt wird bald bei dir sein. Du bist schon immer tapfer gewesen und wirst es schaffen. Ich komme morgen wieder."

Oh ja, bitte! dachte Alex, als Scott hinausging. Er war so stark. Bei ihm hatte sie sich immer sicher und geborgen gefühlt.

Nur dass er nicht mehr ihr Scott war, wie ihr verzweifelt bewusst wurde.

3. KAPITEL

ls Scott zurück in sein Hotelzimmer kam, blinkte eine rote Lampe an der Nachttischkonsole. Jemand hatte eine Nachricht für ihn hinterlassen. Wahrscheinlich Wyn, dachte er. Sie machte sich solche Sorgen, dass sie wohl nicht hatte abwarten können, bis er sich meldete. Was sollte er ihr sagen? Er war keineswegs sicher, dass Alex sein Angebot annehmen würde. Sie hatte auch ihren Stolz, und ihr war sehr wohl klar, dass er sie nicht auf Main Royal haben wollte. Wenn sie zurückkehrte, würde das nur die alten Gefühle wieder aufrühren.

Alex, der Feuervogel, bedeutete Probleme. Frauenzauber, würde Abe es nennen. Es war wundervoll mit ihr gewesen, doch letzten Endes hatte sie ihm, Scott, das Leben schwer gemacht. Das sollte er besser nicht vergessen. Er setzte sich auf die Bettkante, rief die Rezeption an und erfuhr, dass die Nachricht von Valerie war, die sich im Haus ihres Onkels in Sydney aufhielt. Seltsamerweise war Scott nicht allzu begeistert. Die Nachricht war kurz: „Rufst du mich an?" Woher wusste Valerie überhaupt, dass er in Sydney war und im *Hyatt on the Park* wohnte? Sie musste mit Wyn telefoniert haben. Ob seine Tante Valerie auch gesagt hatte, warum er hier war? Wahrscheinlich nicht. Valerie lag ebenso viel wie ihm daran, Alex in die Vergangenheit zu verbannen.

Nachdem Scott mit Verwandten, Freunden und zwei Geschäftspartnern telefoniert hatte, rief er Valerie an und schlug vor, dass sie im *Pierre's* zu Abend aßen, weil er wusste, dass sie es erwartete. Sie war sehr attraktiv, und es war nett, mit ihr zusammen zu sein. Normalerweise freute er sich, von ihr zu hören, also wo lag das Problem?

Er dachte immer wieder daran, wie blass und ängstlich Alex in dem Krankenhausbett ausgesehen hatte. Vor drei Jahren war sie vor ihm davongelaufen, doch sie hatten die Zeit wie drei Minuten überbrückt.

Als Scott um halb acht Valerie abholen kam, war die ganze Familie im Wohnzimmer versammelt. Valeries Tante und Onkel, Valerie und ihre Cousine Zara lächelten Scott beunruhigend erwartungsvoll an. Alle machten ihm eindrucksvoll klar, dass sie große Hoffnungen auf diese Beziehung setzten. Warum auch nicht? Er hatte keine andere Freundin und war dreißig Jahre alt. Es war höchste Zeit, dass er heiratete. Main Royal brauchte einen Erben. Und er wollte gern Kinder. Alex und er hatten drei geplant. Auch ein Traum, den sie zerstört hatte.

Die anderen Gäste im Restaurant drehten sich nach ihnen um, während Scott und Valerie zu ihrem Tisch gingen. Valerie trug ein schwarzes Seidenkleid, das ihre langen Beine vorteilhaft zur Geltung brachte. Das aschblonde Haar fiel ihr glatt und glänzend auf die Schultern. Sie war groß, verzichtete jedoch nicht auf hochhackige Pumps und reichte Scott fast bis zum Kinn. Keine flachen Schuhe für die selbstbewusste Valerie. Aber er wusste, wie sehr sie es genoss, dass er sie überragte. Warum musste er ausgerechnet jetzt daran denken, wie Alex sich an seine Brust geschmiegt hatte?

Alex! Er hätte wissen sollen, dass allein ihr Anblick die alte Qual aufrühren würde. Es war vorbei, dieses andere Leben. Er hatte einen neuen Anfang gemacht. Trotzdem hatte er sich noch immer nicht dazu durchringen können, sich mit Valerie zu verloben. Es war ihr gegenüber unfair, doch er hatte sie niemals belogen oder ihr irgendetwas versprochen. Sie hatte das Tempo angegeben, doch wenn die Beziehung noch viel weiter ging, dann musste er die volle Verantwortung übernehmen. Er durfte Valerie nicht nur benutzen. Das wäre zu erbärmlich. Diese Sache mit Alex musste endlich ein Ende haben. Sie bedrohte seine Pläne. Er wusste, wie willensstark sie war. Sie würde wieder gesund werden und in ihren Beruf zurückkehren. Daran musste er denken.

Valerie war sich des Aufsehens bewusst, das Scott und sie erregten. Jede Frau im Restaurant beneidete sie! Scott McLaren war nicht nur beeindruckend groß und sah sehr gut aus, er strahlte auch Vornehmheit und Autorität aus. Mächtige Männer hatten einfach etwas Besonderes. Sie, Valerie, mochte solche, die nicht nur reich, sondern echte Erfolgstypen waren. Und sie sah ihre Aufgabe darin, sich einen von denen zu angeln. Sie hatte sich viel Mühe mit Scott gegeben und hoffte noch immer, dass er die charismatische Alexandra Ashton irgendwann vergessen würde.

Sie hatte Alexandra schon oft tanzen sehen. Und obwohl sie die junge Frau als ihre Feindin betrachtete, war sie von ihrer Anmut und Schönheit angetan. Wie hatte ein so ätherisches Geschöpf nur auf einer Viehfarm im Outback leben können?

Über Alexandras schlimmen Sturz war nicht nur in den Zeitungen, sondern auch im Fernsehen berichtet worden. Diese neue Entwicklung machte Valerie Sorgen. Könnte der Unfall ihre Pläne durchkreuzen? Schon den ganzen Tag fragte sie sich, warum Scott nach Sydney gekommen war. Sie hoffte inbrünstig, dass er geschäftlich hier war und nicht, um Alexandra Ashton zu besuchen. Edwina hatte ihr rein gar nichts gesagt. Das war nicht anders zu erwarten gewesen. Sie wusste sehr gut, was Edwina McLaren von ihr hielt.

Bei einem trockenen Martini riskierte Valerie eine direkte Frage. Sie war eine sehr selbstbewusste Frau, doch Scott verunsicherte sie. Nie wusste sie genau, woran sie bei ihm war. Er war so verdammt ausweichend. Aber unglaublich sexy! Sie bekam schon weiche Knie, wenn sie nur seine Stimme am Telefon hörte. „Warum bist du in Sydney? Und erzähl mir jetzt nicht, dass du mich sehen wolltest." Sie lächelte ihn herausfordernd an.

Scott lachte und streichelte Valeries Hand. „Ich will dich immer sehen, Val, aber diesmal erledige ich etwas für Wyn."

„Es muss wichtig sein, wenn du deswegen die Farm verlässt", sagte Valerie beunruhigt.

Er wich ihrem Blick aus. „Du hast sicher in der Zeitung gelesen, dass Alex einen Unfall hatte. Sie ist im Krankenhaus und muss operiert werden."

Alex. Oh nein! „Ja, ich weiß. Damit ist sie sogar in die Fernsehnachrichten gekommen", sagte Valerie unwillkürlich scharf.

„Sie ist einer der Stars des Australischen Balletts." Scott schaute wieder Valerie an.

Bildete sie sich das nun ein, oder war sein Blick ein bisschen frostig? Scott konnte sehr empfindlich sein, wenn es um die Familie ging. Und für ihn gehörte Alexandra dazu. Sie, Valerie, hatte gerade gedacht, sie wären das kleine Miststück los, und jetzt tauchte es plötzlich wieder auf.

„Natürlich. Und sie ist so begabt", sagte Valerie gespielt teilnahmsvoll. „Wyn muss ja völlig verstört sein. Sie hat doch so ein weiches Herz." Nicht für mich, dachte Valerie. Die vornehme Edwina scheute sich nicht einmal zu intrigieren. „Dann bist du den weiten Weg hierhergeflogen, nur um Alex im Krankenhaus zu besuchen?"

Scott zuckte die Schultern. „Was hättest du denn vorgeschlagen?" Er sprach ruhig und gelassen, doch irgendetwas an seinem Benehmen warnte Valerie. „Und wie geht es Alexandra?", fragte sie beflissen. „Ihre Karriere könnte in Gefahr sein. Davor muss sie doch schreckliche Angst haben."

„Hat sie bestimmt, aber sie nimmt sich zusammen. Es ist nicht der erste schlimme Schicksalsschlag, der sie getroffen hat."

„Noch immer so fürsorglich, Scott?" Valerie war so eifersüchtig, dass ihr die spöttische Bemerkung herausrutschte.

„Ich kann nicht vergessen, dass Alex lange zu meinem Leben gehörte, Val." Er sah hinreißend schwermütig aus.

Aber nicht ihretwegen. „Es tut mir leid, Darling." Sie legte die Hand auf seine. „Du kannst mir nicht verübeln, dass ich besorgt bin. Ich weiß schließlich, was Alex angerichtet hat. Solche Frauen sind sehr gefährlich."

„Ach, tatsächlich!" Scott verzog den Mund.

Das war nicht die Reaktion, die sich Valerie gewünscht hatte. „Wenn Alex das Tanzen aufgeben muss, kann sie ja immer noch einen ihrer vielen Verehrer heiraten. Über einen ihrer Partner hat es viel Gerede gegeben. Victor Dreyer. Ein sehr gut aussehender Mann."

„Ich habe den Klatsch wirklich nicht beachtet." Scott zuckte die Schultern. „Alex wirkt zwar zerbrechlich, aber sie ist durch das jahrelange Training sehr fit. Und sie ist ehrgeizig und entschlossen. Wenn es menschenmöglich ist, wird sie in ihren Beruf zurückkehren."

„Das hoffe ich!", erwiderte Valerie aufrichtig. „Es wäre eine Tragödie, wenn eine so gute Tänzerin ihre Karriere beenden müsste. Wann wird sie operiert?"

„Morgen Vormittag. Ich möchte dort sein und sehen, wie die Operation verläuft."

„Natürlich", sagte Valerie verbittert. „Mich wundert, dass Wyn nicht mit dir geflogen ist. Ich weiß ja, wie sehr sie ihre Patentochter liebt."

„Es reicht, wenn einer von uns hier ist." Scott zuckte wieder die Schultern. „Wyn will, dass sich Alex auf Main Royal erholt."

„Was?" Valerie schrie fast.

„He, wo liegt das Problem?", fragte Scott spöttisch. „Ich bin auch nicht sonderlich begeistert, Val. Aber Wyn ist sehr beunruhigt, und trotz allem möchte ich, dass Alex gut betreut wird."

„Aber sie hat doch zweifellos Freunde? Viele Menschen würden sich doch sicher gern um sie kümmern. Du liebe Güte, sie ist berühmt! Ich kenne selbst Leute, die es für einen großartigen Coup halten würden, wenn sich Alexandra Ashton in ihrem Haus erholen würde."

„Sie braucht jemanden, der sie wirklich gern hat", erklärte Scott geduldig. „Wie Wyn."

„Deine Tante hat mir kein Wort davon gesagt." *Das verschlagene alte Miststück!*

Scott blickte Valerie einen Moment lang aufmerksam an. „Wahrscheinlich hat sie nicht daran gedacht."

„Und sie ist einverstanden?", fragte Valerie besorgt.

„Alex?" Scott wollte nicht länger mit Valerie über Alex sprechen.

„Über sie reden wir ja wohl gerade!", sagte Valerie. „Ich will sie nicht wieder in unserem Leben haben. Sie verursacht nur Ärger."

„Zufällig denke ich das auch." Er warf Valerie einen gereizten Blick zu. „Aber es sieht aus, als würde es dazu kommen."

„Dann müssen wir eben das Beste daraus machen." Valerie tat so, als würde sie es akzeptieren, und lächelte sogar freundlich. Die Anstrengung brachte sie fast um. „Ich bin um dich besorgt. Wenn Alex ihren Beruf aufgeben muss, wird sie sich sofort wieder dir zuwenden."

Scott gab dem Ober ein Zeichen. „Ich glaube nicht. Alex weiß, dass es dafür drei Jahre zu spät ist."

„Und da bin ich", sagte Valerie.

„Ja." Scott ließ den Blick flüchtig über ihr Gesicht und ihre Brüste gleiten.

Valerie erschauerte erregt. Scott McLaren war ihr Traummann. Wenn die liebe kleine Alex meinte, sich zwischen ihn und sie, Valerie, drängen zu können, dann irrte sie sich gründlich. Irgendwie musste sie verhindern, dass Alexandra Ashton nach Main Royal zurückkehrte.

Scott war rechtzeitig im Krankenhaus und konnte kurz mit Alex' Chirurgen sprechen. Er bestätigte, was sie gesagt hatte: Es war ungewiss, ob sie jemals wieder würde tanzen können. Der Körper von Tänzern und Sportlern wurde übermäßig beansprucht, und besonders Alex' Knie mussten starke Belastungen aushalten. Wenn die Operation erfolgreich verliefe, würde Alex wieder normal laufen können. Was das Tanzen betraf, musste man abwarten.

Sie war länger im Operationssaal, als Scott gedacht hatte, und unwillkürlich bekam er Angst. Noch keinen einzigen Tag seines Lebens hatte er im Krankenhaus verbracht, nicht einmal bei seiner Geburt. Er war auf Main Royal zur Welt gekommen.

Als Alex aus der Narkose erwachte, durfte Scott kurz zu ihr. Sie erkannte ihn sofort.

„Scott!"

Ihr blasses Gesicht rührte ihn, und er war froh, dass er gekommen war. Er beugte sich über sie. „Du wirst wieder gesund. Ich habe schon kurz mit Dr. Tomlinson gesprochen. Er ist mit dem Verlauf der Operation sehr zufrieden."

„Wann sehe ich dich wieder?", flüsterte Alex.

„Bald", versprach Scott. „Ich hole dich ab, wenn du entlassen wirst."

Dazu sollte es nicht kommen. Zwei Tage bevor Alex mit Scott nach Main Royal fliegen wollte, hatte sie im Krankenhaus Besuch. Sie lag im Bett und versuchte, sich für ein neues Taschenbuch zu interessieren, als eine große, elegante Blondine in einem schicken chromgelben Kostüm ins Zimmer rauschte. Sie trug einen Strauß langstieliger rosafarbener Rosen. Es waren mindestens zwei Dutzend.

„Alex, erinnern Sie sich an mich? Valerie Freeman. Ich bin Scotts Freundin."

Sofort legte Alex das Buch beiseite. Sie erwiderte das Lächeln der anderen Frau und hatte dabei das seltsame Gefühl, dass Valerie Freeman sie hasste. Aber das war lächerlich. Sie kannten sich ja kaum. „Natürlich erinnere ich mich", sagte Alex. „Wie nett von Ihnen, mich zu besuchen. Und die Rosen! Sie sind wunderschön."

„Ich wusste, sie würden Ihnen gefallen", erwiderte Valerie lässig und legte den Strauß auf einen Schrank. Sie betrachtete flüchtig die vielen anderen Blumenarrangements. „Eulen nach Athen tragen. Aber dass jemand wie Sie Verehrer hat, ist ja klar."

Alex fand es sonderbar, wie Valerie das sagte, und deshalb ging sie überhaupt nicht darauf ein. „Woher wissen Sie, dass ich in diesem Krankenhaus liege? Bitte setzen Sie sich. Ich rufe eine Schwester, damit sie die Rosen ins Wasser stellt. Alle hier sind sehr nett zu mir."

„Das überrascht mich nicht." Valerie lachte. „Sie sehen aus, als gehörten Sie auf die Kinderstation." In Wirklichkeit war sie schockiert und wütend darüber, wie schön die andere Frau war. Alexandra Ashton war ungeschminkt, trug das lange Haar zurückgebunden und hatte ein Gipsbein, aber sie sah wundervoll aus.

Eine junge Krankenschwester kam ins Zimmer. „Sagen Sie nichts, Alex", rief sie fröhlich. „Noch mehr Blumen! Mir schickt niemand welche. So beliebt wie Sie möchte ich auch mal sein."

„Aber mit einem Gipsverband hier liegen, das wollen Sie nicht, stimmt's?", neckte Alex sie.

Die Schwester wurde ernst. „Seien Sie unbesorgt, Sie werden wieder tanzen und Ihr Publikum verzaubern." Sie nahm den Rosenstrauß und ging hinaus.

„Das meine ich auch." Valerie setzte sich, schlug die Beine übereinander und bewunderte sie. „Ich habe Sie schon oft auf der Bühne gesehen. Nicht mit Scott, muss ich leider sagen. Er verabscheut das Ballett. Seine Welt ist Main Royal."

„Ich glaube nicht, dass er es verabscheut", widersprach Alex. „Er verwünscht es eher."

„Weil es Sie und ihn auseinandergebracht hat, meinen Sie?", fragte Valerie fast aggressiv.

„Das ist schon eine ganze Weile her", sagte Alex betont gelassen. „Stimmt."

„Woher wissen Sie denn nun, dass ich hier bin?"

„Von Scott, natürlich." Valerie runzelte die Stirn, als wäre die Frage seltsam. „Er erzählt mir alles. Ich habe neulich mit ihm zu Abend gegessen. Das muss ein oder zwei Tage nach Ihrem Unfall gewesen sein. Ich wohne seit zwei Wochen bei meinem Onkel, und Scott hatte versprochen, zu mir nach Sydney zu kommen. Wie günstig für Sie, dass er sowieso hier war und Sie im Krankenhaus besuchen konnte."

„Ja", sagte Alex leise. Dass Scott nur bei ihr gewesen war, weil er sich gerade in der Stadt aufgehalten hatte, deprimierte sie. „Und was machen Sie zurzeit?"

„Oh, ich habe keinen Beruf. Ich bin nicht so eine kleine Karrierefrau wie Sie. Dad freut sich, wenn ich zu Hause bin. Er verdient ja genug für uns alle. Langeweile habe ich nie. Es ist ein Vollzeitjob, ein angenehmes Leben zu führen, und dann ist da natürlich Scott."

„Ja?" Alex zog die Augenbrauen hoch. Lass sie es sagen, dachte sie.

Valerie lachte. „Sie sind doch mit Wyn in Kontakt geblieben, oder? Also müssen Sie wissen, dass Scott und ich eine ernsthafte Beziehung haben."

Sie hatte es von Valerie hören wollen, doch es tat weh. „Alle Frauen träumen von einem Mann wie Scott. Ich wünsche Ihnen Glück."

„Das ist wirklich nett von Ihnen, Alex. Danke. Leicht war es bestimmt nicht, Scott aufzugeben. Selbst für eine glänzende Karriere nicht."

„Nein."

„Natürlich hätten Sie nie wieder etwas von Scott gehört, wenn Wyn nicht wäre."

„Höchstwahrscheinlich. Scott ist kein besonders verzeihender Mensch."

„Oh, ich weiß!" Valerie zuckte die Schultern. „Er hat mir erzählt, wie sehr sich Wyn wünscht, dass Sie sich auf Main Royal erholen. Wir beide wissen, dass er Wyn liebt. Er möchte sie glücklich machen, aber er war entsetzt. Ich lasse die Katze ja nicht aus dem Sack, wenn ich sage, dass er auf Sie nicht gut zu sprechen ist. Das Herz haben

Sie ihm nicht gebrochen, wie ich bezeugen kann, doch zweifellos haben Sie seinen Stolz verletzt. Scott ist ein sehr stolzer Mann, und Zurückweisung ist er nicht gewöhnt."

„‚Zurückweisung' ist das falsche Wort." Das Gespräch mit Valerie war so aufreibend, dass sich Alex allmählich völlig erschöpft fühlte. „Noch habe ich mich nicht entschieden", sagte sie tapfer.

Valerie nickte mitfühlend. „Ich würde unter diesen Umständen auch nicht nach Main Royal wollen. Es wäre einfach zu demütigend. Und Sie haben hier ja Freunde, an die Sie sich wenden können."

Alex hatte verstanden. Ich bin Scotts Freundin, hatte sich Valerie vorgestellt. Und ihr herausfordernder Blick hatte klargemacht, dass „Freundin" ein beschönigendes Wort für „Geliebte" war. Valerie war gekommen, um ihre Ansprüche auf Scott anzumelden. Und die beiden hatten wirklich eine ernsthafte Beziehung. Das hatte Wyn ihr, Alex, gesagt. Und er hatte sie nur nach Main Royal eingeladen, weil er seine Tante liebte und ihr den Wunsch nicht abschlagen mochte. Valerie hatte recht. Eine solche Einladung hatte sie, Alex, nicht nötig, und sie konnte sie jetzt auch nicht mehr annehmen.

Valerie blieb noch zehn Minuten und gab sich schrecklich freundlich. Sie erzählte, was Scott und sie gern zusammen unternahmen, und erwähnte, dass sie auf einer der kleinen, exklusiven Inseln des Great Barrier Reef einen Kurzurlaub verbracht hätten. „Sie wissen ja, wie schwierig es ist, Scott von der Farm wegzubekommen", sagte Valerie lachend. „Zum Glück habe ich dafür Verständnis. Ich bin auf dem Land aufgewachsen. Mit mir geht Scott kein Risiko ein. Wir sind vom selben Schlag." Sie lachte wieder und wartete gespannt auf Alex' Reaktion.

Alex konnte sich überhaupt nicht vorstellen, dass Scott und Valerie gut zusammenpassten. Valerie wollte sich amüsieren. Andere Ziele und Interessen schien sie nicht zu haben. Wusste sie denn nicht, wie viele Pflichten Scotts Ehefrau übernehmen musste? Sie würde keine Zeit haben, von einer Party zur nächsten durchs ganze Land zu reisen. Niemand wusste besser als sie, Alex, was Scott von der Herrin Main Royals erwartete. Valerie dachte nur bis zur Hochzeit.

Als Alex nichts sagte, stand Valerie endlich auf. „Es war nett, mit Ihnen zu plaudern. Wenn Sie wieder völlig gesund sind und ich in der Stadt bin, essen wir einmal zusammen zu Mittag."

Das bezweifelte Alex.

„Sie brauchen Scott nichts von meinem Besuch zu erzählen ... falls Sie mit ihm sprechen sollten", sagte Valerie verschwörerisch. „Wir Frauen müssen unsere vertraulichen Gespräche haben."

Oh ja, dachte Alex. Wenn auch nur, um die Atmosphäre zu reinigen. „Ich kann verstehen, dass Sie mich nicht auf Main Royal haben wollen, wenn Sie das meinen."

Valerie wurde rot. „Und Sie können es mir wohl kaum verübeln. Sie sind schön, und mir ist klar, warum sich Männer in Sie verlieben. Denken Sie doch an Scott. Er hat Edwina nachgegeben, obwohl er dagegen ist, dass Sie sich auf Main Royal erholen. Es tut mir leid für Sie, aber ich sage Ihnen ja nichts Neues."

„Nein", sagte Alex so gleichmütig, als würde es ihr nichts ausmachen.

Valerie konnte nicht verbergen, wie erleichtert und zufrieden sie war. „So, ich muss los. Seien Sie unbesorgt, Wyn wird über die Enttäuschung hinwegkommen. Sie fühlt sich nur manchmal etwas einsam. Deshalb versuche ich, so oft wie möglich auf Main Royal zu sein. Machen Sie's gut, Alex. Ich wünsche Ihnen, dass Sie schnell gesund werden." Valerie ging zur Tür. „Wie lange sind Sie noch hier?"

„Zwei Tage."

„Bringen Sie Edwina schonend bei, dass Sie nicht kommen, ja? Sie hat Sie wirklich gern."

„Ich weiß", sagte Alex. Aber das zählte nicht, wenn Scott sie nicht auf Main Royal haben wollte. Gerade hatte sie wieder zu träumen begonnen, und jetzt hatte Valerie sie zurück in die raue Wirklichkeit gerissen. Es ist vorbei, dachte Alex. Und daran war sie selbst schuld. Scott liebte sie nicht mehr.

Wyn war entsetzt, als Alex anrief und sagte, sie wolle lieber in ihrer eigenen Wohnung bleiben. Sie sei sehr dankbar für das Angebot, sich auf Main Royal zu erholen, aber in Sydney habe sie einen Arzt in der Nähe, und ihre Freunde würden ihr helfen.

Das stimmte nicht. Ihre Freunde waren noch immer auf Tournee.

„Sagst du etwa wegen Scott ab?", fragte Wyn. „Ich weiß nicht, welchen Eindruck er bei dir hinterlassen hat, doch er ist wirklich sehr besorgt um dich."

Alex erwähnte nicht, dass Valerie sie besucht hatte. Welchen Sinn hätte das? Es würde Wyn nur aufregen. Sie glaubte, dass Valerie nicht die richtige Frau für ihren geliebten Neffen sei. Das hatte sie ihr, Alex, klargemacht.

Als sie auflegte, war ihr zum Weinen zumute. Wyn schien sich wirklich sehnlichst gewünscht zu haben, sie bei sich zu haben. Aber es war besser so. Die nervliche Belastung würde keiner von ihnen aushalten. Auch wenn sie ihren Beruf aufgeben musste, konnte sie nicht zurück in ihr altes Leben. Scott hatte sich völlig von ihr distanziert. Nur Wyn hielt weiter hartnäckig an einem verlorenen Traum fest. Sie, Alex, wusste, dass sie niemals wieder so viel Liebe und Trost finden würde wie früher.

Kurz nach Einbruch der Dunkelheit kehrte Scott ins Haus zurück. Seine Tante saß noch immer in ihrem Arbeitszimmer, und nur eine Tischlampe war eingeschaltet.

„Du arbeitest doch nicht etwa noch? Du wirst deine Augen überanstrengen."

Wyn sah auf. „Und? Habt ihr The Ghost endlich gefangen?"

„Ich bin so müde, dass ich kaum noch sprechen kann." Scott rieb sich die Stirn. „Der Hengst ist auf der Koppel beim Five Mile. Abe meint, wir verschwenden unsere Zeit, wenn wir versuchen, etwas aus ihm zu machen, aber ich mag ihn irgendwie. Er hat Temperament und Kraft!"

Wyn nickte verständnisvoll. Früher war sie eine hervorragende Reiterin gewesen. „Alex hat heute Nachmittag angerufen", sagte Wyn, ohne Scott anzusehen.

„Und? Wann wird sie entlassen?" Scott wandte sich ab. Er wollte duschen gehen. Nach einem langen, harten Tag im Sattel freute er sich darauf.

„Alex kommt nicht." Wyn beobachtete, wie ihr Neffe zwei Schritte zurück ins Zimmer machte. Sein rabenschwarzes Haar war zerzaust, er trug ein rotes Halstuch, und seine blauen Augen funkelten wie Edelsteine. Mein Scott, dachte sie. Wie sie ihn liebte!

„Und sie sagt jetzt erst Bescheid?", brauste er auf. „Sie wird doch bald entlassen, oder?"

„Freitag."

„In zwei Tagen. Und da ruft sie so kurz vorher an?"

„Sie denkt, sie sollte in der Nähe ihres Arztes und ihrer Freunde sein."

„Als ich nach der Operation kurz mit ihr gesprochen habe, hat sie mir deutlich zu verstehen gegeben, dass die Sache abgemacht sei", schimpfte Scott.

„Ja, das hast du gesagt."

„Und warum hat sie es sich anders überlegt? Ist vielleicht der Kerl zurück, mit dem sie angeblich etwas hat?", fragte Scott empört.

„Ich weiß es wirklich nicht", erwiderte Wyn.

„Der Teufel soll Alex holen!", flüsterte Scott. „Sie hält uns wieder zum Narren. Ich habe es für dich getan, Wyn."

„Das war Alex wahrscheinlich bewusst."

„Also gibst du mir die Schuld?"

Wyn schüttelte den Kopf. „Aber nein! Vielleicht kenne ich Alex nicht mehr."

„Vielleicht haben wir sie niemals richtig gekannt", sagte Scott scharf. „Wir haben ihr angeboten, sich hier zu erholen, und sie hat abgelehnt. Lassen wir es dabei bewenden."

„Seltsamerweise hörte sie sich an, als wäre sie im Grunde gern gekommen."

„Nur, weil sie es mit dir nicht verderben will. Vergiss die ganze Sache, Wyn. Versuch nicht zu ergründen, was in Alex vorgeht. Das ist völlig sinnlos." Wütend ging Scott hinaus. Hatte er sich nicht geschworen, sich Alex niemals wieder auf Gedeih und Verderb auszuliefern? Warum, zum Teufel, hielt er sich nicht daran?

4. KAPITEL

Am Ende der zweiten Woche nach ihrer Entlassung aus dem Krankenhaus war Alex hoffnungslos deprimiert. Sonst hatte sie täglich hart trainiert und war wie schwerelos über den Boden geschwebt, deshalb war es wirklich schwierig für sie. Wie hatte ein Kritiker sie genannt? Einen Engel der Leichtigkeit, Bewegung und Anmut. Der Mann sollte sie jetzt einmal sehen. Sie kam mit ihren Krücken viel schlechter zurecht, als sie geglaubt hatte. Und sie war nur noch Haut und Knochen. Die Stunden schienen sich endlos hinzuziehen. Oft versuchte sie zu schlafen, damit ihr der Tag kürzer vorkam.

Vielleicht würde in einem Monat der Gips abgenommen werden. Aber wie gut war die Operation wirklich verlaufen? Würde das Knie völlig heilen? Oder würde sich die Verletzung vielleicht sogar auf ihr normales Leben auswirken?

Manchmal weinte Alex, doch sie wischte die Tränen jedes Mal schnell weg. Sie hatte im Krankenhaus so viel Leid gesehen, dass es ihr unvernünftig schien, ihren Bänderriss so wichtig zu nehmen. Es gab Schlimmeres im Leben, als eine glänzende Karriere aufgeben zu müssen. Sie hätte sofort auf ihren Beruf verzichtet, wenn sie ihre Eltern dafür zurückbekommen hätte. Und ihr war klar geworden, dass sie Scott niemals hätte verlassen sollen. Wenn sie nicht gerade tanzte, war ihr Leben leer.

Scott.

Noch öfter als früher musste Alex an ihn denken. Ganz gleich, was sie versuchte, es gelang ihr nicht, ihn zu vergessen. Sie hatte nichts von ihm gehört, doch das hatte sie nicht anders erwartet. Mit Wyn telefonierte sie regelmäßig. Beim letzten Mal hatte Wyn in einem ungünstigen Moment angerufen. Sie, Alex, war noch heiser vom Weinen gewesen. Sie hatte behauptet, sie würde eine Erkältung bekommen, aber sie wusste, dass sich Wyn nicht hatte täuschen lassen.

Alex schenkte sich in ihrer kleinen Küche gerade eine Tasse Kaffee ein, als es an der Tür läutete. Das war wahrscheinlich Brenda von nebenan, die fragen wollte, was sie an Lebensmitteln brauche. Brenda war Mitte dreißig und sehr nett, doch sie litt noch unter ihrer Scheidung. Manchmal sprach sie verbittert von ihrem Exmann, und das störte Alex, weil sie sich selbst so verletzlich fühlte und nicht noch die Qual anderer ertragen konnte.

Langsam begann Alex an ihren Krücken zur Haustür zu gehen. „Komme schon", rief sie. Etwas besser kam sie ja schon mit den verdammten Dingern klar, aber sie taten weh. Einmal schrie sie sogar auf vor Schmerz, während sie die Haustür öffnete.

Und dann klopfte Alex' Herz plötzlich wie verrückt. Vor ihr stand nicht die zierliche Brenda, sondern ein großer, muskulöser Mann in eng sitzenden Jeans und einem weißen Hemd. „Scott!" Vor Überraschung stolperte Alex.

„Um Himmels willen!" Er packte sie und hielt sie fest, bis sie das Gleichgewicht wiedergefunden hatte.

Sie fühlte sich, als würde sie gleich zusammenbrechen. Warum war er gekommen? Wollte er sie nach Main Royal holen? Oder nur nach ihr sehen, weil Wyn seit dem letzten Telefongespräch Angst um sie hatte? Du liebe Güte, sie hatte Angst um sich selbst!

Scott ließ Alex los und schloss die Tür, dann drehte er sich wieder zu ihr um.

„Sag nichts. Ich sehe nicht besonders gut aus." Alex lächelte gequält.

Er schaute sie durchdringend an. Ihr Gesicht war noch schmaler geworden, und sie hatte dunkle Schatten unter den Augen. Sie sah zerbrechlich aus. Das schöne Haar war zurückgebunden. Sie trug ein cremefarbenes, fast knöchellanges Sommerkleid, das den Gipsverband nahezu ganz verbarg. Scott spürte, dass seine mühsam errungene Distanz in Gefahr war. Er riss sich energisch zusammen.

„Und?", fragte Alex.

Scott lachte auf. „Fisch nicht nach Komplimenten. Du bist wunderschön. Zu dünn, natürlich." Er blickte auf ihre Brüste. Die Spitzen zeichneten sich unter dem dünnen Stoff ab. Offensichtlich trug sie keinen BH, aber es war wohl auch schwierig für sie, sich an- und auszuziehen. Wütend auf sich selbst, wandte sich Scott ab und ging einfach voraus ins Wohnzimmer. Das war sicherer. Jeder Kontakt mit Alex war elektrisierend. Doch seine angeborene Ritterlichkeit siegte. Er kehrte um. „Komm, ich helfe dir."

„Ich schaffe das schon." Alex ging mit so viel Selbstvertrauen los, wie sie aufbringen konnte. Sie freute sich, dass Scott da war, aber gleichzeitig war sie seltsam argwöhnisch. Und alles wurde noch schlimmer, weil sie wollte, dass er sie anfasste, hochhob und an sich drückte. Sie sehnte sich danach, seine Kraft zu spüren. Er machte sie stark und frei.

Im Wohnzimmer setzte sich Alex vorsichtig. Scott nahm ihr die Krücken ab und lehnte sie an den Sessel. „Ich habe mir gerade eine Tasse Kaffee eingeschenkt, als du geklingelt hast. Inzwischen ist er wohl kalt, aber in der Kanne ist noch welcher. Möchtest du?"

„Warum nicht?", antwortete Scott schroff. Das würde ihm Gelegenheit geben, sich zu fassen. Zum Teufel mit Alex! Sie ließ ihn leiden. Während Scott in der Küche war, wurde Alex immer nervöser. Er hatte sie angelächelt, doch seine Augen funkelten fast feindselig. Vielleicht war er ebenso in der Vergangenheit gefangen wie sie.

„Hast du zu Mittag gegessen?", fragte er, als er mit einem Tablett in den Händen zurück ins Wohnzimmer kam. Er stellte es auf dem niedrigen Couchtisch ab.

„Ich habe mir um zwei ein Sandwich gemacht. Und du? Im Kühlschrank sind Schinken und Hähnchenkeulen. Frisches Brot habe ich auch."

„Dann hilft dir also tatsächlich jemand?"

„Ich habe Freunde, Scott. Ich bin nicht allein", sagte Alex fest.

„Erzähl mir doch nichts." Er schüttelte den Kopf.

„Meine Nachbarin Brenda hilft mir."

Schweigend nahm er eine der beiden Tassen vom Tablett und stellte sie vor Alex hin. „Hast du keinen Zucker? Ich konnte keinen finden."

„Ich bin daran gewöhnt, keinen zu nehmen."

„Früher warst du eine Naschkatze." Im Geist sah Scott sie vor sich, wie sie in ihrer Schuluniform zufrieden die Tafel Schokolade aß, die er ihr gekauft hatte. Alex war schon als junges Mädchen unglaublich anziehend gewesen. Exotisch, aber unschuldig. Sie hatte einige von seinen Freundinnen ausgestochen.

Sie lächelte. „Ich erinnere mich noch an die Tafeln Schokolade, die du mir gekauft hast."

Als hätte sie seine Gedanken gelesen. Scott presste die Lippen zusammen. „Wyn wollte, dass ich nach dir sehe."

„Du bist doch nicht etwa den ganzen Weg hierhergeflogen, nur um bei mir vorbeizuschauen?", fragte Alex.

„Nein", erwiderte Scott kurz angebunden. „Ich habe gestern Abend an einem Essen für den Ministerpräsidenten teilgenommen. Man hatte mich gebeten, eine Rede zu halten." Scott nahm seine Tasse vom Tablett und setzte sich auf das Sofa auf der anderen Seite des Tisches.

Alex verstand. Er wollte so weit wie möglich von ihr entfernt sein.

„Etwas an eurem letzten Telefongespräch hat Wyn beunruhigt", sagte Scott stirnrunzelnd. „Sie hofft noch immer, dass du nach Main Royal kommst."

„Wyn rührt mich zu Tränen", gab Alex zu. „Sie ist so liebevoll und großzügig."

„Du hast dunkle Ringe unter den Augen." Scott lehnte sich so plötzlich zurück, dass Alex vor Schreck zusammenzuckte. „Und deine Hände zittern."

„Manchmal bist du ziemlich einschüchternd."

„Unsinn", schimpfte Scott. „Es ist wohl eher so, dass du mich nicht mehr wie früher um den kleinen Finger wickeln kannst." Höchstwahrscheinlich könnte sie es noch immer, wenn sie es versuchen würde, dachte Scott sarkastisch.

„Das will ich überhaupt nicht", protestierte Alex. „Es ist nicht leicht, in diesem Zustand zu sein."

„Ich weiß. Es muss sogar sehr schwierig sein, allein damit zurechtzukommen. Und erzähl mir jetzt nicht wieder irgendetwas von Freunden. Zum Glück hilft dir ja wohl eine Nachbarin, aber alle deine Freunde sind noch auf Tournee."

„Einen Monat noch", erwiderte Alex. „Der geht auch vorbei."

„Du hast selbst gesagt, dass es acht Wochen dauern könnte."

„Ich bin schon immer schnell gesund geworden, Scott. Denk daran, wie ich ..."

„Ich klammere mich nicht an Erinnerungen", sagte er schroff.

„Und ich durchlebe meine ständig."

„Hoffentlich haben sie nichts mit mir zu tun."

„Du bist so verbittert", flüsterte Alex.

„Was dich angeht, ja." Scott seufzte.

„Sitzt du deshalb so weit weg von mir?"

„Ein bisschen Selbstschutz", erwiderte er spöttisch. „Ich bin auch nur ein Mensch. Du beschäftigst dich nebenbei mit Zauberei. Trink deinen Kaffee. Er wird schnell kalt."

„Ich wollte eigentlich keinen", gestand Alex. „Ich habe ihn nur gemacht, um die Zeit totzuschlagen." Sie beugte sich vor, doch der Abstand zum Tisch war zu groß.

„Warte, ich helfe dir." Scott stand auf und kam zu ihr.

Als er die Kaffeetasse nahm und sich zu Alex hinunterbeugte, wich diese unwillkürlich zurück. Seine Bewegungen waren so geschmeidig wie die einer Raubkatze. Er war buchstäblich atemberaubend.

„Was ist los?", fragte Scott scharf und stellte die Tasse wieder hin.

„Ich ..." Alex schüttelte den Kopf. Sie hatte Angst, doch noch zusammenzubrechen.

„Du kannst es mir sagen", drängte Scott, erschrocken über ihr seltsames Benehmen. „Alex?" Er setzte sich neben sie aufs Sofa, legte die Hand auf ihre Schulter und drehte Alex halb zu sich herum.

Sie konnte nicht aufspringen und schnell aus dem Zimmer laufen. Es gab kein Entkommen.

„Sag mir sofort, was los ist. Bist du krank? Du siehst aus, als würdest du nicht ordentlich essen."

Alex saß völlig still da. Wie sollte sie mit Scott darüber reden? Dass sie ihn verloren hatte, war ja einer der Gründe, warum sie so deprimiert war. Sie wollte ihn nach Valerie Freeman fragen, doch Scott würde sie, Alex, niemals wieder an seinem Leben teilhaben lassen.

„Na schön. Du willst also nicht darüber sprechen." Scott fiel es immer schwerer, distanziert zu bleiben. „Ist es ein Mann?"

Nur du, dachte Alex.

„Dieser Kerl, der angeblich wie Baryschnikow aussieht? Vermisst du ihn?"

Sie musste lachen. Es war zu lächerlich. „Victor ist homosexuell, Scott."

Er zuckte die Schultern. „Und was bleibt dann noch übrig?"

„Ich bin einfach ein bisschen niedergeschlagen."

„Vielleicht war es keine so gute Idee, allein damit fertigzuwerden. Aber du hattest schon immer zu viel Stolz."

„Wirklich? Ich dachte, es wäre umgekehrt."

„Natürlich." Scott lachte ironisch. Einen Moment lang vergaß er sich und strich Alex eine Locke aus dem Gesicht.

„Du willst mich nicht auf Main Royal", sagte Alex.

„Stimmt genau." Scott umfasste ihr Kinn und blickte ihr in die Augen.

„Valeries wegen?", fragte Alex heiser.

„Teilweise. Ich hasse es, von dir manipuliert zu werden. Du wirst keine Gelegenheit bekommen, noch einmal mein Leben zu verpfuschen. Keine rasende Leidenschaft und kein Verrat mehr."

„Nur Valerie."

Scotts Züge wurden hart. „Was willst du von mir, Alex?", fragte er scharf.

Erst jetzt wurde ihr bewusst, dass sie sich ihm entgegenneigte. „Nichts. Es tut mir leid, Scott." Sie versuchte, sich zurückzuziehen, doch sein Griff wurde fester.

„Es heißt doch, man wird seine Dämonen los, wenn man sich ihnen stellt, stimmt's?"

„Nicht so." Der Ausdruck in Scotts Augen beunruhigte Alex.

„Es ist nur ein Kuss. Warum solltest du deswegen in Panik geraten?"

Alex wurde rot. „Weil du mir damit nur deine Stärke beweisen willst."

„Also hast du das endlich erkannt. Ja, sehr richtig. Ich fordere dich heraus. Vielleicht hilft es, die Qual bis zum Äußersten auszuleben." Scott ließ seine Hand sanft über Alex' Schulter zu ihrer Brust gleiten und reizte die schon hart gewordene Spitze. Verlangen ist eine unbesiegbare Macht, dachte er. Es machte einen blind gegen alles andere.

Alex blickte ihm in die Augen und wusste, dass dies die Rache für die vergangenen drei Jahre war. Trotzdem wurde sie von Sehnsucht überwältigt und hatte das Gefühl, vor Hitze zu vergehen.

„Lass uns zusammen alles um uns vergessen, Alex." Quälend langsam neigte Scott den Kopf.

Scott machte ihr klar, dass er die Kontrolle behielt. Und er genoss es. Aber selbst das half Alex nicht. Es war so lange her, dass sie mit Scott geschlafen hatte. Und nach ihm hatte es keinen anderen gegeben. Sie war unfähig gewesen, eine neue Beziehung einzugehen.

Als er sie endlich küsste, war der alte Zauber sofort wieder da. Das Begehren war noch ebenso süß und heftig wie früher. Dass sich Scott so zurückhielt, steigerte ihre Erregung nur. Obwohl sie wie berauscht war von diesem Kuss, war sich Alex eines anderen, quälenden Gefühls bewusst. Selbsterniedrigung vielleicht?

Scott versuchte, ihr eine Lektion zu erteilen. Und er machte es sehr gut.

Ihr wundervoller Scott wollte sich rächen. Wie kann er nur so grausam sein? dachte Alex. Und jetzt konzentrierte sie sich völlig darauf, ihre Erregung zu unterdrücken. „Nicht", sagte Alex verzweifelt.

„Ich bin anderer Meinung", erwiderte Scott rau, doch ohne die Zärtlichkeit, die sie nie hatte vergessen können. Er zog Alex sogar noch fester an sich und genoss ihren unvergleichlichen Duft. Alex, der verletzte Schmetterling. „Wir sind doch beide nicht mehr unschuldig", spottete er.

Oh, wie gemein, sie daran zu erinnern! Alex wurde wütend. Warum hatte sie Scott überhaupt erlaubt, sie in die Falle zu locken? „Lass mich los!" Alex versuchte, ihn zurückzustoßen.

„Na gut, fürs Erste." Scott ließ sie aufreizend langsam los. „Da ist Valerie, natürlich. Aber du bist einzigartig, Alex."

„Und warum sagst du mir das?"

„Ha, ha!", höhnte Scott. „Ich habe keine große Wahl."

„Dann bist du also noch nicht darüber hinweg, stimmt's?"

„Tja, ich dachte, ich wäre es." Scott verschränkte die Hände hinter dem Kopf. „Sagen wir, das eben war ein Experiment. Ich musste es herausfinden. Vielleicht werde ich es nie los. Wer weiß?"

„Ich will nicht, dass es so bleibt."

„Ach, wirklich? Soll mich das dazu bringen, dich lieber zu mögen?"

„Du und Wyn, ihr seid die einzigen Familienmitglieder, die ich auf der Welt habe", sagte sie.

„Alex, das ist widerlich."

Was ist nur mit uns passiert? dachte sie entsetzt. Sie biss sich auf die Lippe. „Glaub, was du willst. Es ist die Wahrheit."

„Ach ja?" Er beugte sich plötzlich vor. „Du zeigst Wyn, wie sehr du sie liebst, indem du wegbleibst? Zwei Tage bevor du aus dem Krankenhaus entlassen wirst, sagst du plötzlich ab! Ich wüsste wirklich zu gern, was du dir dabei gedacht hast."

„Ich weiß doch, dass du mich auf Main Royal nicht haben willst!", erwiderte Alex heftig. „Du tust es nur für Wyn. Ich habe auch meinen Stolz. Meine und deine Gefühle haben mich veranlasst, nicht zu kommen. Wenn es nur Wyn gäbe …"

„Sprich weiter. Mit mir willst du nichts mehr zu tun haben?", fragte Scott.

„So ist es", sagte Alex kühl. Sah er ihr denn nicht an, dass sie log?

„Tut mir leid, das akzeptiere ich nicht. Gerade eben hast du dich noch bebend in meine Arme geschmiegt."

Sie antwortete nicht. Es hatte keinen Zweck, das zu leugnen.

Scott blickte sie so verbittert an, als würde ihm ihre Schönheit wehtun. „Ob du es glaubst oder nicht, ich möchte, dass du gesund wirst. Ich will, dass dein Knie völlig heilt und du wieder tanzen kannst."

„Obwohl du das Ballett verabscheust?"

„Wovon redest du?" Scott runzelte die Stirn. „Manchmal ist es todlangweilig, aber dir könnte ich ständig zuschauen. Du bist ein Traum. Es war nur grausam von dir, mir nichts von deinen Zielen zu sagen. Wie sehr du dir wünschst, berühmt zu sein. Aber …", Scott zuckte die Schultern, „ich will keine Schuldgefühle in dir wecken. Dafür bist du viel zu verletzlich. Wyn ist überzeugt, dass du in Wirklichkeit gar nicht allein sein möchtest. Sie wollte, dass ich nach dir sehe. Und sie wünscht sich sehnlichst, dass ich dich mitbringe."

„Liebe Wyn", flüsterte Alex. „Wenn sie sich sowieso nicht täuschen lässt, dann richte ihr aus, dass es schon ein bisschen mühsam ist."

„Ich werde die meiste Zeit nicht zu Hause sein", sagte Scott entnervt. „Übernächste Woche fliege ich für zwei Wochen nach Japan. Wenn du bei Wyn sein möchtest, dann komm mit. Ich werde dich nicht stören."

Alex wollte ihm von Valeries Besuch erzählen, doch sie konnte es einfach nicht. „Wenn ich länger bleibe, als ich erwünscht bin, wirst du es mir unverblümt sagen. Das weiß ich", erwiderte Alex lächelnd.

„Heißt das, du fliegst mit mir zurück?"

„Darf ich es mir bis morgen überlegen?"

„Nein", sagte Scott ausdruckslos. „Hör auf, mir etwas vorzumachen. Ich sehe dir doch an, dass du nicht gut schläfst und nicht ordentlich isst."

Alex hob trotzig das Kinn. „Ich kann prima auf mich selbst aufpassen."

„Eingedenk alter Zeiten ist das nur ein Versuch, mich zu beschwichtigen." Scott lächelte sarkastisch.

„Hast du mit Valerie darüber gesprochen?", fragte Alex.

„Bist du verrückt? Glaubst du etwa, ich muss Val um Erlaubnis fragen?"

„Du meine Güte, sie ist doch die Frau in deinem Leben, stimmt's? Zweifellos hat sie ein Recht darauf, berücksichtigt zu werden."

Scott schien bis zehn zu zählen, bevor er antwortete: „Lass Valerie meine Sorge sein."

„Na schön." Alex zuckte die Schultern. „Valerie muss doch einige Bedenken hegen. Wir standen damals schließlich kurz davor, uns zu verloben."

Er lachte spöttisch. „Du meinst, daran erinnerst du dich?"

Alex wurde rot. Sie hatte es herausgefordert.

„Ich sehe da kein Problem. Val hält unsere ehemalige Beziehung vermutlich für genau das, was sie war: eine verrückte Leidenschaft. Das interessiert niemanden mehr."

„Dann komme ich mit nach Main Royal."

Scott stand sofort auf. „Nur damit du es dir nicht wieder anders überlegst, möchte ich noch heute Nachmittag abreisen."

„Was?" Alex blickte bestürzt zu ihm hoch. „So schnell geht das wirklich nicht."

„Du kannst hier sitzen bleiben. Ich packe deinen Koffer. Uns läuft die Zeit davon." Scott sah auf seine goldene Armbanduhr.

„Aber du weißt nicht, was ich brauche."

„Warum machen wir dich nicht erst einmal gesund?", erwiderte er seltsamerweise.

„Scott, bitte."

„Ich kann dich ja ins Schlafzimmer tragen", schlug er vor. „Wenn du mir sagst, was ich einpacken soll, geht es bestimmt ganz schnell. Viel musst du doch nicht mitnehmen."

Alex wollte protestieren, erkannte aber, dass es sinnlos war.

Er hob sie hoch, und seine Miene wurde nachdenklich, sogar ein bisschen verärgert. „Wie viel, zum Teufel, wiegst du? Sogar mit dem Gipsverband bist du federleicht."

„Hast du schon einmal eine dicke Ballerina gesehen?"

„Miss Piggy?" Scott lächelte, aber sein Blick verriet, wie aufgewühlt er war. Sehr vorsichtig trug er Alex in ihr Schlafzimmer, legte sie aufs Bett und beugte sich über sie. „Weißt du noch, wie ich dich früher in die Dünen getragen habe? Erinnerst du dich daran, dass ich dich überall geküsst habe? Ich kannte dich, wie ich mich selbst kenne."

Alex konnte nicht antworten. Sie hatte das Gefühl, in Flammen zu stehen. Die alte tyrannische Leidenschaft quälte sie wieder.

„Trotz allem, was du mir angetan hast, begehre ich dich noch immer. Ist das nicht pervers?" Scott schaute ihr in die Augen ... feindselig.

„Vielleicht verschwindet Verlangen nicht", flüsterte Alex.

„Das ist gut für jemanden, der es nach Belieben ein- und ausschalten kann. Du lässt nicht gern los, stimmt's?", fragte Scott verächtlich.

„Ich weiß nicht, worauf du hinauswillst."

„Oh doch, du kleine Schwindlerin. Du hast mir alles bedeutet."

„Vielleicht solltest du einmal daran denken, dass ich dich auch geliebt habe!", sagte Alex heftig.

„Hast du das wirklich?" Scott legte ihr die Hand um den Hals.

„Willst du mich dafür umbringen?"

Einen Moment lang blickten sie sich wütend an.

„Damals hätte ich dich erdrosseln können." Scott richtete sich auf. „Aber diese Zeit ist vorbei. Die Alex meiner Träume war nur eine Illusion. Du kannst noch immer erreichen, dass ich deinetwegen den Kopf verliere, aber mein Herz wird dir nie wieder gehören."

5. KAPITEL

Zuerst sah es aus wie ein Fleck am kobaltblauen Himmel, dann wie ein großer weißer Vogel. Wyn stand auf der Veranda des Hauses und beobachtete den Sinkflug der „Beech Baron" über der Main-Royal-Farm mit ihren weiten Ebenen und Plateaus, den farbenprächtigen Felsen und zerklüfteten Schluchten, dem endlosen Labyrinth dunkelgrüner „billabongs" und den vom Wind gekräuselten Sandflächen. Nicht einmal die unerwünschte Anwesenheit einer anderen konnte Wyns Freude trüben.

Ihre kleine Alex kehrte heim! Wyn liebte ihre Patentochter so sehr, dass sie die Trennung kaum ertragen hatte. Sie war dabei gewesen, als Alexandra Edwina Ashton auf die Welt gekommen war. „Du hast eine kleine Prinzessin, die dir wie aus dem Gesicht geschnitten ist", sagte sie zu Maureen, ihrer lieben Freundin mit den großen bernsteinfarbenen Augen und dem kastanienbraunen Haar. Obwohl Alex ein heiteres, zufriedenes Baby war, schrie sie bei der Taufe. Nach der Zeremonie gab ihr Paul einen Kuss. „Alles Gute, Wyn. Wir brauchen dich so sehr." Seltsam, so etwas zu sagen, da doch ihm und Maureen die ganze Welt zu Füßen lag. Ahnten Vater und Tochter, was geschehen würde?

Das hatte sich Wyn hinterher immer wieder gefragt. Maureen und Paul Ashton, denen es bestimmt war, jung zu sterben. Wyn würde immer an sie denken und bis zu ihrem Tod ihre Pflicht gegenüber dem Kind der beiden erfüllen. Nicht, dass es jemals eine Pflicht gewesen war. Alex hatte ihr nur Freude gebracht. Nicht einmal in all den Jahren hatte Wyn ihre Patentochter niederträchtig oder selbstsüchtig erlebt. Alex war freundlich, offen, großzügig und liebevoll.

Scott hatte Alex' Wunsch, selbstständig zu sein und sich zu bewähren, niemals völlig verstanden. Er hätte sie zumindest für einige Jahre ihre Träume verwirklichen lassen sollen, doch er sah ihren Ehrgeiz als Rebellion gegen seine Liebe und Autorität. Offensichtlich hatte er niemals verwunden, dass Stephanie ihn so gefühllos behandelt hatte. Deshalb war er gegenüber Alex unangemessen streng. Aber sie hatte zu viel Charakter und würde sich keinem Mann unterordnen, nicht einmal Scott, ihrem Helden.

Beide hatten nicht wirklich begriffen, was den anderen antrieb. Und so hatten sie am Ende beide verloren.

Scott war ein unbeugsamer, harter Mann, aber trotzdem brauchte er Alex. Und aus ihren langen Briefen wusste Wyn, dass Alex nicht glücklich war, auch wenn sie sich ihren Traum erfüllt hatte und Solotänzerin geworden war. Ihr Neffe und ihre Patentochter haderten mit dem Leben. Und miteinander. Scott wusste nicht, was er mit seinen starken Gefühlen anfangen sollte. Seiner Beziehung zu Valerie Freeman fehlte die emotionale Intensität, die zu seinem Charakter gehörte. Nachdem sie den ersten Schock überwunden hatte, sah Wyn den Unfall und die Zeit der Genesung jetzt als eine zweite Chance für die beiden jungen Leute, die sie am meisten liebte.

Eine schneidende Stimme riss Wyn aus ihren Gedanken.

„Sie werden gleich landen."

Wyn drehte sich um und blickte Valerie an, die in einer pinkfarbenen Leinenhose und dazu passender Seidenbluse scheinbar entspannt in einem weißen Korbsessel saß. Wyn erkannte jedoch, dass die junge Frau nervös war. Nervös, wütend und aggressiv. „Scott wird sehr überrascht sein, Sie hier zu sehen." Valerie hatte vor einer Stunde plötzlich unangemeldet vor der Tür gestanden.

„Aber auch entzückt", erwiderte Valerie. „Ich möchte mich nur beruhigen, Edwina. Die Situation gefällt mir nicht. Ich befürchte, dass Alex die Beziehung wieder aufnehmen will. Eine Frau wie sie will immer wissen, ob sie noch Macht über einen Mann hat. Und sie ist es ja gewöhnt, auf der Bühne die bezaubernde Verführerin zu spielen."

Wyn wandte sich ab, damit Valerie nicht sah, wie verärgert sie war. „Alex ist warmherzig und offen. Sie gibt auf und hinter der Bühne so viel von sich selbst. Ich habe sie schrecklich vermisst."

„Ja, natürlich. Aber sie hat Scott sehr verletzt und enttäuscht. Er ist inzwischen darüber hinweg, und wir beide haben eine gemeinsame Zukunft. Ich will nur nicht, dass sich Alex mit irgendwelchen Machtspielen die Zeit vertreibt. Jetzt bin ich die Frau in Scotts Leben, und ich lasse mich nicht einmal für wenige Wochen beiseiteschieben. Ihre Alex mag so zerbrechlich wie Porzellan wirken, Edwina, doch sie ist unglaublich stark. Sie wird völlig gesund werden und in ihre eigene Welt zurückkehren. In der Zwischenzeit soll sie nicht meine zerstören."

Da Valerie ihre Karten so offen auf den Tisch legte, dachte Wyn, sie könnte die junge Frau freimütig warnen. „Ich glaube nicht, dass Sie den Schlüssel zu Scott schon gefunden haben. Wenn er Sie liebt, haben Sie ja wohl nichts zu befürchten, oder?"

„Er liebt mich!" Valerie war so weit, dass sie in Gegenwart von Miss Edwina McLaren fast aufgebraust wäre. „Ich weiß, dass er nahe daran war, sich mit mir zu verloben. Aber dann hat er von Alex' Unfall erfahren. Mir ist klar, dass Sie Alex sehr lieben, Edwina, doch ich bitte Sie, auch einmal an mich zu denken."

Wyn dachte an Valerie. Zu oft. „Ich verstehe, in welcher Lage Sie sind, Valerie. Nur bekommt man nicht immer alles, was man sich wünscht. Ich möchte nicht, dass Sie verletzt werden."

„Sie stehen nicht auf meiner Seite, Edwina."

Das konnte Wyn nicht leugnen. „Wenn Scott Sie liebt und Sie zu seiner Frau machen will, dann soll's mir recht sein."

„Sie haben großen Einfluss auf Scott. Das wissen Sie."

„Wir stehen uns sehr nahe." Wyn blieb ruhig und höflich.

„Er hat Alex nur Ihretwegen nach Main Royal eingeladen", sagte Valerie vorwurfsvoll.

„Dessen bin ich nicht so sicher, und Sie sollten es auch nicht sein. Alex ist als einsames, trauriges kleines Mädchen zu uns auf die Farm gekommen, und seitdem hat Scott immer auf sie aufgepasst. Er hat einen ausgeprägten Beschützerinstinkt. Vielleicht hatte er Bedenken, Alex wieder hier zu haben, aber im Grunde seines Herzens will er nicht, dass sie allein damit fertigwerden muss. Für Alex ist nach der Verletzung ja auch die seelische Belastung sehr groß. Ihre Karriere ist in Gefahr."

„Dann glauben Sie also, Alex wird auf die Bühne zurückkehren, wenn sie kann?", fragte Valerie überrascht.

„Alex hat für ihren beruflichen Erfolg sehr hart arbeiten und sich von Scott trennen müssen. Wir müssen abwarten, ob sie jemals wieder tanzen wird. Alex ist nicht gemein und gefühllos. Sie ist bestimmt nicht darauf aus, Schwierigkeiten zu machen. Und sie weiß sehr wohl, dass sich unser aller Leben verändert hat."

„Das hoffe ich." Valerie stand auf. „Sie können mir nicht verübeln, dass ich besorgt bin. Vielen Dank, dass ich ein paar Tage bei Ihnen zu Gast sein darf."

Wyn antwortete nicht. Wie immer hatte sich Valerie einfach selbst eingeladen.

Alex' Herz klopfte wie verrückt. Ihre Gefühle drohten sie zu überwältigen. Der Anblick der Farm aus der Luft machte sie glücklich. Von oben sah man Main Royal am besten: ungeheuer groß, eindrucksvoll, farbenprächtig, traumhaft. Dies war das Land der unbesiegbaren Sonne, der Wüste und Dürre und der roten Dünen, die noch immer dem Binnenmeer der Vorgeschichte ähnelten. Aus der Luft erkannte man auch die unzähligen Flussläufe, nach denen die Gegend benannt war. Im „Channel Country" konnten große Herden weiden, deshalb war dies die Heimat der Viehbarone.

Unter der von der Sonne ausgedörrten Erde waren Millionen von Samen eingebettet, die aus dem Boden schossen und die Wüste in den Garten Eden verwandelten, wenn es einmal regnete. Wer das einmal gesehen hatte, konnte es nie wieder vergessen. Es ließ einen glauben, dass es keinen Tod gebe, sondern nur unaufhörliche Wiedergeburt. Scott hatte es ihr, Alex, erklärt, als sie noch klein gewesen war. Damals war es überaus wichtig für sie gewesen, daran glauben zu können, dass ihre Eltern noch irgendwo waren. Scott hatte gesagt, dass sie wie die Wildblumen unter der Erde ruhten und auf sie, Alex, warteten. Und sie hatte niemals daran gezweifelt.

Im Westen lag Kurakai. Dieses Plateau war für sie das schönste auf Main Royal. Mit zehn Jahren hatte sie es zum ersten Mal gesehen und es Zauberberg genannt, weil es im Lauf des Tages die Farbe wechselte. Am Morgen war es erst violett, dann rosafarben und rosarot, bis es am Mittag leuchtend rot war, und dann wiederholte sich das Schauspiel umgekehrt, bis das Tafelland wieder ein wundervolles Violett zeigte. Später erfuhr Alex, dass alle Felsen im Innern Australiens die Farbe wechselten.

Scott wandte den Blick einen Moment lang von den Instrumenten ab und sah Alex an. Es war ein langer, anstrengender Nachmittag gewesen, und sie hatten keinen guten Flug gehabt. Über der Wüste waren sie in arge Turbulenzen geraten. Aber Alex hatte sich kein einziges Mal beklagt. Nach der Operation, dem Krankenhausaufenthalt und der zweifellos schwierigen Zeit allein in ihrer Wohnung wirkte sie noch zerbrechlicher als früher. Doch Scott wusste, wie durchtrainiert sie war. Alexandra Ashton, das romantische Geschöpf, war in Wirklichkeit körperlich und seelisch sehr stark. Das durfte er niemals vergessen. Sie war nicht mehr das herzzerreißende kleine Mädchen von früher.

„Wie fühlst du dich?", fragte er.

Alex seufzte. „Es ist wundervoll, wieder hier zu sein. Main Royal ist eine Welt für sich."

„Aber den Reiz der Bühne hat sie nicht?"

„Das sind zwei völlig verschiedene Welten."

„An eine bindet man sich, die andere verlässt man?"

„Ich wollte mich bewähren, und das habe ich getan. Du bist nicht der Einzige, der eine Spitzenposition erreichen kann."

Scotts Augen funkelten. „Was soll das heißen? Ich habe Main Royal geerbt, und die Farm wird auch nach meinem Tod noch weiter bestehen."

„Du weißt, was ich meine", sagte Alex. „Eine so große Farm zu leiten ist eine wichtige Aufgabe. Und du wärst nicht Vorstandsvorsitzender von ‚McLaren Enterprises', wenn die Familie deinem Sachverstand in finanziellen Dingen nicht vertrauen würde. Du hast in Handelsrecht promoviert."

„Willst du mir etwa erzählen, dass du dich mit mir gemessen hast?"

„Genau das habe ich getan", erwiderte Alex. „Jetzt erkenne ich das. Ich wusste, ich konnte es nicht mit dir aufnehmen, aber ich wollte es unbedingt versuchen."

Scotts Miene verriet Überraschung und Frustration. „Warum hast du mir nicht gesagt, dass es dir so wichtig war, Karriere zu machen? Du hast mir nicht einmal Gelegenheit gegeben, es zu akzeptieren, weil du niemals darüber gesprochen hast."

„Oh Scott! Kannst du mich denn nicht verstehen?"

„Ich habe dich damals nicht verstanden und tue es noch immer nicht. Du hast gesagt, du liebst mich. Du wolltest mich heiraten. Kannst du mir verübeln, dass ich dir geglaubt habe?"

Alex wurde rot. „Ich hatte Angst davor, dir zu sagen, dass ich eine Chance wollte.“

„Hör auf. Du hast vor nichts Angst“, widersprach Scott. „Sonst hättest du dir nicht so viel zugetraut.“

„Ganz gleich, was ich mich getraut habe, du warst dagegen!“, antwortete Alex heftig.

„Ich war ständig damit beschäftigt, dir das Leben zu retten. Alle auf der Farm mussten auf dich aufpassen. Immer wolltest du zeigen, was du kannst.“

„Fertigkeiten, die du mir beigebracht hast.“

„Vielleicht. Du warst ein Naturtalent. Eine geborene Reiterin. Nur Schießen mochtest du nicht, aber du wusstest, dass man im Busch mit einer Waffe umgehen können muss.“ Scott schwieg bis zur Landung. Als er und Alex aus dem Flugzeug stiegen, sagte er: „Wyn ist außer sich vor Freude. Sie wird dich immer lieben, trotz allem, was wir durchgemacht haben.“

Am Ende der Rollbahn wartete Abe. Sein dichtes, kurzes weißes Haar bildete einen starken Gegensatz zu seinem dunklen Gesicht. Er hatte die beiden Farmhunde bei sich. Rory und Beau erkannten Alex offensichtlich wieder, denn sie bellten freudig.

Scott trug Alex zum offenen Jeep, und Abe hielt die Tür auf, als wäre Alex eine Königin.

„Wir sind sehr froh, dich zu sehen“, sagte der Aborigine. Er war der verehrte Stammesälteste und benahm sich entsprechend würdevoll. „Dein Unfall hat uns traurig gestimmt, aber wir werden dich gesund machen. Du bist so dünn“, sagte der Aborigine besorgt.

„Eine Porzellanpuppe“, warf Scott ein.

„Wie schön, dass du gekommen bist, um mich zu begrüßen, Abe.“ Alex erwiderte das Lächeln ihres alten Mentors. „Mir geht es schon besser. Du bist immer mein Freund gewesen.“

„Dein eifrigster Sklave, meinst du wohl, Prinzessin?“ So hatte er sie in ihrer Kindheit immer genannt. Abe lachte. „Ich bin dir früher überallhin gefolgt und habe aufgepasst, dass dir nichts passiert.“

Scott blickte auf Alex hinunter. „Ja, wir stehen mächtig in deiner Schuld.“

„Sie sieht erschöpft aus." Abe wurde ernst. „Nur noch große Augen. Aber wie ich schon sagte, wir werden uns um sie kümmern."

Alex blickte ihn liebevoll an. „Es ist wundervoll, dich zu sehen, Abe."

„Wenn du dich ausgeruht hast, unterhalten wir uns lange. Ich will wissen, was ich für dein verletztes Bein tun kann, Prinzessin."

„Es wird deine Zauberkraft brauchen."

„Und dieser verdammte Idiot hat dich wirklich fallen lassen?", fragte Abe empört.

„Nein. Er hat mich nicht gefangen. Ich bin geflogen wie ein Vogel."

Abe schüttelte den Kopf und stieß einen Zischlaut aus, dann wandte er sich an Scott. „Soll ich euch zum Haus fahren, Boss?"

„Nicht nötig. Wir treffen uns in einer Stunde bei den Oonta-Viehhöfen. Bring Mick mit."

„In Ordnung." Abe tippte an seinen zerbeulten „akubra". „Wir sehen uns später, Alex."

„Und ob!", erwiderte sie herzlich.

„Übrigens, Boss ..."

„Es kann warten." Scott wollte in den Jeep steigen.

„Miss Freeman ist im Farmhaus", sagte Abe leise. „Ist vor einer Stunde mit dem Hubschrauber ihres Vaters angekommen."

„Danke, Abe", erwiderte Scott ausdruckslos.

Alex ließ sich nichts anmerken, doch sie war entsetzt. Sie hatte sich so gewünscht, dass sie unter sich sein würden, wenn sie heimkehrte. Nur die Familie. Mit Valerie hatte sie nicht gerechnet. Scott anscheinend auch nicht, wenn Abe glaubte, ihn warnen zu müssen.

Warnen? Ein seltsamer Gedanke. Wenn Scott sie liebte, würde er Valerie ja wohl so oft wie möglich sehen wollen. Früher war er geradezu besessen davon gewesen, sie, Alex, ständig in seiner Nähe zu haben.

„Jetzt dauert es nicht mehr lange", sagte Scott, der sah, wie blass sie war. Zumindest hatte er sie hier, aber unter Opfern.

„Ich kann es nicht erwarten, Wyn zu sehen." Alex atmete tief ein. Die Luft war sauber und trocken und roch würzig. Hier gab es keine Umweltverschmutzung wie in der Großstadt.

„Val ist sicher gekommen, weil sie dich auch begrüßen will", sagte Scott ruhig.

War das ironisch gemeint? „Sie sehnt sich wohl eher danach, dich zu sehen." Sie, Alex, wusste alles über diese Sehnsucht. Wie oft wachte sie mitten in der Nacht auf und dachte an Scott.

„Wahrscheinlich." Er zuckte die Schultern. „Normalerweise übernachtet sie hier, wenn sie zu Besuch kommt."

„Sie ist sehr attraktiv."

„Zweifellos." Scott warf Alex einen scharfen Blick zu.

„Ich wünsche dir viel Glück."

„Danke, Alex. Zu schade, dass du nicht danach gehandelt hast."

„So großartig hast du deine Sache auch nicht gemacht!"

„Ich hätte dir alles gegeben!", brauste Scott auf.

„Außer Zeit."

„Du hast völlig recht. Ich wollte und brauchte dich. Du wolltest etwas anderes."

Alex wusste, dass sie besiegt war.

Als der Jeep auf die Auffahrt zum Farmhaus abbog, standen Wyn und Valerie nebeneinander auf der Veranda. „Alex, Liebling!", rief Wyn und rannte die Stufen hinunter wie eine junge Frau.

„Alex, Liebling!", ahmte Valerie oben auf der Veranda wütend nach. Dieses intrigante Miststück war zurück. Valerie war sicher, dass Alex Ärger machen wollte. Und sie hatte in Edwina eine mächtige Verbündete. Die beiden waren vom selben Schlag.

Scott hatte kaum angehalten, da beugte sich Wyn schon in den offenen Jeep und umarmte Alex.

Wie rührend! dachte Valerie. Bei dem Anblick konnten einem die Tränen kommen. Nur dass ihr nicht zum Weinen zumute war. Sie hatte eine Stinkwut im Bauch!

„Wyn, es ist so lange her", sagte Alex.

„Ich habe schon geglaubt, ich würde dich nie wiedersehen", erwiderte Wyn strahlend. Dann sah sie Alex plötzlich besorgt an. „Du bist so dünn!"

„Meine Güte, das sagt mir jeder! Mach dir deswegen keine Gedanken. Vom Essen hier werde ich bestimmt schnell dicker."

„Holen wir sie erst einmal aus dem Jeep", sagte Scott ein bisschen schroff. Er wollte sich nicht anmerken lassen, wie nahe ihm die Begrüßung der beiden Frauen ging.

„Natürlich." Wyn zog sich schnell zurück. „Wir bringen dich ins Haus und machen es dir bequem, Alex. Der Flug muss anstrengend gewesen sein."

„Ich möchte mir den Sonnenuntergang von der Veranda aus ansehen." Alex legte ihm den Arm um den Nacken, als Scott sie aus dem Jeep hob.

Wyn fiel plötzlich Valerie wieder ein. „Valerie ist hier, Schatz", flüsterte sie Alex zu. „Du weißt doch, Valerie Freeman?"

„Sei nicht albern, Wyn. Selbstverständlich kennt Alex sie." Scott warf seiner Tante einen scharfen Blick zu.

„Ja, natürlich. Ich …" Fast wäre Alex herausgerutscht, dass Valerie bei ihr im Krankenhaus gewesen war. „Wie nett …" Alex blickte Wyn an, und die ältere Frau zwinkerte ihr zu.

„Lasst das, ihr beiden", sagte Scott.

Als er Alex die Stufen hochtrug, lächelte Valerie strahlend. „Wie schön, Sie wiederzusehen, Alex!", rief sie. „Edwina ist vor Freude außer sich."

„Wie geht es Ihnen, Valerie?", fragte Alex höflich. Sie hatte sofort erkannt, wie wütend die junge Frau war.

„Danke, sehr gut", erwiderte Valerie ruhig, obwohl sie kaum ertragen konnte, wie gelöst und unbefangen Scott und Alex zusammenwirkten. Sie hatte erwartet, dass die bezaubernde Balletttänzerin unbeholfen an Krücken auf das Haus zuhumpeln würde, doch anscheinend hatte sich Scott darauf verlegt, sie überallhin zu tragen. Zu viel davon, dachte Valerie, und ich werde vor Wut platzen!

Jetzt kam die Haushälterin auf die Veranda. Die Frau streckte beide Arme nach Alex aus und schrie auf vor Freude.

Du liebe Güte, wie öde! Sie, Valerie, war noch nie so empfangen worden. Vielleicht war es doch keine so gute Idee gewesen, dabei zu sein, wenn Alex heimkehrte. Sie, Valerie, überließ man sich selbst, während Scott die Ballerina ins Haus trug, damit sie sich frisch machen konnte. Edwina und Ella folgten ihnen. Alle waren so begeistert.

Scott nicht.

Das allein gab Valerie großen Auftrieb.

Zum Abendessen zog Valerie ein kurzes weißes Shiftkleid an. Es war schlicht, aber sexy. Sie hatte sich die Haare gewaschen, obwohl es eigentlich nicht nötig gewesen wäre. Zinnfarbene Riemensandaletten betonten ihre beneidenswert langen Beine. Jetzt noch silberne Ohrringe, drei Armreifen und ein Spritzer von Yves Saint Laurents „Opium" und ihr körperliches und seelisches Gleichgewicht war wiederhergestellt.

Scott war ein äußerst aktiver Mann, und Alex würde wegen ihres Gipsverbands zweifellos ans Haus gefesselt sein. Sie, Valerie, würde am nächsten Tag mit Scott ausreiten. Auf einer Schaffarm aufgewachsen, war sie eine hervorragende Reiterin. Und in enger Reitkleidung sah sie super aus.

Bevor Valerie zu den anderen ging, blickte sie sich noch einmal schnell im Gästezimmer um. Die prächtigen, schweren dunklen Möbel aus der Kolonialzeit waren hell gestrichen worden, sodass der große, luxuriöse Raum luftig und freundlich wirkte. Aber Valerie ärgerte sich maßlos darüber, dass sie niemals in Alex' wunderschönem Zimmer hatte schlafen dürfen, obwohl es doch jahrelang leer gestanden hatte. Als wäre es heilig. Sie war fast so weit gewesen, mit Scott darüber zu sprechen. Klug von ihr, dass sie es sich anders überlegt hatte.

Valerie liebte dieses Haus, das viel vornehmer war als das moderne ihrer Eltern. Aber die Freemans hatten ja auch keine ländliche Dynastie gegründet. Sie waren erst spät zur Stelle gewesen. Main Royal war ein echtes Herrenhaus, dessen Einrichtung nur aus kostbaren Sammlerstücken bestand. So reich ihre Eltern auch waren, Valerie fühlte sich immer geehrt, wenn sie es betrat.

Als sie noch jünger gewesen war, hatte sie überhaupt nicht daran gedacht, den verheerend gut aussehenden Scott McLaren auf sich aufmerksam zu machen. Es war ja bekannt, dass er in das Mündel seiner Tante verliebt war. Aber dann zerbrach die Beziehung, und Valerie nutzte die Chance. Sie wurde ein Groupie: Wo immer Scott und seine Mannschaft Polo spielten, sie war dabei.

Sie war keineswegs die einzige Frau, die hinter ihm her war. Aber sie hatte mehr Ausdauer als die meisten und wusste, wie man die Konkurrenz ausschaltete. Schließlich wäre es für die Freemans der größte Coup ihres Lebens, wenn sie, Valerie, sich Scott McLaren angelte, hatte ihre Mutter gesagt.

Alles hatte sich sehr gut entwickelt, bis „Alex, Liebling" wieder aufgetaucht war.

Valerie fand die anderen in dem Raum, den Edwina hartnäckig den Wintergarten nannte. Zweifellos wuchsen dort viele herrliche Pflanzen, wie meterhohe goldfarbene Rohrgräser und üppige Farne. An einer Seite hatte der Raum hohe Fenster, und der Marmorboden und Springbrunnen in der Mitte mochten auch passen, doch nach Valeries Meinung war die Einrichtung viel zu luxuriös. Um Himmels willen, wer würde denn einen antiken Bakkarat-Lüster in ein Gartenzimmer hängen? Oder einen prächtigen Kamin einbauen lassen, der im Sommer mit Blumen gefüllt wurde?

„Ein Martini wäre nett", sagte Valerie lächelnd. Sie wusste, dass sie sexy aussah, und das gab ihr neuen Mut. „Alex, Liebling" und Edwina saßen auf einem der Sofas. Beide Frauen lächelten. Wie wundervoll beide ausschauten! Edwina McLaren war mit Anfang sechzig noch immer schlank und faltenlos. Ihr dichtes Haar war schick frisiert. Anstatt blass und müde auszusehen, war Alex in einem goldfarbenen Seidenkaftan atemberaubend schön. Der mit topasfarbenen Steinen besetzte Stoff verbarg den Gips. Ein bisschen theatralisch, vielleicht. Warum nicht? Wenn das Knie heilte, und dafür betete sie, Valerie, jeden Abend, würde Alexandra Ashton auf die Bühne zurückkehren.

Wyn und Alex waren sich bewusst, dass Valerie sie kritisch musterte. Beide Frauen waren gutherzig und höflich. Sie nahmen Valeries Benehmen hin, denn Valerie war, wenn auch uneingeladen, Gast in diesem Haus. Außerdem war sie möglicherweise bald die Herrin von Main Royal. Alex war zum Weinen zumute, als sie daran dachte. Aber sie war ja selbst schuld.

Beim Essen sprühte Valerie vor Charme. Sie triumphierte, weil sie den Platz neben Scott hatte.

Ich werde in meine Schranken gewiesen, sagte sich Alex. Sie musste akzeptieren, dass Scott eine neue Beziehung eingegangen war. Es war nur schwer zu glauben, dass er sich mit einer Frau wie Valerie begnügte. Sie war schön, selbstbewusst und amüsant, aber sie hatte nichts Herzliches. Häufig berührte sie Scotts Hand oder Arm, während sie über Leute tratschte, die Alex nicht kannte. Scott hielt nichts von Klatsch, doch er lächelte und ließ Valerie glänzen. Schließlich nahm sich Valerie einen Moment Zeit für Alex. „Und was ist mit Ihnen?", fragte sie und blickte über den mit kostbarem Silber, Porzellan und Kristallglas gedeckten Tisch. „Glauben Sie nur nicht, dass Sie und Victor Dreyer jemanden täuschen können. Sie beide müssen auch im wirklichen Leben zusammen sein, sonst könnten Sie und Victor auf der Bühne nicht so wundervoll aussehen."

„Victor und ich sind gute Freunde, Valerie. Mehr ist da nicht."

„Das ist die Antwort, die man immer zu hören bekommt. Hat sich Alex Ihnen vielleicht anvertraut, Edwina?"

„Alles erzählt sie mir nicht", erwiderte Wyn betont locker. „Aber ich glaube nicht, dass Alex etwas an Victor findet."

„Er sieht doch sehr gut aus." Valerie zögerte einen Moment, dann lachte sie. „Oder ist er etwa schwul?"

„Das weiß ich nicht", sagte Alex ruhig. „Victor hat wie jeder andere ein Recht auf Privatsphäre."

„Natürlich. Aber Sie müssen doch zugeben, dass er Leidenschaft außergewöhnlich gut ausdrücken kann. Ich habe Sie mit ihm in ‚Romeo und Julia' gesehen. Es war unmöglich, den Blick auch nur einen Moment lang abzuwenden, so gefühlvoll war es!"

„Schauspielkunst, Valerie", sagte Scott trocken, dann sah er Alex an. „Es wird höchste Zeit, dass du noch einen Bissen isst."

„Ich dachte, ich esse heute Abend ziemlich viel." Das Rinderfilet in Avocadosauce war zart und schmackhaft und das Gemüse köstlich, aber Alex hatte keinen großen Appetit. Valeries starrer Blick war zermürbend.

„Sie sind doch hoffentlich nicht eine von diesen Tänzerinnen, die an Magersucht leiden?", fragte Valerie gespielt mitleidig. „Ich habe eine schreckliche Geschichte über eine amerikanische Ballerina gelesen …"

„Ja, ich weiß, wen Sie meinen." Alex legte Messer und Gabel auf den Teller. „Ich hungere nicht, damit ich nicht zunehme, Valerie. Das Problem ist eher, nicht abzunehmen."

„Dann iss noch ein bisschen Fleisch und Gemüse." Scott nickte ihr aufmunternd zu.

„Hör auf, mich zu schikanieren", sagte Alex kopfschüttelnd.

„Ich zeige doch nur, wie besorgt ich um dich bin", erwiderte Scott ironisch.

Valerie hörte den beiden verärgert zu. Sie stritten sich nicht. Ihr Wortwechsel verriet nur, wie vertraut sie miteinander waren. „In einem Monat müsste der Gips ja abgenommen werden, Alex." Je eher, desto besser, dachte Valerie. Dann würden sie diese Tänzerin loswerden. Wie Scotts Augen aufleuchteten, wann immer er die junge Frau ansah! Es war unerträglich.

„Wenn alles gut geht, ja."

„Sie hatten großes Glück, von Ian Tomlinson operiert zu werden", sagte Valerie fast streng, und dann hätte sie sich ohrfeigen können.

„Woher weißt du das, Val?", fragte Scott.

Ja, woher? Sie hatte ihm nicht erzählt, dass sie Alex im Krankenhaus besucht hatte. „Edwina hat es wohl erwähnt. Oder Alex?" Du Idiotin! schalt sich Valerie.

„Ich nicht", sagte Wyn und warf Alex einen beunruhigten Blick zu.

Alex beschloss, Valerie aus der Patsche zu helfen. „Dann muss ich es gewesen sein. Ja, richtig, so war's."

„Wann wollt ihr denn darüber gesprochen haben?", fragte Scott scharf, ließ die Sache aber auf sich beruhen. „Ich denke, du solltest früh ins Bett gehen, Alex. Der Flug scheint dich sehr mitgenommen zu haben."

„Ja, Liebling. Du bist so blass", meinte Wyn. „Hast du wirklich keine Schmerzen?"

„Im Augenblick nicht", erwiderte Alex lächelnd.

„Wenn du ins Bett möchtest, wird dich Scott in dein Zimmer tragen", sagte Wyn. „Wir haben einen Rollstuhl bestellt. Er müsste morgen kommen."

Nur zu, trag sie überallhin! dachte Valerie wütend. Alex wirkte zerbrechlich, ohne schwach oder wie ein hungerndes Straßenkind auszusehen. Sogar mit eingegipstem Bein war sie unglaublich graziös. Es war einfach unfair.

Sie saßen im Salon und tranken Kaffee, als Scott plötzlich aufstand und Alex vom Sofa hob.

„Oh, tut mir leid. Bin ich eingenickt?", fragte sie verwirrt. Sein Gesicht war sehr nah, und sie blickte starr auf seinen sinnlichen Mund.

„Ja." Scotts Augen funkelten.

„Du brauchst dich doch nicht zu entschuldigen." Wyn stand ebenfalls auf. „Es war ein langer Tag. Ich komme mit und helfe dir beim Ausziehen."

„Gute Nacht, Valerie", rief Alex. Sie war sich bewusst, dass die andere fuchsteufelswild war.

„Gute Nacht", sagte Valerie scharf. Sie konnte ihre Wut nicht länger verbergen.

Scott blickte sich um. „Ich bin gleich zurück, Val. Wollen wir einen Spaziergang machen? Nach dem ausgezeichneten Essen könnten wir ein bisschen Bewegung vertragen."

„Ja, großartig!" Valerie war wieder glücklich.

„Wo sind deine Schmerzmittel?", fragte Wyn, als sie in Alex' Schlafzimmer waren. „Brauchst du sie?"

„Leider, ja." Alex saß, an die Kopfkissen gestützt, auf dem Bett. Die Schmerzen im Bein strahlten bis in die Hüfte aus. „Die Tabletten sind im Badezimmerschrank."

„Ich hole sie", sagte Wyn.

Scott sah auf Alex hinunter. „Ich habe dir nicht viel Zeit gegeben, stimmt's?"

„Stimmt. Das hast du ja nie." Seine niedergeschlagene Miene ließ ihr Herz schneller schlagen, während sie seinen Blick erwiderte.

Er lachte rau. „Das ist irgendein Trick."

„Was?", fragte Alex.

„Deine Augen leuchten wie die topasfarbenen Steine an deinem Kaftan. Aber wahrscheinlich haben alle Hexen solche Augen."

„Ich glaube nicht an Hexen."

„Ich bin von einer verführt und dann sitzen gelassen worden. Jetzt weiß ich, wie ich mich schützen muss."

„Du solltest zurück zu Valerie gehen."

„Das habe ich vor", sagte Scott kühl.

„Ist sie die zukünftige Mrs. McLaren?"

Das Schweigen schien ewig zu dauern. Schließlich wandte sich Scott ab. „Warum nicht? Du wolltest den Job ja nicht."

Später an diesem Abend lag Alex auf dem Bett und blickte durch die offene Glastür nach draußen, als sie plötzlich Valerie und Scott in den Garten kommen sah. Der Vollmond stand hoch über den Sanddünen, und in seinem Schein leuchteten Valeries blondes Haar und ihr weißes Kleid silberfarben, sodass sie wie eine Mondgöttin aussah.

Alex fiel es unglaublich schwer, sich mit der Beziehung zwischen Scott und Valerie abzufinden. Ich werde es niemals tun, dachte sie.

Jetzt umarmten sich die beiden. „Scott", flüsterte Valerie sehnsüchtig.

Alex brannten die Wangen. Schau nicht hin! befahl sie sich, doch sie war unfähig, den Blick abzuwenden. Um Himmels willen, was hatte sie getan? Sie hätte glücklich werden können, aber sie hatte auf ihre große Chance verzichtet. Eine zweite würde sie nicht bekommen.

6. KAPITEL

*S*cott hielt sich an sein Versprechen und verbrachte sehr wenig Zeit im Farmhaus. Er arbeitete vom Morgengrauen bis zum Einbruch der Dunkelheit draußen, und sofort nach dem Abendessen zog er sich in sein Arbeitszimmer zurück. Vor seiner Japanreise müsse er noch einen Berg von Papierkram erledigen, sagte er zu Wyn und Alex. So reserviert hatte ihn Alex niemals erlebt, und es bedrückte sie, aber sie ließ es sich nicht anmerken.

Auch Wyn war betroffen. Sie wollte Valerie nicht in der Familie haben. Der Gedanke daran machte sie nervös und traurig. Valerie war hartherzig. Wenn Scott sie heiratete, wären ihre, Wyns, Tage auf Main Royal gezählt. Nicht, dass sie das unbillig fand. Natürlich würde Scotts Frau die Herrin des Hauses sein wollen. Nur hatte Wyn das grässliche Gefühl, dass Valerie sie völlig ausschließen und dafür sorgen würde, dass es Scott nicht bewusst wurde. Außerdem würde Valerie sicherstellen, dass Alex nie wieder nach Main Royal kam. Davon war Wyn überzeugt. Valerie hasste Alex.

Es wurde leichter, als Scott abreiste und Wyn und Alex allein waren. Sie verbrachten zwei wunderschöne, friedliche Wochen, aus denen drei wurden, denn Scott hatte nach seiner Rückkehr aus Japan noch geschäftlich in Sydney zu tun. Alex aß und schlief in dieser Zeit besser. Die beiden Frauen ließen sich von Abe überallhin fahren und machten oft Picknicks an einem der „billabongs".

Schließlich kam Scott nach Hause. Er umarmte und küsste Wyn, dann küsste er Alex flüchtig auf die Wange. „Du siehst sehr viel besser aus."

Er schaute sie so lange und leidenschaftlich an, dass Alex fast die Fassung verlor. Es war, als hätte sich nichts zwischen ihnen geändert … Aber er sprach kühl und distanziert mit ihr. Alex erkannte, dass sie Scott immer reizen würde, er ihr jedoch nicht mehr traute.

Scott flog Alex zu ihrem Termin bei Ian Tomlinson nach Sydney und bat darum, dabei sein zu dürfen, wenn der Gips entfernt wurde. Alex hatte niemals darüber gesprochen, aber Scott wusste, dass sie sich vor diesem Moment fürchtete. Was sollte aus ihr werden, wenn die Operation nicht erfolgreich gewesen war? Alex musste entsetzlich aufgeregt sein. Plötzlich war sich Scott überwältigend bewusst, was sie als Tänzerin erreicht hatte. Sie war berühmt geworden, weil sie begabt war und hart gearbeitet hatte. Würde sie wieder tanzen können? Ganz gleich, wie sehr ihn ihre Zurückweisung verletzt hatte, er hatte einmal geschworen, sie immer zu lieben.

Als Alex auf ihr Bein ohne den Gipsverband blickte, dachte sie einen Moment lang, sie würde in Tränen ausbrechen. Es sah so weiß und dünn aus. Scott schien ihre Verzweiflung zu spüren, denn er nahm ihre Hand. Der Arzt untersuchte das Bein stirnrunzelnd, dann lächelte er Alex jedoch fast fröhlich an.

„Sehr schön! Ich brauche eine Röntgenaufnahme, aber es sieht gut aus. Von voreiligen Versprechungen halte ich nichts, und ich möchte nicht, dass Sie sich Hoffnungen machen und enttäuscht werden, doch ich bin wirklich zufrieden. Sie sind jung und durchtrainiert, das ist ein Vorteil."

„Und welche Therapie verordnen Sie Alex?", fragte Scott, denn Alex schaute noch immer schweigend auf ihr Bein. „Sie wird mit mir zurück nach Main Royal fliegen und sich dort erholen."

Ian Tomlinson blickte über den Rand seiner Brille, die ihm ständig die Nase hinunterrutschte. „Ein prächtiges Haus. Ich habe Fotos von Main Royal gesehen. Haben Sie außer all den ‚billabongs' auch einen Swimmingpool?"

„Ja", sagte Scott. „Und wir können Alex alles besorgen, was sie braucht."

„Davon bin ich überzeugt", meinte der Arzt ein bisschen spöttisch. „Hydrotherapie ist wichtig. Damit sollte sofort begonnen werden. In zwei oder drei Tagen muss Alex anfangen, mit einem Physiotherapeuten zu arbeiten, der Erfahrung mit Tänzern hat. Wie steht's damit?"

Scott schüttelte den Kopf. „Wir hatten schon jemanden, aber die Frau hat im letzten Moment abgesagt. Vielleicht dachte sie, sie würde es in der Einsamkeit nicht aushalten. Wir suchen noch. Bestimmt finden wir jemand anders."

„Ich kann Ihnen den Neffen eines Kollegen empfehlen. Ein netter junger Mann und angesehener Physiotherapeut, der mit Tänzern und Sportlern arbeitet. Ihm würde ein Job im Outback sicher gefallen."

Scott blickte Alex an. Er schien nicht gerade begeistert zu sein.

„Würdest du nicht eine Frau vorziehen?"

„Mir ist ein Mann auch recht." Alex schaute immer noch verzweifelt auf ihr Bein. Ihre Entscheidung, Tänzerin zu werden, hatte ihr so viel abverlangt. Sie hatte unglaublich hart arbeiten und auf ihre große Liebe verzichten müssen. Und jetzt würde sie vielleicht nie wieder tanzen können.

„Alex?", fragte Scott besorgt. Er legte ihr die Hand auf die Schulter und spürte, wie Alex zitterte.

„Entschuldige. Ein Mann wäre wahrscheinlich sogar besser. Er wird sich in seiner Freizeit die Farm ansehen wollen. Eine Frau möchte möglicherweise unterhalten werden."

Scott überlegte und kam zu dem Schluss, dass Alex recht hatte.

„Es ist deine Entscheidung."

„Wenn Sie uns wirklich helfen können …" Alex blickte Dr. Tomlinson an.

„Lassen Sie mich telefonieren."

Der Arzt erreichte den jungen Physiotherapeuten, und er flog am nächsten Tag mit Scott und Alex zurück nach Main Royal. Peter Somerville schien diesen Job für die Chance seines Lebens zu halten. Als er sich mit ihnen am Flughafen traf, sagte er zu Alex, er habe sie einmal als Schwanenkönigin gesehen und ihre Vorstellung herzzerreißend gefunden.

„Meine Freundin hat sich die Augen ausgeweint", fügte Peter hinzu. „Glauben Sie mir, Miss Ashton, ich werde alles in meiner Macht Stehende tun, damit Sie wieder tanzen können."

Alex mochte ihn sofort. Was Scott anging, war sie nicht so sicher. Er blieb während des ganzen Flugs schweigsam, fast abweisend. Peter Somerville war nicht groß, aber kräftig, blond und blauäugig. Ihr gefiel, wie offen und freundlich er war, und sie glaubte, dass sie sehr gut miteinander auskommen würden. Und Ian Tomlinson hatte ihr versichert, dass er für seine Erfolge bekannt sei.

Wyn entschied, dass Peter nicht in einem der Bungalows am Rand des Haupthofs, sondern im Farmhaus wohnen würde. Der junge Mann war offensichtlich gut erzogen, beruflich erfolgreich und sehr sympathisch. Außerdem hoffte Wyn, dass Peter Somervilles Gegenwart die unverändert starken Spannungen zwischen Scott und Alex abschwächen würde.

Während Wyn von dem attraktiven jungen Mann angetan war, ging er Scott auf die Nerven. Peter Somerville war nett, und man musste ihn einfach mögen, aber er blickte zu oft Alex an. Zweifellos war er von ihrer Anmut und Schönheit hingerissen, obwohl er zu Hause eine Freundin hatte, mit der er seit sieben Monaten zusammen war und über die er schon mehrmals gesprochen hatte.

Scott wäre eine Physiotherapeutin lieber gewesen. Mit einer Frau würde es weniger Komplikationen geben, dachte er. Alex brauchte noch den Rollstuhl, bis ihr Bein voll belastet werden durfte, und gerade diese Hilflosigkeit und Verwundbarkeit machten sie noch bezaubernder.

Nach dem Abendessen entschuldigte sich Scott. Die anderen zogen in die Bibliothek um und hörten sich die neuen CDs an, die er Wyn mitgebracht hatte – Klavierkonzerte, Opern und die neueste von Sting. Wyn hatte einen breit gefächerten Geschmack. Als Scott kurz nach zehn in die Bibliothek kam, hörten Wyn, Alex und Peter eine Arie aus „La Bohème", gesungen von Montserrat Caballé, der berühmten spanischen Sopranistin.

„Komm und entspann dich", sagte Wyn. „Du arbeitest zu viel."

Scott ging zu einem kleinen Rosenholztisch, auf dem Gläser und Karaffen standen. „Noch jemand einen Schlummertrunk?"

„Danke, nein." Peter stand auf. „Ich möchte nicht länger stören."

„Sie stören überhaupt nicht", protestierte Wyn. „So etwas dürfen Sie nicht denken."

„Nein, wirklich. Bleiben Sie noch. Wir müssen Sie bei Laune halten", sagte Scott lächelnd. „Es ist sehr wichtig für uns alle, dass Alex schnell gesund wird."

„Das ist mir völlig klar", erwiderte Peter hastig. „Ich betrachte meine Aufgabe als Ehre und Herausforderung." Er wusste, dass Alex Miss McLarens Mündel war, aber in welcher Beziehung stand sie zu

Scott McLaren? Das war das Problem. Die seltsame Spannung zwischen den beiden hatte sogar ihn, Peter, überwältigt. Gut aussehend, reich, mächtig und in seinem eigenen prachtvollen Haus wirkte Scott McLaren jetzt noch eindrucksvoller und einschüchternder als auf dem Flughafen. Peter hatte das Gefühl, alle Register ziehen zu müssen, damit er akzeptiert wurde. „Wir beginnen morgen früh mit der Hydrotherapie, Miss Ashton", sagte er, obwohl sie ihn aufgefordert hatte, sie Alex zu nennen. „In zwei oder drei Tagen fangen wir dann mit besonderen Übungen an."

„Ich bin bereit, Peter."

Er war bezaubert von ihrem Lächeln. Noch nie in seinem ganzen Leben hatte er eine Frau wie Alexandra Ashton kennengelernt.

„Was für ein netter junger Mann!" Wyn seufzte zufrieden, nachdem Peter gegangen war. „Alex hat mir erzählt, ihr Arzt habe ihn empfohlen, Scott."

„Ich weiß nicht, ob das eine so gute Idee war", erwiderte Scott trocken. „Du hast doch sicher bemerkt, dass er Alex hinreißend findet."

Wyn ließ sich von Scotts Lächeln nicht täuschen. Sie sah, dass seine Augen vor Wut funkelten. Ihr geliebter Neffe konnte Alex ebenso wenig loslassen wie sie ihn. „Alex verdreht eben allen den Kopf. Das hat sie schon als Baby getan", sagte Wyn beschwichtigend. „Ich bin überzeugt, dass Peter nicht vergessen wird, warum er hier ist."

„Außerdem hat er eine Freundin. Wichtig ist nur, dass er ein guter Physiotherapeut ist." Alex beugte sich vor und hob den Saum des geblümten Rocks, den sie zu einem schlichten Top trug. „Das Bein sieht im Moment nicht gerade schön aus, stimmt's? Als ich zu diesem Sprung ansetzte, wusste ich schon, dass ich mich verletzen würde. Wie eine böse Vorahnung war das. Mit Victor wäre nichts passiert. Michael hat noch nicht oft mit mir als Partnerin getanzt, und ihm fehlen Victors Kraft und Erfahrung. Ich war an der richtigen Stelle. Er nicht."

„Und dafür musst du büßen", sagte Scott zornig. „Das Bein mag noch schwach sein, aber in einem Monat sieht alles schon ganz anders aus. Obwohl du so zerbrechlich wirkst, bist du erstaunlich stark."

„Ja, Alex. Du bist immer schnell gesund geworden", meinte Wyn aufmunternd.

„Eine solche Verletzung hatte ich noch nie", erwiderte Alex. „Auch wenn das Knie gut heilt, kann ich vielleicht nie wieder tanzen. All die Drehungen, Stellungen auf der Fußspitze und Sprünge ... Möglicherweise hält mein Knie die Belastung nicht mehr aus."

„Nehmen wir jeden Tag, wie er kommt", riet Scott. „Dr. Tomlinson war optimistisch. Wenn irgendjemand es schafft, dann du."

„Ich wünschte, es wäre so einfach." Alex seufzte. „Ach, ich bin heute Abend ein bisschen erschöpft und tue mir selbst leid. Morgen geht es mir sicher viel besser."

„Soll das heißen, du möchtest jetzt ins Bett?" Scott trank seinen Whiskey aus.

„Erst will ich noch den Abendhimmel betrachten", sagte Alex. „Nirgendwo sonst auf der Welt ist er so weit und frei wie hier. Ich habe den Anblick so vermisst."

„Dann müssen wir auf die Veranda gehen." Scott stand auf, und plötzlich wurde er wieder von Erinnerungen überwältigt. Alex hatte sich sehr für die Kultur der Ureinwohner interessiert, für ihre Riten und Tänze bis hin zu ihrem großen Wissen über Kräuter. Vor allem hatte Alex die wundervollen Traumzeitgeschichten geliebt. Leben, Tod, Erde, Feuer und Wasser, Sonne, Mond und Sterne – zu allem gab es einen Mythos, und Alex war von den vielen verschiedenen Mythen fasziniert gewesen. Oft hatte sie ihn, Scott, gebeten, sie ganz hoch zu heben, damit sie einen der „Diamantäpfel" vom Himmel pflücken konnte.

Alex sah die Welt wie er. Das hatte er zumindest geglaubt.

Scott blieb vor dem Sofa stehen, auf dem sie lag, und blickte auf sie hinunter. Sie war so bezaubernd, weil sie gleichermaßen Unschuld und Sexualität ausstrahlte. Scott schaute auf Alex' schöne Brüste, die sich deutlich unter dem engen Top abzeichneten. Das wird eine verdammt schwere Zeit für mich, dachte er. Seit Alex keinen Gips mehr trug, konnte er, Scott, sie höher halten und enger an sich drücken, wenn er sie hochhob. Das löste widersprüchliche Gefühle in ihm aus. Er war fest entschlossen, sich nicht wieder mit ihr einzulassen, doch er konnte nicht leugnen, dass sein Verlangen noch genauso stark war wie früher. Damit musste er fertigwerden.

„Wenn ihr nichts dagegen habt, gehe ich schon ins Bett." Wyn stand auf und unterdrückte ein Gähnen. „Brauchst du mich wirklich nicht mehr, Alex?"

„Geh nur", sagte sie liebevoll. „Ich muss anfangen, meine alte Beweglichkeit zurückzugewinnen."

„Aber sei vorsichtig und lass dir Zeit damit." Scott hob sie vom Sofa. „Wenn du dich überanstrengst, gefährdest du nur die Heilung."

„Ich weiß." Seine Nähe ließ Alex' Herz schneller schlagen.

„Keine Sorge, Wyn, ich bringe sie in ihr Zimmer", versicherte Scott. Er trug Alex nach draußen auf die Veranda, setzte sie jedoch nicht in einen Sessel, sondern stellte sich mit ihr ans Geländer.

„Du willst mich doch nicht etwa hinunterwerfen?", scherzte Alex.

„Ich könnte dich in zwei Teile brechen", erwiderte Scott.

„Ja, zweifellos." Er war in einer gefährlichen Stimmung, wie Alex bewusst wurde. „Du bist immer noch verletzt, oder?"

„Ja. Vergiss das ja nicht."

„Wie sollte ich, wenn du mich ständig daran erinnerst. Hasst du mich, Scott?"

„Darf ich das nicht?" Es war solch eine Qual, nicht mit ihr zu schlafen. Er würde niemals aufhören, sie zu begehren.

„Ich habe kein Verbrechen begangen", sagte Alex.

„Doch. Gegen mich." Scott setzte sie auf das Geländer und legte die Arme um sie.

„Aber jetzt geht es dir wieder gut. Du hast Valerie."

„Du meinst, du bist aus dem Schneider, weil ich sie habe?"

„Anscheinend nicht. Du kannst mir meine alten Sünden nicht verzeihen. Trotzdem möchte ich, dass du glücklich bist, Scott."

„Glücklich?", fragte er höhnisch. „Wovon, zum Teufel, redest du?"

„Was bedeutet dir Valerie dann?", fragte Alex bestürzt. „Schläfst du mit ihr?"

„Das geht dich nichts an."

Alex senkte den Blick. „Natürlich tust du es. Sex ist wichtig für dich."

„Stimmt. Es ist noch viel zu früh, darauf zu verzichten. Und versuch nicht, mir zu erzählen, dass du es kannst. Nicht meine kleine Alex, die früher in meinen Armen rasend geworden ist."

„Vielleicht war ich zu sehr daran gewöhnt, geliebt zu werden", sagte Alex traurig. „Sex ist eine flüchtige Befriedigung. Liebe ist ein Wunder."

„Du hast sie gefunden und verschenkt", erwiderte Scott verächtlich und gequält zugleich.

Alex erkannte, dass sie seine Hoffnungen und Träume zunichtegemacht hatte. Und sein Vertrauen war restlos zerstört, nachdem er erst von seiner Mutter und dann auch noch von ihr, Alex, verlassen worden war. „Du wirst es niemals verstehen, stimmt's? Du kannst es nicht. Mir bot sich eine Chance. Ich musste sie nutzen."

„Okay! Das verstehe ich ja noch. Aber warum hast du mich nicht in deinen Traum eingeweiht? Du hast mir verschwiegen, dass du Karriere als Tänzerin machen willst. Wir würden für immer zusammen sein, hast du zu mir gesagt. Nichts könnte uns trennen."

Jetzt kam es Alex unglaublich vor, aber es stimmte. Sie hatte in beiden Welten leben wollen. Scott hatte sie gezwungen, sich zu entscheiden. Sie hatte die Welt des Balletts gewählt, war jedoch nicht wirklich glücklich geworden. „Bitte, Scott. Hören wir auf damit. Ich bin so traurig."

Er blickte hoch zu den Sternen und versuchte, sich zu beruhigen. Wie war es nur möglich, dass er so verbittert und deprimiert war, obwohl sein Körper vor Verlangen zu brennen schien? Er, Scott, wollte Alex hochheben und davontragen …

Die Erinnerungen überfielen ihn mit solcher Macht, dass er einen Moment lang völlig verwirrt war. Plötzlich roch er den berauschenden Duft der Boronias, und gleichzeitig sah er Bilder, so scharf und deutlich, dass er den Atem anhielt.

„Scott, Liebling …", flüsterte Alex erschüttert. Der Mond und unzählige Sterne strahlten auf sie herab und tauchten sie in silberweißes Licht. Sie waren in ihrem Versteck. Der stille, vollkommene, verwunschene Ort war nur durch einen schmalen Tunnel aus Akazien zu erreichen, deren weiche goldgelbe Blüten auf ihre Köpfe und Schultern fielen. Der halbmondförmige Wüstenteich war klar und sauber und in der Mitte sehr tief. Der weiße Sand an seinem Ufer wurde von wundervoll glatten Felsen gesäumt.

Er, Scott, war drei Jahre nicht mehr dort gewesen. Der Teich erinnerte ihn zu sehr an Alex. Jetzt, als er mit ihr auf der Veranda war und zum Himmel blickte, sah er wieder ihr verträumtes, glückstrahlendes Gesicht vor sich und spürte ihre zarte Haut und sein heftiges Verlangen.

Einmal hatten Alex und er dort Schutz vor einem Sommergewitter gesucht. Er erinnerte sich an die gewaltigen Blitze und an Alex' aufgeregtes Lachen, das vom Lärm der kreischenden Vögel fast übertönt wurde. Und dann, als das Gewitter vorbei war und kühle, frische Luft die flirrende Hitze vertrieb ... dann ...

Was er verloren hatte, war ihm erst völlig bewusst geworden, nachdem Alex gegangen war. Der Schmerz war noch immer unerträglich. Niemals wieder würde er mit Alex so glücklich sein. Jene wundervollen Tage gehörten in eine andere Zeit.

Jetzt versuchte Scott, seine Gefühle für Alex zu unterdrücken, aber es gelang ihm nicht. Das war ein Maßstab für seine Verletzlichkeit. „Du wirst gesund, Alex", sagte er schließlich. Sie hatte alle seine Träume zerstört, und trotzdem war sein Leben ohne sie leer. „Du wirst perfekte Fouettés machen, oder wie immer das heißt. Vielleicht komme ich sogar und schaue mir deine triumphale Rückkehr auf die Bühne an. Tänzerinnen deines Formats brauchen ihr Publikum. Aber ich brauche eine Ehefrau, die immer an meiner Seite ist und mir Kinder schenkt. Ich will wirklich keine Frau, die niemals da ist."

Am Morgen des fünften Tages stellte Alex überglücklich fest, dass sie die Krücken nicht mehr brauchte. Ian Tomlinson hatte richtig gehandelt, als er ihr Peter empfahl. Er war wirklich ein sehr guter Physiotherapeut. Seine Hydrotherapie hatte er inzwischen mit tänzerischen Übungen verbunden, die die Heilung beschleunigten. Alex und er waren sich darüber im Klaren, dass ihr Knie noch nicht voll belastet werden konnte, aber das Bein wurde jetzt schnell kräftiger und beweglicher.

„Um Himmels willen!", rief Wyn, als Alex ohne Hilfe ins Frühstückszimmer kam.

Scott, der wie immer seit dem Morgengrauen gearbeitet hatte und gerade ins Haus zurückgekehrt war, stand vorm Sideboard. Jetzt drehte er sich um und blickte Alex an. „Was habe ich dir gesagt? Man muss nur etwas wirklich wollen, dann geschieht es auch. Gratuliere, Alexandra."

Sie lächelte ihn strahlend an. „Ich habe noch einen weiten Weg vor mir, aber es ist nicht übel."

„Es ist wundervoll!" Wyn hatte Tränen in den Augen.

„Die Frau ist genial", sagte Scott spöttisch. „Ich wette, in einem Monat wird sie Pirouetten rund ums Haus tanzen."

„Peter hat großen Anteil daran. Wo ist er überhaupt?", fragte Alex. „Sonst sitzt er doch immer vor mir hier."

„Er duscht schnell." Scott nahm sich Frühstücksspeck, Würstchen und Eier. „Peter ist heute Morgen mit mir ausgeritten, weil er mehr über das Leben auf einer Farm erfahren wollte. Leider ist er vom Pferd gefallen."

„Aber es geht ihm gut?", fragte Alex besorgt.

„Natürlich", erwiderte Scott kurz angebunden. „Und? Was kann ich dir anbieten?"

Sie kam zum Sideboard und stellte sich neben ihn. „Einen Orangensaft und Papaya, danke."

„Sonst nichts?" Er blickte auf Alex hinunter. Sie reichte ihm nicht einmal bis zur Schulter.

„Mehr brauche ich nicht. Ich bin kein großer Mann, der eine Farm leitet."

„Trotzdem würden dir einige Pfunde mehr nicht schaden. Dann schaffst du es vielleicht irgendwann gerade, mit mir auszureiten." Scott schenkte den Orangensaft ein und reichte Alex das Glas.

„Oh, das wäre schön! Ich möchte ‚Sun Dance' reiten, deinen schnellsten Hengst!"

„Nicht so schnell", sagte Wyn lachend. „Wir müssen auf dich aufpassen."

„Am nächsten Wochenende findet auf Carinda ein Polospiel statt", erklärte Scott. „Vielleicht geht es dir dann schon so gut, dass du mitfahren kannst."

„Bestimmt!" Alex setzte sich neben Wyn an den Tisch. „Spielst du, Scott?"

„Natürlich. Aber ich bin nicht mehr Kapitän der Mannschaft. Ich habe einfach nicht genug Zeit. Jake O'Connell hat mich abgelöst. Er ist mehr oder weniger Profi geworden und macht jetzt Punktspiele. Es wird sicher ein schöner Tag. Ich freue mich darauf."

„Können wir Peter mitnehmen?", fragte Alex. „Ich glaube, es würde ihm gefallen."

„Ich habe nichts dagegen", erwiderte Scott trocken und warf seiner Tante einen vielsagenden Blick zu. „Vielleicht sieht dein Peter dann zur Abwechslung einmal nicht dich an und betrachtet stattdessen die Pferde."

7. KAPITEL

*A*lex lehnte sich zurück und ließ den Blick über die Polo-plätze gleiten. Das flache Weideland der Carinda-Farm breitete sich in alle Richtungen meilenweit aus. Es war ein schöner Tag. Die Sonne strahlte vom wolkenlosen blauen Himmel. Blühende Bauhinien spendeten Schatten und ließen orchideen-ähnliche rosafarbene, weiße und kirschrote Blüten auf den Boden regnen. Alex fand den Anblick überwältigend. Limonellen- und Feigenbäume mit ihren dunkelroten Früchten säumten das Spiel-feld.

Ein lieblich duftender Wind wehte direkt auf Alex zu, und sie atmete tief die saubere Luft ein. Sie war völlig entspannt und aufgeregt zugleich. Wie sie hatten auch die vielen anderen Besucher auf der Anlage große Entfernungen zurückgelegt, um das schnellste Spiel der Welt zu sehen.

Polo.

Es war kaum zu glauben, dass die Perser schon sechshundert vor Christus Polo gespielt hatten. Britische Kavallerieoffiziere brachten das Spiel in den Westen. Scotts Urgroßvater hatte schon in den Sieb-zigerjahren des vergangenen Jahrhunderts versucht, ein Team auf-zustellen, war jedoch nicht allzu erfolgreich gewesen. Richtig los ging es erst, als Scotts Urgroßvater aus dem Zweiten Weltkrieg zu-rückkehrte und begann, die besten Polopferde im Land zu züchten. Sowohl in Australien als auch in Indien waren die Zuchthengste und -stuten Main Royals sehr gefragt.

Klima, Gelände und Umwelt im Outback waren ideal für das Spiel, und jede Farm hatte reichlich Platz für viele Polofelder. Scott war ein herausragender Spieler, der über ein großes Repertoire an Schlägen verfügte und intelligent und furchtlos spielte. „Der Traum der Zuschauer" hatte ihn eine indische Maharani genannt, die einmal Gast auf Main Royal gewesen war und ihm zugeschaut hatte.

Alex lächelte, als sie daran dachte. Viele Frauen reisten zu jedem Polospiel, nur um Scott McLaren zu sehen. Natürlich war Valerie Freeman immer dabei. Umringt von ihrer Clique, hielt sie in einiger Entfernung Hof.

Picknicks waren an der Tagesordnung. Jede Gruppe baute Tische und Stühle auf und bot die mitgebrachten köstlichen Speisen an. Bei diesen Treffen wurde ziemlich viel getrunken, und Alex rechnete damit, dass schon bald die Champagnerkorken knallen würden. Sie trank tagsüber nicht gern Alkohol und würde sich mit Kaffee oder Saft begnügen.

Wyn war nicht mitgekommen. Sie musste in Kürze ihr Buch beim Verlag abliefern und hatte keine Zeit. Peter war jedoch begeistert mitgefahren. Er stand mit einigen neuen Freunden in der Nähe eines der Pferdetransporter. Auf dem Rasen wärmten sich Spieler auf, unter ihnen Scott. Wie schon oft dachte Alex auch jetzt wieder, dass er das perfekte Modell für ein Reiterstandbild sei.

Es ging ihr so viel besser. Sie war fast wieder die Alte. Durch das Konditionstraining war das Bein kräftiger geworden und sah schon sehr gut aus. Nur belasten konnte sie es noch immer nicht. Sie trug eine ärmellose Bluse im Safarilook, dazu passende Bermudashorts und einen breitkrempigen Strohhut.

Wenn die Spieler nicht besonders gut waren, konnte Polo zu einer wüsten Keilerei ausarten. Doch an diesem Tag trafen zwei ausgezeichnete Mannschaften aufeinander, die zudem hervorragende Pferde hatten. Das Spiel versprach spannend zu werden.

Sobald Valerie sah, dass Alex allein war, ging sie schnurstracks auf sie zu. Sie war entschlossen, ihren Rang zu untermauern. Die meisten Leute hier kannten Alex und hatten sie begrüßt, als wäre sie eine Prinzessin. Sie, Valerie, hatte ihre Wut kaum verbergen können. Alexandra Ashton war gefährlich.

„Hallo!", rief Valerie. „Sie sehen aus, als würden Sie sich sehr wohlfühlen."

Alex blickte auf. „Tue ich. Die Bauhinien sind so wunderschön."

„Ich finde, sie sind eine Plage." Valerie, sehr schick in einer Leinenhose und bunten Seidenbluse, setzte sich auf den Klappstuhl neben Alex. „Und? Was macht das Bein?"

„Mir geht es viel besser, danke. Peter trainiert jetzt intensiv mit mir."

„Das freut mich ja so für Sie." Valerie warf Alex einen durchdringenden Blick zu. „Ich weiß, wie sehr Sie sich wünschen, in Ihren Beruf zurückzukehren."

„Es wird noch lange dauern, bis ich wieder tanzen kann. Wenn überhaupt jemals." Alex seufzte.

„Sie scherzen!"

Valeries Ton gefiel Alex nicht. „Nein. Schon viele Tänzer und Sportler mussten nach einer Verletzung ihren Beruf aufgeben."

„Aber Sie sind jung und fit." Valerie schaute auf Alex' schlanke Beine. „Ich kann nicht einmal sagen, welches das verletzte Bein ist", meinte sie spitz.

Alex klärte sie nicht auf. „Ich mache ja auch große Fortschritte. Trotzdem muss ich damit rechnen, dass meine Karriere als Solotänzerin beendet ist."

„Das ist ja furchtbar. Grausam", rief Valerie empört. Ihre Miene war unfreiwillig komisch.

„Traumatische Erfahrungen und Krisen gehören zum Leben. Ich werde nicht verkrüppelt sein. Nur könnte mein Knie extremen Belastungen nicht mehr standhalten. Aber genug von mir." Alex blickte die junge Frau abschätzend an. „Sie sehen aus, als würden Sie selbst vor schweren Zeiten stehen."

„Ich verstehe nicht, was Sie meinen." Valerie runzelte die Stirn.

„Oh doch, das tun Sie."

Valerie schnaufte verächtlich. „Na schön. Ich will nicht, dass Sie meine Pläne durchkreuzen. Und ich warne Sie: Ich bin kein guter Verlierer."

„Je eher ich meine Koffer packe und nach Hause fahre, desto besser, meinen Sie?"

„So ähnlich. Sie haben etwas an sich, mit dem Scott trotz seiner Selbstsicherheit nicht fertigwird."

„Vergessen Sie nicht, was Scott und ich zusammen durchgemacht haben", sagte Alex. „Wir haben uns geliebt. Eine Zeit lang." Sie liebte ihn immer noch. Er sie nicht.

Valerie lachte spöttisch. „Ja, eine Zeit lang. Ich bin froh, dass Sie das hinzugefügt haben. Ich möchte Sie wirklich nicht beleidigen, aber ich muss Ihnen sagen, dass Sie unsere Beziehung unerträglich belasten. Das verstehen Sie doch gewiss?"

„Wollen Sie die Wahrheit wissen, Valerie?", fragte Alex.

„Natürlich."

„Ihre Taktik ist völlig falsch. Sie sind nicht Scotts Ehefrau. Nicht einmal seine Verlobte. Und eine Verlobung ist auch nicht geplant."

„Hat Scott Ihnen das gesagt?" Valerie sah verletzt aus.

„Ich konnte es mir zusammenreimen."

„Edwina hat Ihnen das eingeredet. Ich habe große Achtung vor Miss McLaren, aber es ist offensichtlich, dass Sie zu Ihnen hält."

„Scott liebt mich nicht mehr, Valerie. Das sollte Ihnen Mut machen. Und wenn ich völlig wiederhergestellt bin, werde ich auf die Bühne zurückkehren."

„Können Sie mir Ihr Wort geben?"

„Sie werden mit dem zufrieden sein müssen, was ich gesagt habe", erwiderte Alex kühl.

Valerie zuckte die Schultern. „Scott will eine Frau, die mit ihm auf der Farm lebt und für ihn da ist. Eine Herrin für Main Royal. Nicht eine, die von ihm getrennt lebt."

„Glauben Sie, das wüsste ich nicht?", fragte Alex.

„Lieben Sie ihn noch?"

„Unsere Liebe mag vorbei sein, aber wir können uns nicht völlig voneinander lösen. Ich werde für immer an Scott gebunden sein."

Valerie dachte einen Moment lang darüber nach. „Dann kommen wir beide nicht weiter, stimmt's?"

„Das Problem werden Sie mit Scott auch haben."

„Sie irren sich!", brauste Valerie auf. „Er will, dass Sie aus seinem Leben verschwinden, damit er frei ist und einen neuen Anfang machen kann!"

„Und er meint, dass er mit Ihnen glücklich wird?"

„Er hat keine andere, die ihn interessiert."

„Wie können Sie das ertragen? Wollen Sie denn nicht einen Mann, der Sie von ganzem Herzen liebt?", fragte Alex.

„Hören Sie, ich habe niemals geglaubt, dass ich das bekommen würde", erwiderte Valerie ausdruckslos. „Ich will gesellschaftlich aufsteigen. Sie mit Ihrer glänzenden Karriere müssen doch wissen, wie es ist, wenn man unbedingt etwas erreichen will. Ich möchte jemand sein."

„Soweit ich weiß, sind Sie es."

„Ich habe eine gute Partie im Sinn." Valerie lächelte ironisch.
„Keinen guten Ehemann und Vater für Ihre Kinder?"
„Scott wird beides sein. Und ein großartiger Liebhaber. Er ist sagenhaft reich, stammt aus einer alteingesessenen, vornehmen Familie und sieht aus wie ein Filmstar."
„Er hat auch eine Schattenseite", warnte Alex.
„Um so aufregender!" Valerie blickte sich um. „Wir müssen unser interessantes Gespräch abbrechen. Ihr Freund, der Physiotherapeut, kommt zu Ihnen zurück. Was haben Sie nur an sich, dass Sie alle Männer anziehen, Alex? Das würde ich wirklich gern wissen."
„Ich weiß es nicht. Vielleicht sprechen Sie besser mit Scott darüber."
„Habe ich Sie und Valerie gestört?", fragte Peter. Er blickte Valerie nach und setzte sich dann auf den plötzlich frei gewordenen Stuhl.
„Überhaupt nicht." Alex lächelte Peter an. „Wir warten alle darauf, dass das Spiel anfängt. Ein Spieler fehlt noch."
„Warum Scott die große Zugnummer ist, wird einem klar, sobald man ihn reiten sieht. Ich bin wirklich froh, dass ich heute mitkommen konnte. Das hier ist ein großartiges Erlebnis. Sie kennenzulernen, Alex …" Peter verstummte. Gerade rollte ein prächtiger Oldtimer mit offenem Verdeck auf die Anlage. Der Fahrer und seine bildschöne Begleiterin winkten allen zu. „Mann!", rief Peter und stand auf, damit er besser sehen konnte.
„Leslie Darrow mit seiner neuesten Freundin", sagte Alex. „Leslie ist ein echter Angeber und Müßiggänger. Seinen Eltern gehört die Glenfield-Farm. Das Auto hält er versteckt und führt es nur bei besonderen Anlässen vor. Hoffentlich ist er nicht so dumm und hupt. Das könnte die Pferde erschrecken."
„Polo ist doch so ein hartes Spiel. Ich dachte, Pferde, denen Poloschläger um die Ohren sausen, regt nichts so schnell auf", meinte Peter überrascht.
„Während des Spiels nicht, aber sie erschrecken, wenn ein Champagnerkorken knallt, ein Spiegel blendet oder ein Pfleger ausrutscht, während er sie aus dem Transporter führt. Habe ich alles selbst schon miterlebt."

„Ein wundervolles Auto. Und in Topzustand. Der Lack ist perfekt. Ich sehe es mir einmal aus der Nähe an." Peter lächelte Alex an und ging davon.

Offensichtlich ein Oldtimer-Fan, dachte sie nachsichtig und lehnte sich zurück.

Einen Moment später brach die Hölle los. Das Auto blieb plötzlich stehen, und eine Fehlzündung hallte so laut wie eine Explosion über die ganze Anlage. Bestürzt blickte Alex auf und verfluchte Leslie und seine Angeberei. Er dachte niemals darüber nach, dass sein Leichtsinn ernste Folgen haben könnte.

Wie jetzt.

Drei Pferde, die an einem Transporter angebunden waren, bäumten sich erschrocken auf und rissen sich los. Noch schlimmer, sie liefen in Alex' Richtung. Zuschauer stoben auseinander, und Tische und Stühle fielen wie Kegel um. Alex stand mühsam auf. Sie wusste, dass sie in Gefahr war, von den durchgegangenen Pferden überrannt zu werden. Die Tiere kamen näher. Niemand war auf eine Stampede gefasst gewesen, doch einige Männer reagierten schnell und versuchten, die Pferde aufzuhalten. Keiner schaffte es. Einen streiften die Tiere bei ihrer rasenden Flucht, und er wurde von dem Schlag in die Luft gewirbelt.

Alex ging los, stolperte und fing sich wieder. Ein stechender Schmerz zuckte durch das verletzte Bein, sobald sie es belastete. Ihre Angst nahm zu, als sie merkte, wie langsam sie vorwärtskam. Plötzlich sah sie von rechts Reiter in ihre Richtung galoppieren. Einer von ihnen löste sich von der Gruppe und schrie ihren Namen. Sofort wusste Alex, was sie tun musste. Sie wirkte zerbrechlich, und die Verletzung behinderte sie immer noch, aber sie war durchtrainiert und hatte in Armen und Händen erstaunlich viel Kraft. Alex stellte sich genau richtig hin und passte den Moment ab, als der Reiter sie erreichte, sich aus dem Sattel beugte und sie hochhob. Es war eine Bravourleistung.

Die Leute hatten erwartet, Zeugen eines schrecklichen Unfalls zu werden. Stattdessen hatten sie das Kunststück eines hervorragenden Reiters und einer mutigen jungen Frau gesehen. Wenn die Situation nicht so bedrohlich gewesen wäre, hätten sie die Darbietung viel-

leicht genossen. Jetzt jubelten und applaudierten alle. „McLaren!",
schrien sie. „Du hast es geschafft, Scott!"

Die anderen Reiter hatten inzwischen die durchgegangenen
Polopferde eingefangen, und die Erleichterung darüber, dass alles
vorbei war, äußerte sich in allgemeinem nervösem Gelächter.

„Geht es dir gut?", fragte Scott.

Alex nickte. Der Schmerz in ihrem Bein war so schlimm, dass
ihr davon schwindlig wurde. Trotzdem war sie sich Scotts Wut und
Anspannung bewusst. Er hielt sie so fest, dass sie kaum atmen
konnte.

Scott fühlte sich dem Zusammenbruch nahe. Es war die Hölle, zu
erkennen, was Alex ihm noch immer bedeutete. „Alex?", fragte er
wieder.

„Lass gut sein, Scott. Es ist vorbei", sagte sie zittrig.

„Ach ja? Darrow, dieser verdammte Idiot. Ich bringe ihn um!"

„Kannst du bitte deinen Griff lockern?"

Scott tat es sofort und beugte sich vor, sodass seine Wange Alex'
berührte. „Bist du verletzt?"

„Mir geht's gut. Ich bin nur erschrocken." Sie bemühte sich, den
Vorfall herunterzuspielen. Wenn sich Scott aufregte, war er unbere-
chenbar.

„Dein Peter hat nicht einmal versucht, dir zu helfen!", schimpfte
Scott.

„Es erfordert großen Mut, bei so etwas einzugreifen. Und Peter
hat keine Ahnung von Pferden."

„Das ist keine Entschuldigung", brauste Scott auf. „Er ist dein
Physiotherapeut und muss auf dich aufpassen."

„Reg dich doch nicht so auf", flehte Alex. „Wahrscheinlich war
Peter so entsetzt, dass er einfach nicht reagieren konnte."

„Ich habe große Lust, ihn davonzujagen!", sagte Scott scharf.

„Und was wird dann aus mir?"

„Ich finde jemand anders für dich. Bald brauchst du doch sowieso
keine Behandlung mehr. Du machst so gute Fortschritte. Was sich
auch eben gezeigt hat."

„Übung, das ist alles. Tänzer müssen über vollkommene Körper-
beherrschung verfügen. Da ist Peter. Er sieht ganz verstört aus."

„Dazu hat er auch allen Grund." Scott ritt auf das niedrige Geländer zu, wo zusammen mit Peter noch andere Leute auf sie warteten.

„Sei nicht grausam gegen ihn", bat Alex.

Sie versicherte allen, es gehe ihr gut, und ließ sich dann zum Farmhaus fahren, damit sie sich frisch machen und in Ruhe eine Tasse Tee trinken konnte. Scott sagte nichts, solange Alex und die anderen dabei waren, aber später sprach er erst mit Darrow und danach mit Peter unter vier Augen. Darrow entschuldigte sich überschwänglich und versprach, seinen Oldtimer nie wieder in die Nähe eines Polospielplatzes zu bringen. Peter blinzelte, als wäre er kurz davor, in Tränen auszubrechen.

„Ich hätte Alex geholfen, wenn ich es gekonnt hätte. Aber es ging alles viel zu schnell."

„Das akzeptiere ich nicht", erwiderte Scott. „Sie hätten zu ihr laufen müssen. Und das wissen Sie auch."

Peter nickte. „Tut mir leid. Es war ein Test, und ich habe ihn nicht bestanden. Ich habe keine Ahnung von Pferden. Keiner hat es geschafft, sie aufzuhalten", versuchte er noch einmal, sich zu rechtfertigen.

„Einige haben es wenigstens versucht. Alex ist Ihr Schützling. Sie hätten sofort zu ihr laufen und sie in Sicherheit bringen müssen. Hoffentlich war Ihnen das heute eine Lehre. Alex hätte überrannt werden können."

Peter wurde rot. „Reiten Sie nicht darauf herum, Scott. Ich weiß, wie knapp es war. Aber zum Glück waren Sie da. Offensichtlich bin ich hier im Outback fehl am Platz."

„Unfälle passieren überall", sagte Scott schroff.

In dieser Nacht konnte Alex nicht schlafen. Sie war einfach zu aufgewühlt. Wahrscheinlich die Nachwirkungen des Schocks, sagte sie sich. Sie wollte Musik hören, denn das beruhigte sie immer, fand aber ihren Walkman nicht. Normalerweise bewahrte sie ihn in ihrer Nachttischschublade auf.

Alex überlegte, wo sie ihn liegen gelassen hatte. Plötzlich fiel ihr ein, dass sie ihn mit in den Fitnessraum genommen hatte, wo Peter und sie arbeiteten. Der arme Peter! Er fühlte sich schuldig. Vielleicht hatte er ihr helfen wollen, doch bei dem Gedanken, die Pferde zu bändigen, war er wohl in Panik geraten. Und es war ja auch gefährlich, sogar für Leute, die täglich mit den Tieren umgingen. Scott hatte gehandelt, doch er wurde ja mit allem fertig.

Während sie ihren Morgenmantel anzog, dachte Alex daran, wie Scott auf sie zugaloppiert war und sie sofort gewusst hatte, was er vorhatte. Früher hatte er sie oft vor sich aufs Pferd gehoben, und sie waren zu ihrem Versteck geritten, wo ihnen ein Glockenvogel viele Male ein Ständchen gebracht hatte.

Wie immer waren die Wandleuchten in den Fluren nicht ausgeschaltet. Wyn kehrte nachts oft in ihr Arbeitszimmer zurück, wenn sie nicht schlafen konnte, und wenn Scott etwas auf dem Herzen hatte, streifte er wie ein Panther durchs Haus. Das Mondlicht schien durch die hohen Bogenfenster auf die Parkettfußböden, sodass sie wie Bernstein funkelten. In der Eingangshalle schlug die Standuhr. Ein Uhr morgens.

„Kannst du nicht schlafen?"

Alex schrie auf und drehte sich um. „Wo bist du?" In der Halle war es dunkel, und sie konnte Scott nicht sehen.

„Ich warte auf dich."

Sie stöhnte fast vor Erregung. „Scott?" Sie ging in die Richtung, aus der die Stimme kam.

„Du klingst wie ein verängstigter Vogel."

„Wo bist du?"

„Hier, Geliebte." Scott war plötzlich hinter ihr und hielt sie fest.

Alex nahm den schwachen Duft von Cognac wahr. „Um Himmels willen!" Sie legte die Arme über seine.

„Was machst du hier um diese Zeit?" Scott neigte den Kopf und küsste sie auf den Hals.

„Ich konnte nicht schlafen." Hitze durchflutete sie, und sie lehnte sich, die Augen geschlossen, gegen Scott und erlaubte ihm, sie zu liebkosen. Ihr Gefühl sagte ihr, dass er zu viel getrunken habe und nicht überlege, was er tat. Aber es war so wundervoll, wieder in seinen Armen zu sein, dass sich Alex ihren Sehnsüchten hingab. Scott streichelte sie so lange, bis sie schwach vor Erregung war, dann hob er sie hoch und trug sie schweigend durchs Haus. Alex wusste, was passieren würde, protestierte aber nicht. Sie liebte Scott. Alles andere war unwichtig.

In seinem Zimmer legte er sie aufs Bett und beugte sich über sie. „Du bist schön", sagte er sanft, blickte sie jedoch fast unfreundlich an.

„Damit lösen wir keine Probleme", erwiderte Alex angespannt.

„Nein, aber wir können nicht dagegen an, stimmt's?"

„Du hast getrunken", sagte Alex vorsichtig.

„Na und? Bist du inzwischen auch noch Moralpredigerin geworden?" Scott richtete sich langsam auf, ging zur Tür und schloss ab, dabei blickte er Alex unverwandt an.

Schnell setzte sie sich auf. Im Schein der Nachttischlampe sah es aus, als hätte sich ein magischer Strahlenkranz um ihren Kopf gebildet. „Wir sollten das nicht tun, Scott."

„Hör auf, Alex", spottete er. „Dass es geschieht, war doch von Anfang an klar. Die Frage war nur, wann." Er lächelte ironisch, war jedoch unerträglich aufgewühlt. „Du wärst heute fast niedergetrampelt worden."

„Bin ich aber nicht. Du warst da. Wie du immer zur Stelle bist."

„Auf dich aufpassen – das ist meine Lebensaufgabe, nicht wahr?"

„Sag das nicht, als wäre sie dir aufgedrängt worden."

„Anscheinend kann ich sie nicht aufgeben, auch wenn wir schlecht füreinander sind."

„Sind wir das?", fragte Alex tief verletzt.

Scott kam zu ihr zurück und legte sich neben sie aufs Bett. „Drücken wir es anders aus. Ich bin besessen von dir. Buchstäblich besessen, meine ich. Und ich kann nicht viel dagegen machen. Du gehst fort und verlässt mich, und dennoch bist du immer bei mir. Ich habe so gelitten! Nur ein Narr überlässt sich solch einem Zauber. Wie ich mich dafür hasse, dieser Narr zu sein! Es zerstört mein Leben."

Er war so wütend auf sie und so stolz. Beides zusammen war einfach zu viel für Alex. „Sag das nicht!" Verzweifelt schmiegte sie sich an ihn. „Ich werde fortgehen. Morgen. Willst du das?"

„Wenn es helfen würde. Aber es würde nichts ändern." Scott blickte Alex an und sah, wie unglücklich sie war. Er legte den Arm um sie. Es war so lange her, dass er mit ihr geschlafen hatte. Eine Ewigkeit. Einen Tag. „Sobald du dazu imstande bist, wirst du tun, was du schon einmal getan hast. Du wirst mich verlassen und auf die Bühne zurückkehren. Dass du mit mir zusammenleben wolltest, hast du nur vorgetäuscht."

„Nein!"

„Was wäre, wenn ich dich schwängern würde?", fragte Scott rau. „Wenn ich dasselbe gemeine Spiel mit dir triebe, das Frauen mit Männern treiben, und dir ein Kind andrehen würde? Ich will eins. Ob es ein Junge oder Mädchen wird, spielt keine Rolle. Damit könnte ich dich an mich binden."

„Und Valerie?", fragte Alex.

„Valerie hat nichts außer Sex zu bieten. Verdammt, ich habe sie nicht einmal gern."

„Aber du benutzt sie."

„Ja. Und sie benutzt mich. Valerie liebt mich nicht. Sie liebt, wofür ich stehe."

„Dann willst du sie nicht heiraten?"

Scott zuckte die Schultern. „Sie zu heiraten wäre eine Lösung." Alex ist die einzige Lösung, dachte er.

„Wäre es nicht besser, mit ihr über deine Zweifel zu sprechen?", fragte Alex.

„Auch wenn es dich nichts angeht ... ich habe es vor. Allzu überrascht wird Val wohl nicht sein. Von Frauen verstehe ich nicht viel. Ich habe mir eine ausgesucht, aber sieh dir an, wohin es mich gebracht hat."

„Ich liebe dich." So sehr. Alex umklammerte verzweifelt Scotts Hand.

„Du meinst, du willst mit mir schlafen?"

„Wenn du willst."

„Oh ja!", sagte er, dann lachte er grimmig. „Aber ich kann dich nicht in die Falle locken. Das ist einfach nicht mein Stil. Ist der Zeitpunkt gut oder schlecht? Ich will kein Gummi zwischen uns."

„Früher haben wir uns nie darum gekümmert." Sie hatten sich gedankenlos einer Leidenschaft hingegeben, die sie beide überwältigt hatte.

„Wir müssen verrückt gewesen sein", sagte Scott trübsinnig. „Ich muss verrückt gewesen sein. Weil du mich verzaubert hast, Alex."

„Ich begehre dich", flüsterte Alex gequält, denn sie wusste, dass er ihre Liebe zurückweisen würde. „Du brauchst dir keine Sorgen zu machen."

„Warum nicht? Nimmst du ständig die Pille?" Scott sah einen Moment lang wütend aus.

„Nein. Aber ich kenne meinen Körper."

„Früher habe ich ihn auch einmal gekannt", sagte Scott fast traurig. „Ich habe dich so geliebt. Du denkst doch hoffentlich nicht, dass ich sanft sein werde?"

„Wann warst du das jemals?", erwiderte sie herausfordernd.

„Ich habe es versucht." Scott seufzte und zog sie auf sich hinunter. Wie herrlich es war, ihren Körper auf seinem zu spüren. „Alex, mein Quälgeist."

Scott konnte es kaum glauben, aber es geschah wirklich. Er träumte nicht. War eine Frau überhaupt fähig, die Leidenschaft eines Mannes völlig zu verstehen? Dieses Verlangen, eine Frau zu besitzen? Manchmal, wie jetzt, war es so stark, dass es alle Hindernisse überwand. Er küsste Alex lange, dann drehte er sie auf den Rücken, zog ihr den seidenen Morgenmantel aus und warf ihn achtlos ans Fußende des großen Himmelbetts.

Einen Moment später folgte das Nachthemd. Alex hatte eine wundervolle Figur, zierlich und dennoch weiblich, und ihre Haut war außergewöhnlich makellos. Rasende Hitze durchflutete Scott. Es war eine Qual, von der ihn nur Alex erlösen konnte. „Du bist so zerbrechlich", sagte er. Nackt kam sie ihm ungeheuer verletzlich vor.

„Nein, bin ich nicht!" Sie fürchtete, er würde sich zurückziehen.

„Du siehst so aus. Wieder mit dir zusammen. Ich weiß nicht, ob ich glücklich oder völlig verrückt bin."

„Nur menschlich." Alex begann zu beben vor Sehnsucht, während Scott sie leidenschaftlich betrachtete. „Es gibt Schlimmeres, als mich zu begehren."

„Das kann ich mir nicht vorstellen." Er fing an, sie zu liebkosen. Langsam ließ er die Hand zu ihrer Brust gleiten und spürte, wie Alex erschauerte. Solch eine schmale Taille! Er war sicher, dass er sie mit den Händen umfassen könnte. Und die schönen Hüften ... seidige Oberschenkel ...

Alex war so erregt, dass sie einen Knopf abriss, als sie Scott das Hemd ausziehen wollte. Was er mit ihr machte, war unerträglich. Aber jetzt drehte er sich weg. Er stand auf. „Scott?"

„Ich bestimme den Zeitpunkt, mein Schatz." Doch während er es sagte, zerrte er bereits an seinem Hemd und öffnete den Reißverschluss seiner Jeans. Einen Moment lang stand Scott in seinem knappen dunkelblauen Slip vor ihr.

Er hatte eine herrliche Figur. Der Anblick war kaum auszuhalten, aber Alex konnte den Blick nicht abwenden.

Nackt kehrte Scott zu Alex zurück und schaute sie an. Alex, der Mittelpunkt seines Lebens. Er begehrte sie, obwohl er doch wusste, dass sie gefährlich war.

Was immer sonst geschehen mochte, diese Nacht würde Alex niemals vergessen. Dafür würde er sorgen. Sie hatte ihn ohne einen Blick zurück verlassen. Aus ihrem Leben ausgeschlossen. Doch trotz seiner Verbitterung überwältigten Scott jetzt Empfindungen, die er niemals ganz hatte auslöschen können. Alex duftete wie eine wunderschöne seltene Blume. Es war der Duft, der ihn immer berauscht hatte.

Scott streichelte Alex bewusst langsam, liebkoste jede empfindsame Stelle und trieb sie immer weiter.

„Ich sterbe, wenn du nicht zu mir kommst", flüsterte sie schließlich stöhnend.

Er antwortete nicht. Die zerbrechliche Alex war sehr stark. Sie würde es aushalten. Er unterdrückte sein Verlangen und hielt sich weiter zurück, obwohl es ihn so anstrengte, dass er zitterte.

Plötzlich fing sie an zu weinen.

Warum? Sie hatte ihn verlassen, nicht umgekehrt.

„Alex, nicht."

„Weis mich nicht zurück, Scott, ich kann es nicht ertragen", schluchzte sie hilflos.

Jetzt verlor er die Beherrschung. Er umarmte Alex und zog sie fest an sich. All die Wochen, Monate, Jahre ... Niemand konnte vor der wahren Liebe davonlaufen. Er wollte Alex sagen, dass er sie liebe und sein Leben ohne sie leer sei, doch sein verletzter Stolz ließ es nicht zu. Stattdessen küsste Scott sie leidenschaftlich, und seine Erregung nahm noch zu. Er hatte das Gefühl, von einer großen Welle gepackt und von ihrem hohen Kamm in die Glückseligkeit gerissen zu werden.

„Alex", flüsterte er immer wieder.

„Küss mich", bat sie, rasend vor Leidenschaft. „Hör nicht auf, mich zu küssen."

Ihr Haar fiel ihm weich und duftend übers Gesicht. Niemals könnte er sie zurückweisen. Niemals …

8. KAPITEL

Für Ende des Monats war ein Polospiel mit anschließender Party auf Main Royal geplant, und Wyn war mit den Vorbereitungen beschäftigt. Sie konnte sich völlig darauf konzentrieren, denn ihr Buch war fertig. Alle Spieler und ihre Ehefrauen oder Freundinnen mussten entweder im Farmhaus, das zwölf Schlafzimmer hatte, oder in den Bungalows untergebracht werden. Peter bot an, sein Zimmer zu räumen und in die Schlafbaracke zu ziehen, wofür Wyn sehr dankbar war.

Valerie teilte Wyn mit, sie werde schon einige Tage früher kommen. Ihre Eltern seien nach Phuket abgeflogen, und sie fühle sich einsam. Außerdem könne Wyn ihre Hilfe doch sicher gut brauchen.

Wenn es darum ging, Partys zu organisieren und zu besuchen, war Valerie in ihrem Element. Und diese auf Main Royal betrachtete sie als Generalprobe für die Feste, die sie später als Scotts Frau geben würde. Und das sagte sie Wyn auch.

Wyn plante seit vielen Jahren alle Gesellschaften auf Main Royal äußerst erfolgreich und hatte Hilfe wirklich nicht nötig. Die junge Frau schien anzudeuten, dass sie, Wyn, ausgedient habe. Valerie braucht wohl etwas, das ihr Selbstbewusstsein stärkt, dachte Wyn.

„Was willst du anziehen, Liebling?", fragte sie Alex eines Morgens, als sie das Menü für das Abendessen nach dem Polospiel besprachen.

„Eigentlich habe ich nichts", erwiderte Alex, die in einem Kochbuch blätterte.

„Deshalb frage ich ja. Du möchtest dir doch bestimmt etwas Neues kaufen. Oder hast du zu Hause ein Kleid, das dir deine Nachbarin schicken könnte?"

„Ach, so wichtig ist das nicht. Ich will niemanden beeindrucken", sagte Alex geistesabwesend. „Wie wäre es mit dem bernsteinfarbenen Seidenkleid? Das mögen alle." Sie reichte Wyn das Kochbuch und zeigte auf das abgebildete Lachsgericht.

„Und schick ist es auch. Das Kleid, meine ich, nicht der Räucherlachs. Trotzdem, ich finde, du solltest deine Genesung mit einem neuen, wirklich wunderschönen feiern", sagte Wyn.

„Noch bin nicht völlig wiederhergestellt", warnte Alex.

„Du sprichst so gut auf die Therapie an, Liebes."

„Ja, aber ich habe das Gefühl, dass noch immer ein langer Weg vor mir liegt", erwiderte Alex ein bisschen niedergeschlagen.

Wyn warf ihr einen forschenden Blick zu. „Es passt nicht zu dir, pessimistisch zu sein."

„Ich muss damit rechnen, nie wieder tanzen zu können."

„Und was würdest du dann machen?", fragte Wyn vorsichtig.

„Ja, Alex, das würde ich wirklich gern wissen." Scott war leise hereingekommen.

„Darüber denke ich nach, wenn es so weit ist."

„Vielleicht solltest du dir das jetzt überlegen." Scott setzte sich ihr gegenüber.

Alex fand ihn in diesem Moment aufreizend arrogant. „Wenn ich eine Entscheidung getroffen habe, lasse ich es dich wissen", antwortete sie kurz angebunden.

Sie hatte niemals schöner ausgesehen als jetzt, da sie sich provoziert fühlte und ihn abweisend anblickte. „Wie auch immer, Peter sagt, es gehe dir sehr gut."

„Stimmt. Aber der wahre Test kommt erst, wenn ich zu tanzen versuche."

Unwillkürlich bemühte sich Scott, sie zu trösten. „Keine Angst, Alex. Du schaffst es. Schließlich ist Ballett dein Leben." Sogar jetzt schlich sich die Verbitterung ein.

Wie er das meinte, war völlig klar.

„Hast du Zeit für eine Tasse Kaffee?", fragte Wyn ihren Neffen hastig. Sie wollte, dass die beiden das Thema fallen ließen.

„Kaffee wäre großartig!" Scott verschränkte die Hände hinter dem Kopf und seufzte. „Ich werde Hargreave entlassen müssen. Er macht nur Ärger."

„Ich dachte, er wäre mit einem Empfehlungsschreiben gekommen." Wyn runzelte die Stirn.

„Vielleicht hat er es selbst geschrieben", meinte Alex trocken. Jetzt erinnerte sie sich an Hargreave. Ein kräftig gebauter Mann Ende dreißig. Er hatte einen bösartigen Blick.

Scott schaute sie an. „Sehe ich aus, als würde ich mich täuschen lassen? Ich habe die Leute auf der Farm angerufen, auf der er früher gearbeitet hat, und erfahren, dass er seinen Job versteht. Sie haben zu erwähnen vergessen, dass er mit allen Streit anfängt. Außerdem fehlt Geld. Das ist noch nie vorgekommen."

„Dann entlass ihn. Bring es hinter dich." Wyn stand auf und ging zur Tür. „Ich sage Ella, dass sie Tee und Kaffee machen soll. Wir haben Glück. Sie hat heute Morgen gebacken."

„Wo ist Peter?", fragte Scott, als Alex und er allein waren. „Er weicht doch sonst nie von deiner Seite. Außer bei einer Stampede." Scott hatte den jungen Mann und seine heftige Schwärmerei für Alex gründlich satt.

„Fang nicht wieder damit an. Bitte!", erwiderte Alex gereizt.

„Du könntest jetzt erneut im Krankenhaus liegen."

„Ich gehe dir auf die Nerven, stimmt's?"

„Peter tut es zweifellos", gab Scott zu. „Vielleicht bin ich ein bisschen reizbar."

„Bist du." Alex wollte aufstehen, doch er hielt sie zurück.

„Entschuldige. Es war keine gute Idee, miteinander zu schlafen."

„Ich fand es wundervoll", sagte Alex tief verletzt.

Scott blickte sie einen Moment lang an. „Warum tun wir uns das an?"

„Wir können nicht anders."

„Wohl nicht. Wir müssen uns anscheinend gegenseitig das Leben schwer machen."

„Niemand auf der Welt bedeutet mir mehr als du."

Scott schüttelte den Kopf. „Lass den Quatsch, Alex. Wann reitest du mit mir aus?"

„Wann immer du willst", sagte sie überrascht.

„Du warst schon lange nicht mehr an der Blue Lady Lagoon. Sie ist mit Seerosen bedeckt. Es sieht wunderschön aus. Wie wäre es mit morgen früh?"

„Gern." Alex schwieg eine Weile, dann sagte sie: „Wir müssen reden, Scott."

Seine Miene wurde feindselig und wachsam. „Worüber?"

Alex wurde rot. „Du bist absichtlich schwierig!"

„Was soll Reden bringen?", fragte er. „Wir führen verschiedene

Leben. Warum wartest du nicht, bis du den nächsten Termin bei deinem Arzt hast? Wenn er sein Okay gibt, wirst du sofort in die Welt zurückkehren, in die du gehörst."

„Und wenn er sein Okay nicht gibt?"

„Du glaubst doch nicht etwa, ich werde dich dann noch einmal bitten, mich zu heiraten?"

„Nein?"

Scott schaute Alex gespielt ungläubig an. „Zweitbester? Nein, danke. Und du hast Valerie vergessen. Ich dachte, du würdest dir Sorgen um sie machen."

„Inzwischen ist mir klar geworden, dass sie auf sich selbst aufpassen kann." Alex bemühte sich, ihre Fassung wiederzugewinnen. „Hat Wyn dir gesagt, dass Valerie nächsten Mittwoch kommt?"

„Nein." Scott sah verärgert aus.

„Wyn hatte wohl den Eindruck, Valerie hätte das mit dir abgesprochen. Frag Wyn."

„Tue ich. Natürlich wissen wir beide, dass sie auf ein Wunder hofft. Sie will sich einfach nicht damit abfinden, dass es keine gibt."

„Es gibt welche!", widersprach Alex heftig. „Ich glaube noch immer an Wunder."

„Du überraschst mich", erwiderte Scott spöttisch. „Denkst du etwa daran, deine Karriere aufzugeben?"

„Nur wenige Tänzerinnen in meiner Position würden das tun", sagte Alex scharf.

„Das weiß ich. Aber ich glaube nicht mehr, dass dich das Leben mit mir zufriedenstellen würde. Du bist mit Leib und Seele Tänzerin. Deine Leidenschaft ist das Ballett. Meine ist Main Royal."

Sie ritten vor Tagesanbruch los. Alex war glücklich, und sogar Scott sah aus, als wäre er mit sich im Reinen. An einem solch zauberhaften Morgen musste man sich einfach wohlfühlen. Beide atmeten sie tief die wundervollen Gerüche des Buschs ein – den Duft der Eukalypten, Boronias, Lilien, Wildfrüchte und Beeren. Selbst das im Wind wogende Gras roch lieblich.

Als die Sonne aufging, erwachte der Busch zum Leben. Vogelgezwitscher trieb meilenweit über die großen Mulga-Ebenen und schwoll über der Wüste an, wo die Dünen eine glutrote Farbe annahmen. In der Ferne grasten Kängurus und Emus. Gerade als Alex hinschaute, trennten sich zwei junge Kängurus von der Herde und begannen ein Schattenboxen. Wie oft sie es schon gesehen hatte! Und immer wieder fand sie es amüsant.

Alex saß entspannt und anmutig im Sattel. Sie war eine sehr gute Reiterin, die mit jedem temperamentvollen Pferd umgehen konnte. An diesem Morgen ritt sie die vierjährige Regina, eine lebhafte Braune. Scott wusste genau, was sie, Alex, mochte, und hatte ihr diese kräftige, schnelle Stute gegeben.

Das Bein bereitete überhaupt keine Probleme, trotzdem war Alex vorsichtig und hielt die Zügel fest in den Händen. Auch Scott wollte kein Risiko eingehen und ritt deshalb dicht neben ihr. Einmal zeigte er zur Nordwestgrenze der Farm, wo gerade eine Herde Jungtiere zusammengetrieben wurde. Eine rötliche Staubwolke trieb über dem Vieh, und das Brüllen der Tiere klang wie ferner Donner.

In der Nähe der Blue Lady Lagoon kamen Alex und Scott zu einem heiligen Platz der Aborigines, wo in sich immer weiter ausdehnenden Kreisen seltsam geformte, weiß, schwarz, ockerfarben und rotbraun bemalte Steine angeordnet waren. Der Lebenszyklus. Alex und Scott bogen ab zum Wasserlauf, damit sie den heiligen Ort nicht störten.

Sie ritten durch den schmalen Tunnel aus Akazien, der am Rand der Lagune entlangführte, als sie plötzlich lieblichen, unbeschreiblich schönen Vogelgesang hörten.

„Dort", sagte Scott leise.

Alex blickte in die Richtung, in die er zeigte, und sah nur noch den Schwanz des Glockenvogels, der im dichten Unterholz verschwand. „Das ist ein Wunder!", flüsterte Alex entzückt. „Meinst du, es könnte unser Glockenvogel sein?"

„Vielleicht hilft es, das zu glauben." Scott lächelte nachsichtig. „Wir lassen die Pferde hier und gehen zu Fuß weiter." Er stieg ab, half Alex und band dann die Zügel an einen niedrigen Ast.

Die halbmondförmige Blue Lady Lagoon war ein großartiger Anblick. Auf dem dunkelgrünen Wasser reckten Lotusblumen ihre violetten Köpfe über die breiten, glänzenden Blätter. Wunderschöne Riedgräser und wilde Iris wuchsen im Teich. Ein Geisterbaum stand wie ein Totem am anderen Ufer.

Scott ging voraus und streckte die Hand aus, damit er Alex packen konnte, falls sie auf einem der in den Abhang eingebetteten glatten Kieselsteine stolpern sollte.

„Wie schön!", rief Alex.

„Wir hatten Glück. Es hat geregnet. Für Ende Dezember wird ein Wirbelsturm im Norden vorausgesagt. Wenn das passiert, bekommen wir hier unten Überschwemmungen."

„Und die Wildblumen. Ich werde sie nicht sehen können."

„Mach dir nichts daraus. Du wirst stattdessen Blumensträuße in Zellophan haben", sagte Scott ironisch.

„Vielleicht. Du willst Valerie doch nicht wirklich heiraten, oder?" Alex konnte kaum glauben, dass sie das gesagt hatte. Es war ihr einfach herausgerutscht.

„Ich möchte eine Ehefrau und Kinder, Alex. Mir gefällt es nicht, allein zu leben." Ein Geräusch lenkte Scott ab, und er verstummte. Er drehte sich um und sah einen Brolgakranich am Ufer des Teichs landen und für das Paarungsritual typische Schritte machen. „Siehst du, was ich meine? Wir alle brauchen einen Lebensgefährten."

„Aber Valerie?", fragte Alex entsetzt.

„Was ist los? Bist du eifersüchtig?"

„Ich sorge mich ständig um dich", erwiderte sie.

„Nein, Alex. Tust du nicht. Und ich will jetzt nicht reden. Lass uns einfach den Frieden und die Schönheit genießen." Scott nahm ihre Hand und zog Alex ans Wasser. „Wie ich diesen Ort liebe!"

„Ich auch." Sie blickte nach oben und beobachtete einen Schwarm Rotschwanz-Schwarzkakadus. „Du kannst dir nicht vorstellen, wie sehr ich ihn vermisse, wenn ich in der Stadt bin."

Scott lachte sarkastisch. „Aber dann erholst du dich wieder und tanzt immer weiter. Was willst du machen, wenn deine Zeit vorbei ist? Oder hast du vor, so lange wie die Fonteyn zu tanzen?"

„Das tun nicht viele." Alex schüttelte den Kopf. „Und so berühmt werden nur wenige. Vorausgesetzt, dass ich auf die Bühne zurückkehren kann, werde ich wohl bis Ende dreißig weitermachen."

„Das ist dann nicht mehr der beste Zeitpunkt, Kinder zu bekommen."

„Ich weiß."

„Macht dir das nichts aus?"

„Doch, Scott! Manchmal habe ich Angst, wie damals, als meine Eltern starben, allein zurückzubleiben."

„Du hattest Wyn und mich."

„Ja. Und ohne euch hätte ich nicht überlebt", sagte Alex leise.

„Oh doch. In mancher Hinsicht bist du stärker als ich."

„Das glaube ich nicht."

„Männer mögen nicht so schnell Tränen vergießen, aber sie leiden auch. Und sie haben auch Träume. Wenn die zerstört werden, kann das schreckliche Folgen haben. Du hattest mich früher völlig in deiner Gewalt. Nach einer langen, wundervollen Freundschaft sind wir ein Liebespaar geworden. Wenn ich jetzt daran denke, könnte ich fast darüber lachen."

„Ich war Jungfrau."

„Ja. Es gab keinen anderen in deinem Leben. Nur mich. Aber als es so weit war, die Beziehung offiziell zu machen, hast du sie abgebrochen", sagte Scott bitter.

„Das habe ich nicht, wie du sehr wohl weißt."

„Oh doch, mein Schatz! Mit wie vielen Männern bist du seitdem im Bett gewesen?"

„Einschließlich dir?", erwiderte Alex heftig. „Das geht dich nichts an."

„Obwohl ich dich als Familienmitglied betrachte?", fragte Scott spöttisch.

„Als ich noch ein Kind war, hatten wir eine so schöne Beziehung." Alex seufzte.

„Nicht wahr? Und jetzt kommen wir überhaupt nicht mehr miteinander aus. Das lässt sich vielleicht mit verhängnisvoller Leidenschaft erklären. Möglicherweise war das alles, was uns verbunden hat."

Alex blickte Scott an, als wollte sie ihn schlagen. „Wie kannst du so etwas sagen! Uns verbindet mehr!"

„Du glaubst nicht, dass unsere Beziehung vorbei ist?"

„Nach deinem Benehmen zu urteilen glaubst du das auch nicht."

„Weil ich mit dir geschlafen habe?", fragte Scott höhnisch.

„Ich wollte es ebenso sehr wie du. Nein, ich meinte, weil du dich für mich in Gefahr gebracht hast. Gelegentlich fallen wir sogar in unsere alten Gewohnheiten zurück. Als wir losgeritten sind, hast du ausgesehen, als wärst du völlig mit dir im Reinen."

„War ich auch. Ich habe geträumt, dass unsere Trennung nie stattgefunden hat. Ich begehre dich, Alex, und das macht mich so wütend. Niemals werde ich wirklich von dir loskommen, aber ich muss weiterleben. Das siehst du doch ein? Du wirst wieder tanzen und noch berühmter werden. Gut möglich, dass du wie einige deiner Vorgängerinnen nach London zum Royal Ballet wechselst. Wer weiß, wohin dich dein Beruf noch führt."

„Du bist dir sehr sicher, dass ich völlig gesund werde."

„Ich kenne niemanden, der so motiviert ist wie du."

Alex wandte sich ab, damit Scott nicht sah, wie sehr sie litt. Ganz gleich, was sie sagte oder was aus ihr werden würde, er fühlte sich von ihr verraten und würde ihr niemals verzeihen. „Reiten wir weiter?", fragte sie gespielt gleichmütig.

„Wenn du willst", sagte er rau.

Alex erkannte, dass er viel mehr empfand, als er zugeben wollte. „Scott?"

Er schüttelte den Kopf.

„Ich liebe dich. Ich werde dich immer lieben. Bitte glaub mir."

„Nein."

Scott schien vor ihr zurückzuweichen, und Alex traten Tränen in die Augen. Hatte sie wirklich gedacht, sie könnte sein Vertrauen zurückgewinnen? Zweimal in seinem Leben war er von einer Frau verlassen worden, die er geliebt hatte. Von seiner Mutter und von ihr, Alex. Niemand wusste besser als sie, wie erfolglos Stephanies Bemühungen gewesen waren, wieder eine enge Beziehung zu ihrem Sohn herzustellen.

Alex vergaß ihr Knie und lief einfach los. Sie hatte keine Beschwerden, aber in ihrer Hast übersah sie einen halb im Sand verborgenen großen Stein und stolperte. Scott hatte sie schon eingeholt und umfasste mit beiden Händen ihre Taille.

„Um Himmels willen, was soll das?"

„Ich will nur noch weg von dir." Alex verlor die Beherrschung. „Der Teufel soll dich holen! Du mit deinem unerträglichen Stolz. Unmenschlich bist du."

„Ja?" Obwohl sie sich wie verrückt wehrte, drehte Scott sie mühelos herum. Er verstärkte seinen Griff noch und küsste sie auf den Mund.

Einen Moment lang wurde Scott von Erinnerungen überwältigt, und ihm war schwindlig. Alex war die Quelle aller Lust und Qual. Diese Frau würde ihn niemals loslassen.

Keiner von ihnen wusste hinterher genau, wie sie dorthin gekommen waren. Sie lagen in einer Mulde im warmen Sand. Papierrindenbäume ragten über ihnen auf, und sie waren umringt von weißen Taglilien. Fieberhaft zogen sich Alex und Scott aus. Vielleicht hätten sie tausend Gründe finden können, warum sie nicht miteinander schlafen sollten, aber sie dachten beide überhaupt nicht darüber nach. Die Leidenschaft zwischen ihnen war so stark, dass sie wie von Sinnen waren.

Als er schließlich mit ihr eins war, öffnete Alex die Augen. Der Himmel war tiefblau, und in ihrer Verzückung kam es ihr vor, als würde die Farbe immer leuchtender und klarer. Alex war glücklich. Mit jeder Liebkosung steigerte Scott ihre Erregung, bis Alex aufschrie. Scott und sie liebten sich an ihrer versteckten Lagune – das war die höchste Wonne.

Scott hatte sich noch nie einer anderen Frau so bedingungslos hingegeben. Als Alex erlöst war, ließ er sich völlig gehen. Und es war so herrlich, wie es immer mit ihr gewesen war. Bei allem, was sie taten, passten sie so gut zusammen, aber ihr gelang es, sich hinterher von ihm loszureißen.

Es stimmte, dass eine Frau einem Mann das Herz stehlen konnte. Und es niemals zurückgab.

Das Frachtflugzeug kam und brachte nicht nur Versorgungsgüter für die Farm und den Haushalt, sondern auch einen Postsack für Alex. Ihre Truppe hatte ihn aufbewahrt und dann weitergeschickt.

Abe trug den Sack die Stufen hoch auf die Veranda und stöhnte dabei übertrieben laut unter dem Gewicht. „Wohnt hier vielleicht eine berühmte Ballerina? Eine Alexandra Ashton?", fragte Abe nachsichtig.

„Was ist das?" Alex, die mit Wyn und Peter den Vormittagstee genoss, stand auf.

„Fanpost, Prinzessin. Ich würde sagen, die Leute vermissen dich."

„Aber wirklich! Du liebe Güte, Alex!", rief Wyn. „Wenn du all die Briefe beantworten willst, wirst du aber zu tun haben."

„Dabei kannst du dich nützlich machen", neckte Alex ihre Patentante.

„Wohin möchtest du ihn haben?", fragte Abe.

„Ich kümmere mich um den Sack", bot Peter an und streckte die Arme aus. „Geben Sie ihn mir, Abe."

„Ja, lass ihn einfach hier auf der Veranda, Abe", sagte Wyn.

„Sie sind der Boss." Abe tippte an seinen zerbeulten „akubra". Der Aborigine wollte die Treppe hinuntergehen, drehte sich jedoch noch einmal um. „Ach, übrigens, ich habe noch mehr von dem Mittel zum Einreiben für dich, Prinzessin." Er griff in seine Hosentasche und zog eine kleine Flasche heraus, in der ein dickflüssiges gelbgrünes Öl war.

„Oh, danke, Abe. Wir haben fast keins mehr." Alex nahm die Flasche und hielt sie schräg, damit sie die Farbe des Öls in der Sonne bewundern konnte.

Abe nickte ernst. „Ein bewährtes Mittel, das mein Volk schon lange benutzt."

„Würden Sie mir wohl verraten, was es ist?" Peter kam näher.

„Glauben Sie an seine Zauberkraft?", fragte Abe.

„Natürlich tut er das", sagte Alex schnell. „Peter sieht ja, wie gut es bei mir wirkt."

„Das höre ich gern", erwiderte der Aborigine. „Aber es ist nur für dich, Prinzessin." Er ging die Stufen hinunter.

„Danke, Abe!", rief Alex ihm nach.

„Vergiss nicht, wie wertvoll es ist." Er stieg in den Jeep und fuhr davon.

„Tue ich nicht."

„Glauben Sie wirklich, dass dieses Öl etwas ganz Besonderes ist?", fragte Peter.

„Aber ja."

„Ich nicht. Zweifellos schadet es nicht, doch einen sicheren Beweis für die Wirkung sehe ich nicht."

Alex blickte Wyn an. „Sie sollten die Heilmittel der Ureinwohner studieren, während Sie hier sind, Peter. Die Aborigines sind seit mindestens einhunderttausend Jahren in diesem Land. Sie wissen verblüffend viel darüber, wie man Krankheiten mit natürlichen Heilmitteln bekämpft."

„Das erkenne ich durchaus an", sagte Peter versöhnlich. „Verstehen Sie mich nicht falsch, Alex. Jeder weiß, wie wichtig die Heilkräfte der Pflanzen sind. Aber wenn man in den Bereich des Wunderglaubens gerät …"

„Passen Sie auf, was Sie sagen", warnte Alex ihn. „Abe ist ein erfahrener Zauberer."

„Sie halten mich zum Narr." Peter lachte, doch er sah ein bisschen beunruhigt aus.

„Außerdem ist Abe Medizinmann. Ich habe versucht, Sie zu schützen, als ich sagte, Sie würden an sein Mittel glauben. Aber Abe wusste Bescheid."

„Er wird es mir doch nicht übel nehmen?", fragte Peter.

„Nein." Alex zwinkerte Wyn zu. „Allerdings wird er Ihnen niemals das Rezept geben."

„Ich wollte ihn wirklich nicht beleidigen."

„Machen Sie sich darüber keine Gedanken", tröstete Alex ihn. „Abe befasst sich nur mit gutem Zauber … heutzutage."

Peter zog die Augenbrauen hoch. „Und was soll das nun heißen?"

„Wir denken, dass Abe früher ein ‚kurdaitcha'-Mann war." Wyn schenkte sich noch eine Tasse Tee ein. „Seine Zehen stehen schief, so, wie es für die ‚kurdaitcha'-Schuhe nötig ist. Scotts Vater war davon überzeugt, dass Abe einer war. Vor dreißig Jahren gab es Ärger in der westlichen Wüste. Mitglieder des Stammes wurden verletzt und heilige Gesetze gebrochen. Das Stammesrecht musste angewandt werden, damit die Ordnung wiederhergestellt wurde. Höchstwahrscheinlich hat Abe als ‚kurdaitcha'-Mann die Sache geregelt. Jedenfalls war er zu der Zeit nicht hier, sondern angeblich auf Wanderschaft."

Peter blickte Wyn starr an. „Du meine Güte!"

„Der Gesang hat zweifellos eine Zauberwirkung." Alex' Augen funkelten schalkhaft.

„Welcher Gesang?" Peter setzte sich wieder hin.

„Es ist eine Form von Hexerei", erklärte Alex. „Dabei wird jemand zu Tode gesungen. Davon hört man sogar heutzutage noch. Das Opfer wird krank und stirbt. Und dann gibt es den symbolischen Zauber, bei dem eine Darstellung des Opfers auf eine Felswand gemalt wird."

„Ich werde nie wieder eins von Abes Mitteln infrage stellen", sagte Peter.

Schließlich wurde der Postsack in den großen, wunderschön eingerichteten Raum mit Blick auf einen hufeisenförmigen Garten gebracht. Der von Eukalypten begrenzte Garten, in dem ein prächtiges Bauwerk im Stil antiker Tempel stand, war für Scotts Mutter angelegt worden. Der Raum war ihr Arbeitszimmer gewesen. Auch Alex liebte das Zimmer, deshalb hatte Wyn es aufgeschlossen, als ihre Patentochter angekommen war.

Erst am späten Nachmittag, als Alex mit ihren Übungen fertig war, nahmen sie den Berg von Post in Angriff. Alex las gerührt die aufmunternden Briefe von Kollegen, Freunden und Fans. Es war ein schönes Gefühl, zu wissen, dass so viele Menschen sie gern hatten. Die weichherzige Wyn las mit Tränen in den Augen Auszüge aus einigen Briefen vor.

Im Postsack waren auch mehrere Pakete. Eines war von dem Komponisten Geoffrey Simmons, der zu einem eigens für Alex geschriebenen Ballett die Musik komponiert hatte. Er schickte Alex eine Kassette mit der Musik für ein neues Ballett, an dem er und der Choreograf Gareth Williams zu arbeiten begonnen hatten. In seinem Brief erklärte Geoffrey, er und Gareth würden gern Alex' Meinung dazu hören. Das neue Werk basierte auf einer Legende der Aborigines. Zur Strafe für ihren Hochmut waren schöne junge Stammesfrauen in Seerosen verwandelt worden, und seitdem lockten die Wassernymphen junge Männer in den Teich und ertränkten sie. Wenn sich aber ein Mann in eine der Nymphen verliebte, durften sie beide ins Leben zurückkehren. Geoffrey hatte einige Kostümskizzen beigelegt. Alex und Wyn fanden sie großartig.

„Hören wir uns die Musik an", schlug Wyn begeistert vor.

„Ich hole meinen Kassettenrekorder", sagte Peter.

„Und ich meine Spitzenschuhe!" Alex stand auf. „Ich weiß nicht, ob es der richtige Zeitpunkt ist, aber ich habe Lust zu tanzen."

„Ist es nicht noch zu früh?", fragte Wyn besorgt.

„Ich werde vorsichtig sein."

„Du hast heute schon so viel getan. Bist du denn nicht müde?"

Alex breitete die Arme aus. „Müde? Nein!"

Kurze Zeit später kehrte sie in einem pinkfarbenen Trikot und einem wadenlangen, schwingenden Rock in derselben Farbe zurück.

Wyn blickte ängstlich auf Alex' Spitzenschuhe. Sie muss wissen, was sie tut, dachte die ältere Frau dann. Alex war ein Profi. Und Peter schien sich keine Sorgen zu machen. Er schaute Alex an, als wäre sie das bezauberndste Geschöpf, das er jemals gesehen hatte. Sie war es. Auch Wyn bewunderte immer wieder Alex' Haltung und Anmut. Nach dem Tod ihrer Eltern war Alex ein Jahr lang sehr zart und kränklich gewesen, doch der Ballettunterricht hatte sie stark gemacht. Ich habe damals darauf bestanden, und später hat Alex wegen des Balletts Scott verloren, dachte Wyn. Nein, darüber konnte sie jetzt einfach nicht nachdenken. Das war zu schmerzlich.

Nachdem sich Alex die Aufnahme einmal ganz angehört hatte, ließ Peter das Band zurücklaufen und spielte es erneut ab. Die Musik war schwierig, aber wunderbar stimmungsvoll. Und Alex war so vertraut mit Lagunen und Wildblumen, dass sie sich den Schauplatz sofort vorstellen konnte. Sie begann zu tanzen … langsam und so sacht, wie sich eine Blume im Wind bewegte …

So kam es Scott vor, als er an der offenen Zimmertür vorbeiging und Alex sah. Leise betrat er den Raum und lehnte sich an die Wand. Alex beachtete ihn nicht. Sie war in ihrer eigenen Welt. Ihr schönes Haar war mit einem Band zurückgebunden, das dieselbe Farbe hatte wie der Chiffonrock. Einen Moment lang machte Scott dieselben Ängste durch wie Wyn. War Alex schon so weit? Er blickte schnell zu Peter, doch er sah nicht besorgt aus, sondern himmelte sie wie immer aufreizend an.

Die Musik war ungewöhnlich, aber schön. Ein wiederkehrendes Thema konnte Scott nicht erkennen, stattdessen ließen ihn die

Klänge an plätscherndes Wasser, Vogelgezwitscher und raschelndes Laub denken. Er beobachtete Alex wie verzaubert. Sie war so gut. Ihr Tanz wirkte so natürlich, als wären die schwierigen Bewegungen ganz leicht.

Da wurde Scott bewusst, dass er unglaublich stolz auf Alex war. Und plötzlich kam ihm der Gedanke, dass er kein Recht hatte, verbittert und wütend zu sein. Sie war keine gewöhnliche junge Frau. Eine Künstlerin wie sie konnte er ebenso wenig einsperren wie einen seltenen Vogel. Alex hatte so vielen Menschen viel zu geben, doch er hatte sie für sich selbst behalten wollen.

Alex gab ihren Gefühlen Ausdruck. Sie spürte keinen Schmerz und hatte keine Angst. Keine Sekunde lang dachte sie an den entsetzlichen Moment in „Aurora", als ihr bewusst geworden war, dass ihr Partner sie nicht auffangen würde. Sie war eine Seerose, die sich nachts in eine Nymphe verwandelte. Ihre Blätter veränderten sich ... ein Körper wurde geformt ... das schöne Mädchen sehnte sich nach Liebe. Alex spürte, dass der Mann, den sie liebte, da war und ihr zusah. Sie stellte sich auf die Zehenspitzen, streckte den rechten Arm aus und wölbte den linken über dem Kopf. Perfekt! Nicht das kleinste Wackeln. Das machte Alex mutig. Nach einer halben Drehung ging sie in eine Arabeske über: Sie streckte das linke Bein nach hinten und den linken Arm nach vorn. Als sie das Bein fast so hoch hatte wie vor ihrem Unfall, taumelte sie und stürzte zu Boden.

Es ging so schnell, dass sogar Scott nicht mehr rechtzeitig reagieren konnte.

„Alex!", schrie Wyn.

Einen Moment lang geriet auch Scott in Panik, denn Alex lag völlig reglos da. Obwohl er das ganze Zimmer durchqueren musste, war er vor Peter bei ihr. „Alex?"

„Das ist meine Schuld", sagte Peter und schaute starr auf Alex hinunter.

Scott ignorierte ihn, ging in die Hocke und ließ den Blick rasch über ihren Körper gleiten.

„Ist schon gut. Ich bin nur gestrauchelt", flüsterte sie zittrig.

„Bist du nicht! Du bist gestürzt."

„Der Versuch war es wert."

„Verrückte Frau!" Scott drehte sie vorsichtig um und blickte ihr in die Augen. „Hast du dich verletzt? Kannst du dich bewegen?"

Alex lachte. „Das weiß ich erst, wenn ich es probiere."

„Hör auf damit! Wir machen uns große Sorgen. Kannst du dich aufsetzen?"

„Lassen Sie mich, Scott." Peter wollte eingreifen, aber Scott ignorierte ihn weiter verächtlich und rückte nicht beiseite.

„Kannst du dich aufsetzen?", wiederholte Scott.

„Natürlich. Sieh mich nicht an, als wäre ich ein Wrack." Alex atmete tief ein und stemmte sich hoch. „Einer Tänzerin darf so etwas keine Angst machen." Sie hatte gedacht, sie könnte die Arabeske halten. Es war ein Schock für sie, als das Knie plötzlich nachgab.

„Oh, wie furchtbar", rief Wyn händeringend. „Du warst noch nicht so weit."

„Es ist meine Schuld. Ich hätte es verbieten müssen", sagte Peter.

„Wie das denn?" Alex lächelte ihn tröstend an. „Ich bin erwachsen, Peter. Und ich bin schon oft gestürzt. Das gehört dazu."

Scott presste die Lippen zusammen. „Ich trage dich zum Sofa."

„Nein", sagte Alex völlig unbesorgt. „Ich werde einfach warten, bis der kleine Krampf nachlässt."

„Du verlierst wirklich nie den Mut." Scott seufzte.

„Tänzer leben mit Verletzungen und Schmerzen. Ich hatte schon Krämpfe, Zerrungen und Verstauchungen."

„Warum erträgst du das alles?", fragte Scott leicht verärgert.

„Das frage ich mich allmählich auch. Was zeigt, dass ich alt werde."

„Mit vierundzwanzig?" Peter fühlte sich schrecklich schuldig. Wieder. „Alex, Sie sollten Ihre Beine warm zudecken."

Scott hob Alex auf die Arme, richtete sich mühelos mit ihr auf, trug sie zum Sofa und setzte sie vorsichtig ab.

„Du hättest einen großartigen Partner abgegeben", scherzte Alex.

Er lächelte nicht. „Lass das."

Peter untersuchte sie. „Soweit ich sehen kann, nichts. Dem Himmel sei Dank! Ich denke, es war einfach noch zu früh."

„Hast du gehört, Alex?", sagte Scott streng.

Sie wusste, dass er in Wirklichkeit besorgt war.

„Fuß gerade ausstrecken, Alex. Die Zehenspitzen nach unten richten", befahl Peter.

„Kein Problem, ehrlich! Wir müssen an dem Knie noch arbeiten, aber ich weiß, dass es bald kräftig genug sein wird."

Und dann gehst du fort, dachte Scott. Er stand regungslos da und blickte auf sie hinunter. Draußen ging die Sonne unter. Das rotgoldene Licht fiel durch die hohen Bogenfenster ins Zimmer und ließ Alex' Haar aufleuchten.

Der Anblick tat so weh wie ein Messerstich.

Das Frachtflugzeug hatte auch die Post für Wyn mitgebracht. Einer der Briefe war von Stephanie. Sie fragte, ob sie zu Besuch kommen und einen Freund mitbringen dürfe. Sich an sie, Wyn, zu wenden war typisch für Stephanie. Sie benutzte sie als Vermittlerin, obwohl Scott seiner Mutter nichts verweigerte – außer seiner früheren Zuneigung. Aber sie, Wyn, störte das nicht. Sie hatte immer etwas für Stephanie übriggehabt.

Bei ihrer Heirat war Stephanie eine bildschöne, vergnügungssüchtige junge Frau gewesen, und Wyn hatte damals gedacht, dass Stephanie besser in ihrem Milieu geblieben wäre. Das Farmleben hatte ihr niemals gefallen, doch bis zum Tod ihres Mannes hatte sie durchgehalten. Danach war es ihr unerträglich geworden.

Zweifellos liebte sie ihren Sohn, und sie war sehr stolz auf ihn, aber ihre eigenen Bedürfnisse waren ihr schon immer am wichtigsten gewesen. Und sie war nicht so mütterlich, dass sie wie unzählige andere Frauen auf der Welt jedes Opfer für ihr Kind bringen würde.

Trotzdem, Wyn mochte Stephanie. Sie war zwar egozentrisch, doch niemals böswillig. Mit Mitte fünfzig war sie noch immer eine bemerkenswert schöne Frau. Sie liebte Gesellschaft und Partys, deshalb fand Wyn, sie könnte ebenso gut an dem Wochenende kommen, an dem sie das Farmhaus voller Gäste haben würden. Wer dieser Freund wohl sein mochte? Stephanie hatte sich von ihrem zweiten Mann scheiden lassen, aber irgendeinen passenden Verehrer hatte sie immer zur Hand. Sie, Wyn, würde mit Scott sprechen und seine Mutter dann anrufen, obwohl sie der Meinung war, Stephanie sollte selbst mit ihrem Sohn reden. Das würde sie jedoch nicht tun. Sie wählte seit vielen Jahren diesen Umweg. Zumindest kamen sie und Alex gut miteinander aus. Sie hatte Alex Blumen ins Krankenhaus geschickt, und Alex hatte sie hinterher angerufen und sich bedankt. Stephanie lebte jetzt in Melbourne.

Nach dem Abendessen schnitt Wyn das Thema an, und Scott reagierte wie immer kühl und sachlich.

„Du weißt, dass meine Mutter hier jederzeit willkommen ist. Sie braucht nur Bescheid zu sagen."

„Sie möchte jemanden mitbringen."

„Einen Mann, wette ich!" Scott blickte auf.

„Sie ist sehr schön", warf Alex lächelnd ein.

„Und furchtbar reich. Und sie wird immer reicher", sagte er.

„Du verwaltest das Vermögen deiner Mutter eben sehr gut." Wyn küsste ihren Neffen flüchtig auf die Wange und ging hinaus, um Stephanie anzurufen. „Ich weiß, wie dankbar sie dir ist."

9. KAPITEL

*V*alerie sah Scott und Alex zusammen und wusste sofort, dass irgendetwas vorgefallen war. Sie spürte die Spannung zwischen den beiden noch stärker als vorher und kochte den ganzen Nachmittag und Abend nach ihrer Ankunft vor Wut. Am nächsten Morgen beschloss Valerie, ihrer Rivalin zu sagen, dass es Zeit sei, mit sich ins Reine zu kommen und nach Sydney zurückzukehren. Ihr, Valerie, wäre es auch recht, wenn Alex noch weiter reisen würde. Moskau wäre ein sicherer Ort.

In einem sehr knappen pinkfarbenen Bikini und einer geblümten Bluse ging Valerie durch den Garten zum Swimmingpool, wo Alex gerade bei ihrer Wassertherapie war.

„Mann, das Outfit haut einen um!", sagte Peter zu Alex. „Wenn Sie nichts dagegen haben, verschwinde ich. Ich habe keine Lust mehr, mich von oben herab behandeln zu lassen. Valerie hält sich schon für die Herrin von Main Royal."

Alex blickte ihn entschuldigend an. „Gehen Sie nur, Peter. Das mit Valerie tut mir leid. Und Sie haben sowieso mehr Freizeit verdient."

„Wenn mir der junge Gabe ein nettes, ruhiges Pferd aussucht, reite ich ein bisschen."

„Das macht er sicher. Wohin wollen Sie reiten?"

„Nicht weit weg", erwiderte Peter lässig. „Ich werde nicht lange fort sein."

„Bleiben Sie auf den Wegen", riet Alex, während sie sich am Beckenrand hochzog. „Und reiten Sie nicht zum ‚Myndi Swamp'. Der Boden dort ist zu weich für Pferde, sie sinken mit den Hufen ein. Wenn Sie einen Moment warten, komme ich mit."

Peter blickte in Valeries Richtung. „Ich glaube, die liebe Valerie möchte mit Ihnen plaudern. Keine Sorge, Alex. Ich kann selbst auf mich aufpassen."

„Trotzdem würde ich gern wissen, wohin Sie reiten", sagte Alex beunruhigt.

Er lachte. „Wie wäre es mit Devil Hill?", fragte er spöttisch.

„Dort spukt es, Peter! Ganz im Ernst. Sogar Abe würde nicht

in die Nähe des Bergs gehen. Viele Menschen sind schon in Schwierigkeiten geraten, weil sie dem Ort zu nahe gekommen sind. Ein Verwandter der McLarens aus Schottland ist dort spurlos verschwunden."

„Ich habe die Geschichte gehört", erwiderte Peter lächelnd. „Aber das war vor fast einhundert Jahren. Wahrscheinlich ist er einem von euren ,kurdaitcha'-Männern begegnet."

„Hören Sie auf mich", sagte Alex. „Hier draußen gibt es viele Dinge, die man nicht erklären kann."

Peter zuckte die Schultern. „Tut mir leid. Ich weiß, Sie machen sich Sorgen um mich. Ich werde auf den Wegen bleiben." Sie ist außergewöhnlich abergläubisch, dachte er. Die Geschichten über Devil Hill waren faszinierend, aber er hielt sie für dummes Zeug.

Als Peter und Valerie aneinander vorbeigingen, grüßten sie sich kühl. Valerie kam zum Swimmingpool, stellte sich an den Rand und schaute in das kristallklare türkisblaue Wasser. Auf dem Boden des Beckens war ein sehr schönes Mosaik. Sie erinnerte sich noch an den Sommer, als Scott den Pool hatte einbauen lassen. Scott hatte einen wundervollen Geschmack.

„Ein herrlicher Tag", sagte Alex. Sie stand neben einem Gartenstuhl und rieb sich die Haare mit einem Handtuch trocken.

„Ich mag diesen Peter nicht besonders", erwiderte Valerie über die Schulter.

„Sind Sie etwa nur hierhergekommen, um eklig zu sein?"

„Aber sicher!", sagte Valerie schneidend. „Also verschwenden wir nicht noch mehr Zeit. Haben Sie eine Entschuldigung?"

„Wie bitte?"

„Sie haben mit Scott geschlafen. Ich habe das gewusst, sobald ich ihn mit Ihnen zusammen gesehen habe." Valerie blickte Alex finster an.

Alex sammelte ihre Sachen ein. „Wollten Sie jemals Privatdetektivin werden?"

„Warum können Sie Scott nicht in Ruhe lassen?", fragte Valerie verbittert, während sie ihre Bluse auszog und über einen Stuhl legte. „Ich will Scott. Wenn Sie ihn mir wegnehmen, werden Sie dafür büßen."

Als Peter um vier Uhr noch nicht zurück war, begann Alex, sich Sorgen zu machen.

„Ihm ist bestimmt nichts passiert", tröstete Wyn sie. „Er hat Ella gebeten, ihm Sandwiches und eine Thermoskanne Tee zu machen. Wahrscheinlich hat er an einem ‚billabong' gegessen und Mittagsschlaf gehalten. Er hat mir erzählt, dass er sich sehr für Vögel interessiert. Vielleicht fotografiert er wie verrückt."

„Das glaube ich nicht", sagte Alex angespannt. „Peter kennt sich im Busch nicht aus."

„Der Mann ist eine echte Großstadtpflanze!" Valerie sah von ihrer Modezeitschrift auf. „Hoffentlich macht er Scott keine Umstände."

„Wie meinen Sie das?", fragte Wyn.

„Wenn sich Peter verirrt hat, muss Scott ihn ja wohl suchen, Edwina."

Unwillkürlich war Wyn jetzt doch beunruhigt. „Hat Peter dir gesagt, wohin er reiten wollte, Alex?"

„Nicht weit weg, meinte er nur, als ich ihn gefragt habe. Er reitet Bonnie Belle, und die wirft ihn bestimmt nicht ab. Schlimm verletzen kann er sich also nicht. Er hat Devil Hill erwähnt, aber das war nur ein Scherz. Hoffentlich. Peter nimmt unseren Aberglauben nicht ernst."

„Warum sollte er?" Valerie legte die Zeitschrift beiseite und blickte Alex entgeistert an. „Ich tue es auch nicht."

„Du hältst es für möglich, dass er diesen Ort aufgesucht hat, Alex?", fragte Wyn entsetzt.

„Wollen Sie etwa behaupten, dass es dort wirklich spukt?", rief Valerie. „Solch einen Unsinn können Sie doch nicht ernsthaft glauben!"

„Ich glaube an gewisse Kräfte", erwiderte Wyn vorsichtig. „Devil Hill hat eine merkwürdige Vergangenheit. Die Aborigines meinen, dass dort ein böser Zauber herrsche."

Valerie lachte. „Ich rede nicht von dem ganzen Geisterkram, sondern davon, was wirklich daran ist."

„Mein Gefühl sagt mir, dass er nach Devil Hill geritten ist." Alex sah Wyn an. „Er hat mir versprochen, auf den Wegen zu bleiben, aber er hat dabei so spöttisch gelächelt."

„Oh Alex! Wenn du dir wirklich Sorgen machst, dann müssen wir irgendwie Scott finden."

Valerie wurde wütend. „Er arbeitet und hat sicher keine Lust, auf eine ergebnislose Suche zu gehen."

„Mein Neffe will bestimmt nicht, dass auf seinem Besitz irgendjemand zu Schaden kommt", erwiderte Wyn würdevoll. „Ich glaube, Sie vergessen sich, Valerie."

Sofort sah Valerie betroffen aus. „Ich denke nur an Scott. Wenn Peter noch eine Dummheit begangen hat, soll er sich doch selbst helfen. Ich wäre nicht im Geringsten überrascht, wenn er in diesem Moment auf den Hof geritten käme. Alex übertreibt es mit ihren Ahnungen."

„Vielleicht, aber ich werde Scott suchen. Wir können nicht länger warten." Alex stand auf.

Valerie wollte sich auch erheben. „Ich begleite Sie."

„Das möchte ich nicht", erwiderte Alex. „Ich nehme den Jeep. Abe hat ihn vorhin vor dem Haus abgestellt."

Alex fand Scott ziemlich schnell. Er war im Five Mile und sprach mit dem Tierarzt der Farm. Als er Alex ins Camp fahren sah, beendete Scott das Gespräch und kam ihr entgegen.

„Was ist los?" Er merkte sofort, dass sie beunruhigt war.

„Wahrscheinlich nichts, aber Peter ist kurz vor dem Mittagessen losgeritten und noch nicht zurück."

Scott überlegte. „Wenn er auf den Wegen bleibt, kann ihm nicht viel passieren."

„Ich glaube, das hat er nicht getan", sagte Alex.

„Du machst dir Sorgen um ihn?", fragte Scott leise.

„Ja."

„Du hast früher schon ein- oder zweimal böse Vorahnungen gehabt." Und die nahm Scott ernst. Tatsächlich war Wyn überzeugt, dass Alex das Zweite Gesicht hatte.

„Ich glaube, Peter ist zum Devil Hill geritten."

„Warum sollte er das tun?", schimpfte Scott. „Er weiß, dass man nicht dorthin gehen darf."

Alex zuckte resigniert die Schultern. „Peter versteht nichts von unserer Welt. Dass wir bestimmten Orten gute oder böse Kräfte zuschreiben, geht über seinen Horizont. Vielleicht hält er es einfach für Unsinn."

„Selig sind die Unwissenden!", sagte Scott entnervt. „Ich muss sofort los und ihn suchen."

„Lass mich mitkommen."

„Nein." Scott wandte sich ab. „Abe?"

„Ja, Boss?" Der Aborigine kam auf sie beide zu.

Scott sah wieder Alex an. „Dave wird mit dir zum Farmhaus zurückreiten. Wenn Peter dort auftaucht, soll mir einer der Männer Bescheid sagen. Schick Gabe los."

„Gibt's ein Problem?", fragte Abe.

„Möglich", erwiderte Scott kurz angebunden.

„Peter ist gegen Mittag ausgeritten und noch nicht zurück", erklärte Alex.

„Und?"

„Ich habe das Gefühl, dass er zum Devil Hill geritten ist."

„Was?" Abes Miene änderte sich. „Hast du ihn nicht gewarnt?"

„Doch, und ich habe ihm gesagt, er solle auf den Wegen bleiben", verteidigte sich Alex.

„Sieht so aus, als hätte er sich nicht daran gehalten", meinte Scott gereizt.

Abe schwieg einen Moment lang. „Der junge Mann lacht darüber, aber der Hill hat ihn trotzdem angezogen. Gehen wir auf die Suche nach ihm, Boss?"

„Was bleibt uns anderes übrig, Abe", erwiderte Scott. „Bald wird es dunkel. Und kalt. Gäste sind sich oft nicht darüber im Klaren, wie kalt es trotz der großen Hitze am Tag nachts in der Wüste werden kann."

„Ich wünschte, ihr würdet mich mitkommen lassen", sagte Alex.

Beide Männer wichen ihrem Blick aus. „Kehr zum Farmhaus zurück", erwiderte Scott schließlich. „Wir nehmen den Jeep. Du reitest mein Pferd. Dave wird dich begleiten." Scott winkte einen der Männer heran. „Dave, ich möchte, dass Sie mit Miss Alex zurückreiten."

„Mach ich, Boss." Dave tippte an seinen Hut. „Jetzt?"

„Sofort." Scott öffnete die Fahrertür des Jeeps, und Alex stieg aus.

„Wahrscheinlich hat Peter die Orientierung verloren. Vielleicht finden wir ihn schnell, aber wenn Abe und ich in die falsche Richtung reiten, kann es spät werden. Gerat dann nicht in Panik."

Bei Einbruch der Dunkelheit kam Bonnie Belle zurück. Reiterlos. Alex und Wyn beunruhigte das sehr, Valerie nahm es jedoch ungerührt hin. „Sie wird ihn abgeworfen haben."

„Bonnie wirft niemanden ab." Alex presste die Lippen zusammen. „Machen Sie sich denn überhaupt keine Sorgen?"

„Nur um Scott."

„Das brauchen Sie nicht", sagte Wyn. „Mein Neffe kennt die Farm wie seine Westentasche. Außerdem hat er Abe bei sich. Ein besseres Team als die beiden gibt es nicht."

„Und wenn Peter auf den Devil Hill gestiegen und in eine Felsspalte gefallen ist? Dann wird Scott ihn retten müssen. Abe ist doch ein alter Mann."

Wyn lehnte sich auf ihrem Stuhl zurück. „Scott ist ein erfahrener Buschmann und sehr fit. Unsere Sorge gilt Peter. Er könnte sich dort draußen in Gefahr gebracht haben."

Darauf erwiderte Valerie nichts, sie schüttelte nur den Kopf. Nach dem Abendessen sagte sie, sie habe Kopfschmerzen, und zog sich in ihr Zimmer zurück. In der Hoffnung, jeden Moment den Jeep auf die Auffahrt einbiegen zu hören, gingen Wyn und Alex ins Wohnzimmer und warteten.

Um Mitternacht stand Alex auf und berührte Wyn an der Schulter. „Du solltest ins Bett gehen. Hier hast du es so unbequem."

Wyn setzte sich wieder gerade hin. „Das macht mir nichts aus, Liebling."

„Bitte, Wyn. Du siehst müde aus."

„Und du?"

„Ich lege mich hier aufs Sofa. Ich könnte sowieso nicht richtig schlafen. Offensichtlich ist irgendetwas schiefgelaufen."

„Das fürchte ich auch." Wyn drückte Alex' Hand.

Im Morgengrauen wurde Alex von Motorengeräusch geweckt. Sie warf die Mohairdecke zurück, stand auf, rief laut „Wyn!" die Treppe hinauf und rannte zur Haustür. Draußen auf der Veranda stellte sich Alex ans Geländer und suchte den Horizont ab. Gerade ging die Sonne auf, und die Vögel begannen ihre Morgensinfonie.

„Was ist los?" Wyn stand im Morgenmantel in der Eingangshalle. Hinter Wyn verknotete Valerie hastig den Gürtel ihres Bademantels.

„Es ist der Jeep. Kannst du ihn nicht hören?", erwiderte Alex.

Wyn kam heraus auf die Veranda. „Doch, jetzt. Dem Himmel sei Dank!"

Sehr blass und still folgte ihr Valerie. Ohne Make-up sah sie nicht annähernd so sensationell aus wie sonst.

Erst Minuten später hörten sie den Jeep auf den Haupthof fahren. Dann klang es, als würde er eine Zeit lang irgendwo mit laufendem Motor anhalten, bevor er weiterfuhr.

Als sie den Jeep auf die Auffahrt einbiegen sah, seufzte Alex zittrig. „Wo ist Scott?"

Valerie beugte sich über das Geländer. „Ja, wo ist er?", rief sie scharf. „Abe fährt, und Ihr Peter sitzt hinten. Er trägt Scotts Jacke."

„Warten wir ab", sagte Alex ruhig, obwohl sie große Angst hatte.

Die gelassene Antwort machte Valerie wild. Sie drehte sich blitzschnell um und packte Alex an den Schultern. „Das ist alles Ihre Schuld!", rief sie und stieß Alex gegen den weißen Korbtisch mit der Glasplatte.

Wyn wurde blass. „Valerie!", schrie sie entsetzt.

Das hörte Valerie nicht mehr. Abe hatte vor dem Haus angehalten, und sie war sofort die Stufen hinuntergerannt. Ohne Peter zu beachten, fragte sie Abe, wo Scott sei.

„Geht es dir gut?" Wyn eilte ihrer Patentochter zu Hilfe.

Alex nickte, obwohl ihr vor Schreck übel war.

„Aber sie muss dich verletzt haben."

„Vergiss es, Wyn. Ich habe es schon vergessen." Vorsichtig richtete sich Alex auf. Das würde einen netten blauen Fleck an der Hüfte geben.

„Nein, das werde ich nicht, Schatz", sagte Wyn ruhig und streng. „So etwas dulde ich nicht. Für wen hält sich Valerie?"

„Für Mrs. Scott McLaren, offensichtlich."

Valerie redete noch immer auf Abe ein, als Wyn und Alex zum Jeep gingen. Peter sah blass und erschöpft aus. „Ich bin ein Vollidiot gewesen, tut mir leid", sagte er.

„Hat sich ein Bein gebrochen", erklärte Abe. „Der Boss wird bald hier sein. Er holt Mrs. McGuire. Ihre Ausbildung als Krankenschwester erweist sich zweifellos als nützlich."

„Warum haben Sie mir das nicht gesagt?", fragte Valerie wütend.

„Sie haben mir keine Gelegenheit dazu gegeben, Miss Freeman", erwiderte Abe gelassen.

„Scott ist doch nichts passiert?", fragte Wyn. Beide Männer kamen ihr sehr bedrückt vor.

„Er hat eine kleine Wunde am Arm, die vielleicht genäht werden muss. Nichts Gefährliches", versicherte Abe.

„Da, was habe ich Ihnen gesagt?", sagte Valerie anklagend.

Alex antwortete nicht. In diesem Moment kamen Scott und eine große Frau mittleren Alters durch das Tor. Mary McGuire war die Frau von Scotts Vorarbeiter. Sie hatte viele Jahre bei den Fliegenden Ärzten gearbeitet, den Job aber schließlich aufgegeben, damit sie ständig bei ihrem Mann auf der Farm leben konnte.

Valerie sah Scott, drehte sich um und lief ins Haus. Sie wollte sich schön machen. Ungeschminkt schaute sie nicht besonders gut aus.

Als Scott und Mary näher kamen, war deutlich zu erkennen, dass er verletzt war. Der linke Ärmel und die Vorderseite seines Hemds waren voller Blut.

„Scott!", rief Alex entsetzt und rannte ihm entgegen.

Er legte den gesunden Arm um sie. „Du weißt, dass sich Peter das Bein gebrochen hat?"

„Was ist mit dir?", fragte sie. Der arme Peter musste warten.

Scott zog die Augenbrauen hoch. „Das ist keine lebensgefährliche Verletzung. He, was ist los? Mir geht's gut."

„Es sieht schlimmer aus, als es ist, Alex", mischte sich Mary McGuire beruhigend ein. Sie fand, dass Alex erschreckend blass war. „Passen Sie auf, Scott", sagte sie scharf. „Ich glaube, Alex wird ohnmächtig."

„Nein!", widersprach Alex noch, aber da wurde ihr auch schon schwindlig.

Sie nahm undeutlich wahr, dass sie auf dem Rand des dreistufigen Springbrunnens saß und Scott ihren Kopf nach unten drückte. Sie versuchte zu sprechen, konnte es aber nicht.

„Sie ist überhaupt nicht ins Bett gegangen", hörte sie Wyn sagen. „Sie hat auf dem Sofa geschlafen."

„Vielleicht sollte sie starken gesüßten Tee trinken", schlug Mary vor. „Ich kümmere mich jetzt um den jungen Mann. Scott hat ihm Schmerztabletten gegeben, aber er wird noch mehr brauchen." Sie ging davon.

„Fühlst du dich besser?", fragte Scott, als Alex schließlich wieder ansprechbar war.

„Ja. Danke."

„Seit wann wirst du beim Anblick von Blut ohnmächtig?", fragte er zärtlich.

„Seit heute. Ich bin nicht richtig ohnmächtig gewesen."

„Du warst nahe daran. Was ist mit Valerie los? Warum ist sie plötzlich davongerannt?"

„Ich glaube, sie macht sich schön für dich", erwiderte Alex gequält.

Scott schwieg eine Weile. „Ich muss mich der Sache wohl stellen, stimmt's?", sagte er dann.

„Welcher Sache?"

„Dieser ... Situation. So kann es nicht weitergehen."

Am Vormittag kam der Flugrettungsdienst und transportierte Peter ins Longreach Base Hospital. Der Bruch war nicht kompliziert, aber das Bein musste in Gips, und außerdem schien Peter einen schweren Schock zu haben. Er hatte ihnen eine lange, wirre Geschichte über Schattengestalten und unheimliche Geräusche erzählt und über Stimmen, die ihn gerufen hätten. Hartnäckig behauptete Peter, er habe nicht zu diesem Ort reiten wollen, doch eine fremde Macht habe ihn zum Devil Hill gezogen. Anders als die anderen großen Felsen im Innern Australiens wechselte Devil Hill niemals die Farbe. Er blieb von Sonnenaufgang bis -untergang grauschwarz. Peter war den Ostabhang hinaufgeklettert, wo die Felswand weniger zerklüftet war, hatte plötzlich den Halt verloren und war in eine tiefe Spalte gestürzt.

„Du meine Güte, was hatte ich für eine Angst", sagte Peter und lächelte matt Alex an. „Sie haben mich gewarnt."

„Ja, das habe ich wirklich."

„Schon gut, Peter", tröstete Scott. „Wenn Sie sich das nächste Mal mit Ihren Freunden treffen, haben Sie eine interessante Geschichte zu erzählen."

Valerie lachte sarkastisch. „Und eine unglaubliche dazu."

„Das würdest du nicht sagen, wenn du gestern Nacht mit uns dort gewesen wärst." Scott sah sie seltsam an. „Am Devil Hill geht ein Geist um, ich schwöre es."

Sie erwiderte seinen Blick verblüfft. „Das kann nicht dein Ernst sein!"

„Meiner Meinung nach hatten wir noch Glück, weil wir mit einem gebrochenen Bein und einer Wunde am Arm davongekommen sind. Und ich weiß nicht, ob ich Peter allein so schnell gefunden hätte. Abe hat mich geführt. Er ist kein gewöhnlicher Mann."

„Das bist du auch nicht", sagte Valerie.

Scott schüttelte den Kopf. „Ich lebe seit meiner Geburt hier, aber ich werde niemals wissen, was Abe weiß. Er ist eins mit diesem uralten Land und kennt seine Geheimnisse. Gestern Nacht auf dem Devil Hill hat er die ganze Zeit gesungen, um die bösen Geister abzuwehren."

„Deshalb wolltet ihr mich nicht mitnehmen", sagte Alex.

Scott nickte. „Das kam nicht infrage. Leider ist Peters Aufenthalt bei uns damit zu Ende. Das weiß er selbst. Sobald es ihm etwas besser geht, veranlasse ich, dass er nach Sydney geflogen wird. Dort hat er seine Familie und Freundin."

„Wenn es diese Freundin noch gibt." Valerie lachte. „Ich glaube, Peter wird in der ersten Reihe sitzen, wenn Sie zum ersten Mal wieder auftreten, Alex."

Das ignorierte Alex einfach. „Der arme Peter!" Sie seufzte. „Ein Jammer, dass es so enden musste. Er war so gern hier und hat mir sehr geholfen."

Scott stand auf und legte ihr die Hand auf die Schulter. „Keine Sorge", sagte er trocken. „Peter wird schnell wieder gesund."

Später an diesem Tag machte Alex halbherzig ihre Übungen an der Stange, als Scott hereinkam. Alex unterbrach ihre Battements und blickte ihn fragend an. „Wie geht's deinem Arm?" Scott sah etwas mitgenommen aus.

Er bewegte vorsichtig die Schulter. „Tut ziemlich weh. Ich muss so viele Dinge erledigen, aber ich bin nervös."

„Warum nimmst du dir nicht einmal frei?", schlug Alex sanft vor. „Das gestern Nacht war sicher kein angenehmes Erlebnis."

„Es war nervenaufreibend. Irgendetwas ist unter diesem Berg."

Alex ging zu einem Stuhl, nahm ein Handtuch und tupfte sich die Schweißperlen von den Schläfen. „Das muss ja wirklich schlimm gewesen sein. Dir macht normalerweise nichts Angst."

„Ich weiß gern, womit ich es zu tun habe. Aber darüber wollen wir jetzt nicht nachdenken. Ich habe mit Wyn gesprochen."

„Ach?" Alex konnte sich vorstellen, worüber sich die beiden unterhalten hatten, tat aber so, als wäre sie ahnungslos.

„Sie hat mir erzählt, Valerie sei auf dich losgegangen."

„Ja, das stimmt."

„Du nimmst das anscheinend sehr leicht."

„Was soll ich denn tun, Scott? Ist Valerie nicht deine Freundin?", fragte Alex herausfordernd.

„Und du hast sie nicht provoziert?"

Alex wurde wütend. „Was spielt das für eine Rolle? Valerie hatte kein Recht, mich zu schubsen. Ich nenne das tätlichen Angriff."

„Natürlich war es das", sagte Scott kurz angebunden. „Ich entschuldige ihr Benehmen nicht, Alex. Ich würde nur gern wissen, was Val dazu gebracht hat, so etwas zu tun."

„Ich vermute, sie hat es satt, was zwischen uns vorgeht."

Scott kniff die Augen zusammen. „Und woher sollte sie davon wissen?"

„Sie hat sehr gut geraten."

„Und deshalb hat sie dich gestoßen?"

„Ich glaube, sie hätte gern mehr getan."

„Du lieber Himmel! Ich muss sagen, ich bin entsetzt."

„Wirklich?" Alex' Augen funkelten. „Weißt du etwa nicht, wie arrogant deine Valerie ist?"

„Und du hast nichts gemacht? Du, die hochgehen kann wie eine Rakete?"

„Nur bei dir", erwiderte Alex. „Ich halte nichts davon, Leute anzugreifen." Ihr wurde bewusst, dass sie den Tränen nahe war. Sie war ziemlich müde nach der aufreibenden Nacht, und der Vormittag war nicht viel besser gewesen.

„Ich werde den Vorfall keinesfalls auf sich beruhen lassen", sagte Scott.

„Das habe ich befürchtet."

„Oh Alex!" Er zog sie an sich.

„Ich bin müde." Sie schmiegte sich an ihn.

„Warum trainierst du hier so hart, wenn du doch die Nacht kaum geschlafen hast?"

„Ich muss jeden Tag üben."

„Und wenn das Knie nicht hält?"

Alex lächelte. „Dann nehme ich dich."

„Ach ja? Ich glaube nicht, dass ich dich gefragt habe", erwiderte Scott spöttisch.

„Das ist mir völlig klar." Alex sah auf.

Sein Griff wurde fester. „Zwischen uns wird es niemals vorbei sein, stimmt's?"

„Möchtest du, dass es endgültig aus ist?"

„Nicht in diesem Moment." Scott zog an dem Band, das ihr Haar zusammenhielt. „Jetzt will ich dich nur küssen, mein Schatz."

Valerie, die im ganzen Haus nach Scott suchte, kam an der offenen Tür vorbei und taumelte. Es war ein Wunder, dass sie nicht schrie, als sie Scott und Alex zusammen sah. Der Anblick machte Valerie rasend. Scott hatte sie niemals so leidenschaftlich und besitzergreifend geküsst. Und dennoch wirkte er seltsam verletzlich. Er umschloss Alex' Brust so behutsam, als würde er eine schöne Rose berühren.

„Das darf ja wohl nicht wahr sein!", rief Valerie. „Lass das, Scott!" Niemals würde sie vergessen können, wie hingebungsvoll und rückhaltlos sich die beiden geküsst hatten. In diesem Moment gab sie jede Hoffnung auf, Scott McLaren irgendwann dazu zu bringen, sie zu heiraten. Was immer bei seiner Beziehung zu der verhassten Alexandra Ashton herauskommen würde, er würde sich ihrem Zauber niemals entziehen können.

Scott und Alex drehten sich um und sahen Valerie an.

„Tut mir leid, Val", sagte er. „Wir wollen dir nicht wehtun."

„Lügner!" Sie stürmte empört ins Zimmer. „Du hast mir weisgemacht, du wärst mit ihr fertig. Dass du mich willst."

„Ich habe mich bemüht, immer ehrlich zu sein", erwiderte er ruhig. „Du wusstest, worauf du dich einlässt. Und es schien ja zu funktionieren mit uns."

„Bis diese Frau hierherkam. Da konnte es ja nicht mehr funktionieren." Valerie schluchzte auf. „Ich habe sie gebeten, in Sydney zu bleiben."

„Dass du Alex im Krankenhaus besucht hast, wusste ich schon", sagte Scott.

„Na und? Ich hätte mir denken sollen, dass sie dir das erzählt!"

„Hat sie nicht, Val. Du hast etwas gesagt, das mich veranlasst hat, im Krankenhaus nachzufragen. Und dass du Alex heute Morgen angegriffen hast …"

„Oh, Scott! Hör auf damit", bat Alex gequält.

„Sie sind erbärmlich!", höhnte Valerie. „Sie wollten Mitleid erregen, und ich musste die Rolle der Schurkin übernehmen."

„Ich habe von Wyn erfahren, was vorgefallen ist", sprach Scott ausdruckslos weiter. „Sie hat beschlossen, damit herauszurücken. Alex gehört zur Familie."

„Familie!", stieß Valerie giftig hervor. „Da kann ich ja nur lachen. Glaubst du, ich wüsste nicht, was vorgeht?"

Alex wollte den Raum verlassen. Dies betraf sie im Grunde nicht. Sie brauchte sich nicht schuldig zu fühlen. Scott hatte Valerie nie geliebt.

„Wagen Sie es nicht!" Valerie hob wie eine Verkehrspolizistin die rechte Hand.

Jetzt hatte Alex genug und ließ es auf eine Machtprobe mit der anderen Frau ankommen. „Gehen Sie mir aus dem Weg!"

„Ich möchte, dass wir die Situation jetzt klären", sagte Valerie dramatisch.

„Bauschst du unsere Affäre nicht zu sehr auf, Val?", fragte Scott. „Vielleicht solltest du die Schuld auch einmal bei dir selbst suchen."

„Ja, gut, ich bin dir nachgelaufen. Und wenn schon!" Valerie lachte wütend. „Das wissen alle. Ich war hinter dir her, obwohl ich davon gehört hatte, wie sehr du Alex geliebt hast. Mir war aber nicht klar, dass du von ihr besessen bist. Das musste ich erst selbst sehen. Jetzt glaube ich es. Ganz gleich, was sie getan hat, du willst sie."

„Ich wünschte, das wäre mir eingefallen!", sagte Scott sarkastisch, als Alex flüchtete. „Alex kann sich von mir auch nicht völlig befreien. Es tut mir leid, dass du verletzt worden bist, Val, aber du bildest dir doch wohl nicht ein, dass du die Einzige bist, der das passiert? Wir sind alle einmal an der Reihe."

„Keine Minute länger möchte ich in diesem Haus bleiben!", schrie Valerie wütend. „Du hast mich gedemütigt. Wie stehe ich jetzt vor meinen Freunden da! Ich versäume das Polospiel und die Party, und ich hatte mich so darauf gefreut. Ein wunderschönes Kleid habe ich mir dafür gekauft. Zum Teufel mit dir!"

„Ich fliege dich nach Hause, wann immer du willst", sagte Scott. „Aber meinetwegen brauchst du auf nichts zu verzichten. Erklär deinen Freunden, wir hätten uns in aller Freundschaft getrennt."

„Und du wirst Alex also doch noch heiraten?", fragte Valerie.

Er schwieg lange, dann sagte er: „Du hast eins vergessen. Alex ist schon verheiratet. Mit ihrem Beruf."

Scott hatte Valerie mit seinem Hubschrauber noch am Donnerstagnachmittag nach Hause geflogen und war bei seiner Rückkehr nicht sehr umgänglich gewesen. Und am Freitag hatten sie keine Zeit, über Valeries plötzliche Abreise zu sprechen. Am Abend zuvor war Jack McGuire zum Farmhaus gekommen und hatte berichtet, dass beim „Kalalah Crossing" fünfzehn Stück Vieh erschossen worden seien. Alles erstklassige Tiere. Es war eine sinnlose, brutale Metzelei.

„Wer macht denn so etwas?" Scott konnte seine Wut kaum beherrschen.

„Keine Ahnung!", erwiderte Jack McGuire angespannt. „Vielleicht hat irgendein Betrunkener wild um sich geschossen. Die Farm ist so groß, dass wir sie nicht überwachen können. Wir hatten früher schon Spinner hier. Die bauen einfach irgendwo auf dem Besitz ihr Zelt auf."

„Postieren Sie heute Nacht Männer", befahl Scott. „Einen Verrückten können wir hier nicht brauchen. Übermorgen kommen Gäste und werden überall hier herumlaufen. Ich fliege bei Tagesanbruch mit dem Hubschrauber los. Das ist die einzige Möglichkeit, das ganze Gebiet zu überprüfen."

„Wollen Sie mich dabeihaben, Boss?", hatte Jack gefragt.

„Nein, ich brauche Sie hier. Ich fliege allein."

Am Morgen blieben die Frauen im Haus und versuchten, sich auf die letzten Vorbereitungen für die Party zu konzentrieren. Zwei Farmarbeiter gingen draußen auf und ab. Am späten Vormittag landete Scott nach einem erfolglosen Überwachungsflug auf dem Rasen vor dem Haus.

„Nichts", sagte Scott zu Wyn und Alex, die hinausliefen und ihn begrüßten. „Zumindest habe ich nichts gesehen. Es gibt zu viele gute Verstecke für einen Mann. Wenn der Kerl überhaupt noch auf dem Besitz ist."

„Fällt dir niemand ein, der es getan haben könnte?", fragte Wyn besorgt. „Viehdiebstähle hatten wir ja schon öfter, aber noch nie ist unser Vieh brutal abgeschlachtet worden."

„Was ist mit dem Mann, den du entlassen hast … Hargreave?", fragte Alex plötzlich.

„Ich glaube eigentlich nicht, dass er so dumm oder bösartig sein würde", erwiderte Scott nachdenklich.

„Er ist grausam", sagte Alex. „Das habe ich jedes Mal gespürt, wenn ich ihn gesehen habe."

„Dann werde ich Sergeant Harper nachzuprüfen bitten, wo sich Hargreave jetzt aufhält. Sie schicken uns sowieso einen Mann. Hargreave kann ja nicht spurlos verschwunden sein. Er wird sich irgendwo einen Job gesucht haben. Aber vielleicht verdächtigen wir ja auch den Falschen."

„Du hast selbst gesagt, Hargreave sei wütend gewesen, als du ihn entlassen hast. Und einer der Hilfsarbeiter hat mir erzählt, Hargreave sei furchtbar neidisch auf dich. Möglicherweise wollte er mit dir abrechnen, indem er dein Vieh tötet."

Scott lachte verärgert auf. „Das wird ihn teuer zu stehen kommen … wenn es Hargreave war."

Auf der Farm blieb alles ruhig. Am Nachmittag kam Abe zum Farmhaus und sah nach den Frauen und den beiden Männern auf Posten.

„Wo ist Scott jetzt?", fragte Alex. Sie stand mit Abe auf der Veranda und blickte zu den Bergen. Die Luftspiegelungen täuschten das Auge. Jeden Moment erwartete Alex, dass Hargreave hinter einem Strauch auftauchte.

„Hab' den Boss am Kalalah Crossing zurückgelassen", erwiderte Abe. „Das Vieh haben wir vergraben. Die Männer sind ganz schön wütend. Wenn es Hargreave war und wir ihn erwischen, werden sie ihn fertigmachen."

„Glaubst du, er war's?"

Abe runzelte die Stirn. „Gut möglich. Hargreave möchte so ein Mann sein wie der Boss und weiß, dass er es niemals sein wird. Deshalb hasst er ihn."

Alex war nach draußen gegangen. Am nächsten Morgen wollte Wyn auch die Gästezimmer mit Blumensträußen schmücken, und Alex holte ihr aus dem Lagerraum Vasen. Plötzlich sah Wyn einen der Wachmänner auf der Verandatreppe. Aber so groß und kräftig waren die beiden doch nicht … Wyn schauderte. Der Mann hatte ein Gewehr. Und seine Figur kam ihr irgendwie bekannt vor. Erschrocken versuchte Wyn, die schwere Haustür zu schließen, aber es war schon zu spät. Er drängte Wyn zurück in die Eingangshalle.

„Was wollen Sie?", fragte Wyn laut. Vielleicht konnte sie einer der Wachleute hören.

Der Mann schob seinen breitkrempigen Hut zurück. Hargreave. „Immer mit der Ruhe, Lady. Ich bin nur hinter Ihrem arroganten Neffen her."

„Sie wagen es, hierherzukommen?", sagte Wyn streng. „Ich werde die Männer rufen."

„Die können Ihnen nicht helfen." Hargreave lachte unheimlich.

Wyn sah ihn entsetzt an. „Sie meinen doch nicht etwa …"

„Nur ein Schlag auf den Kopf, Lady. Geraten Sie nicht in Panik. Ich habe nichts gegen die Burschen."

„Aber Sie haben unser Vieh getötet?"

Hargreave lächelte höhnisch. „Werd' nicht zugeben, dass ich es war, aber irgendjemand wollte dem mächtigen McLaren eine böse Überraschung bereiten."

„Er hat die Polizei verständigt. Wissen Sie das?"

„Das kümmert mich nicht besonders", sagte Hargreave. „Ich weiß, wo ich mich längere Zeit verstecken kann. Nach meinem kleinen Showdown mit McLaren, natürlich. Ein bisschen Gerechtigkeit im Busch schaffen. Ich bekomme keinen Job mehr. Auf McLaren hören alle. Also? Wo ist er? Dass er nicht hier ist, weiß ich."

„Selbst wenn ich es wüsste, würde ich es Ihnen bestimmt nicht verraten!", erwiderte Wyn.

„Was ist mit der kleinen Tänzerin? Wo ist die?"

„Sie ist bei Scott", log Wyn. „Außer mir sind nur Ella, unsere Haushälterin, und zwei Hausmädchen hier."

„Die interessieren mich nicht." Hargreave blickte sich in der prächtigen Eingangshalle um. „Für eine Belohnung lasse ich Sie in Ruhe."

„Wenn Sie Geld wollen, ich habe keins."

„Sie nehmen mich auf den Arm." Er lachte drohend. „Ihr seid stinkreiche Leute."

„Kein Bargeld, meine ich. Sie haben getrunken", sagte Wyn. Der Mann sprach undeutlich und schwitzte stark.

„Spielt sowieso keine Rolle. Ich will McLaren finden, solange es noch hell ist. Wenn die beiden Hitzköpfe da draußen zu sich kommen, werden sie hübsch wütend auf mich sein." Hargreave drehte sich schwankend um und wollte zurück auf die Veranda gehen.

In diesem Moment sah Wyn etwas, das sie veranlasste, Hargreave aufzuhalten. „Glauben Sie wirklich, Sie kommen damit durch?"

Er blickte sich zu ihr um. „Was habe ich denn getan, Lady?", fragte er verständnislos. „Nichts. McLaren hat alles. Alles. Ich habe nichts. Hatte früher eine Frau. Sie ist mit einem anderen durchgebrannt. Hab' sie eingeholt und ein bisschen verprügelt. Den Kerl auch. Der wird sich nicht wieder herumtreiben." Hargreave torkelte zur Verandatreppe. Erst jetzt sah er die Reiterin, die Richtung Kalalah Crossing galoppierte. „Ist das nicht die kleine Tänzerin?", schrie er. „Dieses Haar!"

Wyn schlug die Tür zu und schloss ab. Ihr Herz klopfte so heftig, dass ihr die ganze Brust wehtat. Einen Moment lang fürchtete Wyn, sie würde einen Herzinfarkt bekommen. Verzweifelt lief sie in den Salon, denn dort standen die Glastüren offen.

Aber Hargreave versuchte nicht, noch einmal hereinzukommen. Er lief ums Haus zu den Wüstenkasuarinen, wo er sein Pferd zurückgelassen hatte, und stieg auf, ohne die beiden noch immer bewusstlosen jungen Viehhüter zu beachten.

Diese dumme Frau will McLaren warnen, aber das wird niemand tun! dachte Hargreave. Sie ritt ohne Sattel. Wenn er nahe genug an sie herankam, würde er einen Schuss abfeuern, dann fiel sie vielleicht vom Pferd. Andererseits … McLaren und alle Männer, die in der Nähe arbeiteten, würden den Gewehrschuss hören.

Hargreave galoppierte los. Er musste die junge Frau einholen.

Scott würde den Anblick niemals vergessen. Mit offenem Haar, den weiten Rock hochgezogen, sah Alex wie eine Märchenprinzessin aus, als sie ins Camp geritten kam. Und noch unglaublicher war, dass sie Mercury, den schwarzen Hengst, ohne Sattel ritt. Zum Glück hatte sie jedoch Zügel.

„Um Himmels willen!" Scott lief ihr entgegen und packte das Zaumzeug. „Alex?" Er schrie sie an vor Sorge, als sie vom Rücken des Pferds glitt und erschöpft gegen Scott sank. Schnell legte er den Arm um sie.

„Hargreave", sagte sie atemlos. „Er ist hinter dir her. Er war im Haus."

„Aber die Wachposten? Alex?" Ihre Beine gaben nach, und Scott ließ rasch den Hengst los und hob Alex hoch. „Warum hast du dich in solche Gefahr gebracht, Schatz?"

„Mir geht's gut. Wyn auch. Hargreave ist mir gefolgt. Er ist irgendwo da draußen. Und Scott, er hat ein Gewehr!"

„Ach ja?", sagte Scott sehr sanft und leise, doch es klang so drohend, dass Alex schauderte. Er setzte sie auf eine Decke, die Abe gebracht hatte, und die beiden Männer warteten, bis sich Alex ein bisschen erholt hatte.

„Ich war im Lagerraum", begann sie schließlich zu erzählen, „und als ich zurück ins Haus wollte, hörte ich Wyn und Hargreave reden. Bedroht hat er sie nicht. Er sagte, er sei hinter dir her. Ich bin nach hinten gelaufen, um Mike und Gary zu holen, aber die beiden waren bewusstlos. Ein Stallknecht führte gerade Mercury über den Hof. Ich wusste, dass keine Zeit blieb, den Hengst zu satteln. Ich habe dem Mann einfach die Zügel aus der Hand gerissen und bin aufgestiegen."

„Das wirst du bereuen, Prinzessin. Du hast dich bestimmt wund geritten." Abe drückte ihre Hand.

„Und wie." Alex rieb ihr Bein. „Was machen wir denn jetzt? Hargreave ist betrunken und bewaffnet. Er ist gefährlich."

Scott küsste sie. „Das überlässt du Abe und mir. Du hast schon mehr als genug getan."

Ich liebe dich doch so sehr, dachte sie.

Am Ende ritt Hargreave direkt in die Falle. Laut fluchend versuchte er, sich von dem Lasso zu befreien, das Scott von einem Ast aus auf ihn geworfen hatte. Kurz darauf strömten von überall her Viehhüter ins Camp. Wütend standen sie um Hargreave, der gut verschnürt auf dem Boden saß. Sie würden ihn über Nacht festhalten müssen. Am nächsten Morgen würde Sergeant Harper kommen.

Die Nachricht verbreitete sich von einem Bungalow und Camp zum nächsten. Natürlich waren alle erleichtert, aber die Leute beruhigten sich erst, nachdem Hargreave in die Arrestzelle gesperrt worden war. Auf der ganzen Farm gab es niemanden, der nicht von Alex' Ritt gehört hatte. Alle waren der Meinung, dass es selbst für eine erfahrene Reiterin eine Meisterleistung gewesen sei, und Alex war noch nicht einmal völlig gesund.

Es schien unmöglich, am nächsten Tag das Polospiel und die große Party mit den vielen Gästen durchzustehen, aber jetzt konnten Wyn und Scott nicht mehr absagen. Ein Fest auf Main Royal gehörte immer zu den gesellschaftlichen Höhepunkten des Jahres.

Alex nahm ein Schaumbad und blieb lange im duftenden Wasser liegen. Sie wusste, dass sich Wyn und Scott große Sorgen um sie machten, aber die Folgen ihres Ritts ohne Sattel waren nicht so schlimm, wie die beiden befürchtet hatten. Abgesehen von den wunden Stellen, ging es ihr gut. Sie hatte furchtbare Angst gehabt, als sie dachte, Hargreave würde auf sie schießen, trotzdem würde sie es wieder tun. Nichts auf der Welt wäre noch von Bedeutung gewesen, wenn Scott etwas zugestoßen wäre. Nur die Menschen, die man liebte, waren wirklich wichtig. Die Liebe gab dem Leben Sinn, Geld und Ruhm dagegen nicht. Sie, Alex, hatte lange gebraucht, das zu erkennen. Ihr Beruf hatte sie nicht enttäuscht. Es war gut für ihre Selbstachtung gewesen, Karriere zu machen. Aber als Solotänzerin war sie nicht wirklich glücklich geworden.

Glück bedeutete Scott.

Nach einer halben Stunde stieg Alex aus der Wanne, trocknete sich ab und zog ein pfirsichfarbenes Seidennachthemd und den dazu passenden Morgenmantel an. Unwillkürlich dachte sie daran, wie Scott sie geküsst hatte. Er war so zärtlich und liebevoll wie früher gewesen, und ihr war es so vorgekommen, als hätte er ihr wieder vertraut.

Alex überlegte, wo sie Abes Mittel zum Einreiben hatte. Es half wirklich. Und es zog in die Haut ein, ohne einen Fettfilm zu hinterlassen. Alex blickte sich suchend im Zimmer um, als es an der Tür klopfte. Überzeugt, dass es Wyn sei, ging Alex öffnen.

„Wie geht's?" Scott blickte angespannt auf sie hinunter. „Keine Schmerzen? Ist das Knie geschwollen?"

Alex schüttelte den Kopf. „Ich bin nur ein bisschen wund gerieben. Damit werde ich fertig. Ich habe dir doch gesagt, ich bin ein Veteran."

„Darf ich hereinkommen?"

„Natürlich." Alex wandte sich ab. „Wie geht es Wyn? Das war heute alles ein bisschen viel für sie."

„Ich habe sie ins Bett geschickt. Wir haben ein anstrengendes Wochenende vor uns. Übrigens, die Leute vom Krankenhaus haben angerufen. Peter hat keine Beschwerden. Der Beinbruch ist nicht so schlimm. Ich könnte morgen jemanden hinschicken, der Peter holt, und würde ihn dann in drei oder vier Tagen von hier aus nach Hause fliegen."

„Das wäre schön." Alex nahm die Haarbürste und versuchte, ihre Locken zu bändigen.

„Ich dachte, du seist nach dem Ritt völlig erschöpft", sagte Scott.
„Meine Energie ist zurückgekehrt, sobald ihr Hargreave ge-
schnappt hattet und ich wusste, dass du in Sicherheit bist." Alex zog
eine Schublade auf und fand das Öl. „Ich wollte gerade mein Bein
massieren."

„Ich mache das."

„Du willst, dass mein Knie völlig heilt?"

„Natürlich, Alex! Wie kannst du nur so etwas fragen?"

„Selbst wenn es bedeutet, dass ich fortgehe?"

„Sei still", sagte Scott leise.

„Einen Moment." Alex holte ein Handtuch aus dem Badezimmer.
Scott nahm es ihr ab und breitete es auf dem Bett aus. „Leg dich
hin. Willst du den Morgenmantel nicht ausziehen?"

„Ich trage nur ein dünnes Nachthemd darunter."

„Und? Ich weiß, wie du aussiehst", sagte Scott.

„Das habe ich nicht vergessen. Bist du sicher, dass du das auch
kannst?", neckte ihn Alex.

„So schwierig wird es ja wohl nicht sein. Das ist Abes Mittel,
stimmt's?"

„Ich schwöre, es hilft."

Scott zog den Stöpsel heraus und schüttete sich ein bisschen Öl
in die Handfläche. „Es riecht wundervoll. Was ist es?"

„Das will Abe nicht verraten." Sobald Scott sie berührte, glaubte
Alex vor Wonne zu vergehen.

„He, halt still", sagte er lachend.

Alex schob sich das Nachthemd bis zu den Oberschenkeln hoch.

„Wie ist das?" Scott massierte sanft ihr Bein.

„Herrlich."

„Deine Haut fühlt sich wie Seide an."

Jedes Mal, wenn Scott die Hand von ihrem Knöchel bis zum Knie
gleiten ließ, durchflutete Hitze Alex' ganzen Körper.

„Soll ich das gesunde Bein auch massieren?", fragte Scott trocken.

„Warum nicht?" Aber seine Berührungen erregten sie so stark,
dass sie schließlich erschauerte. „Das ist sündhaft gut."

„Soll ich aufhören?", fragte Scott rau.

„Das wäre wohl besser, oder?"

„Wahrscheinlich." Er zupfte am Saum ihres Nachthemds. „Dieser Ritt war lebensgefährlich. Warum hast du so etwas Verrücktes getan, Alex?", fragte Scott angespannt.

„Wie oft muss ich es dir noch sagen? Ich liebe dich."

Unvermittelt legte er sich neben sie aufs Bett, zog sie in seine Arme und küsste sie. „Ich habe dich jede Sekunde vermisst, die du fort warst", flüsterte er.

„Aber jetzt bin ich ja wieder zu Hause."

„Pass auf, was du sagst."

„Ich meine damit, dass ich nie wieder von hier wegmöchte." Alex erwiderte Scotts Blick unverwandt.

„Hast du deine ehrgeizigen Ziele vergessen?", fragte Scott unsicher.

„Ich habe erreicht, was ich wollte."

Seine Züge wurden härter, und seine Augen funkelten plötzlich wütend. „Spiel nicht mit mir, Alex."

Sie setzte sich auf und nahm seine Hand. „Ich liebe dich und möchte bei dir bleiben, Liebling."

„Du machst mich wahnsinnig!", sagte er. „Ich kann das alles nicht noch einmal ertragen. Was willst du von mir?"

„Ich will, dass wir noch einmal von vorn anfangen!", rief Alex leidenschaftlich. „Was geschehen ist, können wir nicht mehr ändern. Wir haben beide daraus gelernt, und wir wissen, dass wir niemals voneinander loskommen. Keiner von uns kann ohne den anderen leben."

Scott lächelte plötzlich strahlend. „Soll das heißen, dass du mich heiratest?"

„Nichts auf der Welt wünsche ich mir mehr. Ich will nur dir gehören."

„Und dein Tanzen?", fragte er. „Du bist so gut. Es war falsch von mir, dich deswegen zurückzuweisen, das weiß ich jetzt. Ich hätte …"

„Nicht, Scott", sagte Alex schnell. „Wir haben beide einen langen Weg hinter uns."

„Und jetzt bist du am Ende angekommen und kannst nicht mehr zurück." Scott zog Alex wieder an sich. „Für uns hat sich der Kreis geschlossen, mein Schatz."

EPILOG

*B*eim festlichen Abendessen stand Stephanie auf und läutete eine kleine Kristallglocke. Sofort verstummten alle Gäste am wunderschön gedeckten Tisch und blickten Stephanie an, die in einem Jackenkleid aus kostbarem Silberbrokat sehr elegant aussah. Sie war dafür bekannt, eine geistreiche Rednerin zu sein.

„Meine lieben Verwandten und Freunde", sagte sie, „ich bin so aufgeregt, dass ich nicht länger damit warten kann. Mit großer Freude gebe ich die Verlobung meines geliebten Sohnes mit Alexandra bekannt, die, wie ihr wisst, Wyns außerordentlich talentierte Patentochter ist."

Alle applaudierten begeistert. Jeder am Tisch konnte sehen, dass Scott und seine schöne, in goldfarbene Spitze gekleidete Alexandra überglücklich waren.

Die Verlobungszeit werde sechs Monate dauern, denn schneller lasse sich eine so große Hochzeit nicht vorbereiten, erklärte Stephanie. Es war offensichtlich, dass sie vorhatte, das gesellschaftlich wichtige Ereignis zu organisieren. Und alle dachten in diesem Moment daran, dass sie vor vielen Jahren fortgegangen war und die Mutterrolle an Scotts Tante abgetreten hatte.

Einer sprach es aus. „Das solltest du machen", flüsterte der vornehme Mann, der neben Wyn saß.

„Sie ist seine Mutter, Bruno." Wyn blickte ihren Tischnachbarn lächelnd an. Sie war noch immer völlig überwältigt. Es war wirklich ein Wunder, dass er hier war. Sie hatte immer davon geträumt, ihn wiederzusehen, aber akzeptiert, dass es niemals geschehen würde. Doch jetzt saß er neben ihr. Bruno Adamski, den das ganze Land als millionenschweren Bauunternehmer Brent Adamson kannte, war Stephanies geheimnisvoller Gast!

Er war der Mann, den Wyns Vater für einen Mitgiftjäger gehalten hatte. Bruno sah noch immer gut aus. Er war Witwer und hatte mehrere Enkelkinder. Verschwörerisch lächelnd hatte Stephanie ihn und sie, Wyn, noch einmal förmlich miteinander bekannt gemacht. Und sie hatte sofort gewusst, dass er sie ebenso wenig vergessen hatte wie sie ihn.

„Zumindest hat Stephanie uns wieder zusammengebracht. Dafür bin ich ihr dankbar", sagte Bruno und nahm Wyns Hand. „Stephanie hat mir erzählt, dass mich meine Augen verraten haben. Und meine Stimme. Ich habe meinen Akzent nie völlig verloren. Fast niemand erinnert sich an Bruno Adamski, deshalb dachte ich, Stephanie würde mich auch nicht erkennen."

„Ich hätte dich überall wiedererkannt." Wyn würde ihm erst später erzählen, dass sie seinen kometenhaften Aufstieg all die Jahre verfolgt hatte. „Dass es so lange her ist, kann ich kaum glauben. Mir kommt es vor, als wäre es erst gestern gewesen."

„Mir auch", erwiderte Bruno zärtlich. „Deine Familie hat uns getrennt, und jetzt hat sie uns wieder zusammengebracht. Ich schulde Stephanie ewigen Dank."

„Oh Bruno, nicht. Sonst muss ich weinen", warnte ihn Wyn.

„Das würde ich nicht schlimm finden." Er lächelte. „Vorausgesetzt, dass du es in meinen Armen tust."

Später wurden Fotos gemacht. Auf einem besonders geglückten lächelten sich Alex und Scott strahlend an. Das frischverlobte Paar stand zwischen Stephanie und Wyn, die einem attraktiven, vornehm aussehenden Mann mit dichtem grauem Haar die Hand reichte. Es war Brent Adamson, der im ganzen Land bekannte Unternehmer. Wyn und er waren offensichtlich eng befreundet, was viele überraschte. Niemand wusste, seit wann. In diesem Moment sahen sie sogar aus, als wären sie viel mehr als nur gute Freunde.

„Wyn hat es von allen Menschen am meisten verdient, glücklich zu sein!", sagte Alex verträumt zu Scott. „Wer hätte gedacht, dass deine Mutter den Mann mitbringt, den Wyn so geliebt hat und niemals vergessen konnte? Das ist wirklich wie ein Wunder."

„Allein deswegen kann ich meiner Mutter verzeihen", erwiderte Scott leise. „Schau dir Wyn an. Sie ist im siebten Himmel."

„Das Gefühl kenne ich." Alex küsste Scott zärtlich. „Es gibt einen Sinn des Lebens."

Scott fühlte sich plötzlich herrlich unbeschwert und froh. Er war dankbar, dass er so glücklich sein durfte. „Alexandra, ich liebe dich", sagte er leise.

Und so blieb es sein ganzes Leben lang.

– ENDE –

Nora Roberts u.a.
Ein Mann
für zärtliche Stunden

Nora Roberts – Herz aus Glas:

Johanna genießt ihr Date mit dem berühmten Schauspieler Sam. Seine heißen Küsse lassen ihr Herz schneller schlagen. Doch sie muss vorsichtig sein: Sam hat den Ruf, ein unverbesserlicher Playboy zu sein!

Band-Nr. 20059

9,99 € (D)

ISBN: 978-3-95649-254-9

528 Seiten

Julie Cohen – Hello, Kitty!:

Ein zerschlissener Samtvorhang, marode Sessel – aber Kitty ist hingerissen: Sie soll ein altes Kino renovieren! Der Haken: Sie muss mit ihrem Jugendschwarm Jack zusammenarbeiten – den sie noch immer heimlich liebt …

Suzanne Forster – Mein sexy Latin Lover:

Autorin Melissa genießt ihren Urlaub in Mexico. Als sie nach einer Partynacht erwacht, fühlt sich jedoch wie in einem schlechten Film: Neben ihr liegt ein attraktiver Fremder – und sie hat einen Ring am Finger!

Anne Mather – Verzaubert auf Jacinto:

Die Leidenschaft zwischen ihnen brennt heißer denn je, als Schauspielerin Julia den charismatischen Quinn in der Karibik wiedertrifft. Doch wird er ihr verzeihen, dass sie ihn damals so abrupt verließ?

4 Romane in einem Band

Nora Roberts u.a.
Am Anfang war die Liebe

Nora Roberts – Gegen jede Vernunft

Lebenslänglich – nichts anderes will Zackary, als er die hübsche Rachel kennen lernt. Leider verteidigt die Juristin seinen Bruder vor Gericht. Steht ihr Job ihrer Liebe im Weg?

Nancy Warren – Sinnliche Spiele im Büro

Seit Jane von einem Kollegen belästigt wurde, trägt sie einen falschen Ehering, um ihre Ruhe zu haben. Doch diese Idee bereut sie schnell, als sie ihren attraktiven neuen Boss Spencer kennenlernt ...

Band-Nr. 20057
9,99 € (D)
ISBN: 978-3-95649-217-4
eBook: 978-3-95649-469-7
496 Seiten

Roxanne St. Claire – Darf ein Boss so zärtlich sein?

Cade ist hingerissen von seiner Praktikantin Jessie. Leider muss er befürchten, dass sie für die Konkurrenz spioniert – und nur deshalb einwilligt, ein romantisches Wochenende mit ihm zu verbringen.

Lisa Renee Jones – Verbrenn dir nicht die Finger!

Amandas Traum wird wahr: Die Reporterin trifft den Baseballstar Brad – und beginnt einen heißen Sommerflirt mit ihm. Aber damit setzt sie nicht nur ihr Herz sondern auch ihre Karriere aufs Spiel ...

SANDRA BROWN

EMILIE RICHARDS
LUCY MONROE
DIANA PALMER

4 Romane in einem Band

Gegensätze
ziehen sich an

Band-Nr. 20058

9,99 € (D)

ISBN: 978-3-95649-234-1

384 Seiten

Sandra Brown u.a.
Gegensätze ziehen sich an

Emilie Richards – Wir reisen um die ganze Welt

Warum nicht Australien? Model Cynthia braucht Ruhe vor dem New Yorker Modezirkus und will endlich entspannen. Doch dann wirbelt der aufregende Reiseleiter Daniel alles durcheinander ...

Lucy Monroe – Wenn aus Freundschaft plötzlich Liebe wird

Ein solches Begehren hat der Milliardär Neo Stamos noch für keine andere Frau empfunden. Er weiß, dass Cassandra ihn nur als guten Freund sieht – doch er wird alles daran setzen, das zu ändern ...

Diana Palmer – Liebe mich endlich

Seit Jahren liebt Tessa ihren Chef. Doch der Privatdetektiv Clark Devlin lebt nur für seine Arbeit. Bis Tessa in Gefahr gerät und er zu ihrem heroischen Beschützer wird!

Sandra Brown – Mitten in sein Herz

Gemeinsam auf der Flucht ins Ungewisse – doch die Fotografin Aislinn hat keine Angst! Sie weiß, dass Anwalt Lucas für das Gute kämpft – und die prickelnde Anziehung zwischen ihnen wird immer stärker!